KNAUR

Über die Autorin:
Katharina V. Haderer wurde 1988 geboren und schreibt seit ihrer Kindheit fantastische Romane. Nach ihrem Studium der Germanistik veröffentlichte sie erste Bücher als Selfpublisherin und im Drachenmond-Verlag. Neben dem Erfinden von fantastischen Welten ist sie aktive Pfadfinderin und begeistert sich für Geschichten, die abseits der üblichen Wege verlaufen. Sie lebt mit ihren beiden Katzen in Niederösterreich.

Katharina V.
HADERER

Der Herrscher des Waldes

ROMAN

KNAUR

Besuchen Sie uns im Internet:
knaur.de
Facebook: Knaur Fantasy & Science Fiction
Instagram: @KnaurFantasy

Aus Verantwortung für die Umwelt hat sich die Verlagsgruppe Droemer Knaur zu einer nachhaltigen Buchproduktion verpflichtet. Der bewusste Umgang mit unseren Ressourcen, der Schutz unseres Klimas und der Natur gehören zu unseren obersten Unternehmenszielen. Gemeinsam mit unseren Partnern und Lieferanten setzen wir uns für eine klimaneutrale Buchproduktion ein, die den Erwerb von Klimazertifikaten zur Kompensation des CO_2-Ausstoßes einschließt. Weitere Informationen finden Sie unter: www.klimaneutralerverlag.de

MIX
Papier aus verantwortungsvollen Quellen
FSC® C083411

Originalausgabe Juni 2020
Knaur Taschenbuch

Ein Imprint der Verlagsgruppe
Droemer Knaur GmbH & Co. KG, München

Covergestaltung: Guter Punkt, München
Coverabbildung: Guter Punkt, Kim Hoang unter Verwendung von Motiven von Getty Images, Adobe Stock und iStock
Satz: Adobe InDesign im Verlag
Druck und Bindung: CPI books GmbH, Leck
ISBN 978-3-426-52595-1

2 4 5 3 1

Dieses Buch widme ich dir, lieber Leser:
Danke, dass du diese Reihe bis zum Ende verfolgst!
Deine Treue und Empfehlungen haben dieses Buch
erst in den Handel gebracht. Ich kann mich glücklich
schätzen, dich zu haben.

IV

MIRAGE

1

»Und Sie sind sicher, dass Sie nicht bleiben wollen, Alchemistin DeElephantine?«

»DeBois«, korrigierte Mirage ihn dumpf.

»Verzeihen Sie.« Lieutenant Ahearns Raunen barg die Gewissheit, wie viel Familiennamen bedeuten konnten, wie viel es bedeutete, sie zu tragen – oder abzulegen.

»Es wird eine Ehrung geben«, fuhr der Lieutenant fort. Die Pferde in seinen Stallungen raschelten im Stroh. Ein Tier reckte den Hals aus der Koppel, als es den Besuch bemerkte, und streckte ihr die Nüstern entgegen. Die feinen Härchen kitzelten an ihrer Handfläche. »Sogar das Königshaus wird das Hohe Gericht mit seiner Anwesenheit beehren. Ihr Vater muss gewiss stolz auf Sie sein.«

Mirages Hand erstarrte an der weichen Pferdenase. Sie kontrollierte ihren Atem und konzentrierte sich auf den Duft von Heu und Pferdedung. Die gewärmte Stallluft legte sich in ihre Lunge.

»Madame? Habe ich etwas Falsches gesagt?«

Ahearn konnte es nicht wissen. Sie zwang ihr verkrampftes Gesicht dazu, weicher zu werden, bevor sie sich dem Lieutenant zuwandte und ein gezwungenes Lächeln aufsetzte. »Wir Alchemisten sind ein eigenbrötlerisches Volk. Wir machen uns wenig aus Medaillen.«

Ahearn zuckte mit den breiten Schultern. Er trug legere Kleidung und keines seiner militärischen Abzeichen. Die Stallung, die seine Familie betrieb, schien ihm wie eine zweite Heimat. Mit seiner haarigen Pranke tätschelte er den Gaul, der suchend die Nüstern blähte und ihn gegen die Brust stupste. Er schürzte die Lippen und versuchte, die Gewandfalten zu erhaschen. Vermutlich schmeckte der Stoff vom Schweiß salzig.

»Dann mögen Sie mit einem Ahearnblut entlohnt werden, Alchemistin, wie versprochen. Sie haben es verdient!« Er nickte zu der frechen Stute. »Gefällt sie Ihnen?«

»Ich suche etwas Kleineres, Drahtigeres. Ich trage kaum Gepäck bei mir. Die Garde mag Erfolge feiern, aber die Toten streunen nach wie vor durch die Vorlande. Geben Sie mir ein Pferd, mit dem ich von ihnen nicht in den Morast gezogen werde.«

Ahearns Mund klappte im Protest auf, doch er schloss ihn wieder und strich sich bloß über den silberblonden Bart. »Ich sehe gewisse charakterliche Parallelen zu Ihrem Vater«, brummte er. »Sie nehmen kein Blatt vor den Mund. Dann kommen Sie.« Er winkte ihr. »Ich habe da einen Apfelschimmel, der gut zu Ihnen passt.«

Der Wallach, zu dem er sie führte, war drahtig, und sein graues Fell besaß eine gefleckte Musterung, als hätte sich Schnee auf seinen Rücken gelegt. Mirage streckte die Hand nach ihm aus und fuhr durch seine dunkelgraue Mähne. Er beäugte sie skeptisch, zuckte mit den Wimpern und warf das Haupt zurück, als ihn Fliegen an den Augenwinkeln kitzelten.

»Ein aufmerksames Tier«, behauptete Ahearn und tätschelte seinen Nacken. Der kraftstrotzende Mann wirkte neben dem Wallach riesig. Mirage hätte es nicht gewundert, wenn seine Füße auf dem Boden geschleift hätten wie bei einem Pony, säße er auf dem Schimmel auf.

Für Mirage sollte er passen. Sie nickte.

»Soll ich ihn zur Villa Ihres Vaters bringen lassen?«

»Dafür ist keine Zeit«, erwiderte sie. »Ich muss aufbrechen. Mein Gepäck wartet im Hof auf mich.«

Der Lieutenant warf ihr einen verwunderten Blick zu. »Sie verlassen Tradea?«

Ernst nickte sie. »Ich habe anderweitig Verpflichtungen zu erfüllen.«

Wenig später führte Ahearn höchstpersönlich den Apfelschimmel aus dem Stall und befahl einem Knecht, ihn zu satteln.

Mirage suchte währenddessen den Hof ab und entdeckte Ruben dort, wo sie ihn zurückgelassen hatte. Er hockte am gemauerten Rand des Brunnens neben einem Gepäckhaufen, der aus Fellschlafsack, Alchemistenkoffer, Feldschertasche, Wassersack und Lebensmitteln bestand. Sie rief Ruben herbei.

Der Junge zwinkerte ins fahle Winterlicht. Lustlos rutschte er von der Mauer und setzte sich in Bewegung.

»Was ist los?«, fragte sie ihn. »Du wolltest doch lernen, wie man ein Pferd sattelt?«

Er verzog das Gesicht. »Aber nicht, wenn Sie damit fortreiten, Ma'am.«

Seine Antwort drückte auf ihre Brust. Sie musste schlucken.

Erwartungsvoll öffnete er den Mund, sodass seine Zahnlücke sichtbar wurde. »Können Sie nicht bleiben?«

Sie schüttelte den Kopf. »Ich habe Verpflichtungen dort, wo ich herkomme«, erwiderte sie dumpf. »Ich bin schuld, dass die Menschen unter einem Monstrum leiden müssen.«

»Die Garde ist doch in den Vorlanden stationiert«, sagte Ruben und blinzelte. »Können die Gardisten sich nicht darum kümmern?«

»Plötzlich vertraust du der Garde?«

Er ließ den Kopf hängen.

»Das Monster ist meinetwegen dort. Wer etwas verbockt, der muss es richten.« *Vorausgesetzt, das ist noch möglich.* »Zumindest muss man es versuchen«, fügte sie an.

Der Junge holte tief Luft und blies sie aus. »Nehmen Sie mich mit!«, bat er plötzlich.

»Wie?«

»Nehmen Sie mich mit, Madame! Ich bin eine gute Hilfe! Sie müssen mich nicht länger bezahlen. Nur hin und wieder eine Mahlzeit wäre fein, damit ich nicht vom Fleisch falle. Ich mache alles, was Sie wollen! Sattle Ihr Pferd, mache Feuer, koche Essen …! Sie können sich auf mich verlassen, das schwöre ich! Bei Holler, ich schwöre es!« Verzweiflung schillerte in seinen Augen.

Mirage streckte die Hand aus. Obwohl sie keinen Handschuh trug, berührte sie seine Wange mit den Metallprothesen. »Das geht nicht«, sagte sie sanft. »Es ist zu gefährlich.«

Seine lumpenumwickelten Finger ballten sich zu Fäusten. »Ich kenne Gefahr! Ich lebe auf der Straße! Ich kann Sie beschützen!«

Sie schüttelte den Kopf. Ihre Locken schwankten. »Es tut mir leid, Ruben«, sagte sie. »Aber dort draußen lauern andere Monster als die auf der Straße.«

Trotzig kniff er die Lippen zusammen. Er trat einen Schritt zurück. »Sie wissen nichts über mich und mit welchen Monstern ich zu ringen habe!«

Sie zog die Hand zurück. »Je suis désolé.«

Er stampfte auf. »Ich bin kein Kind mehr!«

Sie schwieg.

»Sie unterschätzen mich!«

»Im Gegenteil. Aber ich kann es mir nicht leisten, meine eigenen Fähigkeiten zu *überschätzen*. Wenn dir unter meiner Obhut etwas zustieße, könnte ich es mir nicht verzeihen.« Sie legte den Kopf schief. »Das ist mehr mein Problem als deines.«

Er stieß die Luft durch die Zahnlücke und senkte den Blick. »Das war's also? Sie gehen einfach fort?«

»Ich komme wieder, ich verspreche es dir.« Sie erschrak vor ihren eigenen Worten. Wie kam sie dazu, diesem Kind ein derartiges Versprechen zu geben? Wer wusste, ob sie tatsächlich zurückkehren konnte? Sie hatte ein Monstrum zu stellen, das sie selbst erschaffen hatte. Einen Myling – ein zum Leben erwecktes Kind – das zu töten sie in fehlgeleiteter Mildtätigkeit unfähig gewesen war. Die Vogelbotin Navis hatte Mirage einen Hilferuf geschickt. Anscheinend war es den Priesterinnen der Nurova-Seelstatt nicht gelungen, die dunkle Magie zu bannen, die in seinem Inneren wucherte, denn ein Monstrum hatte die Seelstatt zerstört und trieb sein Unwesen rund um Svonnheim.

Es war Mirages Versäumnis, dass sie das Kind zu einem Ungeheuer hatte werden lassen. Sie musste es stellen. Sie musste töten, was zu töten sie verabsäumt hatte. Einen Myling wie sie selbst. Ein *Totenkind.*

Ruben hob die Hand und reckte den kleinen Finger. Sein Nagel starrte vor Dreck. »Versprechen Sie es?«, piepste er – dabei gab er sich sonst derart Mühe, erwachsen zu gelten.

Sie würgte das bittere Gefühl hinab. Wer sollte sie stellen, sollte sie ihr Versprechen nicht halten können? Sie hob die Hand, legte die Prothese ihres kleinen Fingers um den seinen. Fast fühlte es sich an, als wäre er wieder da, ihr verlorener Finger. Sie hakten sich beim jeweils anderen ein und schüttelten. »Versprochen.«

Tapfer nickte er. »Nun gut«, presste er hervor. »Ich bin bereit.«

Sie wies zu dem Apfelschimmel. »Komm mit. Ich zeige dir, wie man Sattel und Halfter anlegt.«

Ahearn kehrte aus den Ställen zurück, als Mirage aufbrechen wollte. Er bot ihr an, ihr auf den Sattel zu helfen, doch Ruben kam ihm zuvor. Vom Kampf im Liliengarten in Mitleidenschaft gezogen, ließ sie sich stützen, als sie sich am Aufsteigriemen emporzog. Als sie endlich oben saß, keuchte sie. Vor ihr zuckten die grauen Pferdeohren.

Kind und Lieutenant blickten zu ihr auf, Letzterer klatschte dem Pferd auf die Flanke und nestelte ein Stück Pergament aus seinem Gürtel. »Die Besitzurkunde des Wallachs«, erklärte Ahearn. »Er hat das Stallwappen in die Flanke gebrannt. Nicht dass man noch glaubt, Sie hätten ihn gestohlen. Sein Name ist Clamorsschneid. Sie können ihn umbenennen, wenn Sie möchten.«

Mirage verstaute das Pergament in den Satteltaschen. Bevor Ahearn seinen Wallach gehen ließ, streichelte er ihm liebevoll den Nacken, ein Lächeln auf den Lippen, als wäre das Tier seine Tochter, die er in die Ehe entließ. »Passen Sie auf ihn auf, Alchemistin DeBois.«

Nebenan schluchzte Ruben.

Das Pferd tänzelte und drängte dazu, aufzubrechen. Mirage sah hinab, die voluminösen Locken fielen ihr in die Stirn. »Können Sie mir noch einen Gefallen tun?«

Fragend sah der Lieutenant hinauf. Ihm war anzusehen, dass Menschen es selten wagten, ihn um Gefallen zu bitten. Dazu stand er zu hoch in den Rängen.

Sie griff in ihre Tasche und zog etwas hervor. »Gardist Rebenglanz unter Lieutenant Uriarte und Stellvertreter Rohoy ...« Sie beugte sich im Sattel vor und streckte es ihm entgegen. Verwundert begutachtete Ahearn die seltsame Konstruktion aus Metall und Leder.

»Wozu soll das gut sein?«, brummte er.

Sie hob die Hand mit den eigenen Prothesen. »Wenn Sie ihm begegnen, werden Sie verstehen.« Sie ergriff den Zügel, drückte dem Pferd die Stiefel in die Flanke und trieb es aus den ahearnschen Stallungen.

Rubens Schluchzen verfolgte sie. Er hatte nicht gemerkt, dass sie ihm ein kleines Vermögen in den Lumpenmantel gesteckt hatte.

2

In den Vorlanden stimmte etwas nicht. Dass Untote die Wälder durchstreiften, hatte eine Veränderung in Gang gesetzt. Die Vegetation war nicht mehr jene, die sie bei ihrem Aufbruch hinterlassen hatte. Torfmoos, Rosmarinheide, Moosbeere und Wollgras sprossen in Polstern rund um den ausgestampften Weg.

Mirage hielt an, band das Pferd an einen Haselstrauch, der seine kahlen Zweige in den Weg reckte, und stapfte vom Pfad fort etwas tiefer in den Hain. Der Boden knackte unter ihren Sohlen, die Eisschicht brach wie Glas, und Morast quoll über ihre Stiefelspitzen. Der Grund versumpfte.

Mirage sog den eigenartigen Torfgeruch ein und ließ den Blick zwischen die Baumgerippe schweifen. Svonnheim war kein Sumpfgebiet – war nie eins gewesen, Heimat trockener Nadel- und Mischwälder. Ihr Fuß stieß gegen fleischige, herzförmige Sumpfcalla-Blätter. Der einzige Ort, an dem sie diese bisher gefunden hatte, war nahe Dorfesruh gewesen. Direkt am See. Nicht hier draußen.

Auf ihrem Weg bemerkte sie schimmernde Flecken zwischen den Hainen – Pfützen, die die Himmelsstimmung reflektieren. Dazwischen ragten Bulten aus Gräsern und Moos auf, graugrüne, haarige Buckel, die den Eindruck erweckten, als stiege ein Untoter aus dem Moor.

Als der Abend anbrach, tanzten Lichter durch die unwirkliche Landschaft – Leuchtkäfer, die ihresgleichen suchten, aber auch Feuerblumen, welche die Gase aus dem Torf entzündeten. So mancher Wanderer war durch die Versprechung auf Feuer und Menschen in sein Unglück gelockt worden.

Apfelhaine lagen unerreicht im Morast, die umliegenden Zäune versanken im Boden, die Früchte vermoderten an den Ästen.

Ein Kornfeld war nur noch an den Ackerstreifen zu erkennen, zwischen denen Wasserstreifen wie Kanäle glänzten.

Die stillen Betrachtungen erweckten in Mirage eine größere Furcht, als eine Horde Untoter es vermocht hätte. Das Land veränderte sich – ein Anzeichen dafür, dass ein Versprechen gebrochen worden war. Ihr Vater hatte die Wahrheit gesagt. Mirage hatte es auch nicht anders erwartet. Er war vieles, aber kein Lügner. Nifs Rückgrat hatte es nie in die Grabhügel zurückgeschafft. Die Totengöttin forderte dafür ihren Tribut.

Die Erkenntnis über ihre eigenen Schwächen schmeckte Mirage bitter wie ein Alchemikum. Zäh wandelte sich das Gefühl von Abweisung und Scham durch Bhaals Ächtung in … nichts. Von den Gefühlen blieb bloß noch ein dumpfes Pochen zurück. Sie fühlte sich stumpf wie eine rostige Klinge, die mit dem nächsten Schlag zu zerbrechen drohte.

Zu viel Schuld lastete auf ihren Schultern. Ein Mensch allein konnte sie nicht stemmen. Es begann mit ihrer Existenz, um die sie nie gebeten hatte und die ihr doch stets zum Vorwurf gemacht wurde. Ihr folgte der Verrat an Bhaal, und dass sie Nifs Rückgrat zu spät gefunden hatte. Hätte sie es in blindem Vertrauen doch nur nicht Sergent Zejn überlassen!

Mit ihrer Entscheidung, den Myling am Leben zu lassen – oder besser gesagt, ihn *nicht* zu töten –, hatte sie etwas erschaffen, das die Vorlande in ihrem Kern veränderte. Wasser und Blut tränkten den Boden und schufen rostroten Morast, aus dem fleischfressender Sonnentau die muschelförmigen Köpfe reckte.

Das Pferd schluckte Mirages Lethargie wie der Nebel das Licht. Geduldig trug es sie weiter, während ihr Körper nur noch funktionierte und ihr Kopf die Veränderungen bemaß, die in ihrer Heimat vor sich gingen.

Sie nächtigte in einer halb verfallenen Scheune. Das Rascheln von Vogelfedern und das aufgewühlte Schnauben des Wallachs hielten sie wach. Kälte kroch durch die fauligen Strohreste, auf denen sie sich in ihre Decke wickelte. Am Morgen schluckte sie Nervensalz, um ihr vernarbtes Knie abbiegen zu können. Die wulstigen Narben, die von Nifs Rückgrat stammten, hatten sich zusammengezogen wie Schiffsknoten. Haut riss, als sie sich zurück auf den Sattel schwang. Sie kaute Soldatenkind-Samen und Weidenrinde, um die Schmerzen zu dämpfen.

Ein Pfad bog vom Hauptweg ab, in dessen Räderspuren sich der Frost abgesetzt hatte. Der Weg führte in einen Birken- und Buchenhain, der die Nurova-Seelstatt beherbergte. Hierhin hatte sie den Myling gebracht.

Mirage hielt den Wallach an, der unruhig mit dem Schweif peitschte. Sie fürchtete sich vor dem, was sie dort erwartete.

Widerstrebend bog der Apfelschimmel ab. Seine Hufe stanzten Löcher in den Morast, Eiskristalle knackten unter seinen Schritten. Die ersten Säulen, die sich am Wegesrand reihten, wirkten unberührt. Bloß Sonnentau, die Mäuler mit klebrigen Bläschen besetzt, deutete auf die Veränderung hin, die diesen Ort einverleibte. Ascheflocken zogen Mirages Aufmerksamkeit auf sich. Wie Schimmelsporen waren sie auf dem Frost festgefroren.

Der Weg sank unter den Hufen ein. Der Wallach stockte und tänzelte. Nervös peitschte er mit dem Schweif. Ein Schmatzen ertönte. Zeitgleich warfen Mirage und Reittier die Häupter herum. Sie lauschten in das Zwielicht. Birken und Buchen verblassten hinter einem Nebelschleier.

Das Schmatzen wiederholte sich. Irgendwo stob ein Vogel auf und machte sich zwischen den laublosen Ästen davon. Mirage und der Wallach sahen ihm nach. Mirage leckte sich über die Lippen, fasste die Zügel fester und zwang das Pferd voran.

Was einst ein weißgoldenes Langhaus gewesen war, lehnte nun als rußiger Kessel in seinen Grundfesten, von einem gewaltigen Brand verwüstet. Rauchgeruch erfüllte die Luft. Das Dach war in sich zusammengebrochen. Rußspuren zogen sich durch die zerstörte Fensterrosette bis zum Dachspitz, an dem das Schilf abgerutscht war. Die einst rostroten Torflügel sanken als Platten blau schimmernder Kohle aneinander. Nur die Steinmauern hielten sich tapfer in ihren Grundfesten.

Mirages Hals verknotete sich, ein Schauer kletterte ihre Arme empor bis in ihren Nacken und blieb dort sitzen wie eine eiskalte Hand. Eine Weile starrte sie die verkohlte Ruine an, bis sie es schaffte, den Sattelrand zu packen und vom Reittier zu gleiten. Mit einem losen Knoten band sie die Zügel in Zweige und näherte sich dem Gebäude.

3

Als Mirage die Stufen emportrat und ihre Stiefel durch den Ruß schmierten, kam ihr alles irgendwie unwirklich vor. Das Tor ächzte unter ihrer Berührung – doch es hielt. Jemand musste es von innen verriegelt haben. Als Schutz vor dem, was draußen gelauert hatte? Oder um drinnen zu halten, was nicht entfliehen durfte?

Die Narben von Nifs Rückgrat zogen sich zusammen. Mit einem dumpfen Laut klatschte sich Mirage gegen den Oberschenkel, drückte den Daumen hinein und versuchte, das verhärtete Gewebe auseinanderzuziehen, um sich Erleichterung zu verschaffen.

Ein Blick zurück verriet ihr, dass der Wallach die dunkelgrauen Nüstern reckte und angestrengt schnupperte. Seine Ohren zuckten, doch er blieb ruhig.

Sie umrundete das Haus und fand eine Stelle, an der das von

der Mauer gerutschte Schilfdach eine Rampe bildete. Vorsichtig erklomm sie die Schilfbündel, die unter ihrem Gewicht ächzten. Ein Bein brach durch die geschwärzte Decke. Sie krachte auf, klammerte sich fest und zog sich mit einem Grunzen heraus. Endlich gelangte sie auf die Seitenmauer.

Der Anblick ließ sie erschaudern. Das einstige Labyrinth aus hölzernen Zwischenwänden bestand bloß noch aus verkohlten Resten, unter Dachteilen vergraben, die dem Feuer nicht gänzlich zum Opfer gefallen waren. Trümmer bedeckten den einst sauberen Grund. Ascheflocken stoben auf, als sie ins Innere herabsprang. Keine zwei Schritte weiter stieß sie mit dem Fuß gegen einen Menschenschädel, der vom verbrannten Körper barst und hinfortkullerte.

Mirage öffnete und schloss die kalten Hände. All das hatte sie zu verantworten. Sie spürte nichts.

Ein Geräusch ließ sie herumfahren.

Eine Krähe hüpfte zwischen den Trümmern umher und riss mit dem Schnabel ein Stück Stoff hervor. Der Fetzen war an einer Stelle unbeschmutzt – *weiß*. Das Kleid des Avorun-Mädchens, das den Frühling erwartet hatte.

Mirage schluckte. Sie hielt auf den Vogel zu, ihre Schritte verschnellerten sich, Kohle barst unter ihren Absätzen. Die Krähe schenkte ihr kaum Beachtung. Ihre Federn glänzten blauschwarz wie das verkohlte Holztor.

Mit einem Aufschrei trat Mirage nach dem Tier. Unter Gekrächze stob der Vogel hoch und zog von dannen.

Einen Moment lang stand sie nur da. Der Ort besaß ein anderweltliches Eigenleben. Überall knackte und knisterte es; Kohlescheite ächzten unter ihrem eigenen Gewicht, als klagten sie über die Ereignisse.

Mirage sah auf, als die Krähe wieder am Himmel erschien. In einiger Entfernung segelte sie durch das Rosettenfenster an der

Tempelrückwand, das bloß noch das Eisengitter hielt. Davor ragte, nahezu unberührt, der Altar der Herrin der Jahreszeiten auf.

Mirages Härchen stellten sich auf, während sie sich dem Steinblock näherte. Das war ein magisch aufgeladener Ort, ein Prickeln glitt über ihre Arme. Wie hatte sie den Myling zurücklassen können? Die Verantwortung über Tod und Leben abgeben?

Wie verdorrte Puppen reckten Brandopfer ihre Glieder aus den Trümmern. Manche trugen Reste der Schwesterntracht, andere gängige Kittel und Hosen. Entweder hatten sich die Avorunspriesterinnen um die erkrankte Bevölkerung gekümmert – oder der Myling hatte Draugar angelockt, die ebenfalls im Feuer umgekommen waren.

Der Rauchgeruch war allgegenwärtig, als wäre der Brand nie erloschen. Mirage hustete, während sie die Stufen zum Altar erklomm. Ihre Zunge fuhr über die Schneidezähne. Sie schmeckte Pech.

Geschmolzenes Fensterglas bedeckte die Zeichen und Runen des Altars und des umliegenden Bodens. Es war schwierig, anhand der Ruine die Ereignisse zu rekonstruieren. Was war zuerst passiert? War ein Feuer ausgebrochen und hatte die Schutzzeichen zerstört? Entkam dadurch der Myling und wurde zum Monstrum? Wie hatte er sich verändert? Wie sah er nun aus? Womit hatte Mirage es hier zu tun?

Sie strich über das erkaltete Glas. Ein Blitz vibrierte ihre Elle empor. Erschrocken zog sie die Finger zurück.

Sie würgte den Teergeschmack herunter und wandte sich ab. Hinter dem Altar lag eine vom Feuer verzehrte Leiche, das Gewand überwiegend zu Asche zerfallen. Mirage bückte sich und strich mit dem Handrücken über das Gesicht, als könne sie noch die Augenlider schließen. Zumindest waren die Schwestern verbrannt. Nach dem Flammentod kehrten sie nicht zu untotem Leben zurück.

Ein Wiehern ließ Mirage hochfahren. Panische Geräusche platzten aus dem Maul ihres Reittiers, lautstark wütete es im Buschwerk.

Mirage fuhr herum und rannte zurück zu dem Mauerstück, über das sie eingestiegen war. Draußen protestierte das Pferd. Sie hörte das Klatschen der Hufe auf Morast. Ihr Herz trabte, während ihre Hände durch den Rußbelag schmierten und sie sich über das oberste Mauerstück wälzte. Sie rollte die Binsen hinab und landete auf Torfmoos.

Mirage drückte sich empor. Der Apfelschimmel tauchte in ihr Blickfeld. Er stieg auf die Hinterbeine und schlug auf eine Gestalt ein, die sich im Morast krümmte. Als seine Hufe den geschwärzten Schädel trafen, knackte es. Der Getroffene knallte auf den Grund und zwang sich erneut empor.

Mirage zog das Langmesser aus dem Gürtel. Sie rannte auf den Wallach zu, der bockte und die Zügel aus den Zweigen riss. Sie duckte sich unter den wirbelnden Hufen durch, stürzte sich auf die Gestalt und hieb zu. Mit dumpfen Lauten drang die Klinge durch verbranntes Gewand und schnitt in rosiges Fleisch. Die Tote musste dem Feuer entkommen und später im Morast verendet sein.

Mirage hackte, bis sich der Schädel spaltete und der Leib erschlaffte. Sollen die Toten in den Grund zurückkehren, aus dem sie sich erhoben hatten!

Der trappelnde Wallach riss sie aus ihrem Wahn. Aufgeregt zog er seine Kreise, seine Mähne tanzte. Es dauerte, bis er sich anlocken und einfangen ließ. Sie inspizierte seine Beine. Kratzspuren furchten seine Flanken, die sie mit Gäga-Salbe behandelte.

Als sie aufsaß, zuckte sein Schweif. Sie musste ihm nicht befehligen, auf den Pfad zurückzukehren – er trat freiwillig die Flucht an. Als sie auf die Güterstraße zurückkehrten, lenkte sie ihn Richtung Norden.

Um den Myling zu finden, musste sie erfahren, was hier passiert war – und mit welchem Feind sie es zu tun hatte. Ein Baby allein konnte diesen Brand kaum gelegt haben. Oder irrte sie sich?

Schnee bedeckte Svonnheim mit einem fleckigen Schleier. Wie Reißzähne spießten Baumstämme aus der schwarzen Erde und bildeten einen Schutzwall rund um jene Häuser, die sich in unmittelbarer Nähe zusammendrängten. Die Gebäude und Gehöfte, die außerhalb standen, lagen verlassen, Tore und Fensterläden zerschlagen. Der Geruch von frisch geschlagenem Holz harrte in der Luft. Es war der Duft von Mirages Heimat. Nun tropfte Harz wie Blut von den astlosen Stämmen, die die Schutzpalisade bildeten, manche wie armdicke Speere zugespitzt und vorgelagert, um einem Ansturm standzuhalten.

Die Straße verschwand in den Feldern. Krähenschwärme spurten über die zertrampelte Erde. Ein Vogel hockte auf einer gestürzten Vogelscheuche, ein anderer auf einer abgeknickten Lanze. Sie flatterten vor die Beine des Wallachs und pickten Körnerreste aus den Hufabdrücken, welche die tradeadischen Schlachtrösser hinterlassen hatte.

Mirage zog das Fuchsfell hoch, das ihren Nacken wärmte. Unruhig spitzte das Pferd die Ohren. Rauchschwaden kringelten hinter dem Wall hervor. Als sie sich näherte, ertönte ein Zornesruf. Sie riss am Zügel und zwang das Reittier zum Stehen.

»Halte!«, rief ein Soldat auf Alt-Tradeadisch. Über die Befestigung guckte ein Helmträger, der mit einem Pfeil zwischen den Palisadenspitzen hindurchzielte. »Qui est-ce?«

»Eindeutig kein Wiedergänger – es sei denn, die haben seit meiner Abwesenheit reiten gelernt!«, entgegnete Mirage mit fester Stimme.

Der Soldat zuckte unter dem Nasenschutz seines Helms mit dem Zinken. »Zutritt verboten!«

»Ich habe Freunde in Svonnheim.« Die Worte trugen einen bitteren Beigeschmack. »Navis hat mir geschrieben und mich um Hilfe gebeten!«

Ein Lachen entrang sich der Soldatenkehle. »Bitten kann sie zu den Göttern! Niemand darf rein, zum Schutz der Bevölkerung.«

Angespannt biss sich Mirage in die Wange. »Ich wurde auf dem Weg hierher von einer Brandleiche angegriffen. Sie kam aus Richtung der Nurova-Seelstatt. Öffnen Sie die Tore! Wenn Sie mich hier draußen lassen, weihen Sie mich dem Tod!«

Der Mann verzog den Mund.

»Gehen Sie gefälligst Ihrer Aufgabe nach und schützen Sie mich!«

Der Gardist warf einen Blick über die Schulter, seine Lippen regten sich. Mirage sah nicht, mit wem er sprach. Schließlich nickte er zackig. »Bleiben Sie, wo Sie sind. Wir holen unseren Vorgesetzten.«

»Lieutenant Uriarte?«

Seine Augenbrauen verschwanden hinter dem Stahlkappenrand. Trotzdem beharrte er: »Bleiben Sie!«, als wäre sie ein Hund, den man zum Sitzen befehligte.

Mirage presste die Lippen zusammen. Schnee setzte sich auf ihre Kapuze und das Fuchsfell, in das sie ihr Kinn grub. Der Wallach schüttelte die Flocken aus seiner dunkelgrauen Mähne. Er scharrte mit dem Vorderhuf über den gefrorenen Boden, in den Hufeisenabdrücken seiner Vorgänger war Eis zu Halbkreisen erstarrt.

Nach einer Weile kam Bewegung hinter die Palisade. Das Haupttor schwankte. Mit einem Scharrgeräusch wurde es nach außen gedrückt. Dahinter warteten Gardisten mit gezückten Speeren. Auf einer Plattform hockte ein Armbrustschütze, den Bolzen aufgezogen.

Mirages Blick huschte hin und her, während sie heranritt. Sie verbarg die Wangennarben hinter Haar und Fell. Die Gesichter der Soldaten waren ihr fremd, keiner unter ihnen stammte aus der ursprünglichen Svonnheimer Einheit. Allerdings war es nur eine Frage der Zeit, bis einer der Dorfbewohner sie erkennen würde. Svonnheim war Mirage in den Rücken gefallen, als Zejn seine Treue auf die Probe gestellt hatte. Alle bis auf Navis. Ein falsches Wort, und Mirage konnte sich auf einen Bolzen zwischen den Schulterblättern gefasst machen.

Sie trieb den Apfelschimmel durch das Tor. Der Blick eines Soldaten blieb an seinem Brandmal an der Flanke hängen. »Der stammt aus dem ahearnschen Gestüt«, merkte er verblüfft an.

Ein Uniformierter trat heran. Sein Schwert hing griffbereit. »Absitzen! Wir bringen Sie zum Vorsteher. Er wird entscheiden, ob Sie bleiben können.«

»Zum Vorsteher? Wen meinen Sie? Uriarte? Oder den Dorfbüttel?«

Die Erwähnung von Uriartes Namen ließ seine Augenbraue tanzen wie eine haarige Raupe. Er saugte seine bärtige Wange ein, was eine deutliche Narbe unterstrich, die sich von seinem Auge in einem Halbkreis zum Ohr zog. »Der Büttel hat schon lange nichts mehr zu sagen«, brummte er. »Steigen Sie gefälligst ab.« In der Präsenz der Bewaffneten verzog Mirage missmutig die Lippen. Widerwillig folgte sie der Aufforderung. Ihr Bein schmerzte, als sie es vom Sattel schwang.

Der Gardist – zwei Schwalben, an der Metallart als Sergent-Stellvertreter erkennbar – kehrte ihr den Rücken zu und marschierte zackig voran.

Vertraute Gesichter spähten aus verrammelten Hütten. Rauchschwaden ließen erkennen, dass sie noch bewohnt waren. Abgehalftertes Vieh tummelte sich auf den Straßen – Federvieh, Rinder, Milchkühe, Ziegen und Schafe. Ihre Haut spannte über den

Rippen, Haar und Daunen zerrupft. Verbissen tasteten sie den Grund nach Stroh ab. Hunde mit drahtigem Fell umschlichen Hühner und Gänse, die gackernd Reißaus nahmen.

Sie gelangten zu jener Kreuzung, an der nicht nur das Haus des Dorfbüttels stand, sondern auch das der Vogelbotin Navis. Mirage warf im Vorbeigehen einen Blick an der schiefen Fassade empor. In dem seitlich vorgelagerten Kobel raschelten vereinzelte Tauben mit den Flügeln. Der Rest von ihnen war wohl nach Tradea entsendet worden – oder man hatte ihn gegessen. Aus dem abgeknickten Schornstein kroch kein Rauch.

»Schneller!«

Mirage biss die Zähne zusammen, sodass es in den Ohren knackte. Die Speere in ihrem Rücken wiesen ihr den Weg zum Stützpunkt der Garde.

»Das Pferd bleibt hier.« Der Sergent-Stellvertreter zeigte zu einem Pfosten. Mirage fixierte die Zügel mit einem lösbaren Knoten. »Erfahre ich nun, mit wem ich sprechen werde?«, fragte sie so beherrscht wie möglich.

Eine Antwort blieb der Sergent ihr schuldig, er fuhr sich bloß geistesabwesend durch den braunen Bart. Das Auge, an dem er einst eine Verletzung erlitten haben musste, kniff er unbewusst ein wenig zusammen.

Vor der Garnison hatten Soldaten ihren Posten bezogen. Ein Blick durchs Fenster – eines der wenigen, die nicht verrammelt waren – verknotete Mirages Magen. Leichen stapelten sich in blutbefleckten Laken. Eine davon wartete auf einem Tisch. Eine Frau mit Kopftuch durchtrennte soeben die Kainssehne oberhalb der Ferse. Sie verhinderte, dass die Toten aufstehen konnten.

Die Frau, die Garnisonsköchin, verübte ihre Tätigkeit mit derselben Gleichgültigkeit, mit der sie früher Hühner zerteilt hatte. Die Untoten hatten neue Bedürfnisse geschaffen. Den Menschen blieb keine Wahl, als sie zu erfüllen.

»Kommen Sie.« Der Sergent-Stellvertreter zog ihre Aufmerksamkeit auf sich. Sie wollte ihm zur Wachstube folgen, doch er strebte am Gebäude vorbei. Mirage folgte mit Abstand und schulterte ihr Gepäck.

In einer eingefallenen Scheune regten sich Gestalten. Dreckstarrende Kindergesichter blickten zwischen den lose verzimmerten Brettern hervor und klammerten sich mit lumpenumwickelten Fingern an die Dielen. Mirage vermutete Flüchtlinge aus umliegenden Höfen.

Hinter den Häusern stiegen fettige Schwaden auf. Rauchgeruch verstärkte sich, doch neben Holz trug er noch eine süßliche Note mit sich – er erinnerte Mirage an den Platz der Asche.

Sie näherten sich dem Palisadenzaun auf der Dorfrückseite. Gardisten patrouillierten daran und spähten über die Zacken in die Ferne. Der Sergent-Stellvertreter gab das Zeichen, ein Tor zu öffnen. Zwei Speerträger schoben den Sperrbalken zur Seite.

Wind brauste durch ihr Haar, als sie die Umzäunung verließen. Schneeschwaden verdichteten sich. Knistern ertönte, das Echo von Stimmen, ein schauriger Gesang, der über den Acker hallte. Der Geruch nach verbranntem Lavendel und Weihrauch trieb heran. Mirages Stiefel trugen sie über das zertrampelte Feld hin zu einer Reihe Scheiterhaufen. Manche brannten lichterloh, andere waren bereits erkaltet. Knochen türmten sich auf der Kohle. Um die Brandherde tummelten sich Gestalten, darunter Männer und Frauen in schwarzen Roben. Nifenpriester schwenkten Weihrauch- und Lavendelrauchfässchen und raunten Totenklagen. Ein Priester warf getrocknete Lavendelsträuße ins Feuer. Verrußte Totenschädel glotzten aus den Flammen.

»Sergent Rougeoyer«, rief Mirages Begleiter. Ein Mann mit fellbesetztem Umhang wandte sich ihnen zu, die Schläfen silbrig. Er beobachtete ihr Herannahen mit zusammengekniffenen Augen.

Der Stellvertreter eilte an seinen Sergent heran, der Wind wühlte in seinem braunen Haar. Mirage näherte sich im gemäßigten Tempo. Gardisten, die die Scheiterhaufen mit aufgerichteten Speeren flankierten, begegneten ihr mit misstrauischen Blicken. Sie kannte keinen von ihnen. Die Leichen waren zur Unkenntlichkeit verbrannt, die Haut von den Schädeln gefressen. Unterkiefer fielen herab, als wollten sie schreien. Wer war unter den Toten, den sie gekannt, ja beizeiten verarztet hatte?

Mirage fröstelte es. Krähen spickten den Schnee in unmittelbarer Nähe und warteten, dass die Feuer abkühlten, um die Trümmer nach Fleischresten zu durchsuchen. Sie waren die Einzigen, die der Totenaufmarsch bereicherte.

Der Sergent-Stellvertreter unterhielt sich mit seinem Vorgesetzten und zeigte anschließend zu ihr. Der Sergent, vermutlich in Zejns Alter, verzog die Augenbrauen. Er betrachtete sie argwöhnisch wie die Krähen die Feuer – als wäre sie ein Fleischstück, von dem er überlegte, ob es noch genießbar war.

Er hob das Kinn, als sie sich näherte, und stützte sich auf ein Langschwert mit entblößter Klinge. Seine Fingernägel waren blau geschlagen, die Äderchen auf den Wangen in der Kälte geplatzt.

»Wer hat Ihnen geschrieben?«, sprach er sie an.

Mirage kniff die Augen zusammen und legte sich eine Antwort zurecht. »Ich bekam einen Hilferuf zugetragen.«

Abfällig schnaubte er. Rougeoyer wirkte genauso humorlos wie Zejn zu gewissen Gelegenheiten. Er zog das Schwert von der Erde und versenkte es mit einer fließenden Bewegung in der Lederscheide. Seine Hand blieb am Knauf liegen. »Ich gebe Ihnen genau eine Gelegenheit, mir zu erklären, warum Sie hier mit einem Pferd aus dem ahearnschen Gestüt einreiten und wer in diesem Dorf die Kommunikationssperre missachtet hat.«

Mirage holte Luft. Der Fuchspelz kitzelte Kinn und Wange, als sie die Narbe hineinschmiegte. Das letzte Mal, als sie sich über die Regeln eines Sergents mokiert hatte, war sie am Scheiterhaufen gelandet.

»Das Pferd habe ich von Lieutenant Ahearn. Es diente als Bezahlung für meine Unterstützung bei einem Einsatz in Tradea.«

Der Sergent hob die Augenbraue. »Ein Ahearn-Blut ist eine vermessen hohe Entlohnung für eine simple Hilfestellung an die Garde.«

Mirage stieß die Luft in einer Wolke aus. »Sie wissen nichts über die Natur meiner Hilfestellung, also dulde ich keine Kritik an der Höhe der Entschädigung.« Sie biss sich auf die Zunge. Ihr Blick glitt zu den Scheiterhaufen. Diesmal stand sie direkt daneben – man musste sie nur noch in die Glut stoßen.

»Spucken Sie schon aus«, erwiderte der Sergent brüsk. »Wer hat Sie gerufen?«

»Das ist nicht die Frage, die Sie sich stellen sollten, Sergent«, schnarrte Mirage.

Als sie ihm die Antwort verweigerte, verhärtete sein Gesicht, doch sie setzte sogleich an: »Vielmehr sollten Sie sich fragen, welche Dienste ich anbieten kann, sodass ich ein solches Pferd verdiene. Und sogleich erhalten Sie die Antwort auf die Frage, wieso Sie mich nicht aus Svonnheim werfen sollten.«

Der Sergent verschränkte die Arme vor der Brust. Er schnalzte mit der Zunge, sein Blick glitt an ihr auf und ab. Sie fühlte sich wie ein Tier, an dessen Gliedmaßen er zupfte, um herauszufinden, ob es sich lohnte, sie auszureißen. »Sprechen Sie.«

»Ich bin Alchemistin. Ich kann meine Lizenz vorlegen. Sicherlich wollen Sie niemanden von Ihrer Türschwelle weisen, der in Ihrer momentanen Situation Heilmittel wie auch Sprengmittel besitzt. Mir wurde berichtet, dass sich ein Monstrum zwischen den Toten erhoben hat. Etwas, das schlimmer ist als die Wiedergänger aus Dorfesruh. Es hat die Zerstörung des Nurova-Tempels verursacht. Ich kann helfen, es zu finden. Es ist mein persönliches Anliegen, es unschädlich zu machen.«

Der Mann kniff die Lippen zusammen.

»Fragen Sie Uriarte nach meinem Namen. Er müsste ihr bekannt sein.«

Der Sergent blickte über die Schulter. Einige Soldaten wandten die behelmten Häupter ab.

»Die Hauptfrau ist auf Einsatz ausgeritten. Sie wird eine Weile lang nicht zurückkehren. Momentan habe ich hier das Sagen.«

Mirage biss die Zähne zusammen. »Dann sagen Sie schon, können Sie es sich leisten, mich abzuweisen? Nachdem mit der Nurova-Seelstatt die letzten Heilkundigen gefallen sind?«

Er betrachtete sie auf eine Weise, für die sie am liebsten den Dolch gezückt hätte. Ihre Finger zuckten zu ihrem Gürtel, waren sich des Stahls unter dem Mantel bewusst, doch sie riss sich zusammen.

Rougeoyer merkte die Regung wohl, aber er bedachte sie nur mit einem Lächeln.

»Das Haus des Dorfbüttels steht leer. Sie können dort vorübergehend Quartier beziehen. Bei Abendanbruch speisen wir. Da können Sie mir erzählen, mit welchen Leistungen Sie sich zu brüsten vermögen.«

Mirage wich einen Schritt zurück.

Der Sergent wandte sich ab. Sein Stellvertreter lief an ihre Seite. »Folgen Sie mir«, befahl er dumpf.

Sie gehorchte zögerlich und fühlte sich dabei wie eine Mähre, die nicht nach ihrer Meinung gefragt wurde und stumpf ihrem Bauern folgte.

Das Haus des Dorfbüttels musste seit längerer Zeit leer stehen. Der Sergent-Stellvertreter trug den Hausschlüssel bei sich. Wie er dazu gekommen war, verriet er nicht. Auf die Frage, was mit dem Büttel passiert war, erhielt sie bloß eine knappe Antwort: »Tot.«

Im Haus roch es abgestanden. Nach wie vor haftete dem Gebäude der Geruch seines Bewohners an. Der Büttel hatte zu den Ältesten Svonnheims gehört. Sein Alter war ein entscheidender Umstand für seinen Ehrenposten gewesen. Persönlich hatte Mirage wenig von ihm gehalten. Der Feigling war gern mit seiner Meinung in jene Richtung gekippt, zu der die Mehrheit tendierte.

Das Verschwinden des Büttels erfüllte Mirage dennoch mit Unrast, denn es bedeutete, dass das Rechtssystem in Svonnheim nur noch in der Hand des neuen Sergents lag.

Im Hausinneren drehte sie sich um. Die Soldaten postierten sich vor der Haustür. Mirage biss sich auf die Unterlippe. Auch sie war somit der Willkür des neuen Sergents ausgesetzt. Jeder ihrer Schritte würde beobachtet werden.

Langsam ließ sie das Gepäck von der Schulter gleiten. Sie griff nach dem Fuchspelz und lockerte ihn, während sie zur Tür zurücktrat. »Ich brauche Nahrung und Wasser«, erklärte sie.

Einer der Gardisten warf ihr einen überrumpelten Blick zu.

»Was? Ich muss essen und trinken wie jeder andere Mensch.«

»Sie werden mit dem Sergent speisen«, erwiderte der zweite Soldat nasal, der sich nicht so leicht aus der Ruhe bringen ließ.

Mirages Backenzähne mahlten übereinander. »Und waschen soll ich mich auch vor ihm?«

Der Mann wandte ihr das Profil zu und stieß ein ätzendes Lachen aus. »Waschen? Die Leute hier sind froh, wenn sie etwas zu saufen finden. Die umliegenden Flüsse sind brackig, seitdem sich Dorfesruh aus dem Wasser erhoben hat. Die Gegend versumpft. Freilich können Sie es wie die Säue halten und sich in einer Schlammpfütze suhlen.«

Sie lehnte sich an den Türpfosten und starrte ihn an wie eine Katze in der Nacht. »Mh, das wirkt wenig erstrebenswert auf mich, ist die Möglichkeit doch hoch, Sie dort anzutreffen, Gardist.«

Beide Männer sahen sie an.

»Ich werde in diesem Haus Sprengkörper bauen«, raunte sie, »um das Monstrum zu töten, das diese Gegend in Angst und Schrecken versetzt. Ich habe weder Zeit noch Geduld, um Arbeitsmittel zu betteln und zu flehen.«

Der erste Gardist wandte sich unangenehm berührt ab, doch der zweite blieb standhaft. »Leg dir zwei Schwalben zu, Weib – und ich überlege mir vielleicht, auf dich zu hören.«

Mirage spreizte die Mundwinkel zu einem Lächeln. Manchmal war sie es müde, sich ein ums andere Mal wieder beweisen zu müssen.

Sie blickte zu dem Haus hinauf, das an der T-Kreuzung Navis' gegenüberlag. Ein Mann starrte angstvoll herab, und als sich ihre Blicke trafen, wurde rasch der Fensterladen zugezogen.

Mirage schloss die Tür hinter sich. Der Soldat glaubte, er hätte sie besiegt. Alle glaubten es. Sie ahnten nicht, mit welch dunklem Feuer sie spielten.

Ein Klopfen an der Haustür lockte Mirage zurück ins Erdgeschoss. Von einem Fenster des Oberstocks hatte sie Navis' Haus beobachtet. Die Fensterläden waren verrammelt, das Gebäude mit Wachposten umstellt. Selbst wenn es ihr gelänge, das Heim des Dorfbüttels zu verlassen, so könnte sie das Botenvogelgebäude nicht ungesehen betreten, um nach ihrer Freundin zu sehen.

In Abständen eilten Dorfbewohner über die Straße, warfen scheue Blicke zu dem Gebäude, in dem sie sich befand. Sie kannte die Gesichter. Und die Gesichter kannten sie. Die Nachricht über ihre Rückkehr verbreitete sich wie ein Lauffeuer. Das bedeutete auch, dass der Sergent bald erfahren würde, welche Geschichte sie mit Svonnheim verband. Sie musste sich vor einem unangenehmen Gespräch wappnen.

Als sie die Haustür aufzog, warteten dort ihre Wachen. Zwischen ihnen reckte jedoch ein hageres Mädchen einen Weidenkorb empor. Mirage kannte das Kind flüchtig, Großvetterin des Wirts der Gelben Rübe, eines von sieben Töchtern des Müllers, von denen zwei die silvatische Pest dahingerafft hatte. Dem Mädchen standen die Pestfolgen als Narben zu Gesicht. Die Ausgezehrtheit würde sie selbst dann nicht ablegen, lebte sie in Saus und Braus in einer von Tradeas Villen.

»Was bringst du mir?«, fragte Mirage.

»Der Sergent schickt es Ihnen«, knickste das Kind. Sein Blick blieb an Mirages Narben hängen. Rasch blickte es zu Boden.

Die Alchemistin nahm den Korb entgegen und zog das Tuch ab, von dem sie glaubte, dass es seinen Inhalt verdeckte – bloß um festzustellen, dass der Stoff der Inhalt war. Verdattert hielt sie ein Kleid hoch. Darunter kam ein buntes Fläschchen zum Vorschein. Sie entkorkte es, fächerte über den Fläschchenhals und rümpfte die Nase. Das war … Liberiumglöckchen-Parfüm. »Was soll das werden?«, stieß sie hervor.

Das Mädchen knickste. »Der Sergent erwartet Sie beim Vesperschlag.« Damit drehte es sich um und eilte auf umwickelten Füßen davon.

Ihr Lieblingssoldat verzog vor Spott die Mundwinkel. Waschen durfte sie sich nicht, aber parfümieren, bis ihr das Kotzen kam. Mirage wiegte das Fläschchen in den Fingern und überlegte, ob sie dem Gardisten das Gefäß ins Maul schmettern sollte. Stattdessen schloss sie die Tür hinter sich.

4

Mit dem Schrillen von abendlichem Hahnengeschrei betrat Mirage den Stützpunkt. Sie wurde in das Obergeschoss geführt. Der Raum, in den man sie sandte, war von Kerzen erleuchtet, deren Wachs schwerfällig auf einen Esstisch tropfte. Ein Brotkorb stand bereit, ein Glasballon mit Wein, Messingteller, zweizinkige Gabeln, Löffel und Messer. Der Sergent saß etwas abseits an einem Sekretär und wandte ihr den Rücken zu. Er schrieb. »Sie warten«, teilte er mit, ohne sich umzudrehen. Seine Federspitze kratzte über den Untergrund.

»Das tue ich«, erwiderte Mirage. »Auch wenn mir nicht recht bewusst ist, worauf.«

»Das war keine Feststellung, sondern ein Befehl.« Der Sergent legte die Schreibfeder ab und wandte sich im Sitzen um. Er musterte sie unangenehm. Möglicherweise war es notwendig, solcherlei Männer hierherzuschicken. Wer sonst sollte Monstren abschlachten, die früher Menschen gewesen waren?

Er nickte ihr zu. »Legen Sie den Mantel ab.«

Sie tat, wie ihr geheißen, und warf das Kleidungsstück über eine Stuhllehne.

Er presste die Lippen zusammen. »Sie tragen das Kleid nicht, das ich Ihnen gesendet habe. Wie respektlos.«

»Wollen Sie meinen Respekt, müssen Sie ihn sich verdienen.« Sie stellte das Parfümfläschchen ab. »Suchen Sie eine Tüftlerin, den hiesigen Gestank zu überdecken, sind Sie bei mir falsch. Ich bin Alchemistin, keine Parfümeurin.«

In vermeintlicher Lässigkeit hob er ein Bein an und legte die Wade quer über den Oberschenkel des anderen. Mirage kannte genügend Männer in seinen Rängen. Keiner von ihnen war lässig. Es war ein Spiel. Als würde er eine Echse auf einem heißen Stein beobachten, die noch hoffte, entkommen zu können – doch in jeder Richtung erwarteten sie Hände mit dem Ziel, an ihren Gliedmaßen zu reißen.

»Sie waren länger nicht hier, Mirage DeBois.« Er genoss es, die Kenntnis ihres Namens zu eröffnen. »Sie glauben, es gelten noch immer die gleichen Regeln wie damals. Ich muss Sie enttäuschen.«

Sie setzte das Zähnefletschen eines Lächelns auf. »Zweifelsohne haben Sie gehört, dass ich mich mit manchen Ihrer Vorgänger besser und mit anderen schlechter arrangiert habe.«

»Das habe ich. Gelernt scheinen Sie daraus wenig zu haben.«

Sie stieß die Luft zwischen den Zähnen hindurch. Sie hasste es, wie er sie ansah. Es war ein Rätsel, wie ein Mann, der einen ganzen Landstrich vor der Zerstörung retten sollte, immer noch Zeit hatte, sie wie ein Stück Vieh zu beglotzen. »Möglicherweise ist Ihnen das Naturell meines Arrangements mit Sergent Besson nicht bekannt«, bemerkte sie, griff nach der Stuhllehne, zog sie zurück und ließ sich auf die Sitzfläche nieder. »Ich habe ihm Potenzmittel besorgt. Ausprobiert hat er sie mit anderen.«

Rougeoyer riss den Mund auf – und entließ ein hartes Lachen. Mit einem Ruck löste er seine Pose auf und trat nun ebenfalls an den Tisch. »Luke!«, bellte er.

Ein Poltern erklang, als jemand die Treppe hinaufhastete. Die Tür wurde aufgestoßen, der Geruch von Gebratenem wehte herein. Wenig später stellte ein Junge eine Gusseisenpfanne ab, in der sich mehrere knusprige Wachteln drängten. Keine Wachteln, wie Mirage einen Augenblick später erkannte. Tauben, mit Kräutern eingerieben und goldbraun gesotten. Die Vögelchen schmorten in ihrem eigenen Saft. Als sie den Blick löste, bemerkte sie, dass der Sergent zufrieden lächelte. Sie setzte eine Maske auf und lehnte sich zurück, versuchte, Unbeteiligtheit zu mimen, doch sie musste den Speichel schlucken, bevor sie weitersprechen konnte.

Luke, der Junge, der den Kittel eines Clamorjüngers trug, griff nach dem Weinballon und schenkte ein. Rougeoyer legte die Hände übereinander. Sein blau geschlagener Finger tippte auf die zerschundenen Knöchel. Als er schwieg, übernahm Mirage das Gespräch. »Das Monstrum. Ich brauche Informationen über sein Naturell, um passende Alchemika zu brauen.«

»Damit hat Sie Ihr geheimnisvoller Informant nicht bestückt?«, spottete Rougeoyer.

»Wollen Sie nun meine Hilfe oder nicht?«

Er stützte die Wange an die Faust. Nach einer Weile ließ er sich zu einer Stellungnahme herab. »Es existieren verschiedene Aussagen. Nur wenige Dörfler und Händler haben eine Zusammenkunft überlebt. Einig sind sie sich darin, dass es in den Wäldern haust. Angeblich steigt es aus dem Morast, gemeinsam mit einer Armee Untoten, die es befehligt. Es selbst besitzt tausend Gesichter.«

»Sind Sie ihm begegnet?«

Er schüttelte den Kopf. »Ich habe es gehört. Zu Beginn haben wir es gejagt. Wir dachten, es wäre ein Wiedergänger wie die anderen. Aber es scheint ... *mehr* zu sein.«

Mirage schluckte. Sie musste an das Baby denken, das sie in ihren Armen getragen hatte. An den schwarzen Handabdruck auf seinem Bauch. Den Abdruck, den sie selbst verzerrt auf ihrem Rücken trug. Wie konnte ein derart kleines Ding Menschen in den Schlamm zerren? Befehligte es tatsächlich eine untote Armee? Sie schlug ein Bein übers andere.

Rougeoyer griff nach dem Becher und wies den Jungen an, ihn mit Wein zu befüllen. Der Knabe hielt den Blick gesenkt, duckte sich zu Rougeoyers Befehlen wie unter Peitschenhieben. Der Sergent war sich der Treue seiner Jünger bewusst. Er beobachtete, wie der Knabe die Tauben servierte, dann entließ er ihn mit einem Wink und prostete Mirage zu. Widerwillig imitierte sie die Bewegung. Es entlockte ihm ein zufriedenes Lächeln.

»Die Überlebenden behaupten, es wäre halb Mensch, halb Tier.

Es habe bleiche Augen wie der Tod, liefe aber auf Hufen und Klauen, mit einem Schweif aus Knochen, mit dem er die Reiter von der Straße zerrt. Es trüge Federn und Horn gleichermaßen wie Arme und Finger. Sie nennen es einen *Koschtschei,* nach einer Legende der Alten. Herrscher über die Wälder – Herrscher über die Wiedergänger.«

Mirage verzog die Stirn.

»Vermutlich ist nicht alles wahr, was sie erzählen«, er nippte an seinem Getränk, »aber gelogen ist es wohl auch nicht. Die Wälder haben sich verändert. Der Sumpf dünstet Gase aus. Und die lebenden Toten sind Wirklichkeit.«

»Hauptfrau Uriarte«, fragte Mirage, »jagt sie das Vieh?«

Seine Augenbraue hob sich. »Hauptfrau Uriarte ritt mit einer Einheit aus, um ein Dorf zu räumen, das den Angriffen der Untoten ausgesetzt war. Seither habe ich nichts von ihr gehört. Ich wundere mich allerdings nicht darüber. Bevor man verhungert, verspeist man die Botenvögel.« Mit der zweizinkigen Gabel stach er demonstrativ durch die Kräuterkruste.

»Wann wird sie zurückkehren?«

Desinteressiert zuckte er mit den Schultern. Möglicherweise hielt er wenig von Frauen in der Garde. »Sie nahm einen Reitertrupp mit; Männer, die ich gut hätte gebrauchen können, diese unglückliche Siedlung zu halten.« Er riss ein Stück Fleisch heraus. Dampf kroch aus dem Brateninneren, er stopfte sich Fleischfasern in den Mund. Fett sammelte sich an seinem Mundwinkel. Er griff nach einem Tuch und wischte sich die Finger. »Wie dem auch sei – schicke ich Leute in den Wald, verschwinden sie. Wir kennen den derzeitigen Aufenthaltsort des Koschtschei nicht, können ihn nur eingrenzen, indem wir die Verschwundenen auf der Karte zählen.« Er nickte hinter sich. Auf dem Sekretär ruhte ein Pergament, auf dem Mirage gezeichnete Umrisse erkannte. Eine Landkarte der Umgebung. »Momentan scheint es sich in dem Mischwald bei

Dorfesruh eingenistet zu haben.« Er nahm noch ein Stück, das Essen lenkte sie ab. Ihr Blick flatterte zu der eigenen Taube, die ihr der Junge serviert hatte – samt goldbraunen Schmorapfel. Ihr Magen knurrte lautstark. Sie strich sich über die Lippen.

Ein Knarren der Zimmerdecke ließ sie aufblicken. Über ihnen hielten feiste Balken Deckendielen, die den Blick zum Dach abschirmten. Eine verschlossene Luke verriet, dass man ihn als Dachboden nutzen konnte.

»Tauben und Krähen«, knurrte Rougeoyer verärgert, als er ihren Blick bemerkte. »Die verdammten Viecher kriechen durch die lockeren Dachschindeln. Momentan fehlen die Leute, um sie zu flicken.«

Mirages Blick rastete einen Augenblick lang an der Falltür.

»Sie sind nicht die Einzige, die Geister sehen«, fügte Rougeoyer an. »Man kann sich schließlich nie sicher sein – trügen einen die eigenen Sinne? Oder hat Nif uns ein weiteres Unheil an diesen unheiligen Ort geschickt?«

»Ich bin einer Brandleiche begegnet, als ich den Pfad zur Nurova-Seelstatt passiert habe. Ich ritt zur Seelstatt und fand dort verbrannte Ruinen vor. Was ist geschehen?«

Rougeoyer kaute. Er langte über den Tisch, packte die Gabel, die für sie gerichtet worden war, und schob sie ihr hin. »Essen Sie.«

»Wie ist in der Seelstatt ein Feuer ausgebrochen?«, hakte Mirage nach.

Er schnaubte. »Ich habe der Mutter Oberin die Wahl gegeben, diesem götterverdammten Ort den Rücken zuzukehren und zu uns ins Dorf zu kommen. Sie hatte es mehr Glück als Verstand zu verdanken, dass die Seelstatt nicht früher gefallen ist. Ich habe die Schwestern gewarnt. Sie wollten nicht hören.«

»Das Feuer ...«

»Dort drinnen gab es nichts als Holztafeln und Schilf, das eine unbedachte Flamme in Brand setzen konnte. Wundern Sie sich wirklich, dass dieser Ort abgebrannt ist?« Fett rann über sein Kinn, er wischte es mit dem Tuch ab. »Der Koschtschei ist durch ihre Gegend gestreunt, hat nur darauf gewartet, sie in ihre Armee aufzunehmen. Sie hatten die Wahl. Sie haben den Tod gewählt. Nurova weint Schnee um sie.« Er zuckte mit den Schultern. Von Tränen schien er selbst weit entfernt, ja, selbst von Mitleid.

»Das Haupttor war verriegelt.«

Er hob die Augenbraue. »Wären Sie nicht als Weib geboren, hätte man Sie vielleicht in der Stadtgarde gebrauchen können, um ungelöste Morde aufzudecken.« Er lehnte sich zurück, hob den Ellbogen auf die Stuhllehne und schmatzte. »Sie haben meine Soldaten nach Essen gefragt, und jetzt fragen Sie mir Löcher in den Bauch. Greifen Sie zu. Etwas anderes wird es so bald nicht geben.«

Mirage konnte sich gut vorstellen, dass er die Wahrheit sagte. Es gab unterschiedliche Methoden, um Menschen zu kontrollieren. Wer Nahrung rationierte, hielt sich Sklaven.

Sie griff nach dem Messer, säbelte einen Flügel ab und begann, das zarte Fleisch vom Knochen zu lösen. Das Fleisch schien weich zu sein, und Mirage erwartete eine Geschmacksexplosion, als sie es zwischen die Lippen führte. Sie roch Beifuß, Kerbel, Galgant, Betram und eine Spur Honig. Doch als das Stück ihre Zunge berührte, schmeckte sie … nichts. So wie sie kaum etwas schmeckte, seitdem sie in Kontakt mit dem Artefakt gestanden hatte.

Rougeoyer glaubte sich als Sieger. Zufrieden lehnte er sich zurück. Es war ein demütigendes Gefühl, von ihm beim Essen beobachtet zu werden. Mirage aß nur, weil sie wusste, dass ihr Körper es benötigte. Freude bereitete es ihr keine, genauso wenig wie der Wein, von dem sie einen Schluck nahm, bevor sie sich die Finger abwischte. »Sie haben ja Manieren, wenn Sie es wünschen«, stellte Rougeoyer fest.

Mirage verzichtete auf eine Entgegnung.

»Wie schade, dass Sie mit diesen Narben gezeichnet sind. Sie haben ein schönes Gesicht.«

Mirages Hand mit den Metallfortsätzen verkrampfte sich. Plötzlich war sie froh darüber, sich nicht auf das Spiel eingelassen und das Kleid angezogen zu haben. Möglicherweise glaubte Rougeoyer gar nicht, dass sie ihm helfen konnte. Vielleicht war sie für ihn bloß wie das Parfüm neben seinem Teller – eine flüchtige Chance, sich zu erfreuen. Mirage starrte geradeaus und ging die Möglichkeiten für den Fortlauf dieses Gesprächs durch. Keine davon gefiel ihr.

»Wie Sie Ihre Narben«, erwiderte sie schließlich beherrscht, »habe ich die meinen verdient. Ich trage sie mit Stolz.« Es war eine Lüge, doch das musste er nicht wissen.

»Grämen Sie sich nicht, Mademoiselle …« Er tastete nach ihrer Hand.

Rasch entzog sie sich. Sie wollte nicht so angelächelt werden – nicht von ihm, und auch von keinem anderen Mann.

»Sie sind immer noch ein hübsches Ding.«

Mirage verschlug es selten die Sprache. Nun wusste sie nur noch zu blinzeln. Sie hätte ihm am liebsten die Haut vom Gesicht geschält, doch wenn sie den Myling finden und stellen wollte, war sie auf seinen Gutwillen angewiesen – jedoch nicht auf seine Komplimente. Mit einem Ruck erhob sie sich, der Stuhl schlitterte zurück. »Warum sendet Tradea keine Unterstützung?«, fragte sie hart.

Er lehnte sich zurück. »Kennen Sie die Wahrheit nicht, oder wollen Sie sie einfach nicht wahrhaben, Mademoiselle Alchemistin?«, spottete er. Er entfaltete die Hand. »Weil sich niemand für die Leute hier draußen interessiert. Man hat es weder vor dreißig Jahren beim letzten Totenaufstand getan noch tut es heute. Gestern wie heute wartet man ab, dass es vorbeigeht …«, er rümpfte die Nase, »… und wie das Gesocks so ist, vermehrt es sich ohnehin wie die Karnickel, sodass später nie ein Unterschied zu merken sein wird.«

Erbost schob sie das Kinn zurück, konnte nicht fassen, was er aussprach. Er lächelte. In ihrem Mund bewegte sich die Zunge, ohne dass sie einen Ton hervorbrachte.

»Nun«, räusperte sie sich schließlich. »Wenn dem so ist, sehen wir zu, dass Svonnheim Sie so schnell wie möglich loswerden kann, Sergent.«

Er hob die Augenbraue.

»Sie werden in die Geschichte eingehen als jener, der einen Koschtschei getötet hat. Das sollte Ihnen helfen, in den Rängen des tradeadischen Militärs aufzusteigen. Das ist doch der Grund, warum Sie hier sind, nicht wahr?«

Sein Gesicht blieb starr. Er verneinte nicht.

Sie nickte ihm zu. »Sie befragen Ihre Karte und grenzen den Aufenthalt des Monstrums ein, soweit es möglich ist. Ich werde morgen mit einem Trupp Soldaten zu meiner Kate aufbrechen.«

»Werden Sie das?«

»Dort habe ich Equipment, um Explosiva herzustellen, sofern Ihr Vorgänger nicht alles gefunden und zerstört hat.«

»Und Sie gehen davon aus, dass ich Ihnen einfach so Männer überlasse, die ich hier brauche?«

»Das werden Sie. Sie können sich diesem Monstrum gern mit einem Schwert in der Hand nähern, aber wie ich das sehe, hat das bisher nur unzureichend zu Erfolg geführt.«

Er verschränkte die Finger vor der Brust. »Setzen Sie fort, Madame. Erörtern Sie Ihre Vorgänge.«

Sie nickte zu der Landkarte, an der er gearbeitet hatte, als sie eingetreten war. »Wir wissen, was er will. So können wir ihn anlocken. Und dank der Erfindung eines Fachgenossen …« Sie musste an Teravadas mit seinem zuckenden Schnurrbart denken und fragte sich, wo der Bastard untergetaucht war. »… kommt mir auch schon eine Idee, wie wir dem Vieh einen Sprengsatz unterjubeln.«

5

Als sie den Stützpunkt in Begleitung zweier Wachen verließ, zog ein Krächzen ihre Aufmerksamkeit hinauf zum Garnisonsdach. Auf dem First raschelte ein Vogel mit den Flügeln. Im ersten Augenblick hielt sie ihn für eine gewöhnliche Krähe, bis sie seine Größe bemerkte.

Der Rabe riss den Schnabel auf und stieß ein protestierendes Geräusch aus. Es war Sergej, Navis' Hausrabe.

Mirage presste die Lippen zusammen. Sie reduzierte das Schritttempo, doch die Soldaten drängten zum Weitergehen. Einer folgte ihrem Blick.

»Verdammtes Mistvieh«, kommentierte er. »Sergent Rougeoyer hat veranlasst, ihn einzufangen und auf den Grill zu legen. Keine Chance. Entwischt uns jedes Mal!« Mirage grübelte auf dem Rückweg. Dass Sergej ohne Navis das Dorf unsicher machte, war eine schlechte Nachricht.

Vor dem Haus des Dorfbüttels bezogen ihre Wächter augenblicklich Stellung. Mirage war lediglich ein geduldeter und überwachter Gast – aber wenn man es recht bedachte, dann galt das ebenso für den Rest Svonnheims.

Eine ganze Weile brütete Mirage noch am Fenster im Oberstock vor sich hin und beobachtete Navis' Haus. Die Wachposten wechselten nahtlos, die Gasse mit Fackeln erleuchtet, was einen Einstieg ins Botenvogelhaus unmöglich machte. Eine Regung am seitlich angebrachten Taubenkobel ließ Mirage aufschrecken. Ein Männergesicht erschien am Gitter, das Kobel und Haus trennte, und warf den übrig gebliebenen Tauben Futter hinein.

Mirage strich sich das Haar aus der Stirn. Schuldgefühle rangen in ihr. Navis hatte sie um Hilfe gerufen. Hatte sie für ihr Vergehen zahlen müssen? Und womit?

Während sie am Fenster saß und über die Häuser Richtung Waldrand blickte, der sich als Scherenschnitt vom Nachthimmel abhob, war es ihr, als fühlte sie die Präsenz des zum Koschtschei gewordenen Mylings jenseits der Bäume; als verbände sie und ihn ein unsichtbares Band wie ein Rauchschleier.

Die Müdigkeit drückte ihr die Lider zu, weswegen sie sich entkleidete und die Narbenwulste mit Salbe massierte. Auf dem Lager des Dorfbüttels rollte sie sich zusammen wie eine Katze und presste die Wange ins Fuchsfell. Sie würde den Myling finden und beenden, was sie damals zu tun versagt hatte. Wer hätte vermutet, dass ausgerechnet der Verräter Teravadas ihr dazu die zündende Idee liefern würde.

Vertraute Pfade führten sie in Begleitung zweier Gardisten durch den Winterwald. Gefrorene Zweige splitterten, sobald sie diese im Vorbeireiten streiften. Aus den Nüstern der Pferde krochen Wölkchen, ihre Ohren zuckten aufmerksam. Die Untoten waren bloß ein Knacken entfernt. Als irgendwo Frost rieselte, lösten die Wächter sogleich die Speere.

Auf ihrem Weg kreuzten sie menschliche Fußabdrücke. Ob sie Flüchtlingen oder Wiedergängern gehörten, blieb unbeantwortet. Je näher sie an die Kate gelangten, desto dunkler und weicher wurde der Boden. An zahlreichen Stellen saugte die Feuchtigkeit den Schnee auf. Die Hufabdrücke füllten sich hinter ihnen mit Wasser.

»Der Sumpf friert nicht«, erklärte ihr einer der Soldaten dumpf. »Er ist Koschtschei-Gebiet. Wir sollten uns beeilen.«

Als sie zu dem Bach gelangten, der sich an Mirages Hütte vorbeischlängelte, wuchs ihre Aufregung. In welchem Zustand würde sie ihr Zuhause vorfinden? Sie wappnete sich vor dem Schlimmsten.

Als sie die letzten Büsche zurückließen, die sich während Mirages Abwesenheit über den Pfad gebeugt hatten, war sie überrascht, alles wie in ihrer Erinnerung vorzufinden. Das Häuschen mit dem moosbewachsenen Dach wartete, als wäre hier die Zeit eingefroren. Das Einzige, was sich verändert hatte, waren die Schneeflecken, die das Haus und seine Umgebung sprenkelten. Der Bach gluckste vergnügt und zog seinen Bogen um das Holzgebäude.

Erleichterung trieb Mirage näher. Sie saß vom Wallach ab und eilte zur Tür, berührte sie ehrfürchtig, als hätte sie Angst, sie könnte unter ihrem Händedruck verschwinden. Ihre Finger strichen über Stockschwämme.

Sie fasste nach dem Balken und zog die Tür auf.

Drinnen roch es muffelig und nach Alchemika. Die Fenster waren verrammelt und ließen kein Licht ein. Instinktiv wollte sie die Hintertür aufreißen, doch diesem Wald war nicht zu trauen. Niemand wusste, ob sich Wiedergänger durch das Buschwerk schlugen.

Ein Soldat erschien an der Tür. »Können wir helfen?«, fragte er.

Sie nickte. »Sie halten Wache. Sie da – kommen Sie mit.« Sie fasste einen Stab, der in der Ecke lehnte. Selbst seine Rinde fühlte sich vertraut an, hatte sie diese doch mit Hunderten Berührungen glatt poliert.

Mirage stieß die Dachluke auf und ließ Licht ein. »Wir müssen die Planken vom Boden lösen.«

Unter dem Fußboden fanden sich mehrere eingeschlagene Bündel mit hinterfragenswerten Alchemika. Sie zogen sie aus den staubigen Tiefen. Manches war dem Morast zum Opfer gefallen, sie entsorgte es in der Ecke.

Aus den Regalen sammelte sie Gefäße und Werkzeuge. Sie schlugen Fragiles in Felle und Decken ein und packten diese in die Pferdesatteltaschen.

Bevor sie gingen, verriegelte Mirage die Kate. Keine Wiedergänger sollten ihren Weg hereinfinden. Sie wollte zu einem geeigneten Zeitpunkt zurückkehren. Zurück nach Hause.

Wehmütig bestieg sie den Apfelschimmel. »Vorsicht mit der Ladung«, mahnte sie die Soldaten. »Ihr spielt mit eurem eigenen Leben.« Sie übernahm die Führung und zog an den Zügeln, sodass ihr Reittier durchs Gebüsch brach.

Auf der gewaltigen Speisetafel des Dorfbüttels richtete sie das Alchemielabor ein. Hier hatten einst Festgelage und Verhandlungen stattgefunden, manchmal sogar beides. Nun wartete der Tisch einsam in der Düsternis.

Von der Straße fischte Mirage sich Kinder. Sie wagten es nicht, sich dem Befehl der Waldhexe zu verweigern, und gingen in die Gelbe Rübe, um dort um Schnaps zu betteln, den Mirage als Verbindungsmittel benötigte. Mirage beobachtete die beiden mit unbestimmter Wehmut und musste an Ruben denken, auch wenn der wesentlich wohlgenährter war als die beiden Gerippe – er wusste sich seine nächste Mahlzeit zu verdienen. Mirage fütterte sie mit Getreidebrei, deren Zutaten sie in einem Versteck des Büttels fand, und horchte sie über Navis' Verbleib aus.

»Navis hat Sergej ausgeschickt«, erzählten sie, während sie sich gierig die Löffel in die Münder schoben. »Uomo hat ihn Richtung Tradea fliegen sehen. Dann marschierte die Garde zu ihrem Haus. Marielle hat gesehen, wie sie sie mitgenommen haben. Tvaioness glaubt, dass sie sie in die Garnison gebracht haben. Peter sagt, sie haben sie verstoßen, hinter den Zaun, wo die Toten warten. Seitdem hat sie niemand mehr gesehen. Und ihr Haus darf bloß noch die Garde betreten, wenn ein Botenvogel nach Tradea fliegen muss.«

Nachdenklich betrachtete Mirage die beiden, während sie den wässrigen Brei runterschlangen. Hatte die Garde Navis tatsächlich verstoßen? Sprang Sergej deswegen einsam über die Dachfirste – weil seine Herrin längst verblichen war? Sie biss die Zähne zusammen.

Die Tage schleppten sich in zurückgezogener Arbeit dahin. Sergent Rougeoyer ließ Mirage weitgehend in Frieden, abgesehen vom Nachtmahl, zu dem er sie zitierte. Seine Landkarte der Umgebung wuchs mit jedem Tag. Schraffierungen markierten Stellen, an denen das Gebiet versumpfte, Kreuze jene Orte, an denen Menschen verschwunden oder zu Tode gekommen waren. Die Ebene rund um Svonnheim war ein Schlachtfeld aus Kreuzen.

»Sie greifen immer wieder an«, erklärte der Sergent. »Hinter den Attacken liegt Kalkül. Etwas führt sie.«

Zwei Nächte später wurde Mirage von zackigen Rufen aus dem Schlaf gerissen. Ein Blick aus dem Fenster verriet ihr, dass sich am Wall Fackeln sammelten. Schatten formierten sich an der Palisade.

Mirage zog sich einen Mantel über die Schultern und eilte zum Aufruhr. Bogen- und Armbrustschützen positionierten sich am Aufbau der Palisade, spannten die Schusswaffen und tauchten die umwickelten Pfeilspitzen in Fackelflammen. Vor dem Tor sammelte Sergent Rougeoyer einen Reitertrupp. Er stülpte sich den Helm über, ließ sich vom Knecht auf den Sattel helfen und rüstete sich mit einer Lanze.

Mirage erklomm die Palisade über eine Leiter, als das Tor geöffnet wurde. Die Reiter schlugen den Rössern die Hacken in die Weichen und sprinteten los.

Der Sergent-Stellvertreter bellte einen Befehl. Brennende Pfeile sirrten durch die Nacht, zischten an wankenden Gestalten vorbei und trafen kalte Erde. In Erdrillen flammte Feuer auf. Der Sergent hatte mit Stroh Feuergräben gelegt.

Knistern, Rauch und rotgoldener Feuerschein erfüllte die Dunkelheit. Wiedergänger schwankten über die Ebene, verdreckte Moorleichen ebenso wie silbrige Gebeine. Der Hufschlag des Reitertrupps ließ die Erde erbeben. Mit gewaltigen Lanzen und Speeren rammten sie die Toten nieder. Knochen brachen unter den trampelnden Hufen, Schwerter zerschmetterten Schädel. Die Gestalten gingen nieder, grapschten dabei mit den untoten Fingern nach den Pferden. Eines bockte, als es einem Wiedergänger gelang, sich festzukrallen. Wiehernd stieg es auf die Hinterbeine. Sein Reiter rang um Halt und stürzte herab. Brutal kam er auf Kopf und Nacken auf. Er regte sich nicht länger. Der Wiedergänger ignorierte ihn, klammerte sich stattdessen an das tobende Pferd. Die Toten jagten bloß die Lebenden. Der Reiter hatte sich im Sturz das Genick gebrochen.

Die Draugar klopften an die Palisaden, spießten sich an den vorgelagerten Spitzen auf, kratzten mit wunden Fingern und kalten Knochen an den Holzstämmen. Pfeile rasselten nieder, spickten ihre Leiber, bis sie den Schädelknochen durchstießen. Skelette zerfielen in ihre Einzelteile.

Das Tor wankte unter einem Ansturm von Toten, die sich um das Rund der Palisade bewegt hatten. Der Schwarm drückte gegen den gewaltigen Sperrbalken, der aus einem ganzen Baum bestand. Draußen auf dem Feld brannte das Stroh zugrunde. Ascheflocken stoben durch die Nacht und setzten sich in Mirages Haar ab.

»Beschuss!«, schrie der Sergent-Stellvertreter. Zahlreiche Pfeile verfehlten ihr Ziel, als sie den Pulk vor dem Tor zu treffen versuchten.

Der Pferdegalopp war wie ein dunkler Herzschlag. Sergent Rougeoyer raste heran. Sein Pferd schnaubte vor Anstrengung, Schaum flockte von seinem Maul. Die Lanze spießte durch den ersten Toten, katapultierte ihn ein Stück empor, sodass er am Tor entlangschürfte. Andere wurden von den wirbelnden Hufen des Hengstes niedergeworfen.

»Stellt den Beschuss ein!«, schrie der Sergent-Stellvertreter, während Rougeoyer unter den Toten wütete. Als die Lanze sich als zunehmend unhandlicher herausstellte, warf er sie von sich und zog das Schwert.

Die Reiter jagten über die Felder und töteten jene Gestalten, die vereinzelt darüber taumelten. Als sie im Trott zurückkehrten, war das Strohfeuer erloschen. Vor den Toren sammelten sich die Leichen. Rougeoyer gab den Befehl, sie einzulassen. Die Torflügel wurden nach außen gedrückt, die pfeilgespickten Leichen scharrten durch den Dreck.

Vom Waldrand her ertönte ein Jaulen. Mirages Herz setzte einen Schlag aus. Sie starrte hinüber und krallte sich am zugespitzten Ende eines Baumstamms fest. Es war der Schrei eines verendeten Tiers, untermalt von einem dunklen Timbre, wie ein Raunen aus einer anderen Welt.

Rougeoyers Pferd bockte. Er zwang es zurück unter seine Kontrolle. Sie alle starrten hinüber, dann brach der Laut ab. Niemand sprach, als die Reiter zurückkehrten.

Am nächsten Tag loderten erneut die Totenfeuer vor der Stadt. Die Nifenpriester aus Tradea krochen wie die Spinnen aus einem leer stehenden Haus, das sie für ihre Zwecke eingenommen hatten.

Die Svonnheimer opferten ihre kärglichen Reste, um Nif gütig zu stimmen. An den Fenstern der ehemaligen Schneiderei brannten Tag und Nacht Kerzen.

Der Geruch von Weihrauch und verbranntem Lavendel wallte durch die Straßen, begleitet von einer Totenklage. Mirage rollte Bienenwachs zu Kugeln und verstopfte sich die Ohren, damit sie konzentriert weiterarbeiten konnte.

Als Mirage in der zweiten Woche eine erhebliche Menge an Explosiva hergestellt hatte, darunter kürbisgroße Feuerkugeln und *Grüner Tod,* verließ sie in einem Augenblick der Unachtsamkeit die Küche. Das Unglück startete mit einem hellen Pfeifen, das

Mirage die Armhärchen aufrichtete. Anstatt in die Küche zurückzukehren, rannte sie zur Haupttür hinaus und schrie den Wachen zu, dass sie in Deckung gehen sollten.

Im nächsten Augenblick riss eine Explosion die Fensterläden aus den Angeln. Feuerzungen und grüner Rauch leckten aus dem Gebäude. Rundherum schlugen Türen und Fenster benachbarter Häuser auf. »Lasst zu, verdammt!«, herrschte Mirage.

Man gehorchte ihr.

Wenig später marschierte Rougeoyer an. Soldaten liefen um Wasser, doch das Haus fing kein Feuer, die Alchemika verbrannten zu rasch.

Rougeoyer rümpfte die Nase. »Sollte das eine Demonstration ihrer Sprengkraft werden – ich bin beeindruckt. Allerdings bevorzuge ich, sie an den Draugar zu erproben.« Seine Oberlippe zuckte in Missfallen.

»Dort drinnen waren meine gesamten Vorräte«, brachte Mirage hervor. Sie strich sich über das Gesicht, drückte die Finger vor selbstzerstörerischem Zorn so fest in die Schläfen, dass ihre Aufsätze Abdrücke hinterließen. »Das Haus wird wochenlang nicht zu betreten sein. Abgesehen davon fehlen mir die Alchemika, um weitere Sprengsätze herzustellen.« Sie wandte sich ab. Hasste sich selbst für ihre Unachtsamkeit. Ihr Herz pumpte, der Rauch kratzte in ihrer Lunge. Sie lief zum gegenüberliegenden Gebäude, krallte die Finger in die Kopfhaut und stieß einen wütenden Schrei aus. Als sie gegen die Mauer trat, splitterte Putz, und ihr Zeh knackte im Stiefel. Sie rief die schlimmsten Flüche, die sie aus der Gosse kannte. Konnte sie denn nichts richtig machen? Musste sie sich selbst, Bhaal und allen anderen immer wieder beweisen, dass sie eine Versagerin war?

Rougeoyers Stimme ließ ihren Kopf herumschnellen. Er winkte sie zu Navis' Haustür. »Kommen Sie«, sagte er ruhig.

Sie kniff die Lider zusammen.

»Dieses Haus mag nicht länger betretbar sein, aber dank der Draugar-Plage gibt es genügend leer stehende Häuser.«

»Ich habe keine Alchemika …«

»Aber Tradea hat sie. Wir senden einen Botenvogel.«

Unruhe erfasste Mirage, als Rougeoyer die Wachen zur Seite winkte und Navis' Haus betrat. Als Mirage ihm folgte, merkte sie, dass Navis' Geruch nach wie vor in der Luft lag. Sie beeilte sich, die Treppe emporzusteigen, und erwartete, die junge Frau im Oberstock vorzufinden. Er stand leer, genau wie Sergejs Käfig.

»Was ist?«, fragte Rougeoyer und setzte sich an den Schreibtisch, an dem Navis und die Dorfbewohner die kurzen Briefe verfasst hatten, welche die Tauben nach Tradea trugen.

»Wo ist die Vogelbotin?«, brachte Mirage hervor.

Er warf einen Blick über die Schulter. Sein rechter Mundwinkel wanderte vielsagend in die Höhe. »Menschen hier sterben. Andere verschwinden«, sagte er.

Mirage biss sich auf die Zunge.

Sie stand seitlich hinter ihm, als er die Nachricht verfasste, musste ihm ansagen, was sie benötigte. Sie überlegte, ob sie das Federkielmesser nehmen und es ihm an die Gurgel halten sollte, diesem Mann, der alles unter Kontrolle behielt. Dieses Dorf. Sie. Die Nachrichten, die ein und aus gingen. Wehe jenen, die sich ihm widersetzten. Hatte er Navis tatsächlich ins Totenland geschickt, wie die Kinder behaupteten?

Ihre Finger krampften sich zu Fäusten. Sie dachte darüber nach, ob es ihr gelingen könnte, das Messer mit einem Griff über seine Schulter zu erreichen, als er nachhakte, welche Alchemika sie benötigte.

Sie schloss die Augen, atmete ein und aus und öffnete sie wieder. Ihr Blick verfing sich in der Leere, während sie ihm ansagte.

Rougeoyer ließ die Taube in den grauen Himmel aufsteigen.

Die Lieferung gelangte erst eine Woche später nach Svonnheim. Am Weg brach die Radachse. Der Wagenlenker, die Zugpferde und drei Gardereiter harrten um Hilfe aus. Später blieb der Karren im Sumpf stecken und opferte einen Teil seiner Ladung, um ihn freizukriegen. Ein Gardist samt Pferd wurde von Wiedergängern in den Schlamm gezogen. Aus den Wäldern hätten sie ein Heulen vernommen.

Rougeoyer nahm die Nachrichten zur Kenntnis, indem er zwei Kreuze auf seiner Karte hinzufügte. Sie waren der einzige Lohn für die fatalen Dienste des Begleitschutzes.

Rougeoyer wollte die Sprengladungen ohne explosive Zwischenfälle – und das so rasch wie möglich. Zwei Umstände, die sich in der Welt der Alchemie grundsätzlich widersprachen. Er teilte Mirage daher zwei Kinder als Assistenten zu – das Mädchen des Wirts, das es gewohnt war, in Küchen zu hantieren, und einen Händlerwaisen, dessen Familie auf dem Weg nach Tradea gerissen worden war.

Zunächst hielt sich Mirage mit der Begeisterung zurück, doch die Kinder waren erpicht, sich ihre Rationen zu verdienen, und arbeiteten rasch und ohne Widerworte.

Als der Junge eines Morgens mit blauem Auge einmarschierte, verlangte Mirage zu wissen, woher es stammte. Es dauerte eine Weile, bis er es verriet. Man schimpfte ihn *Hexenjunge*, Eleve der Hexe, die die Toten über Svonnheim gebracht hatte.

Mirage fasste sein Kinn und betrachtete sein Gesicht lang und still, dann trug sie Gäga-Salbe auf, deren Vorrat sich dem Ende zuneigte. Am nächsten Tag steckte sie ihm Jucknüsse zu – Walnussschalen, in die sie ein Pulver gefüllt hatte, das umgangssprachlich *Arschwarzen* genannt wurde, da es genauso lästig war. »Wenn jemand das nächste Mal Hand an dich legt, bewirf ihn damit«, sagte sie. »Niemand legt sich mit einem Hexenjungen an. Die Leute sollten es besser wissen.«

Als sie am Folgetag zu ihrem Treffen mit Rougeoyer ging, traf sie auf einen schlaksigen Jugendlichen, dessen Hals und Gesicht mit roten Warzen übersät waren. Er duckte sich unter ihrem Blick. Sie lächelte kalt. Er war wohl dem Hexenjungen und seinen Zaubernüssen begegnet.

Zwei weitere Angriffe erfolgten auf Svonnheim. Der Koschtschei rekrutierte unter den Toten. Am Waldrand regte sich etwas Dunkles mit knackenden Knochen, dessen Heulen die Menschen in die Hütten trieb. Als ein Reitertrupp mit wehenden Fackeln darauf zustob, verschwand es im Dickicht.

»Wäre Uriarte nur hier«, murmelte einer der Soldaten. Aber Uriarte war nicht hier. Und der Sergent hatte genug damit zu tun, den Wall zu halten und die Toten von den vorgelagerten Spießen zu pflücken.

Der Koschtschei mied das Licht. Manchmal hörten sie ihn nachts, doch er hütete sich, sich der fackelerhellten Palisade von Svonnheim zu nähern. Die Bewohner murmelten von kranker Schläue, und Mirage glaubte ihnen. Was die Draugar hierhersandte, war mehr als nur ein Tier, dem ein Rudel folgte.

Endlich fand das Abendessen statt, an dem Mirage berichten konnte, dass sie die Menge an Sprengstoff hergestellt hatte, die sie für ihre Pläne benötigten. Der Sergent servierte Bratkürbis und -äpfel und war sich sogar eines selbstsicheren Lächelns zu müde. Sie verabredeten sich bei Morgenanbruch vor Mirages zugewiesenem Gebäude.

Als Mirage das Haus zum Hahnenschrei verließ, humpelte eine verdreckte Svonnheimerin vorbei. »Hexe!«, zischte sie und schlürfte den Speichel zusammen.

Mirage war schneller und spuckte ihr vor die Füße. Überrascht sprang die Alte zurück. »Verschwinde!«, zischte sie.

Die Greisin humpelte davon und murmelte auf Alt-Tradeadisch etwas von *respect* und *sorcellerie* und *raclure*. Wer Mirage überraschen wollte, musste sich stärker bemühen.

Sergent Rougeoyer rückte hoch zu Pferde an und führte Maultiere und einen Ochsen herbei.

»Wir können es uns nicht leisten, weitere Schlachtrösser zu verlieren«, erklärte er. »Genau genommen können wir es uns nicht leisten, *irgendein* Tier zu verlieren, aber momentan verhungern sie ohnehin auf der Straße.«

Ochs und Eseln wurde ein Ledergeschirr angelegt, mit dem sie geführt werden konnten. Svonnheimerinnen eilten herbei, trugen mit sich, woran sie in den letzten Wochen genäht hatten. Aus alten Tuchenden hatten sie eine Art Traggeschirr gefertigt, das dem Ochsen und den Maultieren umgeschnürt wurde. Sie hatten Taschen und Fächer eingenäht, die nun von Mirage und den Kindern sorgsam mit Alchemika befüllt wurden. Flaschen, Kugeln, Säckchen, sie alle wurden in sorgfältiger Manier angeordnet, damit sie nicht zu früh in Flammen aufgingen. Die Soldaten rüsteten sich mit Bögen und Feuerpfeilen aus, Glut packten sie in knöcherne Behälter.

Ochs und Maultiere zuckten müde mit den Ohren. Sie wussten nicht, womit sie zu rechnen hatten.

Anstatt des Apfelschimmels bekam Mirage ein Maultier zugeteilt. »Ein Ahearn-Blut soll nicht in den Wäldern verschwinden«, kommentierte Rougeoyer mit seinem typischen Lächeln.

Mirage verkniff sich den Kommentar, dass sie mit ihrem Pferd tun und lassen konnte, was sie wollte. Nachdem Bhaal sie verstoßen hatte, besaß sie keine Kraft mehr für derlei Auseinandersetzungen. Möglicherweise hatte Bhaal recht gehabt. Hätte sie es sich nicht mit jedem Menschen in ihrem Leben verscherzt, vielleicht gäbe es eine Zukunft für sie.

Schweigend stieg sie auf den Maulesel auf. Die Soldaten lachten hinter vorgehaltenen Händen.

Der Wald empfing sie mit kristalliner Ruhe. Die mit Raureif überzogenen Äste streiften die warmen Leiber der Tiere. Rougeoyer, eine Zweitausfertigung seiner Landkarte bei sich, wies ihr den Weg.

Zwischenzeitlich hielten sie, um in den Forst hineinzulauschen. Bloß das Knacken von steifen Zweigen war zu hören. Die Nutztiere peitschten unruhig mit den Schweifen.

Der Tag rückte voran wie der Trupp. Die Schatten der Bäume verkürzten sich und zogen sich wieder in die Länge. Manchmal schreckte sie ein Gluckern auf, das Knirschen von Schnee, doch keine Draugar-Attacke erfolgte. »Zahlreiche Männer sind hier im Holz verschwunden«, erklärte Rougeoyer, der Blick wach.

»Beunruhigt Sie das?«

»Mich beunruhigt vielmehr, dass wir bisher noch keine Untoten getroffen haben.«

Es roch nach dem See von Dorfesruh. Eine Wasserschlange glitt durch eine Pfütze, in der Eissplitter schwammen. Das Tier sollte sich bei der Kälte in der Erde vergraben haben, müsste als Kaltblüter erstarrt sein.

»Der Koschtschei beobachtet uns«, knurrte der Sergent von seinem Ross herab. »Er wartet darauf, dass wir unachtsam werden.« Er schwang ein Bein vom Sattel. »Wir schlagen Lager auf.«

»Hier? Inmitten des Morasts?«, fragte ein Soldat.

»Genau hier. Suchen Sie Feuerholz. Bauen Sie ein Blockfeuer. Wir warten, dass der Abend anbricht.«

Die Nacht kroch feuchtkalt über das Lager. Selbst das Feuer schien von der sumpfigen Atmosphäre gedrückt zu werden. Die Narben an Mirages Bein verzogen sich, ihr Knie schmerzte. Während sie durch das Leder ihres Beinkleids die wächserne Haut knetete, beobachtete sie die Tiere dabei, wie sie unruhig auf der Stelle stampften. Gelegentlich stieß der Ochse ein Muhen aus.

Der Sergent hatte sein Ross abseits hinter den Bäumen angeseilt und hockte dahinter, starrte in die Finsternis, das Schwert griffbereit.

Ein Knacken trieb einen Gemeinsoldaten in die Höhe. Er reckte den Speer.

»Das ist der Wald«, brummte sein Kollege. »Genau wie die letzten hundertfünfzig Male.«

»Mich wundert's, dass du überhaupt bis hundertfünfzig zählen kannst«, zischte sein Kumpan zurück.

Ein anderer rückte näher ans Feuer heran, um sich an den Flammen zu wärmen. »Wenn wir jedes Mal einen Kopper kriegen würden, hörten wir ein Knacken, müssten wir nicht in dieses von den Göttern verdammte Kaff zurückkehren ...«

Der Gardist starrte in den Forst, in dem sich schwarze Pfützen spiegelten, dann senkte er mit einem Seufzen die Speerspitze. »Ich trete aus«, erklärte er und entfernte sich einige Schritte. Hinter einem Strauch löste er die Schnürung seiner Hose. Wenig später plätscherte es.

Das Geräusch verstärkte sich.

»Laurent«, rief einer der Soldaten hinüber, »hast du den Tieren das Wasser fortgesoffen?«

6

Der Ochse reagierte rascher als die Gardisten und riss an dem Seil, das ihn an den Baum fixierte. Er entließ ein Klagen, senkte das massige Haupt und rammte in der Bemühung um Freiheit die Hörner gegen den Stamm. Die Mulis bockten und schlugen aus.

Hinter den Büschen erklang ein Klatschen, als der Soldat in den Morast gezogen wurde. Fauchen ertönte, Gluckern und Plätschern. Der Sergent bellte Befehle. Alarmiert rollte ein Gardist zur Seite und stieß mit dem Stiefel ins Brennholz, Funken stoben. Er rappelte sich auf und wollte seinem Kollegen zu Hilfe eilen, doch Rougeoyer hielt ihn zurück.

Schwerter und Speere wurden gezückt. Mirage grapschte sich eine Fackel vom Boden und rammte das getränkte Ende ins Lagerfeuer, sodass es zischend aufflackerte.

Mirage reckte die Fackel in die Finsternis. Der flackernde Schein kämpfte gegen die Schatten an. Die Umgebung regte sich. Aus schwarzen Pfützen tauchten wächserne Gebeine, Skalpe, von denen sich die Haare lösten. Ein Knurren und Grollen wurde lauter.

Dann erklang ein Jaulen, wie aus der Kehle mehrerer Tiere. Es war ganz nah.

»Bleiben Sie zurück!«, befahl Rougeoyer, der sich Rücken an Rücken mit seinen restlichen Männern formierte.

Ihre freie Hand nestelte nach dem Langmesser an ihrem Gürtel. Funken stoben, als sie mit der Fackel durch das Buschwerk schmetterte. Dahinter wälzte sich der Gardist im Morast. Zwei Draugar hatten sich in ihm verbissen, einem hing das halbe Gesicht in Fetzen herab, der andere war ein Weib mit abgefressener Nase. Geifernd drückten sie den Soldaten unter Wasser, von dem bloß ein verzweifeltes Gurgeln an die Oberfläche trat.

Mirage setzte einen Schritt in die Tiefe und stieß die Fackel vorwärts, hinein in die Visage des Wasserweibs. Funken stoben. Das Vieh schürzte die zerfetzten Lippen wie ein wild gewordener Hund und ließ vom Gardisten ab. Mit einem heiseren Laut raffte es die aufgequollenen Hände, um sich auf Mirage zu stürzen.

Mit einer heftigen Bewegung schlitzte Mirage ihr die Gurgel auf. Die Kehle brach entzwei wie ein zweiter Mund, Morast und Blut schlug Blasen aus der Luftröhre. Die Untote krallte sich an Mirages Arme.

Mirage rammte ihr das Knie in den Magen. Sie spürte, wie die eigenen Narben rissen, doch das Weib wurde ein Stück zurückgeworfen. Sie stach ein zweites Mal zu, traf das Nasenloch. Mit einem Ruck zog sie die Klinge nach oben. Knochen knackten.

Das Ding rutschte von ihrem Messer.

Von dem Gardisten ragte bloß noch ein Knie aus dem Schlammwasser, das unter Krämpfen zuckte. Hinter Mirage erklangen Kampfeslärm und die Schreie des Sergents. Sie achtete nicht darauf. Stattdessen stieg sie tiefer und schlug mit der Fackel aus, trat hinterher, sodass der zweite Untote von seinem Opfer abließ. Mit einem Fauchen aus seinem halb verwesten Gesicht holte er zum Angriff aus.

Mirage parierte mit blanker Klinge. Finger flogen, doch der Tote kannte keinen Schmerz, schnalzte mit dem zweiten Arm hinterher. Er erwischte Mirage mit plumper Kraft. Sie wankte und wurde in die Tiefe getrieben, bevor sie ihr Gleichgewicht zurückerlangte. Endlich fand ihr Stiefel Widerstand. Da zerrte etwas an ihrem Knöchel. Jäh brach unter ihr der Gardist hervor und krallte sich an ihr Bein. Sein Maul klappte auf, braunes Wasser quoll aus Mund und Nase, Würmer platschten auf den Grund. Unvermittelt wollte er ihr in den Schenkel beißen.

Mirage hackte ihm die Dolchspitze durch den Nacken, bohrte sie in den Schädel und drehte die Klinge, als wollte sie eine Auster knacken. Der Soldat erschlaffte, doch das Gewicht seines toten Leibs zog sie in tiefere Wassergefilde.

Der dritte Draugr rauschte durch die Fluten wie ein Berserker. Er traf Mirage mit der Kraft eines Rammbocks. Sie rutschte und stürzte zurück. Wasser spritzte zu allen Seiten. Die Fackel erlosch. Sie presste die Augen zusammen und hielt den Atem an. Danach blieb ihr nur noch Gefühl – Schlamm, der ihr die Nasenlöcher verstopfte, die Krallen des Draugrs, der sie niederdrückte. Sein Maul, das nach ihrem Fleisch suchte.

Sie ließ die Fackel los. Statt ihn fortzudrängen, wühlte sie nach seinen Gewandresten und griff fest hinein. Sie zog das Vieh heran. Selbst unter Wasser hörte sie sein Grunzen, spürte Zähne, die ihre Rippen entlangglitten und nach etwas zum Beißen gierten.

Sie tastete nach seinem Schädel, fühlte die Hautfetzen, die sich unter ihrer gewaltsamen Berührung lösten. Ihre Fingeraufsätze hinterließen Spuren. Da, ein Loch, ein Mund, ein Auge. Sie rammte die Metallfinger in die Augenhöhle, fest und fester, bis es knackte. Als der Untote noch immer nicht losließ und der Drang einzuatmen unerträglich wurde, presste sie in einem letzten Versuch der Anstrengung ihre restliche Atemluft hervor. Sie spürte, wie sie den Knochen durchstieß. Endlich schwand der Widerstand.

Strampelnd stieß sie sich in die Höhe und brach wankend aus dem Schmutzwasser. Sie hustete und saugte Schlamm durch die Nase, hustete noch mehr und wischte sich die brennenden Augen. Als sie eine Regung im Augenwinkel bemerkte, trat sie die Flucht an.

Verfolgt von einem Grollen, kämpfte sie sich auf das Festland zurück. Drüben ertönte der Klageschrei eines Mulis, das in den Schlamm gezogen wurde. »Beschuss!«, schrie ein Soldat.

»Innehalten! Die Bomben sind für den Koschtschei gedacht!«

Der Boden rutschte unter ihren Füßen. Hinter ihr erklang ein Plätschern, Zweige spießten aus dem Wasser. Sie krallte die Hände in die Erde und zog sich in den Schnee, warf einen flüchtigen Blick zurück – und erstarrte.

Das waren keine Äste.

Die weißen Spitzen eines Hirschgeweihs erhoben sich aus dem Wasserspiegel, in dem Eisstücke schwankten. Der Anblick dessen, was sich aus dem Moor schleppte, raubte Mirage den Atem.

Das Geweih eines Zwölfenders tauchten aus dem Schlamm auf. Gräser und dunkles Haar hatten sich darin verfangen, klebten auch auf dem bleichen Gebein des Schädels. Zunächst glaubte Mirage, es handele sich um einen Hirschschädel, doch die Reißzähne und das Nasenloch belehrten sie eines Besseren. Der Unterkiefer eines Wolfs klappte auf, davon baumelten Hautfetzen wie von einem gehäuteten Tier herab. Eine faulige Zunge kroch hervor, erzitterte in einem Ächzen. Und dann diese Augen ... Augäpfel ruhten in den Höhlen, die Iris hell, die Pupillen rund: Menschenaugen im Tierschädel.

Wasser plätscherte, als das Vieh emporstieg, ein Waldgott mit menschlichen Schultern und einer Männerbrust, an der Fetzen einer einstigen Gardeuniform klebten. Vier Arme ragten aus dem eingefallenen Brustkorb, die Haut spannte sich grünlich grau über die Rippen. An den Händen saßen Klauen, lang und dürr und gerippt wie die gigantischer Vögel. An der Hüfte verschmolz der Männerleib mit einem Schlachtross, dessen kräftige Beine ihn aus den Tiefen katapultierten.

Mirage rutschte zurück, panische Laute drängten aus ihrem Mund. Der Koschtschei, eine Chimäre aus Toten. Zwischen all seinen Stücken versuchte sie verzweifelt, den Myling zu entdecken, das Baby, das sie einst in den Armen gehalten hatte – fragte sich einen Augenblick lang, ob es seine Augen waren, die sie anstarrten, doch sie waren groß und blau und wirkten fremd.

»Es ist hier!«, schrie sie. Hinter dem Vieh tauchten Tote aus dem Wasser, bleiche Schädel, deren Haare wie Totenschleier um sie fächerten.

»Bei Clamor!«, brüllte einer der Soldaten. Seine Stimme riss. Er musste das Ungetüm entdeckt haben.

Ein Pfeil sirrte.

»Nein!«, schrie Rougeoyer.

Im nächsten Augenblick jagte eine Explosion um sie hinweg, die Mirage das Trommelfell eindrückte. Die Nacht leuchtete orangerot auf, die Büsche fegten zu allen Seiten. Mirage wurde von dem Druck mitgerissen, direkt in Richtung des Koschtscheis, der einen schaurigen Ruf ausstieß.

Mirage stieß den Arm in den Morast, zwang sich empor, versuchte, zurück an Land zu rutschen. Die Tiere – Ochs und Maultiere – schrien, rissen sich los. Nein! Ihre Falle! Ein Maultier setzte in blinder Panik durch die Flammen. Seine Decke fing Feuer.

Hinter Mirage erklang ein Grummeln. Alles in ihr schrie, sie müsse fliehen – stattdessen presste sie den Kopf in die Arme.

Die nächste Sprengfalle zerriss. Hitze tobte über Mirage hinweg. Todesschreie schallten wie Trompeten.

Als sie das Gesicht emporriss, brannten die Büsche und das Gras. Leichen trieben überall. Von den Soldaten war niemand mehr zu sehen – doch, der Sergent, der sich hinter einen Baumstamm geduckt hatte. Sein Ross, das abseitsgestanden hatte, tobte an seinem Strick, von den Flanken schälte sich rot die Haut.

»Sergent!«, schrie Mirage aus voller Kehle und zog sich durch den Schlamm. Hinter ihr der schaurige Ruf des Koschtschei. Er fixierte sie erneut mit hellen Augen. Sein Wolfsgebiss klapperte.

»Sergent!« Sie reckte die Hand nach ihm.

Rougeoyer fasste den Sattelrand und zog sich hoch. Mit schmerzverzerrtem Gesicht hievte er sein verletztes Bein über den Rücken und fummelte an dem Seilknoten. Rundherum nahten die Toten. Seine Soldaten trieben im Wasser. Alles brannte.

»Sergent!«

Das Seil löste sich, das Pferd wollte fliehen und bockte, doch er brachte es unter Kontrolle. Schlamm spritzte, als er es zurück auf die Vorderbeine zwang. Er riss den Zügel herum, sah Mirage an – sein Blick verrückte zu dem Monstrum hinter ihr, die Augen weiteten sich.

»Hü-hott!«, rief er und floh unter trappelnden Hufen.

7

Verzweiflung und Wut trieben einen rauen Laut aus Mirages Kehle. Ihre ausgestreckte Hand fiel zurück auf die Erde.

Da packte jemand ihr Bein. Mit einem Ruck wurde sie zurückgezogen, Schlamm spritzte auf, als sie sich festhalten wollte.

Wiedergänger, überall. Mit bleichen Fingern tasteten sie nach ihr, bleckten die zerbrochenen Zähne, während der Herr der Untoten reglos hinter ihnen wartete, zusammengeflickt aus fauligen Leibern, struppigem Fell und zerzausten Federn. Mirage strampelte und heulte, als sich die Draugar an sie krallten. Sie wehrte sich, wurde aber bloß tiefer in den Schlamm gedrückt. Etwas zog sich über ihre Beine, drückte in ihr Abdomen und tauchte aus dem Wasser. Ein Moorweib erklomm ihre Brust. Ihr strähniges Haar klatschte in Strähnen über Mirages Mantel. Sie schürzte die blauen Lippen, ihr Todesatem wusch über Mirages Gesicht hinweg. Sie klappte das Maul weiter auf, sodass die Haut an den Wangen spannte und riss.

Mirage schrie. Niemand hörte sie. Die Hufschläge des Sergents waren verklungen.

Wenige Fingerbreit trennten sie von den fauligen Zahntrümmern. Mit aufgerissenen Augen versuchte sie auszuweichen, ihr Haupt schlug gegen die Erde.

Da zuckte das Wasserweib heran. Seine Zunge schoss aus dem Maul, lang und dick geschwollen, dunkel wie ein Blutegel. Sie leckte über Mirages Gesicht.

Ein Wimmern entfloh ihr, als die kalten Papillen über ihre Wange schmierten. Gleich würde die Wiedergängerin zubeißen und ihr die Haut von den Wangen kauen.

Die Draugr stieß ein Zischen aus und stürzte zurück, als hätte sie sich verbrannt. Mit einem Mal lösten sich die restlichen Untoten von ihr. Ein Platschen ertönte, als sie zurückstoben.

Das Wasserweib glitt zurück in den Schlamm wie eine grausige Nixe.

Die Toten entfernten sich, Dutzende verwesende Schädel, die sie mit bleichen Augen oder dunklen Löchern anglotzten. In ihrer Mitte wartete der Koschtschei.

Mirage rutschte zurück, ihre Beine fuhren durch den Schlick. Hastige Atemzüge verstrichen, als sie den Koschtschei anstarrte – und er sie, mit diesen blauen Augen. Seine vier Arme waren leicht angehoben. Er peitschte mit dem Schweif. Kein Schweif, wie sie erkannte – ein menschliches Rückgrat, das wie eine Schlange zuckte.

»B-Bist du es?«, flüsterte sie. War der Myling irgendwo in ihm? Erkannte das Kind die Frau, die ihm Gnade erwiesen hatte? Ließ er deswegen von ihr ab?

Der Pferdeleib setzte sich in Bewegung. Rippen regten sich, wo sich das Fell gelöst hatte. Atemlos starrte Mirage ihm entgegen.

»Bist du es?«, rief sie lauter.

Da beugte der Wolfsschädel das Geweih und startete zum Angriff.

Mirage wusste nicht, woher sie die Kraft holte, doch es gelang ihr, sich emporzustoßen und ins Gebüsch zu rollen. Hinter ihr furchte das Geweih durch die Erde und stieß gegen den nächstgelegenen Baumstamm. Der Koschtschei heulte.

Reine Angst trieb sie an. Sie merkte kaum, wie die Dornen ihre Hände zerteilten, brach durch das Gestrüpp und stolperte über den mit Leichenteilen gesprenkelten Feuerplatz. Die Toten harrten wie Inseln im Moor. Dafür war das Stampfen des Koschtschei zu hören.

Mondlicht erhellte die Szenerie und hie und da ein Glutnest, das noch nicht verloschen war. Mirage strauchelte über den Kadaver eines Maultiers und stürzte. Hinter ihr trommelten die Hufe des Koschtschei. Lautstark brach er durchs Gestrüpp, sein Geweih schrammte an den geschwärzten Bäumen entlang. Er sandte nicht seine Toten. Als hätten sie und er eine persönliche Rechnung zu begleichen.

Ein Knacken ertönte, als sie sich vom Kadaver fortdrückte – und merkte, dass die Sprengdecke des Mulis größtenteils unbeschadet war. Alles in ihr schrie, einfach zu rennen, so schnell sie konnte, zu fliehen vor diesem Flickwerk aus Tod und Verwesung. Der Koschtscheiruf vibrierte durch ihren Körper.

Sie zwang sich auf die Knie, fasste die Decke, suchte die Taschen ab. Da, eine Sprengkugel.

Der Koschtschei stampfte durchs Lagerfeuer, Glut stob auf, er spürte es nicht. Er senkte das Geweih, die Arme grotesk gehoben, Hautfetzen baumelten mit jedem Schritt.

Mirage riss sich in die Höhe und wandte sich zur Flucht. Sie rammte den Metallfinger in die Feuerkugel, warf sie blind hinter sich, wusste nicht einmal, ob sie auch nur im Entferntesten traf. Ein kleiner Knall folgte. Licht wies ihr den Weg.

Daneben.

Dann erklang eine weitere Explosion, und noch eine. Rundherum beugten sich die Büsche. Hitze fegte gegen ihren Rücken, drückte sie voran, trug das Jaulen des Koschtschei mit sich. Sie gönnte sich keinen Blick zurück. Stattdessen rannte sie. Rannte durch dieses tückische Moor und konnte nur hoffen, dass ihr Atem ausreichte, um zu entkommen.

8

Ihre Wahrnehmung verwischte zu Schatten, Seitenstechen und Galle, die sich mit jedem schmerzvollen Atemzug sauer auf die Zunge legte. Zeit verlor ihre Bedeutung. Dass sie dennoch verfloss, bemerkte Mirage einzig daran, dass sich die Nacht in fahle Grautöne eines anbrechenden Morgens aufspaltete.

Zur Dämmerung, verfolgt vom Klageschrei des Koschtschei, gelangte sie in vertrautes Forstterrain. Der Geruch des Fichtenhains verriet ihr, dass sie sich ihrer Hütte näherte. Rote Nadeln blitzten zwischen den Schneeflecken hindurch. Kaum jedoch schlitterte Mirage atemlos in die Gräben hinab, versanken ihre Füße handbreit im Morast.

Der Koschtschei blieb an ihren Fersen. Sein Schatten regte sich in der Ferne, ein Geweih wie eine Krone, seine dumpfen Schritte dröhnten über den Grund. Wo er ging, suchte das Waldgetier das Weite.

Mirages Hals brannte, und ihre Brust fühlte sich an, als würde sie mit jedem Atemzug von einem Dolch malträtiert, während sie den vertrauten Pfad entlang des Bächleins einschlug. Das versteifte Bein zog sie bei jedem Schritt nach. Sie musste es bis nach Svonnheim schaffen. Aber sie konnte nicht.

Als ihre Hütte als Schatten zwischen den Bäumen erschien, keuchte sie wie eine der Toten. Vielleicht konnte sie sich verbarrikadieren. Möglicherweise hatte sie ein Notfallbündel übersehen, Feuerkugeln, die sich gegen das Monstrum einzusetzen vermochten. Aus Erschöpfung gab sie der Hoffnung nach, umrundete die Hütte und riss die Tür auf. Mit zitternden Händen legte sie den Verschlussbalken vor und lief von Fenster zu Fenster, um die Verriegelungen zu prüfen.

Sie war bei der Hintertür angekommen, als das Stapfen des

Koschtscheis durch die Holzwände drang. Ihre Finger glitten vom Tor ab. Sie schleppte sich zurück, folgte dem Takt im Gleichschritt, der sich ihr näherte.

Stille.

Ihr Herz raste. Es fühlte sich an, als schlüge es wie ein Hammer gegen das Schlüsselbein. Bitterer Speichel tropfte von Mirages Lippe.

Pamm!

Sie zuckte zusammen. Die gesamte Hütte erschauderte unter dem Ansturm. Das Holzgerüst ächzte, Staub rieselte von der Decke.

Pa-Damm!

Ein heiserer Schrei entfloh ihrem Mund. Sie fühlte sich wie eine Wahnsinnige, die ihrem Ende in die dreckige Fratze glotzte. Sie war mit dem Glauben groß geworden, dass die verstorbenen Seelen in Nifs Armen eine letzte Ruhestatt fanden. Aber sie war nicht wie die anderen Menschen. Sie war nicht einmal wie die Untoten dort draußen. Niemand wusste, was sie nach dem zweiten Tod erwartete.

Pa-Damm!, rammte der Koschtschei gegen die Katenwand. Ein Fensterstück barst, das Geweih verhakte sich darin. Er riss das Brett heraus, Holz splitterte.

Mirage zitterte. Gejagt von dem, das war wie *sie*. Blickte sie in ihre zusammengeflickte, unvermeidliche Zukunft? Würde sie wie der Myling zum Monstrum werden?

Der nächste Angriff brach den halben Fensterladen aus den Angeln. Mirage presste die Augen zusammen und verkrampfte die Hände.

Tu etwas!, schrie ein Rest Verstand in ihrem Hinterkopf. *Du bist aus einem Grund zurück ins Leben gekehrt! Strafe Bhaal unrecht! Kämpfe!*

Mirage rannte zu den Regalen und ertastete, was sie zurückgelassen hatte. Leere Behälter und unbrauchbarer Schund landeten am Boden. Sie kniete sich neben die verschobenen Planken und tastete in die Dunkelheit, doch ihre Finger durchkämmten bloß nackte Erde.

Die Hauswand splitterte. Der Koschtschei trommelte mit den Hufen gegen die letzten Bretter, die ihn von ihr trennten. Mirage riss sich in die Höhe, hechtete zur Feuerstelle und packte einen gedrehten Bratenspieß mit der einen und ein Fleischermesser mit der anderen Hand.

Der Koschtschei schob sich durch das klaffende Loch, die Hautfetzen schwankten von seinen Kieferknochen. Die Zunge dahinter bewegte sich bläulich wie ein angesogener Blutegel. Sein Kopf kippte herum, bis er sie erblickte, und stieß einen schaurigen Laut aus.

»Ich habe dir das Leben gerettet, du elendiges Mistvieh!«, schrie Mirage. Er zog die Hinterbeine nach, sein Pferdekorpus streifte die Bruchstellen und schabte modriges Fell ab. Er näherte sich ihr schleppend, zog den Vorderhuf an wie die Hofpferde des Königs, die sich vor der Königsfamilie zu beugen hatten, und senkte das Geweih. Sein blauer Blick blieb dabei starr auf sie gerichtet.

Er scharrte mit dem Vorderhuf und sprengte los. Als er gegen sie prallte, stach Mirage zu. Ein dumpfer Laut verließ ihre Kehle. Der Zwölfender stieß sie gegen die Hüttenwand und brach prompt mit ihr hindurch.

Licht, Holzsplitter, Waldgeruch. Über ihr der frühmorgendliche Himmel, in den Fichtenwipfel spießten. Im nächsten Augenblick kam sie auf.

Der Aufprall trieb ihr die Luft aus der Lunge. Ein gleißender Schmerz zuckte durch ihren Nacken und raubte ihr die Sicht. Sie hörte, wie die Hufe über sie hinwegtrampelten, erwartete, getroffen zu werden, doch das Geräusch entfernte sich.

Sie stieß ein Ächzen aus und stemmte die Fersen in den Schnee. Orientierungslos tastete sie nach Halt. Warm und feucht tränkte etwas ihre Hüfte.

Blut. Der Koschtschei hatte sie mit dem Geweih erwischt.

Sie wälzte sich auf die Schulter und drückte sich in die Höhe, als sie erneutes Hufgetrappel vernahm. Ein dumpfes Klatschen ertönte. Der Koschtschei stieß ein Jaulen aus. Sie hörte Vögel fliehen. *Fupp-fupp!*, ertönte es, als zerteile ein Fleischer seine Ware. Sie strich sich über die Augen, als könnte sie die Sterne fortwischen wie kalten Schweiß.

Hufgetrappel hielt auf sie zu. Blind reckte sie den Bratenspieß.

»Mirage!«, rief eine bekannte Stimme. »Ihre Hand!«

Der Sergent. Nicht irgendeiner. *Ihrer.*

Sie riss die Hand hoch, der Bratenspieß entglitt ihr. Durch das Flimmern näherte sich ein Schatten wie ein geweihloser Koschtschei. Zejn beugte sich herab, zwei Arme statt vier, streckte einen davon aus, mit dem anderen schwang er ein Schwert. Im Vorbeireiten packte er ihren Unterarm. Mit einem Ruck, der ihr beinahe die Schulter auskugelte, wurde sie in die Höhe gezerrt. »Rauf mit dir!«

Er zog an ihr, sie suchte nach Halt, doch statt des Sattels erfasste sie bloß seinen Gürtel. Das Gewicht zog Zejn zur Seite, er stemmte sich dagegen. Das Pferd zog einen Bogen.

Hinter ihnen jaulte der Koschtschei. Ein Rückblick verriet Mirage, dass sich das Monstrum wieder auf alle viere wuchtete.

Mit der ihr verbliebenen Kraft zog sich Mirage hinter Zejn aufs Pferd. Das Tier rannte ohne Zutun weiter.

»Festhalten!«, befahl er.

Sie krallte die Hände um seinen Leib, ihre Finger bohrten sich in seine Uniform.

»Womit haben Sie sich jetzt schon wieder angelegt?«, rief er, als sie hinter der Kate durchs Gebüsch brachen. Ihr Herzschlag trommelte durch das Kettenhemd an ihr Ohr. Es ging im selben Takt wie der Pferdegalopp, der sie davontrug.

»D-Der Myling«, nuschelte sie. Blut tränkte ihre Hose.

Er schien sie nicht zu hören.

9

Hinter ihnen erklangen die Schritte des Koschtschei, als verfolge sie eine Reiterei. Zejn verstaute das Schwert in der Scheide und packte die Zügel mit beiden Händen.

»D-Das ist die falsche Richtung«, brachte Mirage hervor. Das Hufgetrappel schüttelte sie durch. Getrockneter Schlamm krümelte bei jedem Satz aus Haar und Kleidung. »Svonnheim liegt in der anderen Richtung!«

»Dort komme ich her«, rief Zejn. »Svonnheim wird von den Toten belagert!«

Mirage stieß ein Ächzen aus. Svonnheim ohne Sergent ... dem falschen Sergent ... War es verloren?

Zwiespältige Gefühle rangen in ihr. Sie hasste Roupeoyer für seine Feigheit. Doch Svonnheim brauchte einen Führer.

»Ich habe mich gar nicht erst genähert. Das Tor für mich zu öffnen, hätte sie verwundbar gemacht«, erklärte Zejn. »Ich suchte Sie, also bin ich zur Hütte. Ich kam zur rechten Zeit, wie mir scheint.«

Ihr Arm lag um seine Hüfte, *papamm-papamm-papamm* dröhnte sein Herzschlag an ihrem Ohr. Sein Kettenhemd klirrte.

»Sie haben gar nichts zu sagen? Keine Fragen? Kein spitzfindiger Kommentar?«

Sie fand keine Kraft für eine Antwort. Zejn hielt den Mund.

Die Müdigkeit einer durchwachten Nacht und stundenlangen

Rennens drückte auf ihre Glieder. Ihre Lider kippten über ihre Augen, doch sie zwang sie in die Höhe. Traue niemandem. Schon gar nicht der Waldesruhe.

»Dort vorne«, stieß Zejn aus und ließ sein Ross langsamer werden. Mit seiner behandschuhten Hand deutete er zu einem Loch zwischen den Schirmföhren. Rauch kräuselte sich in den Himmel. »Woher stammt der?«

Mirage leckte sich über die Lippen. Es schmeckte nach Erde und Tod. »Die Grabhügel. Manchmal zelten Wanderleute in den Ruinen.«

»Narretei zu einem Zeitpunkt wie diesem!«

»Narren sind oftmals unter dem fahrenden Volk«, flüsterte sie wie im Traum. Sie merkte, dass sie in den Schlaf kippte, und plötzlich rutschte sie vom Pferd. Schwach versuchte sie noch, nach seiner Uniform zu tasten, doch ihre Finger hielten nicht. Sie plumpste einfach zu Boden.

»Ho!« Zejn stoppte das Pferd.

Die Baumwipfel drehten sich. Sie zog das Bein an, es zitterte unkontrolliert.

»Mirage!« Der Sergent saß ab. Sie hörte seine Schritte nahen, er erschien über ihr und rotierte mit dem Waldeshimmel.

»Bei Ihrer stattlichen Erscheinung konnte ich mich einfach nicht länger halten«, murmelte sie.

Er verzog die Augenbraue.

»Sie wollten doch einen spitzfindigen Kommentar.«

»Da weiß ich zumindest, dass ich keinen Gestaltenwandler mitgenommen habe«, brummte er und bückte sich nach ihr. Als er sie hochzog, rutschte ihr Mantel zur Seite. »Sie verlieren Blut.«

»Was Sie nicht sagen«, atmete sie flach.

»Jetzt reicht es aber auch schon wieder mit den Spitzfindigkeiten. Wir müssen Sie so rasch wie möglich in Sicherheit bringen.« Er warf einen Blick zurück, von wo sie gekommen waren. Das Jaulen des Koschtschei hatte seit einer Weile ausgesetzt. Das musste nichts bedeuten.

Er packte sie unter den Achseln und zog sie hoch. »Ab zu den Ruinen«, stieß er hervor.

Sie lehnte an seiner Brust. Rechts und links stützten sie seine Arme, die die Zügel hielten. Sie presste die Hand an die Stichwunde, als sie zum Waldrand schaukelten, der sie von den Grabhügeln trennte. »Wer hätte das gedacht«, murmelte sie vor sich hin, während ihr Kopf an seiner Schulter wippte. »So ändern sich die Zeiten. Einst rettete ich Leute. Jetzt schaffe ich es nicht einmal, meinen eigenen Mist zusammenzuräumen. Entwürdigend.«

»Sie erklären mir besser, warum Sie glauben, eine Chimäre aus Toten allein bekämpfen zu müssen.«

Sie leckte sich die Lippen. »Der Myling«, sagte sie nur.

»Was ist damit?«

»Das ist er.«

»Wie?«

»Ich habe die Seelstatt aufgesucht, in der ich ihn zurückgelassen habe. Sie ist abgebrannt. Alle Schwestern sind tot. Rundherum kommen die Toten aus dem Sumpf. Der Myling kontrolliert sie. Ich habe ihn leben lassen, und andere mussten deswegen sterben.«

Zejn schwieg eine Weile. »Blondes Haar«, sagte er plötzlich. »Blaue Augen.«

»Was ist damit?«

»Fetzen einer Gardeuniform.«

»Ich verstehe nicht …«

»Einer meiner Gardisten. Ich schickte ihn nach Tradea, um Barthell aufzuhalten. Sein Name war Sandel. Er kam nie dort an. Ich glaube, Teile von ihm stecken in diesem Vieh.« Sein Kinn kippte nieder, streifte ihre Schulter. Seine Hand fuhr samt Zügel hoch, er kratzte sich am Bart. Sie sah ihn von der Seite an. Die Lippen zusammengepresst, legte er die Stirn in Falten. Durch die ungewohnte Nähe konnte sie jedes noch so kleine Fältchen sehen. »Der Pferdeleib … der Rappe gehörte mir. Er stürzte bei der Flucht den Grabhügel hinab und brach sich den Hals.«

Sie wartete, dass er weitersprach.

»Das zweite Armpaar gehört einer Frau. Einer sehr schlanken Frau. Ich tippe auf die Glyphenjägerin.«

Ihr Blick ging ins Leere.

»Das Geweih, Fuchsfell … die Klauen … totes Getier aus dem Wald.«

»Worauf wollen Sie hinaus, Sergent?«

»Haben Sie irgendwo darin das Baby gesehen?«

Sie schwieg. Das dunkle Pferd trabte.

»Was, wenn das gar nicht Ihr Myling ist?«

Mirage schluckte. War das eine Möglichkeit? Ein Hoffnungsschimmer, auf den sie sich einlassen konnte? Es änderte nichts an der Tatsache, dass das Monstrum hier hauste. Aber es verlagerte die Schuld, die wie ein Felsen auf ihr lastete.

Heftig schüttelte sie den Kopf. Nein, sie durfte diese Möglichkeit nicht in Betracht ziehen. Von dem Schlag, wenn sich das Gegenteil herausstellte, würde sie sich nicht erholen.

»Es muss der Myling sein«, sagte sie leise. »Warum sonst hat er die Seelstatt zuallererst zerstört?«

Darauf wusste Zejn keine Antwort.

Sie sah es als Bestätigung ihrer Schuld.

»Das ist entweder der beste oder der schlechteste Ort, an den wir flüchten können«, stellte Mirage fest, als sie den Waldrand hinter sich ließen. Vor ihnen wölbte sich der Hügel zur Wehranlage empor. Eine Rauchfahne kroch aus dem Turm auf der Spitze.

»Wir müssen die Leute dort warnen«, sagte Zejn.

»Falls sie noch leben.«

»Falls sie noch leben«, bestätigte er und schnalzte mit den Zügeln. Das gescheckte Pferd setzte sich in Bewegung. Es war nicht sonderlich groß, doch kräftig gebaut, ein arbeitsames Kaltblut. Mirage achtete auf die Stellung seiner Ohren. Diese zuckten nur hie und da, wenn Zejns Kettenhemd bei einer Bewegung klirrte.

»Warum sind Sie nach Svonnheim gekommen, Sergent?«, fragte Mirage, als sie den Hügel erklommen. Ein wenig fürchtete sie sich vor der Antwort. »Und das ohne Gardetrupp? Sie sind doch jetzt Hauptmann.«

»Hauptmann-Stellvertreter«, verbesserte Zejn. »An dieser Position stand ich schon einmal.«

»Das ist keine Antwort auf meine Frage.«

Er schwieg eine Weile. »Sie hatten recht«, sagte er schließlich.

Mirage drückte den Kopf zurück und blinzelte irritiert. Mit vielem hatte sie gerechnet, aber nicht mit diesem Eingeständnis.

»Ich hätte das Artefakt nicht aus der Hand geben dürfen.« Er nickte diffus in die Landschaft. »Nichts hat sich geändert.«

»Sie haben das Artefakt nicht zurückgebracht …«

Er zuckte mit den Achseln, biss die Zähne zusammen. »Ich habe das Schwert Uriarte ausgehändigt. Diese wurde nach Svonnheim entsendet. Niemand kann mir sagen, was mit Nifs Rückgrat geschehen ist. Ich werde Uriarte aufsuchen und es herausfinden. Es mir zurückholen. Und dann tun, was notwendig ist, um es zurück in den Ruhezustand zu versetzen.«

Mirage schluckte schwer. »Uriarte hat Svonnheim verlassen, sagt Sergent Rougeoyer.«

Ernst sah er sie an. »Wo ist sie hin?«

»Ihr Nachfolger sagte, sie wäre aufgebrochen, um ein Dorf von Untoten zu räumen. Seitdem habe sie nichts mehr von sich hören lassen.«

Seine Augenbraue kippte. »Kein Botenvogel?«

Sie schüttelte den Kopf.

Besorgnis zeichnete Falten um seinen Mund. Das Pferd stieg höher. »Warum haben Sie sich nicht an den Sergent gewandt?«, fragte er. »Warum glauben Sie, allein gegen dieses Vieh antreten zu müssen?«

Sie stieß ein trockenes Lachen aus. »Nicht alle Menschen sind wie Sie ...«, setzte sie an, als das Pferd die Ohren verrückte. Sie merkte zu spät, dass etwas durch die Luft zischte – da riss Zejn die Zügel zurück, und ein Pfeil schlug vor den Hufen in die Erde. Kein Pfeil, berichtigte sie sich. Ein Bolzen.

Das Pferd bockte, doch der Sergent zwang es unter Kontrolle. Mirage hielt sich am Sattelrand fest.

»Das sind keine Untoten ...«, stieß sie aus.

»Aber die dort oben glauben, *wir* sind welche. *Aufhören!*«, rief Zejn lauter den Hügel hinauf. »Wir suchen Schutz!«

Mirage tastete mit ihrem Blick das Ruinenareal ab. Woher stammte der Bolzen? Sie merkte eine Regung in einem der Turmfenster – auf einer Höhe, wo eigentlich niemand stehen konnte, nachdem der Treppenaufstieg längst vermodert war.

»Der Turm«, hob sie die Hand. Ihre Fingerspitzen waren blutig.

Ein Gesicht erschien in einer der Schießscharten. »Wer sind Sie und was wollen Sie?«, rief eine Frau herab.

»Die Umgebung ist mit Untoten verseucht!«, antwortete der Sergent. »Meine Freundin ist verletzt! Svonnheim steht unter Belagerung! Wir haben gehofft, in den Ruinen Schutz zu finden!«

»Inmitten der Grabhügel? Ich sehe eine Uniform – sind Sie ein Narr, Gardist?« Die Stimme war nicht mehr ganz jung und beißend scharf.

Zejn hob die Augenbrauen. Das Pferd tänzelte.

»Darauf wissen Sie jetzt wohl nichts zu sagen ...«, murmelte Mirage. Sie klammerte sich am Sattel fest und erhob die Stimme:

»Wir werden von einem Monstrum verfolgt! Löscht das Feuer, und wir ziehen weiter! Es wird mir folgen!«

Hinter dem Spalt regte es sich. »Mirage?«, rief jemand.

Sie runzelte die Stirn. »Wer ist da?«

»Kommen Sie rauf, verdammt – bevor das Vieh alle reißt!« Damit verschwand das Gesicht.

Mirage sah zu Zejn, dieser spiegelte ihre eigene Verwunderung. »Nun gut«, raunte er, »Ihre Freunde sind hoffentlich auch meine Freunde …« Er trieb das Pferd um die Einschussstelle herum.

Mirage verbot sich anzumerken, dass sie eigentlich keine Freunde besaß.

Die Teile der eingestürzten Festungsmauern, die einen Durchlass boten, waren mit Bretterverschlägen verrammelt, die jemand im Gemäuer verkantet hatte. Reste von Toten lagen dazwischen, Knochengerippe, die in sich zusammengebrochen waren. Mirage rümpfte die Nase, als sie den Geruch von Sternenbrand bemerkte – die Sporen eines Pilzes, die am Land gern für einfache Brandbomben verwendet wurden. Da sich das Feuer recht unkontrolliert verhielt, wandte Mirage das Mittel nur in Notfällen an.

Der würzige Geruch war nur ein Vorbote von dem, was sie beim Turm erwartete. Zu Dörrpuppen verkohlte Leichen, der Fuß der Turmmauer geschwärzt, verbranntes Gras sprenkelte den Boden.

Mirage zog die Augenbrauen zusammen. Wer hielt sich hier verschanzt?

Das Pferd schlängelte sich um die Mauern, Richtung Turmtür. Diese verriegelte ein Bretterverschlag. Zwischen den Spalten regten sich Schatten.

»Wir sind's!«, rief Mirage und hob automatisch die Hände in die Höhe.

Die Bretter wurden gepackt, Schwartlinge, an denen noch Rinde klebte, und zur Seite geschoben. Eine Frau mit silbrigem Haar, das sie zu einem langen Zopf gebunden hatte, stieg aus dem Loch. Mirage erkannte sie nicht. »Und ich dachte, man hätte Sie auf dem Scheiterhaufen verbrannt!«

Mirage blinzelte. Verzögert erkannte sie, was die Frau so fremdeln ließ – ihr Gesicht wurde nicht durch die typische Priesterinnen-Haube gerahmt, ohne die sie ihr noch nie zuvor begegnet war. »C-Cellérière?«, stammelte sie.

Hinter ihr reckte Zejn den Kopf. »Mutter Oberin?«

Die Frau richtete sich auf. Als sie ihre Armbrust einem der Mädchen in die Hand drückte, dehnte ein Lächeln ihre Lippen. »Und dann noch Sie beide gemeinsam auf einem Pferd! Ich merke, Sie haben sich arrangiert.«

10

Die Cellérière ließ nicht nur die beiden Flüchtlinge in den Turm, sondern auch das Pferd. Zejns Reittier sträubte sich, das Dunkel zu betreten. Erst als er es mit Getreide lockte und: »... Essi-Essi-Essi ...«, ins Ohr flüsterte, gab es seinen Widerstand auf und folgte.

Schwestern, die ihre Ordenstracht abgelegt hatten, verbarrikadierten den Verschlag hinter den Eintretenden. Aber nicht das erstaunte Mirage am meisten. Als sie den Blick hob, bemerkte sie, dass die Ordensschwestern ein Gerüst aus schmalen Baumstämmen erschaffen hatten. Die Balken waren mit Juteseilen verknotet und in die Löcher des alten Treppengehäuses verkantet. Grobe Leitern führten empor, wo ein Zwischenstock aus Schwartlingen unter Schritten ächzte.

»Ich bin beeindruckt«, flüsterte Mirage. Ihre Stimme wanderte die Mauern hinauf.

»Wir sind Priesterinnen der Landwirte, Handwerker und Forstarbeiter«, entgegnete die Mutter Oberin und schob dem Pferd Laubreste zusammen, in die es sogleich die Nase steckte. »Diese Mädchen sind Kinder derselbigen. Wir wissen, wie man sich einrichtet.«

Mirage senkte den Blick. »Ich war bei der Seelstatt«, sagte sie. »Ich dachte, Sie alle wären tot.«

Im Zwielicht des Turms schloss die Mutter Oberin die schwammigen Lider. Eine Ordensschwester hob eine Öllaterne und begann den Aufstieg über eine Leiter, das Licht schaukelte und ließ das Haar ihrer Gesprächspartnerin wie Silberfäden aufblitzen. »Was für ein trostloser Moment in unserer Geschichte. Wenn auch nicht das erste Mal, dass unser bescheidener Tempel in den Vorlanden zerstört wurde.« Sie schlug die Lider hoch. »Wenn diesmal auch von Menschenhand.«

Mirages Augenbrauen verkrampften sich. »Was meinen Sie?«

Die Cellérière nickte zur Leiter. »Kommen Sie. Wir haben zwei Plattformen errichtet, auf die wir uns zurückziehen können. Sollte der Koschtschei kommen, können wir die Leitern hochziehen.«

Mirage folgte ihr sogleich. Der Sergent trat zu seinem Pferd, tätschelte seine Flanke, schnallte einen Futtersack vor und flüsterte ihm ins Ohr, was Mirage nicht hörte. Er fuhr ihm durch das helle Haar und kraulte es eine Weile, bis er aus dem Gepäck einen Sack und ein Gefäß löste und ihr hinterherkam. Als er zu ihr aufblickte, stopfte er den Behälter in den Sack. »Essen«, teilte er mit. »Und Barthells Asche.«

Mirage saugte die Wangen ein. Langsam nickte sie. Vor ihm stieg sie die Leiter hinauf und gelangte in den ersten Verschlag.

Die Mutter Oberin bemerkte die Urne mit dem Scharfsinn eines Falken. Auf die Frage, wen Zejn da mitgebracht hatte, antwortete dieser nur zögerlich. Die Antwort trieb ihr die Augenbrauen in die Höhe. »Oh, Barthell«, seufzte sie und streckte die fleckigen

Hände aus. Sie fasste die Urne, in deren Äußeres Gebetszeilen geritzt standen, und sah sie lange an.

Zejn wandte sich ab und wischte sich im Schatten über die Augen.

»Rechnen konntest du nicht«, stellte die Cellérière fest. »Aber du hattest ein gutes Herz.« Sie bettete das Gefäß zurück in Zejns Arme.

»Ich will sie seiner Familie bringen«, sagte er rau. »Falls davon noch jemand lebt.«

Die Mutter Oberin nickte. »Ich habe lange nichts aus Svonnheim gehört. Wir dürfen nicht zurück, und die Gegend um die Grabhügel wird im Allgemeinen gemieden – auch von Reisenden. Daher haben wir uns hier zurückgezogen.«

»Was meinen Sie damit – Sie dürfen nicht zurück?«, hakte Mirage nach.

»Sprechen wir oben«, sagte die Cellérière. Wir haben Decken und eine Feuerpfanne. Es muss ständig jemand Feuerwache halten, sonst brennt uns der Boden unter den Füßen weg.«

Im unteren Stockwerk stapelten sich Säcke, in denen Mirage Getreide vermutete. Vermutlich hatten sie sie von einem der abseits liegenden Höfe geborgen, möglicherweise sogar vom Hof der Familie Roux.

Als Mirage den Kopf durch die Luke der nächsten Plattform reckte, erwartete sie nicht nur behagliche Wärme, sondern auch gleich mehrere Überraschungen.

Zejn brummte hinter ihr, als sie sich fassungslos an der Leitersprosse festklammerte.

Sie starrte hinüber zu den Schwestern, die in Decken um eine Feuerschale kauerten, deren Rauch in ein Zeltdach aufstieg, wo er über ein Loch in der Mitte abziehen konnte. In Leinen und Wolle gewickelt, löffelten sie Brei aus Holzschalen.

Die erste Überraschung war, dass sich ein Mann unter ihnen befand. Er hatte einst zu den hübschesten Jünglingen Svonnheims gezählt, das Haar blond wie ein Weizenfeld und eine Leidenschaft für Tanz und Musik, was ihm den Ruf einbrachte, er würde irgendwann dem Pfad des Musikus folgen. Seine zerrissene Gardeuniform verriet, dass er sich dem Militär zugewandt hatte. Verheilte Klauenabdrücke spalteten seine Wange und Unterlippe. Feuer hatte seinen prächtigen Schopf fortgesengt. Dennoch lächelte er, als er sich mit dem Avoruns-Mädchen unterhielt, die ihre Weihe entweder erfüllt oder aufgegeben hatte und somit auch das damit verbundene Sprechverbot.

Mit dem Avoruns-Mädchen erwartete Mirage die zweite Überraschung. An ihrer Brust nämlich, in Fell gewickelt, wiegte sie einen Säugling.

11

»Mirage«, schnarrte Zejn. »Gehen Sie weiter!«

Einige Schwestern verstummten, als sie sie bemerkten. Auch das Avorun-Mädchen blickte auf. Es hatte abwesend mit dem Baby gespielt, das nach ihren Fingerspitzen grapschte.

»D-Der Myling«, stieß Mirage hervor.

»Lassen Sie uns hoch, Madame DeBois!«, forderte nun auch die Mutter Oberin.

Mirage folgte verdattert der Anweisung, zog sich über den Bretterrand und merkte kaum, wie Zejn und die Tempelvorsteherin hinterherstiegen. Sie starrte nur das Kind an.

»Wir haben uns gut um ihn gekümmert«, sagte die Mutter Oberin, als sie Mirages Blick bemerkte. Sie packte ein Scheit und warf es in die Feuerpfanne. Funken stoben zur Plane empor. Daran befestigt war ein Mobile aus funkelnden Glassplittern, die sich im Schein des Feuers drehten. Flecken tanzten über die feuchten Mauern.

»Sandel?«, stieß Zejn verstört aus.

»Sergent?« Der Gardist kippte fast um, als er versuchte, hinter Mirage zu sehen.

»Sie leben?«, riefen beide zeitgleich.

Sandel entließ ein ungläubiges Lachen und kroch über den Boden auf Zejn zu – die Zeltdecke erlaubte es nicht, sich gänzlich aufzurichten. Unabhängig von Rang und Namen zog er seinen einstigen Sergent in eine Umarmung. »Ich fasse es nicht!«, presste er hervor. Tränen zwängten sich aus seinen Augenwinkeln. »Ich dachte, mittlerweile wären alle tot!«

Zejn hob verdattert die Hand und klatschte dem Gardisten auf die Schulter. »Was ist mit Ihnen passiert?«

»Eine lange Geschichte«, schnaufte Sandel und zog sich zurück. »Die Toten haben mich überfallen und in den Wald gezogen. Ich wurde unter dem Pferd begraben, habe mir dabei das Bein gebrochen. Sie haben sich an ihm gelabt und dann abgelassen. Tagelang lag ich dort, bis mich Holzarbeiter fanden. Haben mich zur Seelstatt gebracht. Da war das Bein nicht mehr das Problem. Vom Wasser, das ich von der Erde geschlürft habe, habe ich die Scheißerei bekommen. Dachte, mein Inneres stülpt sich nach außen.«

Das Avorun-Mädchen kicherte.

»Du hast gut lachen, Clementine!«, rief Sandel, doch seine Mundwinkel zuckten ebenfalls.

Mirage sah die Angesprochene an, während Sandel weiterplapperte. Sie streckte die Hand nach dem Baby aus.

Die Cellérière merkte es. »Wollen Sie es halten?«, fragte sie.

Automatisch wollte Mirage verneinen. Sich selbst diesen Augenblick versagen. Als Bestrafung. Doch das Kind war hier – nicht das Monstrum dort draußen.

Sie spürte eine Erleichterung wie niemals zuvor in sich blühen. Tränen traten ihr in die Augen, sammelten sich am unteren Wimpernkranz und tropften herab, bis sie schwer auf den Wangen aufkamen und in ihre Mundwinkel liefen. Es schmeckte salzig.

Ihre Hand zitterte. »J-Ja«, nickte sie schließlich.

Die Mutter Oberin nahm Clementine den Säugling ab, der sich im Fell regte, und kroch an Mirage heran. »Warten Sie«, sagte sie. »Sie sind ganz nass. Nehmen Sie eine Decke.« Sie breitete Mirage eine Wolldecke über die Brust.

Vorsichtig nahm Mirage das Baby in die Arme. Mit dunklen Augen sah es sie an, öffnete den vorgestülpten Mund, der innen rosig war wie eine Blüte, packte ihren zitternden Finger und steckte ihn sich in den Rachen. Sie spürte, wie es daran saugte, und lachte und weinte zeitgleich.

»Ist alles in Ordnung?«, fragte der Sergent und legte die Hand auf ihre Schulter.

Sie saß nur da, schaukelte und heulte.

»Mirage«, sagte er sanft, »wir sollten uns wirklich Ihre Verletzung ansehen.«

Es benötigte noch mehrere Anläufe, um sie dazu zu bekommen, das Kind abzugeben. Schließlich löste es eine der Schwestern aus ihren Armen, und die Cellérière schlug die Decke von Mirage ab. Das Blut war bereits zu Boden gesickert.

»Kommen Sie«, sprach die Mutter Oberin sanft. »Ich sehe mir an, ob Innereien betroffen sind. Dann nähen wir Sie und versuchen, die Blutung zu stoppen.«

»Soll ich ihn holen?«, fragte Sandel aus der Ecke.

Die Cellérière drückte Mirage zu Boden. »Was holen?«, hakte Mirage schwach nach, die Stimme brüchig wie trockenes Laub.

»Ein auf der ganzen Welt verwendetes Alchemikum, Mademoiselle.« Er schwenkte eine abgegriffene Flasche. »Schnaps.«

»Geben Sie schon her«, presste sie hervor.

12

»Wie geht es Ihnen?« Zejn lehnte sich an ihr Lager heran.

Mirage lag auf dem Rücken und starrte gegen die Decke. Ihre Hand ruhte auf den Nähten, die die Cellérière angebracht hatte. »Ich dachte, das alles wäre meine Schuld«, presste sie hervor. Der hochprozentige Alkohol lockerte ihre Zunge. »Ich dachte, der Myling wäre das Monstrum, das die Seelstatt zerstört und Svonnheim angegriffen hat.«

Zejn stützte sich ab und betrachtete sie von oben. »Ich bin Ihrem Vater begegnet«, sagte er. »Er sagte einige scheußliche Dinge. Haben Sie deswegen Tradea verlassen?«

Sie presste die Lippen zusammen und schwieg. Das Baby gurgelte im Hintergrund. Das Avorun-Mädchen, das nun keines mehr war, lachte, und Sandel spielte mit dem Baby in ihrem Schoß, während er die Reime dichtete, für die er in Svonnheim bekannt war.

»Einst war da ein Mann,
der nichts dringlich fand,
dann traf er sie,
sein Herz er ihr lieh,
und sie damit verschwand.«

Das Mädchen kicherte.

»Ihr Vater hat Ihnen unrecht getan«, fügte Zejn an.

»Hat er nicht«, widersprach sie, während sie die Szenerie beobachtete, ein falscher Frieden, der sich wie einer der Wolkentürme der Akademie über dem gebeutelten Land erhob. »Ich habe Ihre Sicherheit der seinen vorgezogen.«

»Das gibt ihm nicht das Recht, Sie zu verbannen.«

Ihr Hals knotete sich zu. Abrupt hielt sie den Atem an. Lief Bhaal in der Stadt herum und prahlte damit, dass er endlich seine Tochter losgeworden war? Ihre Finger verkrampften sich. Sie musste sich bemühen, sie zu lockern.

Er fuhr sich mit der freien Hand über die scharfe Nase. »Wir können uns unsere Eltern nicht aussuchen. Manche von uns haben Glück. Andere nicht.«

Sie beobachtete die Scheinidylle von Sandels Spiel, als wären sie Eltern und Kind in glücklicher Einigkeit. »Irgendwann sind wir zu alt, unseren Eltern die Schuld für unsere eigenen Verfehlungen zu geben«, sagte sie lahm.

»Irgendwann sind wir zu alt, als dass unsere Eltern uns für ihre Verfehlungen die Schuld geben«, entgegnete er.

Mirage schluckte. Ein melancholisches Lächeln zupfte an ihren Mundwinkeln. Sie tastete nach seiner Hand und drückte sie. »Sie sind ein guter Mann«, sagte sie.

Beschämt wandte er den Blick ab, entzog sich dabei aber nicht. »Ich versuche es zumindest.«

Die Cellérière näherte sich. »Wie fühlen Sie sich?«, fragte sie.

»Den Umständen entsprechend.«

Sie trug ein eingerolltes Wildschweinfell bei sich und nickte Mirage zu. »Sie sind völlig durchnässt. Wenn Sie keinen Kältetod sterben möchten, müssen Sie die Kleidung trocknen.«

Mirage mühte sich empor. Die frischen Nähte spannten.

»Sergent«, wies die Mutter Oberin an.

Mirage stieß ein Schnaufen aus. »Ich bitte Sie …« Trotz Schmerzen mühte sie sich in eine Sitzposition.

»Liegen Sie still! Wir machen das.« Der Ton der Priesterin duldete keinen Widerstand.

Stumm machte sich der Sergent daran, die Schnürung von Mirages Stiefel zu lösen. Peinlich berührt, wischte sie sich über die Augen.

Mit geübten Bewegungen löste die Mutter Oberin die Verschlüsse ihres klatschnassen Mantels. Der Sergent zog die Schuhe von ihren Füßen, aus denen Moorwasser sickerte. Eine weitere Priesterin eilte zu Hilfe und rollte ihre Strümpfe auf.

Mirage biss die Zähne zusammen. Kalte Luft streifte ihre Haut, das Feuer der Eisenpfanne im Kontrast heiß wie Peitschenhiebe. Die Mutter Oberin krempelte die dreckstarrende Tunika von den Armen. Zejn stützte sie, hielt sie aufrecht, indem er sie gegen sich lehnte. Sie spürte das Kettenhemd unter seiner Uniform. Sein Atem kitzelte ihre Schulter.

Die Cellérière half Mirage in einen Leinenkittel der Priesterinnen. Das Mädchen erstarrte kurz, als sie die Lederhose von ihren Schenkeln krempelte und dabei die wulstigen Narben erblickte, die ihr Bein spickten.

»Nifs Rückgrat.« Die Stimme des Sergents wanderte durch Mirages Rücken. Sie selbst schwieg.

Ihre Sachen wurden über dem Feuer aufgehängt, wo sie in die Flammen tropften. Die Cellérière bettete Mirage auf zwei Wildschweinfelle und zog ihr die Decke über.

Sandel kroch herbei, zwei dampfende Schüsseln in den Händen. Eine davon reichte er dem Sergent, die andere stellte er neben Mirage ab. »Getreidebrei«, erklärte er knapp. »Weitgehend geschmacklos. Aber es stärkt.«

Der Sergent nahm die Schale bereitwillig an und begann zu löffeln, während sich die Cellérière in einen Schneidersitz an ihre Seite bequemte.

Mirages Blick tastete nach ihr. »Sie wollten erzählen, warum die Seelstatt abbrannte.«

Die silbrigen Augenbrauen der älteren Frau knickten ein. »Die Geschichte macht der Garde wenig Ehre, fürchte ich.«

Zejn schwieg dazu.

»Sprechen Sie«, forderte Mirage sie auf.

Die Mutter Oberin holte Luft, während hinter ihr Wassertropfen im Feuer verzischten, und begann zu erzählen. »Nach Ihrem Fortgang, Sergent Zejn, übernahm Lieutenant Uriarte in Svonnheim die Führung. So weit, so gut. Wir waren froh über die Unterstützung – die Reiterei stieß zu den umliegenden Dörfern und Höfen vor und rettete, wer zu retten war. Währenddessen sicherte ein neuer Sergent das Dorf. Sergent Rougeoyer errichtete eine Palisade rund um Svonnheim und nahm Streuner und Flüchtlinge auf, vorausgesetzt, sie unterwarfen sich seinen Regeln.

Die Gardisten aus Ihrer alten Einheit gehörten rasch Nifs Todesschwarm an. Mehrere fielen im Kampf, zwei davon erlagen in meiner Seelstatt ihren Verletzungen. Einer desertierte und ward seitdem nicht mehr gesehen. Neue Soldaten rückten aus Tradea nach. Sie waren uns Unbekannte, daher gelangten kaum Informationen zu uns.

Dass wir einen separaten Anlaufpunkt für Verletzte und Flüchtlinge bildeten, war Sergent Rougeoyer rasch ein Dorn im Auge. Er behauptete, wir unterminieren seine Bemühungen. Außerdem könne er keine Gardisten abspenstig machen, uns zu schützen. Er forderte daher, dass wir die Seelstatt aufgeben und nach Svonnheim ziehen, wo wir unter seiner Anweisung arbeiten und die Bevölkerung unterstützen dürften. Ich weigerte mich. Einerseits kennen die Menschen in den Vorlanden die Seelstatt, und ich wollte nicht, dass sie diese verlassen vorfinden, sollten sie sich um unsere Hilfe bemühen. Andererseits war mir bewusst, dass der Sergent unsere Ressourcen nach seinem Gutdünken kontrollieren würde. Das hieß: Wir wären nicht länger weisungsfrei, jedem zu helfen. Rougeoyer kontrolliert, wer das Dorf betreten darf. Er hat Flüchtlinge abgelehnt, wenn sie ihm keinen Nutzen zeigten. Die Alten. Die Kranken. Verletzte. Wir stoßen niemanden von unserer Schwelle. Das ist gegen unser göttliches Gesetz.«

Mirage presste die Lippen zusammen. Ein Seitenblick zu Zejn verriet ihr, dass dieser seine Mimik gerade hielt. Er kaute seinen weißen Brei.

»Rougeoyer stellte uns ein Ultimatum. Als wir uns nicht daran gehalten haben, entzog er uns die militärische Unterstützung. Er wollte uns unter Druck setzen, und es ist ihm auch gelungen, schließlich hatte der Koschtschei unser Wäldchen als Revier auserkoren. Er umstreifte die Seelstatt. Ich vermute, er hat das Kind gespürt.«

Mirages Blick glitt hinüber zu dem Baby. »Den Myling?«

»Henri«, verbesserte die Mutter Oberin. »Sein Bruder hat ihn Henri getauft.«

Zejn ließ die Schüssel sinken. »Das andere Kind der Roux'«, sagte er rau. »Was ist mit ihm geschehen?«

Bedauern drückte auf die Stirnpartie der Cellérière. »Er kam bei dem Feuer um.«

Zejn senkte das Kinn und schloss die Augen.

»Der Koschtschei versuchte, an Henri zu gelangen«, fuhr die Mutter Oberin fort. »Zumindest umschlich er die Seelstatt, ließ sie von Untoten attackieren. Aber unsere Mauern waren fest, die zwei Fenster lagen zu hoch, das Tor verriegelten wir. Rougeoyer dachte, wir würden innerhalb kürzester Zeit fallen. Wir hielten. Also kehrte er zurück.«

Ängstlich sah Clementine herüber. Sie streichelte das Baby, als wollte sie es beruhigen. Sandel lehnte an der Rückwand, ein Bein angezogen, und verzog finster die Miene.

»Er bot uns an …«

»Er forderte!«, rief eine Frau.

»Er forderte, dass wir die Seelstatt verließen und mit ihm nach Svonnheim zögen. Ich weigerte mich und sagte ihm, ich würde mich ihm und seinen Regeln nicht unterwerfen, denn ich könnte damit den Bedürftigen nicht den Schutz garantieren, den meine

Göttinnen verlangen. Er schien das zu akzeptieren und zog ab. Dann rochen wir den Rauch, hörten das Knistern. Rougeoyer hatte das Schilfdach unseres Tempels in Brand gesteckt.«

Zejn hatte aufgehört zu essen. Die Schüssel im Schoß, starrte er die Mutter Oberin an.

»Wir wollten fliehen, aber die Garde hatte das Tor von außen blockiert. Teile vom Dach stürzten ein, setzten die Holzwände in Brand. Wir versuchten, die Verletzten zu retten. Die meisten fielen dem Dachsturz zum Opfer.«

»Wie konnten Sie entkommen?«, fragte Mirage, ihre Stimme knisterte wie das Feuer in seiner Schale.

»Wir bauten eine Rampe vom Altar zum rückwärtigen Fenster.« Die Cellérière wandte sich im Sitzen um. »Das waren alle, die wir retten konnten, bevor das Dach restlos in sich zusammenstürzte.«

Ein Mädchen wischte sich das Gesicht, eine ältere Frau legte den Arm um ihre Schulter und drückte sie an sich.

»Wir hörten den Koschtschei in den Wäldern. Uns blieb bloß die Flucht in die entgegengesetzte Richtung. Svonnheim kam nicht infrage. Es gab wenige Orte, an die wir fliehen konnten. Ich entschied mich für die Festung, nachdem diese einst einem Krieg getrotzt hatte. Wir blockierten die Turmtüren. Nach und nach gelang es uns, unser Versteck auszubauen. Nahrung verschafften wir uns von den umliegenden Höfen. In der Nähe wurde Holz geschlagen, das wusste ich von einem Verwundeten, der zu uns gebracht worden war. Von dort schleppten wir Bretter und Baumstämme herbei. Der Koschtschei bevorzugt die Nacht. Und seine Toten umschleichen nun Svonnheim. Er umstreift den Hügel, versucht gelegentlich, die Bretter zu unserem Turm aufzuhebeln. Dann wieder schickt er Tote. Er sucht Henri hier, genau wie im Dorf. Wir hören die Attacken, sehen die Rauchfahnen der Totenfeuer. Manchmal weht es die Asche bis hierher.«

Mirage fuhr sich über den Mund. »Warum ist der Koschtschei hinter dem Kind her?«, fragte sie.

Die Cellérière sah sie ernst an. »Warum hat er Sie attackiert? Weil Sie ein Myling sind, vermute ich.«

»Die anderen Toten haben von mir abgelassen, als ich im Grabhügel war. Auch draußen im Moor töteten sie mich nicht. Was ist mit ihm? Warum verhält er sich anders?«

Der Blick der Mutter Oberin verlor sich einen Moment lang, als kehrte sie ihn nach innen. »Nifs Rückgrat gehörte diesem Land«, sagte sie. »Die rückkehrenden Draugar, die weinende Erde, in der wir versinken, das Zutagetreten von Dorfesruh ... all dies sind Zeichen, dass dem Land etwas geraubt wurde. Und der Koschtschei ...« Sie hob das Kinn und sah Mirage an. »Er ist ebenfalls ein Zeichen. Dafür, dass etwas fehlt.«

»Nifs Rückgrat«, wiederholte Mirage.

»Nein«, widersprach die Mutter Oberin. »Er ist nicht das Symbol für den Verlust von Nifs Rückgrat. Er steht für jene, die es zu tragen bestimmt sind und nie die Hand an es legen durften.«

»Die Mylinge«, kommentierte Zejn nebenan.

Die Priesterin nickte.

»Ich verstehe nicht ...«, murmelte Mirage.

»Das Rückgrat ist erwacht. Und es sucht einen Besitzer. Da kein Myling es trägt, hat sich die verworrene Magie ein neues Wesen erschaffen.«

»Das Monstrum«, fügte Zejn ein.

Die Cellérière nickte. »Der Koschtschei ist nur eine Nachahmung von dem, was ein Myling sein könnte. Deswegen, denke ich, jagt er Henri. Und offensichtlich auch Sie.«

Nachdenklich strich sich Mirage über die Unterlippe. Als ihr Blick zu Zejn glitt, presste der den Mund zusammen. »Und Sie haben sich ihm in die Arme geworfen«, brummte er.

»Ich wollte ihn töten!«, erwiderte sie scharf.

»Warum bitten Sie dann niemanden um Unterstützung?«

»Wen, verdammt noch mal?«

»Mich!«

Sie warf die Hand von sich. »Bei den Göttern!«, rief sie aus. »In einem hat Magister Beinwell recht – Sie und ich, nach jeder Zusammenkunft sind wir dem Tod ein Stückchen näher! Ich kann Sie nicht jedes Mal in den Höllenschlund zerren, wo Sie in hunderttausend Stückchen zerschlagen werden! Haben Sie sich in dem Spiegel gesehen, als wir uns das letzte Mal in Tradea begegnet sind?«

Zejn rammte die Zähne zusammen. Seine Nasenflügel blähten sich. »Ich habe Barthell geborgen und Gallus Hesperus' Kopf abgeliefert. Dazu hat meine Verfassung ausgereicht.«

Gereizt wollte Mirage etwas erwidern, als Sandels klägliche Stimme sie aufhorchen ließ.

»Barthell?«, rief er in seiner Ecke aus. »Er lebt?«

Die Verbissenheit fiel von Zejns Gesicht und machte Anspannung Platz. Vorsichtig schüttelte er den Kopf.

Sandels verbranntes Haupt knickte nieder. Der Goldgelockte begann zu weinen.

»Wir haben zahlreiche Verluste zu beklagen«, kommentierte die Mutter Oberin und verschränkte die Finger.

»Eins ist klar«, sagte Zejn. »Der Koschtschei muss weg.«

Mirage rieb sich die Schläfen. »Es ist sinnlos«, brummte sie. »Meine Alchemika sind dem Moor zum Opfer gefallen. Und Rougeoyer hat mich als Bauernopfer zurückgelassen.«

Zejn strich über die Linien, die seinen Mund rahmten. Zwischen seinen Augenbrauen bildeten sich scharfe Falten. Sein heller Blick glitt über die Umgebung – über die Priesterinnen und den weinenden Sandel, der begriffen hatte, dass mit Barthell der Letzte seiner Freunde gefallen war.

»Allein können wir diese Schlacht nicht schlagen. Wir brauchen Svonnheims Unterstützung.«

Erbost wollte Mirage hochfahren, doch die Schmerzen drängten sie sogleich wieder zurück. Sie stieß ein Schnaufen aus. »Sie können unmöglich mit Rougeoyer zusammenarbeiten wollen, nach dem, was die Cellérière erzählt hat?«

Sein Blick rückte zu ihr. Er wirkte in sich gekehrt. Wer wusste schon, was hinter seiner Stirn vor sich ging. »Es wird uns nicht erspart bleiben.«

Die Cellérière schüttelte den Kopf. »Solange Rougeoyer Svonnheim kontrolliert, werden wir es nicht betreten. Nur die Götter wissen, was ihm aus gekränktem Stolz in den Sinn kommt.«

Zejn ballte die Faust und lehnte nachdenklich den Mund dagegen. Dann entspannte er sie. »Ich werde mit Rougeoyer sprechen.«

Mirage verzog zornig die Brauen. »Was wollen Sie ihm sagen?«

»Ich weiß es noch nicht«, gestand Zejn ein. »Geben Sie mir eine Nacht, darüber zu schlafen.«

ZEJN

13

Die Priesterinnen schoben die Bretter vom Tor, damit die Mutter Oberin, eine Priesterin und Zejn austreten konnten, um Feuerholz zu holen, das die Frauen gesammelt und in den Ruinen verstaut hatten. »Die Morgen sind sicherer«, erklärte die Cellérière, während sie einen besorgten Blick zur spätnachmittäglichen Sonne warf, die sich hinter den Wolkenschleiern Richtung Waldrand senkte. »Der Koschtschei zeigt sich kaum untertags.«

»Was ist mit den restlichen Untoten?«, fragte Zejn, die Hand am Schwertgriff. Sein Blick glitt über die Bruchkanten der einstigen Festung, in Erwartung, jeden Augenblick einen Draugr erschlagen zu müssen. »Ist es klug, sich so nah an den Grabhügeln zu verstecken?«

»Alles, was Gebeine hatte, ist davongelaufen«, erklärte die Priesterin. Ihr Silberzopf schwankte bei jedem Schritt über den Wollumhang, der wie Fledermausflügel von ihren Schultern flatterte. »Die Toten ziehen aus, um die restlichen Höfe zu stürmen oder sich um den Koschtschei zu sammeln.« Gemeinsam umrundeten sie die Gemäuer. »Ich kann sehen, dass Sie an Rängen gewonnen haben«, fuhr die Cellérière fort, ohne sich dabei umzudrehen. »Aber unterschätzen Sie Rougeoyer nicht. Er mag Ihnen als Sergent nun vom Rang her unterlegen sein, doch er wurde an diesen Ort verbannt, genau wie Sie, und ebenso verbissen hält er seine Mauern aufrecht. Ich verachte ihn für das, was er meiner Seelstatt angetan hat. Aber in seinen Augen mag er das Recht haben, alles zu tun, um seine Siedlung zu halten.«

»Er ist ein Hund«, murmelte die andere Priesterin. »Verheizt seine Männer genau wie uns.«

»Er ist ein Hund, der vom Tribun hier eingesetzt wurde. Ihm wurde hier Platz geschaffen. Wehe dem, der versucht, ihm sein Gesicht zu nehmen.«

Zejn kommentierte ihre Aussagen nicht. Der Name des Sergents war ihm unbekannt. Es missfiel ihm außerordentlich, dass sie ihn mit ihm verglichen. War er aus ihrer Sicht genauso gewesen? Ruchlos? Bereit, unschuldige Frauen brennen zu sehen?

Als sie mit knorrigen Ästen in den Armen zurückkehrten, erwartete ihn der merkwürdigste Anblick. Sandel biss in eine zähe, weißrote Masse und kaute angestrengt. Den Kragen seiner Tunika hatte er herabgezogen und hielt mit der anderen Hand den Säugling an die bloße Haut.

Als er seinen ehemaligen Sergent bemerkte, schoss ihm das Blut in die Wangen. »Ä-äh, Chief …!«, brachte er hervor.

Zejn starrte.

Der Myling trank von Sandels Brust.

Verstört schürzte Zejn die Lippen, als sein Blick Sandels einfing. Dieser streckte mit der freien Hand etwas Rot-Weißes in die Höhe. »Ich bin dran«, erklärte er etwas verschämt.

»Blutmilchling«, kommentierte Mirage nebenan.

Hinter Zejn kletterte die Mutter Oberin empor. »Ich konnte einige Mittel bergen, bevor wir flohen«, erörterte sie den Anblick. »Aber unsere Heilmittel für die Behandlung des Kinds gehen zur Neige. Mirage, können Sie etwas erübrigen?«

Mirage schüttelte den Kopf, ihre Locken schwankten. »Ich habe eine Reserve in Svonnheim zurückgelassen. Ich kann versuchen, sie zu bergen und zu Euch zu bringen … Falls davon etwas übrig ist.«

»Blutmilchling?«, hakte Zejn nach und konnte den Blick nicht von dem Kind lassen, das an Sandels Brust nuckelte.

Mirage sah ihn an. »Ein Pilz. Wer ihn isst, produziert Milch.«

»Auch Männer?«

Sie nickte. »Jeder Mensch besitzt Milchgewebe in der Brust. Aber die Einnahme von Blutmilchling birgt Risiken …«

»… wie bei fast jedem Alchemikum …«

»Es zehrt den Nutzer aus.«

Zustimmend nickte die Mutter Oberin. Das Mobile aus Glasscherben drehte sich über dem Feuer und ließ Sprenkel über ihr Gesicht huschen. »Evangeline und Georgette dürfen den Milchling nicht länger einnehmen. Evangeline bekam Krämpfe, und Georgette spuckte Blut. Wir wechseln uns ab, so gut es geht. Aber auch meine Vorräte an Blutmilchling neigen sich dem Ende zu. Er wächst bloß in der Nähe der Seelstatt. Uns wird nichts übrig bleiben, als dorthin zu gehen. Unsere Kühe wurden bereits abgeschlachtet. Das Kind braucht Milch. Es ist zu jung, um feste Nahrung zu sich zu nehmen.«

Zejn kroch zurück zu seinem Platz. Auf ihrer Liegestatt drehte sich Mirage zu ihm um. Ihre Wange streifte das Fell, die dunklen Lockenwolken um ihren Kopf. Er hatte sie ebenfalls dem Feuer überantworten wollen, genau wie Rougeoyer die Schwestern. Hatte geglaubt, damit Gutes zu tun, nach Recht und Ordnung zu handeln. Und tatsächlich – nach Recht und Ordnung hätte sie dort hingehört. Er hatte immer gedacht, moralische Richtigkeit decke sich mit dem Recht der Garde. Sein Herz hatte mit jedem Soldatenschritt im Einklang geklopft. Nun spreizten sich die Lippen jenes Wesens zu einem Lächeln, das ihn begrüßte. Ihr Hass galt nun anderen. Und seine Moral stolperte den militärischen Regeln hinterher.

Was nichts änderte.

Er war der Einzige, der diesen Sergent verstehen konnte, selbst wenn er es nicht wollte. Wie er selbst damals Mirage, so hatte Rougeoyer die Priesterinnen Nurovas unterschätzt. Hier sammelten sich ihre Reste zwischen alten Fellen und ausgeleckten Breischüsseln, zwischen Funken, die zum Zeltloch hinausstoben, und dem Geruch von nassem Gemäuer. Und dann war dort noch das Kind. Ein Kind, das es laut Bhaaltazar DeElephantine nicht geben durfte.

Er warf einen Blick zu Mirage, die sich im Liegen mit einer Priesterin unterhielt. Er dachte an das Nifenmal, das sie auf ihrem Rücken trug. Die Bissspuren von Nifs Rückgrat. Und er fragte sich, was notwendig war, um sie vor sich selbst und allem kommenden Unheil zu schützen, wenn er doch auf ihre Hilfe angewiesen war.

Er half der Cellérière, das Feuer nachzuschichten, ohne dass die Flammen bis zur Decke schlugen. Als sich die Priesterinnen nach und nach auf den Brettern zur Ruhe legten, wurde der Platz beengter. Er holte seine eigene Decke von unten. Essi hatte die Augen geschlossen und zuckte nur leicht mit den Ohren, als er sie von ihr löste. Ihr Geruch haftete im Gewebe, als er sich neben Mirage auf die knarrenden Bretter legte, und vermischte sich mit dem nach Moor, der aus ihren trocknenden Haaren stieg.

Das Feuer knisterte, Scheite knackten, die Schlafenden seufzten und wälzten sich in den Laken. Das Baby brabbelte. Henri. Es war nicht länger ein *Es,* sondern ein Jemand.

Sandel sprach im Schlaf. Gehetzte, undeutliche Worte entflohen seinen Lippen. Clementine legte ihm die Hand auf die Stirn. Er beruhigte sich.

Der Morgen erschien mit dem Duft von Honig und einem Kitzeln an der Nase. Erst, als sich Mirage regte, merkte er durch bebende Lider, dass er herangerutscht war. Er sah ihren dunklen Nacken, der im grauen Kittelkragen verschwand. Feine Härchen schimmerten darauf. Die Locken fielen schwer zu Boden, glänzend wie Pech.

Nifs Bruder schleppte die Zeit hinter sich her, untermalt vom Gewisper erwachender Priesterinnen. Als eine die Leiter herabstieg und diese den Zwischenboden erzittern ließ, riss ihn die Vibration endgültig aus dem Schlaf.

Mirage regte sich, mit ihr floss ihr Schwall aus Haaren. Peinlich berührt, wandte sich Zejn ab. Er hätte nicht gedacht, noch einmal Schlaf zu finden, und dämmerte dennoch davon.

Als er erwachte, herrschte bereits reges Leben an diesem beengten Ort. Die Priesterinnen Nurovas unterhielten sich leise. Über der Feuerschale blubberte Brei in einem Kessel. Mirage war verschwunden und hatte einen kalten Platz hinterlassen. Als sein müder Blick nach ihr suchte, fing er sie bei der Cellérière und Clementine sitzend ein. Ihre Schulter war entblößt, ihr Kittel raffte sich an ihrer Armbeuge. Die Art, wie sie den Kopf seitlich beugte, die Ellbogen in wippender Regung, die Lider niedergeschlagen, verriet ihm augenblicklich, dass sie das Kind hielt.

Die Cellérière sortierte ihre Lederbeutelchen, zog einen Pilz hervor und streckte ihn Mirage entgegen. Als sie den Pilz an ihre Lippen führte – eine weiße Knolle, aus deren Poren blutrote Perlen platzten – und hineinbiss, wurde ihm klar, dass sie das Kind säugte.

Er wollte sich abwenden, konnte es aber nicht. Fasziniert betrachtete er diese Frau, die er niemals als Mutter gesehen hätte. Aber was bedeutete das schon? Seine eigene Mutter hatte gewiss nicht danach getrachtet, als sie mit dem Alten vermählt worden war, den er Vater genannt hatte.

Er hätte nie gedacht, dass es zu Mirage passen könnte.

Sie schlug die Lider hoch und entdeckte ihn. Unangenehm berührt wandte er den Blick ab.

Der Abschied von den Priesterinnen schmeckte sauer. In der Enklave des Turms hatte sich Zejn wohl und sicher gefühlt. Doch es war eine Scheinidylle, der er nun den Rücken zukehren musste. Sowohl der Koschtschei als auch Rougeoyer waren eine Gefahr, die Zejn beseitigen musste.

Die Schwestern lösten die verrammelten Bretter vom Zugang.

An den Zügeln führte Zejn Essi aufs Gras, welche mit langen Wimpern gegen das Außenlicht anblinzelte.

Die Cellérière fasste zuerst Zejn, dann Mirage an den Wangen, um sie eingehend zu betrachten und zum Abschied zu segnen. Mit dem schwieligen Daumen strich sie Zejn über die Stirn. »Vergessen Sie uns nicht, Sergent«, sagte sie leise.

»Ich werde tun, was ich kann.«

»Möge Clamor mit Ihnen sein.«

Er half Mirage in den Sattel und stieg hinter ihr auf. Essi freute sich wenig über das zusätzliche Gewicht und stampfte unruhig auf, ihr Schweif peitschte.

Durch die Fensterluke spähte das Avorun-Mädchen. Sandel war nicht zu sehen, doch sein Singsang jenseits der Mauern begleitete ihren Aufbruch.

Der Sergent ging
Er wieder kehrt
Die Hex' am Arm
Die Hand am Schwert

Durch Trauerland
Der Hufschlag führt
Am Grabesrand
Der Tod ihn kürt

All die wir liebten
Längst vergangen
Und dennoch hier
Im Land gefangen

Kann ihm gelingen
Was uns misslang?

14

Der Koschtschei hatte die Wut auf seine verlorene Beute an Svonnheim ausgelassen.

Vor den Toren stapelten sich die Toten, die nun Soldaten und Nifenpriester zu den Leichenfeuern zerrten. Das Holz schien ihnen knapp zu werden, denn die feuchten Leiber schwelten auf den Haufen. Der grausige Geruch wand sich in fettigen Schwaden durch die Luft.

Armbrüste und Bögen wurden gezückt, als Zejn und Mirage sich auf Essi näherten. Zejn schlug den Umhang ein Stück zurück. Das bekannte Silberblau seiner Uniform brachte die Männer dazu, die Schusswaffen zu senken. Das Misstrauen haftete jedoch an ihren Mienen wie Rauchgeruch in den Nüstern.

»Sie gehören nicht zu uns«, stellte ein Gardist fest, als Zejn in Hörweite gelangte. »Stammen Sie von Uriartes Reitertrupp?«

Zejn verzog die Augenbrauen. Er warf den Umhang gänzlich von der Schulter, sodass seine Rangabzeichen sichtbar wurden. »Nein. Allerdings suche ich nach der Hauptfrau.«

Nervös spitzte der Gardist die Lippen. Er salutierte, und der Rest imitierte die Bewegung. Einige ließen sogar die Toten zu Boden fallen, die sie zu den Scheiterhaufen schleppten.

Er spürte, wie Mirage hinter ihm das Gewicht verlagerte. Einige Soldaten erkannten sie und rissen die Lider auf. »Sergent Rougeoyer?«, fragte sie angespannt. »Wo finden wir ihn?« Die Metallspitzen ihrer künstlichen Finger bohrten sich in Kettenhemdringe seiner Schulter.

»Mh«, presste der Soldat hervor.

»Antworten Sie«, forderte Zejn ihn auf.

»E-Er ist ausgeritten, Lieutenant. Der Koschtschei wagte sich an den Dorfrand heran und wies Brandverletzungen auf. Seine

Falle hätte funktioniert, meinte Rougeoyer. Aber als wir den Beschuss eröffnet haben, floh er in die Wälder. Der Sergent und ein paar Männer suchen nach Spuren, bevor das Moor sie verschlingt.«

Zejn nickte. »Ich muss mit ihm sprechen, sobald er zurückkehrt.«

»… falls er zurückkehrt …«, flüsterte Mirage hinter ihm.

»Bringen Sie uns zu seinem Stellvertreter.«

Der Soldat salutierte und schritt mit klirrendem Rüstzeug voran.

Hinter den Palisadenzacken regten sich Schatten, die auf den Befehl ihres Kameraden die Tore aufschoben. Die Toten wurden davor wie Abfall über den Boden geschabt.

Zejns und Mirages Ankunft weckte Argwohn. Zahlreiche Blicke hefteten sich an Mirage fest, die sich hinter ihm anspannte. Als das Palisadentor geschlossen wurde, stieg sie ohne Hilfe vom Ross. Sie verbarg ihre Verletzung, hielt sich aus Stolz und Selbstschutz aufrecht. Als sie zu hinken begann, überspielte sie es, indem sie sich mit einer Hand an Essis Sattel klammerte.

»S-Sergent?«, ertönte eine Stimme.

Ein Mann trat aus einem Gebäude. Sein Gesicht kam Zejn bekannt vor, er konnte es jedoch nicht zuordnen. »Sie sind zurückgekommen?« Sein Tonfall sang vor zarter Hoffnung. Als er Mirage hinter dem Pferd bemerkte, wich er zurück. »Sie? Rougeoyer sagte …« Er fasste sich, wandte sich stattdessen wieder an Zejn. »Werden Sie den Posten von Sergent Rougeoyer zurückfordern?«, fügte er an.

Zejn öffnete den Mund, merkte aber, dass er nicht wusste, was er diesem armen Mann sagen sollte.

»Sergent!« Fensterläden schlugen nach außen, Menschen sammelten sich an den Gassenmündungen, ihre Kittel zerrissen, die

Gesichter bleich und ausgemergelt, die Augen blutunterlaufen. Sein Name wurde gerufen. Der Dreck in ihren Falten konnte eines nicht verdecken: die Hoffnung, die sein Anblick weckte.

Befremdet sah Zejn sich um. Egal, wohin er sah, er traf auf zuversichtliche Erwartung. Sein Blick traf auf Mirages. Ihre dichten Brauen zuckten, genau wie ihr Mundwinkel, doch etwas Bitteres lag darin. Er hatte sich in Svonnheim eingenistet und sie dadurch zur Außenseiterin gemacht. Seine Verantwortung lastete allerdings weiterhin auf seinen Schultern. Was aus dem Dorf geworden war, dieses Palisadenrund, in dem Mensch und Tier verhungerte – all das hatte auf seine Rückkehr gewartet.

Er schluckte.

Die Gardisten, die sie begleiteten, scheuchten die Menschen zurück in ihre Häuser und zu ihrer Arbeit. Ihre Befehle schnalzten wie Peitschenhiebe, unter denen sich die Bewohner davonduckten.

Bei der Garnison angekommen, strebte Mirage weiter voran. »Wohin gehen Sie?«, rief Zejn ihr hinterher.

»Holen, was mir gehört.«

Er strich sich über die Stirn, als sie kommentarlos abwanderte, verfolgt von den misstrauischen Blicken der Gardisten. »Bringen Sie mich zum Sergent-Stellvertreter«, fuhr er die Soldaten an. Besser, er gab ihnen etwas zu tun, bevor sie auf dumme Gedanken kamen.

Die Garnison war eines der wenigen Gebäude, das sich kaum verändert hatte. Als er nach Svonnheim gekommen war, hatte er im Vergleich zum riesigen Tradea jede Ecke als trostlos empfunden. Nun bemerkte er, dass der Stützpunkt das einzige Gebäude war, um das sich niemand richtig bemüht hatte. Vor den Toren der restlichen Häuser vertrockneten die Blumen in ihren Trögen, zahlreiche Fenster verrammelt, die Schindeln rutschten vom Dach, ohne dass es jemanden kümmerte. Laub sammelte sich in den Ecken und vor den Eingangstüren. Die Bänke und Schemel, auf denen die Alten gesessen und *Schwarz-Weiß* oder *Poule aux œufs d'or* gespielt hatten, waren längst verheizt worden.

Die Garnison hatte sich kaum verändert. Sie war immer schon trostlos gewesen, irgendwie. Kein Wunder, dass sich die Einheit stets in der Gelben Rübe die Birne weggesoffen hatte.

Ein Wachmann salutierte, als er den Lieutenant entdeckte. Zejn band das Pferd an den Pflock. Ein Krächzen ließ ihn aufblicken. Ein Rabe reckte den Schnabel über die Dachkante und glotzte ihn mit Knopfaugen an.

Zejn überlegte, ob er das Schwert vom Sattel lösen und mitnehmen sollte, entschied sich jedoch dagegen. In der Sicherheit des Stützpunkts gab es dazu keine Notwendigkeit. Er folgte dem Gardisten und rieb sich unruhig die Hände, als sie eintraten.

»Einen Moment, bitte«, flüsterte der Soldat und marschierte zum Schreibzimmer, das einst Zejn gehört hatte.

Zejn folgte ihm gemächlich. Prüfend saugte er die Luft ein, inspizierte den Geruch und verglich ihn mit jenem seiner Erinnerung. Die Garnison hüllte sich in Schatten, die Umgebung schmeckte farblos. Kein Bratenduft drang aus der Küche, kein Geruch von heißem Kerzenwachs, kein Flammenflackern, das die Wände wärmte. Nie zuvor war es im Stützpunkt so still gewesen. Alle Soldaten waren im Einsatz. Keine Zeit für Müßiggang. Keine Zeit, um Atem zu holen. Kein Wunder, dass dieser Ort erstickte.

Sein Vordermann trat zur Tür der Schreibstube, klopfte an und wurde anschließend hereingebeten.

Auf der gegenüberliegenden Seite lag der Kücheneingang verwaist. Als Zejn sich näherte, drang ein dumpfes Schluchzen hervor, gefolgt von einem Wispern, das durch den Korridor wanderte.

Zejn riskierte einen Blick. Angewidert zog er den Hinterkopf zurück. Leichen stapelten sich auf dem Tisch, auf dem die Köchin einst Körbe voller Zwiebeln für Gulasch gehackt hatte. Von der heimeligen Kochstube war bloß das sterbende Feuer auf dem Steinsockel zurückgeblieben. Das Beil, das blutverschmiert neben einem abgetrennten Arm lag, hatte seinen Zweck gewandelt.

Madame Gauthier wischte sich mit dem feisten Unterarm die Tränen aus den geröteten Augen. Ein Greis stand bei ihr. Seine Hand ruhte auf ihrer Schulter. »Ich kann nicht …«, flüsterte sie. »Gäga hat mich nicht für solches Werk in die Welt geschickt.«

»Das Feuerholz geht zur Neige«, flüsterte er rau. »Es bleibt uns nichts übrig. Die Lebenden brauchen es dringender als die Toten. Es gibt nur zwei Möglichkeiten, sie davon abzuhalten, aus Nifs Reich zurückzukehren.«

Er strich sich durch das weiße, strähnige Haar, packte das Beil und zog einen Toten heran. Die Klinge sauste nieder und stieß auf Fleisch und Knochen.

Zejn wandte sich ab. Ein Schauer wanderte seinen Rücken empor und rieselte seine Arme hinab bis in die Fingerspitzen. Als er zum Schreibzimmer trat, verfolgte ihn der dumpfe Takt des Fleischerbeils, das verhindern sollte, dass die Toten ein weiteres Mal auferstanden. Beim zweiten Klopfen wusste er, dass die Madame ihre Arbeit aufgenommen hatte. Es war eine finstere Musik, mit der Nif und Clamor die Schatten der Garnison durchwanderten.

Vor Zejn klappte die Tür auf, sein Führer trat hervor und deutete eine Verbeugung an. »Sergent-Stellvertreter Moreau empfängt Sie nun.«

Zejns Augenbraue zuckte leicht, doch er schwieg, als er eintrat und hinter ihm die Tür geschlossen wurde.

Am Schreibtisch saß ein Sergent mit strubbeligem braunen Haar und einem nachlässig nachwachsenden Bart. Er kritzelte in seinen Folianten – den Folianten, den Zejn erst richtig zu füllen begonnen hatte. Zahlreiche Seiten waren seit seiner Abwesenheit umgeschlagen worden. Listen reihten sich auf den Blättern.

Der Sergent-Stellvertreter hielt die Lippen zwischen dem Bart zusammengepresst, die Feder in seiner Hand kratzte mit einem unangenehmen Geräusch über das Leder. Gekrümmt kauerte er auf seinem Schemel, die freie Hand am Ellbogen auf der Tischkante abgestützt, und fuhr sich durch das ungeordnete Haar. »Bin gleich da«, murmelte er.

Zejn zog die Brauen zusammen, sodass sich eine Falte dazwischen bildete. Derartige Respektlosigkeiten einem Vorgesetzten gegenüber, selbst wenn nicht aus der eigenen Einheit, würde in Tradea sogleich abgestraft. Allerdings war er nicht hier, um sich Rougeoyer und seine Leute zum Feind zu machen. Schlussendlich war er ein Einzelmann und benötigte die Unterstützung dieser Soldaten.

»Sergent«, sagte er bestimmt.

Die Federspitze knickte, Kleckse sprühten über das Pergament, und der Sergent fluchte. Er warf die Schreibfeder von sich, zwang sich empor und machte sich erstmals Mühe, Zejn anzusehen. »Lieutenant – was für eine Überraschung, dass sich hoher Besuch aus …« Er brach ab und starrte Zejn an, den Mund leicht geöffnet, die Zunge regte sich darin, als wollte er weitersprechen. Seine Augen weiteten sich.

Zejn verkrampfte die Stirn. Der Mann schien ihn zu erkennen. Umgekehrt durchforstete er die Linien des Gesichts des anderen und versuchte, sie zuzuordnen, ohne dass es ihm gelang. Hatte er früher in Zejns Einheit gedient? Er suchte nach Eigenheiten in seiner Visage, einzig eine markante Narbe, die einen Bogen von Auge bis Ohr zog, stach hervor.

»Moreau?«, wiederholte er den Namen, den der Gardist genannt hatte, als er ihn hierhergebracht hatte. »Kennen wir uns?«

Die Augen blieben weit. Steif schüttelte sein Gegenüber den Kopf.

Misstrauisch schob Zejn die Unterlippe vor. Möglicherweise erinnerte er sich nicht an ihn, doch Moreau schien ihn offenbar zu kennen. Hatte er als einfacher Gardist einst Strafdienste von ihm aufgebrummt bekommen? Oder gar eine Degradierung unter Zejn erleiden müssen? Jene Soldaten, die man stutzen müssen hatte, merkte sich ein Lieutenant üblicherweise.

Die Narbe ... Woher könnte er die Narbe kennen? Er fixierte den Blick seines Gegenübers.

»S-Sie wollten also zu Sergent Rougeoyer?«, presste er hervor. Die Furcht in seiner Stimme kitzelte eine Erinnerung wach. Das Zittern seiner Worte, die vor Panik geweiteten Augen. Zejn fokussierte seine Augenpartie, blendete den Rest seines Gesichts aus – das Haar, den Bart.

»Ich fürchte, da müssen Sie sich gedulden. Unser Chief ist ausgeritten. Sie sehen erschöpft aus. Ich kann Ihnen ein Zimmer anbieten, wenn Sie möchten. Ein Glas Wein, Brot und etwas Milchkäse sollten wir ebenfalls erübrigen können. Ironischerweise bleibt uns momentan mehr Wein als Wasser.«

Moreau ...

Der Sergent-Stellvertreter riss sich zusammen und zwang sich zu einem verbissenen Lächeln. Er wies zur Tür. »Sollen wir? Ich werde Madame Gauthier bitten, Ihnen ein Mahl zurechtzumachen.«

Zejn spitzte die Lippen. »Moreau ...«, sagte er leise.

Der junge Mann erstarrte wie ein Hase, der am offenen Feld einen Jagdfeind erspäht hatte. Die Furcht kehrte in seine Augen zurück.

Die Augen. Die Narbe.

Er war diesem Mann bereits begegnet. Hatte sogar in dieser Garnison mit ihm gesprochen. Nun kehrte die Furcht kalt in dessen Augen zurück.

»Vincent Moreau«, presste Zejn hervor. Er kannte seinen Namen, bevor er überhaupt begriff, was er zu bedeuten hatte.

Moreaus Lippen spannten sich über seine Zähne, als würde er sie fletschen. Sein Blick raste nach links und rechts. Und bevor Zejn die Schwere seiner Erkenntnis verdauen konnte, packte der Sergent-Stellvertreter das Schwert, das an einem Schemel lehnte, und riss es aus der Scheide.

15

»Glyphenj…!«, platzte Zejn hervor, als Moreau die Spitze aus der Scheide löste und den Schwertgriff fest mit beiden Händen packte.

Angesichts der Dreistigkeit zuckte Zejn zurück, bevor er selbst an den Gürtel griff. Als er merkte, dass er sein Schwert bei Essi zurückgelassen hatte, holte sein Gegenüber bereits zum ersten Streich aus.

Furcht trieb seinen Gegner an. Eine tiefer liegende Angst wie in den Augen von Zejns Männern, als sie den Mair-Hof gestürmt und den Wiedergängern begegnet waren. Sie sorgte dafür, dass Moreau sich vorwarf und die Klinge auf ihn niedersausen ließ.

Zejn nutzte die Vertrautheit des Amtszimmers, sprang zur Seite und wich dem Schlag aus. Mit der Stiefelspitze fischte er nach dem Schemel und schmetterte ihn über den Holzfußboden gegen Moreaus Waden. Der Sergent-Stellvertreter entließ einen überraschten Laut, stolperte und büßte Zeit ein, bevor er das Gleichgewicht zurückerlangte.

Verzweifelt suchte Zejn nach einer Waffe. Er hörte, wie Moreau einen Schritt vorsetzte, packte das Tintenfass vom Schreibtisch und rotierte herum. Der Inhalt ergoss sich als schwarzer Pinselstrich quer über Moreaus rechtes Auge. Der stieß einen wilden

Fluch aus, prustete und blinzelte. Mit dem Oberarm wischte er sich übers Gesicht, packte die Waffe mit der anderen Hand fester und griff zu.

Ein Schlag und noch ein Schlag, unter dem sich Zejn wie eine Weidenrute fortduckte. Die Schwertspitze streifte den Rock seines Kettenhemds, das unter der Berührung klirrte. Er fuhr über den Tisch auf der verzweifelten Suche nach etwas, das er als Waffe verwenden konnte, da schlug Moreau ein drittes Mal zu. Die Schwertklinge sauste an seiner Schulter vorbei. Mit einem dumpfen Laut durchstieß sie die Seiten des Folianten und blieb dort stecken.

Die Aufzeichnungen!, durchfuhr es Zejn. Es war merkwürdig, dass ausgerechnet das ihn wütend machte. Zejn packte etwas, das sich als Federkielmesser herausstellte, und rammte zu. Die Messerklinge fuhr durch Moreaus Uniform, hakte sich an dessen Kettenhemd fest und brach.

Moreau riss das Schwert aus den Buchseiten, die sich flatternd lösten, und nutzte den Schwung, um einen Halbkreis Richtung Zejn zu ziehen. Die Klinge traf ihn quer. Auch wenn das Kettenhemd die Schneide abfing, so drängte ihn die Wucht zurück. Er knallte mit dem Rücken gegen die Tischkante, die ihm die Luft aus der Lunge trieb, und raspelte daran zu Boden.

Mit einem Schritt war Moreau über ihm und hob das Schwert. Seine Augen glänzten vor Verzweiflung und Furcht eines Mannes, der einen Wiedergänger vor sich hatte. Und irgendwie war Zejn ja auch sein Wiedergänger. Jemand, von dem er ganz eindeutig nicht erwartet hatte, ihn jemals wiederzusehen.

Zejn warf den Arm vor. Mit voller Wucht traf er Moreaus Magen. Die Kettenringe klirrten unter dem Schlag, und auch wenn es sicher nicht angenehm war, so nahmen sie ihm die Kraft, die Moreau ansonsten zu Boden gebracht hätte. Das war es allerdings gar nicht, worauf Zejn abgezielt hatte.

Seine Zähne knirschten, als er die Faust tiefer hineinbohrte. Es war schwierig, das Eisen durch seine magische Fähigkeit durch die Stoffschicht zu erfassen, doch das helle Geräusch der Kettenhemdringe half ihm dabei, einen Zugang zu finden. Seine Knöchel schmerzten, als er den Arm voran zwang, der Schlag durch seine Elle vibrierte, das Kettenhemd sich beulte – und die Ringe unter seinen Knöcheln brachen. Mit einem gutturalen Schrei stieß er in weiches Fleisch.

Moreau entwich ein Überraschungslaut, mitsamt dem sein Atem entfloh. Verzweifelt rang er nach Luft, eine Hand löste sich vom Schwertgriff, die andere segelte mit der Waffe zur Seite, während er taumelte. Wer einmal einen Pferdetritt oder einen Übungsschlag in den Magen bekommen hatte, wusste, was das bedeutete.

Zejn schnellte hoch und rammte mit seinem gesamten Körpergewicht hinterher, sodass er den Mann zu Fall brachte. Er packte dessen Kragen – Uniform und Kettenhemd zusammen – und riss sie entzwei.

Moreau entließ ein Echo des Entsetzens. Verzweifelt wollte er noch das Schwert heben, als Zejn ein zweites und drittes Mal zuschlug, und Moreau am Boden japste wie ein verendender Fisch, weil er durch die krampfende Muskulatur keine Luft bekam.

»... ver-damm-te Gly-phen-jä-ger!«, schnaufte Zejn bei jedem Schlag, bis die Hand um den Schwertgriff endlich erschlaffte. Zejn schleuderte die Waffe über den Boden davon und packte den Mann an den Resten seiner Uniform, um ihn zu einem Sessel zu schleifen. Er hievte ihn darauf, woraufhin der Sergent-Stellvertreter in sich zusammensank und erstmals rasselnd Luft holte.

»Sergent? Lieutenant?«, rief jemand von draußen. »Brauchen Sie etwas?«

Zejn erstarrte.

Und Moreau hob den Kopf und riss den Mund auf.

MIRAGE

16

Es war nicht so, dass sie damit nicht gerechnet hatte. Dennoch ballte sich in Mirage Groll zusammen, als sie entdeckte, dass ihre Sachen im Haus des Dorfschulzen durchsucht und die Alchemika konfisziert worden waren.

Sergent Rougeoyer hatte keine Zeit verschwendet. Ein Sergent mochte in Tradea nur ein mittelhoher Beamter sein, der sich erfreuen konnte, aus der Masse der Gardisten zumindest mit dem Scheitel emporzuragen. Hier in Svonnheim, wo niemand über ihm stand, war er ein König. Ein Gott sogar, der über Sieg und Niederlage entschied. Und darüber, ob er seine eigene Haut rettete oder die anderer.

Sie war nicht enttäuscht darüber, dass er sie zurückgelassen hatte. Aber dass er sich mit ihren Leistungen brüstete, den Koschtschei verletzt zu haben, das nahm sie ihm übel.

Mirage mühte sich gar nicht erst, die Küche nach Resten ihrer Substanzen zu durchsuchen. Einige Gefäße waren nachlässig zu Boden geworfen worden. Es roch nach Laudines Tränen, das zwischen den Dielen versickerte. Rougeoyers Männer hatten mehr Glück, als sie verdienten – hätten sie bei ihrem waghalsigen Raubzug die falsche Flasche zerstört, würden sie nun neben den Scherben tot darniederliegen.

Sie wanderte die Treppe hinauf zu dem Lager, das sie in der Ecke aufgeschlagen hatte, und fand es durchwühlt vor. Das Fell war vom Stroh gerissen, die Halme lagen im Raum verteilt. Ein Dummkopf würde sein wertvolles Gut dort horten. Ein größerer

Dummkopf Alchemika, die im Schlaf unter dem eigenen Leib zerbrechen könnten.

Stattdessen trat Mirage zum Dachrand, wo die Balken die dicken Schilfbündel stützten. Sie packte einen der dunklen Balken und nutzte die Schilfmatte, um sich mit den Stiefeln dagegen zu stemmen. Auf diese Weise hangelte sie sich auf den Holzstamm empor. Wie ein Siebenschläfer kroch sie entlang, bis sie zu dem Bündel gelangte, das sie dort in einer Wolldecke verschnürt hatte. Vorsichtig klemmte sie es unter den Arm und trat den Rückweg an.

Auf sicherem Boden inspizierte sie, was ihr geblieben war – kärgliche Reste einer einst gut ausgestatteten Alchemisten-Werkstatt. Sie strich sich über den Mund. Drei halb vorbereitete Feuerkugeln, in deren Kammern noch der Reaktionsstoff fehlte. Etwas davon besaß sie in einem Säckchen in ihrer Alchemistentasche. Soldatenkindsamen, Weiderinde, Asphodelienkraut und Svendenharz, um ihre eigenen Verletzungen zu behandeln und die Schmerzen zu betäuben. Duivelstau, Kafritsbeerenessenz, Schnaps. Und Rauschmittel, die sie auf den Beinen hielten und sie vergessen ließen, dass sie die Welt nur noch in Schwarz und Weiß geteilt wahrnahm. Manchmal, wenn sie etwas Asphodelienkraut rauchte und Sternensand unter ihre Zunge tupfte, glaubte sie fast, sie könne wieder alle Farben sehen. Es war ihr egal, ob es der Wahrheit entsprach oder nur eine Halluzination war.

Sie entkorkte die Schnapsflasche und nahm einen Schluck; stockte ihre Alchemistentasche mit allem auf, was sie fand, und füllte die Feuerkugeln mit Pulver. Dieses reagierte auf die darin enthaltene Flüssigkeit, sobald die Zwischenkammer bei einem Aufschlag zerbrach.

Als sie das Haus verließ, kreuzten sich zwei Speere vor der Brust. Ihre Lieblingswächter waren zurückgekehrt. Ihr Favorit zuckte mit der Augenbraue, als sie aufblickte.

»Brrr, brrr …!«, sprach er sie an. »Wohin des Wegs, wilde Stute?«

Ihre Oberlippe spannte sich an und entblößte ihre Zähne. »Mit dem Huf direkt in deine Weichteile«, entgegnete sie. »Lass mich durch.«

»Bis Rougeoyer zurückkehrt, bleiben Sie lieber in sicherer Verwahrung. Er wird entscheiden, wie mit Ihnen zu verfahren ist, nachdem Sie den Trupp im Stich gelassen haben.«

Mirages Mund klappte auf – und wieder zu. Empört schnaubte sie. »Das hat er Ihnen also erzählt, Schweinskopf?«

Der Gardist spitzte die Lippen. »Werden Sie mal nicht frech.«

»Sie haben mit den Tiervergleichen angefangen – *crétin.*« Sie stieß sich zwischen den Speeren hindurch.

»Hey!«, schnappte der Wächter. Einen Augenblick später bohrte sich die Speerspitze durch das Mantelleder und drückte sich zwischen ihre Schulterblätter. »Ich kann Sie Rougeoyer auch am Spieß servieren, wenn Sie nicht hören wollen!«

Mirage hob die Hände, als wollte sie sich ergeben. »Ich bin mit mehreren Sprengsätzen ausgerüstet«, schnurrte sie. »Sie sollten achtgeben, wo Sie mit Ihrem Ding hinzielen.« Sie warf den Kopf über die Schulter und sah ihn dunkel an. »Ich kann Ihnen versprechen – nicht nur ich werde dabei draufgehen.«

Seine Stirn verkrampfte sich. Er wechselte einen Blick mit seinem weniger sprechfreudigen Kollegen. »Warum sollten Sie sich selbst derart in Gefahr bringen und so etwas mit sich herumtragen?«, presste er zwischen den Zähnen hervor.

Sie hob die Augenbraue. »Jedes Werkzeug hat sein Risiko. Sehen Sie *sich* an! So wie Sie den Speer halten, könnten Sie jederzeit stolpern und sich selbst daran aufspießen.« Sie wandte den Blick ab. »Und nun entschuldigen Sie mich. So ungern ich auch mit Ihnen plaudere, ich werde mich von selbst zur Garnison bemühen und dort auf Rougeoyer warten. Ich muss mich mit ihm über Einzelheiten unseres Einsatzes unterhalten, über die wir uns wohl uneinig sind.« Damit marschierte sie davon.

Die Gardisten ließen sie passieren. Angst war eine hervorragende Waffe, man musste bloß wissen, wie man mit Erwartungshaltungen zu jonglieren hatte.

»Ser… Lieutenant Zejn?«, sprach sie den Wächter am Tor des Stützpunkts an.

Verdutzt wies er zum Tor. »Beim Sergent-Stellvertreter …«, brachte er hervor, verwirrt einerseits durch den Umstand, dass sie mit dem Neuankömmling bekannt war, andererseits wohl darüber, dass sie noch lebte. Das war der Vorteil daran, eine Hexe zu sein. Man kehrte jedes Mal aufs Neue aus dem vermeintlichen Todesfeuer zurück.

In der verwaisten Garnison begrüßte sie einzig ein dumpfes Schlagen, das aus der Küche drang. Was allerdings auch bedeutete, dass es niemanden gab, der es für notwendig befand, sie rauszuschmeißen. Als sie Richtung Schreibstube schritt, in der sie früher stets ihre Treffen mit Sergent Besson abgehalten hatte, um ihr Arrangement zu besiegeln – sie besorgte ihm Mittelchen gegen seine unterschiedlichen Wehwehchen, er drückte ein oder zwei Augen zu, was ihren Aufenthalt betraf –, bemerkte sie Madame Gauthier und Monsieur Envolle in der Küche, die mit blanken Gesichtern und schwarzvioletten Augenringen Leichen zerteilten. Einen Augenblick lang blieb sie stehen. »Die Häupter«, sagte sie schließlich.

Madame Gauthier, die Garnisonsköchin, wischte sich Blutspritzer von der Stirn. Kalter Schweiß schimmerte auf ihren Wangen. »Wie bitte?«

»Knacken Sie die Köpfe wie Eier. Pickel und Hammer, einfach durch – das ist am effizientesten. Dann stehen die nicht wieder auf.«

Unsicher wechselten Madame und Monsieur Blicke, da wandte sich Mirage bereits zur Schreibstube. In einem repetierenden Takt klopfte sie und zog dabei auch schon die Tür auf. »Sie haben sicherlich nichts dagegen, einen ungebetenen Gast …«

Mirage kamen selten Worte abhanden, doch diesmal verlor sie sie zwischen Tür und Angel. Sie fasste sich, trat einen Schritt ein, zog die Tür hinter sich zu und lehnte sich dagegen. »Sergent?« Ihre Stimme rutschte ein Stück in die Höhe. »Würden Sie mir bitte erklären, was hier vor sich geht?«

Gehetzt wandte sich Zejn zu ihr. Auf den Stuhl gefesselt und geknebelt, in zerrissener Uniform, unter der ein zerstörtes Kettenhemd schimmerte, saß der Sergent-Stellvertreter. Er wand sich in den Seilen und schrie etwas in den Knebel. Um Hilfe heischend sah er sie an.

Mirages Augenbrauen tanzten. »Nicht dass ich Spontaneität von Ihrer Seite aus nicht begrüße … aber Sie waren es doch, der mit Rougeoyer sprechen wollte. Halten Sie es dann für weise, seinen Stellvertreter zu traktieren?«

Zejn stieß sich an der Stuhllehne ab. Ein Riss spaltete seine Uniform an der Brust, was bezeugte, dass eine körperliche Auseinandersetzung stattgefunden hatte. »Das ist Vincent Moreau«, presste er hervor.

»Ein reizender Name …« Mirage nickte dem Mann zu.

»Mmmmmh!«, rief der in seinen Knebel.

Zejn wischte sich das Gesicht. »Er ist ein Glyphenjäger.«

Sie blinzelte. »Muss ich das verstehen?«

»Die Räuber, die sich im Hof der Roux der verschanzten …« Zejn warf sich herum und fletschte die Zähne. Die Flügel seiner spitzen Nase bebten. »Er war einer von ihnen!«

ZEJN

17

Zejn wandte sich zurück an den Mann, den er als Eindringling kennengelernt hatte und nun das Haus bewohnte, in dem er ihn gefangen gehalten hatte.

»Moreau ...«, grollte er. »Ich habe den Befehl gegeben, Sie an die Garde in Tradea auszuliefern!«

Der Sergent-Stellvertreter versuchte nicht länger, Mirage um Hilfe zu bitten – die Art, wie sie an der Tür lehnte und entspannt herübersah, machte ihm wohl klar, auf wessen Seite sie stand. Es erleichterte Zejn, ihre Loyalität zu erkennen. Sie hatten viel zu lange auf konträren Seiten gestanden.

Zejn ging vor ihm in die Hocke. Er fing Moreaus Blick ein und knüpfte ihn fest. »Wie ist das nur möglich ...?«, murmelte er und betrachtete die markante Narbe. Zu ihrer ersten und letzten Begegnung hatte der Räuber Haupt und Bart geschoren getragen. Das wuchernde Haar verzerrte seine Mimik, doch die Narbe blieb – und die Angst. Der Mann blähte die Nasenflügel wie ein durchdrehendes Pferd. Schweiß sammelte sich in den Falten seiner Stirn.

Hinter ihm ertönten Mirages Schritte. Das Licht des Kerzenleuchters, der von der Decke hing, verzerrte ihren Schatten. »Das klingt interessant«, brummte sie. »Wie kann ich helfen?«

Der Sergent-Stellvertreter drückte sich von ihnen fort. In seinem Augenweiß rankten sich geplatzte Äderchen.

Zejn biss die Zähne zusammen. »Haben Sie ein Wahrheitsserum?«

Sie schob die Lippen vor und zurück und schien nachzudenken. »Mh«, sagte sie schließlich, »ich denke, für diesen Zweck habe ich ein besonderes Mittelchen.« Sie schlug den beschlagenen Taschendeckel auf und suchte ein Fläschchen hervor. »Das sollte Ihre Informationen herauskitzeln, Sergent.«

Zejn merkte, wie das Misstrauen in Moreaus Gesicht wuchs.

»Allerdings«, fügte sie gedehnt an, »müssen Sie mir verraten, wie weit ich gehen darf? Die Prozedur ist mit Schmerzen verbunden.«

Widerwillig stieß er ein Schnaufen aus. »Dieser Mann war auf der Suche nach Nifs Rückgrat! Er hat Aramis' Vetterin getötet! Und nun finde ich ihn hier auf einem Sergent-Posten vor? Was soll ich davon halten?«

»Ominös, zweifelsohne. Ich schlage vor, ihn zu befragen.« Sie trat hinter den Mann und packte ihn am Kinn, zwang es empor und somit ihn, sie anzusehen. Statt den Knebel zu lösen, entkorkte sie die Phiole mit den Zähnen und setzte sie an seine Augen. Er sah es nicht kommen, als die Flüssigkeit auf seine Pupille tropfte. Der Knebel erstickte seine Widerworte, die Sehnen an seinem Hals traten hervor, er schüttelte den Kopf und blinzelte heftig.

Zejn zog die Brauen zusammen, doch hielt sie nicht auf.

Mirage stellte das Fläschchen zur Seite. »Wären Sie so freundlich, Sergent«, sagte sie ruhig, »und würden ihm das Schwert an die Brust setzen, damit sie notfalls zustechen können, sollte dieser Vogel gar zu laut und grell singen?«

Zejn blinzelte, dann folgte er der Aufforderung. Was Verhöre anbelangte, so hatte Mirage zweifelsohne mehr Erfahrung als er. Er klaubte das Schwert des Sergent-Stellvertreters auf. Als er es ihm an die Brust setzte, flüsterte sie Moreau soeben etwas ins Ohr, bevor sie den Knebel entfernte.

Moreau hustete, als sich das Tuch löste, und drückte mit der

Zunge den Stoffballen heraus, den Zejn dort mit Gewalt angebracht hatte. Einen Augenblick lang blinzelte er noch, dann riss er den Mund auf, als wollte er schreien. Zejn drängte ihm die Schwertspitze gegen das bloße Brustbein. »Das würde ich unterlassen«, sagte er leise.

Moreaus Mund blieb ein Stück offen, als er deutlich schluckte.

»Sie erklären mir besser rasch und in wenigen Worten, warum ich einem Mörder und Räuber auf einem Sergent-Posten wiederbegegne.«

Moreau blinzelte. Irrte sich Zejn, oder breitete sich die Farbe seiner Iris über sein Augenweiß aus? Der Sergent stieß ein Keuchen aus. »Was ist das für ein Hexenwerk?«, stieß er hervor. »Es ... ich ... ich spüre, wie mir das Mittel in meinen Kopf steigt!«

Mirage sah Zejn auffordernd an.

Der drückte das Schwert stärker gegen seine Brust. »Sprechen Sie, Moreau!«

Moreaus Zähne klapperten. »Es gibt zwei Menschen, die töten – die einen nennt man Mörder, die anderen Gardisten«, brachte er hervor.

Mirages Finger kletterten über seine Schultern wie eine Spinne. Die Finger mit den Schmuckaufsätzen legten sich an seine Wange. Die Metallspitzen hinterließen weiße Abdrücke auf der schweißnassen Haut. »*Hollers Strafe* nennt sich dieses Alchemikum. Es frisst sich in Ihr Hirn. Lügen Sie uns an, verbrennt es, was darin zu finden ist.« Sie packte ihn mit der zweiten Hand an der Gurgel und zog mit einem Ruck seinen Kopf zurück. Mit schwarzen Augen blickte sie zu ihm herab. »Also bedenken Sie besser, was Sie sagen. Nein, bedenken Sie, was Sie *denken.* Fühlen Sie die Fäden heißer Glut, die sich hinter Ihrem Auge ausbreiten? Hollers Strafe weiß, dass Sie eine Ausrede suchen – eine Lüge, die Sie sich bildlich in Ihrem Kopf zusammenreimen.« Die Hand mit den Metallaufsätzen massierte grob sein Kinn. Ein Stück sank sie herab, öffnete die dunklen Lippen. Ihr Atem ließ ihn blinzeln. »Das ist nur der Beginn.«

Als er den Mund aufriss, zogen sich Speichelfäden zwischen seinen Zähnen, bis sie rissen. »Es war mein Befehl!«, rief er aus und strampelte so heftig mit den Füßen, dass es den Stuhl kurz auf die Hinterbeine erhob, bis Mirage ihn packte und zurückdrückte. »Wir alle haben doch nur nach Befehl gehandelt!«

18

Zejns Schatten fiel über Moreaus Gesicht. »Sprechen Sie weiter.«

Einige Augenblicke lang starrte Moreau nur gegen die Decke, blinzelte und saugte das eigenartige Gefühl auf, das einem bei der Einnahme von Alchemika schon mal überrumpeln konnte. Seine Pupille war im Vergleich zur anderen grotesk geweitet.

»W-Wir hatten unsere Befehle. Wir reisten inkognito. Man hatte etwas aus dem Glyphennetz abgefangen. Einen Auftrag, einen Gegenstand aus den Grabhügeln zu bergen. Anstatt die Nachricht zu zerstören, ließen wir sie das Glyphennetz passieren. Wir haben uns als Waldarbeiter ausgegeben, passierten Svonnheim dabei flüchtig. Die Nachricht war schneller gewesen als wir. Die elfische Glyphenjägerin hatte den Auftrag bereits übernommen. Als wir sie abfingen, kam es zur körperlichen Auseinandersetzung, in der wir sie töteten und sie meinen Kameraden anschoss.« Er schluckte hart. »Das alles war nicht unsere Idee. Wir handelten bloß auf Geheiß. Sie hätten nichts anderes getan, Lieutenant!«

Zejn packte ihn an den Resten seiner Tunika und zog ihn heran, ohne das Schwert loszulassen. »Was bedeutet das? Als Belohnung für Ihr Versagen wurden Sie in die Garde aufgenommen?«

Moreaus Blick rückte zu ihm. Er blinzelte. »Aber nein«, presste er hervor.

»Stellen Sie sich nicht so an, Erik«, sagte Mirage über ihm. Abrupt ließ sie das Haupt los, sodass Moreaus Kinn auf seine Brust sackte. »Wie lange sind Sie bereits bei der Garde, Moreau?«

Moreau schwieg.

Zejn ließ seine Kleidung los und erhob sich langsam. »Sie alle«, presste er hervor. »Sie alle drei waren Gardisten?«

Moreau antwortete zunächst nicht, zwinkerte nur. Dann nickte er.

»Sie waren im Auftrag der Garde hier draußen.«

Erneut entrang er sich ein Nicken.

Zejn merkte, wie er unbewusst die Hand zur Faust ballte. »Die Garde ...?« Mehr brachte er nicht hervor. Seine Gedanken galoppierten, versuchten, zu einer Herde zusammenzufinden.

Mirage stieß ein Schnaufen aus. Ihre Finger rutschten von Moreaus Schultern, doch sie unterließ einen Kommentar.

Moreau blinzelte gegen das Alchemikum in seinem Auge an, gegen die Schmerzen, die seine Mimik durchzuckten.

»Wer«, sagte Zejn schwach. »Wer hat Sie geschickt?«

Sergent, werden Sie Ihrem Vorgesetzten Bescheid geben? Übergeben Sie mich ans Hohe Gericht zu Tradea? Erst jetzt setzten sich Moreaus letzte Worte zu einem tieferen Sinn zusammen. Hätte Zejn ihn an Ort und Stelle hingerichtet, hätte er seinen Vorgesetzten nicht über die misslungene Mission Bescheid geben können. Er wäre stumm gegangen und niemals in seinem Posten als Sergent-Stellvertreter zurückgekehrt – ironischerweise an jenen Ort, an den es ihn schon einmal inkognito verschlagen hatte. Vermutlich war es mehr eine Strafe gewesen als eine Belohnung. Und keiner der vormaligen Gardisten war noch da, um ihn wiederzuerkennen.

Möglicherweise hatte ihn einer erkannt.

Vielleicht war deswegen keiner mehr da.

Zorn ballte sich in Zejns Brust und drückte gegen sein Brustbein. Er rammte die Zähne zusammen.

Mirage tauchte an Moreau heran wie ein Schatten. »Mmmh«, wisperte sie in sein Ohr. »Sie haben meinen Sergent wütend gemacht.« Sie mimte, als wolle sie zubeißen. »Böser Junge.«

Moreau verdrehte das Auge so weit, dass es beinahe hinter den Lidern verschwand. Das andere blinzelte so rasch, dass die Iris dahinter verwischte.

»Wer war Ihr Vorgesetzter?«, brachte er hervor. »Wer hat Ihnen den Befehl gegeben, nach Svonnheim zu reisen?«

Seinem Mienenspiel war anzusehen, wie sehr der Sergent-Stellvertreter mit sich kämpfte. Mittlerweile konnte er das behandelte Auge kaum noch öffnen. Er rang mit den Schmerzen und fletschte die Zähne vor Pein.

»Mmmh …«, raunte Mirage, ein dämonischer Schatten hinter ihm. »Dich brauchst du nicht anzulügen, Moreau. Mich ebenfalls. Ich kenne kein Mitleid, keine Regeln und keine Solidarität mit und zu dir. Dein Rougeoyer hat mich in den Wäldern zum Sterben zurückgelassen.«

Eine Träne löste sich aus seinem Augenwinkel und wanderte seine Schläfe hinab. »D-Der Tribun«, presste er hervor. Diesmal blickte er mit seinem einen Auge um Hilfe heischend zu Zejn. »Der Tribun höchstpersönlich hat uns den Befehl erteilt.«

19

Zejn versteinerte.

Es war, als söge ihm jemand alle Lebenssäfte aus dem Körper, und zurück bliebe bloß noch die leblose Hülle.

Mirage schien zu merken, dass etwas nicht stimmte, denn sie blickte ihn an. Sorge huschte über ihr Gesicht, doch sie nahm sich zusammen. »Der Tribun?«, fragte sie an seiner statt. »Tribun Rohoy?«

Moreau nickte. Er drückte das Auge zu und stieß einen Schrei aus. Alles an ihm verkrampfte sich. Er versuchte, die Knie so weit anzuziehen wie möglich, war jedoch in den Fesseln gefangen. »M-Mein Magen …!«, presste er hervor.

Zejn fand keine Worte. Er starrte den Leidenden an und fühlte selbst doch so wenig – bloß Schock und Entsetzen. Seine Lippen formten lautlos einen Titel.

Er hatte nie an seinem persönlichen Groll gegen Tribun Rohoy gezweifelt oder dass es sich bei diesem Mann um jemanden handelte, der über Leichen gehen würde, um seine Reputation aufrechtzuerhalten. Zeitgleich hatte seine Bewunderung für das Stählerne, das Harte und das Aufrechte auch durch Rohoys Diebstahl seiner Frau nie abgenommen. Er war ein eifersüchtiger Mann, aber ein dem Recht folgender Tribun, dem nichts an der Welt lag außer dem Militär, dem Königshaus und seiner jetzigen Frau.

»Warum?«, presste er hervor.

Moreau schüttelte es durch. In seinem Magen grummelte es. Er zuckte mit den Schultern, soweit es die Fesseln zuließen. »Das Schwert«, schnaufte er. »Ich nehme an, er wollte das Schwert.«

Nifs Rückgrat. Er hatte es an Uriarte übergeben, und Uriarte dem Tribun.

Rasch blinzelte Zejn. »Lieutenant Uriarte«, ballte sich seine Stimme zu einem Grollen. Er hob die Schwertspitze an und legte sie unter Moreaus Kinn, hob es an. »Wo ist sie?«

Die Spitze fuhr über Moreaus Kehlkopf, der sich deutlich hob und senkte. »Sie …«, presste er hervor, da krümmte er sich unter einem weiteren Krampf. Ein Schmerzensschrei riss von seinen Lippen.

Mirage verpasste ihm eine schallende Ohrfeige. »Mund halten!«, zischte sie. »Oder soll ich dir den Rest ins zweite Auge kippen?«

»Wird er davon sterben?«, fragte Zejn.

Leichtfertig zuckte sie mit den Schultern. »Wenn er schwach ist, wer weiß?«

»Ich brauche ihn lebend.«

»Das hängt von ihm ab«, betonte sie und packte Moreau am Ohr. Sie zog daran, als wäre er ein Junge. »Sprich schon!«, zischte sie. »Und versuche ja nicht, dir Ausreden einfallen zu lassen!« Es gurgelte in seinem Magen.

»I-Ich will nicht sterben!«, flüsterte er, das Auge zugeschwollen.

»Dann sprich!«

»Geben Sie mir ein Gegenmittel!«, flehte er.

»Wo ist Uriarte?!«, donnerte Zejn unvermittelt.

Sein eines Auge rückte zur Seite, er fixierte den Lieutenant. »R-Rougeoyer und ich ritten mit ihr in den Wald, um die zerstörte Seelstatt zu besichtigen«, sagte er. »Unsere Wege trennten sich am Feenklamm. Er kehrte ohne sie zurück.«

Abrupt ließ Mirage los.

Kälte kroch Zejns Nacken herab. Seine Hände zitterten. Der Sergent war mit Uriarte aufgebrochen und hatte sie zurückgelassen. »Wie lange ist das her?«, fragte er rau.

Schwach zuckte Moreau mit den Achseln. »Weiß nich' genau«,

nuschelte er, sein Kopf wankte. »Drei, vier Wochen? Es war der Tag des Travis', das kann ich mich erinnern.«

Zejn schluckte schwer.

Mirage lehnte sich auf die Schulter des Sergent-Stellvertreters. »Mh«, wisperte sie und fuhr mit den Fingerspitzen über seinen Hals. »Wie bequem für den Tribun, dass die einzige Person verschwunden ist, die wusste, was mit dem Artefakt geschehen ist.«

Während Moreau sich einem weiteren Krampf ergab, wischte sich Zejn über das nun selbst schweißnasse Gesicht. »Bei Clamor«, presste er hervor. »Was soll ich nur tun?« Er drehte sich im Kreis, marschierte zwei Schritte hierhin, dann dahin, nur um sich wieder zu Moreau und Mirage zu wenden, die lässig an dessen Schulter lehnte und ihn beobachtete.

»Warum ...?«

»Das müssen Sie Ihren Vorgesetzten fragen, nicht mich«, erwiderte sie dunkel.

»Er ...« Zejn schnaufte und trabte durch den Raum wie ein rastloser Hengst. »Persönlich konnte ich ihn nie leiden, und dann ...«, er würgte sich selbst ab, »... aber das?«

»Kennen Sie die Sage nicht? Die des Tribuns, der gen Tradea marschierte? Es sind immer dieselben Männer, die an die Spitze marschieren – derselbe Typus, die sie erreichen.«

»Was wollen Sie damit sagen?«, bellte er. »Dass er das Königshaus stürzen will?«

Sie zuckte mit den Achseln, als ginge sie das alles nichts an. »Ich fürchte, in das Haupt eines Gardisten können Sie besser blicken als ich.« Sie sah Moreau von der Seite an und fuhr mit der Schmuckspitze ihres Fingers über die Wange. »Wobei ...«

In dem Augenblick, so absurd es auch schien, erklang ein Magengrollen – Moreau krampfte die Beine zusammen, und ein Gluckern ertönte. Er schiss sich wahrhaftig in die Hose.

Mirage lachte.

Zejn drückte sich die Daumen gegen die Schläfen. Er hatte sich eine Hexe ins Haus geladen. »Wird er das überleben?«, fragte er.

Mirage ließ Moreau zurück und trat an seine Seite. »Es gibt kein Wahrheitsserum«, sagte sie leise.

»Wie bitte?«

»Erinnern Sie sich an den Duivelstau, den ich Ihnen nach Ihrem Verhör verabreicht habe, um die Illusionen zu stoppen?«

Diese Nacht war schwer zu vergessen.

»Sie wissen wohl am besten, wie sich Moreau momentan fühlt.«

In diesem Augenblick übergab sich der Sergent-Stellvertreter erneut.

»Die Feenklamm wäre perfekt für einen Hinterhalt«, raunte Mirage, während Moreau im Hintergrund würgte.

»Er kann unmöglich ...«, presste Zejn hervor und fuhr sich durchs Haar. »Warum sollte er ...?«

Sie sagte nichts, doch ihre Mimik verriet mehr als Worte. Seine Finger drückten so stark gegen seinen Schädel, dass es schmerzte. Es reichte ihm nicht, zu vermuten. Er brauchte Sicherheit.

Sein Blick flog zu Moreau. »Er könnte uns hinbringen«, sprach er leise.

»Ich war bei der Seelstatt. Aufgefallen wäre mir nichts.«

»Zur Klamm, dort, wo Rougeoyer den Trupp zurückgelassen hat.«

Unschlüssig schob sie die Unterlippe vor und zurück. »Dazu müssten wir Moreau aus Svonnheim schleusen.« Sie warf einen Blick über die Schulter, wo der Sergent-Stellvertreter auf seine Beine hustete. Ein beißend saurer Geruch breitete sich im Schreibzimmer aus.

Zejn rieb sich die Schläfen und dachte angestrengt nach. Er

konnte Moreau unmöglich in diesem Zustand aus dem Haus zerren. Selbst wenn er ihn zum Schweigen bringen könnte – was äußerst unwahrscheinlich war, nachdem er ihn als Lieutenant attackiert hatte –, jeder würde bei seinem Anblick Fragen stellen.

»Die Toten«, sagte Mirage dumpf.

»Wie?«

»Wir haben lauter Leichen in der Küche, die wegen der Holzknappheit den Kopf zertrümmert bekommen. Die müssen garantiert aus der Stadt gebracht werden, um eine Seuche zu verhindern. Wir haben Leichen, die garantiert so stinken wie Moreau«, sie nickte hinüber, »und eine Köchin und einen Schneider, die mit Garantie nichts dagegen haben, wenn wir sie im Abtransport unterstützen.« Ihre Augenbraue zuckte. »Nicht einmal Soldaten stellen Fragen, wenn sie sich nicht die Hände schmutzig machen müssen.«

Zejns Hand glitt ab und blieb an seinem Kinn hängen. Sein Blick verlor sich. »Wir brauchen einen Karren«, sagte er. »Und zwei Pferde.«

»Ich habe mein Ahearn-Blut nach Svonnheim gebracht. Es wurde konfisziert. Seitdem habe ich es nicht mehr gesehen.« Sie legte den Kopf schief. »Das machtvolle Wort eines Lieutenants sollte dem doch Abhilfe schaffen können?«

20

Mirage saß seelenruhig hinten neben dem Leichenhaufen und summte vor sich hin, als Zejn mit dem Karren das Palisadenrund verließ. Ab und an kontrollierte sie unter den blutigen Fetzen, ob Moreau noch lebte.

Am Waldrand machten sie sich daran, die Leichenteile vom

Karren zu schaffen, bis einzig der Sergent-Stellvertreter übrig blieb. Er stank erbärmlich. Erbrochenes bedeckte Brust und Beine, in seiner Hose lauerte Schlimmeres. Mirage zuckte nicht einmal mit der Wimper. »Du bist bereit?«, fragte sie.

Zejn, der die Pferde abschirrte, warf einen Blick zu ihr empor, wie sie über dem Sergent-Stellvertreter auf dem Karren stand. »Dir ist klar, dass dein Leben an Epenas seidenem Spinnfaden hängt?«

Moreau spuckte. »Und ihr glaubt, ihr kommt damit durch? Rougeoyer und meine Männer werden merken, dass ich fehle – und ihr mit mir!«

»Mh«, kommentierte Mirage und kippte den Kopf zur Seite. »Wenn Uriarte einfach so verschwinden kann ... wenn du glaubst, Lieutenant Zejn einfach so verschwinden lassen zu können ...« Ihr Mundwinkel zuckte. »Dann gibt es keinen Grund, warum du nicht ebenso verschwinden kannst.« Sie ging in die Hocke, ihr Haar fiel ihr in die Stirn. »Das ist Svonnheim«, flüsterte sie eindringlich. »Menschen verschwinden hier. Genau wie die Vogelbotin Navis.«

Moreau presste die Lippen zusammen.

Sie packte das Messer an ihrem Gürtel und schnitt die Fußfesseln durch. »Hoch mit dir. Ich habe nicht vor, dich zu ziehen.«

Trotzig blieb Moreau liegen.

Sie rollte mit den Augen. »Wie du willst.« Sie bückte sich, zog das Seil zwischen den Armfesseln hindurch und verknotete es. Das Ende reichte sie Zejn am Kutschbock. »Binden Sie das ans Pferd. Soll es ihn nachschleifen wie König Excelsior in seinem genagelten Fass.«

Moreau stieß einen entrüsteten Laut aus und mühte sich prompt auf die Knie. Mirage sprang von der Kutsche, er robbte hinterher. Sie behielt das Seilende bei sich und nickte Richtung Dickicht. »Los«, befahl sie. »Weise uns den Weg.«

Er verengte die Augen. »Und wenn nicht?«

Zejn löste den letzten Gurt und zog Essi aus dem Fuhrwerk heraus. Der Schimmel nebenan schüttelte das aschegraue Haupt. Zejn führte ihn zu Mirage, die ihm die Flanke mit Ahearns Brandzeichen tätschelte. »Sergent«, brummte sie.

»Lieutenant«, verbesserte Zejn.

Ein Lächeln blitzte auf ihrem Gesicht. »Ich meinte nicht Sie.« Sie erklomm das Steigeisen und den Sattel, hielt sich gut, was ihn wegen ihrer Wunde wunderte. Entweder spielte sie ausgezeichnet, oder das Puder, das sie sich zuvor unter die Zunge getupft hatte, entfaltete ungeahnte Kräfte. Waren es einzig Alchemika, die sie aufrecht hielten? Und was würde passieren, wenn sich ihre Vorräte dem Ende zuneigten?

Besorgt beobachtete er, wie sie spielerisch am Seil zog, um Moreau in seine Schranken zu weisen. Zejn schwang sich ebenfalls auf den Sattel. »Los«, schnauzte er Moreau an. »Bring uns zur Feenklamm.«

Sein Lid zuckte, und mit ihm die Narbe auf seiner Wange. Stur wie ein Esel blieb er stehen. Mirage zog am Seil, sodass er beinahe stürzte. Er verbiss seine Wut und schlich voran wie ein Hund an der Leine.

Der Wald empfing sie klirrend kalt und feucht. Die wasserschwangere Luft legte sich auf Zejns Gesicht, als hätte ein Geist mit Todesatem darüber geleckt. Ihre Füße raschelten durch das frostbedeckte Laub, darunter trat das Wasser aus der Erde. Ihre Atemzüge fuhren scharf durch die ungewohnte Stille. Jedes Knacken ließ Mirages Haupt hochfahren und Zejn nach dem Schwertgriff fassen. Zwar war es Tag, doch die Gefahr des Koschtscheis, ob nun verletzt oder nicht, schien noch lange nicht gebannt.

»Ihr habt einen Fehler begangen«, sagte Moreau irgendwann, als der Weg ein Stück abfiel und sich zwischen Buchen und Erlen hindurchschlängelte, die ihre Blätter längst Nurova geopfert hatten. »Ihr könnt nicht mehr zurück, ohne dass ihr euch erklären müsst.«

Mirage schnalzte erbarmungslos mit dem Seil. »Halt die Klappe, Moreau.«

»Selbst wenn ihr findet, was ihr sucht. Was glaubt ihr, dadurch zu erreichen?«

»Respekt, Sergent«, schnappte Zejn entnervt. »Ich bin Lieutenant! Haben Sie das vergessen?«

Moreau wandte sich schwerfällig um, sein Auge mit der alten Verletzung zuckte. »Sie suchen einen respektablen Lieutenant, der im Wald verschollen ist. *Ich* lebe noch.«

Zejn rammte die Zähne aufeinander – und setzte zwei Schritte vor. Wie konnte dieser Wicht es wagen! Wie konnte er es wagen, so über Uriarte zu sprechen – und Zejn zu attackieren? Er packte ihn am Nacken und stieß ihn zu Boden, wo Moreau auf die weiche Erde klatschte. Sein Gesicht tauchte in den Morast. Prustend versuchte er, sich hochzustemmen, was durch die gefesselten Arme erschwert wurde. Er krümmte sich wie ein Wurm. »So einer sind Sie also?«, spuckte er hervor.

»Ich bin, was mein Gegenüber aus mir macht«, knurrte Zejn und schämte sich zugleich für seine Unbeherrschtheit.

Moreau spie die Erde zu Boden. »Ich kenne die Regeln«, behauptete er. »Wer nach Svonnheim gehen muss, egal, welcher Rang und Namen, hat etwas ausgefressen. Ich wurde für mein Versagen bestraft. Rougeoyer für sein Fehlverhalten mit Ehefrauen und Töchtern der Gesellschaft. Und Uriarte?« Er blinzelte über die Schulter, versuchte, den Dreck aus den Augen zu kriegen. »Wer weiß schon, wie sie es sich mit dem Tribun verscherzt hat. Und Sie. Sie sind schon ein zweites Mal hier, Lieutenant.« Er spuckte den Titel mit einem Batzen Erde aus. »Sie haben es zurückgeschafft und sind schon wieder da. Rougeoyer würde diesen

Fehler nie machen. Hat er sich erst bewährt, wird er sich nie wieder aus Tradea vertreiben lassen.«

Zejn verengte die Lider und ging neben ihm in die Hocke. »Ich wurde kein zweites Mal hierher verbannt«, sagte er leise. »Ich kam aus freien Stücken.«

Moreau verzog den Mund. »Dann sind Sie noch dümmer, als ich dachte.«

Einen Augenblick war Zejn versucht zuzuschlagen. Seine Knöchel knackten, als er die Hände knetete. Dann erhob er sich lautlos. »Gehen Sie schon, Moreau«, sagte er mit vermeintlicher Leichtigkeit. »Gehen Sie, solange Sie gehen können.«

»Hier«, atmete Moreau schwer, als sie einen Steinkreis passierten, in dem noch Kohlereste ruhten. »Hier hieß uns Rougeoyer zurück zu bleiben. Er ging weiter.« Er hob die gefesselten Arme und wies voraus. »Dort hinten. Dort liegt die Klamm.«

Mirage tat ihm nicht den Gefallen, ihn zurückzulassen. Sie banden die Pferde locker an einen Strauch und wanderten zu Fuß weiter. Das Licht schien bleich zwischen den grauen Baumgerippen hindurch. Krähen zogen über den Himmel wie versprühte Tinte. Der Atem stob in Wolken durch die Luft.

»Es wird feuchter«, murmelte Mirage in Zejns Richtung. Ihr dunkles Gesicht schimmerte vor Nässe. »Das ist ein schlechtes Zeichen.«

Die Klamm war eine Furche, die sich durch einen Hügel zog. Graue Steine hoben sich vor der schwarzen Erde ab, Wurzeln der Bäume, die den Hang säumten, strebten wie Aderngeflecht hervor. Als hätte ein gigantischer Drache mit seiner Klaue gewütet und einen Graben gezogen. Es roch nach nasser Erde, und je tiefer sie stiegen, desto weiter versanken ihre Stiefel im Morast. Aus den Erdwänden ragten bunte Pilze – fadendünne Schwämme mit schillernden, runden Kappen, Türkise, mit Gallert überzogene Schirme und leuchtend orangefarbene Stockschwämme.

Etwas zog Mirages Aufmerksamkeit auf sich. »Blutmilchling!«, atmete sie aus und begann, einen Erdwall zu erklimmen, um zwischen Wurzelwerk zu fassen. Sie zog eine weiße Knolle hervor, der bei der Berührung rote Flüssigkeit wie Blutperlen aus der Kappe platzte. Mirage brockte mehrere davon und stopfte sie in ihre Tasche, während sie sich am Hang um Gleichgewicht bemühte. Erde bröckelte um sie herum zu Boden.

Zejn hingegen zog es tiefer in die Klamm. »Spuren«, zwang er hervor. Fußgroße Löcher spickten den Grund. Die Erde war zum Teil gefroren, darin schimmerte Wasser wie Spiegelscherben, die den grauen Himmel reflektierten. Unter ihnen waren auch Pferdehufabdrücke. »Mirage!«, rief er. Sie schlitterte vom Hang und wischte sich die rot verschmierte Hand an der Hose ab. Mit Moreau an der Leine trat sie an seine Seite. »Sie scheinen dort entlanggegangen zu sein.«

»Nur ein Teil der Spuren kehrt wieder zurück«, stellte sie fest. »Sehen Sie? Zwei Pferde sind hier entlanggegangen. Aber nur ein Hufeisenabdruck führt retour.«

Zejn versuchte, schneller zu gehen, doch der Boden erweichte zunehmend und verhinderte, dass er rasch vorankam. Als er einen lehmverschmierten Hügel bemerkte, von dem noch struppiges Fell abstand, kroch eine kalte Befürchtung seinen Nacken empor. Der Grund zerrte an seinen Stiefeln und gab sie nur schmatzend frei.

Ein Ross. Nicht irgendein Ross. Uriartes Schlachtross. Klauenspuren spalteten seinen Bauchraum, Organe hervor gezerrt, die nun mit dem Grund verfroren waren.

Atemlos umrundete er das Tier. Dahinter – ein Mann der Reiterei. Nicht Uriarte.

Zejn bückte sich, packte den Soldaten an der fleckigen Uniform und wälzte ihn herum. Die Rüstung ächzte und ließ sich bloß schwer vom gefrorenen Boden lösen.

Ein Bolzen durchs Aug.

Zejn blickte empor. Hatte Rougeoyer dort oben einen Schützen platziert?

»Erik!«

Er wandte den Kopf. Mirage war vorausgeeilt. Moreau stand entfernt und sah bedröppelt zu Boden, als würde er den Anblick seiner eigenen Leute nicht ertragen, die dort tot darniederlagen. Zwei weitere Leichen zählte Zejn. Nein, drei. Nein ...

Er eilte heran.

Die Ansicht raubte ihm den Atem. Bloß noch ihr Kürass und der exzentrische Helm ließen erkennen, dass es sich bei dem Korpus, dem die Wiedergänger die Gliedmaßen abgerissen haben mussten, um Sol Uriarte handelte. Ihr Kopf lag zur Seite gekippt, nach wie vor in den phalanxischen Helm ihres Herkunftslands gehüllt, auf dessen Haupt ein Streifen aus Pferdeborsten angebracht worden war. Die Augen standen offen und waren verblichen. Aus ihrem Mund kroch ein Ohrwurm. Ein Arm lag einige Schritte entfernt, der Handschuh hatte zwar ihre Hand geschützt, aber nicht den Rest, den die Untoten aus der Kleidung gezogen hatten.

Zejn wurde heiß und kalt.

»Ist sie das?«, fragte Mirage.

Dumpf nickte er.

Moreau wagte nicht einmal hinzusehen. Am liebsten hätte Zejn ihn am Nacken gepackt und dort herabgestoßen, zu der Soldatin, die er offenen Auges in ihr Verderben hatte reiten lassen. Seine Hände öffneten und schlossen sich wieder zu Fäusten. Er stellte sich nur eine Frage.

»Wieso?«

Mirage blickte auf. »Was meinen Sie?«

»Warum sollte Rougeoyer sie ermorden? Focht er mit Uriarte eine persönliche Fehde aus?«

Mirage spitzte die Lippen. Aus dem Augenwinkel konnte er sehen, dass sie sich um Taktgefühl bemühte. »Glauben Sie immer noch an Zufall?«

Er sah auf.

»Sie haben doch gehört, was Moreau sagte. Rougeoyer will nach Tradea zurück. Warum sollte er ein derartiges Risiko eingehen, eine persönliche Fehde auszuleben, wenn er damit sein Leben und seine Karriere riskiert?«

»Vielleicht hat Uriarte etwas über ihn herausgefunden, das ihr nicht gefiel ...?«, murmelte Zejn.

»Oder er handelte auf Befehl.«

Zejn schwieg.

»Und versuchte damit, sich seinen Weg nach Tradea zurückzukaufen.« Sie sah zu Moreau, der verbissen schwieg. Sein Auge zuckte. Sie nickte ihm zu. »Hatte er den Tick schon immer?«

Zejn schüttelte den Kopf.

»Er muss Dinge gesehen haben ...«

Damit trat sie zu Hauptfrau Uriarte, zog an dem Mantel, der mit Spangen an ihrem Kürass befestigt war, und schlug ihre Reste wie ein Päckchen ein. Sie ächzte, als sie sie emporhievte. Uriartes Kopf mit dem Helm kippte an Mirages Schulter, als trüge sie ein groteskes Kind. »Zurück zu den Pferden, bevor die noch gerissen werden.«

Als sie zum Karren zurückkehrten, trieb Mirage ihren Apfelschimmel an Essi heran. »Wir sollten überlegen, was wir mit ihm machen.«

»Mit Moreau?«

Sie nickte und sah zurück, wo er gedankenversunken einherstapfte. »Mir ist klar, dass mein Vorschlag nicht auf viel Gegenliebe stoßen wird – weder bei ihm noch bei Ihnen«, sagte sie. »Aber das Einfachste wäre, ihn zu töten.«

»Wie bitte?«

»Sie ersparen sich damit eine Erklärung, warum Sie einen Sergent-Stellvertreter entführt und verprügelt haben.«

Erbost schnaubte Zejn. »Das kommt überhaupt nicht infrage!«

Sie hob die Schultern an. »Sie wollen Rougeoyer zur Kooperation bewegen. Und wenn Sie Moreau leben lassen, wird er sprechen.«

Zejn warf einen Blick zurück. Der Sergent-Stellvertreter schien es zu merken und hob den Kopf. Sein Lid zuckte. Verkniffen sah er Zejn an. Er hätte keine Gnade walten lassen und Zejn unvermittelt getötet. Tatsächlich wäre es für ihn ein Leichtes, ihn loszuwerden. In den Wäldern wimmelte es von Toten – kam es auf einen mehr an?

Das tut es.

Denn was unterschied ihn dann noch von Männern wie Moreau, Rougeoyer oder Hochmagier Hesperus? Bloß die feine Linie trennte sie.

»Wir knebeln ihn, wenn wir zum Karren zurückkehren«, beschloss er. »Reiten wir mit ihm ein, besteht die Gefahr, dass die Wache uns zuvor Pfeile in die Augen jagt. Sie warten mit ihm am Feld. Ich hole Rougeoyer. Dann sprechen wir.«

21

»Sie haben Schneid, einfach mit einem Haufen Leichen zu verschwinden«, knurrte Rougeoyer von der Palisade herab. Zejn saß unten auf der gefleckten Essi. Die gespannten Bögen und der Armbrustschütze zur Linken des südwärts zugewandten Tors entgingen ihm genauso wenig wie die angespannten Blicke der Schützen. »Wo ist mein Stellvertreter? Man hat Sie zu ihm hineingeschickt, und plötzlich ist er verschwunden. Zufall?« Der Sergent hob die scharfen, schwarzen Augenbrauen. »Ich denke nicht.«

Zejn wies hinter sich zu dem Karren, auf dem Mirage und Moreau mit dem Rücken zu Svonnheim saßen. »Er kam mit uns«, sagte er so ruhig wie möglich. »Kommen Sie«, forderte er Rougeoyer auf. »Wir haben etwas zu besprechen.«

Der Sergent stieß ein Schnauben aus. »Sie denken doch nicht wirklich …«

»Das ist ein Befehl, Sergent«, rief Zejn hinauf. »Und glauben Sie mir – Sie wollen sehen, was ich im Wald geborgen habe.«

Rougeoyers Stirn verkrampfte sich. Seine Falten warfen dunkle Schatten wie in Kriegsgräben. Dann nickte er seinen Leuten zu. Sie wussten auch ohne Worte, was er wollte. Keiner senkte die Waffe. Aus der Entfernung würden sie auch so treffen.

Rougeoyer ritt mit Zejn an den Karren heran. »Sieh an«, schnarrte er. »Wer hätte gedacht, Sie …« Mitten im Satz brach er ab, als er die Fetzen eines Reiterumhangs bemerkte. Zejn beobachtete ihn von der Seite. Rougeoyers Wangenknochen traten hervor. Er kannte diesen Mann nicht, doch er evaporierte Unzufriedenheit wie Damen der hohen Gesellschaft ihr Parfüm.

»Sergent«, schnurrte Mirage und packte Moreau an der Schulter, sodass sich dieser samt Knebel umdrehen konnte. Aus seinen

Augen sprach reine Angst. »Wie es aussieht, bin ich nicht die einzige Frau, die Sie im Wald zum Sterben zurückgelassen haben.«

Rougeoyer hob das Kinn mit dem Bartschatten, die Halssehnen traten hervor. Zejn konnte sehen, wie seine Zungenspitze hinter der oberen Zahnreihe spielte. Trotzdem sagte er nichts.

Er nickte Mirage zu. Die klatschte mit den Zügeln, sodass ihr Apfelschimmel losspurte. Der Wagen setzte sich ratternd in Bewegung.

»Was wird das?«, presste der neue Sergent von Svonnheim hervor. Der Wind zauste sein Haar, die angegrauten Schläfen schimmerten im kalten Licht.

»Das ist eine Versicherung«, erwiderte Zejn. »Sie und ich gehen nach Svonnheim und reden. Ich habe Ihnen einen Vorschlag zu unterbreiten. Sollte ich nicht in einem angemessenen Zeitraum zu meiner Kameradin zurückkehren, fährt sie samt Moreau und Uriartes Leichnam nach Tradea.«

Rougeoyer stieß ein Schnaufen aus. Seine Mundwinkel zuckten. Rasch brachte er sich unter Kontrolle. In Zejn verstärkte es jedoch die Sorge, dass Mirage recht haben könnte – und Rougeoyer auf offiziellen Befehl gehandelt hatte.

Er trieb Essi an das wesentlich größere Schlachtross heran, das Rougeoyer ritt. Zejn war es egal. Für einen Schwanzvergleich hatte er zu viel durchgestanden. »Selbst wenn Sie dort Freunde haben, die Sie protegieren. Mirage DeBois kann dafür sorgen, dass sich die Ermordung Sol Uriartes wie ein Lauffeuer am Königshof verbreitet.«

»Natürlich«, stieß Rougeoyer verächtlich aus. »Kennt sie jemanden aus der Küche? Oder doch aus dem Laufbotenhaus?«

»Mh«, erwiderte Zejn knapp, »vielmehr einen Mann, an den der Rabe gesandt wurde, der es sich momentan auf der Garnison bequem gemacht hat. Sein Name lautet Hofalchemist DeElephantine. Dieser Titel sollte sogar Ihnen ein Begriff sein.« Er beugte sich ein Stück vor. »Und ich kann Ihnen aus persönlicher Erfahrung sagen: Der Mann kann es gar nicht leiden, wenn man seine Tochter zum Sterben zurücklässt.«

Rougeoyers Augen weiteten sich. Er verschob den Unterkiefer, dass es aussah, als würde er brechen. Er kaute auf einer Erwiderung herum, die er schließlich schluckte, sodass sein ausgeprägter Adamsapfel zuckte. »Sie sprachen von einem Vorschlag?«, murmelte er.

Zejn nickte Richtung Svonnheim. »Besser hinter verbarrikadierten Türen. Die Sonne neigt sich dem Horizont zu.«

22

Ein Clamorsjünger brachte eine Platte mit kaltem Aufschnitt und geriebenem Kren sowie in Ei herausgebackenes, altes Brot. Zejn mäßigte seinen Hunger. Er kannte die Taktiken der Sergents. Ihre Gardisten mit Essen – oder besser mit der Enthaltung selbigens – unter Druck zu setzen, war ein klassisches Zuchtmittel. Er hatte vor langer Zeit gelernt, seinen Appetit zu zügeln, und wenn es sein musste, tagelang zu fasten. Stattdessen lehnte er sich in der Kammer, die während seines Beiseins bloß als Abstellraum gedient hatte, zurück und legte die Fingerspitzen aneinander. Ausgiebig betrachtete Rougeoyer, der verbittert den Clamorsjünger beobachtete und ihn mit Blicken wie Bolzen zur Tür hinausjagte. Der Luftzug spielte mit den Kerzenflammen.

Rougeoyer lehnte sich mit vermeintlicher Lässigkeit in seinem Sessel zurück, die Arme auf die Armlehnen gelehnt. Seine Hände waren Pranken. »Sie haben also Uriarte gefunden«, sprach er gedehnt. »Wie kommt's?«

»Das ist unerheblich«, erwiderte Zejn.

»Für mich nicht.«

»Für die Sache, die wir zu besprechen haben, schon.«

Rougeoyer nickte ruppig. »Sprechen Sie schon.«

»Sie wollen zurück nach Tradea.«

»Wie?«

»Sie sind in Ungnade gefallen, so wie ich einst. Deswegen hat man Sie hierhergeschickt. Der einzige Grund, warum Sie sich bemühen, ist der, dass Sie wieder zurückwollen. Nicht wahr?«

Rougeoyer rümpfte die Nase. »Versuchen Sie nun, Ihr Schicksal in meines hineinzulesen?«

»Mitnichten. Ich mache Ihnen ein Angebot.«

Er stieß ein Lachen aus. »Was Sie nicht sagen!«

»Ich will Sie hier forthaben. Fort aus Svonnheim. Natürlich könnte ich Sie beim Kriegsrat anzeigen, wegen der Verbrennung der Seelstatt, oder auch wegen der Ermordung an Uriarte – aber seien wir ehrlich: Die Männer, die hier stationiert sind, wären längst desertiert, wenn sie Ihnen nicht treu ergeben wären. Svonnheim braucht keinen Aufstand. Es braucht Leute, die sich um sein Wohlbefinden und seine Sicherheit scheren. Es braucht die Priesterinnen des Nurova-Tempels. Und einen Sergent, der sich nicht allein deswegen hier eingenistet hat, weil er seine Karriere aufbessern will und bereit ist, dafür alles zu opfern.«

Rougeoyers Augenbrauen verschoben sich. »So einer sind Sie also«, brummte er. »Sie halten sich für einen Helden.«

»Ich halte Sie für *keinen.* Und hier mögen wenige Menschen leben, aber über diese herrschen Sie wie ein Kaiser.«

Sein Gegenüber stützte die Wange an seiner Faust ab. »Sie wollen mich also weg vom Fenster haben. Aber ohne Verluste?« Er schnalzte mit der Zunge. »Wollen Sie mich lieb bitten? Mich in Tradea anschwärzen?«

Ein Rumpeln ließ Zejns Blick hochfahren. Er blickte zur Decke empor, wo Balken einen Zwischenboden zum Dachstuhl stützten. »Verdammte Viecher«, brummte Rougeoyer. »Ich muss Leute dort raufschicken, die ihnen das Fell über die Ohren ziehen, sobald ich welche entbehren kann.«

Zejn richtete seine Aufmerksamkeit zurück auf den Sergent. »Sie wollen den Koschtschei fangen«, fuhr er fort.

Zögerlich nickte Rougeoyer.

»Sie glauben, wenn Sie das Monstrum töten, das die Vorlande in Angst und Schrecken versetzt, erlaubt man Ihnen, als Held nach Tradea zurückzukehren.«

Rougeoyer regte sich nicht, doch sein starrer Blick machte klar, dass Zejn recht hatte. Seine Halssehnen spannten sich an, als er den Unterkiefer hin und her schob. »Worauf wollen Sie hinaus?«

»Ich werde Ihnen helfen, den Koschtschei zu besiegen. Und ich werde Ihnen die Lorbeeren überlassen, mit denen Sie wieder nach Tradea einreiten können. Stattdessen beschließe ich einen neuen Sergent, der über Svonnheim verfügt, und einen Teil seiner eigenen Einheit mit einem Teil Ihrer austauscht, so wie Sie es mit meinen Männern gemacht haben. Die Überlebenden der Seelstatt dürfen nach Svonnheim und genießen den Schutz seiner Mauer sowie seiner Garde. Und die Priesterinnen erhalten Handlungsfreiheit darin, wen sie behandeln.«

Rougeoyer verengte die Augen. »Und wie wollen Sie das machen? Den Koschtschei anlocken?«

Zejn verschränkte die Arme vor der Brust. »Ganz einfach. Ich weiß, wonach er sucht.«

MIRAGE

23

»Mutter Oberin!«, rief eine Priesterin, während sie die Leiter emporgeklettert kam. Neben Mirage, die Blutmilchlinge in Scheiben schnitt und zum Trocknen neben der Feuerpfanne aufreihte, sah die Angesprochene auf. »Macht der Gefangene Probleme?«

Die Nurova-Priesterin schüttelte das Haupt. »Ein Reiter nähert sich aus dem Süden! Ich kann nicht erkennen, ob es sich um den Lieutenant handelt.«

»Ich sehe nach«, beschloss Sandel, streifte die Flickendecke ab und stieg hinter der Nurova-Schwester die Leiter herab. Wenig später drang seine Stimme durch die Bretter: »Entwarnung! Es ist der Lieutenant! Ich erkenne Barthells Pferd! Ob er es geschafft hat, mit Rougeoyer eine Vereinbarung auszuhandeln?«

Misstrauisch verzog die Cellérière die faltigen Lippen. »Wir machen keine Zugeständnisse«, sagte sie. »Falls wir uns Rougeoyers Regeln unterwerfen müssen, bleiben wir. Zumindest unser Vorrat an Blutmilchling ist aufgestockt.« Sie streckte eine Scheibe einer Priesterin hin, die daran zu kauen begann, um den Milchfluss zu stimulieren. Das Baby ruhte in einem Kranz aus Decken im Licht der Feuerstelle und schlief den Traum der Unschuld.

Mirage kroch zu der Luke und stieg ebenfalls hinab. Moreau krümmte sich gefesselt im Stroh, an dessen Halmen der Apfelschimmel kaute. Gemeinsam mit den Priesterinnen entfernte Mirage die Bretterbarriere vom Tor, als Hufgetrappel den Lieutenant ankündigte.

»Cellérière?« Er lehnte sich von seinem Ross und blinzelte die Düsternis herein. »Mirage?«

Letztere bückte sich durch das Loch. »Welche Neuigkeiten bringen Sie?« Hinter ihr knetete die Mutter Oberin nervös die Hände.

Zejns Gesicht blieb starr. »Er hat sich auf einen Handel eingelassen«, sagte er auf eine Art, die offenließ, ob es sich dabei um gute Nachrichten handelte. »Ich helfe ihm, den Koschtschei zu töten. Das sollte ausreichen, damit man ihn in der Hauptstadt zurücknimmt. An seiner Stelle werde ich einen anderen Sergent einsetzen, der meinen Vorstellungen entspricht.«

Mirage runzelte die Stirn. »Er hat Ihre Hauptfrau getötet. Und Sie wollen ihm helfen, Macht und Einfluss zurückzugewinnen?«

»Macht und Einfluss wiegen unterschiedlich, je nachdem, wo sie eingesetzt werden. In Tradea kann ich Strippen ziehen. Hier draußen habe ich keinen Einfluss auf seine Entscheidungen.« Er legte den Kopf schief. Sein heller Blick wanderte Richtung Süden.

»Außerdem erhoffen Sie sich herauszufinden, warum er Ihre Hauptfrau getötet hat«, mutmaßte Mirage.

Zejn widersprach nicht.

Sie verschränkte die Arme vor der Brust. Es gefiel ihr nicht, Rougeoyer mit Lorbeeren zu schmücken – einen Feigling und Mörder. »Und ich dachte, Mörder verdienen bloß den Tod«, murmelte sie. »Zumindest hat man mir das vor dem Hohen Gericht erklärt.«

Die Muskeln an Zejns Unterkiefer traten hervor, als er die Zähne schuldbewusst zusammenbiss.

Die Cellérière stellte sich an Mirages Seite. »Wenn Sie sich da nicht übernommen haben«, sprach sie den Lieutenant an. »Wie wollen Sie das überhaupt anfangen? Sie haben den Koschtschei gesehen. Man begegnet ihm bloß auf seinem nifenheiligen Grund, inmitten des Forsts, umringt von den Seinen, zwischen Morast und Schatten. Dort sind Sie im Nachteil, Lieutenant. Seine Wiederkehrer werden Sie ins Moor ziehen.«

Zejn blähte die Nasenflügel. »Ich werde nicht in den Forst reiten.« Starr sah Zejn Mirage an, dann die Cellérière. »Wir wissen, was er jagt. Und damit werden wir ihn hervorlocken.«

24

»Bitte, Mutter Oberin!« Clementine klammerte sich an ihre Hände. »Bleiben Sie bei uns! Was sollen wir tun, falls Sie nicht zurückkehren?«

»Ich lasse Henri nicht allein«, erwiderte die Cellérière bestimmt. Ihr Blick traf Mirages. »Nichts für ungut, Madame DeBois, aber ich traue Rougeoyer genauso wenig wie Sie. Beruhige dich, Clementine. Ihr Mädchen bleibt hier, bis ich sichergehen kann, dass Svonnheim keine Gefahr für euch darstellt. Ich lasse nicht zu, dass jemand ein weiteres Mal das Dach über unseren Köpfen in Brand setzt.«

Bedrückt senkte Clementine den Blick und verdrückte einige Tränen. Sandel stand ihr bei. »Ich gebe auf euch acht«, versprach er, doch was er ihr nicht geben konnte, war das Kind, das eine Priesterin in Tücher wickelte und der Cellérière an die Brust band. Ihre Hand erstarrte in der Luft und wollte sich nicht lösen.

Aus dem Turm führte Zejn den Apfelschimmel und schirrte ihn an den Karren, mit dem Mirage gekommen war. Den Rückweg traten sie zu viert an – Mirage und die Hohepriesterin saßen vorne auf dem Kutschbock, das Baby schaukelte an ihrer Brust, und Zejn ritt als Späher voraus, um nach Wiedergängern Ausschau zu halten.

Die Tore zu Svonnheim wurden ihnen geöffnet, als man sie erspähte. Auf dem Feld nördlich Svonnheims arbeiteten Soldaten an einem Podest, an dem sie nicht nur das übrig gebliebene Schlagholz verarbeiteten, sondern auch dörfischen Hausrat. Rundherum schlichteten Svonnheimer Stroh in Gräben und warfen Zejn hasserfüllte Blicke zu, dass Rougeoyer und er sie dazu zwangen. Es blieben wenige Ressourcen und noch weniger Möglichkeiten, das war Mirage klar. Da lag eine riesige Stadt kaum mehr als einen Tagesritt entfernt, und doch interessierte niemanden, dass Leute und Vieh hier verhungerten. Erst nächsten Sommer, wenn die Kornkammern gefüllt werden mussten und nichts gebracht wurde, würden die Städter aufhorchen.

Als eine Svonnheimerin die Mutter Oberin am Karren entdeckte, flammte die Nachricht ihrer Rückkehr wie ein Leuchtfeuer durchs Dorf. Hoffnung flackerte in Fenstern und Türen, als sich die Menschen auf die Straße drängten. »Mutter!«, riefen sie und eilten an den Karren heran. Sie griffen nach ihren Händen wie nach einer Heiligen, und die Cellérière tätschelte sie voller Geduld und spendete ein Lächeln, das die Härte in ihren Augen nicht zu verdrängen wusste.

Rougeoyer trat aus der Garnison, vor der sich zahlreiche Wächter postiert hatten. Er musterte den Wagen und spannte unzufrieden die Lippen an, als er merkte, dass sein Stellvertreter fehlte.

»Eine Priesterin, eine Alchemistin und ein Säugling«, kommentierte er. Sein Blick war Mirage wie Säure auf der Haut. »Ich hoffe, Sie wissen, was Sie da tun, Lieutenant Zejn.«

Der Angesprochene schwieg. Zejns Gedanken zu lesen war so schwierig, wie durch die Fassade seiner Mimik zu blicken.

Ein Nifenpriester eilte heran, die Hände zur Begrüßung Richtung Himmel geöffnet. Die Ordenskette, die über die simple Robe fiel, gab ihn als den Ranghöchsten des improvisierten Dorftempels zu erkennen. Freude erhellte sein Gesicht. Die beiden küssten einander auf die Stirn – nicht unbedingt, weil sie sich persönlich kannten, sondern weil es sich unter den Höchsten zweier Seelstätten so gebührte.

»Cellérière«, zog Rougeoyer die Aufmerksamkeit der Priesterin auf sich.

»Sergent«, erwiderte sie hoheitsvoll. Sie musterten einander mit unverhohlener Abscheu. Eins der Versprechen, die Zejn Rougeoyer gegeben hatte, war das Stillschweigen der Priesterin über das Schicksal der Nurova-Seelstatt gewesen. Die Cellérière hielt sich daran, also tat es auch Mirage, obwohl sie am liebsten allen Dörflern die grausame Wahrheit vor die Füße gespuckt hätte. Doch wer hätte ihr schon geglaubt, der Waldhexe? Ihr blieb nichts anderes übrig, als mitzuspielen. »Erik«, wandte sie sich an Zejn, der das Spektakel ebenso mit faltiger Stirn beobachtete. »Geben Sie mir etwas zu tun, damit ich hier fortkann.«

Unwohl verzog er den Mund. »Ich fürchte, viel Freude werden Sie an meinen Plänen nicht finden.«

Sie hob die Augenbraue.

»Vor allem, weil Ihr Anteil daran fordert, dass Sie hauptsächlich stillstehen und warten.«

25

Die Nacht roch nach Schnee.

Der Gedanke kroch ganz unvermittelt in Mirages Kopf, als sie mit dem Baby auf das Podest vor Svonnheim trat. Sie schaukelte Henri in dem Tragetuch, das ihr die Priesterin angelegt hatte. Die Cellérière kletterte hinter ihr die Leiter empor. Der Wind zerrte an ihrem Silberhaar. Zwei Pferde warteten unterhalb, mit denen sie zu Svonnheims Palisade fliehen würden, sobald der Koschtschei den Waldrand verließ. Den Wall säumten Fackeln, vor dem Tor peitschte Sergent – Lieutenant – Zejns Stute mit dem Schweif, während er sich durch den Torspalt mit Rougeoyer unterhielt. Bitterer Speichel trat auf Mirages Zunge. Sie fragte sich, wie es wohl der Mutter Oberin erging, die bloß um Henris willen hierhergekommen war und stumm bleiben musste, wenn sie die Leute fragten, warum sie sie im Stich gelassen hatte.

Versichernd suchte die Hand der Priesterin nach Mirages Schulter und sah nach dem Baby, das mit winzigen Fingern mit Mirages Knöpfen spielte. »Achtung«, flüsterte sie und packte Henris Händchen zurück in das Tuch. Die fleckigen Hände ruhten auf dem Kind.

Mirage wippte das Baby auf und ab. »Ich verstehe das nicht«, sagte sie.

»Was verstehen Sie nicht?«

»Mein Vater ... er sagte, ich hätte niemals aufgehört zu weinen. Ständig hätte ich geschrien, ob nun während oder zwischen den alchemischen Behandlungen. Aber Henri ...« Sie strich über das Tuch, das ihn barg. »Zwischen den Behandlungen ist er ganz ruhig.«

»Mirage.« Die Priesterin drückte ihre Schulter. »Manchen Kindern brechen wir die Füße, damit sie später gehen können, und dennoch lachen sie nachher mit geschienten Beinen. Anderen scheint es gut zu gehen, und dennoch weinen sie den ganzen Tag, ohne jeden ersichtlichen Grund.

Es wird Zeit, dass Sie sich selbst vergeben. Und Ihrem Vater, wenn er es schon nicht kann. Es hat Sie beide zu bitteren Menschen gemacht.«

Das Kind suchte nach der Brust und wühlte bedächtig in Mirages Kleidung. Konnte das sein? Die immer stärkeren Behandlungen, das Kasteien, die eisernen Regeln – einfach, weil sie ... ein Schreibaby gewesen war?

Sie merkte erst, dass sie den Atem angehalten hatte, als sie ihn in einem Schwall in die Luft stieß. »Und das Mobile?«, flüsterte sie. »Die Glasscherben über dem Altar und im Turm?«

»Sie schützen Henri vor dem Ruf von Nifs Rückgrat – und dämpfen die Verbindung, die der Koschtschei zu ihm fühlt.« Die Cellérière streichelte das Kind durch das Tuch. »Wir können ihm nur geben und ihn unterstützen, wie es in unseren Möglichkeiten steht; die Magie dämpfen, die er besitzt. Ob er den Weg des Mylings eines Tages gehen wird …« Ihre Stimme wurde dünn wie ein Faden. »Ich fürchte, das ist nicht von Zaubermitteln abhängig. Menschliche Entscheidungen werden nicht von Göttern abhängig gemacht. Rougeoyer setzte unsere Seelstatt nicht in Flammen, weil Kafrit es ihm befahl. Die Götter reichen uns Werkzeuge. Wir entscheiden, ob wir sie nutzen.«

Verblüfft blickte Mirage Richtung Waldrand. Wiederholt glaubte sie, Regungen im Schatten zu bemerken. Falls sich dort etwas sammelte, so blieb es unter sich.

Hinter ihnen schlugen Hufe auf den kalten Boden. Das Pferd schnaubte, als der Lieutenant heraneilte. An die Stute geschnallt trug er eine Lanze, an seinen Gürtel hatte er Mirages letzten beiden Feuerkugeln gehakt. Auf seinem Kopf befestigte er einen Spangenhelm.

Währenddessen ließ Rougeoyer hinter den Palisadenzacken zwei Ballisten spannen.

»Geht es Ihnen gut?«, rief Zejn zu ihnen herauf.

»Ich mag es nicht, wie seine Wange zuckt«, brummte die Mutter Oberin. »Er ist nervös.« Sie reckte das Kinn. »Uns geht's wunderbar, Lieutenant«, rief sie zurück. »Aber wir müssen auch kein Monstrum erschlagen! Was ist mit Ihnen dort unten?«

Abgehackt nickte Zejn.

»Unruhig. Sage ich ja«, kommentierte die Cellérière leise.

»Sie kennen den Plan«, rief Zejn. Seine Stute tänzelte und stieg von einem gescheckten Bein aufs andere. »Sobald der Koschtschei sich aufs Feld bewegt, steigen Sie vom Podest und nehmen die Pferde. Gehen Sie kein Risiko ein, selbst wenn er kehrtmacht! Reizen Sie ihn nicht! Wenn Sie nicht rechtzeitig hinter die Palisade gelangen …«

Die Mutter Oberin blinzelte unbeeindruckt. »Sie müssen es nicht weiter erklären, Lieutenant – ich bin mit dem Verderben bekannt. Meine Göttin ist eine duale Herrscherin über Leben und Tod, schon vergessen?«

Mirage lächelte in ihren Fuchspelz.

Zejns Blick hetzte zu ihr. »Und Sie?«

»Ich halte ein Baby und spiele damit Köder, Lieutenant. Wie angetan soll ich von der Rolle sein, die Sie mir in dieser Schlacht zugewiesen haben?«

Seine Augenbraue zuckte, doch die Spannung in seinem Gesicht löste sich ein wenig, als hätte er darauf gewartet. »Rougeoyer und ich stehen bereit. Die Ballisten sind gespannt. Wir geben auf Sie acht, Mesdames.« Damit zog er am Zügel und wendete sein Pferd, um zur Palisade zurückzukehren.

»M-mh«, kommentierte die Cellérière dumpf. »Dass uns bloß kein verirrter Speer trifft.« Sie trat näher an Mirage heran und breitete ihren Umhang gemeinsam über ihre Schultern. Die Zeit verging mit Warten. Und als hätte Nurova auf Mirage gehört, weinte sie stille Tränen, die sich als Flocken auf den zerstampften Acker setzten, als wollten sie eine neue Leinwand für eine zukünftige Schlacht weißeln.

Als Henri nicht an Mirages Brust gelangte, wurde er ungeduldig. Er riss den Mund auf, der Rachen ein rosiges Rund. Sein Weinen glitt über das Feld wie über eine spiegelglatte Oberfläche. Es war der einzige Laut neben dem Knistern der Fackeln und dem entfernten Murmeln der Soldaten. Am liebsten hätte sie ihm den Mund zugehalten. Sie verkrampfte sich, ihr Blick hetzte zum Waldrand.

Da antwortete ein Heulen.

Jener schaurige Schrei, der durch Mirages Knochen vibriert und ihre Flucht durch den Morast angetrieben hatte. Sie drückte das Baby an sich. Die Mutter Oberin krallte die Hand in ihre Schulter wie ein Greifvogel.

»Ich glaube, ich sehe etwas«, flüsterte die Cellérière.

Mirage blinzelte. Der Waldschatten war tief und die Fackeln grelle Punkte hinter ihrem Rücken, welche die Palisadenzacken wie die Schatten eines Wolfsgebisses über den Acker verzerrten. Schwarz und Weiß. Ihre Augen gewöhnten sich nicht an die neue Sichtweise. Dafür roch sie etwas. Es lauerte hinter Feld und Flur, ein Schmelztiegel des Todes, aus den Resten der Verendeten gefertigt. Rastlos trieb es seinen Pferderumpf aus dem Sumpf.

»Es kommt«, würgte sie hervor und merkte, dass der Geruch, ja, der Geschmack sie erstickte. Ihre Zunge fühlte sich pelzig an, als hätte Schimmel seine Sporen darauf ausgebreitet. Jeder Atemzug trug sein Gift in ihre Lunge. In ihrer Brust knisterte es, Feuerfunken breiteten sich aus. Was sie berührten, verbrannte zu Asche. Schleim rann ihren Hals herab, sie würgte, es schmeckte nach Pech.

»Alles in Ordnung?«, fragte die Cellérière besorgt.

Da begann Henri zu weinen. Es war kein durchgängiger Laut, sondern ein abgehacktes Husten. Aufregung erfasste Mirage. Sie packte das Baby und hob es auf die Schulter, klopfte ihm den Rücken, während sie selbst hustete.

»Er hat sich verschluckt!«, erschrak die Mutter Oberin und tastete aufgeregt nach dem Kind.

Das Heulen wanderte über die Ebene. Ein Knirschen ertönte, als etwas durch das Unterholz brach. Schwarz erhob sich ein Schatten vor dem schneebestäubten Buschwerk. Pferdehufe stapften aus dem Waldrand, ein lang gezogener Oberkörper, die Arme grotesk von sich gestreckt. Das Geweih war eine Krone auf dem knöchernen Haupt. Es trat auf mit dem Geruch von Asche und Schiffspech. Mirage würgte und hielt sich die Nase zu, doch die Empfindung blieb hartnäckig. Ihre Augen tränten. Auch über Henris Wangen perlte Wasser, als er aus voller Lunge schrie. Es war, als starrte man in ein gleißendes Feuer, dessen Funken und Rauch einem in die Augen stiegen.

Der Koschtschei war nicht allein. Wie die Beulenpest fleckten wankende Gestalten den Waldrand. Mit einem geeinten Schrei stoben Krähen aus den Schirmkiefern und flatterten in den Himmel.

Der Koschtschei hob das Haupt. Aus seinem Wolfsschädel drang ein Jaulen wie der Befehl eines Kriegshorns. Nebel kroch hinter ihm aus dem Unterholz und hüllte seine Armee ein.

Die Attacke begann.

26

»Lass uns gehen!« Die Cellérière zerrte an ihrer Schulter.

Mirages Blick sauste über den Nebelstreifen, der über das Feld rollte. »Ist er noch hier?«, presste sie hervor. »Der Koschtschei?« Ein Gurgeln und Fauchen toter Kehlen raunte über die Ebene. »Oder schickt er bloß seine Draugar?«

»Mirage!« Die Priesterin riss sie herum. Das Fackellicht leuchtete in ihrem Silberhaar. »Los!«

»Aber der Koschtschei …!«

»Erinnere dich an Lieutenant Zejns Worte! Keine Risiken! Wir haben Henri bei uns!«

Über ihr flatterte die Krähenschar. Einen Augenblick lang glaubte Mirage, sie würden über sie hinwegstieben, als der Zug langsamer wurde und sich über dem Podest ballte. Ein Rabenvogel löste sich vom Rest. Ein zweiter und dritter folgte ihm. Ein Kreisen setzte ein wie ein dunkler Strudel, der von dem Krächzen aus Hunderten Schnäbeln begleitet wurde.

»Los!«, rief die Cellérière.

Hufgetrappel ertönte. Mirage kippte das Kinn zurück. Die Nebelwand walzte auf sie zu. Dazwischen wankten Schatten, Untote mit gebrochenen Armen und Beinen. Und irgendwo unter ihnen …

Lieutenant Zejn galoppierte an dem Podest vorbei, riss an den Zügeln und stoppte sein Pferd. »Ab hinter die Palisade!«, befahl er, Schwert und Lanze an seiner Seite.

»Was, wenn der Koschtschei zurückbleibt?«, schrie Mirage.

»Retour!« Zejns Stute stockte, stampfte unruhig und warf dunkle Blicke Richtung Nebel, der heranrollte.

»Geben Sie ihn mir!«, beschloss die Cellérière abrupt und löste Henri von Mirages Schulter. Sie lief zur Leiter, die hinab zu den scheuenden Pferden führte.

Zejn schien sich damit zufriedenzugeben, denn er wandte sich ab, stieß dem Pferd die Hacken in die Flanken und galoppierte davon. Mirage sah mit aufgerissenen Augen die Nebelwand näher kommen.

Ihnen blieben kaum noch Ressourcen. Und noch weniger Möglichkeiten. Wenn der Koschtschei jetzt nicht anbiss, würden sie einen weiteren Angriff der untoten Armee abschmettern können?

Die Mutter Oberin ächzte beim Abstieg. Die Reittiere wieherten und zogen an ihren Zügeln.

Mirage stand still.

Von der Palisade her schnappte Rougeoyers Befehl. Lichtpunkte flammten auf, als die Schützen Bolzen und Pfeile in die Feuerkörbe tauchten und entzündeten. Unten packte die Cellérière den Sattel mit der einen Hand und hievte sich und den greinenden Säugling auf den Pferderücken. Sie floh zum Haupttor.

Mirage nahm einen tiefen Atemzug. Ein Befehl schmetterte wie ein Donnerschlag, und ein Lichterregen gleißte durch den Himmel, fuhr singend durch die Krähenschar, die sich krächzend aus dem Strudel löste. Einige fielen brennend zu Boden. Andere Pfeile stachen in die Gräben, in denen das Stroh aufflammte. Der Nebel walzte hindurch, die Wolken glühten diffus auf.

Mirage griff sich an die Brust. Das Jucken und Husten ließ nach. Die Krähen zerstoben über ihren Köpfen und flohen in alle Windrichtungen.

Sie warf einen Blick zum Forstrand. Die Härchen in ihrem Nacken stellten sich auf. Irrte sie sich, oder verschwand sein imposantes Geweih hinter dem Grauschleier? Er durfte nicht gehen! Es war nur eine Frage der Zeit, bis er seinen von den Alchemika geschundenen Körper aus frischen Toten zusammensetzte. Die Zeit verbrannte wie Holz und rieselte als Asche zwischen ihren Fingern hindurch.

Svonnheim erfror und verhungerte. Kein Stroh blieb, um es in Vieh und Gräben zu stopfen.

Sie riss den Mund auf. Ihre Zunge zuckte in Erwartung. Und sie schrie. Sie schrie lauter, als das Kind es jemals konnte, antwortete auf den Kriegsruf des Waldgotts, der diesen Forst durchstreifte und nach ihr suchte.

Ihre Stimmbänder vibrierten. Sie schrie so laut, dass es schmerzte. Und als sich der Schatten vor der Nadelwaldschwärze umwandte, konnte sie trotz der Entfernung das Leuchten seiner blauen Augen sehen. Er stieß das gehörnte Haupt vor und galoppierte in den Nebel voraus.

ZEJN

27

Ächzend klappten die Tore auf. Über ihnen gleißte der Pfeilregen wie ein Sternschnuppenschauer durch den Himmel. Die Schlachtrösser setzten sich in Bewegung. Muskeln spannten sich unter schimmerndem Fell, Hufe stießen in die Erde, ein Schnaufen Dutzender Pferdekehlen gab den Takt an, als die Reiterei aus dem Palisadenschlund entlassen wurde.

Zejn war Teil dieser Einheit. Seine Stute floss zwischen den gepanzerten Rössern dahin, als sich die Reiterei wie eine Schlammmure über das Feld ergoss. Sein Herz schlug im Takt von Essis Hufschlägen – *pa-pamm, pa-pamm, pa-pamm.* Herz und Hufe führten ihn in den entflammten Nebel.

Das Fauchen der Wiedergänger ließ seine Nackenhärchen stehen. Schwaden zogen an ihm vorbei, die Schatten der Berittenen verwischten dahinter. Lanzen wurden gereckt. Alsbald erklangen erste, dumpfe Laute. Pferde wieherten, Draugar kreischten, die Kavalleristen schnauften, als sie Lanzen und Speere in die Widersacher hieben.

Essi stob zwischen zwei wankenden Gestalten hindurch und suchte sich instinktiv ihren Pfad. Währenddessen raste Zejns Blick über seine Umgebung. Das Leuchten im Nebel deutete die Feuergräben an, die die Felder um Svonnheim taktisch durchzogen. Sie wiesen ihm den Weg zum Waldrand, wo er auf den Koschtschei zu treffen hoffte.

Gestalten tauchten vor ihm auf, Draugar mit zerrissenen Kleidern und Uniformen der Garde, die aus dem Nebel stiegen. Zejn hielt direkt auf sie zu, die Lanze unter dem Arm. Der Aufprall der gepanzerten Spitze vibrierte durch Pferd und Reiter. Essi schlingerte einen Augenblick irritiert, ihr Haupt zog nach rechts, als sich zwischen sich windenden Schleiern ein Toter aus einer Ackerfurche erhob. Er schlug nach Essis Bein.

Die Stute entließ ein entsetztes Wiehern und scheute. Zejn riss an den Zügeln, zwang sie zurück in die Bahn und stieß einem Wiedergänger die Lanzenspitze durch das Helmvisier.

Weiter – weiter! Er folgte einer Aufgabe. Die restliche Kavallerie diente einzig dem Zweck, die Vorhut des Koschtscheis abzulenken. Es galt, den Führer der untoten Armee zu stürzen.

Der Kampfeslärm drang durch Zejns Helm nur dumpf an seine Ohren. Das Pfeilsirren begleitete seinen Weg, Rauch juckte in seiner Lunge. Draugar ächzten ebenso wie die Lebenden, die aufeinander einschlugen.

Essi galoppierte, ihre Mähne flog. Zahlreiche Schatten lösten sich aus dem Nebel und drängten sie an eine Feuerschneise heran. Flammen zischten. Das diffuse Licht irritierte Zejn, der durch die Visierschlitze blinzelte. Die Stute bockte und wurde langsamer.

Zejn zwang sie voran, schlug einen Bogen, doch die Wiedergänger schlossen sich zu einer Reihe. Mittendurch oder umrunden? Essi zog zur Seite und raubte ihm die Entscheidung. Die Draugar pirschten voran, manche zerrten sich auf allen vieren über den Acker; Knochen spießten aus den Knien.

Durch die Feuerlohe platzte eine Gestalt. Ihre Kleidung fing Feuer. Der Tote warf sich auf Essi und klammerte sich an ihre Flanke, sodass ihr Fell zischte. Die Stute schrie vor Schmerz.

Zejns Herz zog sich zusammen. Das Reittier drehte sich um sich selbst und versuchte blind, den Angreifer abzuschütteln. Zejn führte die Lanze zur Seite, doch die Waffe benötigte einen gewaltigen Radius. Seine Gedanken jagten, er überlegte, die Waffe fallen zu lassen und nach seinem Schwert zu greifen – war er die Lanze erst mal los, würde er sie nicht mehr zurückbekommen.

Ächzend löste er ein Bein aus dem Steigbügel und startete ein riskantes Manöver. Mit der Lanze rotierte er im Sattel, das Gewicht zog ihn vom Pferd. Der Wiedergänger schnarrte, mit irren Augen und verkohltem Gesicht grub er das Maul durch Essis Reitdecke. Die Stute hüpfte.

Er klammerte sich mit der Linken an den Sattelrand und schmetterte die Lanze zurück. Der erste Schlag drückte den Draugr gegen das Pferd, das sich im Versuch drehte, den Verfolger abzuschütteln. Der zweite stieß die Spitze durch den Hals und riss ihn von der Stute.

Mit einem Schwung brachte er sein Bein zurück in Position, schwerfällig klemmte er die Lanze zurück unter seinen Arm. »Ho!«, stieß er Essi die Absätze in die Seiten, die bereitwillig davonstob. Und als der nächste Wiedergänger heransetzte, schmetterte Zejn ihn mit der Stoßwaffe davon.

Der Feuergraben steuerte den Weg auf die Reihe Untoter zu. Zejns Hals verengte sich. Die Schneise aus Feuer und Draugar schloss sich vor ihm zusammen, und das Pferd witterte die Gefahr. Speichel tropfte von seinem Maul.

Galopp wurde wie ein dunkler Herzschlag an ihn herangetragen. Zwei Reiter rammten an ihm vorbei, mitten durch die untote Horde. Die Lanzen splitterten. Ein Wiedergänger klammerte sich an den Vorderfuß eines Schlachtrosses und knickte ihn ein. Das Pferd stürzte und schlug mit dem Haupt auf, rollte über seinen Reiter und blieb im Graben liegen. Fauchend hielten die Draugar auf es zu. Der Kavallerist schrie vor Schmerz und versuchte davonzurobben.

Zejn hörte noch, wie der Schrei zu einem Gurgeln abriss. Er konnte nicht warten. Durfte nicht warten. Er hatte ein Ziel – einen Gegner, und er musste ihn erlegen. Von ihm hing alles ab. Ihr aller Schicksal. *Epena sei mir gnädig!*

Da erscholl ein Ruf. Nicht das verzweifelte Wehklagen eines sterbenden Soldaten, das mit den anderen kumulierte und zu einer anonymen Geräuschkulisse jeder Schlacht wurde. Die weibliche Stimme heulte wie ein zorniger Wolf. Mirages Gesicht trat vor sein geistiges Auge. Er warf den Kopf herum. »Was, in Clamors Namen ...?«, keuchte er, als etwas in Distanz durch den Schleier galoppierte, von dessen zusammengesetztem Haupt sich ein Geweih wie eine Krone reckte.

28

Eiskalt lief ihm der Schweiß über das Gesicht, eiskalt rauschte die Luft durch Essis Nüstern. Schaum flockte aus ihrem Fell, über das die Zügel schabten. Zejn jagte sie durch den Nebel, hinter dem der Koschtschei als Schemen vor ihm auftauchte. Der Wiedergänger trieb seinen toten Leib erbarmungslos voran. In Raserei durchquerte er Flammenlohen und rammte durch Lanzen, die an seiner menschlichen Brust zersplitterten. Die abgebrochenen Spitzen spickten seinen Korpus wie ein Stachelpanzer.

»Er greift an!«, rief Zejn so laut, dass seine Stimmbänder brannten. »Der Koschtschei hält auf Svonnheim zu!«

Die Fanfaren schmetterten. Die Reiterei löste sich von den Untoten, Nebelgestalten, die Zejns Befehlen folgten, während er Essi über das Feld peitschte.

Reiter schrien, als sie überrannt wurden, als das Koschtschei-Geweih ihre Visiere und Hälse durchstieß, und das Fleisch ihrer Reittiere, die in Todesangst die Flucht suchten.

»Los! Los!«, hörte Zejn sich selbst rufen. Ihm war, als gehöre ihm seine Stimme genauso wenig wie der Schweiß auf seiner Stirn, das Pferd zwischen seinen Schenkeln oder die Lanze, die er mit seinem Arm umklammerte. Dem Schatten des Koschtschei fühlte er sich näher als sich selbst, und ihn zu jagen, schien dasselbe Ding der Unmöglichkeit – er war ein Teil von einem selbst und doch immer einen Schritt voraus.

Und welch grotesker Schatten er war! Mit verwesenden Pferdeflanken und peitschendem Knochenschweif, mit vier unterschiedlichen Armen, mit denen er Reiter im Vorüberlaufen von den Rössern riss! Erstmals kam Zejn der Gedanke, dass er ein Teil dieses Viehs sein könnte – ein Teil dieser Armee, und dass jeder von ihnen nur stolpern musste, um ungewollt die Seiten zu wechseln.

Und jeder, der fiel, wurde ein Teil der fremden Armee – ein untoter Heerwurm, der Richtung Tradea zog.

»Schneller!«, peitschte er gegen Essis Flanke. »Schneller!«

Die treue Stute gab alles. Die Adern traten aus ihrem Nacken, Speichel spritzte von ihrem Maul.

Der kantige Wall Svonnheims trat in Zejns Sichtfeld, stieg hinter dem Nebel auf wie eine Bergfestung. Ein Lichterregen ging auf die Wiedergänger nieder, die auf die Tore zuhielten. Wo war Rougeoyer? Wo war der Dämon Svonnheims, wenn man ihn brauchte?

Ein Windstoß fuhr über das Feld, stieß eine Schneise in die Wolken wie in Staub, hin zum Podest, auf dem Zejn Mirage und das Baby als Lockvögel aufgestellt hatte. Er erwartete, es leer vorzufinden – und tatsächlich waren Cellérière und Baby verschwunden.

Nicht so Mirage.

Es war ihr Ruf gewesen, der den Koschtschei vorangetrieben hatte. Ihr Ruf war es auch, der ihn vor die Tore geholt hatte. Nun erstarb der Laut auf ihren dunklen Lippen.

Die Zeit verlangsamte sich, als ritte Zejn durch Wasser. Warum? Wieso konnte sie nie auf ihn hören? Warum glaubte sie immer, es besser zu wissen?

»Lauf!«, schrie er, nun nicht länger zu Essi. »Lauf!«

Er wusste nicht, ob sie ihn über den Kampfeslärm hinweg hörte, über das Knistern des brennenden Strohs. Dennoch rotierte sie im Halbkreis und sprang vom Podest.

Der Koschtschei röhrte. Seine schaurige Stimme vibrierte zu allen Seiten. Essi sträubte sich, hinter der Palisade duckten sich die Männer, bis sie ein Befehl zurück an Ort und Stelle peitschte. Ballisten quietschten, als sie schwerfällig ihr Ziel ausrichteten. Rougeoyers grimmiges Gesicht erschien dahinter. Er würde dem Vieh den Speer durch die Brust jagen.

Mirage rannte.

Der Koschtschei rammte durch das Podest, das in all die Einzelteile zerbrach, aus denen es zusammengeschustert worden war. Bänke und Latten fielen zur Seite und fingen an den entflammten Pfeilen Feuer.

Mirage hastete auf das tobende Pferd zu, das Zejn für sie bereitgestellt hatte. Seine Hufe wirbelten durch die Luft, kreisten dicht über ihrem Haupt, als sie sich hinwegduckte. Sie packte das Seil, das das Pferd hielt, und riss es von der Verankerung.

»Nein«, ächzte Zejn, während er Essi entgegen all ihrem Bestreben voranzwang.

Mirage schrie, als sich das Pferd losriss und das Hanfseil durch ihre Finger glitt. Mit weit aufgerissenen Nüstern stürmte das Tier über das Feld davon.

Hinter ihr brach das Podest zur Seite, als sich der Waldgott hindurchgrub.

»Ballisten!«, schrie Rougeoyer. Mit einem dumpfen Geräusch feuerten sie die massiven Geschosse. Die Bolzen zischten durch die Nacht, gefolgt von einem Feuerpfeilhagel. Zejn hätte am liebsten die Augen geschlossen, als die Lichtpunkte um Mirage hinwegjagten, die rannte, wie er sie noch niemals hatte rennen sehen. Die Pfeile hagelten auf das Podest ein, aus dem das Monstrum hervorstieg. Ein Geschoss traf seine menschliche Brust, Pfeile und Armbrustbolzen bissen in seinen Pferdeleib. Das Vieh lief einfach weiter – es kannte keinen Schmerz.

Peripher merkte Zejn, wie die Reiterei von allen Seiten aus dem Nebel tauchte. Die Kavalleristen trampelten über die Toten, die sich pfeilgespickt vor den Toren sammelten, und formierten sich um das Monstrum.

Der Koschtschei hielt an. Er zog die vier Arme an und ballte die Klauen, was auf Zejn absurd menschlich wirkte. Auf der Palisade spannten die Schützen unter Rougeoyers zackigen Befehlen die Schusswaffen.

Mirage kam am Tor an. Einige Draugar rutschten ihr mit Pfeilen gespickt entgegen, sie stieß sie mit den Füßen davon. Einen traf sie so heftig, dass der Schädel, der nur noch an Resten hing, wie ein Ball davonschleuderte.

Die Alchemistin schlug gegen das verbarrikadierte Tor. »Ouvrez moi!«, schrie sie. »Lasst mich ein!« Sie schoss Blicke hinter sich.

Zejn wusste, dass die Garde das Tor nicht öffnen würde. Nicht unter der Belagerung der Wiedergänger, die darauf lauerten, die Schranken zu durchbrechen und alles dahinter zu ihresgleichen zu machen. Mirage war ausgesetzt. Sie konnte nichts tun.

Aber Zejn konnte den Koschtschei töten, bevor er zu ihr gelangte.

Er bellte Befehle. Die Reiterei schloss sich zu einem Kreis. Der Koschtschei warf den knöchernen Schädel hin und her, Augen so blau, als hätte er sie frisch in die Höhlen gesteckt. Er riss den Kiefer auf, die Wolfszähne gezackt, seine Zunge regte sich dunkel dahinter. Ein Röhren hallte durch die Nacht, wie von zahlreichen Stimmen geklagt, die sich übereinanderlegten. Es schwappte über sie hinweg und klatschte in ihre Gesichter. Zejn war es, als erzitterten seine Knochen. Der Laut löste eine dunkle Furcht aus, die ihm die Luft raubte und sein Herz einschloss.

Die Soldaten duckten sich in den Sätteln ebenso wie die Schützen hinter der Palisade. Zejns Armhaare stellten sich auf, Grausen presste auf seinen Brustkorb und schnürte ihm den Hals zu. Nie zuvor waren sie dem Schrei des Koschtschei derart nah gewesen. Noch nie hatten sie ihn gespürt. Und die Angst, die er auslöste, raubte ihnen die Atemluft und drückte Tränen des Grauens hervor.

Der Schrei zerschlug nicht bloß die Moral der Reiter.

Die Schlachtrösser erhoben sich auf ihre Hinterbeine, als würden sie zeitgleich von einer Explosion erfasst. Auch Zejn rutschte die Lanze aus der Armbeuge. Die Kriegswaffe entwand sich seinem Griff. Im nächsten Augenblick spürte er, wie ihn die Schwerkraft aus dem Sattel zog.

Mehr Glück als Verstand verhinderte, dass sich seine Füße in den Steigbügeln verhakten. Er rotierte in der Luft. Schwer kam er auf der Schulter auf, die wie in einer Explosion protestierte. Sein Kettenhemd schepperte, während er davonrollte und die Welt um ihn verwischte.

Essis gescheckte Kehle wankte über ihn hinweg, die Nüstern rot und geweitet. Hufe wirbelten, der losgelassene Zügel peitschte über sein Gesicht. Neben ihm schrien Männer, die weniger Glück hatten und am Steigbügel hinterhergeschleift oder zertrampelt wurden.

Schwerfällig hievte sich Zejn auf die Unterarme. Nur wenige Reiter hatten sich in den Sätteln gehalten, versuchten, die bockenden Pferde unter Kontrolle zu bekommen. Andere krümmten sich auf der Erde wie er. Einige setzten ebenfalls zur Flucht an.

»Kameraden!«, hielt Zejn sie zurück und tastete nach seinem Schwertgriff, während er taumelnd auf die Beine kam.

»Ballisten!«, rief Rougeoyer am Wall.

Zejn riss das Schwert aus der Scheide. Hinter ihm hörte er das

Fauchen herannahender Untoter. Es war keine Zeit für Moral stärkende Reden. Dort vorne war das Monstrum, das sie zu erlegen hatten.

Er rief zum Angriff und dankte Clamor für jeden Mann, der ihm noch folgte.

Sein Schwert war eines von vielen, das sich in den Koschtschei bohrte, das Schneisen ritzte und Innereien durchlöcherte. Zejn spuckte Befehle inmitten des Getümmels – inmitten von warmen und kalten Leibern, von flackernden Pfeilen und spritzendem Schlamm.

Sie schlugen auf die Pferdebeine ein und kappten die Sehnen, um den Riesen zu sich herabzuholen. Sie zerschmetterten seine Rippen, bis die fauligen Eingeweide hervorsackten, vergossen keine Träne für die Kameraden, die währenddessen von seinen tobenden Klauen zerteilt, von seinen Armen zerquetscht, von seinem Maul zerrissen und seinem Geweih durchspießt wurden. Er ging nieder wie ein Berg, und vor ihm sammelten sich die Toten wie ein zweiter. Wenn sie zurückkehrten, warfen sich die alten Kameraden stumm auf sie, rangen sie nieder, zerschnitten ihnen die Kehlen.

Es war ein Kampf gegen ein Monstrum, aber auch ein Kampf gegen Freunde und sich selbst. Einer spießte sich neben Zejn das Messer ins Auge, als er sein Ende nahen ahnte. Blut gehörte jedem und keinem, man schlitterte voran, hängte sich an das Geweih, das einen wie eine Kronenzacke durchstoßen konnte, und zwang ihn nieder – menschlicher Ballast, im Wissen, dass man kein Ich mehr war, sondern nur noch ein Wir. Eine Ameisenkolonie, die für Größeres stritt. Das Leben des Einzelnen zählte nichts mehr.

Seiten wechselten mit dem Eintritt in den Tod. Er zwang sie alle mit sich, genau wie den Nebel, der ihn verfolgt hatte. Krähen stießen herab, obwohl die Schlacht noch nicht geendet hatte, pickten bereits auf die Toten ein und wurden dabei erschlagen.

Doch das Vieh blieb aufrecht – zwang sich auf zerstörten Beinen empor. Klingen durchlöcherten seinen Leib, aber es tobte weiter. Zejn fasste sich an den Gürtel und ertastete Mirages letzte Feuerkugeln. Er riss sie von den Haken und rammte den Arm in den stinkenden Korpus, drückte die Kugel, sodass sie unter der Gewaltanwendung knackte, und riss die Hand zurück.

Es knallte. Aus dem Gerippe spritzte Schleim, es erschütterte den Koschtschei wie auch die Rangelnden. Feuerzungen leckten aus den Löchern. Soldaten schrien, als die Flammen zischen über sie leckten. Die Kleidung eines Mannes fing Feuer. Er stolperte in leiderfüllter Klage über Leichen.

Der Koschtschei sank ein Stück in sich zusammen. Da endlich – die blauen Augen! Zejn atmete auf. Weiße Bälle mit blauer Iris, feucht schimmernd, als wären sie soeben frisch aus dem Sockel gehoben worden.

Zejn sprang empor und klammerte sich an das Geweih. Der Koschtschei schnappte mit blutverschmiertem Gebiss nach ihm, während ein Untoter an seinem Stiefel zerrte. Das Gewicht löste sich, als ein Kamerad den Draugr erschlug. Sie alle dienten dazu, dass Zejn seine Arbeit verrichten konnte. Er fummelte nach dem Jagdmesser, schwankte an dem Geweih, als das Vieh sein Haupt schüttelte. Mit dem beinernen Schweif schlug es einen Mann davon, der mit einem lang gezogenen Schrei in die Horde kugelte.

Zejn wankte an den ekelhaften Augenbällen vorbei, die sich in den beinernen Höhlen regten. Sie fixierten nicht ihn, sondern suchten nach der Frau hinter dem Nebel. Was war es, das ihn trieb? Eifersucht? Konnte er Mirage und dem Kind tatsächlich neiden, was sie waren? Dieses – Ding?

Zejn hieb zu. Die Messerspitze fuhr durch das Auge des Viehs, das unter dem Stich platzte. Der Koschtschei fuhr vor, ein schrilles Kreischen vibrierte durch Zejns Skelett. Er warf das Haupt zurück, und mit ihm schwankte der Soldat an dessen Geweih, fiel direkt auf das beinerne Maul, das einfach zuschnappte.

Zejn stach zu wie ein Wahnsinniger. Die Klinge schlitterte über Knochen und schnitzte hindurch. Endlich spritzte Flüssigkeit, als er das zweite Auge traf.

Eine glitschige Zunge labte sich an seinem Blut, das sich aus seinem Bein ergoss, sog es auf wie ein Blutegel. Der Koschtschei musste eine wichtige Ader erwischt haben, denn Zejn erfasste Schwindel, seine Sicht schimmerte, die Umgebung drehte sich. Doch er ließ nicht nach. Blind hieb er zu.

Würmer krochen aus den blutigen Augenhöhlen des Koschtschei, Maden, die sich dahinter versteckt hatten wie Ungeziefer des Bösen. Aber das war noch nicht das Ende.

Die Dolchspitze fuhr in die Augenhöhle, schrammte an deren Grund entlang. Zejn biss die Zähne zusammen, genau wie der Koschtschei, der sein Bein zu zerschmettern suchte. Alles schillerte wie Schnee. Er spürte ein Knacken. Mit aller Macht rammte er die Dolchspitze hindurch.

29

Seine Finger rutschten ab. Er stürzte zurück auf die Leiber seiner Kameraden, die sich unter ihm aufgetürmt hatten. Jemand tastete nach ihm. Überall das Schnaufen und Schnarren grapschender Wiedergänger, die sich am Fleische labten. Schmatzend gruben sie die Zähne in die Soldaten, ob lebendig oder tot. Ein einstiger Kamerad zerrte auf allen vieren an der Hand eines Soldaten, bis sich diese samt Handschuh löste. Er eilte damit in einen Graben, bis nur noch Schmatzen zu hören war.

Etwas wühlte in Zejns Kleidung, fuhr über die Kettenringe seiner Rüstung. Alles drehte sich. Blut trübte seine Sicht. Er spürte, wie sein eigenes Blut warm sein Beinkleid tränkte, wie der Berg unter ihm wankte, weil nicht alles so tot war, wie es sein sollte.

Das Geräusch einer abgefeuerten Balliste erscholl. Einen Augenblick später erklang ein Aufprall, als der armdicke Bolzen durch den zusammengesackten Koschtschei stieß. Das Geweih erzitterte über Zejn wie von Wind umtostes Astwerk.

Dann endlich, ein Schrei.

Rougeoyer. »Er ist tot!«, jubilierte er. »Mein Speer hat das Vieh getötet!«

Stille. Etwas biss in Zejns Arm. Er konnte sich nicht wehren.

Ein erster Jubelschrei löste sich von der Palisade. Weitere fügten sich an. »Wir haben gesiegt!«, schrie Rougeoyer. »Ich habe den Koschtschei erschlagen!«

Was für ein seltsamer Mann, dachte Zejn. Er spürte nicht einmal wirklich, wie sich der Soldat durch seine Rüstung zu beißen versuchte. Sein Helm schepperte gegen den Beschlag seines Lederpanzers. Einen Moment lang fragte sich Zejn, ob er möglicherweise schon tot war – und ein Teil der untoten Armee. Er horchte auf den Blutdurst in seinem Inneren.

Die Schützen auf der Palisade jubelten, während dort unten noch der Krieg tobte. Die Wiedergänger blieben. So lange, bis Nifs Rückgrat endlich wieder in die Grabhügel zurückkehrte.

Zejn wankte.

»Erik!«, riss ihn eine Stimme aus der Trübnis.

Der Draugr zerrte an ihm. Er stieß ein tierisches Schnarren aus, und als es Zejn endlich gelang, den behelmten Kopf zu stürzen, erkannte er durch das Visier, dass jemand den Menschenfresser von ihm wegzuschaffen versuchte.

»Verdammt, Erik!«, stieß Mirage aus. »Was liegst du hier rum?«

Ein Seufzen entfloh seinem Mund, ohne dass er seinem Körper

die Anweisung dazu gegeben hatte. Er hatte einen Koschtschei getötet – und sie empfing ihn mit Vorwürfen. Es fühlte sich an wie Familie.

Peripher merkte er, wie sie auf das Vieh einstach. Dann erschien sie über ihm. »Wo sind meine Feuerkugeln?« Sie tastete ihn ab, fummelte an seiner Kleidung. »Bei Panumae, warum hast du dich ins Bein beißen lassen?«

Er stieß ein Stöhnen aus, fand keine Worte. Alles rotierte.

»Ist dir übel und schwindlig?«

Aber nein, die Welt dreht sich bloß.

»Es ist eine ordentliche Sauerei, aber du hast nicht genug Blut verloren ...«

Er stieß ein Lachen aus.

»Ich fürchte, der Biss war giftig.« Sie erschien über ihm, die Augen groß. »Keine Sorge«, flüsterte sie. »Ich kümmere mich darum.«

Er wollte antworten, doch es war, als fielen die Worte aus seinem Kopf. Lose tanzten sie hinter seinen Schläfen und gingen dann irgendwo in der schimmernden Trübnis verloren.

Sie stieß einen Schrei aus, und mit einem Ruck wurde sie aus seinem Sichtfeld gezogen. *»Merde!«*, fluchte sie und trat um sich, der Leichenberg wankte. »Was steht ihr hier auf der Palisade herum und jubelt! Bergt die Lebenden! Tötet die Toten! Und zwar richtig!«

Sie schien sich losreißen zu können, er hörte das Hacken eines Messers. Dann kämpfte sie sich hinter ihn. »Du verreckst mir nicht an ein wenig Koschtschei-Speichel!« Sie wankte, sank ein, ihre Haare streiften sein Gesicht wie dunkle Wolken. Er spürte, wie sie unter seine Achseln fasste. Schwach bewegte er die Finger, wollte sich auf die Schulter wälzen, doch es gelang ihm nicht. All die Energie war aus seinem Blut gewichen. Über ihm zogen Krähen über den Himmel.

Als sie in den Leichenhaufen einsank, fluchte sie, stieß grapschende Hände davon. Irgendwie wälzte sie sich und ihn aus den Leibern, zertrat einem Soldaten das Nasenbein, der ein grausiges Fauchen ausstieß und sich unter den anderen hervorzuwälzen versuchte. Er fiel auf harten Boden. Endlich kam sie schneller voran, ihr Atem ging angestrengt, als sie ihre Hände über seiner Brust kreuzte und ihn davonzerrte. Überall auf dem Schlachtfeld regte es sich noch. Wild und chaotisch. Die Draugar hatten ihren Anführer verloren.

Zejn wusste nicht, was er bevorzugte.

Schritte ertönten. Mirage warf den Kopf herum.

Wiedergänger! Zejns Hände kneteten schwach. Er musste sie beschützen. Er würde ...

»Cellérière!«, rief Mirage aus.

Die Mutter Oberin packte ihn an den Füßen. »Los«, stieß sie aus. »Rougeoyer interessiert es nicht, ob der Lieutenant krepiert. Er kostet seinen Sieg aus.«

Die Männer jubelten auf der Brüstung, während ihn zwei Frauen vom Schlachtfeld schleppten.

Mirages und die Stimme der Cellérière verwischten. »Die Farbe seiner Lippen. Der Schaum an seiner Wunde. Er weist Vergiftungserscheinungen auf.«

»Was können wir tun?«

Die Welt schwankte wie auf einem Schiff.

»Ich kenne die hiesige Vegetation. Ich werde etwas finden, das ihm hilft.«

Zejns Lippen zitterten. Mit jedem Schritt der Frauen rutschte sein Helm ein Stück weiter in die Stirn. »N-Nicht«, brachte er hervor. »Sie bringen sich in Gefahr ...«

Mirage warf das Haar zurück. »Der Wald ist meine Heimat«, sagte sie.

»G-Glauben Sie, ich merke nicht, dass einzig Alchemika Sie

aufrecht halten?« Es kostete unendlich Mühe, die Zunge zu bewegen. Er hörte selbst, wie er lallte.

Sie warf ihm einen befremdeten Blick zu, der außer Sicht verschwand, als sein Helm verrutschte.

»Und nun werden diese Alchemika Sie wieder auf die Beine bringen, Sergent. Danken können Sie mir später.«

30

Vertrauter Geruch begleitete sein Erwachen. Ein Hahn drangsalierte seine Ohren mit bekanntem Geschrei. Licht fiel durch Ritzen an den Wänden und ließ den Staub funkeln.

Ächzend wandte sich Zejn herum. Seine Beine verfingen sich in Laken. Nun merkte er erst, warum auf ihn Geräusch, Geruch und selbst Licht und Schatten derart vertraut wirkten – er befand sich in seiner alten Kammer im Svonnheimer Stützpunkt.

Einen Augenblick lang wunderte er sich, ob er all das nur geträumt hatte. Ob er die Tür aufstoßen und einen Gardisten nach Wasser schicken würde, der dumm genug war, gelangweilt in der Gegend herumzustehen. Und sobald er sich wusch, würde Barthell an die Tür klopfen, der einfach ein Händchen dafür besaß, ihn in privaten Momenten zu stören.

Einzig ein ungewöhnliches Geräusch rüttelte an der Szenerie. Es glich nicht Barthells brandendem Schnarchen, das Zejn in seinem tradeadischem Sitz selbst zwei Räume weiter den Schlaf gekostet hatte, sondern klang wie ein sachtes Pfeifen einer löchrigen Lunge.

Als Zejn sein Bein anzog, bemerkte er, dass ein Verband das Abbiegen verhinderte. Ein dumpfes Pochen pulsierte durch Knie und Muskel, die sich merkwürdig taub anfühlten. Mit Daumen und Zeigefinger rieb er sich über die Lider und schärfte den Blick, um den Ursprung des Pfeifens auszumachen.

Auf dem Armsessel in der Kammerecke, den der örtliche Schreiner dem vormaligen Sergent Besson vermacht hatte, schlief in einer schier unmöglichen Position – eine Frau. Das Licht, das zwischen den Balken hindurchblinzelte, streifte ihre Brust, die sich mit jedem Atemzug hob und senkte. Sie hielt die Stirn an ihrer gekrümmten Hand abgestützt, über die ihr Haar wie ein schwarzer Wasserfall fiel.

Mirage.

Das war definitiv nicht die Vergangenheit.

Sein Herz schmerzte, als seine Hoffnung, Barthell wiederzusehen, just zerschlagen wurde. Er holte Atem und stieß ihn wieder aus, versuchte, dankbar zu sein für das, was er erreicht hatte. Sie lebte. Er lebte. Das war mehr, als er zu hoffen gewagt hatte, bevor er in die Schlacht gegen den Koschtschei gestürmt war.

Lautlos wälzte er sich zur Seite und stemmte sich gegen den Pritschenrand. Die Narben an seiner Schulter schmerzten, wenn auch anders als die Wunde, die der Koschtschei frisch gerissen hatte – dumpf war der Schmerz in sein Gelenk gewandert und klammerte sich dort fest. Zejn biss die Zähne zusammen und drückte sich empor, als seine Lagerstatt ein Ächzen von sich gab. Wankend sah er zum Stuhl hinüber.

Mirages Wimpern regten sich. Sie gelangte rasch zu Bewusstsein, was ihm verriet, dass sie keinen tiefen Schlaf gefunden hatte. Abrupt drehte sie das Haupt. Ihr Haar sackte von ihrer Hand. Ihr dunkler Blick suchte nach seiner Liegestatt. Das Lächeln, das sich auf ihren sinnlichen Lippen spannte, war ehrlich – und sie offenbarte damit einen Teil ihrer selbst, von dem er sich unsicher war, ob ihn viele Leute zu sehen bekamen.

»Zejn«, murmelte sie und entknotete ihren Körper. Sie rutschte vom Stuhl und fand den Weg auf die Beine, schwankte ein wenig wie er, was sie nicht davon abhielt, auf ihn zuzuhalten. Einen Augenblick später schlang sie die Arme um seinen Hals.

Er saugte ihren Duft ein, Honig, mit dem intensiven Geruch von Tannennadeln und Harz und einer Prise, die ihn an die Rauschhöhlen Tradeas erinnerten. »Du warst im Forst«, stellte er fest. Er schwankte leicht.

»Natürlich«, erwiderte sie.

Ein geräuschloses Seufzen dehnte seine Brust. Er überlegte, ob es sich lohnte, sie zu schelten, doch es schien ihm vergeudete Energie.

Ihre Stimme drang als abgehacktes Flüstern an sein Ohr. »Ich bin froh ... dass ... es nur das Koschtschei-Gift war, das dich zu Fall brachte.«

Dass sie wieder ins Du wechselte, irritierte ihn. Über seinen Nacken lief ein Schauer. Er wusste nicht, wohin mit seinen Händen, unsicher betastete er ihre Taille. Das letzte Mal, als er einer Frau so nah gewesen war ... Er schluckte.

Er versteifte sich, und sie schien es zu bemerken, denn sie löste sich von ihm. Ihre Gesichter blieben knapp voreinander stehen. Sie sahen einander in die Augen.

Er versuchte herauszufinden, was sie dachte – fragte sich, ob es möglich war, dass sie ... Aber nein ...! Da reckte sie einfach das Kinn vor und küsste ihn.

Überraschung kämpfte mit einer Vielzahl an Gefühlen, von denen er kein einziges zuzuordnen wusste. Ihre Lippen glitten voll, warm und weich über die seinen, ihr Atem trug einen Hauch von Süße in sich. Aber nicht sie ...! Seine einzige Kameradin im Kampf, Nifs Rückgrat zurückzuerlangen! So sollte das nicht sein. Nicht sie! Er konnte unmöglich mit einer Frau – sie ...! Das war einfach nicht ...!

Angst erfasste ihn – eine ganz andere Art der Angst als die des Schlachtfelds, die schon zu einem Teil von ihm geworden war, dass er sie kaum noch fürchtete. Das hier war definitiv falsch. Er hatte das nicht kommen sehen. Hatte sich darüber keine Gedanken gemacht. Hatte sie nicht auserwählt. Und sie war wie keine der Frauen, die ihm je gefallen, die er je bewundert hatte. Nichts Gutes konnte aus diesem Kuss entsprießen.

Sacht fasste er sie an den Schultern und versuchte, sie so taktvoll wie möglich von sich zu schieben.

»Mirage«, stieß er aus. Ihr Atem floh über sein Gesicht. »Ich glaube, du hast da etwas missverstanden …«

Der Satz brach entzwei. Er suchte nach einem Ende, fand aber keines. Sein Mund öffnete und schloss sich, ein wortloses Stammeln, das auch so bei ihr ankam. Sein Blick tastete über ihr Gesicht und versuchte, die Situation zu retten. Irgendwie!

Er konnte nicht!

Er wollte nicht!

Wollte er?

Das durfte einfach nicht sein! Und woher glaubte sie …! Hatte er irgendetwas getan, um sie zum Denken zu bringen – hatte er sie angeleitet? Warum er – von allen Männern? Warum dachte sie, er könnte …?

Während seine Gedanken stolperten, zog sie sich zurück. Ihre Hände streiften noch kurz über seine Unterarme, warm und weich, ließen seine Härchen sich aufrichten. Er sprach sich selbst zu, dass es die Aufregung war, die Verwirrung – all die Gefühle, die seine Eingeweide verknoteten. »Ich …«, begann er und wusste, irgendetwas musste folgen, doch er sprach jeher lieber über andere als sich selbst. Oder seine Gefühle. Vor allem, weil er für sie keine hatte.

Ausgerechnet für sie? Die nie tat, was man verlangte? Die sich mit Rauschmitteln auf den Beinen hielt, Selbstjustiz übte, Geheimnisse für sich behielt? Ihn verfolgt, ausspioniert und belogen hatte? Diese Frau, äußerlich und innerlich kaputt? Die Hosen trug anstatt von Kleidern? – dieser Gedanke beschämte ihn, aber er hatte keine Kontrolle darüber. Sie war einfach in nichts wie Fantine, sie war einfach nicht …!

Ihre Lippen fügten sich zurück zu dem altbekannten Mund. Lippen wie eine aufgebrochene Pflaume. Lippen zum Sterben, hatte Barthell gesagt. Und tatsächlich wäre er mehrere Male fast gestorben wegen ihr. Weil sie diese Risiken eingegangen war.

Doch das war nicht der Grund, warum er nach Svonnheim zurückgekehrt war – wieso er sie hatte retten wollen. Er war ihr gefolgt, weil es sich um seine Pflicht handelte. Weil sie zu Unrecht von Bhaal verstoßen worden war. Und weil sie die Einzige war, die verstand, was Nifs Rückgrat bedeutete – und sein Verlust an den Tribun.

»Ich …«, begann er erneut, doch sie hob die Hand.

»Schon gut. Es bedarf keiner Erklärungen.«

»Aber ich …« Er trat einen Schritt auf sie zu. Sie wich aus.

»Nicht. Ich verstehe.«

Ich weiß nicht, ob du das tust. Seine Gedanken rotierten. Er war überfordert, und dennoch wollte er sie trösten, irgendwie, wagte es jedoch nicht, sie zu berühren.

Sie stieg zurück, wie durch einen Nebel, und ihm war, als wiche ihre Körperwärme aus der Luft. Er erwartete einen Moment lang, den alten Zorn aufflackern zu sehen – die Wut, mit der sie in der Therme über ihn hergefallen war –, doch es war nicht heiße Wut, mit der sie ihm begegnete, sondern kühle Resignation. Sie schien sich nicht einmal richtig zu wundern. Als hätte sie heimlich damit gerechnet.

Er fühlte sich, als hätte er jemandes Hoffnungen zerschmettert. Und merkte erst, dass sie ihm etwas bedeutete.

Sie zwang sich zu einem Lächeln, verwarf es mit einem Wink ihrer Hand. Möglicherweise hatte er die Erzwungenheit früher einfach nicht bemerkt, die winzigsten Regungen ihres Gesichts, die Fältchen zwischen ihren Augenbrauen. »Schon gut«, sagte sie und zwang ihren Ton zu steinerner Leichtigkeit. »Sie sind ein guter Mann. Aber ich … bin eben keine gute Frau.« Mit einem Lachen wandte sie sich ab. »Rougeoyer hat den Koschtschei auf einen Karren getürmt und lässt sich von Svonnheim dafür feiern. Wenn Sie ihn nach Tradea begleiten wollen, sollten Sie sich beeilen. Er schert sich nicht um Ihre Anwesenheit.«

»Und Sie?«

An der Tür drehte sie sich um, drückte sie ein Stück auf. »Was ist mit mir?«

»Sie …« Er brach ab. »Was wollen Sie nun tun?«

»Ich komme mit, wie ich es versprochen habe. Ob nun Kuzorra, Tarim oder der Tribun – keine Hand sollte Nifs Rückgrat halten, nicht einmal die Ihre, Lieutenant. Schön, dass Sie mir nun endlich zustimmen.« Sie wandte sich ab. »Aber erwarten Sie nicht, dass ich auf dem Rückweg neben Rougeoyer reite.« Leise schloss sie die Tür hinter sich.

Zejn stand verloren da.

Ihn überwältigte das unbeugsame Gefühl, dass er etwas zerstört hatte, von dem er noch nicht einmal gewusst hatte, dass es existierte.

Sergent Rougeoyer schien tatsächlich nur wenige Gedanken an Zejns Verbleib verschwendet zu haben. Im Dorfzentrum hatte er den Leichnam des Koschtscheis aufgebahrt – direkt auf der Kreuzung zwischen den Häusern des Dorfbüttels und der Vogelbotin. Deren Rabe hüpfte weiterhin über die Dächer und beobachtete das Spektakel aus Knopfaugen.

Mirage hatte sich vorerst zurückgezogen. Auf die Frage hin, wo sie steckte, wurde Zejn von einem Gardisten mitgeteilt, dass sie ausgeritten war. Unzufrieden strich sich Zejn über den Mund. Ihr Regeln vorzuschreiben war ungefähr so fruchtbar, wie dem Raben auf dem Dach zu befehlen, endlich herunterzukommen. Beide taten doch, was sie wollten.

Rougeoyer posierte auf dem Karren, wo das Monstrum wie eine Trophäe mit Seilen festgebunden war, und zwar auf die möglichst imposanteste Weise, die der Leichnam zuließ. Die Dorfbewohner begegneten seinen illustren Bemühungen mit Wohlwollen. In einem Fenster stand ein angestochenes Bierfass, aus dem emsig Sauerbier geschöpft wurde. Lachen schallte durch Svonnheim, wie Zejn es seit seiner Rückkehr nicht mehr vernommen hatte.

Verkniffen humpelte er auf den Platz. Einer der Gardisten entdeckte Zejn als Erster. »Lieutenant«, rief er aus und hob die Hand, als wollte er ihm auf die Schulter schlagen, entsann sich jedoch rechtzeitig der Rangunterschiede und salutierte stattdessen. »Sie haben ehrenhaft …!«

»Zejn!«, brüllte Rougeoyer von seinem Karren und schwenkte den Bierhumpen. »Schön, dass Sie aufstehen! Während Sie ein Schläfchen gehalten haben, mussten wir den Dreck aufräumen!« Abgehackt lachte er.

Zejn hob die Augenbraue. Ihm war nicht an Ruhm gelegen – doch Rougeoyer benahm sich anmaßend. Das Mindeste, was Zejn erwartete, war ein Anflug von Respekt.

»Rougeoyer«, sagte er und senkte das Kinn zum Gruß. »Wie ich sehe, haben Sie Vorkehrungen zum Abtransport der Bestie getroffen.«

Der Sergent schlug gegen die einst menschliche Schulter des Viehs, dessen Körper zwischen den Seilen erbebte. Die Bewohner Svonnheims hielten einen Sicherheitsabstand. An den Häuserecken sammelten sich Kerzenstumpen, welche die Dörfler zusammengekratzt hatten, um Nif mit Opfergaben zu huldigen – ergrauter Lavendel, vergilbte Mistelzweige, Essigschalen. Alles andere war verbraucht oder vergoren. Aus sicherer Entfernung feierten sie mit ihrem Sauerbier.

Sollten sie.

Zejn interessierte nur eines.

Er hielt auf Rougeoyer und seinen Ruhmeskarren zu. Andere Svonnheimer überbrückten die Distanz im Vorbeigehen, tätschelten Zejns Schulter, tasteten nach seinen Händen oder dankten ihm für seine Mithilfe bei der Schlacht vor Svonnheim. Scheu lächelte er. Seine Gedanken galten bereits der Zukunft – und dem Mann auf dem Karren.

Er winkte Rougeoyer zu sich. Der beugte sich herab. Sein Atem stank nach Malz. Er hielt sich an einem Tau fest, das die Bestie auf gefalteten Pferdebeinen aufrecht hielt, sein Geweih wankte unter Rougeoyers Gewicht.

»Ich bringe Sie nach Tradea zurück«, sagte Zejn leise. »Mein Versprechen, Ihnen den Koschtschei zu erlegen, habe ich gehalten. Nun sind Sie dran.«

Rougeoyers Augenbraue knickte. Ein süffisantes Lächeln kroch auf seine Lippen, als glaubte er tatsächlich, den Koschtschei selbst erschlagen zu haben. »Bin ich das?« Trotz seiner tiefen Stimme hing der Satz an einem Faden, der hoch über Zejn schwebte.

»Uriarte«, erwiderte Zejn brüsk. »Sie schulden mir eine Erklärung.«

Rougeoyer zog sich am Seil empor wie ein Kapitän auf einem Schiff. Ein Pirat mit gekaperter Beute. Zejn musste sich ihm fügen, egal, wie genervt er von seinem Gehabe war.

»Das«, sagte Rougeoyer leise, »besprechen wir, sobald wir in Tradea angekommen sind.« Er reckte den Kopf, sodass seine Halswirbel knackten. »Und mein Stellvertreter zu meiner Rechten sitzt.« Diffus nickte er in eine Himmelsrichtung. »Holen Sie schon Ihre Nurova-Schwestern, Lieutenant. Ich bin so gut wie fort. Und auch wenn das Monstrum erlegt ist, so werden die Dörfler jede helfende Hand benötigen, die sie bekommen können – ob nun die eines verräterischen Weibs oder einer alten Tattergreisin.« Er wandte sich ab, warf den Humpen empor, sodass es spritzte. Zejn presste die Augen zusammen.

»Auf Svonnheim!«, bellte Rougeoyer.

Die Menschen jubelten. Er trank, das Bier schäumte aus seinen Mundwinkeln.

Dieser Mann war ein giftiger Dorn in Svonnheims Wunden. Es war Zeit, dass Zejn ihn zog.

Mirage kehrte in Begleitung zurück. Verfolgt von den restlichen Nurova-Priesterinnen, führte sie ihren Schimmel am Zügel über den Acker. Die Toten befleckten das Feld nach wie vor. Niemand hatte Zeit oder Muße gefunden, sie zu entfernen. Feuerholz gab es ohnedies nicht mehr.

Die Cellérière empfing ihre Schützlinge an den Toren und nahm sie in die Arme. An die Brust gebunden trug sie Henri.

»Warum Sie diese Frauen mit einem Baby auf das Podest gestellt haben, bleibt mir ein Rätsel«, brummte Rougeoyer neben Zejn, während sie die Priesterinnen beobachteten, die von den Dörflern willkommen geheißen wurden. »Hat es etwas mit ihrem Alter zu tun? Kind, Frau, Greisin? Drei Generationen, drei Leben, nach denen der Tod trachtete?«

Zejn schwieg. Sollte er das glauben.

»Wie dem auch sei – es hat gewirkt.«

An der Art, wie sich manche Svonnheimer und Priesterinnen in die Arme fielen, wurde klar, dass es sich um Freunde und Familie handelte. In den ländlichen Tempelanlagen und Seelstätten stammten die Schwestern und Brüder oftmals aus der direkten Umgebung.

Quer über Mirages Schimmel lag, gefesselt und geknebelt, Sergent-Stellvertreter Moreau.

»Ich halte meine Versprechen«, betonte Zejn. »Halten Sie auch die Ihren?«

Rougeoyer wandte sich ihm zu. Das Silber in seinen Augenbrauen blitzte. »Hm«, erwiderte er nur und winkte zwei Gardisten, Moreau loszubinden.

Es war ein Graus, dass Zejn Informationen dringender benötigte, als er sich die Durchsetzung von Recht und Ordnung leisten konnte. Er schluckte alle bitteren Gefühle hinunter. Sein Blick glitt über die idyllische Wiedersehensszenerie, die durch Details gebrochen wurde. Die Priesterinnen klammerten sich an zugeschnitzte, mit Blut besudelte Stöcke, mit denen sie sich auf dem Feld vor Wiedergängern verteidigt haben mussten. Sandel presste eine Armbrust an die Brust, die er auch hinter der Palisade nie gänzlich senkte.

Zejns Blick traf auf Mirages. Sie wandte sich ab.

Er schluckte.

Seine Gedanken glitten zu dem Moment in der Kammer zurück, und er spürte, wie unangenehme Gefühle aufkeimten. Er wollte sich nicht damit beschäftigen, nicht jetzt – und tat, was er immer getan hatte: Er stürzte sich in seine Arbeit. In diesem Fall: in seine Aufgabe, seine Bestimmung.

Er nickte Rougeoyer zu. »Zeit, aufzubrechen. Senden wir einen Botenvogel nach Tradea, damit der Posten schnellstmöglich nachbesetzt werden kann.«

»Ich bin gespannt, wen Sie an meine Stelle setzen wollen.«

Die beiden Männer wandten sich ab und marschierten Richtung Botenvogelhaus, in dessen vorgelagertem Kobel sich nur noch wenige Tauben regten. Rougeoyer warf einen Blick über die Schulter, sein Umhang flatterte. »Wenn wir dieses Mistvieh nur unter Kontrolle hätten …«, raunte er. Im Hintergrund spreizte der Rabe die blau schimmernden Flügel, als hätte er Rougeoyers Worte vernommen.

Zejn fand das Vogelbotenhaus verlassen vor. Es roch nur noch sacht nach der Frau, die es bewohnt hatte. Der Gestank von Vogeldreck und Futter dominierte. Durch das Drahtgeflecht konnte er einen Blick in den Kobel werfen, in dem die Tauben saßen, die Hälse zerrupft und nackt wie Geier.

Abrupt wies Rougeoyer zu einem Schreibtisch. »Tun Sie sich keinen Zwang an.«

Zejn hockte sich auf den verstaubten Schemel. Rougeoyers Anwesenheit blieb ihm bewusst, sein Blick heiß in seinem Nacken. Er fasste nach der zerfransten Feder und entkorkte ein Tintenfass. Bevor er zu schreiben begann, entsann er sich seiner Wortwahl. Als er geendet hatte, blies er auf das Papier, bis die Tinte trocknete.

Langsam erhob er sich und wollte zum Gitter treten, das zum Taubenkobel führte.

»Sie erlauben doch?«, fragte Rougeoyer und zog ihm die Botschaft aus der Hand.

»Sie erdreisten sich ...!«, presste Zejn hervor.

Rougeoyer schenkte ihm einen flachen Blick. »Wir wissen beide, dass Sie die Informationen von mir dringender benötigen, als ich hier aus Svonnheim rausmuss. Was simpel an der Tatsache liegt, dass Sie sich für die Menschen hier interessieren und mir ...« Er zuckte mit den Achseln. »... alles egal ist.« Nachdrücklich nickte er. »Ich bin ein guter Soldat. Unterschätzen Sie mich nicht. Und dass ich mich für den Verbleib von Menschen kaum berührt, war mir in zahlreichen Situationen ein Vorteil. Das fand nicht nur ich – auch meine Vorgesetzten. Ich handle strategisch. Effizient. Wäge Nutzen und Kosten ab. Und mir ist egal, ob diese Kosten Menschenleben sind.« Er entrollte das Schriftstück. »Sehen Sie mich nicht so an – voll Verachtung, voll Hass. Ich respektiere Ihre Einstellung. Warum respektieren Sie nicht die meine?« Er senkte den Blick zum Schriftstück. »Schlussendlich habe ich mir nicht ausgesucht, hier zu sein. Ich wurde geschickt. Habe meine Aufgabe erledigt. Svonnheim steht.«

Zejn biss die Zähne zusammen. So schlimm es auch war – Rougeoyer hatte recht. Er hatte seine Aufgabe erfüllt. Svonnheims Wall hatte gehalten. Aber jemand hatte einen Preis dafür gezahlt.

Doch wäre Svonnheim gefallen – wäre der Preis höher gewesen?

Rougeoyers Blick glitt über Zejns Schrift. »Lieutenant Rohoys Sergent wollen Sie abbestellen? *Der* Lieutenant Rohoy? Tribun Rohoys Sohn?« Er blickte auf und entließ ein abruptes Lachen. »Sie gefallen mir aber! Jeder weiß doch, dass der Tribun Sie genauso abgekanzelt hat wie mich?«

Zejn kniff die Lippen zusammen.

»Nun gut, es soll mir gleich sein.« Rougeoyers Braue zuckte, als er die Nachricht zusammenrollte. »Aber lassen Sie sich davon aufhalten, nachzufragen, was meine Befehle um Uriarte waren, bevor ich mein Lob in Tradea erhalten habe. Ich werde nicht zulassen, dass Sie Ihr Versprechen im letzten Augenblick zurückziehen. Sehen Sie mich nicht so an! Ich erkenne den verhaltenen Hass in Ihren Augen. Sie sind nicht der Erste, der ihn mir zuteilwerden lässt.« Er zuckte mit den Schultern und wandte sich ab, öffnete die Tür zum Taubenkäfig. »Und Sie werden auch nicht der Letzte sein.« Grob fasste er eine der Tauben, die sich zu sträuben versuchte. Federflaum löste sich und schwebte zu Boden. »Aber keine Sorgen, Lieutenant. Sie halten Ihre Versprechen. Und ich halte die meinen, auch wenn ich mir wohlweislich aussuche, welche ich gebe.« Er befestigte die Nachricht am Taubenfuß.

Zejn blieb, bis der Vogel vor seinen Augen in den Himmel stieg.

»Packen Sie Ihre Sachen, Lieutenant«, forderte Rougeoyer auf. »Mein Karren steht bereit. Ich habe alles, was ich brauche. Der Rest wartet auf mich in der Hauptstadt.« Er nickte hinüber zu dem Koschtschei, ein dunkles Denkmal inmitten des Dorfs.

»Ich muss noch etwas erledigen«, sagte Zejn. »Dann können wir losreiten.« Er kehrte zurück zur Kaserne und in die Kammer, in die man ihn gebettet hatte. Aus seinen Sachen kramte er die Urne mit Barthells Asche hervor.

Eine Weile saß er auf dem Bettrand und betrachtete das getöpferte Gefäß in seinen Händen. Als er an seinen Kameraden dachte, wurde ihm schwer ums Herz. Er selbst war kein junger Mann mehr und hatte viel erlebt. Dass einem ein Mensch in so kurzer Zeit ans Herz wachsen konnte! Als hätten sie ein Leben beisammen verbracht, mit verbrannten Spiegeleiern, Sandels Reimen und einem Lachen, das Barthell in die Backen stieg.

Er merkte, dass er weinte, und wischte sich in der Düsternis beschämt die Wangen. In letzter Zeit überwältigten ihn eindeutig zu viele Gefühle.

Die Urne unter den Arm geklemmt, verließ er das Zimmer und später den Stützpunkt. Auf der Straße sprach er eine Alte an, die mit einem Schultertuch vor dem Haus hockte. Ihre Knie stachen durch den Kittel, die Zehen aus den Löchern ihrer Schuhe. »Verzeihen Sie, Madame«, sagte er. »Sind Sie ... Waren Sie mit Sergent-Stellvertreter Barthell bekannt?«

Sie zwinkerte aus eingesunkenen Lidern. Einen Augenblick lang dachte er, sie würde ihn nicht verstehen, wie es bei Greisen manchmal üblich war. Doch sie schürzte die weichen Lippen, hinter denen nur noch wenige Zähne ausharrten. »Mathys?«, hakte sie nach.

Er nickte.

»Was ist mit ihm?«

»Hat er ... Gibt es noch Familie von ihm, die hier lebt?«

Die Alte wandte nachdenklich den Blick ab, fasste sich mit knotigen Fingern an das Kinn, als wolle sie die Zahntrümmer verstecken. Sie lutschte an ihrem verbliebenen Zahn und dachte nach. »Seine Eltern sind früh verstorben«, sagte sie. »Später lebte er bei seinem Großvater. Als er in die Garde kam, hat Nif auch den mitgenommen.«

Zejn spürte, wie sein Gesicht einfiel.

»Aber da war er schon groß, der Mathys. Hat sich wacker gehalten.«

Schwer schluckte Zejn. »Und sonst gibt es keine Hinterbliebenen?«

Die Alte bog den Kopf zur Seite, den Hals spindeldürr, die Schulter stach aus dem Gewand und streifte ihre gedehnten Ohrläppchen. »Die Schwester seiner Mutter starb mit den Vetterinnen, als sie den Hof überrannten. Dann gab es da noch eine Großmutter auf der anderen Seite, die hat sich in einen anderen Hof eingeheiratet, weit weg. Ich weiß nicht, ob sie noch lebt.«

Zejns Kinn sackte nieder. Er presste die Augen zusammen.

»Bleibt nur noch der Vetter zweiten Grades.«

Er sah auf. »Wie?«

»Der Jäger, Harim. Er ist der Sohn der Vetterin seines Vaters. Sie haben manchmal Umgang gepflegt. Sind auf die Jagd gegangen. Eine lose Verbindung. Dennoch herzlicher, als viele Männer es pflegen. Meist sind es Frauen, die die Familie binden, nicht?« Sie zog die Hand fort und schenkte ihm ein kurzes Lächeln.

»Lebt der Jäger noch?«

Sie sah die Straße hinab und hob zitternd den Zeigefinger. »Sie haben ihn umquartiert, als die Angriffe aus den Wäldern begannen. Spricht kaum noch. Hat getrunken, was da war, und geht raus, um sich Schizen zu brauen, egal, ob es ihn zerstört. Die Wiedergänger haben seinen Hund gerissen. Der war sein Ein und Alles.« Sie wies Richtung Süden. »Lebt bei den Duvals. Sie haben ihn aufgenommen. Nachdem der Fleischer gerissen wurde, weiß der Jäger, wie man die Tiere ausnimmt. Und die Toten unschädlich macht. Wenn er mal wach ist.«

»Die Duvals«, wiederholte Zejn.

Sie nickte. »Fragen Sie sich durch. Ich würde Ihnen das Haus ja beschreiben, aber es gibt keine Blumen mehr, keine Bänke, keine Fahnen – nichts, was uns einzigartig macht. Wir freuen uns, wenn wir existieren dürfen.« Ihre zitternde Hand griff nach einem Becher schalem Bier, den ihr wohl jemand gebracht hatte. Sie nippte daran.

»Travis grüßt«, sagte Zejn dunkel.

»Travis grüßt, Lieutenant. Danke, dass Sie uns zumindest von einem Ungeheuer befreit haben. Epena sei mit Ihnen.« Sie zwickte die Hand vor den Mund und blickte verloren die Gasse herab.

Zögerlich folgte Zejn ihren Anweisungen. Er klopfte an mehrere Türen, bevor er zur Familie Duval gelangte. Als er nach dem Jäger fragte, mussten diese ihn wecken.

Schlaftrunken und mit fleckigem Hemd stieg er die Treppe hinab. Seine Beine waren nackt, die Zehen dreckig. Er hatte wohl schon länger kein Bad mehr gesehen. Wer konnte es ihm verübeln? Es gab kein Wasser zum Baden.

Verwirrt sah er Zejn an und streifte sich das Haar hinters Ohr. Als Zejn ihm sagte, warum er gekommen war, und die Urne unter seinem Arm hervorschob, erstarrte er. Seine Hand harrte vor seinem Mund wie bei der Alten, jedoch nicht, um seine Zähne zu verdecken, sondern das Entsetzen, das auf seinen Lippen zitterte. Er presste die Lider zusammen, Falten krallten sich um seine Augen wie von den Koschtschei-Klauen gerissen. Er schluchzte. So tappte er heran, nahm Zejn die Urne aus der Hand und drückte sie an sich. Sein Atem stank nach Schizen, billigem Alkohol, der aus allem gebraut wurde, was die Armen so fanden – und nicht allzu selten ihren Magen zerstörte.

Ohne ein Wort stapfte der Jäger davon. Das Letzte, was Zejn von ihm hörte, war sein miserables Schluchzen.

Die Gattin Duval sah schüchtern zu ihm. »Können wir Ihnen sonst irgendwie helfen?«, fragte sie.

Zejn stand noch einen Moment lang da, bevor er den Kopf schüttelte.

Niemand konnte ihm helfen. Barthell war tot. Er hatte sich für ihn eine festliche Beilegung imaginiert, mit zahlreichen Freunden und Familie. Das war alles, was er bekam. Zejn genauso wie Barthell.

Schleppend wandte er sich ab. »Travis grüßt«, brachte er hervor, als er das Haus verließ. Ein geflecktes Fell hing an der Wand. Er erkannte den Hund darin wieder, der sie damals von Mirages Haus zu dem Hof der Familie Roux geführt hatte.

Als Zejn zum Stützpunkt zurückkehrte, traf er Sandel dort an. Der hockte auf dem Anbindebalken für Pferde, ein Bein gegen die Stange gewinkelt, das andere baumelte locker herab. Er war ein seltsamer Anblick, hybrid wie der Koschtschei, die Hälfte seines Gesichts von jeher Schönheit, geschmückt mit Goldlocken, die sich in seine Stirn krausten, die andere verbrannt und mit wächsernen Narben übersät. Gedankenverloren blickte er in die Ferne, während er sich ein Psalterspiel gegen die Brust drückte – ein Zupfinstrument, über das lose seine Finger flogen. Er musste es aus seinen ehemaligen Räumlichkeiten geborgen haben. Zejn erinnerte sich daran, ihn gelegentlich damit zur Gelben Rübe abwandern gesehen zu haben, wo er seine Kollegen nächtlich mit schlüpfrigen Waisen unterhielt.

Nun regten sich seine Lippen, während die Zupflaute vom Wind weggetragen wurden. Erst als Zejn näher kam, vernahm er seinen leisen Gesang.

… niemand wird je erfahr'n
Was sie alles getan
Die Söhne von Svonnheim

Helden wider Willen
blinzeln aus dem Grab
Indem bis heut'ge Zeiten
Nur ihr Alter lag
Nun türmen sich die Leichen
Gesichter einerlei
Die Armen wie die Reichen
Gefangen wie auch frei
Die Helden von Svonnheim …

»Sandel.« Zejn trat auf ihn zu.

Einen Augenblick wirkte der Angesprochene verwirrt. Als er Zejn entdeckte, erweichte Vertrauen seinen Blick. Seine Finger glitten über die Saiten seines Instruments, zweien fehlte der Fingernagel. »Lieutenant?«

»Kommen Sie mit. Ich möchte Ihnen Anweisungen hinterlassen, bevor ich aufbreche.«

Sandel wirkte zunächst etwas überrascht, dann jedoch fügte er sich und rutschte von dem Anbindebalken, leichtfüßig und schwerfällig, jung und alt. Scherben, die frisch zusammengesetzt waren und sich doch nicht mehr richtig fügten. Er folgte ihm in den Stützpunkt. Bloß ein Gardist kam ihnen entgegen und marschierte Richtung Ausgang. Seine Hand harrte über dem Schwertgriff, als traue der dem Sieg dort draußen nicht. Sonst war es still.

Zejn nickte die Treppe empor. Er vertraute der Ruhe nicht, wollte keine ungebetenen Ohren in seiner Nähe. In Rougeoyers Speise- und Kartenzimmer wies er Sandel, sich zu setzen. Sorgsam schloss er die Tür hinter sich und legte den Riegel vor. Das Torblatt wies nach wie vor Kratzspuren der Wiedergänger auf, die er unabsichtlich hier eingesperrt hatte.

»Lieutenant?«, zeigte sich Sandel erwartungsvoll.

»Ich will, dass Sie auf die Schwestern achtgeben«, sagte Zejn dunkel.

»Natürlich.«

»Ich traue Ihrem Urteil. Sollte etwas passieren, dem Sie nicht zustimmen, senden Sie eine Taube.«

Sandel nickte.

»Ich lege Ihnen dennoch nahe, nicht den Helden zu spielen. Viele Ihrer Kollegen sind hier verschwunden. Ich weiß nicht, wem von Rougeoyers Männern zu trauen ist. Es wird dauern, bis wir die Garde hier so weit ausgetauscht haben, dass eine einigermaßen integere Gruppe entsteht. Ich fürchte, Rougeoyer hat Außenseiter wie er selbst hierhergeholt. Männer, die nicht viel zu verlieren haben. Und ich will nicht, dass Sie Ihr Leben einbüßen müssen wie viele Ihrer Freunde.«

Sandel ließ den Kopf hängen. Er senkte die Lider, eines davon mit goldenen Wimpern bestückt, das andere wimpernlos.

»Sie können sich Freunde machen«, fügte Zejn an. »Es mag sich im ersten Augenblick falsch anfühlen und wie eine Lüge, aber es wird Sie die Tage über die Runden bringen. Singen Sie. Spielen Sie. Machen Sie eine gute Miene zum bösen Spiel. Verstehen Sie, was ich meine?«

Zögerlich nickte der Gardist.

»Und zeigen Sie nicht, was Ihnen das Avorun-Mädchen bedeutet.«

»Wie?«

»Clementine, wenn ich mich richtig an ihren Namen erinnere. Zeigen Sie es nicht. Es wird Ihnen nur zum Nachteil gereichen.«

Sandel grub die Zähne in die zersprungenen Lippen. Schließlich nickte er. »Ja, Lieutenant.«

Zejn trat auf ihn zu und drückte ihm einen Schlüsselbund in die Hand. Etwas ratlos sah Sandel darauf hinab. »Was ist das?«

»Die Schlüssel zur Garnison. Ich nahm den Reservebund mit,

als ich nach Tradea ging. Verstecken Sie ihn. Wer weiß, wann Sie ihn noch brauchen können.«

Sandel nickte und nahm ihn entgegen. »Sonst noch etwas, Chief?«

Zejn schüttelte den Kopf. »Nein. Geben Sie auf sich acht.« Er drückte seine Schulter und leitete ihn so zur Tür. Als Sandel den Balken aufdrückte, kam ihnen ein Schatten entgegen.

Der Gardist schrie auf und duckte sich instinktiv. Zejn riss ihn an der Schulter zurück. Statt eines Angriffs zog ein Schatten über seine Schulter hinweg. Mit einem Windstoß streiften Federn seine Wange. »Sergej!«, rief Zejn aus.

Sandel umklammerte sein Haupt und drehte sich in geduckter Haltung. »Wie?«

»Der Rabe der Vogelbotin! Sie verschwand, nachdem sie mir die Nachricht über den Koschtschei geschickt hatte. Er sucht seitdem nach ihr.« Zejn erinnerte sich an die etwas eigenartige Frau mit rotblondem Haar, die für die Kommunikation nach Tradea zuständig gewesen war. Ihre Auseinandersetzung mit Barthell war ihm im Gedächtnis geblieben. »Er muss irgendwie hereingekommen sein!« Zejn folgte dem Geräusch. Der Rabe flatterte über der Speisetafel. Seine Flügelspannweite war imposant. In der Düsternis wirkte er wie ein Dämon auf schwarzen Schwingen, der sich auf dem Rückenteil eines Stuhls niederließ und seine grauen Füße um die Lehne krallte. Er riss den Schnabel auf und entließ ein Krächzen wie ein dunkles Omen.

Sandel zog die Hände aus den Locken. »Was ist mit ihm?«

Der Rabe hüpfte auf den Tisch, marschierte zwischen unberührten Zinnbechern, Tonschalen, zweizinkigen Gabeln und Messern mit gedrehtem Griff hindurch. All das schien ihn nicht zu interessieren. Er warf den Schnabel in die Höhe und visierte mit schwarzen Augen die Decke an. Ein weiteres Krächzen entwand sich seiner geplusterten Kehle.

»Was zum …?«, presste Zejn hervor und trat an den Tisch. In diesem Augenblick katapultierte sich das Tier in die Höhe und schnellte zur Decke empor. Einen Augenblick lang dachte Zejn, Sergej träte vor ihm die Flucht an, stattdessen zappelte er unter der Decke, seine Flügel schlugen gegen die Balken. Da erst merkte Zejn, welchen Punkt er erwählt hatte.

Die Luke zum Dachboden.

Sein Gesicht verkrampfte sich. »Sandel«, stieß er dunkel aus. »Verbarrikadiere Sie die Tür.«

Der Gardist folgte seiner Anweisung, während Zejn zum Tisch trat. Lautstark scharrten dessen Füße über den Boden, als er ihn unter die Dachluke zog. Becher und Krüge fielen und rollten vom Tischrand, zerbrachen auf dem Fußboden.

»Sir?«, hakte Sandel unsicher nach.

»Geben Sie mir den Schlüsselbund.«

Die Eisenschlüssel klingelten, als Sandel sie ihm entgegenstreckte. Zejn fasste nach dem Vorhängeschloss. Er hätte es auch zerbrechen können, doch das war nicht notwendig – er probierte mehrere Schlüssel, der vierte passte. Mit einem Klicken enthakte sich der Mechanismus.

Der Rabe wurde aufgeregter, umflatterte Zejn mit tobenden Schwingen, die unangenehm sein Gesicht streiften. Er kniff die Augen zusammen, als er das Schloss enthakte.

Mit einem Ruck stieß er die Lukentür nach oben.

Der Vogel vergeudete keine Zeit. Er stürzte durch das Loch, als hätte sich die Welt gedreht. Oben hörte Zejn ihn rascheln und klagen.

Zejn schluckte. Eine dunkle Vorahnung hatte von ihm Besitz ergriffen und ließ ihn nicht mehr los. »Sandel«, sprach er gefasst. »Helfen Sie mir da hoch.«

Sandel erklomm neben ihm die Tafel, die unter dem Gewicht seufzte. Mit einer Räuberleiter katapultierte er den Lieutenant ein Stück empor, sodass dieser sich an den Lukenrand klammern und über die Schwelle ziehen konnte. Ächzend wälzte er sich durch den Staub, der in seine Nase trat und ihn niesen ließ.

Zejn blinzelte. Statt Finsternis, die er erwartet hatte, streifte Licht den Staub. Mehrere Dachschindeln fehlten. Der Dachboden wurde durch eine Wirrsal aus Lichtstrahlen erhellt.

Er leckte sich über die spröden Lippen, stemmte sich empor.

»Sir?«, erklang Sandels Stimme von unten.

Er setzte einen Schritt vor, und noch einen.

»Sir, was ist dort oben?«

Die Staubkörner juckten in seinen Augen und ließen ihn blinzeln. Im Schatten des Dachfirsts, direkt an der Mauer, stand ein Feldbett, ähnlich dem, das er im tradeadischen Lazarett praktisch bewohnt hatte. Ein Lichtstreifen traf eine Hand, die auf einer aus Stroh improvisierten Matratze ruhte.

31

Am Kopfteil der Liegestatt fand der Rabe zur Ruhe. Die Flügel angelegt, blickte er mit schimmernden Augen auf das Lager herab. Stroh ragte aus rotblonden Haarsträhnen. Atemlos trat Zejn näher, verfolgt von Sandels Fragen.

Seine Hand zitterte, als er sie ausstreckte. Sie kam ihm schrecklich schmutzig und schwielig vor, als er helle Haut zwischen Heu und Vogelfedern ertastete, die die Schlafende als lakenlose Matratze wärmen sollte.

Ein Wimmern ließ ihn zurückfahren. Das Bündel bebte, Arme und Beine tauchten aus den gelben Halmen hervor. Ihre Regungen wurden von Lederriemen abgefangen, die sich um Hand- und

Fußgelenke schlangen und mit den roh gezimmerten Bettpfosten verbunden waren.

»Bei Clamor …«, entrang sich Zejn, doch der Gott des Kriegs kümmerte sich nicht um seine Opfer. »Gäga steh uns bei!«

Lider wurden aufgerissen, hinter denen panisch braune Augen zuckten. Dem Blick fehlte Prägnanz. Die Frau – es war eine Frau in einem dreckstarrenden Kittel – sah nur Zejns blausilberne Uniform. Paniklaute drangen durch einen Knebel, der in ihre Wangen schnitt. Ihr Kittel war beschmutzt. Kot. Urin. Blut. Ihre rot geschlagenen Knie stachen hervor, die Innenseite ihrer Schenkel blau und violett gefleckt.

Nebenan stand ein Eimer mit brackigem Wasser. Nah und doch unerreicht. Verdorbene Essensreste krümmten sich auf einem Teller. Zwei Becher. Ein geleerter Weinballon, aus dem der Geruch von Essig drang. Ein Kerzenhalter mit einem verreckenden Kerzenstumpen. Ein Festkleid hing schlaff von einem Nagel, als habe es Bekanntschaft mit einem Galgen gemacht.

Bitterer Speichel trat auf Zejns Zunge.

»Navis«, sagte er rau.

Die junge Frau jaulte in ihren Knebel. Sie versuchte, die verkrusteten Lippen zu regen.

Zejns Finger verselbstständigten sich. Er fummelte an den Lederriemen, die professionell verknüpft waren, und griff geistesgegenwärtig nach seinem Messer, um sie loszuschneiden. Anstatt sie anzuziehen, blieb sie einfach liegen. Sie konnte sie nicht mehr anziehen.

Dennoch löste Zejn alle vier Fesseln.

Hinter ihm erklang ein Rumpeln, als Sandel sich über den Lukenrand schob. »Sir …?« Ein Keuchen folgte. »Was …?«

Zejn fand keine Worte der Erklärung. Bei dem Gedanken, dass er mit Rougeoyer kaum drei Schritte entfernt gesessen hatte, während das Mädchen hier oben geknebelt und gefesselt lag, in ihrem eigenen Kot und Urin … Jeglicher Ausruf verreckte auf seiner Zunge.

Und wie hatte Rougeoyer gesagt? Er war bereit zu gehen.

Er hätte sie einfach hier krepieren lassen.

Elendiglich. Allein. Weil sich das Mädchen, nein, diese Frau getraut hatte, einen Hilferuf nach Tradea zu schicken. Und, so begriff er traurig, als er ihren Knebel durchschnitt, weil sie unglücklich hübsch geboren worden war. Das hübscheste Ding in Svonnheim.

»Du armes Kind«, flüsterte er, als er ihr Haupt anhob, um den Knebel unter dem Haar hervorzuziehen. Beides war verknotet. Einige Strähnen fielen der Klinge zum Opfer. Als er den Stoff aus ihrem Mund zu lösen versuchte, war beides so verklebt, dass ihre Tränen Spuren durch die staubigen Wangen wuschen. Es war, als löse man einen Verband aus einer nässenden Wunde. Die Zunge regte sich dahinter wie ein verschimmelter Schwamm, kein Wort trat hervor.

»Wer hat das getan?«, fragte Sandel hinter ihm.

Zejn schwieg.

Regung kam in den Gardisten, er holte den Eimer, trug ihn herbei, das überschwappende Wasser hinterließ eine dunkle Spur im Staub. Er wollte den Schöpflöffel anheben, doch Zejn schüttelte den Kopf. Er hatte während hochnotpeinlicher Verhöre Erfahrung mit Wasserentzug gemacht. Er riss ein Stück Stoff von seiner Uniform, tauchte es ins Wasser und legte das Knäuel vorsichtig an ihre Lippen. Sie begann, daran zu saugen wie ein Baby.

»Was soll ich tun?«, fragte Sandel leise.

Zejn starrte auf das Mädchen herab. Seine Augen registrierten keinen von ihnen richtig. Sie saugte nur, ein Reflex, den ihr ihr Überlebenswille abrang.

Mirage hatte sie gesucht. Sie würde wissen wollen, dass er sie gefunden hatte. Und sie hatte es verdient, es zu wissen. Rougeoyer war ein größeres Schwein, als sie angenommen hatten. Als Zejn sich jemals hätte vorstellen können.

Er verdiente den Tod.

Und wenn Zejn ihn an Mirage verriet, würde nichts anderes auf ihn warten.

Er flüsterte ihr ins Ohr, während Rougeoyer auf seinem Karren prahlte, die Koschtschei-Leiche umtanzte wie seine Kriegstrophäe. Sie lauschte ihm eindringlich, während er ihr Profil im Blick behielt, wie sich ihre Mimik nach und nach versteifte und die Mundwinkel verzogen.

Plötzlich fasste sie die Armbrust aus den Armen des nebenan stehenden Soldaten, hob sie wortlos an und jagte Rougeoyer einen Bolzen in den Hinterkopf.

Rougeoyer hockte neben seinem Karren und rekapitulierte die vergangene Schlacht, während die Männer, die sie nach Tradea begleiteten, Kriegslieder zum Besten gaben. Mirage umrundete das Feuer, das die Nacht erhellte, und rührte emotionslos im Eintopf. Niemand außer Zejn wunderte sich, dass sie sich dazu bemüßigt fühlte, auszuschenken.

Nach wenigen Löffeln begann Rougeoyer zu husten. Er klopfte sich gegen die Brust, stieß ächzende Geräusche aus, bis sein Atem nur noch ein gehetztes Heulen war, das seinen Rücken gegen den Wagen drängte. Er verdrehte die Augen, die Lippen schwarz.

Der Kriegsheld ließ es sich nicht nehmen, seinen Wagen persönlich zu fahren. Also erklomm Rougeoyer den Kutschbock, peitschte nach den Zugtieren und setzte sich mit einem ätzenden Lachen in Bewegung.

Der Karren explodierte.

Es gab Hunderte Möglichkeiten, wie Rougeoyer von ihnen gehen konnte, und er hatte jede davon verdient. Ließe Zejn jedoch diese Art von Selbstjustiz zu, konnte er bloß zwischen zwei Pfaden wählen: Entweder er deckte Mirages Gesetzesuntreue und machte sich somit korrupt, oder er handelte selbst nach Gesetz und Ordnung und musste sie anzeigen. Beides wollte er nicht.

Er könnte Rougeoyer persönlich anklagen und richten. Ob dessen Männer das zuließen, war fraglich. Nachdem sie beobachtet hatten, wie er an ihrer Seite gegen den Koschtschei gekämpft hatten, begegneten sie ihm plötzlich mit Ehrerbietung. Als ranghöchster Offizier hätte er sogar das Recht, die Richtaxt zu schwingen, auch wenn die Etikette es vorsähe, Rougeoyer ans Hohe Gericht auszuliefern. Dort besaß er gute Chancen, durch Kriegsumstände freigesprochen zu werden. Zejn hatte andere Männer gesehen, die ohne Handschellen zwischen den Reiterstatuen hinausspaziert waren, sich die Hände rieben – Hände, die Unaussprechliches getan hatten.

Taub sah er auf die junge Frau hinab, Opfer des Kriegs, wenn auch auf eine andere Weise als die Toten vor den Toren. »Holen Sie die Mutter Oberin«, sagte er. »Sprechen Sie bis dahin mit niemandem.«

Sandel nickte.

Die Entscheidung, die Zejn so rasch treffen musste, rang wie Schlangen in seinem Magen. Er verachtete sich selbst dafür, dass er sie treffen musste und auch traf, dass es seine Schuld war, dass Rougeoyer überhaupt jemals seinen Weg nach Svonnheim gefunden hatte.

Zejn fuhr sich durchs Haar. Und nun schickte er ihn in eine Stadt mit Abertausenden Frauen zurück, und keine war vor diesem Mann sicher, den Zejn zu einem Helden erhoben hatte.

32

Der Trupp stand zum Aufbruch bereit.

»Da kommen Sie ja endlich«, schnarrte Rougeoyer auf seinem Kutschbock. »Ich wollte schon ohne Sie losfahren.«

Mirage stand hinter ihrem Schimmel, das Gesicht blank. Zejn sah ihr deutlich an, wie große Mühe sie sich gab, Rougeoyer zu ignorieren.

Ihm wurde schlecht, als er diesen Mann sah, der ihm so dreist entgegengrinste. Ein Vergewaltiger und Mörder, nichts Geringeres war er, der sich mit seiner Uniform verkleidete, die doch für Recht und Ordnung galt. Zejn hätte am liebsten das Schwert gezogen. Seine Hände kneteten in den Handschuhen, er spürte, wie sich sein Kettenhemd erwärmte, obwohl er es nicht einmal berührte – dabei ging der Großteil seiner Magie von seinen Händen aus. Er war so wütend und musste sich dennoch fassen. Es war ihm noch nie so schwergefallen. Nicht einmal beim Tribun. Nicht einmal im Moment seiner Entlassung.

Mirages Blick streifte ihn. »Wo ist die Cellérière?«, fragte sie.

Erschrocken sah er sie an. Wusste sie etwas? Doch in ihren Augen ließ sich nichts lesen. Genau genommen ließ sich gar nichts von ihrem Gesicht erkennen außer dumpfer Griesgrämigkeit. Er hatte ihr Lachen zerstört.

Gut gemacht, Zejn. Hättest du dir mal bessere Worte zurechtgelegt.

Rasch schob er die Gedanken von sich. Er hatte keine Zeit, sich damit auch noch auseinanderzusetzen! Außerdem hatte sie es ja selbst gesagt – sie brauchten nicht mehr darüber zu sprechen, es war erledigt.

Leider kam es ihr nicht so vor, als er an ihr vorbeimarschierte, wie sie geistesabwesend den Schimmel streichelte.

»Sir!«, rief ein Gardist und eilte ihm aufgeregt entgegen. »Wir haben gute Nachrichten!«

»Hat Tradea bereits geantwortet?«, wunderte sich Zejn. Zeitlich war das eigentlich unmöglich.

Er schüttelte den Kopf, stattdessen schlich sich ein Grinsen auf sein Gesicht, das seine sommersprossigen Backen hervortreten ließ. »Wir haben einige Pferde einsammeln können, die bei der Schlacht durch den Koschtscheiruf durchgedreht sind. Ihres war dabei. Stand mitten auf dem Acker und suchte nach Körnern. Eine halbierte Leiche ist ihm hinterher. Die Stute ist immer ein paar Schritte davon und hat dann wieder gegrast. Seelenruhig, das Tier.«

»E-Essi?«

»Wenn sie so heißt!«

Und tatsächlich – ein Clamorsjünger führte sie soeben aus dem Stall, sogar noch so gesattelt, wie Zejn sie hergerichtet hatte. Fassungslos starrte er die Stute an. Sie kaute an irgendetwas, das sie gefunden hatte – was in Anbetracht der Tatsache, dass Svonnheim kaum noch etwas außer Schlamm vorzuweisen hatte, auffiel. Essi blinzelte mit langen Wimpern.

»I-Ich fasse es nicht!«, stotterte Zejn.

Rougeoyer schnalzte mit den Zügeln. »Ihr Herzblatt ist zurück, Lieutenant! Können wir endlich los?«

Bitter schwang sich Zejn aufs Pferd. Als sie ausritten, entspann sich in seinem Kopf eine ganz eigene Vision, wie Rougeoyer sterben würde, und diesmal war Mirage nicht involviert.

V

ZEJN

33

Sie ritten als Siegeszug in Tradea ein.

Städter schlugen entsetzt die Hände vor den Mund, als die Karawane mit dem aufgebahrten Koschtschei vorüberzog. Sergent Rougeoyer lenkte den Wagen samt Abscheulichkeit. Demonstrativ schnalzte er mit den Zügeln und machte sich ein Vergnügen daraus, sich als Schlächter von Svonnheim zu präsentieren.

Ihr Ruf als Monstertöter eilte dem Zug voraus. Straßenkinder verkündeten lautstark ihre Nachrichten. Die Gasse füllte sich mit Menschen. Der Siegeszug kam ins Stocken. Hintenan drosselte auch Zejn sein Tempo. Geübt hielt er nach Lücken Ausschau, die der Tross nutzen konnte, um rascher an sein Ziel zu gelangen, doch die Masse verstopfte schier jeden Spalt. Schließlich waren sie zum Halten gezwungen. Entnervt blies sich Mirage nebenan eine gekräuselte Strähne aus den Augen. Der Trubel entlockte ihr ein Naserümpfen, ihr Apfelschimmel tänzelte.

Als Anrainer Stoffbänder aus dem Fenster warfen, hob Zejn überrascht den Blick. Ein Hoch wurde gerufen und echote wie eine Flutwelle durch die Menge. Als bunte Schlangen flatterten die Bänder auf den Tross herab. Eines verhakte sich am imposanten Geweih der untoten Kreatur und schaukelte daran wie makabres Dekor.

Rougeoyers Lachen war selbst durch die Jubelrufe zu hören. Neben Zejn streckte ein Greis die knotigen Finger Richtung Karren, Tränen sammelten sich in seinen hängenden Unterlidern. »Endlich findet alles ein Ende!«

Zejns Augenbrauen verkrampften. Er behielt die Szenerie besorgt im Blick. Die Aufmerksamkeit konzentrierte sich auf Sergent Rougeoyer, der sich ans Geweih des Koschtschei klammerte und possenreißerisch auf die Schusswunde wies, die sein Ballistenbolzen in die menschliche Brust gerissen hatte. Die Menge zollte ihm Beifall. Sein Empfang in Tradea war genau so, wie Zejn es ihm versprochen hatte. Und an dem begeisterten Gesicht des Herrn von Svonnheim wurde ersichtlich, dass Rougeoyer es sich auch just so vorgestellt hatte.

Ein Stoffstück verfing sich an Rougeoyers angewinkeltem Arm. Er streifte es ab und warf einen Blick hinauf zu einem Fenster, aus dem ihm eine junge Frau zuwinkte. Ein Lächeln glitt auf sein Gesicht, scharf wie ein Messerschnitt. Er küsste das Tüchlein und reckte es wie ein galanter Ritter zu dem Mädchen empor. Sie verbarg ein Kichern hinter ihrer Hand.

Übelkeit presste Zejns Magen zusammen. Am liebsten hätte er das Mädchen vor Rougeoyer gewarnt – ja, alle Frauen vor ihm gewarnt. Stattdessen musste er im Sattel stillsitzen und den Mund halten. Wieder kam er sich vor wie ein Clamorsjünger.

»Madame! Madame!«, erhob sich eine Stimme aus der Menge.

Zejn betrachtete seine Handschuhe und wartete, dass sie endlich vorankamen.

»Ma'am! Ma'am, Sie sind zurück!«

Nebenan regte sich Mirages Lockenpracht. Zejn folgte ihrem Blick. An einen Fachwerkbalken eines Hauses klammerte sich ein dicker Junge und ruderte eifrig mit seinem freien Arm. Weitere Knirpse hockten auf einer Fensterbank und spähten aufgeregt herüber.

»Ma'am! Seht her! Sie schaut her!«, rief der Junge. »Ich sagte ja, ich kenne eine Heldin aus Svonnheim!«

Zögerlich hob Mirage die Hand und winkte zurück. Die Kinder kippten vor Erstaunen fast vom Fensterbrett.

»Wie es aussieht, haben Sie Verehrer«, kommentierte Zejn. Er bereute die Aussage im selben Augenblick.

Mirage biss die Zähne zusammen. Die Sehne an ihrem Hals trat hervor. »Ich habe keine Lust, mir hier die Beine in den Bauch zu stehen«, stieß sie hervor. »Rougeoyer ist Ihre Angelegenheit. Ich seile mich ab.« Sie zerrte an den Zügeln, sodass der Schimmel zur Seite scheute und sich durch den Pulk drängte.

»He!«, rief Zejn ihr hinterher. »Wo finde ich Sie?«

»Ich kontaktiere Sie.«

Bevor sie sich davondrängen konnte, stieß Zejn die Hand vor. Es gelang ihm, ihren Ärmel zu packen.

Sie schoss einen Blick über die Schulter, ihr Haar wellte sich über ihre blau schimmernde Narbe. »Bitte verschwinden Sie nicht einfach!«

Sie zwinkerte. Dann wandte sie sich ab und setzte ihren Ritt fort. Was der Tross als Ganzes nicht fertigbrachte, gelang dem einzelnen Pferd – es bahnte sich eine Schneise hin zu dem Gebäude, an das sich der dicke Junge krallte. Zejn grübelte, woher er das Kind kannte, und erinnerte sich daran, dass es ihm in Bhaaltazars Villa begegnet war. Es hatte sich als Mirages Leibwächter aufgespielt.

Ein erleichtertes Lachen entfloh dem Kind, als Mirage ihm den Arm zustreckte. Selbst aus der Entfernung konnte Zejn sehen, dass ihm Schneidezähne fehlten. Es fasste Mirages Hand und kletterte zu ihr aufs Pferd. Seine Freunde von der Fensterbank beugten sich staunend vor, als Reiterin und Kind in den Schatten der Seitengasse davonschaukelten. Als sie dem Winkel nicht weiter zu folgen vermochten, rutschten sie vom Fensterbrett und verschwanden wie Ratten zwischen den Menschen.

Zejn musste sich zusammenreißen, um sich erneut auf das Spektakel konzentrieren zu können, das er selbst heraufbeschworen hatte. Der Lärm schlug auf ihn ein, die Menschenmenge drückte. Das war nicht seine Welt. Im Gegensatz zu Mirage hatte er sich allerdings dazu verpflichtet, sie zu ertragen.

Seine Ungeduld wuchs. Er musste mit Clamorent sprechen, und das so rasch wie möglich – schließlich trug er in gewachsten Tüchern die Überreste von Sol Uriarte bei sich. Er drückte Essi die Fersen in die Flanken und drängte sie am Wagen entlang. Hände streiften ihn, die fasziniert nach dem Ungeheuer auf dem Wagen tasteten.

Er hielt die Stute neben Rougeoyer, der ihn zunächst gar nicht bemerkte. Endlich warf er Zejn einen Blick zu. Sein Gesicht versteinerte, was Zejn bewies, dass für ihn all das nur ein Spiel war. Er beugte sich zu ihm herab. »Lieutenant?«, atmete er aus.

»Wir müssen weiter. Ich habe meinem Vorgesetzten Bericht zu erstatten.«

»Mh«, raunte Rougeoyer. Sein Schatten fiel auf Zejn nieder, als er sich zu ihm herabbeugte. Er klammerte sich an einem der Seile fest, die den Koschtschei aufrecht hielten, und wirkte wie ein Seemann hoch zu Schiff, der sich spöttisch über die Reling schwang. »Sie gönnen einem Kameraden auch nichts!«

Verärgert runzelte Zejn die Stirn. Er hasste es, wie abfällig Rougeoyer mit ihm sprach. Draußen in Svonnheim mochte er einen Vorteil gehabt haben, sein Schicksal unbeugsam verflochten mit dem dieses Dorfs. Zurück in Tradea, konnte er sich zwar als Volksheld stilisieren, doch er blieb ein gemeiner Sergent, der im Rang deutlich unter Zejn stand.

Noch.

Zejns Blick glitt hinüber zu Vincent Moreau, der als Häufchen Elend rechts und links von seinem Sattel floss. Von Mirages und Zejns Überfall sowie der Offenbarung in der Feenklamm hatte er sich nicht erholt.

Zejn spürte kein Mitleid. Er würde alles daransetzen, Rougeoyer und seinen Handlanger an ihre gerechte Strafe heranzuführen. Er wandte seine Aufmerksamkeit zurück auf Rougeoyer und erwiderte bitter dessen spöttisches Lächeln, das sich fest in seine Erinnerung einbrannte – umgeben von diabolischen Fältchen und grau gesprenkelten Bartstoppeln –, und schwieg.

Der Tribun mochte die beiden protegieren, doch Zejn würde alles daransetzen, die Wahrheit ans Licht zu bringen. Sie alle würden für die Erweckung des Artefakts und die Ermordung von Uriarte büßen.

In Tradea blieb Clamorent sein stärkster Verbündeter. Allerdings konnte Zejn nicht vorhersehen, wie Clamorent auf die Anschuldigungen auf seinen Vater reagieren würde. Deren Verhältnis schien unterkühlt. Doch war es unterkühlt genug, dass der junge Lieutenant die Wahrheit als solche annehmen würde?

Rougeoyer riss sich am Tau empor. Anscheinend langweilte ihn der Jubel des Pulks auf Dauer, denn er rief etwas von der Königskaserne und verbeugte sich mit kreisender Hand, um anschließend die Zügel zu packen. Er schnalzte mit dem Leder und trieb die Pferde gnadenlos durch die Menge. Wildfremde grapschten nach nahe stehenden Kindern, sodass sie nicht unter die Hufe der Kaltblüter gelangten.

Nun fokussierte Sergent Rougeoyer einen Hügel in der mit Häusern gefluteten Großstadt – jenen neben dem Akademieberg, auf dem die Lehranstalt die Himmelstürme in die Wolken reckte. Vor einem aus der Ferne goldbraun gesprenkelten Felsen erstreckten sich die Burgmauern des königlichen Hofs. Davor, grau und kantig, lagerte die Königskaserne. Jene Kaserne, der der Tribun vorstand. Jene Kaserne, an deren Ende sein Anwesen lag, direkt an der Mauer zum Königsgarten, sodass sie bei einem Angriff der Tribun die letzte verteidigende Instanz bildete.

Rougeoyer hatte genug vom Pöbel. Nun wollte er der Obrigkeit seinen Koschtschei präsentieren. Er hielt auf den Monticule Royale zu.

34

Die Königskaserne erinnerte Zejn an einen misstrauischen alten Mann.

Dicke Mauern formten mehrere Vierkanthöfe, die aneinander anschlossen. Wulstig erhoben sich Zinnen vor den aufgelagerten Wehrgängen, auf denen beständig Gardisten patrouillierten. Die Mauersteine waren massiv und besaßen unterschiedliche Schattierungen wie grau meliertes Haar. Schmale Spitzfenster sowie Schießscharten blinzelten skeptisch in alle Richtungen, als versuchten sie, vorbeieilende Bürger als möglichen Feind zu erkennen.

Um genau zu sein, erinnerte Zejn die Königskaserne nicht einfach an einen misstrauischen alten Mann, sondern an Tribun Deigenhart Rohoy höchstpersönlich.

Sein Magen schnürte sich zusammen. Die Patrouille auf den Zinnen bemerkte den Tross. Sie hielt an und bellte Befehle. Mehrere Gardisten eilten heran und sahen zwischen den Zinnen herab. Dass Rougeoyer, Zejn und sie begleitende Soldaten Gardeuniformen trugen, gereichte ihnen zum Vorteil. Anstatt die Armbrüste zu zücken, verschwand ein Behelmter und wies an, das Gatter zu heben. Im Inneren schnalzte eine Peitsche. Kaltblute setzten sich in Trott und bedienten den Kreismechanismus, der die Zugkette aufwickelte. Ratternd löste sich das Tor aus den Löchern.

Gardisten sammelten sich im Innenhof und lehnten sich staunend auf Speeren und Hellebarden vor, als der Tross einkehrte. Aus einem Nebengebäude eilten kauende junge Männer, ihre Uniformen hastig verschlossen, um zu sehen, was vor sich ging. Pferdehufe klapperten über das Pflaster, das durch seine Schattierungen ein gewaltiges Schwert im Zentrum abbildete, ein Hohezeichen Clamors, Gott des taktischen Kriegs. Die Wagenräder schlugen gegen die Pflastersteine, das geschlachtete Monstrum in seinem Seilgarten erzitterte.

Von der Beengtheit der Straße befreit, verteilten sich Wagen und Berittene. Zejn merkte, dass sich Vincent Moreau mit zitterndem Lid entfernte, was allerdings auch daran liegen konnte, dass sich ein Pulk junger Männer staunend an den Koschtschei-Karren heranwagte. Rougeoyer erhob sich auf seinem Kutschbock wie ein Schausteller und wiederholte seine Ansprache.

Immer mehr Menschen strömten aus den Kasernenzugängen. Nicht nur Gardisten, auch Clamorsjünger guckten aus den Ställen, Köchinnen und Köche, Knechte, Dienstboten. Manche blieben im respektvollen Abstand stehen, andere machten sich eine Lust daraus, sich dem furchteinflößenden Hybriden zu nähern. Rougeoyers Stimme hallte als Echo zwischen den Hofmauern umher.

Zejn suchte nach bekannten Gesichtern und versuchte, gleichzeitig Moreau und Rougeoyer im Blick zu halten. Wäre Mirage nur geblieben! Da platzte ein Hüne zwischen einigen Jüngern aus den Ställen. Obwohl er momentan nur einfache Tunika und Beinkleid trug, erkannte Zejn Lieutenant Bearnard Ahearn augenblicklich an seiner kräftigen Gestalt sowie dem langen, silberblonden Haar. »Sieh an!«, übertönte seine Stimme sogar Rougeoyers. Begeistert klatschte er in die Hände und rieb sie. »Was haben wir hier?«

Zejn lenkte Essi in Ahearns Richtung. Der Lieutenant war üblicherweise gut informiert, was die aktuellen Geschehnisse in Tradea anbelangte. Er strich sich über den Bart, seine Augen glänzten vor Begeisterung. Heu kringelte sich auf seiner Kleidung.

»Clamor grüßt.« Zejn schwang sich vom Pferd. Es gehörte zum guten Ton, jemand Gleich- oder Höhergestellten auf Augenhöhe zu begrüßen.

Ahearn löste den Blick vom Koschtschei. Die Lippen zwischen seinem Bart dehnten sich in ehrlicher Freude, Zejn wiederzusehen. »Sergent! Nein. Lieutenant! Verzeiht.« Er klatschte ein. »Daran werde ich mich erst gewöhnen, wenn Sie einer eigenen Einheit zugewiesen wurden. Clamor hat Sie beschützt! Ich gestehe, ich war nicht sicher, wie oder in welchem Zustand wir einander wiederbegegnen, als Sie vor versammelter Menge darum baten, nach Svonnheim zurückversetzt zu werden.« Er verschränkte die Arme vor der stattlichen Brust. »Der Tribun schien ja wenig begeistert. Dabei kann er froh sein, Männer wie Sie vor Ort zu wissen.« Er nickte zu Rougeoyer. »Und Sie haben wohl Unterstützung gefunden!«

Zejn zwang sich, nicht die Nase zu rümpfen. »Sergent Rougeoyer«, brummte er. »Ehemaliger Sergent von Svonnheim.«

Ahearns hellbraune Augen glitten interessiert über Wagen, Monstrum und zugehörigen Mann. »Lieutenant Rohoy der Jüngere hat ihn erwähnt. Er hat das Untier mit einem Bolzen erschlagen?«

»Sieht wohl so aus«, presste Zejn hervor.

Ahearn sah ihn an, seine dicke Augenbraue kroch ein Stück hoch. Dann stieß er ein Lachen aus. Er schlug Zejn gegen die Schulter, was ihm ein Husten entrang. »Kein Grund für Eifersucht! Uns ist schon klar, dass Sie Ihre Finger im Spiel hatten. Aber manchmal läuft man mit dem Schwert voraus, und hinter einem legt ein Schütze an und trifft vor einem das Ziel. Passiert den Besten!« Er fuhr sich durch den Bart, helle Strähnen führten von seinen Mundwinkeln herab. »Sie haben keine Ahnung, wie viele Wichtigtuer auf mich zugetreten sind, nachdem Ihre Taube ankam. Alle wollten wissen, ob das alles nun ein Ende findet, nachdem diese Chimäre von Svonnheim erschlagen wurde. Geschenkkörbe haben sie entsendet, um mehr zu erfahren.«

»Das alles?«, wiederholte Zejn verständnislos.

Ahearn hob die Schultern an. Sorge furchte seine Stirn. »Es kam erneut zu Zwischenfällen.«

»Zwischenfällen?«

»Hier, am und rund um den Monticule Royale. Die Garde patrouilliert rege, daher konnte das Schlimmste verhindert werden.«

Kein Wunder, der Adel leistete sich seinen Schutz. »Die Toten haben auch in Tradea keine Ruhe gefunden«, stellte Zejn fest.

Zögerlich nickte Ahearn. »Die Magier meinen, es könne dauern. Dass die Wut der Nif abebbt, meine ich.«

Zejn zwinkerte verwirrt. »Ich muss mit Clamorent sprechen«, sagte er dunkel. »Es ist wichtig.« Sein Blick irrte zu dem gewachsten Bündel an Essis Hüfte, das ein Geheimnis bewahrte, welches Lieutenant Ahearn vermutlich auf die Knie gebracht hätte. Er hatte nie etwas von Frauen im Militär gehalten. Aber Sol Uriarte – auf seine Art hatte er diese Frau vergöttert.

»Wenn Sie zu Clamorent wollen – er ist in seiner Villa. Sie wissen, wo die liegt?«

Zejn schüttelte den Kopf. »Das ehemalige Anwesen seiner Mutter, die Lunaire-Villa. Sie befindet sich hier am Monticule.«

»Lunaire? Das war doch ein Hochmagier an der Akademie?«

Ahearn nickte. »Clamorents Mutter war seine einzige Tochter, leider ohne jegliche Magiebegabung. Die Familienmagie und ihre Blutlinie starben mit ihrem Tod aus.«

Bevor Zejn an Essis Sattel herantrat, wandte er sich noch einmal an den Lieutenant. »Ahearn«, sprach er ihn an und beugte sich zu ihm. Sein Blick flackerte zu Rougeoyer. Dann suchte er nach Moreau, doch in der Menge war er nirgends zu entdecken. Rougeoyer konnte nicht einfach verschwinden, und so wie er dreinsah, wollte er das auch nicht.

»Unter den Gardisten, die mit uns ritten, befindet sich der Sergent-Stellvertreter Vincent Moreau. Er könnte Gründe dafür haben, sich ... wie soll ich sagen ... zu verabschieden. Bitte tun Sie mir den Gefallen ...«

»Und halte ihn fest?«

»Mit welchen Möglichkeiten auch immer. Ich muss zunächst mit Clamorent sprechen.«

Ahearn hob die Augenbraue. »Gibt es da etwas, das ich wissen sollte?«

»Zu gegebener Zeit. Aber zuerst ...« Er packte den Sattelrand und schwang sich aufs Pferd. »... muss ich zu Lieutenant Clamorent Rohoy.«

35

Das Anwesen von Clamorent mütterlicherseits glich einer Festung. Zejn musste die großzügigen Mauern umrunden, bis er zu einer Treppe gelangte, die sich an dem Monticule Royale zu dem Gebäude emporrankte. Zwei Gardisten flankierten den Zugang. Dahinter dehnten Steinvasen ihre Öffnungen wie Blütenkelche. Blätterlose Ranken bedeckten braun die gemauerten Wände wie ein Geflecht aus Spinnweben. Zejn musterte die Stufen, die den felsigen Steilhang emporführten.

»Ho!«, rief einer der Gardisten und trat heran. Mit der Hellebarde stieß er gegen das Pflaster. »Lieutenant, was können wir für Sie tun?«

Zejn hatte sich noch nicht gänzlich an seinen Titel gewöhnt. Er unterdrückte den Drang, sich der drei Schwalben an seiner Schulter zu versichern.

»Lieutenant Erik Zejn«, stellte er sich vor. Essi peitschte mit dem Schweif. »Ich war einst Lieutenant Clamorent Rohoy unterstellt.«

Der Gardist nickte. »Ich weiß. Wir waren bei der Siegerehrung im Hohen Gericht dabei.«

»Ich muss mit Lieutenant Rohoy sprechen.«

Unter dem Topfhelm schob der Gardist den Mund hin und her und seufzte.

Der zweite Wachsoldat seufzte. Er sah das Treppengewirr empor. Sein Kollege gab ihm mit einem verärgerten Wink zu verstehen, dass er sich in Bewegung zu setzen hatte. »Messer, Stein, Pergament, wer raufmuss?«, fragte der kleinlaut, erhielt jedoch keine Antwort. Seufzend erklomm der Gerüstete die ersten Stufen, um zum Haupttor der Festung zu gelangen.

Der Wachsoldat winkte Zejn mit sich und verließ einen Augenblick lang seinen Posten an der Treppe. Nebenan, in den Felsen gegossen, lag ein halbrundes Tor. Stroh kitzelte hier das Bodenpflaster, der Geruch von Pferdemist lag in der Luft.

»Myhrre!«, bellte der Gardist und zog an einer Kette, die unter den Kletterpflanzen verborgen lag. Ein Bimmeln ertönte. Damit schien seine Aufgabe erledigt, und er bewegte sich zurück auf seinen Wachposten.

Wenig später wurde das Tor ein Stück aufgeschoben. Ein dunkelhäutiges Mädchen blickte hervor, die Haare bis zum Skalp geschoren. Fragend blinzelte es heraus.

»Myhrre wird sich um Ihr Pferd kümmern«, wandte der Gardist ein.

Oben hatte der zweite Wachmann es gerade mal über den ersten Treppenabsatz geschafft und legte keuchend eine Pause ein. Das Tor scharrte, als die Stallknechtin es aufschob, und Zejn ritt ein.

Als er beim Tor zum Lunaire-Anwesen angelangte, war ihm so heiß, dass er bereits vor einiger Zeit den Helm abgesetzt hatte. Er kochte unter dem Kettenhemd, Hitze strömte aus dem Kragen seines wattierten Unterhemds, und Schweiß hatte sich in seinen Augenbrauen gesammelt. Schnaufend wischte er sich das

Gesicht mit dem Lederteil seines Handschuhs und warf einen Blick zurück über die Stadt, deren Häuser sich bis ans Meer drängten.

Die Sonne hatte ihr Antlitz zwischen den Wolken hervorgeschoben und ließ die Fluten glitzern. Selbst Zejn fiel es schwer, sich vorzustellen, dass Nif noch immer heimtückisch in den Gassen lauerte. Von hier oben wirkte alles so friedlich, wohlwollend von Kafrits Licht geküsst. Die Regungen in den Straßen, das Kräuseln der Rauchfahnen aus den Schornsteinen, die Dächer in den unterschiedlichen Schattierungen – sie alle zeugten von Leben und nicht von Tod.

Das Knarren der eingearbeiteten kleineren Tür im Haupttor lenkte Zejns Aufmerksamkeit auf sich. Eine ältere Dame erschien. Ihre Gewandung verriet ihre Position als Kammerdienerin; somit stand sie dem Hausgesinde vor. Ihr Haar besaß die Farbe von Fuchsfell, durchzogen von Weiß. Ihre Augenbrauen spannten sich zu hochmütigen Bögen.

Oftmals gewann Zejn den Eindruck, dass sich die Tätigkeit von Menschen in ihrer Mimik niederschlug. Kammerdiener mochten ihren Vorgesetzten unterstellt sein, doch sie waren auch jene Personen, die jeden Schritt ihrer Herren kannten, jeden Plan, jede Verfehlung, jedes Gerücht – ob nun Wahrheit oder Lüge. In der Welt des Adels wurden sie daher oft Opfer von Bestechung und Erpressung. Ein guter Kammerdiener musste daher auch zwingend folgende Eigenschaft meistern: Ergebenheit, Treue und Diskretion.

Kein Wunder also, dass die Dame fortgeschrittenen Alters recht süffisant von ihrer Stufe auf Zejn herabblickte.

Schließlich verbeugte sie sich. »Lieutenant Rohoy erwartet Sie.« Sie schlug die Tür zur Gänze auf und wies Zejn mit einer geübt manierlichen Handbewegung an, einzutreten.

Drinnen schwirrten Mädchen und Knaben herbei. Sie reihten

sich neben der Tür auf und streckten in typischer Weise beide Hände entgegen. Dabei blickten sie zu Boden.

Zejn reichte dem Jungen den Helm und löste den Waffengürtel, um ihn dem Mädchen zu reichen. Hernach legte er seinen Mantel ab. Das Gesinde beugte die Häupter und zog sich zurück.

»Bitte folgen Sie mir«, sagte die Kammerdienerin. Anstatt auf die Haupttreppe zuzuhalten, führte sie Zejn zu einer Seitentür, hinter der eine Wendeltreppe lauerte. Die Säule, an der sie sich emporschlängelte, war mit Fresken ausgestattet, die sich als Ranken edel mit den aufsteigenden Stufen emporwanden. Öffnungen zu einem Seitenhof erhellten das Treppengewinde. Auf einer höheren Stufe hockte eine Katze, die vor ihren lautstarken Schritten flüchtete.

Zejn beugte sich an eine steinerne Brüstung heran und sah in den Innenhof hinab. Am Hofgrund spross karges Buschwerk. Laub kräuselte sich auf den Wegen, Unkraut reckte sich zwischen den Fliesen empor, das in der Winterkälte vergilbt und verdorrt war. Niemand schien sich um diesen Garten zu bemühen.

»Lieutenant?«, schnappte die Kammerdienerin einige Stufen voraus. Er begegnete ihrem enervierten Adlerblick, setzte sich jedoch in Bewegung und folgte ihr.

Der Flügel der Festung, in den ihn die Dienerin führte, lag in düsterer Ruhe. Teppiche dämpften die Schritte, Kälte harrte in den Korridoren. Sie passierten ein Heizzimmer, in dem eine Magd Holzscheite in einen Kamin schlichtete. Darüber glänzte ein prächtiger Kupferkessel, von dem aus Rohre unter den Holzplanken des Fußbodens verschwanden. Unter Zejns Füßen gluckerte es sacht. Die Magier und Wissenschaftler der Akademie waren bekannt für ihren Ideenreichtum, ob nun magisch oder weltlich, sie waren dem Rest der Menschheit oft weit voraus.

Die Kammerdienerin stoppte bei einer Tür und klopfte.

Clamorents Stimme erklang dumpf. Die Dame kündigte gesittet Zejn an, öffnete die Tür gänzlich und bedeutete ihm mit einer Verbeugung einzutreten.

Wärme streifte aus dem Zimmer und liebkoste Zejns kalte Wangen wie Frauenhände, die ihn begrüßten. Ein Feuer flackerte im Kamin, sein tanzendes Licht spiegelte sich in Dekorwaffen an den Wänden sowie an erlesenen Kunstgegenständen, die sich in Regalen und auf Tischlein reihten.

Teppich dämpfte seine Schritte, nach Rostwalder Knüpfmuster in Farben des Herbsts in Vierecken gewebt, die sich wie Kacheln aneinanderlegten.

»Hauptmann Zejn!« Clamorent erhob sich hinter seinem Schreibtisch und beugte den Kopf zur Begrüßung. Seine Stimme klang rau, als hätte er sich überbeansprucht. Nervosität kauerte in seiner Mimik, barg sich in all den feinen Falten, die ein Mann seines Alters genauso wenig besitzen sollte wie die Narben, die sein Gesicht verunstalteten.

»Lieutenant Rohoy«, imitierte Zejn die Begrüßung.

»Sie sind aus Svonnheim zurückgekehrt! Bitte, setzen Sie sich doch!«

Das Flammenlicht zuckte über dunkles Mobiliar, dessen Prägungen nach der Magierakademie schrien. Zejn vermutete, dass es sich um die einstige Schreibstube von Clamorents Großvater handelte, der als Hochmagier an der Akademie zu Tradea gelehrt hatte. Die goldenen Insignien auf dem Schreibtisch sowie den Truhendeckeln und den Arm- und Rückenlehnen der Stühle erinnerten Zejn an magische Symbole, wie er ihnen bereits in Hesperus' Haus begegnet war.

Clamorent selbst ließ sich auf dem mit Leder bespannten Stuhl nieder und rückte heran. Zejn folgte der Anweisung, wagte es jedoch nicht, die Hände auf den verzierten Armlehnen abzulegen. Das letzte Mal, als er in Magister Gallus Hesperus' Villa auf ein derartiges Symbol gestiegen war, war unter ihm der Boden verschwunden und er anschließend in einem Gefängniskarren erwacht.

Zejn biss die Zähne zusammen. »Ich bin bei meiner Rückkehr Lieutenant Ahearn begegnet. Er hat erzählt, dass nach wie vor Untote auftauchen, und sagte etwas von Nachwehen. Wie erklären Sie sich, dass die Toten nach wie vor nicht zur Ruhe gekommen sind?«

Nun zupfte Unsicherheit an Clamorents Oberlippe. Er lehnte sich auf den lederbespannten Sessel zurück. Im Gegensatz zu Zejn zeigte er keine Furcht, die Arme auf den Lehnen abzulegen. »Die Magie des Artefakts ist natürlich eine andere als jene, die von einem einzelnen Menschen geführt wird. Tvaion hat die Gelehrten der Akademie beauftragt. Sie meinen, dass der Zorn der Göttin Zeit braucht, um abzuklingen. Sie beschreiben es als Flutwelle, die auf dem Meer nachhallt, bis es zu seiner einstigen Glätte zurückfindet.«

Zejn presste die Lippen zusammen.

»Ich hatte genauso meine Zweifel«, sagte Clamorent. »Es gab neue Totenaufstände.«

»Man findet sie sogar hier, auf dem Monticule Royale, meinte Ahearn.«

Zejn fand diese Erklärung äußerst ungenügend, fand jedoch keine gegenteiligen Argumente. Beide schwiegen.

Schließlich seufzte Zejn. Er wischte sich mit den Händen über das Gesicht; er roch nach Schweiß, Leder und Pferd. Nicht einmal zum Waschen hatte er sich Zeit genommen, bevor er hierhergeritten war. Er musste wie Gesindel aussehen. »Clamorent«, presste er hervor. »Das alles wird kein Ende finden.« Er lehnte sich ebenfalls zurück, legte den Ellbogen auf dem verzierten Holz ab. Seine verdreckten Finger fuhren über seine Stirn. Er spürte die Falten, die sich darin eingelassen hatten. Es war nicht bloß das Alter, das beständig voranschritt. Diese Falten waren wie der Acker vor Svonnheim, von den Füßen der Toten und Pferdehufen zertrampelt. Diese Spuren würden niemals gänzlich schwinden.

Clamorent reckte sich alarmiert. »Was meinen Sie?«

»Ich habe Uriarte gesucht.«

Der junge Lieutenant biss die Zähne zusammen. »Und?«

»Ich habe sie gefunden.«

Clamorents Gesicht war schwer zu beschreiben. Es zerfloss einen Augenblick in all seine Einzelteile, der Mund klappte auf, klappte zu, sein Adamsapfel hob und senkte sich, die Lider flatterten. Röte kroch in seine Ohren. »Und?«, hakte er nach, seine Stimme überschlug sich fast. »Was sagte sie?«

»Sie sagte gar nichts und wird nie wieder etwas sagen«, erwiderte Zejn düster. »Bitte kommen Sie mit mir.«

36

Zejn war froh, dass die Lunaire-Pferdeställe bloß durch Fensterlöcher und einige an Ketten hängenden Laternen beleuchtet wurden. Essi stand in einer Abtrennung, soff Wasser aus einem Eimer und scharrte im Stroh. Zejn löste die Schnallen, die das Bündel mit Uriartes Überresten zusammenhielten. Clamorent wartete schweigend in der Düsternis. Mühsam hatte er seine entgleiste Mimik zusammengeflickt. Nicht einmal seine Brust hob und senkte sich unter seinen Atemzügen, so angespannt wartete er auf Zejns Tun.

Der letzte Gurt schnalzte, das Bündel fiel schwer in Zejns Arme. Er trug es wie ein Kind vor die Box, legte den Riegel vor und ging in die Knie, um das Leder abzulegen.

»Es riecht nach Lavendel«, stellte Clamorent fest. Seine Stimme klang für seine Verhältnisse ungewöhnlich fein. Seine Augen schimmerten im Zwielicht.

Zejn nickte. Lavendel stand für Tod und Verderben – es hielt Ungeziefer fern.

Zejn kniete sich zu Boden und begann, die Schnüre aufzuknüpfen. Seine Anspannung wuchs. Als er Uriarte zu Ross transportiert hatte, hatte es sich angefühlt, als würde er eher die Idee einer Verstorbenen bei sich tragen als eine tatsächliche Leiche. Nun überwältigte ihn der Gedanke, das Leder zurückzuschlagen und sich erneut mit den Überresten konfrontieren zu müssen. Und Clamorent.

Er zitterte, als er das Tuch löste. Clamorent schluckte. Er presste die Lider zusammen. Zejn sah, wie er mit sich kämpfte – Luft holte, seine Haltung straffte und hinsah, auf das Unglück, das sich vor ihm entblätterte.

Als Uriartes Kürass aufblitzte, sog er scharf die Luft ein. Der Helmbusch in phalanxischer Machart sprang aus dem Bündel. Mit ihm erschien ihr entstelltes Gesicht, die Augen getrocknete, von Draugar und Krähen zerhackte Löcher.

Zejn wusste nicht, was er erwartet hatte. Womöglich, dass sich Clamorent übergab. Stattdessen klammerte der junge Lieutenant die Hand an die Brust. Die Linien seines Gesichts zuckten, seine Gefühle drohten hervorzubrechen, bis er sie nicht länger halten konnte. Ein Schluchzen tönte aus seinem Mund.

Beschämt wandte er sich ab. Eine Weile verharrten sie so im Zwielicht, zwischen aufgewirbeltem Staub, dem Scharren der Pferde und Fliegensummen. Clamorent blieb noch eine Weile stehen, vergrub das Gesicht in den Händen. »Was ist passiert?« Seine Stimme knisterte wie Laub.

»Ein Hinterhalt. Nachher haben sie die Wiedergänger erwischt.«

Clamorent drehte sich um, die Augen rot, und sah auf seine einstige Mentorin herab. Es kostete ihn Überwindung, an sie heranzutreten. Unbeholfen ging er in die Knie. Er wirkte wie ein Junge, zum ersten Mal mit dem Tod konfrontiert. Zitternd harrte seine Hand über Uriartes Gesicht. Er wagte es nicht, ihre entstellte Visage zu berühren.

»Der Hinterhalt wurde von Menschenhand initiiert«, fuhr Zejn fort. »Sie wurde in der Feenklamm überfallen und kam dort zu Tode.« Er packte einen der Bolzen, die zwischen den Rüstungsplatten steckten, und zog ihn heraus. Gestocktes Blut verschleimte die Spitze, als er ihn zwischen den Fingern drehte. »Die gehören der Garde«, fügte er an.

Clamorent reagierte zunächst gar nicht, dann hob er langsam den Kopf. »Was wollen Sie damit sagen?« Seine Stimme klang so hoch. Er sah ihn mit geweiteten Augenlidern an, ein Knabe, dessen Weltbild Zejn nach und nach zermalmte.

»Der Hinterhalt. Das waren unsere eigenen Leute.«

Clamorents Mund öffnete sich. Er zog die Hand zurück, ballte sie zur Faust. Seine Schultern hoben sich an, die Sehnen an seinem Hals traten hervor. »W-Wie?«

Zejn beugte das Haupt in Demut. »Es tut mir leid.«

Der erste Schock wich Empörung. Clamorents Nasenflügel blähten sich. »In Svonnheim herrscht Anarchie!«, rief er aus. »Gardisten sterben, ihre Waffen bleiben auf dem Schlachtfeld zurück! Wilderer! Plünderer! Jeder von ihnen könnte einen Hinterhalt gelegt haben, um an Uriartes Waffen zu gelangen!«

Vorsichtig stieß Zejn die Luft aus. Hier war sie, die Wut, mit der er gerechnet hatte. Sie führte ihn auf dünnes Eis. »Ich habe Zeugen.«

Clamorent fror ein. Nicht bloß seine Mimik, seine gesamte Gestalt. Staub tanzte zwischen ihnen und setzte sich auf Uriartes Rüstung.

»Rougeoyers Stellvertreter«, fuhr Zejn fort, »Sergent-Stellvertreter Moreau verübte ein Attentat auf mich, nachdem ich ihn als einen der Glyphenjäger erkannt habe, die ich damals auf dem Hof der Roux gestellt hatte.«

Clamorents Gesicht verlor an Farbe. Die Schatten seiner Mimik tanzten im Licht einer Lampe – sie waren das Einzige an ihm, das sich regte.

»Mirage und ich konnten ihn überwältigen. Er war es, der mich zu Uriartes Leichnam führte. Er erzählte, dass Sergent Rougeoyer mit Uriarte in die Klamm geritten war. Er kehrte zurück. Sie nicht.«

Schweigen.

»Ich habe mit Rougeoyer gesprochen. Natürlich hat er es nicht offen zugegeben. Aber er lässt durchblicken, dass er hier in Tradea einen Beschützer hat – einen Beschützer, der ebenso Vincent Moreau protegiert hat, nachdem ich ihn ans Hohe Gericht ausliefern ließ.

Und Nifs Rückgrat? Uriarte trug das Artefakt nicht bei sich, als ich sie fand. Es gelangte auch nie zurück in die Grabhügel. Deswegen kommen die Toten nicht zur Ruhe. Es ist nicht der Nachhall von Nifs Zorn. Ihre Wut wurde schlicht und einfach nie gedämpft.«

Die Sehnen an Clamorents Hals traten wiederholt unter der Haut hervor. Seine Pupillen zitterten. Im düsteren Licht erschienen sie überirdisch groß. Er presste den Ober- und Unterkiefer so fest aufeinander, dass er zu keinem Laut fähig war.

»Lieutenant«, sagte Zejn vorsichtig. »Ahnen Sie, worauf ich hinauswill?«

Die Sehnen an seinem Hals zuckten wie Bogensehnen. Zejns Unruhe wuchs. Endlich gelang es Clamorent, die Zähne voneinander zu lösen. »Spucken Sie schon aus«, presste er hervor.

»Einzig jemand über Uriartes Rang kann ihre Ermordung innerhalb der Garde anordnen. Und in Tradea ...« Er wagte es nicht, den Satz zu beenden.

Clamorents Lider zitterten.

»In Tradea«, wiederholte er langsam, »gibt es nur eine Person innerhalb der Garde, die im Rang oberhalb eines Lieutenants steht.«

37

Clamorent ließ Uriartes Leichnam zunächst im Hausschrein innerhalb des Lunaire-Anwesens aufbahren, bevor er einen Knecht zum Nifentempel schickte. Der Schrein war ironischerweise der Lebensgöttin Gäga gewidmet. Er kniete sich vor ihre Büste, die Gäga als vollbusige Erdgöttin mit breitem Becken darstellte. Seine Kammerdienerin hatte ein Tuch über Uriartes Leichnam gebreitet und den phalanxischen Helm mit dem Pferdehaarstreifen davor aufgestellt.

Clamorents Lippen regten sich im flüsternden Gebet. Er hatte sich seit dem Pferdestall nicht weiter zu Zejns Behauptung geäußert. Zejn bemerkte zwei neue Falten auf seiner Stirn, von denen er sich ziemlich sicher war, dass er sie verursacht hatte. Er war Clamorents Mirage und brachte ihm nur Ärger und Kummer. Aber was hätte er tun sollen? Schweigen?

Unschlüssig sah er von der Tür hinüber zu dem jungen Mann, dessen Vater er angeklagt hatte. Was würde Clamorent nun tun? Was sagen? Sortierte er seine Loyalitäten? Und konnte Zejn wirklich darauf vertrauen, dass Clamorent Zejns Treue über Blut und Familienbande wählen würde?

Ich hätte Mirage eine Nachricht hinterlassen sollen, schoss es ihm durch den Kopf. Was, wenn Clamorent beschloss, dem Pfad seines Vaters zu folgen?

Clamorent ist nicht wie Deigenhart Rohoy. Wie oft soll er es dir noch beweisen?

Aber wie viel wusste er tatsächlich über diesen jungen Mann, außer, dass er sich ihm gegenüber bisher immer integer und ehrenhaft verhalten hatte?

Als könnte Clamorent seine Gedanken lesen, schoss sein Kinn in die Höhe, und die Lider klappten auf. Das Gebet verstummte auf seinen Lippen. Er drehte den Kopf über die Schulter und warf einen Blick zu Zejn; seine Augenbrauen kauerten dicht beieinander.

Er löste die Hände, die er mit den Handflächen nach oben zur Schale geformt hatte – eine Geste, um Gägas Lebensenergie zu empfangen. Damit rappelte er sich vor dem Altar auf.

Von dem weinenden Knaben, der beim Anblick seiner Mentorin zusammengebrochen war, war nichts zurückgeblieben. Nun stand wieder der Lieutenant, aufrecht, ernst und gewappnet.

Er trat zu Zejn heran, der sich unwillkürlich ebenfalls straffte. »Kommen Sie«, sagte Clamorent leise. »Ich möchte mich nach alledem erst mal setzen.«

Ob Clamorent danach verlangt hatte oder sie einfach seine Gedanken las, die Kammerdienerin servierte ihnen Ravennaer Branntwein in die Schreibstube. Bereits als Zejn den Becher unter die Nase hielt, hatte er das Gefühl, die Dämpfe ätzten ihm die Nasenhaare weg. Säße Mirage an Clamorents Stelle, hätte ihn dies nicht weiter gewundert.

Clamorent trank, sein Blick verlor sich im Kaminfeuer. Darüber hing, von den zuckenden Flammen erhellt, das Porträt einer Frau. Es war eine, wie Zejn fand, schöne Tradition Tradeas, seine Frau zur Verlobung malen zu lassen. So behielt man den Augenblick in Erinnerung, als seine Liebe am größten war. Es wunderte Zejn allerdings, denn er hätte nicht davon gehört, dass Clamorent zu ehelichen gedachte. Und bei Helios, Gott des Wissens – Ahearn hätte bestimmt mit Begeisterung davon berichtet.

Obwohl der junge Lieutenant ihn nicht ansah, schien er Zejns Blick zu bemerken. »Das ist meine Mutter«, klärte er auf. »War meine Mutter. Mein Vater ließ das Porträt anfertigen, als er bei ihrem Großvater um ihre Hand anhielt. Ihr Vater war im Krieg gefallen.«

Unangenehm berührt, rückte sich Zejn auf seinem Sessel zurecht. Jetzt, da Clamorent es sagte, bemerkte er die kleinen Ähnlichkeiten zwischen ihm und ihr – der Zug der Oberlippe, die Nasenspitze, möglicherweise auch die Farbe der Augen. »Es tut mir leid, dass Sie sie verloren haben«, entschuldigte er sich. »Noch dazu so schnell, nach heftiger Krankheit.«

»Ja«, erwiderte Clamorent, der Laut eigentümlich hohl wie eine Flasche, in deren Hals man blies. »Ja, man mag es so sagen.« Er ertränkte jegliche weitere verbale Interaktion mit einem nächsten Schluck.

Zejn würgte den Knoten in seinem Hals herunter. »Sie haben noch nicht die Garde gerufen«, sagte er.

»Wozu?«

»Um mich wegen Hochverrats festnehmen zu lassen.«

Der Rest der gold-orangefarbenen Flüssigkeit verschwand in Clamorents Mund. Er griff nach der Amphore und schenkte sich nach, diesmal weitaus reichlicher als die Kammerdienerin zuvor. »Sie kennen eine Seite meines Vaters«, sprach Clamorent. »Wir wissen beide, dass es eine nicht sonderlich schöne Seite ist. Ich wünschte, ich könnte Ihnen sagen, er wäre nicht immer so; dass die Art, wie er Sie behandelte, eine Ausnahme wäre – dass er mit seiner Familie anders verfuhr, mit meiner Mutter, mir …« Seine

Unterlippe fuhr den Becherrand entlang. »Wenn Sie wüssten …«, wisperte er.

Zejn schwieg und ließ ihn sprechen.

»Sie alle haben darüber gelästert, wie rasch er sich nach ihrem Tod vermählte. Der gesamte Hof hat den Ruf meiner Mutter in den Schmutz gezogen. Er hatte nicht einmal den Anstand, die Trauerzeit abzuwarten. Er wollte Fantine, und er hat sie sich genommen – und es war ihm egal, wer dadurch zu Schaden kam: der Ruf jener Frau, die ihm alles gegeben hat, mein Ruf oder der Ihre. Er folgte seinem eigenen Herzen und brach dabei unzählige andere. So ist er, mein geliebter Vater«, er spuckte die Worte aus, »nach ganz oben schafft man es nicht mit Rücksicht.«

Der starke Alkohol lockerte seine Zunge. Normalerweise war Zejn kein Freund davon, anderen unter dem Einfluss von Rauschmitteln Informationen zu entlocken, doch er war auch erleichtert, als er Clamorent so vom Tribun sprechen hörte.

»Er hat nach ihrem Tod kein einziges Mal einen Fuß in die Rosenvilla gesetzt«, sagte er.

»Rosenvilla?«

»Das Lunaire-Anwesen. Mutter nannte es so, wegen der zahlreichen Rosengärten.«

Zejn erinnerte sich an den verwilderten Innenhof. »Ich habe einen der Gärten gesehen. Im Sommer müssen sie fantastisch aussehen«, erwiderte er diplomatisch.

»Nachdem die letzte Erbin der Lunaires verstarb, gibt es keinen Grund mehr, sie zu pflegen. Für mich brauchen die Rosen ganz sicher nicht mehr zu blühen.« Clamorent knallte den Becher auf den Tisch, sodass die Flüssigkeit auf die Platte spritzte und sich in den goldenen Intarsien verteilte.

»Es tut mir leid«, sagte Zejn plötzlich und wunderte sich selbst, wie kleinlaut er dabei klang.

Clamorent sah ihn stirnrunzelnd an.

»Dass ich Ihnen all diese Nachrichten überbringen musste.«

Der junge Mann verschränkte die Finger vor sich. »Entschuldigen Sie sich niemals für die Wahrheit, nur für die Lügen.«

Zejn senkte den Blick. Wie konnte Clamorent in manchen Augenblicken erwachsener klingen als er selbst? Auch er fügte die Fingerspitzen aneinander. »Und wie sollen wir nun vorgehen?«

Clamorent presste die Lippen zusammen. »Wir finden die Wahrheit heraus.« Er lehnte das Haupt zurück, sein Scheitel streifte die Intarsien der Sessellehne. »Ich lasse Moreau und Rougeoyer festnehmen. Unauffällig, selbstverständlich, nachdem Sie Rougeoyer als Helden nach Tradea gebracht haben.«

»Anders war er aus der Wunde Svonnheims nicht zu lösen. Hätte ich ihn vor Ort angeklagt, wäre es unter seinen Männern zur Revolte gekommen. Die Bevölkerung leidet genug.«

»Ich lasse ihn in einem unbedachten Moment abführen«, nickte Clamorent. »Hernach werden beide hochnotpeinlich befragt.«

Zejn schluckte. »Schwere Folter?«

»Unter der Anwesenheit eines Heilmagiers und alchemischer Unterstützung. Ich kann beides nicht über das Hohe Gericht einberufen, da dadurch mein Vater davon Wind bekommen und eingreifen könnte. Ich kümmere mich um den Heilmagier. Bitte fragen Sie Mirage, ob sie uns assistiert. Ich vertraue ihren Fähigkeiten.«

Zejn nickte.

MIRAGE

38

Bratensaft platzte aus Rubens Mundwinkeln, als er zu kauen versuchte. Er würgte das Riesenstück Fleisch herunter, als ginge es um sein Leben, setzte im Anschluss jedoch ein breites Grinsen auf.

»Ich wusste, dass Sie zurückkommen!«, behauptete er.

Mirage beobachtete ihn mit verschränkten Armen und einem schaukelnden Bein über dem anderen, während im Hintergrund die Lohnarbeiter zum Mittagstisch in die Taverne einkehrten. Eintopf wurde gereicht, für den nur ein paar Kopperlinge zu blechen waren, dazu schenkte die Wirtin gewässertes Bier aus.

Ruben kaute langsamer. Er schien zum Schluss zu kommen, dass sie ihn ums Mittagsmahl neidete, denn er pflückte ein Fleischstück mit Kruste vom Kadaver und streckte es ihr vor die Nase. Sein blondes Haar hatte schon länger keine Wäsche mehr gesehen, Kratzer an Wange und Kinn deuteten auf eine Auseinandersetzung mit anderen Straßenkindern hin. »Sie bestehen nur noch aus Haut und Knochen, Ma'am«, behauptete er. »Augenringe tief wie der Canal Monticule. Warum essen Sie nicht?«

»Ich habe keinen Hunger«, lehnte Mirage ab.

Seine Hand schaukelte weiterhin vor ihrem Gesicht. »Sie brauchen Kraft!«, betonte er. »Ich esse, was ich kriegen kann!«

Sein aufrichtig besorgter Blick entlockte Mirage ein Seufzen. »Ich habe schon gegessen.« Das war zwar eine Lüge, aber das musste er nicht wissen.

Ruben zuckte mit den Achseln und steckte sich das Fleischstück endlich in den glänzenden Mund. »Ich bin froh, dass Sie Ihr Versprechen gehalten haben, Madame!«

Eine Weile schwieg Mirage und sah ihm dabei zu, wie er das Hühnerbein ablutschte. Lautstark zerbiss er den Knorpel, dann den Knochen und saugte das Mark aus.

Sie verabscheute es, ihn enttäuschen zu müssen. »Vermutlich hast du gewisse Vorstellungen, wie es nun weitergehen soll.«

»Mit dem Essen?«, schmatzte Ruben. »'n Brötchen könnte ich noch vertragen!«

»Ich habe kein Geld mehr«, erklärte sie. »Meine finanziellen Vorräte sind erschöpft.«

»S' haben immer noch die Villa«, behauptete Ruben. »Können ja ein paar von den staubigen Folianten verkaufen. Dann sin' Se wieder flüssig.«

»Nein«, erwiderte Mirage entschieden. »Die Villa gehört meinem Vater, der nun wieder dort residiert. Um mir während meines Aufenthalts in Tradea eine Unterkunft leisten zu können, muss ich mein Pferd verkaufen. Verstehst du, was ich damit sagen will?«

Ruben kaute langsamer, bis er stoppte. Sein Blick irrte umher. »Wie wollen Sie mir denn ohne Pferd das Aufsatteln beibringen?«

Vorsichtig stieß sie die Luft aus. »Ich kann dich nicht als Hilfskraft behalten, Ruben.«

Sein Blick sackte auf seinen Teller herab. Fettaugen sammelten sich unter den Knochensplittern. »Aber Sie sind doch eine Heldin ...«, sagte er leise. »Die Heldin von Svonnheim.«

Mirage schwieg.

Er riss den Kopf hoch. »Können Sie nicht Ihren Vater ...?«

»Nein«, unterbrach ihn Mirage.

»Aber er hat so viel ...!«

»Nein!« Sie schnitt ihm mit einer Handbewegung das Wort ab. »Mein Vater und ich haben miteinander gebrochen.«

Er presste die Lippen zusammen. »Aber das ist nicht gerecht!«, empörte er sich. »Er hat all diese Reichtümer, er muss Ihnen etwas davon abgeben!«

Sie seufzte. »So funktioniert die Welt nicht.«

Seine Brauen drückten auf seine Lider. »Ich kann machen, dass Sie etwas davon haben!«

»Ich sehe, du möchtest den Kerker näher kennenlernen.«

»Da waren wir schon. War ganz nett dort unten.«

»Am Tisch der Soldaten vielleicht. Frag einmal die Leute hinter den Gittern.«

Bedröppelt rührte er mit dem Zeigefinger in der Soße. »Und wenn ich mich nützlich mache?«, fragte er mit dünner Stimme. »Wenn ich arbeiten gehe für Sie, Ihnen Geld und Kunden für Ihre Alchemika bringe?«

Mirage presste die Lippen zusammen. »Ich bin nicht zum Arbeiten nach Tradea zurückgekehrt. Ich habe hier etwas anderes zu erledigen.«

»Gemeinsam mit dem Lieutenant?«

Seine Frage überraschte sie. »Wie?«

»Ich habe ihn wiedererkannt, auf dem Pferd nebenan. Er ist wohl nach Svonnheim, um Ihnen zu helfen.« Unzufrieden schürzte er die Lippen. »Ich wäre auch gekommen, hätte ich gewusst, dass Sie Hilfe annehmen.«

Mirage seufzte. Der Atemzug drückte gegen ihre verknoteten Arme.

»Ich bin eine gute Hilfe«, behauptete er. »Sie müssen mich nur lassen.«

»Ruben ...«

Mit einem Ruck erhob er sich. »Wir kennen uns noch nicht lange! Sie wissen noch nicht, dass Sie mir vertrauen können. Aber das können Sie!«

»Sitz und iss deinen Braten.«

Mit einem Ruck schob er den Teller von sich. »Als Allererstes werde ich Ihnen eine Bleibe suchen.«

»Mach dich nicht lächerlich, Ruben!«

»Eine Bleibe, wo Sie Ihr Pferd nicht verkaufen müssen. Das ist ein Ahearn-Blut. Und Sie sind eine Heldin. Schon jemals eine Heldin zu Fuß gesehen? Nein, nein, so funktioniert das nicht. Sie essen das!« Er nickte zu den Resten auf seinem Zinnteller. »Sie haben damals gesagt, ich soll aufpassen, dass Sie nicht umkippen. Das tue ich. Sie essen, und ich ...« Ein Arbeiter passierte ihren Tisch mit einer dampfenden Schüssel. Ruben rotierte überraschend geschickt um ihn herum, im nächsten Moment flatterte dessen Mantel, und im nachfolgenden war der Junge auch schon bei der Tür angelangt.

Mirage rieb sich die Stirn. Dieser Junge! Sie hatte momentan keine Energie, sich um ihn zu kümmern – sich um ihn sorgen zu müssen! Wo er steckte und blieb, was er wieder trieb ...!

Sie war zurückgekommen, um zu beenden, was sie hier begonnen hatte. Der Tribun hatte Nifs Rückgrat gestohlen. Und Mirage würde es sich zurückholen.

Um an ihn heranzukommen, musste sie sich in eine Gesellschaftsschicht mischen, der sie nicht angehörte. Hätte Bhaal sie nicht verstoßen, hätte sie sich über seine Wenigkeit an den königlichen Hof schmeicheln können. Verbittert knetete sie ihre Hände. Mit Schrecken stellte sie fest, dass Ruben recht hatte – wie dürr und knochig sie waren, die Haut grau und an den Fingerspitzen zersprungen. Mit dem Hühnchengerippe hatte sie mehr gemein als dem Fleisch daran.

Entnervt zog sie den Teller zu sich. Sein Geruch lockte sie nicht. Sie zwang sich dazu, ein Fleischstück abzulösen, und steckte es in den Mund. Es schmeckte fad. Farblos wie ihr Leben. Widerwillig würgte sie den Bissen herunter.

Das Schwert. Ihre letzte Aufgabe. Und dann? Was würde passieren, wenn sie es endlich hatten, wenn sie es in die Hügel brachten? Wenn sie alledem ein Ende bereiteten?

Sie ließ ein Stück Brotkruste im Fett kreisen wie die Kinder auf dem Eis, wenn des Winters früher Dorfesruh zugefroren war.

Die Rückkehr nach Svonnheim erschien ihr nicht länger schlüssig. Sie ertrug es kaum, den Menschen dort in die Augen zu sehen, die sie so schändlich verraten hatten. Die sie immer noch Hexe nannten und hinter ihr auf den Boden spuckten, wenn sie vorüberschritt.

Sie stockte in der Bewegung. Das Brotstück ertrank im Bratenspiegel. Hier blieb ihr nichts. Dann konnte sie gleich woanders hingehen, weit fort, irgendwohin, wo sie niemand kannte.

»Du und deine Spinnereien, DeBois«, sagte sie laut und steckte die Brotkrume in den Mund. »Falls du es überlebst, dich mit der höchsten Obrigkeit in Tradea anzulegen, kannst du dich immer noch hinträumen, wo der Pfeffer wächst.«

ZEJN

39

Auch wenn Clamorent versprochen hatte, sich um Rougeoyer zu kümmern, schaffte es Zejn nicht, seine wachsende Nervosität zu unterdrücken. Er kehrte zur Königskaserne zurück, wo mittlerweile Ruhe eingekehrt war. Mit dem Koschtschei war auch die Menschentraube aus dem untersten Hof verschwunden. Zejn wandte sich an einen der Pferdeknechte und fragte nach Lieutenant Ahearn und Sergent Rougeoyer. Der Clamorsjünger gab ihm zu verstehen, dass ein Großteil der Soldaten in die bei Gardisten beliebte Couronne-Taverne abgezogen war, um den Helden von Svonnheim zu feiern.

Essi schlief im Stehen ein, weswegen Zejn sie in Ahearns Stallungen unterbrachte und sein wichtigstes Gepäck schulterte.

Dass die halbe Garnison der Königskaserne in der Couronne feierte, war bereits aus der Entfernung zu hören. Unter das Soldatengrölen mischte sich ein unmelodiöser Gesang, den Zejn als clamorisches Heldenlied enträtselte. Er erinnerte sich an die ersten Zeilen, obwohl er sich ausschließlich zum Singen erniedrigen ließ, wenn es ihm seine Vorgesetzten befahlen.

An der Ecke der Couronne brunzte ein Besoffener gegen ein Fass. Schwankend hielt er sich einhändig an der Mauer fest, der Pissestrahl zog seine Kreise und verursachte unterschiedliche Geräusche, je nachdem, worauf er traf. In einer Nische gab sich ein Soldat ein Stelldichein mit einer Hübschlerin. Das Mondlicht zeigte sich dem Alter normalerweise gnädig, aber hier reichte es nicht, um Falten und Pockennarben zu verschleiern.

Zejn unterdrückte ein Seufzen. Er wollte zunächst geradewegs auf die Tür der Couronne zuhalten, die wegen des billigen Kupferschilds, das im Wind schwankte, gemein Kupferkrone genannt wurde. Doch er zögerte. Bevor er eintrat, nestelte er an der Schulter seiner Uniform. Zwei seiner drei Schwalben verschwanden in seiner Gürteltasche. Das machte ihn zu einem einfachen Gardisten von vielen, zu einem Mann von durchschnittlichem Rang – zu einem Soldaten, der sich unter seinesgleichen mischte, um die Rückkehr eines Helden zu feiern. Rougeoyer hatte allen Ruhm beansprucht. Zejn machte ihn ihm nicht streitig.

Hitze, Gestank und Feuchtigkeit platzten ihm beim Eintritt entgegen. Als er die Taverne betrat, rümpfte er die Nase. Nicht nur der Geruch, auch die Stimmung hatte etwas Brünstiges an sich – eine Wand aus Silberblau, die im ausschweifenden Trinkgelage hin und her schwankte und sich in all ihrer Geilheit feierte. Als wären sie dabei gewesen. Als hätten sie gesehen, was Zejn gesehen hatte. Gerettet, was Zejn gerettet hatte.

Er biss die Zähne zusammen und drängte sich hinter einigen Holzsäulen, die die Deckenbalken stemmten, zwischen den Gardisten hindurch. Keinem Anwesenden entlockte er einen zweiten Blick.

Ein Laienspieler mit einer Kithara untermalte den Gesang, der Klang seiner gezupften Saiten so schief wie die Töne, die rund um Zejn ausgestoßen wurden. Reihen an Armen verhakter Soldaten schunkelten hin und her und stießen Zejn im Vorbeigehen an. Er drängte sich zum Wirtstresen vor, auf dessen dunklem Holz Bier und Schnaps klebte, und bestellte sich tradeadisch Kupferkorn, eine Biersorte, für welche die Kneipe bekannt war.

Rougeoyer war in der Masse leicht auszumachen. Erleichtert entließ Zejn den Atem, während er ihn auf einem Stuhl auf einer Tafel entdeckte, als hätte er sich seinen eigenen Thron gebaut. Seine größte Angst, dass Rougeoyer einfach verschwinden könnte, lockerte sich einen Augenblick.

Zejn selbst nahm einen Schluck, während er den Haufen beäugte. Die Gardisten, unter denen auch einige Sergents waren, forderten zu einem neuen Lied auf.

Zejn strich sich über den Bart. Wiederholt wurde die Kneipentür aufgestoßen, Gäste kamen und gingen. Jemand hatte Hübschlerinnen von der Straße eingeladen. Eine davon wurde zu Rougeoyer hochgehoben, wo sie mit senfgelben Rockstreifen und kobaltblauem Bustier tanzte und Rougeoyer ihr prächtiges, gepudertes Hinterteil ins Gesicht streckte. Die Männer lachten, vom Clamorsjungen bis zum Tattergreis, der kaum noch die Klinge zu halten vermochte. Sie alle feierten ihn.

Sollten sie. Es würde sein letztes Hohelied sein.

Zejn beugte sich zu dem Wirt. Der kniff die Augen zusammen und hielt ihm das Ohr hin, damit er seinen Wunsch über den Lärm hinweg verstehen konnte. »Eine Flasche Ihres besten Brands für den Helden von Svonnheim!«, forderte er. »Geht auf mich.«

Der Wirt nickte und packte eine Flasche unter dem Tresen hervor. »Seelenschänder nennt ihn meine Brennerei.«

Zejn warf ihm die Münzen hin, für einen Gemeinsoldaten ein kleines Vermögen. Rougeoyer wurde die Flasche gereicht. Er fragte nicht nach dem Spender, entkorkte sie mit den Zähnen und nahm einen kräftigen Schluck. Mit seinem Lachen platzten Tröpfchen in die Menge.

Humpen um Humpen wurde ausgegeben, trübe Schnapsflaschen kreisten. Pfeifen wechselten Hände und Münder, in denen jene Art Tabak brannte, der andernorts von selbiger Garde konfisziert wurde – möglicherweise stammte er von einer Durchsuchung. Zejn blieb still an ihrer Seite. Im Schatten. Nüchtern.

Ein Schatten. Rougeoyers Schatten.

Zejn spielte mit dem Gott der Zeit und würde das Richtschwert schwingen, auf die eine oder andere Art.

Die Garde feierte bis in die frühen Morgenstunden. Zejn zog sich auf einen Schemel in eine Ecke zurück. Während die anderen von Bier, Wein und Brand Energie schöpften, holte Zejn der Schlafmangel ein. Wiederholt klappten seine Lider nieder, und er war schon fast dafür dankbar, dass sich eine Hübschlerin ungebeten auf seinen Schoß niederließ und damit wach schüttelte. Er schickte sie fort, wo sie ein anderes williges Opfer fand, dem sie allzu offensichtlich das Kupfer aus der Tasche zog, um dann zu verschwinden. Zejn war es egal. Er wartete.

Nach und nach leerte sich die Kupferkrone. Jemand übergab sich auf dem Tisch und wurde vom Wirt am Hosenbund rausgeworfen. Draußen kam es zu einer Schreierei, an der sich ansässige Nachbarn beteiligten, was in eine Prügelei mündete. Eine Garde-Patrouille, die das Pech hatte, Dienst zu schieben, schlichtete den Streit und schickte ihre Kumpane in die Kaserne.

Rougeoyer ließ irgendwann seinen Thron zurück, was vermutlich an der erhöhten Gefahr lag, vom Tisch herabzustürzen. Er hatte Zejns Seelenschänder bis auf ein paar Fingerbreit ausgesoffen, schielte und schwankte gewaltig und verfütterte die Brand-Reste an jene, die das bisherige Debakel überlebt hatten. Mehrere Gestalten schnarchten auf Bänken. Ein junger Gardist, der kaum seine Clamorsweihe überstanden hatte, rief nach Wein und wurde vom Wirt abgewiesen.

»Es reicht!« Der Wirt schnalzte mit einem triefenden Tuch nach einem Soldaten, der schnarchend mit der Backe auf der Theke klebte. »Kafrit kriecht über den Horizont! Kriecht ihr nach Hause!«

Rougeoyer schlang demonstrativ den Arm über die Rückenlehne. Er versuchte, einen Unterschenkel über den anderen zu legen, doch verfehlte. »Wissen Sie überhaupt, mit wem Sie es hier zu tun haben?«, stieß er aus. Ein Schluckauf erschauerte seine Worte.

Falten furchten die Stirn des Wirts bis hinauf zu seiner Glatze, die von einem Haarkranz eingerahmt wurde. »Ich kenne Sie noch aus anderen Zeiten«, brummte er in seinen Schnauzbart. »Die waren weniger rühmlich. Und jetzt verschwinden Sie, bevor ich vor Ihren Freunden«, er nickte zu den drei wankenden Gestalten, die ihn umgaben, »darauf zu sprechen komme.«

Zejns Herz zog sich zusammen. Er musste an die Vogelbotin denken, Rougeoyers dunkles Geheimnis auf dem Dachboden der Svonnheimer Garnison. An die Gerüchte, dass Rougeoyer aus Tradea geworfen worden war, nachdem er sich anderen Frauen gegenüber unsittlich verhalten hatte.

Die gemeinen Gardisten ließen sich rascher vertreiben als Rougeoyer selbst, und als diese Schleifen aus dem Tor zogen, folgte er ihnen, verwaschene, alt-tradeadische Flüche murmelnd. Er stützte sich an den Türbalken, bevor er die Schwelle übertrat und in den frühen Morgen entschwand.

Zejn folgte ihm. Die Frischluft erwischte ihn wie eine Ohrfeige. In einiger Entfernung kehrte ein Anrainer den Weg, eine Frau mit dem senfgelben Tuch einer Hübschlerin blies die Laterne vor der Tür aus und hängte sie zurück an den Haken. Kafrit küsste das Pflaster des Monticule Royale und ließ es schimmern wie die Schuppen einer Meerjungfrau. Der göttliche Feuerball stieg hinter den Schemen des Welle-Gebirges empor und entließ sein gleißendes Licht über der sonst stahlgrauen See.

Rougeoyer murmelte undeutlich vor sich hin, als er den Hügel emporwankte, unbeholfene Schleifen ziehend. Das Schwert in der Scheide peitschte mit jedem Schritt gegen seine Seite. Dennoch drehte er sich einmal um. Zejn verbarg sich hinter einer Häuserecke. Misstrauisch blickte sich der Sergent um und hätte Zejn mit Sicherheit entdeckt, trübte der Schnaps nicht bereits seine Sicht. Zejn erweiterte seinen Abstand.

Zejn wartete, bis er weiterstapfte. Ein Wagen ratterte an ihnen vorbei. Irgendwo läuteten die Glocken des Kafritstempels, der den Morgen begrüßte. Zejn würde sichergehen, dass Rougeoyer in seiner Kammer ankam. Je länger er dort seinen Rausch ausschlief, desto besser. Desto mehr Zeit hatte Clamorent, ihn festzunehmen.

Drei Arbeiter schlenderten die Gasse herab. Sie lüpften ihre Kopfbedeckungen. Einer blieb stehen und sprach Rougeoyer an. Zejn konnte aus der Entfernung nicht viel verstehen. Bloß seinen Namen. Er erkannte ihn daran, wie der Mann die Lippen formte. »… sind Sie Rougeoyer?«

Der Besoffene kniff die Augenbrauen zusammen. Er nickte. Seine Brust schwellte wie die eines Hahns, der zum imposanten Schrei ausholte. Natürlich war er Rougeoyer! Der Rougeoyer! Der Held von …!

Die beiden Männer hintenan zückten die Waffen.

Zejn erstarrte.

Waren das Clamorents Leute? Er glaubte, Gardeschwerter zu erkennen. Erleichterung durchflutete ihn wie Kafrits Licht. Sie nahmen ihn fest! Führten ihn zur Folterbank, wo dieser vermaledeite Hurensohn endlich ausspucken musste, was Zejn und Mirage schon lange wussten! Er würde …!

Rougeoyer packte den eigenen Schwertgriff. Zejn tastete automatisch nach seiner eigenen Waffe und wollte sie ziehen, doch der Sergent wankte derart, dass es ihm nicht gelang, die Klinge aus der Scheide zu fädeln. Zejn wartete, dass die Kleingruppe Handschellen oder eine Halsgeige auspacken würden.

»… wer glauben Sie eigentlich, dass Sie sind …!«, platzte Rougeoyer hervor. Seine Stimme hallte durch die Gasse. *Knebelt ihn schon, verdammt!*

Zejn war versucht, sein Versteck zu verlassen, doch er unterdrückte den Impuls. Seine Einmischung würde bloß Ärger bringen. Clamorent hatte sich als treuer Freund und noch treuerer

Lieutenant gezeigt. Er musste ihn und seine Leute walten lassen.

Der Mann, der Rougeoyer angesprochen hatte, ohrfeigte ihn – zumindest hatte es aus der Entfernung den Anschein. Es riss Rougeoyers Haupt zur Seite, er taumelte ein, zwei Schritte die Schräge hinab und hielt sich die Wange.

Nein, begriff Clamorent. Nicht die Wange.

Den Hals.

Was …?

Er trat einen Schritt aus der Traufgasse hervor.

In diesem Augenblick hechtete der Mann vor, und Zejn bemerkte, dass er ein gekrümmtes Messer bei sich trug. Es blitzte rot im Morgenlicht, und rot verschmiert war die Klinge, mit der er ein weiteres Mal ausholte. *Zack!*

»Nein!«, brüllte Zejn.

Rougeoyer hob abwehrend die Hand. Der Alkohol machte ihn langsam und unbeholfen. Trotzdem gelang es ihm, den Unterarm zwischen sich und die Klinge zu bringen, während er die andere Hand gegen seine Kehle presste. Das Messer produzierte ein helles Geräusch, als es gegen Rougeoyers Unterarmschützer prallte. Wie ein Skorpion zog der Attentäter den Arm zurück und holte ein weiteres Mal aus.

Zejn riss das Schwert hervor. Er entließ einen Schrei, als er aus der Traufgasse hetzte, und zog somit die Aufmerksamkeit der Angreifer auf sich. Kapuzen beschatteten ihre Gesichter, bloß die Münder wurden von der Morgenröte erhellt. Zwei Männer, eine Frau.

Einen Augenblick standen sie still, bemaßen ihre Möglichkeiten, Angriff oder Rückzug. Die Frau schnippte – und ihre Partner setzten sich in Bewegung.

Hintenan stolperte Rougeoyer rückwärts, während er seinen Hals umklammerte. Das Gesicht wächsern, bahnte sich Schweiß seinen Weg über die Stirn. Blut quoll zwischen seinen Fingern hervor und benetzte den Kragen seiner Uniform, breitete sich auf dem blauen Stoff dunkelviolett über seine Brust aus.

Zejn konnte das Gefühl, das ihn vorwärtstrieb, nicht benennen. War es Wut? Möglicherweise. Zorn auf das Schicksal, auf Epena, auf alle Götter – auf diese Männer, die Rougeoyer mitten auf der Straße die Kehle durchschnitten und damit alles zunichtemachten! Der Tribun hatte ihn ein weiteres Mal ausgetrickst.

»Tuez – le!«, befahl die Attentäterin, auf deren Dolchklinge ein Blutfilm klebte.

Die Klingen krachten, als er mit den anderen beiden Männern zusammenprallte. Seine Schläge kamen grob und kraftvoll, aber die drei Gegner stellten sich nicht als plumpe Straßenschläger heraus. Sie formierten sich, was sie zumindest als Söldner identifizierte, vermutlich aber als Gardisten wie Vincent Moreau, inkognito geschickt, um die Spuren aus den eigenen Rängen zu verwischen.

Sie parierten Zejns Schläge, wurden jedoch durch die bloße Wucht zurückgedrängt. Jedes Mal, wenn einer zurückwich, sprang ein anderer an die Stelle. Die Anführerin wechselte von Messer zu Säbel, lang und dünn und leicht gebogen. Das Metall besaß einen merkwürdig schwarzvioletten Glanz, den Zejn auf das Morgenrot zurückführte. Wie eine Tänzerin kreiste sie zwischen ihren Leuten hindurch und attackierte Zejn. Innerhalb von mehreren Schlägen und Paraden wurde Zejn vom Angreifer zum Verteidigenden, was just an der Übermacht dreier geübter Söldner lag, die ihre Aufmerksamkeit auf einen Gegner fokussierten. In angestrengten Stößen entkam ihm die Luft. Sie trieben ihn zurück, nutzten die Unebenheit der Straße und verstärkten ihre Attacken, indem sie die Schwerkraft zu ihrem Vorteil einsetzten, welche Zejn rückwärts die abschüssige Straße herabzog. Mit zwei raschen Schritten durchbrach einer von ihnen Zejns Deckung und gelangte hinter ihn.

Aus dem Augenwinkel bemerkte er einen kommenden Hieb. Er parierte. Stattdessen traf ihn ein Schwerthieb im Rücken. Sein Kettenhemd klirrte, der Schlag brachte ihn fast auf die Knie. Er taumelte gegen einen anderen Gegner, warf den Arm vor in der Hoffnung, für ein Überraschungsmoment zu sorgen, indem er eine Metallrüstung zersplittern ließ, stieß aber bloß gegen einen Lederpanzer.

Zwei der Assassinen nutzten den Augenblick. Der Säbel sauste durch die Luft, die Schatten des Gerangels verzerrten an den Gebäudewänden. Zejn parierte, dafür erwischte ihn der nächste Schlag. In seiner Not tat er es Rougeoyer gleich und warf den Arm mit dem Schützer vor, die Klinge traf mit voller Wucht, Schmerz schauerte durch seine Knochen. Handschuhleder spaltete, Kettenstücke zersprangen. Er grunzte, als der Säbel in seinen Unterarm biss. Der Schmerz flammte ihm durch Arm und Hand. Er versuchte, Zugang zu dem Metall zu finden, das ihm diese Wunde verursachte, doch die Müdigkeit ließ ihn zu langsam reagieren. Kaum sammelte er sich, riss der Angreifer die Klinge zurück und setzte zum nächsten Hieb an.

Ein Schlag ging von hinten auf ihn nieder. Sein Helm klingelte wie Kafrits frühmorgendliche Tempelglocken. Zejn parierte eine Attacke, dann noch eine. Er versuchte, mit der freien Hand ein Schwert zu packen, doch als kannten sie sein Talent, mühten sie sich ab, mit raschen Angriffen außer Reichweite zu bleiben. Sein Kettenhemd klirrte unter jedem Schlag, den er nicht zu parieren vermochte, die Wucht der Schläge quetschte Gewebe, ließ Knochen vibrieren, trieb ihm die Luft aus dem Brustkorb. Ein weiterer Hieb zielte auf sein Bein und spaltete den Lederschutz. Glühend heiß rissen Haut und Muskeln. Pfeifend entwich Zejn der Atem. Er sackte ins Knie. Die Wunde, die ein Untoter bei der Belagerung von Svonnheim gebissen hatte, platzte auf. Der aufflammende Schmerz raubte ihm die Sinne, was die Attentäter nutzten. *Zack-zack-zack!*

Sein Helm verrutschte, er wurde zur Seite gerissen. Knackend schlug seine Kniescheibe gegen das Pflaster. Er taumelte, versuchte noch, Gleichgewicht zu suchen, und musste dazu das Schwert verwenden, was seine Parade vernachlässigte. Der Schwertgriff glühte in seiner Hand, die Klinge schimmerte rötlich, doch es nützte ihm nicht. Zischend suchte sie Halt zwischen den Pflastersteinen des Monticule Royale.

Wie dumm du bist, schoss es Zejn durch den Kopf. Dachtest du, der Tribun schickt Clamorsjünger, seine Spuren zu verwischen?

Durch die Sichtschlitze seines Helms nahm er bloß Schatten wahr. Vor ihm zog die Anführerin den Säbel zurück, um zuzustechen – durch sein Visier. Zejn riss den Mund auf. Er sah die Spitze nahen, violett blitzte der dunkle Stahl auf. Da erkannte er, dass es nicht das Morgengrauen war, das diesen Eindruck erweckte.

Es handelte sich um nachtelfischen Stahl. Diese Frau besaß eine antimagische Waffe.

Er konnte die Klinge nicht mit seinem magischen Talent sprengen.

Etwas Faustgroßes traf die Frau an der Schläfe. Da sie keinen Helm trug, riss es sie kurz zur Seite. »Attaque!«, rief eine hohe Stimme. Ihr antwortete das Schrillen zahlreicher Kinderstimmen.

Die Assassine griff sich an den blutenden Schädel und sah über die Schulter, als weitere Gegenstände heransegelten – ein Stein traf sie direkt zwischen den Augen.

»Lasst keine Überlebenden!«

Ein Brocken prallte gegen Zejns Helm und ließ seinen Kopf klingeln. Ein Schwertstreich erwischte ihn flach am Rücken, seine Schwertspitze ratterte über das Pflaster, und er stürzte endgültig, von der Wucht getrieben. Überall ertönte dumpfes Klacken und Poltern. In der Nähe barst ein Glasbehältnis, Feuer flammte auf, begleitet von dem Heulen eines jungen Wolfsrudels.

»Was zum Henker …?«, stieß hinter ihm einer der Angreifer aus.

»Tötet die Ratten!«, entfuhr es einem anderen.

»Verdammt, die rollen ein Fass vom Dach …!«

Zejn versuchte, etwas zu sehen, und hievte sich auf. Er bekam gerade noch ein Fass zu sehen, das auf dem Pflaster zerschmetterte. Augenblicklich wurde sein Inhalt in Brand gesetzt. Eine Welle flammender Flüssigkeit kam auf ihn zu.

Er merkte, wie seine Angreifer in Bewegung kamen und der Flutwelle auswichen. Er hingegen lag noch immer auf dem Boden, und sosehr er sich auch aufzurappeln versuchte, die brennende Flüssigkeit war schneller.

Mit einem Ruck wurde er zur Seite gerissen. Er hörte, wie seine Rüstung über das Pflaster ratterte. Überall liefen kleine Gestalten, wie Zwerge, nein, Ratten, die aus Löchern und Fenstern gekrochen kamen.

Brennende Bündel segelten von den Dächern.

Jemand schrie nach der Feuerwehr.

»Wir haben ihn! Wir haben ihn!«, rief ein Junge. Er merkte, dass ihn mehrere Kinder am Mantel gepackt hatten und in eine Seitengasse schleiften. Sie hörten dort auch nicht auf, sondern setzten ihre Entführung fort.

Jemand pfiff neben ihm. Der Pfiff wurde über die Dächer fortgetragen. Ein rhythmisches Stampfen und knappe Schreie kündigten die Garde an. Zejn sah unter seinem schief sitzenden Helm den Boden, über den er geschleift wurde, und in Lumpen gehüllte Füße, die an ihm vorbeitrappelten. »Lass mich los!«, rief er aus.

Irgendjemand schien auf ihn zu hören. Mitten in der Traufgasse kam er zum Liegen. Ächzend wälzte er sich auf den Rücken, packte seinen Helm und schob ihn zurecht. Über ihm erschien der Schlitz des Himmels zwischen den Dachkanten, über den sich ein rundes Jungengesicht beugte. An ihnen vorbei liefen dreckige Kinder. »La Garde! La Garde!«

»R-Rougeoyer … der Mann … der Verletzte …«

»Keine Sorge, meine Ratten haben ihn sich geschnappt und schleppen ihn zum nächsten Gäga-Tempel.« Der Junge spreizte den Mund zu einem Zahnlückenlächeln. »Mirage DeBois schickt mich«, sagte das Kind. »Ich soll Ihnen sagen, wo sie jetzt wohnt.«

40

Ratten hatten ihm das Leben gerettet.

Zejn wunderte mittlerweile wenig, doch die Tatsache, dass ausgerechnet Straßenkinder verhindert hatten, dass er auf offener Straße erschlagen wurde, kratzte an seinem Ego.

Mirages ganz persönlicher Helfer verriet ihm, wo die Alchemistin nun untergebracht war, und verschwand dann eilig wie seine kleinwüchsigen Kumpane. Für das leichtsinnige Hantieren mit Feuer in der Öffentlichkeit wurde man in Tradea schon mal aufs Schafott gehievt. Hatte Kafrit sich erst einmal in einen Dachstuhl verbissen, bestand die Gefahr, dass ganze Stadtteile seinem lodernden Wüten zum Opfer fielen.

Er musste Rougeoyer finden. Wenn dieser am Weg verendet war … Zejn mochte sich das Szenario gar nicht vorstellen. Der Sergent war ein Zeuge – aus Toten konnte selbst der versierteste Foltermeister nichts mehr herausholen.

Der Haupttempel der Lebensgöttin Gäga befand sich außerhalb der Reichweite des Viertels, doch es gab eine Suppenküche, die von Eleven der Gäga sowie Avoruns bewirtet wurde, einen kleinen Schrein sowie eine Seelstatt. Der Schrein befand sich mitten am Monticule, weswegen Zejn sich zunächst dorthin schleppte. Niemand hatte die Kinder oder Rougeoyer gesehen, was ihn kaum weiter verwunderte, da die Ratten in dieser wohlbetuchten Gegend wohl nicht viel Zuwendung erfahren hätten. Die Suppenküche und die Seelstatt lagen jenseits des Canal Monticules, außerhalb der Villengegend. Zejn war froh, dass ihn seine Schritte bergab trugen, während sich Tradea in voller Pracht aus dem Morgengold schälte. Der Wind trieb bauschige Wolken vor sich hin wie ein Hirte einzelne Schäfchen.

Im Schatten einer Plane rührte ein einsamer Eleve in einfacher Kutte in einem Eisenkessel aus wässrigem Rüben-Gersten-Brei, die Flammen leckten am rußigen Metall. In dem behelfsmäßig aufgeschlagenen Zelt war Rougeoyer nirgends zu sehen. Auch auf Zejns Frage schüttelte der junge Mann mit Tonsur bloß den Kopf.

Da die Schmerzen in seinem Bein zunahmen und sich auch die Prellungen bemerkbar machten, pfiff er eine Bäuerin heran, die auf einem mit einem Esel vorgespannten Karren Rüben zum Markttag transportierte, und bat sie, ihn ein Stück mitzunehmen.

Ein ganz und gar aus Holz gestalteter Tempel stopfte sich zwischen zwei massive Gebäude. Die Sonne hatte sein Gesicht verbrannt, der Wind es geschliffen. Einige Schindeln des in mehreren Ebenen angelegten Dachs, das sich zu einem eckigen Turm verjüngte, mussten frisch getauscht worden sein, denn sie strahlten noch hell. Wer sich die Göttin des Lebens nahe halten wollte, besuchte regelmäßig ihre Messen. Die Gäga-Priesterschaften erfreuten sich daher auf gesamt Aurora an regem Zufluss, vom niedrigsten Knecht hinauf bis zum verschwenderischsten König gab jeder seinen Zehnt, in der Hoffnung, sein Leben dadurch zu verlängern.

Als Zejn das Innere des Holztempels betrat, bemerkte er geschäftiges Rascheln und Murmeln. Der vordere Teil der Seelstatt war als Bittstelle angelegt, Bankreihen wandten sich einer Gäga-Skulptur zu, die aus einem knorrigen Wurzelstock geschnitzt worden war. In ihren nach oben geöffneten Händen lag sowohl ein Gäga-Brocken, der im Zwielicht des Hausinneren geheimnisvoll glühte, als auch ein Stück Brot. Obwohl es sich bei dem Gäga-Brocken um ein kleines Vermögen handelte, geschah es kaum, dass jemand derartige Relikte stahl – zu tief saß die Angst, die Göttin könne sich gegen ihn wenden.

Die Priesterschaft würde ihn niemals Gäga aus den Fingern nehmen. Nicht einmal für Rougeoyer.

Ein Eleve platzte hinter ihm in die Seelstatt, weiß schnitt das Licht über die Bänke. »Bei den Göttern!«, rief er aus, als er Zejn entdeckte. »Ich habe schon überall eine Patrouille gesucht! Einer Ihrer Männer wurde schwer verletzt zu uns gebracht!« Er winkte Zejn zu sich, wieselte selbst zwischen den Bänken hindurch und schlug im Vorbeigehen der Göttin ein automatisches Zeichen.

Zejn folgte ihm hastigen Schritts, biss die Zähne zusammen und unterdrückte alle Schmerzen, um sich auf das Hier und Jetzt zu konzentrieren – sowie Rougeoyer. Sie durchquerten einige düstere Räumlichkeiten, bis der junge Mann eine Tür öffnete, durch die Tageslicht drang. Mit dem Zwitschern von Vögeln gelangten sie in einen kreuzförmig angelegten Klostergarten. Die meisten Beete lagen in Winterruhe und erwarteten, im Frühjahr frisch bepflanzt zu werden, doch manche winterharte Kräuter reckten selbst jetzt die zähen Blätter und Nadeln aus der grauen Erde.

Sie durchquerten den Innenhof und gelangten zu einem weiteren Tor, das sie in einen Saal einließ. An den aneinandergereihten Ruheplätzen und einigen verkümmerten Gestalten, die darauf lagen, sowie dem sauren Geruch, der aus den Laken stieg, erkannte Zejn, dass es sich um ein Krankenlager handelte.

Bewegung und dumpfe Stimmen am Raumende zogen Zejns Aufmerksamkeit auf sich. Mehrere Priesteranwärter und -anwärterinnen in verschiedenen Stufen ihres Initiationsverfahrens versammelten sich rund um ein Bett. Hervor stach ein Priester, der seine aufwendige Kopfbedeckung auf einem Schemel abgestellt hatte, die ihn als Ober der Seelstatt auszeichnete. Er beugte sich über den Verletzten, den die Eleven festhielten, und blickte auf den Mann mit der zerschnittenen Kehle herab.

Zejns Schritte verschnellerten sich beim Anblick der blau-weißen Uniform.

»Cellérier!«, rief der Eleve, der Zejn geholt hatte, doch dieser überholte ihn mit klirrendem Kettenhemd.

Das Gesicht des Obers zuckte kurz zur Seite, hager, Hakennase, strähniges Haar, das er wohl mit blutigen Händen zu bändigen versucht hatte. Seine Nasenflügel blähten sich vor Anstrengung, er klammerte seine hagere Hand um die zerschnittene Kehle, dunkel quoll Blut hervor.

»Chaud devant!«, rief eine Frauenstimme hinter Zejn und ließ ihn zur Seite springen. »Du balai!«, herrschte eine zweite.

In Seidenpantoffeln schlüpften zwei Mädchen mit einem Wasserkessel an ihm vorbei. Wie sie es schafften, das dampfende Wasser im Lauf nicht zu verschütten, blieb ein Rätsel. Die in weiße Leinenbinden gewickelten Unterarme deuteten darauf hin, dass es sich um Krankenschwestern handelte, die geübt waren, Verletzte zu versorgen. Nach ihnen gelangte Zejn zum Krankenbett.

Rougeoyers Knie zuckten. Er selbst klammerte sich nach wie vor eine Hand an die Kehle, die Hand des Obers rutschte durch all das Blut darüber.

»Halten Sie!«, herrschte der Ranghöchste der Seelstatt, während er sich nach Tüchern umdrehte. Ein Eleve trocknete ihm die Finger, auf denen sich Härchen wie Silberdraht krümmten. Eine Schweißperle bahnte sich ihren Weg über seine Schläfe.

»Lieutenant Zejn«, stellte sich Zejn knapp vor. »Wie kann ich helfen?«

Rougeoyers Augen zuckten. Sein Blick heftete sich auf Zejn. Seine zusammengepressten Lippen lösten sich einen Augenblick, er wollte einen Laut ausstoßen, bloß rosiger Schaum drang hervor.

»Unterlassen Sie das!«, herrschte ihn der Ober an.

Rougeoyer sah Zejn fest an, die Augen geweitet. Bläschen bahnten sich einen Weg seine Wangen hinab. Blut, überall Blut – dunkelrot, fast schwarz. In all dem Unglück ein gutes Zeichen, Epena besaß schwarzen Humor. Denn dunkles Blut floss nicht so rasch wie helles.

Der Sergent starrte zu Zejn empor – und einer seiner Mundwinkel hob sich. Er … lachte. War es der Blutverlust, der ihm den Verstand raubte? Sah er bereits hinter die weltliche Fassade und erblickte Nifs Gesicht hinter dem Schleier? Sollte auf jemanden wie ihn nicht Holler warten, der ihn mit seiner Richterpeitsche Angst und Schrecken lehrte? Oder war Rougeoyer einfach noch so betrunken, dass er nicht begriff, wie nah er sich an der Grenze zum Tod befand?

Die Blutspur verlängerte dieses Grinsen grotesk. Zejn lief ein Schauer über die Arme. Als sich Rougeoyers Blick ein weiteres Mal mit seinem verhakte, ja, sich festklammerte, da wusste er: Der Sergent sah ihn, keinen Gott.

Sein Mund zitterte, formte lautlos Worte. Obwohl es unmöglich zu sagen war, glaubte Zejn zu wissen, was Rougeoyer ihm mitzuteilen versuchte. *Du brauchst mich.*

Und Zejn hasste es, dass er recht hatte. Denn wenn Rougeoyer starb, starb auch Zejns Verbindung zum Tribun. Dieser hatte den Sergent auf seine eigene Art mundtot gemacht – indem er ihm die Stimmbänder zerschnitten hatte.

Zejn zitterte, er konnte nicht anders, als den Blick zu lösen.

Kurz irrte er durch den Raum, bis die dumpfen Befehle des Obers wieder seine Aufmerksamkeit kanalisierten. »L'épingle!«, verlangte er und streckte die gewaschene Hand aus. Eine der Schwestern reichte ihm eine gebogene Nadel, an der sie einen Faden befestigt hatte. »Korn«, grunzte der, und ein Eleve goss etwas Schnaps über seine Finger. Dann schob der Oberste jene Hand zur Seite, die sich mühte, Rougeoyers Kehle geschlossen zu halten. Frisches Blut quoll dunkel hervor. Rasch setzte er zu einem Stich an, bevor es seine Sicht vollkommen verdeckte.

Rougeoyer presste die Augen zusammen, sein Mund krümmte sich zu einem Schrei, doch bloß ein Röcheln drang hervor, sein Gesicht eine Maske der Qual.

»Ich kenne einen Heiler«, merkte Zejn an. »Ich versuche, ihn zu erreichen.«

»Hoffen Sie, dass Ihr Kamerad bis dahin überlebt«, kommentierte der Cellérier. Der Faden verursachte ein eigenartiges Geräusch, als er ihn glatt zog.

Zejn zwang sich mit Gewalt herum und rannte, so schnell es seine Verletzungen zuließen.

41

Zejn fühlte sich wie ein werdender Vater, der gezwungen war zu warten, bis man ihm die Nachricht von Über- oder Ableben seiner Familie brachte. In ihm stritten widersprüchliche Gefühle. Er konnte Rougeoyers Lächeln nicht aus seinem Kopf verbannen, die Regung seiner Lippen: *Du brauchst mich.*

Es kränkte ihn, dass er sich in einem Abhängigkeitsverhältnis zu diesem grässlichen Mann befand.

An ihm vorbei eilten Schwestern durch den Innenhof, trugen frische Tücher bei sich. Mit der Ankunft von Magister Beinwell war noch mehr Aufregung in die Seelstatt gekommen, denn jeder wusste – wenn für einen Sergent ein Heilmagier gerufen wurde, besaß sein Überleben höchste Priorität. Hinter den Butzenglasfenstern des Krankenlagers kam es sogleich zu einem lautstarken Konflikt, der wohl zwischen Magister Beinwell und dem Cellérier ausgetragen wurde. Durch die Mauern konnte Zejn nichts verstehen, doch die Männerstimmen waren eine Zeit lang zu hören, und wenig später flohen einige Eleven aus dem Saal. Ein Hochmagier und ein Oberster einer Seelstatt – sie standen in ihren Rängen in einer ähnlichen Hierarchie, weswegen sie sich wohl uneins waren, wer hier das Sagen hatte.

Zejn fing Schwestern und Eleven ab, die den Saal durch den Innenhof verließen, aber niemand wollte oder konnte ihm Auskunft geben. Er verharrte also zwischen den Kräuterbeeten und übte sich in der militärischen Disziplin der Geduld.

Die Zeit verstrich, die Kälte kroch unter seine Uniform und vereinnahmte Finger und Zehen. Er versuchte, Schleifen zwischen den Beeten hindurchzuwandern, zwischen Kohlköpfen, Weißkraut und winterharten Gewürzen hindurch, um sich aufzuwärmen, blies sich in die erkaltenden Hände und sah auf, als endlich das Tor aufklappte und der Ober in Begleitung zweier Priesteranwärter den Krankentrakt verließ. Zejn eilte ihm entgegen. »Vater Ober, wie sieht es aus?«

Der Cellérier kniff die schmalen Lippen zusammen und bemaß ihn mit einem kalten Blick, schritt einfach zügig an ihm vorüber. »Da fragen Sie lieber Ihr reizendes Mitbringsel.« Gereizt blähte er die Nasenflügel und marschierte von dannen.

Zejn blickte ihm verwirrt nach, doch seine Aufmerksamkeit wurde von der Samtrobe Beinwells gebannt, der nun ebenfalls in den Innenhof stieg. Der ältere Mann herrschte seinen Eleven an, ihm die Hände mit Flüssigkeit aus einem Wasserschlauch zu benetzen, schrubbte sich das Blut von den faltigen Fingern und trocknete sie mit einem dargereichten Tuch. Zejn lief ihm entgegen, sein Herz trommelte vor Aufregung. »Ist er …?«

»Er lebt«, fokussierte sich Magister Beinwell auf das Wesentliche. »Was nicht diesem Greis mit einer Nadel zu verdanken ist, der mir die Arbeit verunmöglicht.«

Zejn warf einen Blick über die Schulter, wo der Ober auf der anderen Hofseite im Komplex der Seelstatt verschwunden war. Bloß jemand wie Beinwell oder DeElephantine trauten sich, den Ranghöchsten einer Seelstatt zu beleidigen – und ihn auch noch als Greis zu bezeichnen, obwohl sich Beinwell und er mit Sicherheit im selben Alter befanden.

»Zum Glück Ihres Kameraden hat der Angreifer die Aorta verfehlt und bloß die vena jugularis erwischt. Wie genau ihm das gelungen ist, weiß ich nicht – entweder handelt es sich beim Attentäter um den größten Pechvogel aller Zeiten, oder Ihr Sergent wird von Epena bevorzugt.« So konnte man es wohl sagen. Beinwell kniff die Augen zusammen und rieb das Tuch, das mittlerweile hell- und dunkelrosa Flecken angenommen hatte, so fest über die Fingerknöchel, dass diese von Druck und Kälte ganz rot wurden. Sorgfältig kratzte er Blutreste aus den Rillen seiner Fingernägel. »Was mich dazu bringt, warum ich für einen gewöhnlichen Sergent gerufen wurde, der vermutlich von irgendwelchen Schlägern der Bastarde angegriffen wurde. Was hat es damit auf sich?«

»Ich war auch ein Sergent, und Sie haben sich um mich gekümmert. Und Mirage war nicht einmal das.«

»Die Garde musste auch unglaubliche Summen für meine Dienstleistungen zahlen, das können Sie mir glauben. Und Mirage … nun, diese Frau ist mein ganz persönliches Projekt, in das ich aus freiem Willen meine Ressourcen stecke, oder besser gesagt – steckte. Sie erwies sich leider als äußerst undankbar.« Er krauste die Nase.

Zejn kratzte sich am Haaransatz. Beinwells Reaktion auf Mirages Undankbarkeit erinnerte ihn an DeElephantine, seine persönliche Faszination war vermutlich aus akademischer Sicht nachvollziehbar, doch auf menschlicher Ebene verstand Zejn ihn nicht.

»Also wollen Sie mir nun sagen, wieso dieser Mann meine Aufmerksamkeit verdient?«

»Möglicherweise haben Sie schon von ihm gehört«, brummte Zejn. »Es handelt sich um den Monsterschlächter von Svonnheim.«

»Ah …« Erkenntnis blühte in Beinwells Gesicht, er nickte, dann zuckte sein Mundwinkel amüsiert, was bei ihm jedoch nichts bedeuten musste. »Die Sergents unserer Stadt mausern sich ja ganz schön.«

»Kann ich … mit ihm sprechen?«

»Sprechen wird Ihr Sergent so schnell nicht.« Beinwell mimte einen Kehlenschnitt mit der Handfläche nach, dann warf er seinem Eleven das Tüchlein zu, das dieser aus der Luft fing.

»Dann eben schreiben.«

Beinwell blinzelte. »Ich glaube, Ihnen ist die Schwere seiner Verletzungen nicht ganz bewusst, Lieutenant. Auch wenn die Vene getroffen wurde und nicht die Aorta, hat dieser Mann wahnsinnig viel Blut verloren. Hätte er nicht selbst mitgeholfen, die Blutung zu unterbrechen, wäre er auf dem Weg hierher mit Sicherheit verblutet. Damit sein Kreislauf nicht zusammenbricht, musste ich ihm Flüssigkeiten zuführen und seinen Herzschlag auf künstlichem Wege verlangsamen. Er schläft, und das wird er noch eine ganze Weile. Ich kann Wunden heilen, aber kein Blut erschaffen – das muss sein Leib von allein rückbilden. Wenn er erwacht – falls er erwacht –, werden wir sehen, ob von Ihrem Sergent noch der Mann übrig geblieben ist, den Sie kannten, oder nur ein brabbelnder Idiot.«

Zejn biss die Zähne zusammen.

Beinwell musterte kalt sein Gesicht. »Jetzt scheinen Sie endlich zu verstehen, Lieutenant«, stellte er fest.

42

Zejn entsendete zwei Boten, die eine Nachricht über das Attentat von Rougeoyer sowohl zu Clamorents Rosenvilla als auch zu dessen Kaserne sandten. Seine eigenen Verletzungen meldeten sich schmerzend zu Wort. Da er von Rougeoyer keine verfügbaren Kräfte abziehen wollte, beschloss Zejn, seine Verletzungen zu Mirage zu tragen. Die Beschreibung der Ratte, die ihn vor den Attentätern gerettet hatte, führte ihn zu einer Wäscherei, die als Brücke über dem Kanal errichtet worden war. Der Geruch von Seife überdeckte den von Unrat und Fisch. Das Zwitschern der Waschweiber tönte aus den geöffneten Fenstern und trieb davon wie schillernde Seifenblasen auf dem Kanalwasser. Von Wäscheleinen flatterten Kleider.

Zejn klopfte am Haupttor. Ein Mädchen mit Bundhaube öffnete ihm. Sie wusste mit Mirages Namen nichts anzufangen, legte ratlos den Finger an die Unterlippe und rief nach ihren Freundinnen. Stufen führten zu dem Kanalbett hinab, auf denen sie mit Waschbrettern hockten und mit starken Armen die Flecken aus der Kleidung scheuerten.

Ein Pfeifen zog Zejns Aufmerksamkeit auf sich. Auf einem hölzernen Überbau, der das Wäscherei-Gebäude mit jenem auf der gegenüberliegenden Straße verband, entdeckte Zejn Mirages Jungen, der zu ihm herabwinkte und mit den Füßen wackelte. Selbstzufrieden wies er mit dem Daumen auf die Bruchbude auf der anderen Straßenseite.

Seufzend bedankte sich Zejn bei dem Mädchen und wanderte zum Haus ab. Das Kind verschwand im Übergang, von dem Socken, Taschentücher und Unterhosen tropften.

Zejn wollte gerade klopfen, da öffnete sich die Tür wie von Geisterhand. Der Junge grinste ihm entgegen. »Monsieur«, sagte er gedehnt. »Treten Sie ein!«

Zejn räusperte sich und überlegte, ob Dankesworte angebracht waren, doch das Kind machte sich ein Spiel daraus, sich zu verbeugen und mit seinen dreckigen Grapschfingern ins Hausinnere zu weisen.

Schweigend trat Zejn ein. Drinnen hielt er an.

»Warum steht hier ein Pferd?« Er stand direkt vor dem grau getupften Arsch von Mirages Apfelschimmel, der mitten in der Stube mit dem Schweif peitschte.

»Madame DeBois ist gerade dabei, den Innenhof freizuräumen. Man lässt in dieser Gegend kein Ahearn-Blut stehen. Ich dachte, Sie sind von der Garde? Müssten Sie das nicht wissen?«

Zejn sah etwas ungläubig drein, dann drängte er sich an dem Ross vorbei. Es mampfte Hafer aus einem Eimer.

»Sergent!«

Zejn blickte über die Schulter.

Der Junge klopfte dem Pferd auf den Po. »Ich meinte das Ross.«

Zejn stieß die Luft aus. »Mirage!«, herrschte er ins Haus hinein. Dieses Kind mochte zwar nicht wie Mirage aussehen, doch ihren Charakter hatte es definitiv übernommen.

»Im Hof«, verwies ihn der Junge säuerlich und drängte sich an ihm vorbei, um ihn zu einer Hintertür zu führen.

Lautstarkes Klappern kündigte Mirage an, die Holzschindeln und geborstene Balken eines in sich zusammengefallenen Schuppens auf einen Haufen warf. Die Erwartung eines schadenfrohen Lächelns erfüllte sie nicht. Genau genommen begrüßte sie ihn überhaupt nicht, ja, schien sich nicht einmal sonderlich für seine Anwesenheit zu interessieren. Aus irgendeinem Grund ärgerte es ihn. Dabei sollte er es besser wissen.

»Mirage!«, rief er aus.

Sie bückte sich nach morschen Holzstücken und warf sie zur Seite. »Gut, dass Sie da sind. Sie können gleich zupacken, bevor mir Sergent in die Hütte scheißt.«

»Ich bin verletzt!«

»Wann sind Sie das nicht?« *Klonk-klonk* machten die Dachschindeln, während sie über den Haufen schlitterten.

Hintenan kicherte Ruben.

Zejn biss die Zähne zusammen. Die beiden gaben ja ein ulkiges Paar ab. »Rougeoyer wurde attackiert.«

Das brachte Mirage dazu, innezuhalten. Sie wandte sich um und wischte sich mit dem Handschuh über die Stirn. »Mh. Das war also der Kerl, von dem Ruben gesprochen hat.« Holzspäne verfingen sich in ihren Haaren.

»Er hat schwere Halsverletzungen erlitten«, presste Zejn hervor. »Beinwell hat ihn behandelt. Er schläft. Sein Verbleib ist ungewiss.«

Sie musterte ihn, die Risse seiner Kleidung, das dreckverkrustete Rüstzeug. Endlich erbarmte sie sich, ihre Handschuhe abzustreifen. »Ich wünschte, ich könnte sagen, dass es mir leidtut. Aber die Wahrheit ist, Rougeoyer war ein Hurensohn, und wer auch immer ihm das Messer in den Hals gerammt hat – er hat es vermutlich verdient.«

Du hast ja keine Ahnung.

Sie warf die Handschuhe auf den Holzstapel.

»Kommen Sie«, nickte sie zurück zur schäbigen Front. »Ich sehe mir Ihre Verletzungen an.«

Der Wind rüttelte an den Fensterläden, pfiff durch die Dachschindeln, irgendwo klopften Schritte, und ein Baby schrie. Hinter der Tür, die neben dem Wohnraum wohl in den Keller führte, schimmerte Wasser. Anstatt des penetranten Kanalgeruchs lag angenehmer Seifenduft in der Luft; ein Zeichen, dass das angestaute Wasser zuvor durch die gegenüberliegende Wäscherei geflossen war.

Mirage hatte die Fensterläden verbarrikadiert, damit der Winterwind keinen Einlass fand. Die Gegend rund um den Canal Verdoyant hatte sich einst bemüht, zur Erweiterung des Händlerviertels aufzusteigen, doch richtig gelungen war es nie. Niemand hier konnte sich Fensterglas leisten. Man durfte sich freudig schätzen, wenn man neben einer Wäscherei wohnte und keiner Gerberei, in der die Arbeiter durch Urin wateten.

Auf der Küchentafel hatte Mirage die kärglichen Reste ihrer alchemischen Küche aufgebaut. Unter einem aufgemauerten Sockel flackerte ein Feuer aus den morschen Dachschindeln des Innenhofs. Im Vorraum, der bloß von einer gezimmerten Wand abgeschirmt wurde, stapfte das Pferd vor sich hin.

Auffällig war, dass der Junge blieb. Er kletterte eine Leiter empor, deren Ende in einer Deckenluke verschwand, und ließ von einer der oberen Sprossen die Beine baumeln. Dafür schien er viel zu groß und zugegebenermaßen auch zu breit. Es war unmöglich, sein Alter genau zu schätzen, doch Zejn taxierte ihn auf zehn bis zwölf Jahre, trotz seiner fehlenden Schneidezähne. Von oben beobachtete er Zejn und Mirage wie aus einem Krähennest.

Mirage stocherte mit einem Schürhaken das Feuer auf und legte Holz nach. »Legen Sie Ihr Beinkleid ab.«

Der Junge schnaubte von seiner Aussichtsplattform. »Das will doch niemand sehen!«

»Und er ist?«, wies Zejn mit dem Daumen empor.

»Ihr Retter Ruben, wie ich hörte«, sagte Mirage gelangweilt.

»Er war nicht müde, davon zu erzählen, wie er Sie mit seinen Freunden durch die Gassen gezerrt hat und Ihr Helm dabei über die Pflastersteine ratterte.« Sie packte einen Kessel. »Ruben, hole Wasser.«

»Aber …!«, protestierte er, seine in Lumpen gepackte Füße zappelten.

»Du wolltest helfen. Hier bitte ich darum.«

Trotzig stieß er die Luft durch die Nase. Dennoch fügte er sich. Er stieg von der Leiter herab, packte den Kessel am Bügel, an dem man ihn aufhängen konnte, und wackelte damit Richtung Haustür. Durchaus lautstark knallte die Tür hinter ihm zu.

Als Zejn zurück zu Mirage sah, lehnte sie mit typisch desinteressierter Visage vor dem Feuer und verschränkte die Arme. »Also«, sagte sie, »Beinkleid aus, Rüstzeug ab. Oh, lassen Sie die Augenbraue, Lieutenant. Sie wollen meine medizinische Hilfe und dürfen mich dafür auch bezahlen. Ich werde mich zurückhalten, über Sie herzufallen.«

Er schnaubte und lockerte den Helm, um ihn vom Kopf zu ziehen. »Der Junge mag Ihnen zwar nicht ähnlich sehen«, brummte er, »aber charakterlich haben Sie wohl Ihr eigen Fleisch und Blut gefunden.«

Ihr Mundwinkel zuckte, doch der Anflug von Amüsement blieb flüchtig. Sie ließ es sich nicht nehmen, ihm dabei zuzusehen, wie er den Gürtel ablegte, die Uniform abwickelte und sich aus dem Kettenhemd bemühte, was einfacher klang, als es war. Als es schwer auf die Tafel sackte, bemerkte er mehrere Löcher, die seine Angreifer geschlagen hatten, und seufzte. Das Unterhemd hatte sich an den Stellen, wo die Klingen durchgedrungen waren, mit Blut vollgesogen.

Als er es entfernte, kehrte der Junge zurück. Der saugte die Luft durch die verstopfte Nase, während er den Wasserkessel zur Feuerstelle trug. »Sag ich ja«, schnappte er, »das will niemand sehen.«

Mit einem lauten Geräusch stellte er ihn auf einen aufgemauerten Felsen. »Der ist doch viel zu alt für Sie.«

Mirage lachte. Sie griff nach dem Kessel und hievte ihn an den Haken. Damit wandte sie sich endlich ab und suchte Tücher und Alchemika heraus, um Zejns Wunden zu behandeln.

Erst als er saß und stillhalten musste, überwältigte Zejn die Enttäuschung über Rougeoyers Attentat. Ein unsichtbares Gewicht drückte auf seine Schultern und ließ ihn vornübersacken. Nicht einmal der Junge auf der Leiter wagte es, weitere stupide Aussagen zu treffen. Er rieb sich die Stirn, während Mirage Kräuter in einer Schale mit kochendem Wasser vermischte und sowohl die Schnittwunde als auch den aufgeplatzten Draugrbiss damit betupfte.

»Das war kein Zufall«, stellte Zejn fest. »Die Angreifer waren kampferprobt. Söldner, möglicherweise, aber ich vermute eher, dass sie der Garde angehörten wie Moreau und seine Kameraden. Einer von ihnen trug einen Säbel aus nachtelfischem Stahl. Die haben mit Gegenwehr gerechnet.«

»Mit magischer Gegenwehr«, wandte Mirage ein. Sie drückte den Lappen gegen seinen Oberschenkel. Die Wunde brannte. Kurz biss Zejn die Zähne zusammen, bis er sie gewaltsam voneinander löste. »Keine Ahnung. Sie müssen ihn nach seinem Namen gefragt haben. Ich dachte zunächst, es wären Clamorents Leute, die ihn festsetzen wollten. Dann schnitt der Anführer ihm die Kehle durch.«

»Vielleicht waren es Clamorents Leute.«

Mit einem Ruck hob Zejn das Kinn. »Niemals!« Das Widerwort drang als Zischen zwischen seinen Zähnen hervor, da Mirage gegen die Wunde drückte.

»Sie sind nach Ihrer Rückkehr geradewegs zu ihm gegangen und haben ihn damit konfrontiert, dass Sie nicht nur seinen Vater, sondern auch obersten Vorgesetzten des Hochverrats bezichtigen. Wie können Sie so sicher sein, dass Clamorent sich für Sie und gegen seine Familie entschieden hat?« Sie presste fester. Zejn wusste nicht, ob es Absicht war. Er packte sie am Handgelenk. »Sie waren nicht dabei, als ich mit ihm sprach.«

Still sah sie ihn an, dann entzog sie ihm die Hand und ließ den Lappen in die Schüssel fallen. Sie packte ein Säckchen und kippte den Inhalt in einen Mörser. Ein sachtes Leuchten breitete sich aus – Gäga-Kristalle. »Ich dachte, Sie haben Ihre Vorräte den Priesterinnen Avoruns überlassen?«

»Habe ich auch«, erwiderte sie. »Und für mein restliches Vermögen habe ich hier in Tradea meine Beziehungen spielen lassen. Dafür zahle ich die Miete hier in Seife – solange es eben notwendig ist.«

Sie mahlte die Kristalle mit einem Stößel. Verunreinigungen zeigten, dass sie nicht von allerbester Qualität waren.

»Ruben, hol mir das Schmalz«, befahl sie.

Der Junge kletterte die Leiter hinab und kramte einen Schmalztopf aus einer Truhe, den er ehrfürchtig herbeitrug. Mirage strich etwas davon in das Pulver und mischte es unter.

Zejn beobachtete ihr Gesicht. »Sie glauben mir nicht«, stellte er fest.

»Oh, ich weiß, dass Sie an Clamorents Loyalität glauben. Ich unterstelle Ihnen bloß, dass Sie sich verschätzen.«

»Clamorent hasst seinen Vater.«

»Und ich hasse meinen. Dennoch hätte ich alles getan, um ihn aus dem Kerker zu holen.« Sie klatschte einen Klecks leuchtende Paste auf die Wunde. »Familie ist ein Bund, den man unfreiwillig eingeht. Man bleibt mit diesen Leuten verknüpft, ob man es nun möchte oder nicht. Sie besitzen Macht über dich und dein Tun, selbst wenn du versuchst, ihnen zu entkommen. Kaum stehst du ihnen erneut gegenüber, als veränderter, geläuterter Mensch, mit Jahren neuer Erfahrung …« Sie strich die Paste in die Spalten, aus denen frisches Blut drang. »… ist alles wie zuvor.«

43

Die Anschuldigung, Clamorent könnte etwas mit dem Attentat auf Rougeoyer zu tun haben, verletzte Zejn mehr als die Attacken der Assassinen. Mirage schien das zu merken, denn sie schwieg, während sie die Prellungen und Schnitte an seinem Oberkörper behandelte.

Auf Zejns Frage hin, was ihr Vorschlag wäre, inwiefern sie weitermachen sollten, wischte Mirage sich die Hände ab. »Ich sehe Dinge«, sagte sie für ihn recht unvermittelt.

Fragend sah er sie an.

»Es sind wie Schatten in meinem Augenwinkel.«

Ruben reckte von seiner Leiter das Haupt vor. »Möglicherweise sind Ihre Augen krank«, merkte er an.

Ihr Blick verharrte auf Zejns Gesicht. »Vielleicht.«

Zejn presste die Lippen zusammen. »Können wir ohne ihn sprechen?«

Mirage sah empor. »Ruben, rauf mit dir.«

»Aber …!«

»Kein Aber. Zieh die Leiter ein und schließ die Dachluke. Das ist eine Anweisung.«

Missmutig schürzte das Kind die Unterlippe. Letztlich folgte er dem Befehl, kletterte die letzten Sprossen empor und zog die Leiter hoch. Lautstark fiel die Lukentür zu.

»Was gedenken Sie mit ihm zu tun?«, fragte Zejn.

»Keine Ahnung. Ich bin selbst schuld. Lässt man Krumen liegen, kommen die Ratten, und haben die erst Geschmack daran gefunden, wird man sie nicht mehr los.«

Es wirkte seltsam auf ihn, dass sie den Jungen als Ratte bezeichnete, denn sie schien durchaus Gefallen an ihm gefunden zu haben. Sie machte sich nicht die Mühe, das blutige Wasser rauszutragen, sondern trat zu der Kellertür und schüttete die Flüssigkeit in die Tiefe, wo sie prasselnd auf den Kanal traf.

»Sie sagten, Sie sehen Dinge«, heftete Zejn sich an den zuvor gelegten Gesprächsfaden.

Sie stellte das Gefäß ab. »Es sind Schatten, die mich verfolgen. Aber wenn ich mich umdrehe, um nach ihnen zu sehen, ist da nichts.« Sie zögerte. »Ich dachte vielleicht, Sie kennen das. Nachdem Sie Nifs Rückgrat bei sich trugen, meine ich. Sie sagten, Sie spürten seinen Ruf.«

Zejn, der soeben nach seinem Hemd greifen wollte, lehnte sich zurück. Unsicher legte er den Kopf zur Seite. Etwas an ihrem Gesichtsausdruck ließ ihn zögern. Da stand Angst in ihren Augen. Vorsichtig schluckte er.

»Es ...«, begann er und sammelte sich. »Bei mir hat es sich anders geäußert. Es war wie eine Stimme, die nach mir rief. Ich spürte seine Anwesenheit, wie ...« Sein Blick schweifte davon. »Wie jemand, den man liebt und nicht sehen muss, um zu wissen, dass er da ist.«

Sie schwieg. Ihre Arme fanden ihren Weg in eine Verschränkung. »Ich war heute am Fuß des Monticule Royale«, sagte sie. »Und ... dort wird es schlimmer. Mir wird kalt. Ich rieche schlechter. Die Welt zerbricht in Schwarz und Weiß. Und ich spüre das Dunkle hinter mir lauern.« Sie schluckte. »Ich glaube, dass es die Nähe von Nifs Rückgrat ist, die ich fühle. Und je näher ich komme, desto schlimmer wird es.« Sie leckte sich über die Lippen. »Bevor ich aus Tradea nach Svonnheim ging, versuchte ich, die Alchemika aufzuspüren, mit denen die stärksten Mittel gebraut werden, mit denen ich mich behandle. Sie ... sie haben immer geholfen, die Schwärze zurückgedrängt. Mit dem Kontakt wird es schlimmer – schnell, sehr schnell. Spüren Sie es auch?«

»Ich habe es nicht mehr gespürt, seitdem ... seitdem es in Panumaes Garten von Ihnen Besitz ergriffen hat.« Zejn kratzte sich an der Schläfe. »Also suchen Sie nach Bestandteilen für Ihre persönlichen Alchemika?«

Sie schüttelte den Kopf, ihre Locken schwankten. »Ich glaube, ich kann es nutzen. Den Kontakt, meine ich. Ich kann es so finden, Erik. Ich darf nicht mehr weghören, sondern muss seinem Ruf lauschen. Wenn der Tribun das Schwert versteckt hält, so kann ich meine Verbindung zu ihm nutzen, um sein Versteck ausfindig zu machen.«

Nun hielt Zejn den Atem an. »Sein Anwesen«, sagte er. »Wenn wir Sie dort hineinbekommen …«

»… dann kann ich mich aktiv auf die Suche nach dem Schwert der Totengöttin begeben.« Sie biss sich auf die Unterlippe. Diese dunklen Lippen, wie eine Pflaume, die sogleich unter dem Biss platzten. »Sie müssen mich in das Anwesen bringen, Erik. In einem Rahmen, in dem ich mich möglichst frei bewegen kann.«

Schwer schluckte er. Ihm war, als tropfe das Gefühl aus seiner Mimik. Ihre Worte verlagerten seinen Fokus auf ein einziges Gesicht, das wie ein glühendes Altarbild vor seinem Inneren auferstand. Fantine.

War es das, worauf Mirage anspielte? Sollte er sich an Fantine wenden? Er hatte sie nicht mehr gesehen, seitdem … Seitdem der Tribun ihn gezwungen hatte, während der Vermählungsfeier beim Gägatempel Parade zu stehen.

Das letzte Mal.

»Erik?«

Er riss das Haupt hoch. Sie sorgte dafür, dass er ihr direkt in die Augen sah. »Ich weiß, Sie stehen mit dem Tribun nicht auf bestem Fuß. Aber ich muss Sie bitten: Bringen Sie mich dort rein.«

MIRAGE

44

Ruben schrubbte den Kessel in der Winterkälte, bis sich seine Finger blau verfärbten. Er hatte behauptet, er würde für Unterkunft und Mahlzeiten arbeiten, und Mirage nahm ihn beim Wort. Vor allem in Anbetracht dessen, dass das Kind mehr verfutterte als das Pferd, das sie schließlich unter das windschiefe Verdeck im Innenhof führte, wo es mit weichen Nüstern die morschen Schindeln nach winterharten Kräutern, Moosen und Flechten absuchte.

Sie legte gerade Feuerholz nach, als Ruben die Leiter emporstieg. Oben hatte er sich mit Stroh ein Lager errichtet, das er »Bett« nannte. Seine Genügsamkeit amüsierte Mirage.

Mittendrin schien er es sich anders zu überlegen, denn die Leiter erschauderte, als er herabrutschte. »Madame? Eovel hat sich gemeldet.«

»Deine Freundin?«

Säuerlich verzog er den Mund. »Sie ist nicht meine Freundin.«

»Wieso hat sie dich dann besucht?«

»Sie wollten doch wissen, wohin das Traum-Emporium gezogen ist. Wegen ihrer Alchemika.«

Interessiert hob Mirage die Augenbrauen.

»Ich kann Sie zu seinem neuen Standort führen, wenn Sie möchten.«

Mirage kratzte sich mit dem Metallaufsatz am Mundwinkel. Sie befand sich im inneren Widerstreit – einerseits fühlte sie sich von der Finsternis bedrängt, die seit dem Kontakt mit Nifs Rückgrat zu wuchern begonnen hatte. Andererseits ahnte sie, dass ihre Verbindung zum Artefakt ein notwendiges Übel war, um selbiges aufzuspüren.

Doch was geschah, wenn sie die Kontrolle verlor? Wenn seine Magie sie überwältigte wie das aufgesplitterte Artefakt in den Grabkammern der Priesterschaft Panumaes? Sie musste für alle Fälle vorbereitet sein.

»Du hattest genügend Abenteuer für einen Tag«, beschloss sie. »Ich habe dich nicht zu mir geholt, damit du dich andauernd in Gefahr begibst. Sag mir einfach, wo das Emporium momentan seine Zelte aufgeschlagen hat.«

Widerwillig schürzte er die Lippen. »Ich kann schon auf mich aufpassen. Ihr Lieutenant wäre ohne mich heute Morgen auf der Straße vor der Couronne erschlagen worden«, behauptete er und rümpfte die Nase. »Trunkenbold!«

Ihr Mundwinkel zuckte. »Ruben«, raunte sie. »Das war kein Vorschlag, sondern eine Anweisung.«

Finster presste er die Lippen zusammen. Er verstand nicht, dass sie für ihn nur das Beste wollte. Seine Eifersucht amüsierte sie, bereitete ihr aber auch Sorgen. Eifersucht war ein schlechter Ratgeber. Mirage war sich unsicher, ob Ruben Zejn gerettet hätte, sähe er ihn nicht als Konkurrenz um ihre Gunst an. Das war ein Machtgebaren. Ruben glaubte, sich mit einem Lieutenant messen zu können.

»Ruben!«

»Im aufgelösten Wasserturm am marché aux viandes«, presste er hervor.

»Ich danke dir«, gab sie sich versöhnlich. Und weil sie nicht sein wollte wie ihr Vater, fügte sie hinzu: »Ich möchte dich nicht in Gefahr sehen.«

Er schwieg, doch sie kannte die Art, wie sein Blick den ihren mied. Sie blickte in ihr jüngeres Spiegelbild.

Mirage schlüpfte aus dem rückwärtigen Loch, durch das sich die Rauschmittelabhängigen hinein- und hinausquetschten, um in den zwiebelförmigen Auswuchs des aufgelassenen Wasserturms zu gelangen. Dort oben hatte sie zwar nicht gefunden, was sie benötigte, doch zumindest hatte sie den Rauschnerinnen einige Mittelchen aus eigener Herstellung verscherbeln können. Münzen klingelten in ihrer Manteltasche. Kleine Schritte führten zum Ziel. Sie musste neue Kontakte knüpfen, sich von den Unterhändlern emporarbeiten, bis sie jemanden fand, der ihr besorgen konnte, was sie benötigte. Ihr letzter Strick war gerissen, als sie sich dazu entschieden hatte, die Tränke Flüssig Luft Zejn zu übergeben und nicht jenem Schmuggler, dem sie selbige versprochen hatte – und der dessen Inhaltsstoffe aufgetrieben hatte.

Das verkomplizierte ihren Aufenthalt in Tradea. Ähnlich wie Aramis, der als Spion in der Gilde aufgeflogen war, durfte sie sich nicht von den falschen Leuten sehen lassen. Ihre markanten Narben erschwerten es, ihre Identität geheim zu halten.

Der Wasserturm gehörte zu einigen fortschrittlichen Erfindungen Tradeas, der jedoch einem Brand zum Opfer gefallen war. Das Feuer hatte auf dem Fleischmarkt gewütet und war auf mehrere anliegende Gebäude übergetreten, wobei auch der Wasserturm zu Schaden gekommen war und seine Funktion eingebüßt hatte, nämlich die umliegenden Gebäude mit Wasser zu versorgen. Ruß schwärzte die Seite, die er den Marktständen und deren Treiben zuwand.

Mirage zwängte sich zwischen Turm und Hausmauer entlang und achtete dabei darauf, dass ihre Alchemistentasche keinem Druck ausgesetzt wurde. Unauffällig trat sie zurück auf die Straße und ließ sich vom Fleischermarkt verschlucken, der im Betrieb emsig summte und murmelte. Im Sommer verdeckten Ledervorhänge die Stuben, Kränze aus Kräutern rahmten die Buden, welche Ungeziefer fernhalten sollten. In der Hitze wurde frisch geschlachtet, geräuchtert, gepökelt, gekocht und eingelegt. Im Winter schnürten die Fleischer die Lederlappen zurück und nutzten die Kälte zur Konservierung ihrer Waren. In den Fensterlöchern hingen halbe Säue und türmten sich Schweinsköpfe, Frauen nahmen Fische auf offener Straße aus und warfen sie in Tonnen. Hühner drängelten sich aneinander und zeterten, wenn eines davon aus dem Käfig gezerrt wurde. Mirage zwängte sich zwischen den Menschen hindurch. Der penetrante Geruch von Frischfleisch und Verdorbenem, das in den Straßengräben verrottete, legte sich wie ein Geschmack auf ihre Zunge. Ihr Blick zuckte nervös, wenn sie im Augenwinkel einen Fleischermeister die Klinge heben sah – selbst wenn sie bloß auf einen Rippenkamm herabstürzte, um ihn für einen Eintopf zu zerkleinern. Doch wo Fleisch und Knochen waren, gab es auch zahlreiche Werkzeuge, um diese zu bearbeiten, und was sich für ein Kalb eignete, eignete sich genauso für sie. Etwas kitzelte permanent ihren Gefahrensinn, und die Schatten, die sie begleiteten, besserten ihren Verfolgungswahn nicht.

Sie versuchte, das Gefühl auszublenden, orientierte sich am Stand der Sonne, die als Fleck hinter einem dünnen Wolkenschleier über den Himmel zog, und verließ den Markt Richtung Norden.

Eine Stimme wurde durch das Gemurmel an sie herangetragen. »Wer hätte das gedacht?«

Ihre Finger zuckten, als sie stehen blieb und sich umdrehte. Fußgänger rempelten sie von hinten an und bedachten sie mit unhöflichen Worten, hielten sich jedoch nicht lange mit ihr auf. Mirage hingegen fixierte einen Mann gilebretischer Herkunft, der auf dem Tresen eines aufgelassenen Standes saß, ein Bein über das andere schlug und in scheinbarer Langeweile die Fingernägel mit einer Messerspitze reinigte.

Mirage spürte, wie ihr das Blut aus den Wangen sackte. Automatisch tastete sie nach ihrer eigenen Waffe, doch Frederic Petit deutete ihr mit einem Kopfschütteln an, das Langmesser stecken zu lassen.

Jemand schmiegte sich von hinten an sie. Der Körper fühlte sich weitaus weniger einladend an als bei ihrer letzten Begegnung mit Petit. Saurer Atem stob durch ihr Haar und kitzelte hinter ihrem Ohr. Durch ihren Mantel drückte sich eine stählerne Spitze.

Mirage hob die gespreizten Hände ein Stück in die Höhe, um ihre Waffenruhe zu erklären.

Von seinem Sitzplatz aus musterte Petit sie unter einer gehobenen Augenbraue. An den Schläfen geschoren, trug er sein Haar am Scheitel zu Zöpfen gefilzt. Ein Ring steckte im Septum seiner Nase, der sich regte, als er diese bei ihrem Anblick kurz rümpfte, dann zog er das Gesicht wieder glatt.

»Um ehrlich zu sein, hätte ich nicht erwartet, dass du die Eier hast, nach Tradea zurückzukehren.« Er rutschte von der speckigen Tischkante. Sein Ledermantel sackte bis zu den Knien, während er zwei lockere Schritte auf sie zusetzte. Er spielte mit dem Messer. »Ich gebe allerdings zu, ich habe es gehofft. Ich hasse es, Schulden unbeglichen zu lassen.«

Mirage schluckte. Der Druck an ihrem Rücken verstärkte sich, die Dolchspitze – zumindest vermutete sie, dass es sich um eine handelte – drückte gegen ihre Wirbel. Eine Ausweichbewegung trieb sie nach vorne und damit näher an Petit heran. »Frederic«, presste sie hervor und beließ es dabei. Was sollte sie sagen? Sie hatte ihm Flüssig Luft versprochen, er hatte ihr dafür die Alchemika besorgt, und dann war sie einfach damit abgehauen. Die Beweislast war erdrückend.

Er klatschte die Messerschneide in die hellere Innenseite seiner langgliedrigen Hand. Von oben herab musterte er sie. »Ich habe mein Vertrauen in dich gesetzt und dabei nicht nur Waren verloren, sondern mich auch vor Danilo dem Träumer lächerlich gemacht.« Er schüttelte den Kopf. »Ungünstig. Äußerst ungünstig.« Vor allem in Anbetracht der Tatsache, dass Petit versucht hatte, Tarims Platz einzunehmen und damit als Kopf der Diebesgilde aufzusteigen. An seiner Stelle hätte Mirage gar nicht erst gewartet, ihr die Kehle durchzuschneiden.

Sie spreizte die Mundwinkel zu einem humorlosen Lächeln, das mehr einem Zähneblecken glich. »Pardon.«

Einen Augenblick lang wirkte er verblüfft, die Klinge harrte an der Innenseite seiner Hand, dann stieß er ein hartes Lachen aus. »Oh, Ma'am …« Er beugte sich vor, auf seiner Stirn bildeten sich Zornesfalten. »Es wird dir noch viel mehr leidtun, wenn ich dich dabei zusehen lasse, wie ich dein kleines Schweinchen aufspieße und als Spanferkel brate, bis es auf allen Seiten knusprige Blasen schlägt!«

45

»Wie?«

»Dein Schweinchen.« Petit imitierte ein Grunzgeräusch. »Das du auf deinem Dachboden in der Rue de Savon in seinem Stroh wühlen lässt.«

Als Mirage begriff, riss sie die Augenlider auf. Die Sehnen unter ihrem Kiefer spannten sich an. Ein Schauer kletterte ihr den Nacken hinunter, ließ sie erzittern, die Dolchklinge am Rücken drückte gegen einen Wirbel. »Ruben …«, stieß sie aus.

Frederic zuckte mit den Schultern. »Keine Ahnung, wie du dein Vieh nennst.«

Mirage blinzelte, um die Irritation zu vertreiben. »Nimm das Pferd!«, ereiferte sie sich. »Es ist ein Ahearn-Blut! Sein Gewinn deckt die Kosten der Alchemika, die ich dir gestohlen habe!«

Er verdrehte die Augen. »Mirage, Mirage … das Ross hat längst seinen Besitzer gewechselt. Aber des Goldes wegen bin ich nicht hier.«

»Lass den Jungen gehen!« Sie rutschte näher, auch wenn kaum Platz blieb. Menschen eilten an ihnen vorbei, bepackt mit Hühnerkäfigen und Körben voller Eier. Für sie mochten sie wie ein streitendes Ehepaar wirken. »Er hat nichts mit der Sache zu tun!«

Ihre Bemühungen amüsierten ihn. »Das macht es ja so vergnüglich«, erwiderte er. »Wärst du nur besser allein geblieben.« Lautstark klatschte das Messer in seine Handfläche.

Sie packte ihn am Arm, da krallte sich eine andere Hand in ihre knöcherne Schulter und riss sie zurück. Der Dolch stach so fest in ihren Mantel, dass die Spitze den Stoff durchdrang. Sie hielt trotzdem fest. »Ich musste es tun!«, platzte sie hervor. »Nur so konnte ich die Stadt retten!«

Der Schalk wich aus seinen Augen. »Ich habe davon gehört«, sagte er. »Heldin nennen sie dich. Was für eine unerwartete Wendung der Ereignisse.«

Sie drückte fester. Ihre Metallprothesen stachen durch das Leder, während die Hand sich gegen ihre Kehle drückte und ihr die Luft zum Atmen raubte. »Wenn du mich dem Träumer vorführen willst, tu das«, würgte sie hervor. Petit nickte seinem Untermann, den Griff zu lockern. Mirage stieß ein Husten aus. »Aber behalte den Jungen. Er arbeitet für Kost und Logis. Er kennt sich in Tradea aus. Er ist jenen treu, die sich um ihn sorgen. Tot nützt er niemandem! Mit ihm gewinnst du eine treue Seele … vorausgesetzt, du verrätst ihm nicht, was du mit mir anstellst.«

Frederic verengte die Lider. »Und was rätst du mir, mit dir anzustellen?«

Ihre Zunge schnellte hervor, benetzte die zersprungenen Lippen. »Ehrlich, Frederic – ich glaube, du und deine Göttin, ihr beide vereint genügend Kreativität des Schattens, als dass ihr ohne meine Ideen auskommt.«

Petit bemaß sie mit einem langen Blick. Plötzlich schnippte er, und sein Hintermann löste sich von Mirage. Als sie den Kopf wandte, merkte sie, dass sie sich geirrt hatte – eine kräftige Frau stand hinter ihr, die knollige Nase und die roten Flecken auf den Wangen zeichneten sie als tüchtige Trinkerin aus. Sie ließ den Dolch unauffällig verschwinden.

Mirage sah Petit an. »Nun?«

Er lächelte humorlos. »Wenn du willst, dass dein Schweinchen überlebt, dann machst du alles, was ich von dir verlange – stiller und duldsamer als jeder Sklave von den Freien Inseln. Compris?«

»Je comprends.«

46

Petit stieß die dicke Kellertür auf, deren vergittertes Fenster auf seine einseitige Nutzung als Kerker hinwies. Umso überraschter war Mirage, als sie in Laternenschein eintauchte, aus dem sich mehrere Tafeln mit der Ausrüstung eines improvisierten Alchemielabors schälten. Behältnisse mit Alchemika türmten sich zwischen roh gezimmerten Regalbrettern, die an den kalten Mauern lehnten, Körbe mit Feuerholz reihten sich neben einer jüngst aufgesockelten Feuerstelle, auf der ein Glutnest rotgelb in der Asche leuchtete. Apparate und Gerätschaften aus Glas, talanidischem Porzellan, diversen Metallen und Stein warteten auf den Tischen, von Mörsern über Ampullen, Laborreagenzien, Messgeräten und Verschalungen für Granaten und Tränke. Mirage befand sich in einem durchschnittlich ausgerüstetem Alchemielabor. Verwundert schürzte sie die Unterlippe und kratzte sich am Oberarm. »Der Abzug fehlt«, stellte sie fest, während Frederic hinter ihr den Aufgang blockierte, über dessen feuchte Stufen das Licht tanzte. »Es sei denn, du willst, dass ich ersticke oder alles in die Luft fliegt.« Sie klopfte gegen die massiven Steinwände, die Schall drinnen und das Wasser der Kanäle draußen hielten. »Eine Ausbreitung des Feuers riskierst du zumindest nicht. Ich kann hier drinnen mit der gesamten Apparatur zu Asche verglühen.«

Petit streckte die Hand aus und packte einen Hebel neben der Tür, der zu einer Gerätschaft an der Decke führte. Eine Klappe ging nach oben auf und offenbarte ein dunkles Loch, durch das das Schlaggeräusch als Echo davonwanderte.

»Hm.«

Er lehnte sich an den Türstock. »Deine Kollegin Colette Filbour hat es eingerichtet.«

»Filbour.« Mirage bleckte die Zähne. Die Schlange hatte sie direkt in den Dampfraum mit der Diebesgilde geschickt, nachdem öffentlich bekannt geworden war, dass sie gegen Tarim den Skorpion gearbeitet hatte.

Frederic hob den Mundwinkel und verlagerte sein Gewicht, als ob er sich im Durchgang bequemte. »Sie ist in vielerlei Hinsicht kooperationswilliger und verlässlicher als du – und ganz begeistert davon, die Zusammenarbeit noch zusätzlich zu versüßen.« Als er ihren Blick bemerkte, fügte er hinzu: »Oh, kein Grund zur Eifersucht. Mit uns war es doch auch ganz unterhaltsam.«

Mirage stieß ein Lachen aus. »Es ist ja amüsant, dass Männer stets glauben, sie wären der einzige Grund, warum sich zwei

Frauen streiten. Ich verachte Filbour nicht, weil sie eine Frau ist – sondern eine falsche Schlange.« Abrupt nickte sie. »Warum bin ich hier und nicht sie?«

Er entließ ein Seufzen. »Filbour ist zwar kooperationswillig, aber wie sich herausstellt …«

Mirage unterbrach ihn mit einem Zungenschnalzen. »Kann sie dir doch nicht geben, was du brauchst.«

Er schwieg.

»Was willst du?«

Er nickte zu den alchemischen Zutaten. »Das, was du mir und Panumae versprochen hast, bevor du uns betrogen hast. Du findest hier alles, was du benötigst. Und du kommst nicht eher hier raus, bevor ich es nicht in den Händen halte.« Er zog sich in den Schatten des Aufgangs zurück und zog die Kerkertür nach, bis sie schwer ins Schloss fiel. Laut drehte sich der Schlüssel im Schloss, das von dieser Seite gar nicht zu sehen war. Dann entfernten sich seine Schritte.

Mirage machte sich keine Mühe, ihm hinterherzurufen. Stattdessen trat sie zu dem Tisch mit den alchemischen Bestandteilen. Zu ihrer Überraschung fand sie eine der Essenzen, die für Flüssig Luft benötigt und kaum nach Tradea gehandelt wurden. Lebertran einer Meerjungfrau. Die Biester tummelten sich rund um die Freien Inseln und waren bekannt dafür, Menschen in die Tiefen zu ziehen, um sie dort wie Raubfische zu verspeisen. Bis nach Tradea gelangten sie kaum. Dass Petit erneut an diesen Bestandteil gekommen war, sprach für seine Fähigkeit als Schwarzmarkthändler. Bloß Meeresjäger vertrieben sie, und gelangten durch die starken Kontrollen der tradeadischen Garde kaum in den Hafen.

Mirage hob die Bouteille an, entkorkte sie und winkte mit der freien Hand darüber. Augenblicklich stieg der intensive Geruch auf, der sie die Nase rümpfen ließ. Sie stellte die Flasche ab, in der die Flüssigkeit bräunlich schwappte, und sah sich nach Schutzgerätschaften um. Filbour hatte an alles gedacht. Bis auf die Tatsache, dass sie nicht so gut war wie eine DeElephantine.

Mirage griff nach einer Berylle und setzte sich diese auf die Nase.

ZEJN

47

Auch wenn Zejn direkt zu Clamorent aufbrechen wollte, um mit ihm das Attentat zu besprechen, war es die pure Erschöpfung, die ihm seine Grenzen aufzeigte. Mit der Peitsche verlangte der göttliche Arastatas Zejns Aufmerksamkeit. Die Notwendigkeit von Schlaf trieb ihn zurück nach Hause.

Zurück? Nach ... Hause? Wie sollte er das Gebäude nennen, das er für Fantine und sich erbaut hatte? Mit Barthell hatte es sich zeitweise wie ein Heim angefühlt, voll von Lärm, frühmorgendlichen Erzählungen und dem Geruch nach verbrannten Eiern. Nun war es zu seinem eigentlichen Zweck zurückgekehrt, dieses Haus: ein Heim zu sein für jemanden, der es nicht haben wollte oder konnte.

Es fühlte sich kalt an, im Schatten gelegen, wie die Tempel der Nifenkirche. Anderweltlich, als wollte es schon dort sein, wo Barthell nun hauste. Der Gedanke, dass sein Geist möglicherweise immer noch durch seine schattigen Mauern wanderte, trieb Zejn in seinem müden Zustand die Gänsehaut über die Arme.

Madame Gauthier, die sich ausnehmend darüber ausließ, warum Zejn seine Rückkehr einfach nicht ankündigen konnte (nach ihr: wollte), vertrieb die Schatten und dunkle Träume nur kurzweilig mit Herdfeuer, Kerzenlicht und ihrem beständigen Geplapper. Zejn wankte die Treppe empor zu seinem Bett und wehrte sich auch nicht, als die runde Madame erschien und mit anpackte, um ihm aus dem Rüstzeug zu helfen. Als er sein schmerzendes Bein ins Bett zog, war es, als schicke ihn Madame Gauthier mit einem

Schlag ihres Fleischhammers ins Reich der Träume, bis ihn ein Klopfen an der Haustür aufschrecken ließ. Er schälte seinen schmerzenden Körper aus den Laken und wanderte ins Untergeschoss, um die Eingangstür zu entriegeln.

Madame Gauthier öffnete behutsam und spähte hinein. An ihrer Armbeuge hing ein Weidenrutenkorb. Kohlblätter wölbten sich über den Rand, die satte, grüngelbe Rose bildete ein Nest für braun-weiß gescheckte Eier. Daneben reihten sich gelbe und schwarze Rüben wie zu einem Aufmarsch, als würden sie sich ebenfalls für die Parade vorbereiten.

»Lieutenant?« Frauen wie sie merkten sich neue Titel. »Ich dachte, Sie wären möglicherweise hungrig.«

»Danke, Madame. Sie müssen sich nicht ständig um mich bemühen. Stellen Sie es einfach ab.«

Schweigend platzierte die Haushälterin den Korb auf die Küchentafel. Anstatt zu gehen, griff sie nach einer Eisenpfanne und einem Schürhaken und begann, das Feuer anzustochern.

»Waren Sie erfolgreich?«, fragte sie. Sie rückte ein Brett zurecht, griff nach Kohl und Messer. Die Schneide fuhr durch die grünen Blätter und schlug lautstark gegen den Untergrund.

»Wie?«

»In Svonnheim. Haben Sie gefunden, wonach Sie gesucht haben?«

»Ja.« Er legte Gewand und Nachricht ab. »Nein. Ich weiß nicht.«

Das Feuer fand knisternd ins Leben zurück. Sie mied seinen Blick, während sie werkte, ihre Schulter hob und senkte sich bei jedem Schnitt. »Und die Madame?«

»Wie?«

»Die Frau, die Sie vor einiger Zeit besucht hat. Was ist mit ihr?«

Die Frage überrumpelte ihn. Was war mit Mirage? Sie schien zu ihrer alten Art zurückgekehrt zu sein, begegnete ihm mit träger Langeweile wie eine Katze mit zuckendem Schweif. Machte sich sogar darüber lustig, über ihn herzufallen. Als wäre ihre Gefühlsregung plötzlich sein Problem und nicht länger ihres. Möglicherweise war es das auch. War sie sein Problem.

Wann hatte sie sich dazu gemacht? Fand er einzig Freunde an Orten, an denen er sie nie gesucht hatte? Freunde? Waren sie das? Freunde? Konnte er sich auf sie verlassen? Konnte er …?

Hätte, hätte, Brückenkette. Zejn riss den Kopf hoch. Einen Augenblick lang hatte er gedacht, Barthell würde an seiner Tafel sitzen und verschmitzt grinsen. Er vermisste ihn.

»Lieutenant?« Madame Gauthier hielt in ihrer Arbeit inne und sah ihn an. Die Haube rahmte ihr Haupt wie kreisrunde Blüten. Eine Haube, die anzeigte, dass sie ihrem Ehemann treu ergeben war – obwohl dieser mittlerweile an Nifs Seite schritt.

Er räusperte sich. »Was genau wollen Sie wissen, Madame?«

Sie fasste nach Kochwerkzeug und löffelte aus dem Schmalztopf Fett in die Pfanne, das sich zischend löste. Mit ihren kurzen Fingern raffte sie den geschnittenen Kohl und warf ihn hinterher, goss die Mischung mit Weinessig auf. »Nun«, hielt sie sich so unauffällig, wie es Frauen in ihrer Position eben zu tun vermochten, »ich dachte nur, nachdem Sie zuvor Tradea wegen einer Frau verlassen hatten, wäre es ein gutes Zeichen, Sie zögen einer anderen hinterher.«

Er schluckte und merkte, wie sich ein Knoten in seinem Hals festsetzte. Erweckte es diesen Anschein für andere? Unangenehm berührt wandte er das Gesicht ab. Hatte er diesen Anschein Mirage vermittelt?

»So ist es nicht«, würgte er hervor.

»Oh«, erwiderte die Madame etwas enttäuscht, während sie in der Pfanne rührte. Der Geruch von Wein breitete sich aus. Er dachte, sie würde das Thema fallen lassen. »Gefällt sie Ihnen denn nicht? Wegen der Narben? Oder weil sie Männerbeinkleid trägt? Ich gebe zu, daran müsste auch ich mich erst gewöhnen.«

Zejn merkte, wie ihm die Hitze in die Ohren stieg. Das waren wirklich keine Dinge, über die er mit anderen sprechen wollte. Er sprach niemals über seine Gefühle. Wenn ihm jemand etwas bedeutete, ließ er Taten sprechen.

Hätte er ihr nicht folgen sollen? War er nach Svonnheim geritten, um den Koschtschei zu jagen? … oder Mirage?

Er rieb sich die Augenbrauen und spürte, wie sein Gesicht glühte. Ruppig wollte er die Madame abweisen, doch sie war eine gute Frau, und er wollte sie nicht vor den Kopf stoßen. »Das ist es nicht. Ich habe …« Er schnaufte. »Einfach nicht diese Art Gefühle für sie.« Als er seine Hand zurückzog, merkte er, dass die Madame ihn mit gehobener Augenbraue ansah. In der Hand hielt sie ein Ei. Abrupt schlug sie es gegen den Pfannenrand, sodass die Schale barst. Ohne hinzusehen, ließ sie es hineinlaufen. Gurgelnd setzten sich Weiß und Gelb in Bewegung.

»Was?«, schnappte er nun. »Sollte ich sie ihrem Schicksal überlassen, bloß um nicht den Anschein zu erwecken, sie könnte mir etwas bedeuten?«

Ein zweites Ei fiel ihrer abrupten Handbewegung zum Opfer. »Das machen Männer im Allgemeinen so, ja.«

Zejn kniff die Lippen zusammen.

»Madame Fantine verzückte mit allem, was sie zeigte. Aber schlussendlich, als sie Sie verließ, offenbarte sie ihr verrottendes Innere.«

Es war schwierig zu beschreiben, was ihre Worte in ihm auslösten. Groll ballte sich in seinem Magen und bahnte sich wie eine heiße Wolke den Weg seine Speiseröhre hinauf. Seine Brust dehnte sich mit einem Atemzug, bis er die Wut, die so rasch gekommen war, ausspucken musste. »Ich wüsste nicht, dass ich irgendjemanden auf dieser Welt um Kritik an meinem Privatleben gebeten hätte!«, platzte er hervor.

Erschrocken hielt die Madame inne und starrte ihn an, den

Kochlöffel in der Hand. Ein Stück Kohl löste sich schmatzend und fiel zu Boden. »B-Bitte verzeihen Sie«, wisperte die Madame. »Ich dachte nur …«

»Dann sollten Sie möglicherweise weniger denken und sich an die Dinge halten, um die ich Sie bitte!« Abrupt wandte er sich ab und stapfte die Treppe empor.

Das Wasser, das er sich oben ins Gesicht klatschte, fühlte sich an wie eiskalte Ohrfeigen. Seife brannte in seinen Augen und rann zwischen seine verkniffenen Lippen. Es schmeckte widerlich. Abrupt zog er das Rasiermesser hervor, doch statt sich an seinem Bart zu schaffen zu machen, schnitt er sich selbst das Haar, soweit es ihm möglich war. Was bildete sich diese Frau bloß ein? *Ratsch.* Seine Wahl an Fantine zu kritisieren? *Ratsch.* So zu tun, als hätte sie es besser gewusst? Als wäre es vorherzusehen gewesen, dass sie ihn verlassen würde? *Ratsch.* Seine Liebe als falsch zu bezeichnen? Ihn als blind? Geblendet von was – ihrem Äußeren? *Ratsch.* Er war ein Taktiker! Ein Krieger! Er sah, schätzte ein, schmiedete Pläne und folgte ihnen, um an den Sieg zu kommen! *Ratsch.* Vor ihm fielen Haare zu Boden und kringelten sich zu Goldringen.

Er sah sich selbst an, in dem Spiegel, den er für Fantine gekauft hatte. Sein Haar stand aberwitzig ab. Vor einem halben Jahr hätte er bei diesem Anblick die Nase gerümpft. Er konnte sehen, wie sich seine Nasenflügel erbost blähten.

In der Waschschüssel schwammen seine Haare wie Goldfedern. Er starrte sich selbst an, in seine hellen Augen, um die sich Falten des Misstrauens gelegt hatten, seine gebogene Nase, auf deren Rücken Linien des Rümpfens nisteten, zwischen seine Brauen – Falten vom Stirnrunzeln und davon, wie er die Augenbrauen zusammenzog. Er fragte sich, ob dieses Gesicht anders aussähe, hätte er mehr Glück gehabt.

Mit jedem Schnitt war seine Wut ein bisschen verraucht. Nun schämte er sich für seinen Ausbruch gegenüber der Madame.

Als er die Treppe hinabstieg, war die Madame verschwunden. Ein Teller mit Kohl und Eiern stand auf dem Tisch und dampfte.

Voller Schuldgefühle würgte er die Mahlzeit herunter. Er hätte sie wohl stehen lassen, wüsste er nicht, dass er all seine Kraft brauchte. Hier verschwendete er Zeit damit, mit seiner Haushälterin über Frauen zu streiten und jene Person zu vergraulen, die sich um sein leibliches Wohl kümmerte. Als befänden sie sich nicht mehr im Ausnahmezustand. Als wären sie nicht im Krieg. Als wäre all das ihre neue Normalität, in der er den Luxus besaß, sich über solcherlei Dinge Gedanken zu machen.

Mirages Verbindung zu Nifs Rückgrat. Er musste sie irgendwie auf das Anwesen des Tribuns schaffen.

Er saß vor dem Teller, an dem noch Eireste klebten. Es war ganz still. Das Haus war leer. Er allein.

Und das erste Mal getraute er sich, sich einzugestehen, dass es nicht Stille war, die ihn störte, sondern das Alleinsein.

Er musste Nifs Wüten ein Ende bereiten. Und dann zu einem Leben zurückfinden, das ihm gefiel – und ihm einige Falten abrang, die nicht von Sorge, Misstrauen oder Wut stammten.

Zejn war gerade dabei, seine Wunden nachzubehandeln und sich anzukleiden, als ein Trommeln an der Haustür seine Aufmerksamkeit beanspruchte. Er zog sich Beinkleid und Tunika über und hinkte mit schmerzendem Bein ins Erdgeschoss hinab. Ein Bote stand vor seiner Tür und verbeugte sich, er war sogar mit dem Pferd angeritten. Höflich lüpfte er den Hut. »Lieutenant«, sagte er gehetzt. »Ihr Tribun schickt nach Ihnen. Sie werden zu einer Notversammlung der Hauptleute in die Königskaserne berufen.«

Zejn schluckte, dann nickte er hastig. »Ich komme, so schnell ich kann.«

48

Die Versammlung fand in einem Saal im zweiten Komplex der Königskaserne statt. Eine gewaltige Tafel ruhte im Zentrum eines ausschließlich durch Schießscharten und Kandelaber beleuchteten Raums, dessen Wände und Boden aus blankem, anthrazitfarbenem Stein und dessen Decke aus dunklem Holz bestand. Ein Kamin wurde von Clamorsjüngern beheizt, das Feuer loderte mannshoch, schaffte es jedoch nicht, die Mauern zu erwärmen. Ein Kronleuchter, dessen Form an ein gewaltiges Eisenrad erinnerte, hing an einer Kette bis dicht über die Tafel. Sein Kerzenlicht erhellte die Gesichter durchwegs älterer Herren, die sich darum versammelten. Einige unterhielten sich mit gedämpften Stimmen, andere, wie Ahearn, empörten sich ungeniert lautstark über den Grund ihres Hierseins – sie hatten Kenntnis über das Attentat auf Rougeoyer.

Zejn schluckte, als er eintrat. Bisher hatte er das Ratszimmer der Hauptleute bloß in Uriartes Begleitung besucht. Am Ende der Tafel entdeckte er Clamorent, der ihren Platz einnahm. Er war mit Abstand der Jüngste unter den Anwesenden, selbst Zejn gehörte zu den Jungspunden der obersten Militärriege.

Clamorents Blick schweifte von seinem Gesprächspartner ab und blieb dabei an Zejn hängen. Falten bildeten sich auf seiner Stirn. Er entschuldigte sich bei seinem Gegenüber und marschierte auf Zejn zu.

»Sie hätten augenblicklich zu mir kommen sollen!«, herrschte er Zejn an. Seine Nasenflügel blähten sich. In seiner Unbeherrschtheit erinnerte Zejn nicht unwesentlich an seinen Vater, auch wenn er sich kein weiteres Mal traute, dies anzumerken.

»Verzeihen Sie«, sagte er gedämpft. »Ich musste mich nach der Akquirierung von Beinwell um mein eigenes Wohl sorgen.«

Clamorent sah ihn fest an, die Brauen verknotet. »Was trieben Sie überhaupt bei Rougeoyer?«

Seine Frage ließ Zejn kurz blinzeln. Mirages Warnung drängte sich ihm auf. Seine Reaktion blieb nicht unbemerkt, denn Clamorent lockerte seinen Blick. »Wie dem auch sei – Rougeoyer kann sich verdammt glücklich schätzen, dass Sie in seiner Nähe waren.«

Zejn schwieg. Er sah Clamorent ganz genau an, sein angespanntes Gesicht, als er neu Hinzukommende identifizierte, der straffe Zug seiner Oberlippe. Mirage hatte in ihm das Saatkorn des Zweifels gesät. Ah, und wie diese Frau es zu hegen und pflegen wusste, dass es Wurzeln schlug!

»Lieutenant«, raunte Zejn und fühlte sich dabei benommen.

Clamorent sah ihn wieder an. Als Zejn nicht weitersprach, hakte er nach. »Ja?«

Zejn leckte sich über die Lippen. »Wann hatten Sie vor, Ihre Leute nach Rougeoyer …« Er wurde mitten im Satz unterbrochen, als ein weißhaariger Mann den Saal betrat. Die Ersten, die ihn bemerkten, brachen die Gespräche ab und standen stramm, salutierten. Clamorent presste die Lippen zusammen, als er seinen Vater erblickte. Einen Augenblick lang leuchtete Verachtung aus seiner sonst wohlgehegten Fassade, die Uriartes Ermordung erschüttert hatte. Dann besann er sich darauf, wo und in wessen Anwesenheit er sich hier befand, und seine Mimik fand zu üblicher Glätte zurück, die bloß die Narben – alt und neu – störten. Er salutierte, und Zejn folgte der Bewegung automatisch.

Der Tribun, der zunächst zum Kopf der Tafel gestrebt hatte, entdeckte Zejn und wurde langsamer. Sein wacher Blick forschte ihn aus, seine Mundwinkel, die ohnehin Humor vermissten, rückten ein Stück herab.

Zejn fühlte sich der Aufmerksamkeit dieses Mannes ausgesetzt, ohne dass er es wollte. Die Konfrontation mit dem Tribun hatte ihm bisher nie Gutes hervorgebracht. Zejn hatte seitdem Defensive statt Offensive gewählt, Rückzug statt Angriff. Doch wenn Mirage und er mit ihrer Vermutung recht behielten, konnte er es sich nicht länger leisten, feige vor dem weißen Löwen davonzulaufen.

So fest er konnte, erwiderte er den Blick des Tribuns. Es kostete ihn schier unendliche Mühe.

»Lieutenant«, sagte der ältere Mann eisig. Den Umherstehenden entging nicht, wie seltsam es war, dass er ausgerechnet Zejn ansprach, ihn allein aus der Masse an Hauptleuten herauspickte, die nach Uriartes Ableben nur noch aus Hauptmännern bestand.

»Tribun«, mühte Zejn hervor, die Hand im Salut erhoben.

»Sie haben geregelt, was es in Svonnheim zu regeln gab?«

Zejn fand die Frage eigenartig, er kaute an einer Entgegnung herum, als Clamorent einschritt. »Lieutenant Zejn war an der Jagd auf das Scheusal, das die Umgebung in Angst und Schrecken hielt, wesentlich beteili…«

»Ich wüsste nicht, dass ich Sie angesprochen habe«, unterbrach der Tribun seinen Sohn brüsk.

Aus dem Augenwinkel konnte Zejn sehen, wie der den Mund schloss, sein Adamsapfel hob und senkte sich, als er schluckte. Clamorents Blick glitt von dannen, fort von dem Mann, der sein Vater war, der diesen Namen wohl nur wenig verdiente. Genau wie Bhaaltazar. Was war mit diesen Männern an der Spitze der Macht, dass sie just jenen die Liebe verwehrten, die als Einzige bedingungslos bereit wären, sie zu retournieren?

»Tribun«, lockte Zejn die Aufmerksamkeit des älteren Rohoys zurück auf sich. »Wir konnten den Koschtschei erlegen.« Er musste das wissen, schließlich waren sie wegen Rougeoyer hier, und doch wollte es Rohoy von Zejn hören – von ihm persönlich. Er schluckte, bevor er sich traute, weiterzusprechen: »Aber die Geißel durch die Untoten ist noch lange nicht vorüber. Die Wiedergänger versetzen die Vorlande weiterhin in Angst und Schrecken.« Er beobachtete das Gesicht seines Gegenübers genau, die buschigen, silbrigen Augenbrauen, die sich leicht regten, wie sich die Lider verengten und seine Lippen schmaler wurden. Was konnte Zejn daraus herauslesen? Wut, weil der Tribun spürte, dass man ihm auf die Schliche kam? War es klug, ihn zu reizen, bevor akute Beweise gegen ihn vorlagen? Sein heller Blick betastete umgekehrt Zejns Gesicht, zwei Feinde, die in aller Öffentlichkeit Frieden mimen mussten, während sie versuchten, die Gedanken des anderen zu lesen. Machte sich Zejn soeben zum nächsten Zielobjekt nach Rougeoyer? Die Härchen an seinen Armen standen aufrecht; er war froh, dass die Ärmel seiner Tunika sie verdeckten. Er blinzelte nicht. Seine Augen brannten.

Clamorent rückte ein Stück vor. »... die Nachwellen der Nifenmagie, von denen die Gelehrte aus den Heißen Ländern sprach«, wandte er rasch ein. Er suchte nach der Aufmerksamkeit des Vaters und bekam sie mit plumper Gewalt.

»Verdammt, ich habe Ihnen doch gesagt, Sie sollen nur noch sprechen, wenn ich Sie frage, Lieutenant!«, blaffte ihn Rohoy an. Damit trat er an den beiden vorbei und strebte zu dem Tafelende, an dem er Platz nahm. »Setzen!«

All diese Männer ließen sich von niemandem etwas sagen, gaben nur Befehle und erwarteten, dass man sie widerstandslos befolgte. Ein ruppiges Diktum des Tribuns, und sie alle scharten sich stumm um die Tafel, als wären sie wieder Clamorsjünger.

Der Tribun klatschte die Hände auf die Holzplatte. Seine Aufmerksamkeit zentrierte sich nicht länger auf Clamorent und Zejn. »Ich setze voraus, dass Sie alle bereits über den Vorfall bei der Couronne im Bilde sind. Der Sergent, der den entscheidenden Schlag gegen das Monstrum bei Svonnheim durchgeführt hat, wurde bei Morgenanbruch angegriffen und lebensbedrohlich verletzt. Meines Erachtens handelt es sich hierbei um keinen Zufall«,

Zejns Augenbraue rückte in die Höhe, »sondern um einen gezielten Anschlag der Diebesgilde, nachdem sie zwei Oberhäupter der Politeia verloren hat.«

Wie? Die Hauptmänner murmelten zustimmend.

»Die Arsoniten, die Königslilien, nun die Skorpione – die einstige Festung der Politeia steht auf wankendem Grund. Aber mit dem Attentat auf Sergent ...« Er wandte sich um.

»Rougeoyer«, ergänzte der Hauptmann zu seiner Linken.

»... Rougeoyer haben sie nicht einen einfachen Gardisten getötet, sondern ein Symbol für Tradeas gesamtes Volk!«

Die Lieutenants nickten und murmelten einander zu, Ahearn schlug mit der behaarten Faust auf den Tisch, als wollte er dort Ungeziefer zerquetschen. »Wir können nicht zulassen, dass unsere Erfolge von diesem Gesindel geschmälert werden!«, rief er aus. »Nicht, nachdem der Totenaufstand überhaupt erst durch sie ausgelöst wurde! Wer hat die Totenruhe der Grabhügel gestört und das Artefakt entwendet? Sie waren es! Diese Maden zehren von der Angst der Bevölkerung und verleiben sich jene ein, die wie Schafe zu ihnen gelaufen kommen!«

Nebenan verschränkte Clamorent die Arme, die Stirn in Falten gelegt. Er beobachtete die Reaktionen, doch kommentierte sie nicht. Er folgte einem Befehl.

»Wie kann es überhaupt möglich sein, dass dieser Pöbel unseren Helden angreift?«, rief ein anderer.

»Bei der Couronne, am Monticule Royale! Die Patrouillen sind dicht, diese Ratten sollten gar nicht erst dorthin gelangen!«

»Verdichten wir die Patrouillen!«

»Sperren wir den Zugang!«

»Greifen wir uns das Gesindel von der Straße! Sollen die uns zu den Bastarden und dem Vinetum-Verband führen und zu welchen Emporkömmlingen auch immer sich an Svetlanas und Tarims Stelle emporhieven!«

Der Tribun hob die Hand, augenblicklich verstummten die Einwürfe. »Ich habe um eine Audienz bei König Svellin und seinem Onkel Tvaion gebeten«, sagte er fest. »Die Königsfamilie stimmt zu, dass es unsere Pflicht ist, in Zeiten wie diesen die Tugenden und den Nutzen der tradeadischen Garde zu betonen.« Er sah sich um, doch sein Blick galt dem Kollektiv seiner Untergebenen. »Zur Stärkung der völkischen Moral veranstalten wir daher einen Siegeszug, an dem sich alle bedeutenden Institutionen Tradeas beteiligen werden – die Garde, die Magierschaft, der Klerus, der Adel und die hohe Bürgerschaft. Der Zug wird vom Platz der Asche am Hohen Gericht vorbeiziehen, das Läuten der Gerichtsglocken soll uns begleiten. Der Zug findet sein Ende hier in der Königskaserne und endet mit einer gesellschaftlichen Zusammenkunft in meinem Anwesen.«

Zejns Augen weiteten sich, als er das zu hören bekam.

»Selbstverständlich ist der Zutritt nur für geladene Gäste bestimmt«, fügte er an, »die sich um das Wachstum und den Ruhm Tradeas profiliert haben.«

Zejn schluckte.

»Die Bürger sollen sehen, dass sie mit unserem Schutz nichts zu fürchten haben. Und das Gesindel der Diebesgilde ...« Er erhob sich mit einem Ruck, stützte sich mit den gespreizten Armen am Tafelrand ab, »... bekommt zu spüren, was es bedeutet, einen Mordversuch auf jemanden zu unternehmen, der für gesamt Tradea sein Leben riskiert hat!«

49

Die Sitzung, die vielmehr eine Verkündigung gewesen war, ließ Zejn verwirrt zurück. Einerseits wunderte er sich, dass Rohoy ein derartiges Aufheben um Rougeoyer machte, wenn er diesen doch besser unauffällig von der Bildfläche hätte verschwinden lassen können. Oder war ihm einfach nur bewusst geworden, dass er dazu nicht mehr fähig war? Andererseits klang seine Ansprache über die angeschlagene Diebesgilde glaubwürdig. Was natürlich nichts bedeuten musste – der Tribun mochte das Schwert dem gesprochenen Wort bevorzugen, doch Zejn traute ihm zu, eine Rede zu spinnen, die seine Umgebung vereinnahmte und in sich stimmig wirkte.

Der Tribun ging als Erster, die Hauptmänner salutierten, dann lösten sich andere von der Tafel, einige fanden sich in Gruppen zusammen und diskutierten.

Clamorent lehnte sich auf seinem mit Leder bespannten Stuhl zurück, die Miene unbestimmt. »Da wollten wir Rougeoyer unauffällig verschwinden lassen«, sagte er so leise, dass außer Zejn ihn niemand hören konnte, »und nun haben wir ein Riesenspektakel, das sich genau genommen nur um ihn dreht.«

Aber – und das war das große Aber in Zejns Kopf – wenn der Tribun in sein Heim lud, damit sich die hohe Gesellschaft beweihräuchern konnte, hatte Zejn auch eine Chance, Mirage einzuschleusen.

Der Tribun hatte von selbst die Tore zu seinem Anwesen geöffnet. Und das, so fand Zejn, war doch der merkwürdigste Zufall von allen. Allerdings, so rief er sich in Erinnerung, wusste auch niemand von der merkwürdigen Verbindung, die Mirage zum Artefakt zu spüren glaubte – nicht einmal Clamorent.

Sein Blick rückte zu dem jüngeren Mann. Der wirkte plötzlich erschöpft, und Zejn fragte sich, wie viel Schlaf er wohl in letzter Zeit bekommen hatte. »Werden wir geladen sein? Mirage und ich?«

Clamorent runzelte die Stirn. »Zur Parade?«

»Zur hohen Gesellschaft im Anwesen Ihres Vaters.«

Verständnislos sah Clamorent ihn an. Er löste die verschränkten Arme. »Sie sind nun Lieutenant, natürlich werden Sie geladen. Und was Mirage betrifft ... nachdem sie sich in Svonnheim profiliert hat ... und nachdem Rougeoyer dem Zug nicht beiwohnen kann ...«

Zejn nickte. »Sie braucht ebenfalls eine Einladung«, sagte er nachdrücklich.

Clamorent hob die Augenbrauen.

»Bitte, sorgen Sie dafür.« Er deutete eine Verbeugung an und wollte sich zurückziehen, als Clamorent seinen Unterarm packte. »Zejn«, raunte er, »was ist los?«

Er erkannte die Bitte in seinem Blick und erinnerte sich zurück an den Augenblick, als der Tribun ihm das Wort verboten hatte und seine Wut durch die Bruchstücke seiner Fassade durchgeschimmert war. Niemand konnte diese Art Scham spielen. Zejn musste das Unkraut rupfen, das Mirage gepflanzt hatte, sonst blieben ihm keinerlei Leute, denen er hier vertrauen konnte.

Er würgte den Knoten herab, der sich mit der Ankunft des Tribuns in seine Kehle geknüpft hatte. Vorsichtig beugte er sich zu Clamorent. »Seit ihrem Kontakt mit Nifs Rückgrat glaubt Mirage, seine Nähe zu spüren«, sagte er leise. »Wenn sich das Artefakt tatsächlich im Anwesen Ihres Vaters befindet, können wir es so vielleicht aufspüren.«

MIRAGE

50

Die Rückkehr in die versunkene Kathedrale der Panumae war für Mirage mit Magenschmerzen verbunden. Petits Leute umringten sie mit Fackeln und Laternen, während selbiger an ihrer Seite die Treppe hinabstieg, über die bereits der strenge Geruch von fischigem Meereswasser emporwehte. Durch die Feuchtigkeit hatten sich neue Pilze und Flechten an die Wände gesetzt, die Stufen waren rutschig, sodass Mirage auf jeden ihrer Schritte achten musste. »Warum nimmst du mich mit?«, fragte Mirage, während sie im Streiflicht Funghi erkannte, die ihre schleimigen Hüte von den Felsmauern streckten. Im Vorbeigehen brockte sie einige und packte sie in eine Ledertasche an ihrem Gürtel.

Petit lachte vor ihr, der Laut schauerte die Treppe hinab. Vor nicht allzu langer Zeit hatten sich hier Leichen getürmt und den Aufgang blockiert. Die Garde musste sie entfernt und auf den Totenfeuern verbrannt haben. Bloß noch Verdunkelungen auf den Steinstufen erinnerten an das Blut, das hier vergossen worden war. Mirage war in vielerlei Hinsicht daran beteiligt gewesen. Auch daran, wie die unterirdische Kathedrale geflutet worden war, was Petit als Anhänger der geheimnisvollen Panumae nicht wissen musste.

»Ich bin kein Narr«, behauptete er, als sie für den Grund ihrer Anwesenheit fragte. Die Ampullen Flüssig Luft hatte sie ihm bereits ausgehändigt. »Wenn du mir ein Gift unterjubeln willst, schlucken wir es beide – Seite an Seite.«

Der Geruch brackigen Wassers verstärkte sich, und bald traten sie durch einen Torbogen, der in die ehemalige Vorhalle vor dem Heiligtum führte. Vor und hinter ihr reckten Petits Leute ihre Leuchtmittel. Sie spiegelten sich in dem Meerwasser, das nach der Zerstörung der Tempelfenster der unter ihren Füßen befindlichen Kathedrale bis hier emporgestiegen war. Die abfallende Halle, in der sich früher Priester der Panumae, Raubmagier und Schwarzmarkthändler getroffen hatten, war nun zum Großteil geflutet. Das gewaltige Bildnis der blinden Panumae, ein steinernes Haupt, höher als mehrere Männer aufeinander, ragte halb aus dem Wasser.

Es war ganz still hier. Die Pflanzen, die hier der Finsternis getrotzt hatten, waren mit der Zerstörung des Tempels verdorrt. Bloß noch die Pflanzenstämme, die an den Wänden empor bis an die Decke gewachsen waren, blieben als dunkle Adern zurück. An einigen hingen noch zerschnittene Stricke, an denen der Skorpion Svetlana Kuzorras Lilien erhängt hatte.

Petit zog es zum gefluteten Rand hin. Als ein verdeckter Priester seiner Göttin fühlte er eine starke Verbundenheit zu dem zerstörten Heiligtum. Er sah auf die schwarze, spiegelnde Fläche. Mirage erwartete, dass Zorn seine Miene rühren würde, doch ein eigenartiges Lächeln umspielte seine Lippen. Sein Blick wirkte verloren, als dächte er an eine verflossene Geliebte.

Seine Hände fuhren zu seinem Mantelrevers, und er begann, sich aus dem Gewand zu schälen.

»Du willst also dort runter?«, fragte Mirage unnötigerweise. Ihre Stimme hallte über das Wasser und wurde von den Wänden zurückgeworfen. Etwas regte sich unter der schwarzen Oberfläche. Der Mann neben ihr reckte die Laterne, doch es war bloß ein Fischschwarm, der vorbeiglitt. Was nicht hieß, dass dort unten nicht noch Gefahren lauern konnten.

Frederic raffte die Tunika und schlüpfte heraus. Als Nächstes machte er sich an seine Stiefel. Etwas zog ihn dort hinunter – eine

Sehnsucht, die nicht mit Mirages Bund mit Nif zu vergleichen war, denn Frederic war das Bündnis zu seiner Göttin freiwillig eingegangen.

Nachlässig trat er seine Stiefel zur Seite und knüpfte sich die Hose auf.

»Ob du mit Gewand oder ohne reingehst, ist mir egal«, sagte er, ohne sie anzusehen. »Du tauchst mit mir dort runter.«

»Um die Alchemika zu bergen, die du verloren hast?«

Er warf einen Blick über die Schulter, bevor er das Beinkleid runterzog. »Um ehrlich zu sein, könnte mich das nicht weniger interessieren. Als die Garde den Tempel gesprengt hat, hat sie nicht nur ein Gotteshaus zerstört, sondern auch Reliquien der Panumae der Verantwortung des Meeres übergeben.«

»Du willst dort runter, um Reliquien zu bergen?«

»Genauer gesagt, eine Schatulle mit dem Zopf, von dem es heißt, er gehörte Panumaes Sohn Rihtari.«

Mirage hob die Augenbraue. Normalerweise wäre sie versucht, das als Humbug abzutun. Wie viele Reliquien tummelten sich in jedem Tempel und jeder Seelstatt, von denen es hieß, es wären die Knöchelchen, Zähne, Henkersstricke oder Nutzgegenstände irgendeiner Person, die den Göttern nahegestanden hatte? Doch was hatte sie schon zu lachen, auf der Suche nach einem Schwert, dem die Abstammung einer Totengöttin nahegelegt wurde? Sie verkniff sich also einen entsprechenden Kommentar. Manche Gegenstände gewannen just deswegen an Bedeutung, weil Menschen sie verehrten. Andere, wie Nifs Rückgrat, erwarben sie durch die verheerenden Auswirkungen, die ihr Raub mit sich brachte.

Sie schlüpfte aus ihrem Mantel. »Nun gut«, murmelte sie. Bevor sie das Kleidungsstück zu Boden fallen ließ, zog sie einen Tiegel heraus, den sie Petit zuwarf. Er fing ihn aus der Luft. »Das Alchemikum?«

»Walfett. Reib dich damit ein, es hält die Kälte etwas ab.« Sie schälte sich aus ihren Stiefeln, Hemd und Gürtel mit Messer behielt sie an. Auf die Granaten verzichtete sie dieses Mal.

Petit bemerkte die schwulstigen Narben an ihren Beinen, die Nifs Rückgrat und die Feuerkugel unter Wasser hinterlassen hatten. »Sieht so aus, als hättest du seit unserem Stelldichein einiges erlebt.«

»Du hingegen siehst immer noch aus wie der Knabe von damals«, erwiderte sie barsch.

Er lachte nur, wandte sich ab und trat aufs Wasser zu. Seine Hand lockte nach den Fläschchen mit Flüssig Luft, ohne dass er hinsah, ganz auf sein Ziel fokussiert. Sie reichte ihm eines davon, er entkorkte es und hielt es ihr wieder hin. »Halbe-halbe«, sagte er. »Von beiden Fläschchen.«

Sie zuckte mit den Schultern, trank zunächst von dem einen und dann von dem anderen. Während ihr Körper auf das Alchemikum reagierte, fügte sie die Mittel für Lux Celestialis zusammen, dessen Licht strahlend aus der Kristallphiole hervorbrach.

Ihre Begleitung regte sich beunruhigt, Petit sah sie nur milde an. Er winkte ihr, gemeinsam stiegen sie ins eisige Wasser. Auch das Walfett konnte die Kälte nicht aufhalten, die augenblicklich ihre Haut zusammenzog. Am liebsten wäre sie wieder aus dem Wasser gestoben, stattdessen riss sie sich zusammen und stieg tiefer. Ihre Atemzüge rasselten, die Luft hier draußen schmeckte wie Blei. Sie spürte, wie ihre Brust krampfte, und trat an Petits Seite in die schwarzen Tiefen, vorbei an der Büste der Panumae, die sie durch das steinerne Tuch nicht sehen konnte. Mirage erinnerte sich genau daran, wie sie hier durch das Schlachtfeld gelaufen war. Unter ihren tauben Fußsohlen spürte sie die Trümmer, die sie selbst erschaffen hatte. Die Härchen standen in die Höhe, als sie sich vorstellte, dass hier unten noch immer Untote warteten, doch die Wasseroberfläche war schwarz wie Pech, und das Lichtfläschchen strahlte außergewöhnlich grell an ihrer Brust. Sie musste schleunigst unter Wasser kommen, also ging sie in die Knie und tauchte unter.

Die Pflanzen waren im Wasser verfault, mit jeder Schwimmbewegung wirbelte sie Partikel und Staub auf, die in ihre Augen trieben. Das Lux Celestis schwebte an der Kette vor ihrer Brust, während sie sich nahezu blind vortastete. Flüssig Luft rumorte in ihrem Magen und sandte Atemluft in ihren Körper, doch es blieb ein fremdartiges, unangenehmes Gefühl. Ihre Brust zwickte.

Neben ihr, als Schemen hinter all den Partikeln, schwamm Petit. Er kannte den verlassenen Tempel vermutlich wie seine Westentasche, oder er fühlte den Ruf seiner Göttin wie Mirage den der ihren. Zielstrebig tauchte er zu dem Abgang.

Das hellblaue Licht kitzelte die Wände des Treppenhauses, das wie elfenbeinfarbene Rippen in das Heiligtum hinabführte. Fische schnappten nach Schwebeteilchen, erste, fingernagelgroße Muscheln hatten sich an den Stufen angesetzt, dazwischen trieben Algen, als winkten sie Besucher in das vom Meer rückeroberte Reich. Das Lux Celestis zeichnete verzerrte Schatten, vor allem von Petit, der tiefer und tiefer in die versunkene Kathedrale eindrang. Etwas zog ihn an, wie Nifs Klinge sie anzog, und tatsächlich überlegte sie einen Augenblick, ob sie ihn einfach gehen lassen sollte. Doch seine Leute warteten bei ihrer Rückkehr, und er hatte Ruben – also fügte sie sich ihrem Schicksal.

Endlich gelangten sie in die einstige Kathedrale, einem der geheimen Orte Panumaes. Und als sie einen Augenblick lang so schwebte, merkte sie, wie inkorrekt der Ausdruck *einstig* war – der Tempel war nach wie vor Panumaes Heiligtum, bloß dass er nun nicht mehr von allen besucht werden konnte. In seiner Stille, geflutet von Wfirs Tiefen, durchtaucht von Fischen und nur jenen, die hier mit magischen Mitteln vordrangen, war dieser Ort genau wie der Garten der Schwarzen Lilien Panumaes ultimatives Geheimnis, verschlossen hinter Türen, die keine Schlösser benötigten.

Nach wie vor flutete das Licht durch den außen vorbeiziehenden Kanal herein, diesmal jedoch bloß noch durch das Gerippe, in dem früher das Glas mehrerer Spitzfenster saß – das mittlere ragte über die anderen zwei hinaus, an seiner Spitze saß noch das eiserne Muster einer Fensterrosette wie Schneeblumen. In Strahlen erleuchtete das Außenlicht die Pilaster, die das Mittelschiff von den Seitenschiffen des Tempels trennten. Dazwischen streifte es Fischschwärme, Algen, die wie Haar in der Strömung schwelgten, und Teilchen, die wie Schnee durch die Kälte trieben.

Es war wundervoll.

Mirage verharrte in stiller Ehrfurcht, verschwendete wertvolle Zeit, in der ihr Körper das Alchemikum abbaute, das ihr Hiersein ermöglichte. Erst als sich Frederic als Schemen entfernte und immer kleiner wurde, sodass er mehr einem Barrakuda als einem Menschen glich, beeilte sie sich, aufzuholen.

Er tauchte in das Seitenschiff, wo Türen zu Gebetsklausen, Schlafzellen und anderen geheimen Orten führten. Die meisten waren zerstört, von der Garde aufgebrochen worden oder später von Mirage, im Versuch, der Draugar-Plage Herrin zu werden. Doch es waren nicht die offensichtlichen Türen, auf die Frederic zuhielt, sondern die Wände, die dazwischenlagen.

Sie wusste nicht, woher er die Münze plötzlich holte. Panumae verbarg sich im Schatten und manchmal in den einfachsten Dingen. Der durchlöcherte Kopper, den Frederic plötzlich an einem Band in der Hand hielt, war sein Priesterzeichen.

Unter dem Licht der Lux-Celestis-Kette tastete er die Mauer ab. Mirage schwebte an seine Seite, da schien er etwas zu bemerken. Er schob die Münze zwischen die Mauerritze. Mirage kniff die Augen zusammen. Winzig klein war über der Mauerritze ein Glyphenzeichen eingeritzt.

Ein dunkles Grummeln ertönte, von dem sich Mirage unsicher war, ob es möglicherweise magischen Ursprungs war. Da drückte Petit gegen die bleiche Wand, und die Mauersteine rückten wie von selbst ab, als wollten sie ihn einlassen.

Mirage tauchte ein paar Längen zurück, als sie beobachtete, wie sich der helle Stein versetzte und verschob und einen Treppenaufgang bildete, den einst die Füße wichtiger Priester und Priesterinnen beschritten hatten. Sie witterte, was es bedeuten musste, dass ausgerechnet Frederic darauf Zugriff besaß. Er war kein Anwärter mehr, kein Eleve, kein Jungpriester ... Möglicherweise diente er sogar als eine der Hände seiner Göttin.

Er schlüpfte hinein. Mirage folgte ihm, und ihr entging nicht, dass seine Münze bereits wieder verschwunden war. Hatte sie ihn unterschätzt? Ihn als Emporkömmling missachtet?

Sie spürte den Zug in ihrer Brust und den Geschmack von Galle an ihrem Gaumen. Wie von selbst suchten ihre Finger nach ihrer Brust, rieben sich über die Rippen, um den Druck zu mildern. Viel Zeit blieb ihnen nicht. Sie beeilte sich. Das Licht der Ampulle streifte bei ihrem Fortgang die Wände.

Plötzlich fand das Wasser ein Ende. Ihr Scheitel brach durch die Wasseroberfläche. Sie begriff noch nicht ganz, was passiert war, blinzelte das Salz aus den brennenden Augen, und sah, dass Petit bereits halb aus dem Wasser gewatet war und zielstrebig durch die Finsternis stieg. Sein Atem keuchte wie der ihrige, sie japste, als ihre Beine Grund fassten, das Gurgeln des Alchemikums wütete in ihrem Magen. Ihr Blick hetzte herum, doch außer nassen, fast schwarzen Wänden, die im zarten Licht des Lux Celestis schimmerten, und einem schwarzen, altargleichen Block war hier kaum etwas zu sehen.

Wie war das möglich? Die Stufen waren nicht hoch genug angestiegen, als dass sie über die Meeresoberfläche führten. Hielt der Druck das Wasser draußen, wie es manchmal bei den Gerätschaften ihrer Alchemika zu beobachten war?

Sie hustete, die Hitze nahm eine unangenehme Intensität an, ihr Magen krampfte. »Wir müssen uns beeilen«, hustete sie.

Petits Antwort war sein Keuchen. Er tastete sich an den Altar heran, sein Blick glitt über dessen scheinbar makellose Fläche, in seiner Hand blitzte das Kupferstück auf. Mit einem Ruck presste er es gegen den obsidianfarbenen Block. Hätte Mirage auf ein spektakuläres Wunder gehofft, sie würde nun enttäuscht – denn lediglich auf der Seite sprang ein Ziegel heraus, so genau geschnitten, dass er mit bloßem Auge nicht von der restlichen Fläche zu unterscheiden gewesen war.

Hastig zog Petit ihn hervor, griff hinein, sodass sein Arm bis zum Ellbogen verschwand, tastete eifrig, bis er etwas hervorzog. Ein Kästchen. Unspektakulär wie dieser Altar, oder was auch immer es war. Zitternd öffnete er es. Unauffällig erhaschte Mirage einen Blick hinein. Ein dünner, geflochtener Zopf dunklen Haars. Und dafür der Aufwand?

Sie verschränkte die Arme vor der Brust. »Wir müssen gehen«, flüsterte sie durch die Stille, die nur vom Tropfen des Wassers durchbrochen wurde, das aus Kleidung und Haar fiel. »Das Alchemikum hört auf zu wirken.«

Er zitterte, und sie spürte, dass es auch eine gewisse Aufregung war, die ihn dazu brachte. Sein Blick flog zu ihr. »Hast du noch etwas von dem Fett bei dir?«, fragte er.

Sie zog es aus ihrem Hemd. Er schraubte es auf, langte zu und begann, die Kassette abzudichten.

Es plätscherte. Mirage wunderte sich bloß, weil sich in diesem Augenblick keiner von ihnen bewegte. Sie wandte sich um, das Licht an ihrer Brust drehte sich mit ihr und fiel just auf etwas, das die makellose Wasseroberfläche störte. Es hätte ein Stück Müll sein können, der Fetzen eines Teppichs aus dem Heiligtum oder eine tote Bisamratte, deren aufgeblähter Körper hier emporgetrieben war. Als jedoch ein Schnarren luftblasenlos aus den Tiefen schauerte, sprang sie zurück und packte ihr Messer. »Draugar!«, rief sie aus und brachte Abstand zwischen sich und das Haarbündel.

Da packte Petit etwas an der Wade, zog sich aus dem Wasser und biss ihn ins ungeschützte Fleisch.

51

Das Geräusch, das Petit ausstieß, ähnelte dem Schnarren der Draugar, die sich aus dem Seichten erhoben. Instinktiv sprintete Mirage vor, ihr Messer blitzte im Lux Celestis. Sie kämpfte gegen den Wasserwiderstand an, bereit, auf das Vieh einzustechen. Das löste soeben das Maul aus Petits Wade, um ein zweites Mal zuzubeißen. Das Zahnfleisch des Untoten war längst der Zersetzung zum Opfer gefallen, weswegen es aussah, als schnappte ein Wolf mit überlangen Reißern zu. Seine grünlichen Finger rutschten über Frederics Haut und versuchten, sie zu spalten, dabei brachen die Fingernägel und hinterließen schleimige Spuren.

Mirage sah schon, dass sie zu spät kommen würde, um den zweiten Zubiss zu verhindern, als der Wiedergänger plötzlich innehielt. Sein Schädel rückte herum. Die Fratze aufgedunsen, die Weichteile von Fischen und Krebsen zerfressen, hatte sich das Körperfett durch die Kälte verfestigt, was seine Visage eigenartig wächsern wirken ließ. Plump starrte es Mirage an, die mit einem Brüllen auf es zuhielt, als Petit die Hand vorstieß und ihm eine Münze am Lederband gegen die Stirn drückte.

Der Silberling leuchtete auf. Es zischte. Rauch stieg auf, und der Wiedergänger entließ einen tierischen Schrei, mit dem er unter die Wasseroberfläche floh. Die Haarsträhnen, die ihm das Meeresgetier noch nicht vom Skalp gepickt hatte, waren das Letzte von ihm, das wie ein Schleier verschwand.

Die durchlöcherte Münze rotierte an einem Lederband an Petits Hand. Einen Moment lang glühte sie noch eigenartig, als hätte man sie in eine Esse geworfen, doch es schwächte mit der nächsten Drehung ab. Petit fluchte und bückte sich nach seinem Bein, aus dessen Bisswunde Blut strömte.

Als würden es die Viecher riechen, erhob sich ein zweiter und dritter Draugr aus dem Wasser. Mirage packte Frederic am Handgelenk und streckte das Messer von sich. Vor ihr tauchte ein Untoter hervor. Arme lösten sich aus den Fetzen einer purpurfarbenen Panumae-Kutte. Stumm starrte er sie mit augenlosen Löchern an. Seine Brüder und Schwestern formierten sich in einem entsprechenden Abstand um ihn, von manchen schälte sich das Gebein aus der Visage. Andere Wachsleichen sahen aus, als trügen sie ihre eigenen Totenmasken, die Züge durch das verhärtete Fett stumpf und undeutlich. Einer schwarzen Lilie war der Unterkiefer abgerissen worden, sodass sie nur noch aus einem Loch röchelte. Sie alle sollten sich auf die beiden Lebenden stürzen. Stattdessen standen sie nur da.

Mirage rammte die Finger in Petits Arm. Sie verhielten sich zu kontrolliert für die wilde Horde, die Mirage kennengelernt hatte. Als taxierten sie sie, bemaßen die Lage, ihren Gegner.

»Warum greifen sie nicht an?«, keuchte sie. Wasser tropfte vernehmlich aus ihrem Haar. Ihr Blick irrte kurz zu Petits Münze, deren Band er fest umklammert hielt. »Fürchten sie dein Panumae-Relikt?«

Frederic rückte heran. »Nicht ich bin es, den sie fürchten«, flüsterte er ihr zu.

Mirage blinzelte. Ihre Zunge fuhr hervor, benetzte ihre Lippen. Sie erinnerte sich an die Falle, die sie mit Rougeoyer dem Koschtschei gestellt hatte. Die Wiedergänger hatten die Gardisten attackiert, aber nicht Mirage. Der Koschtschei hatte sie kontrolliert, daher hatten sie von ihr abgelassen. So war es doch gewesen?

Bloß das Tropfen von Wasser ertönte, gepaart mit ihrer beider gehetztem Atem. Die Wasserleichen standen regungslos wie die Statue der Panumae – als wären sie aus Stein gemacht.

Petit irrte sich. Der *Koschtschei* hatte die Wiedergänger kontrolliert. Er hatte Mirage allein für sich gewollt.

Zweifel lockte sie jedoch einen Schritt zur Seite. Frederic mühte sich, an ihrer Seite zu bleiben. Sie trat tiefer ins Wasser, ihre Waden gruben durch den schwarzen Spiegel, das Licht streichelte das Kräuseln, das gegen die ungebetenen Gäste stieß.

Obwohl sie keine Augen besaßen, folgten sie ihr mit entleerten Blicken und drehten ihr die Köpfe zu.

Mirage schluckte. Brannte ihr Mal? Spürte sie eine Verbindung zu Nif? Sein Brennen, Jucken und Ätzen war derart ein Teil von ihrem Alltag geworden, dass sie es nicht länger bemerkte. Tränen stiegen ihr in die Augen. War es das? Ihr Schicksal? Koschtschei zu sein? Herrscherin über die Untoten?

Sie ballte die freie Hand zur Faust, die Metallaufsätze spießten ins eigene Fleisch. Sie spürte es nicht. Stand sie schon mit einem halben Fuß im Grab? Oder hatte sie sich seit ihrer Geburt nie richtig daraus erhoben?

Ich habe noch eine Aufgabe, erinnerte sie sich. Als sie das letzte Mal in Tradea gewesen war, hatte sie sich eine Liste erstellt. *Bhaaltazar. Das Schwert. Ich.*

Hör auf zu heulen, schalt sie sich. Über dich selbst kannst du dir Gedanken machen, wenn wir das Artefakt geborgen haben.

Sie schluckte ihre Gefühle herunter, machte sich nicht die Mühe, die Tränen abzuwischen. Für Petit erschienen sie nur als weitere salzige Wassertropfen aus dem Sumpf, in den sie die Kathedrale verwandelt hatte.

Sie winkte ihm zu. »Komm«, sprach sie heiser. »Bleib bei mir.«

Schritt für Schritt stiegen sie ins Wasser zurück, in dem Bewusstsein, dass dort unten jederzeit ein Wiedergänger lauern könnte, den es gustierte, sie ins nasse Grab zu ziehen. Als sie sich entfernten, folgten ihnen die Toten mit unnatürlichen Bewegungen. Das Klappern ihrer Knochen, das Schmatzen des verwesenden Fleischs, das helle *Plink-plink-plink* aufprallender Wassertropfen – jene Geräusche begleiteten ihr Abtauchen.

Wie Meerjungfrauen schwammen sie zurück in die Kathedrale, überwacht vom Draugar-Schwarm. Sie alle schienen so winzig in Anbetracht der gewaltigen Kathedrale, dass selbst die im Angesicht so fürchterlichen Untoten bloß wie kleine Fische in der erleuchteten Stille wirkten. Sie verfolgten die beiden Lebenden auf ihrem Rückweg, die skelettartige Treppe empor. Und als Mirage und Petit hustend und keuchend in der Halle aus dem Wasser stiegen, die Finger ineinander verknotet, tauchten die Draugar hinter ihnen auf, als wollten sie Mirage bis ans Ende der Welt folgen.

In Petits Meute kam Unruhe. Die Männer zückten die Waffen und stellten ihre Laternen hastig zwischen Schutt und Trümmern ab.

Frederic wischte sich über den Mund, ohne Mirage mit der anderen Hand loszulassen. »Tötet sie«, sagte er und sah nicht zurück, als seine Männer an ihm vorbeiliefen.

Der Stoff klebte an ihrer feuchten Haut, während sie sich zurück in die Hose mühte. Im Hintergrund erklang das Treffen von Waffen auf Leiber, die Draugar grummelten und setzten sich in Bewegung, als sie zu begreifen schienen, dass man sie attackierte. Rufe wurden laut, als sich Frederics Männer formierten, ihre Stiefel gruben durch Wasser, Speere durchstachen Rippen und öffneten

Brustkörbe, aus denen sich verflüssigte Organe mit bestialischem Gestank entleerten.

»Die Häupter!«, schnappte Petit, der sich in seine Hose strampelte. Einer seiner Begleiter hob den Speer an und rammte ihn einem untoten Priester in die Augensockel.

»Woher kennst du ihre Schwachstellen?«, fragte Mirage. Sie zog sich den Stiefel über den nackten Fuß, die Wollsocken ließ sie liegen.

Petits Gesicht verschwand einen Augenblick lang, als er das Hemd übers Haupt zog. »Wo die Garde nicht rechtzeitig zur Stelle ist – oder es sie nicht interessiert –, wendet sich das Volk an die Politeia. Wir haben unsere eigenen Erfahrungen gesammelt.«

Ein Mann wurde von hinten von einer Draugr gepackt, die mehr an ein Skelett erinnerte als einen Menschen, und mit einem Fauchen ins Wasser gezogen. Seine Schreie hallten. Frederic stieß ein missbilligendes Schnaufen aus, packte einen Dolch vom Gürtel und marschierte ins Getümmel.

Mirage zog mit einem Ruck ihren Alchemistengürtel fest. Natürlich hatte er ihr alle waffenfähigen Substanzen verwehrt, aber nicht den Langdolch, also lief sie hinterher. Das Skelett, an dessen Gerippe sich braunschwarz die Haut angelegt hatte wie bei einer verdorrten Schmetterlingspuppe, grub seine Finger in den weichen Magen des Gestürzten. Doch als Mirage das Wasser betrat, ließ es ab und tauchte zurück.

Wut flammte in Mirage auf. Sie war das Einzige, was sie einen Augenblick lang fühlte. Heiß und verzehrend rumorte sie in ihrem Magen. *Warum ich?,* rauschte es durch ihren Kopf. Sie sprintete los, an dem Verletzten vorbei, der verzweifelt versuchte, den Darm im Bauch zu behalten. Sie stürzte auf das Gerippe zu, das wie in Erwartung dastand. Als Mirage ihm mit dem Langmesser den Schädel vom Hals trennte, rührte es sich nicht. Wie ein zersplitterter Ast sank es ins Wasser.

Mirage wütete zwischen jenen Toten, die hinterblieben waren – und jenen, die neu hinzukamen. Kaum lief sie auf sie zu, hielten sie in ihrem Toben inne, sahen auf von jenen, die sie zu töten und zu verzehren suchten, als erwarteten sie den endgültigen Tod.

Als der letzte Draugr an der Grenze zum Trockenen umkippte, schüttelte es Mirage vor Anstrengung durch. Knietief stand sie im Wasser, mit Körpersäften in allen Dekompositionsstadien besudelt, sodass der Messergriff zwischen ihren Fingern rutschte.

Sie hörte Frederics Männer wispern. Als sie sich zu ihnen umdrehte, verstummten sie. Bloß das Geräusch eines Fischs erklang, der im löchrigen Brustkorb des Wiedergängers wie in einem Käfig gefangen war und lautstark nach Luft schnappte.

Frederic sah sie an wie all die anderen, doch er verschloss seine Gefühle besser als die Männer, die sich nun flüsternd daranmachten, ihre Verletzten und Gefallenen zu bergen. Sie zerrten den Mann mit der Bauchwunde an Land. Es stank erbärmlich, der Dickdarm war geplatzt, und Kot hatte sich in seinem Bauchraum verteilt. Er wimmerte in seinen Bart und flehte Gäga um Rettung an.

Petit kniete sich neben ihm nieder, flüsterte Worte an Panumae und schnitt ihm die Kehle durch. Seine erbarmungslose Tat verkürzte sein Leiden.

Einen Mann, der schwer hinkte, stützten seine Kollegen links und rechts, als sie zum Treppenaufgang zurückkehrten. Auch Frederic schlurfte, doch er versuchte, es sich nicht anmerken zu lassen. Als Anführer durfte er keine Schwäche zeigen. Keine Angst. Auch nicht vor ihr.

Er duldete sie an seiner Seite, aber für Mirage stellte sich nicht die Frage, dass es bloß der Demonstration seiner Hierarchie diente. Seine Wangenknochen traten hervor, als er bei jeder Stufe die Zähne zusammenbiss. Sein Atem rasselte, nicht nur wegen der Nachwirkungen von Flüssig Luft.

»Wenn du meinen Jungen freilässt, kümmere ich mich um deine Bisswunde«, murmelte sie.

»Wenn du dich erfolgreich um meine Bisswunde kümmerst, überlege ich mir, deinen Jungen freizulassen«, drehte er ihr die Worte im Mund um.

Sie begnügte sich damit.

52

Sie zogen ihr erneut einen Sack über den Kopf, bevor Frederic sie zurück in sein Hauptquartier brachte. Der Geruch von Verwesung und Jute begleitete ihren Weg genauso wie das Gemurmel der Männer. Widerstandslos ließ sie sich vorantreiben wie ein Stück Vieh und landete auf diese Weise wieder im Alchemistenlabor, wo sie hinter schwerer Türe eingeschlossen wurde.

Notdürftig reinigte sie sich mit Wasser, das man ihr für ihre alchemischen Prozeduren bereitgestellt hatte. Schnaps half, den Geruch zu mildern. Sie band sich das Haar zurück und schälte sich aus dem durchnässten Hemd, das sich durch Blut und zersetzte Innereien verfärbt hatte. Die Tür knarrte.

»Damals hielt ich das Mal für eine Laune Gägas.«

Sie widerstand dem Drang, sich rasch wieder in die Kleidung zu kämpfen, sah lediglich über die Schulter. Frederic stand in der Tür und musterte sie von hinten. Demonstrativ warf sie das verdreckte Hemd zur Seite. »Du bist nicht nur ein Exhibitionist, sondern auch ein Spanner«, behauptete sie.

Er lachte lautlos, überwand die letzte Stufe und betrat das Labor, ein Bündel unter den Arm geklemmt, das er ihr nun zuwarf. Sie war gezwungen, sich ihm zuzuwenden, um es zu fangen. Es stellte sich als zusammengeschnürte Tunika heraus. Sie mochte nicht, wie er sie ansah, allerdings aus einem anderen Grund als zum Beispiel Sergent Rougeoyer – sie schämte sich für ihr momentanes Aussehen.

Ihre Brust hatte an Volumen verloren, die Rippen stachen aus gräulicher Haut. Rasch zog sie sich den Ausschnitt über den Scheitel. Frederics Hemd war wie ein Sack, der ihr fast bis zu den Knien reichte.

Sie streifte das Haar aus dem Stoff, fühlte sich etwas besser. »Hör auf, mich anzustarren«, kommentierte sie, als sie bemerkte, dass er sie noch immer ansah.

»Wieso? Bin ich ein Spanner, ist es doch das, was ich tue.«

»Heißt deine Göttin deine Spechtelei gut?«

Er zuckte mit den Achseln. »Panumae kümmert so etwas nicht.«

»Soso.«

»Als du damals meine Münze gefunden hast«, wo immer er sie auch trug, sie war wieder verschwunden – wobei Mirage nach dem, was sie in der Kathedrale gesehen hatte, vermutete, dass er sie magisch zu tarnen wusste –, »ahnte ich nicht, dass du genauso ein Geheimnis bei dir trägst.«

Mirage erstarrte in der Bewegung. Er fand Vergnügen daran, ihren Blick einzufangen und festzuhalten.

»Ich Dummkopf«, fügte er lächelnd hinzu.

Ihre Finger zitterten in der Erwartung, jederzeit zuschnappen und diese Begegnung in einen Kampf ausarten lassen zu müssen. Das Langmesser hatte er ihr bereits abgenommen, doch auch ein Glasballon am Schädel konnte entzückende Wunden hinterlassen.

»Etwas ist mit dir passiert, seitdem wir uns das letzte Mal gesehen haben«, stellte Frederic fest, während sein Blick ihr Gesicht abtastete. »Und meine Göttin flüstert mir, dass es mit den Toten zusammenhängt, die nicht und nicht zur Ruhe kommen wollen, egal, was das Königshaus und seine Garde beteuert.«

Sie schluckte. »Was willst du noch, Petit?«, fragte sie mit rauer Stimme. »Du hast deine heilige Haarlocke. Ich an deiner Stelle hätte mich lieber an die Schwarzmarktware gehalten, die dort unten verloren gegangen ist.«

»Manches besitzt den Wert von Gold. Mancher Wert kann mit Gold nicht bemessen werden.« Zeit verstrich. »Aber darüber disputiere ich gern zu einem anderen Zeitpunkt mit dir.« Endlich wandte er den Blick ab und krempelte sein Hosenbein hoch. »Wärst du so freundlich? Dein Junge wartet.«

Sie ging um Nadel und Faden, Wasser hatte sie bereits auf die Kochstelle gehievt und die Glut freigestochert. »Geht es ihm gut?«, hakte sie nach.

»Wie es einem Jungen eben geht, den ich mit einem Haufen Schlägern und Halsabschneidern zurückgelassen habe.«

»Ich habe einen neuen Mantel gewonnen!« Ruben rutschte von einer der beiden Sitzbänke, die einen Tisch flankierten, auf dem sich eine traurige, abgeknickte Kerze über eine Flasche ergoss.

Es stank nach Bier und menschlichen Ausdünstungen, allerdings von jenen der lebenden und nicht der toten Sorte, was es erträglich machte. An einem Tresen wurde ein neues Fass angeschlagen, Männer und Frauen tummelten sich in der fensterlosen Spelunke, durchgemischt vom Bürger bis zum Knecht. Der Keller, in den Frederic sie emporgeführt hatte, erinnerte an einen alten Weinkeller, die Wände aus Ziegeln zu einem rostroten Tunnelgewölbe zusammengesetzt.

Der Spieler, der Ruben gegenüber über seinen Karten brütete, warf mit einem tradeadischen Fluch sein Blatt auf den Tisch. Seine Worte zogen Rubens Aufmerksamkeit zurück auf das Spiel. *»Poule aux œufs d'or!«,* krähte er und krallte sich seinen Gewinn.

Mirage biss die Zähne zusammen. Der Junge merkte es erst, als er alles an sich gerafft hatte, was andere an ihn verspielt hatten – Kopperlinge, einen halben Silberling, eine Meerschaumpfeife, einen Ohrring, ein Döschen Kautabak, ein Glasauge und einen abgegriffenen Lederbuchband namens *Der Fuchs und das Mädchen*, den Ruben sicher nicht lesen konnte. All das verstaute er in den Taschen seines neuen Mantels und marschierte auf sie zu, als wäre nichts gewesen. Als er ihr Gesicht bemerkte, fiel ihm sein zahnloses Grinsen von den Backen. »Ma'am? Wieso gucken Sie denn so grimmig?«

Mirage zog die Schultern hoch. »Ich dachte, du bist hier am Verrecken, du Balg!«, rief sie.

Kurz verstummten die Gespräche, als jedoch keine Prügelei folgte, wandten sich die Leute wieder ihren Tätigkeiten zu.

Ratlos sah Ruben sie an und kräuselte die Nase. »Nö, die sagten bloß, sie würden mich ordentlich verhauen, wenn ich weglaufe. Ich müsste hier auf Sie warten. Wurde sogar bis auf den Abort verfolgt.« Er warf einem Alten mit windschiefer Nase und noch windschieferen Zähnen einen wütenden Blick zu. »Ich schwör's, die haben gekuckt!«, flüsterte er Mirage zu.

Langsam wandte sich Mirage um. Petit lehnte im Türrahmen und lachte. Irgendwo hatte er einen Apfel hergezaubert, in den er nun herzhaft biss. Vergnügt zwinkerte er ihr zu. Wie konnte er es nur wagen zu zwinkern!

Mirage marschierte auf ihn zu. »Was soll das, Petit?«, fauchte sie ihn an.

»Wäre es dir lieber gewesen, ich hätte ihn tatsächlich am Spieß gedreht?«

»Ist das alles für dich ein Witz?«

Er ließ den Apfel zwischen den Fingern kreisen. »Du hast mich reingelegt. Ich habe dennoch bekommen, was ich wollte. Jetzt sind wir quitt.« Er löste sich vom Türpfosten. »Sag mir, wenn ihr gehen wollt. Meine Männer werden euch mit einem Sack auf dem Kopf zurück in die Rue de Savon bringen.«

»Wir befinden uns in der Nähe des Wfir-Tempels«, quäkte Ruben hinter ihr. »Das Glockenspiel war ganz laut, als man mich hier runtergeschleppt hat.«

Mirage musste ihm endlich beibringen, wann er besser zu schweigen hatte. Sie wollte Petit prompt auffordern, sie gehen zu lassen, als er anfügte: »Du kannst natürlich auch bleiben.«

»Warum sollte ich?«

Sein Lächeln war neckisch und versprach etwas anderes als sein Mund. »Du kamst damals zu mir, weil du etwas gebraucht hast, um deine Krankheit zu heilen. Nimm es mir nicht übel, aber ich darf annehmen, dass du es nicht gefunden hast?«

Sie schwieg eine Weile. »Töricht wäre ich, dir zu vertrauen.«

Den Apfel ließ er mit dem Dreh seiner Hand verschwinden, wie er die Münze verschwinden ließ – als wäre er ein Schausteller auf dem Markt. Er streifte über ihre Knöchel. »Keine Bange, du darfst dafür zahlen wie alle anderen.« Sie kam nicht umhin, dass sie sein Lächeln immer noch mochte, so wie er sie in der Goldbrasse einst damit bestrickt hatte. Fast schien es ihr, dass es ein wenig heller leuchtete, hindurch durch den Nebel, mit dem Nif sie gefangen hielt. Es war verführerisch, dem Impuls nachzugeben. Mit ihm zu schlafen, wenn er das denn wollte, sich einen Moment lang um nichts zu scheren, sich von einem anderen Lebewesen halten und wärmen zu lassen. Sich von ihm Alchemika einzutauschen, die Egel vorzubereiten, sie an ihre Adern zu heften und die Dunkelheit zurückdrängen, die sich in ihr aufgebaut hatte. Wieder richtig zu hören, zu sehen, zu schmecken, den Duft zu genießen, egal, ob Parfüm oder Gestank – richtig zu sein, richtig zu leben.

»Jetzt nicht«, sagte sie jedoch. Sie merkte seine Enttäuschung, auch wenn er sie gut verbarg – sie blieb als bübisches Glitzern in seinen Augen zurück. Irgendwann würde er als Teil der Diebesgilde auch das verlieren. Sie merkte, dass sie mit den Fingerspitzen nach den seinen suchte. »Ich bin zurückgekommen, um zu beenden, was ich begonnen habe«, sagte sie. »Unglücklicherweise muss ich dafür krank bleiben.«

Fragend sah er sie an.

»Ich wende mich an dich, sobald ich alles erledigt habe. Wenn du mich lässt.«

Er lächelte, legte den Kopf schief. »Ich werde dafür sorgen, dass wir uns über den Weg laufen.« Dann pfiff er seine Leute herbei, die Ruben am Schlafittchen packten und den tobenden Jungen in einen Jutesack stopften.

ZEJN

53

Das Attentat auf Rougeoyer zog überraschende Folgen nach sich. Angeheizt durch Ahearns Reden, nahm die Garde den Angriff auf ihren Helden äußerst persönlich. Die Gardisten spuckten auf das Gesindel, Einsätze gegen die Diebesgilde wurden gewaltvoll und ohne Rücksicht auf Verluste geführt, weder die eigenen noch die anderer. Bordelle des Träumers wurden ausgehoben und die Mädchen rücksichtslos vors Schöffengericht gestellt, drei Gardisten selbst verurteilt, weil sie sich während des Einsatzes an den Frauen brutal vergangen hatten. Das Traum-Emporium wurde am Fleischmarkt aufgespürt, die Gardisten legten ein Feuer am Grunde des Turms und räucherten Rauschgifthändler wie auch Abhängige gnadenlos aus. Bloß eine Handvoll überlebte mit schweren Verbrennungen.

In Zejn wuchs eine dunkle Angst. Er hatte einen Funken gezündet, der ein Feuer entfacht hatte, das nun durch Tradea wütete. Als er mit Mirage darüber sprechen wollte, traf er weder sie noch ihren Jungen in der Rue de Savon an, auch am nächsten und übernächsten Tag nicht. Ihre Pächterin informierte ihn, dass die Alchemistin in Begleitung ihres Lehrlings durch die Stadt wandere. Zejn vermutete, dass sie versuchte, ihren Kontakt zum Artefakt zu nutzen.

Enerviert hinterließ er ihr eine Nachricht und beteiligte sich an den Einsätzen, um Recht vor Rache geltend zu machen; Clamor vor Holler. Sie waren keine Strafrichter. Ihre Aufgabe war es, Gesetzesbrecher vor diese zu führen, nicht, selbst Urteile zu fällen.

Der Morgen, als ihm die Einladung zur Parade überbracht wurde, trug daher einen bitteren Beigeschmack mit sich. Der Brief ruhte auf dem gefalteten Stoff einer neuen, silbrig eingefassten Uniform. Das Schreiben war Einladung und Befehl zugleich. Von wem er stammte, begriff Zejn erst an dessen Ende, an dem er die Unterschrift des Tribuns fand. *Tr L'Or'Rohoy'Deigenhart.* Zejn glaubte zu wissen, warum er die phalanxische Reihenfolge seiner Namen angegeben hatte. Der erste Name wies stets auf die Familie hin, unter der man diente, oder auf die Priesterschaft, der man sich verschrieben hatte. Der Tribun sah sich als Diener seines Königs – oder wollte sich zumindest so darstellen.

Die Parade, »zur Stärkung der völkischen Moral«, im »Triumph gegen das Schlechte, das Tradea befallen hat wie Fäulnis die glänzende Frucht«, sollte ihren Beginn am Platz der Asche finden. Von dort aus, mit dem Koschtschei als Siegeszeichen, würde sich die Parade ihren Weg durch die Stadt bahnen, vorbei am Hohen Gericht, das die Rechtsglocken läutete, hin zum Monticule Royale. Die Akademie, so die Nachricht, würde in diesem Augenblick vor Demut das Haupt beugen. Alsbald folge ein Aufmarsch zur Königskaserne, wo jeder der vier Höfe durchtreten würde, bis er vor dem Sitz des Tribuns endete. Dort durfte dann bloß noch eine ausgewählte Einheit das Anwesen betreten, zu einem Fest, bei dem auch Königsoheim und Second Maman ihre Aufwartung beabsichtigten, um Tradeas moralische Überlegenheit zu präsentieren.

Zejn fuhr sich durch das zerzauste Haar. Er starrte auf die Nachricht hinab, die förmlich mit dem königlichen Schwalbensiegel bestempelt war. Er hatte erreicht, was er wollte und hielt eine Einladung ins Haus seines Feinds in den Händen. Dennoch konnte er sich des Eindrucks nicht erwehren, dass seinetwegen die Stadt brannte.

54

Hinter Zejn ragte der Koschtschei auf dem Wagen auf, sein Geweih schaukelte während der Fahrt wie Zweige im Wind. Obwohl es bereits mehrere Kafritsdrehungen zurücklag, dass Rougeoyer ihn erschlagen hatte, hielt sich sein Verwesungsgestank in Grenzen. Die Garde würde das Vieh so lange präsentieren, bis es in seine Einzelteile zerfiel – und der Winter spielte ihnen bei diesem Vorhaben zu.

Weit voraus im Zug entdeckte Zejn den Tribun, gefolgt von einigen seiner vertrautesten Lieutenants, darunter auch Bearnard Ahearn. Dahinter, in einer Kutsche mit goldbeschlagenen Rädern, umringt von Fußsoldaten und Kampfmagiern, die für ihre Sicherheit sorgten, fuhr die Second Maman. Sie hatte die Vorhänge zurückgestrichen und grüßte im Vorbeifahren gemeinsam mit Kindskönig Svellin das Volk. Eine Magierin der Akademie hatte neben dem persönlichen Kutscher am Bock Platz genommen und hielt ein Kraftfeld aufrecht, welches das Gefährt einhüllte. Die meiste Zeit war die magische Barrikade kaum zu sehen, doch verengten sich die Gassen und drängte das Volk heran, glitt ein eigenartiger Schein darüber, als reflektiere eine Seifenblase das Licht.

Kampfmagier begleiteten das königliche Gefährt, bedacht mit der Sicherheit des Königshauses, aber sie dienten auch der Belustigung des Volks, indem sie Feuerbälle jonglierten oder Wasserschlangen formten, die sich durch die Luft wanden.

Erst nach einiger Zeit, als sich der Zug in den gewundenen Gassen entzerrte, fielen Zejn mehrere Kutschen auf, die zwischen Stelzenläufern und Kindern mit Seidendrachen entlangratterten. Eine von ihnen, weiß gestrichen, verziert mit edlen Holzarbeiten, die Goldranken bildeten, trug einen Schmuck aus Schneerosen, die sich als dunkelrote Girlanden von einer Kutschenkante zur nächsten spannten.

Im ersten Augenblick wusste Zejn nicht zu sagen, warum dieses Gefährt seine Aufmerksamkeit bannte. Als jedoch eine Hand aus dem Fenster hervortauchte und mit einem Tüchlein winkte, drohte Essi anzuhalten, als er erschrocken die Beine gegen ihren Rumpf drückte.

Irrsinn!, sprach er sich selbst zu, spürte aber, wie die Hitze in seine Ohren kroch und das Blut aus seinen Wangen sackte. Gebannt starrte er auf das Fenster mit den schwankenden Vorhängen, die die Besitzerin verbargen. Da, erneut – eine zarte Hand, gehüllt in gebleichtes Leder, welche die Menge mit nichts als einem Winken erfreute. Ein Sonnenstrahl traf in einem günstigen Winkel auf die Finger und ließ etwas aufleuchten. Ein Ring am Finger, der zum Herzen führte. Ein Ehering. Zejn befand sich zu weit entfernt, als dass er es mit Sicherheit hätte sagen können – und dennoch beschlich ihn die Gewissheit: Der Ring wies die Form eines Löwenhaupts auf.

Das Symbol des weißen Löwen.

Fantine, atmete er lautlos aus, und der Druck auf sein Brustbein verstärkte sich. Das Risiko, sie hier zu treffen, hatte er verdrängt. Nun traf ihn die Erkenntnis, dass sie sich in dieser Kutsche in sichtbarer Nähe befinden konnte, wie eine Ohrfeige.

Es war verrückt – diese Gefühle, die aus den Untiefen aus ihm hervorkrochen wie Monstren: eine alte Sehnsucht, ein süßer Schmerz, den er so lange gehegt und gepflegt hatte, dass er ihn nicht mehr loslassen wollte.

Er merkte, wie sich seine Hand an der Brust verkrampfte, wie er sich erneut in Empfindungen suhlte, von denen er gedacht hatte, er habe sie überwunden – oder zumindest erfolgreich in die hinterste Ecke seines Kopfs verdrängt.

So konnte man sich irren.

»Alles in Ordnung, Sir?«, rief der Reiter neben ihm über den Lärm hinweg. »Gefahr im Verzug?« Es handelte sich um einen der Gardisten, die von Svonnheim mit nach Tradea gewandert waren. Sie alle begleiteten den Koschtschei – bis auf Mirage. Verdammt, wo steckte diese Frau nur? Warum ließ sie ihn hiermit allein? Was, wenn sie erneut ihre eigene Sache verfolgte und gar nicht im Anwesen auftauchte?

»Schon gut«, entgegnete Zejn, senkte die Hand und tastete damit nach Essis Zügeln. Vor ihm ratterten die Kutschen der Edeldamen um die Biegung und entschwanden so seiner Sicht. Ihre Abwesenheit verschaffte ihm kurzzeitig Erleichterung. »Ich habe wohl einen Geist gesehen.«

Der Gardist lachte auf, klang dabei jedoch unglücklich. »Seit Svonnheim sehe ich die jeden Tag!«

Zejn entgegnete nichts, dankte bloß dem Schutz der verwinkelten Gassen, die sich mit der Nähe des Monticules verzweigten. Das Läuten der Gerichtsglocken setzte ein und verfolgte ihren Weg. Zejn legte die Hand an Essis Hals, die treu wie ihr Vorbesitzer jedem seiner Wünsche folgte, und nutzte den restlichen Weg dazu, sich zu sammeln.

Das gemeine Volk wurde am Haupttor der untersten Stufe der Königskaserne abgestreift wie ein ungetragener Mantel. Der Koschtschei hingegen war ein Ehrengast, wurde durch vier Höfe gekarrt und ins Anwesen des Tribuns geschafft. Die Reiterei brachte ihre Tiere in den hauseigenen Ställen unter, Clamorsjünger schälten Ritter aus ihren Rüstungen, damit sie ungehindert an der Festivität teilnehmen konnten. Einer der Anwärter half Zejn mit geschickten Fingern aus dem Kettenhemd und zurück in die Uniform und nahm dessen Schwert entgegen. Für das Betreten des Anwesens galten die gleichen Regeln wie für den Eintritt in jedes Adelshaus: Waffen wurden an der Tür abgelegt. Sogar Magier reichten symbolisch Gehstöcke oder kleinmagischen Tand, um zu zeigen, dass sie aus friedlichem Anlass hier waren.

Durch ein Tunnelgewölbe trat Zejn unter die Villa, die wie ein grauer Gigant über ihnen aufragte. Dem Tribunsbesitz fehlte die Eleganz zahlreicher Magier- und Adelsvillen, die man am Akademiehügel und dem Monticule fand. Er glich einer Trutzburg, einem Fort ähnlich der zerstörten Festung bei Svonnheims Grabhügeln – statt aus ausladenden Glasfenstern guckte es misstrauisch aus Schießscharten gen Südwesten. Aus den Nischen des fackelgesäumten Haupttors glotzten steinerne Helden alter Zeiten, hielten Schwert und Speer umklammert. Zahlreiche Gardisten patrouillierten in den Höfen der Kaserne und standen vor den Zugängen postiert.

Nervös erklomm Zejn die Treppe, eilte vorbei an einem Magierpaar, das Hand in Hand gemächlich die Stufen überwand. Während jedes Schritts suchte er unbewusst nach ihr. Er wollte es nicht, sollte sich nicht mit der Frau beschäftigen, die ihn einzig in seinen Träumen besuchte. Sollte sich stattdessen mit Mirage durch das Anwesen bewegen und nach dem Schwert spüren!

Trotzdem eilten seine Gedanken immer wieder zurück zu ihr, zu dem Bild, das er von Fantine hatte – wortwörtlich zu dem Bild mit der Rosenkrone in seiner Villa. Er suchte sie in jeder Frau, an der er vorüberlief, sogar jenen, die eindeutig die Roben der Magierschaft trugen. In jedem Schatten eines jeden Pilasters, in jedem Seitengang, in dem Gardisten patrouillierten, in jedem Kerzenflackern, das von den Kronleuchtern stammte, die hoch über seinem Kopf schwebten.

Am Ende des Korridors wartete der Festsaal auf ihn. Mit jedem Schritt, den er auf ihn zueilte, klopfte sein Herz schneller. Er fürchtete sich vor dem, was er sehen würde – wie er sich dabei fühlte.

An dem spitzbogenförmigen Tor verweilte eine Heroldin, welche die Gäste ankündigte. Obwohl Zejn sie nicht kannte, nickte sie ihn weiter. Als neben ihm plötzlich Trompeten schmetterten, stolperte er fast. Die Heroldin klopfte mit dem Heroldsstab auf den Boden, erhob die Stimme und verkündete: »Lieutenant Erik Zejn!«

55

Blicke trafen ihn von allen Seiten. Die meisten wirkten wohlwollend, manche argwöhnisch. Man musste von ihm gehört haben, andere hatten ihn vermutlich bei der Ehrung beim Hohen Gericht gesehen. Obwohl es ihn als Lieutenant nicht länger stören sollte, wand er sich unter der Aufmerksamkeit.

Sein Blick flirrte über die Gesellschaft, als er die mit Teppichen ausgelegten Stufen herabstieg. Im Zentrum hatten sie den Koschtschei aufgestellt wie eine dunkle Heiligenfigur. Er, der einen ganzen Landstrich in Angst und Schrecken versetzt hatte, war zu einem morbiden Dekorstück verkommen.

Ein Diener begrüßte Zejn am Fuß der Treppe und begleitete ihn zu seinem Platz. Zwei lang gezogene Tafeln führten an den Rändern der Halle entlang und fanden am Ehrentisch der Königsfamilie zusammen. Oheim, Muhme und Kindskönig saßen in deren Zentrum, Svellin erhöht auf einem reich verzierten Thron. Der Tribun stand zu Tvaions Rechten und beobachtete jeden Besucher argwöhnisch, den die Heroldin ankündigte. An dessen Seite wiederum entdeckte Zejn eine Frauengestalt. Sie verschwamm in den Farben eines Rosengartens – Dunkelrot, Rosarot, Weiß. Obwohl er sich davor mehr fürchtete als vor der Zusammenkunft mit dem Koschtschei, wurde sein Blick wie magisch angezogen.

Da saß sie. Ruhte vielmehr, ein Lächeln auf den Lippen. Zejn blinzelte. Sein Herz setzte einen Schlag aus, seine Füße stolperten hinterdrein. Sein Lakai tat so, als merke er es nicht.

Sie war noch immer so schön. Haut, hell wie frisches Linnen, schwanenweiße Hände, die vor ihr zusammenfanden und das Zeichen des weißen Löwen trugen. Ein Kleid aus dunkelrotem Samt umschmiegte ihre zarte Gestalt, ihre Wangen leuchteten roséfarben, gehoben von ihrem Lächeln. Sie hatte stets mit dem gesamten Leib gelächelt. Das hatten die Menschen an ihr geliebt, es hatte sie angezogen wie ein Licht, das aus ihr hervorstrahlte. Das dunkle Haar zu einem Kranz gelegt, trug sie die langen Flechten wie eine Krone, gespickt von Perlen aus der rauen See. Mehr Schmuck benötigte sie nicht. Eine Rose erfreute durch sich selbst.

Und trotzdem: Irgendetwas stimmte nicht!

Zejn konnte es nicht benennen – doch das Bild, das sich in seinem Kopf eingenistet hatte, das seine Erinnerung aus ihrem Gemälde spann, unterschied sich von jenem, das er sah. In einem Augenblick des sich Wunderns hielt er inne.

Der Tribun merkte wohl etwas, denn seine Hand fuhr protegierend zu Fantines Schulter. Die hatte Zejn entdeckt. Ihre braunen Augen suchten Blickkontakt, und sie lächelte, als wäre nie etwas gewesen. Als hätte sie ihm mit ihrer Entscheidung nie das Herz herausgerissen und an ihren weißen Löwen verfüttert. Sie lächelte genau wie früher.

Und dennoch war sie nicht seine Frau.

Der Diener hielt an und verbeugte sich. »Installez-vous s'il vous plaît.«

Fahrig strich sich Zejn durch das Haar. Er wurde neben Rebenglanz platziert. Der Elfenabkömmling zehrte wohl noch von seinen Leistungen im Garten der Schwarzen Lilien. Die Hand mit der Prothese vors Gesicht gelegt, verschob er die künstlichen Finger und bedachte Zejn mit einem schmucken Lächeln. Ob er von Fantine wusste oder die Zusammenhänge kannte, wusste er nicht.

Mit dem Rücken zur Wand besaß Zejn einen guten Ausblick auf die restliche Halle. Sein Blick wanderte immer wieder zu Fantine, musste sich ihrer Anwesenheit versichern und wandte sich ab, als die Irritation wieder aufflammte.

In einem regelmäßigen Takt wurden neue Gäste angekündigt, die nach und nach die Tafeln füllten. Der Adel hatte sich in seine prächtigsten Gewänder gehüllt, die hohe Bürgerschaft ihre Töchter ausstaffiert, um die Möglichkeit zu nutzen, sie den jungen Aristokraten schmackhaft zu machen. Tatsächlich war in diesem Belange Fantine ein Vorbild. Ihr Vater war zwar äußerst vermögend gewesen, doch mit der Ehelichung Rohoys war sie erst an die Spitze der Gesellschaft gelangt – und an die Tafel der Königsfamilie.

Klonk-klonk-klonk: »Hofalchemist Maître Bhaaltazar DeElephantine!« In seinen vielschichtigen Roben, die Zejn stets an Länder erinnerten, die er noch nicht bereist hatte, trat Mirages Vater ein. Sein opulenter Schmuck funkelte im Licht der zahlreichen Kandelaber. Obwohl Zejn ihn am Platz der Asche in Begleitung seines Golems gesehen hatte, musste er diesen beim Zugang zurückgelassen haben wie Zejn seine Waffen.

Ein Diener katzbuckelte und wollte DeElephantine ansprechen, aber der ignorierte ihn und hielt selbstständig auf die Kopftafel zu, wo sich eine Dienerin beeilte, den ihm zugewiesenen Stuhl zurückzuziehen. Er ließ sich nieder, streifte die weiten Ärmel zurück und griff sich einen Pokal, der eiligst befüllt wurde.

Klonk-klonk-klonk. »Lieutenant-Stellvertreter Clamorent Rohoy!«

Clamorent kümmerte sich nicht um einen auffälligen Auftritt. Er lief an dem Diener vorbei, der ihn zur Haupttafel führen wollte, und warf Zejn dabei einen bedeutungsschweren Blick zu. Auf

Zejn wirkte er nervöser als üblich, sein Gesicht käsig bleich, Augenringe wie aufgemalt. Er wurde neben Rohoy und Fantine gesetzt. Letztere schenkte ihm ein wohlwollendes Lächeln. Er ignorierte es, starrte nur geradeaus.

Eine Händlerfamilie trat ein und präsentierte ihre Nachkommen in Brokat und Seide, ein Lieutenant erschien mit seiner Gattin. Zwei Magier schritten ehrwürdig die Treppe hinab, von denen man munkelte, sie lebten in einer Partnerschaft, die sie aus Angst vor Repressalien nicht öffentlich machten. Mit jeder Person, die angekündigt wurde, und welche die vorgezählten Plätze an den Tischen füllten, wuchs Zejns Nervosität, ob Mirage noch erscheinen würde. Endlich stieß der Heroldsstab gegen den Grund, und seine Trägerin verkündete: »Alchemistin Mirage DeBois und Lehrjunge!«

Zejn merkte erst, dass er den Atem die ganze Zeit über flach gehalten hatte, als sich sein Brustkorb mit dem nächsten Atemzug dehnte.

Mirage schälte sich aus der Düsternis des Kreuzgangs. Mit gelangweilter Gelassenheit fädelte sie einen polierten Stiefel vor den anderen. Sie trug den Alchemistenmantel für besondere Anlässe – wie Zejns Folter –, das Rockteil geschlitzt und mit Goldfäden bestickt. Das Haar zu zahlreichen Zöpfen geflochten, die ein Muster auf ihrem Scheitel bildeten, hielt sie diese im Nacken zu einem Knoten geschlungen. Ohrringe streiften ihre Wangen, die Zejn an Monde erinnerten. Die Augen mit Kohle gerahmt, kam er nicht umhin zu bemerken, dass sie ihrem Vater ähnelte. An ihrer Seite marschierte ihr neuestes Bespaßungsobjekt einher – auf den ersten Blick erkannte ihn Zejn gar nicht, denn sein Haar besaß mit einem Mal die Farbe von Weizen. Ruben grinste über beide Backen und schien sich für ziemlich wichtig zu halten.

Mirage wurde zu dem verschwindenden Anteil an Alchemisten verwiesen, die neben der Magierschaft Platz genommen hatten. Wie Bhaaltazars Spiegelbild packte sie einen Pokal und ließ sich einschenken, die beiden waren sich der Ironie mit Sicherheit nicht bewusst.

Endlich konnte Zejn aufatmen. Oder konnte er nicht? War Fantine nicht noch immer in unmittelbarer Nähe? Sein Blick huschte von ihr zu Clamorent, zu Tribun Deigenhart Rohoy, Bhaaltazar, zurück zu Mirage. Die nippte an ihrem Wein und erweckte allen Anschein, dass sie gar nicht hier sein wollte.

Zejn merkte, wie sich ein Lächeln auf seinen Lippen ausbreitete. Er würgte es ab und war versucht, selbst nach dem Becher zu greifen, doch er besann sich. Niemand sollte vor dem Gastgeber trinken – und im Gegensatz zur Familie DeElephantine war er nicht gewillt, sich einen Fauxpas zu leisten.

Die restlichen Stühle füllten sich mit spät kommenden Gästen. Der Tribun wandte sich an Tvaion und Svellin und verbeugte sich. »Eure Majestät, darf ich darum bitten, das Festmahl zu eröffnen?«

König Svellin hob die Kinderhand. Mit einem Wink traten Knechte aus Seitentrakten hervor, fädelten sich hintereinander neben den Gästen auf wie Perlenschnüre, und servierten Platten, Bretter, Teller, Schüsseln und Töpfe mit dampfenden Speisen. Musik setzte ein, ein Skalde begann, die ersten Zeilen der Legende von Tradeas Entstehung zu singen, ein Epos von derart imposanter Länge, dass es gut ein gesamtes Nachtmahl andauerte.

Zejn schluckte im Angesicht der verschwenderischen Fülle, die aufgetischt wurde. Svonnheim verhungerte, und hier türmte sich mehr gesottenes Vieh, als eine Gesellschaft jemals verspeisen konnte. Glasierte Ferkel thronten auf gedünsteten Kohlblättern, Schmoräpfel in den Schnauzen und Trockenpflaumen in den Augenlöchern. In polierten Kesseln schwappte Geflügelsuppe, in der Esskastanien schaukelten, und Fischsuppe mit allem, was die See vor Tradea beherbergte. Pasteten mit kunstvoll verzierter Teighülle wurden mit Weichselkonfitüre gereicht, Rinderrippen bogen sich über Holzbretter, überzogen mit Kräuterkruste und Honig.

Gesottene Rinderzungen, Blut- und Leberwürste ringelten sich in Schüsseln, dazu gab es frisch gebackenes Brot und Rettich. Geräuchertes, Geselchtes, Gepökeltes, Schüsseln voller Sauerkraut, Rotkraut, Weißkohl mit Speck, Wacholderdrosseln in Weinblättern ... Es hätte Zejn nicht gewundert, hätte die Tafel geächzt. Dazu wurden in rauen Mengen Wein und Bier gereicht, ganz nach dem Motto: Ein glücklicher Gast besitzt immer ein volles Glas.

Zejn begnügte sich mit etwas Brot und Wurst und nutzte die Zeit dazu, sich umzusehen. Auf der gegenüberliegenden Seite nippte Mirage mit saurer Miene am Becher, während ihr vermeintlicher Lehrling den Teller aufhäufte, dass er schier hinter den Wachteln verschwand.

Ein Blick zur Familie Rohoy verriet Zejn, dass Clamorent unbeteiligt vor einer Schweinstelze saß. Schuldgefühle rumorten in seinen Eingeweiden, die Brotkante blieb ihm beinahe in der Kehle stecken. Er hatte Clamorent in einen Zwiespalt gebracht, ihn dazu gezwungen, sich zwischen Recht, seiner Mentorin und seiner Familie zu entscheiden. *Nicht du hast ihn dazu gezwungen,* versuchte er, sich zu beschwichtigen. *Diese Situation gibt es einzig wegen den Taten des Tribuns.*

»Möchten Sie noch einen Schluck Wein?«

Zejn riss die Aufmerksamkeit von der Königstafel und merkte, dass sich eine junge Frau schräg gegenüber vorbeugte. Der Druck der Tischkante brachte ihre weiblichen Vorzüge zur Geltung, was Zejn hauptsächlich auffiel, weil ihr ihr Gegenüber ungeniert ins Dekolleté glotzte. Sie war keine Dienerin, sondern eine Tochter eines höheren Militärmanns. Zejn fiel vor allem die Mutter auf, die sich redlich bemühte, nicht auffällig herzusehen, doch das Mädchen mit dem Ellbogen anstieß. Zunächst dachte er, es läge daran, dass sie sich standesungemäß verhielt, indem sie ihm Wein anbot und nicht die Dienerschaft, aber nebenan unterdrückte Aramis Rebenglanz ein Lachen.

Das Mädchen hob den Krug an und lächelte ermutigend.

Zejn räusperte sich. »Ich habe noch, vielen Dank.«

An seiner Seite verbarg Rebenglanz sein Amusement, indem er herzhaft in einen Hühnerschlegel biss. Verwirrt sah Zejn hin und her, bemerkte die Enttäuschung des Mädchens, das die geschmückten Hände mit dem Krug zurückzog, und, noch weitaus absurder, die Enttäuschung der Mutter, die ihrer Tochter einen verärgerten Blick zuwarf.

War das eben ein Verkupplungsversuch gewesen?

Zejn widmete sich seiner Blutwurst.

»Sie wirken etwas fehl am Platz«, amüsierte sich Rebenglanz und nahm einen Schluck Wein. »Sie sind wohl kein Freund pompöser Anlässe?«

»Sie hingegen scheinen die Zeit Ihres Lebens zu verbringen«, brummte Zejn.

Einen Augenblick schwebte das Lächeln noch auf Rebenglanz' Gesicht, dann verlor es sich hinter seinem Becher, als er den restlichen Inhalt mit einigen Schlucken leerte. Zejn bemerkte die Prothese, die seinen Daumen frei ließ, und der Anblick stimmte ihn nachdenklich. »Wie geht es Ihrer Hand, Freund?«, hakte er versöhnlich nach.

Aramis erfreute ihn mit einer Grimasse. »Ich muss dankbar sein«, sagte er, schlug den Pokal auf den Tisch und nickte einem Mädchen, ihn zu befüllen. »Ich muss dankbar sein, dass mein Daumen heil geblieben ist und der Draugr-Priester nur einen Teil meines Zeigefingers abgebissen hat.« Wein plätscherte in den Kelch. »Ist das nicht wunderbar?« Er klemmte den Becher zwischen besagten Fingern ein, nützte die Prothese als Stütze und trank erneut – eigentlich soff er wie ein Pferd.

»Es tut mir leid, dass Sie im Garten der Schwarzen Lilien zu Schaden gekommen sind«, murmelte Zejn. »Ich glaube, das habe ich nie richtig gesagt.«

»Ich bitte Sie«, spuckte Rebenglanz aus, griff mit der freien Hand zu einer Poularde und riss sich ungeniert ein Bein ab. »Wir sind Soldaten. Wir leben, um zu fallen.«

Zejn schwieg. Wir leben, um zu fallen. Ein Clamorsspruch der Garde. Nur wenige begriffen wirklich, was er bedeutete.

Der Wein kreiste in Aramis' Becher, seine spitzen Ohren zuckten – da Zejn so dicht saß, sah er es deutlich. Sein Lächeln war bitter und ein wenig bösartig, als Aramis sich den Anblick der Gesellschaft ebenso einverleibte wie Zejn zuvor. »Noch zehre ich von den Heldentaten im Liliengarten. Sie müssen entschuldigen, wenn ich diese Tatsache so lange ausschlachte, wie es mir möglich ist. Jetzt bewundern mich die Menschen für meine verkrüppelte Hand. Irgendwann werden sie mich nur noch bemitleiden und mir statt Wein und Braten eine verschimmelte Kante Brot zuwerfen.«

Zejn berührte ihn am Unterarm. »Die Garde wird auf Sie achten. *Ich* werde auf Sie achtgeben.«

Ein Lachen entrang sich Aramis' Kehle. »Bevor ich mich in eines der Krüppelhäuser stecken lasse, ramme ich mir lieber eine Klinge ins Herz.« Er prostete quer über den Tisch der jungen Frau zu, die versucht hatte, Zejns Aufmerksamkeit zu erringen. »Clamor Vivat!«

Höflich retournierte sie den Trinkspruch, aber ihr Lächeln wurde erst ehrlich, als sie bemerkte, wie gut aussehend Aramis war.

Zejn wusste nicht, was er zu diesem Mann sagen sollte, dessen Leben eine derartige Kehrtwendung eingelegt hatte. Vom Gardisten zum Spieler zum Glyphenläufer zum Verräter zum Krüppel ... In all der Zeit war Zejn nur eins gewesen. Gardist. Und selbst diese Aufgabe überforderte ihn zeitweise.

Der Appetit verging ihm endgültig. Er schirmte seinen Becher mit der Hand ab, als ihm ein Knecht mit Weinkrug nachfüllen wollte, und wartete auf die zeremonielle Eröffnung der Tanzfläche. Er hatte nicht vor, das Tanzbein zu schwingen, diese Tätigkeit hatte ihn nie beflügelt, doch es bedeutete ebenso, dass man sich von der Tafel zurückziehen durfte.

Normalerweise eröffneten Tvaion und seine Gattin den Tanz, da Svellin zwar mit einer Tochter aus anderem Königshause verlobt war, aber erst bei Volljährigkeit ehelichen würde. Heute jedoch beugte sich der Oheim zu seinem Tribun und flüsterte diesem ins Ohr, als der Skalde seine Ballade beendet hatte. Unter Klatschen verbeugte er sich und zog sich zurück. Die Aufmerksamkeit konzentrierte sich an der Kopftafel, als der Tribun sich erhob und vor Fantine den Kopf neigte.

Zejn schluckte, als sie ihre Hand in seine legte, sich aufhelfen ließ, den rosenroten Samt anhob und knickste.

Er führte sie auf die freie Fläche, von der einzig ein Stück vom Koschtschei beansprucht wurde. Sie schien das Ungetüm gar nicht zu bemerken, ihr Blick mit dem des Weißen Löwen verknüpft. Die Musikanten zupften die ersten Töne, und Fantine knickste erneut, beugte das perlengeschmückte Haupt vor diesem viel älteren Mann.

»Das ist Ihre Frau!«

Zejn zuckte zusammen, die Beine seines Stuhls quietschten über den Grund, was bloß deswegen unterging, weil sich die Blicke der Gesellschaft auf Tribun und Gattin fokussierten, die mit den ersten Tanzschritten die weiteren Festivitäten eröffneten.

Mirages Junge war hinter ihm aufgetaucht. Bloß die Götter wussten, wie er es geschafft hatte, seinen Sitzplatz zu verlassen und der Aufmerksamkeit der Gesellschaft zu entgehen.

»Die Madame behauptet, das dort vorne wäre die Frau von dem Gemälde in Ihrem Haus!« Als sich jemand zu ihnen umdrehte, packte Ruben einen Krug und tat so, als wolle er nachschenken. »Sie sagte, Barthell habe erzählt, sie wäre verstorben.«

Zejn versuchte, den Knoten in seinem Hals herunterzuwürgen.

Er sah hinüber zu Mirage, die dort wie ein Schatten zu ihm hinstarrte. Ihr dunkler Blick bohrte sich in seine Augen. »I-Ich weiß nicht, was Barthell deiner Madame erzählt hat«, sagte Zejn gedämpft. »Aber meine Verlobte ist nicht gestorben. Sie verließ mich für einen ... anderen.« Sein Blick glitt hinüber zur Tanzfläche, wie sich die beiden ansahen, eine Hand in der anderen. Im Takt der Musik schaukelten sie vor und zurück, ohne dass sie einander dabei losließen – weder mit den Händen noch mit ihrem Blick.

Das stach.

»Nun gut«, brummte Ruben. »Ich soll Ihnen sagen, dass nach der Eröffnung der Tanzfläche die Zugänge zu den seitlichen Räumlichkeiten geöffnet werden. Mirage möchte sich mit Ihnen treffen.« Damit glitt Ruben davon, ein Pummelchen auf wispernden Beinchen, und reihte sich zwischen Knechten und Dienerinnen ein, um zurück auf die andere Seite zu gelangen. Niemanden interessierte es.

Er landete wieder an Mirages Seite, beugte sich zu ihr und flüsterte ihr zu. Ihre pflaumenfarbenen Lippen fügten sich in Unzufriedenheit. Hätte Zejn ihr von seiner Verflossenen erzählen sollen? Wozu?

Er sah sie die gesamte Zeit nur trinken, sie aß keinen Bissen. Als das Lied endete und zu einem neuen aufgespielt wurde, wurde die Tanzfläche mit den Worten der Königinnen-Muhme für alle eröffnet. Erste Paare beeilten sich, mit dem Tribun in einem Reihentanz aufzuschließen und somit von der gegenseitigen Wichtigkeit zu zehren.

Endlich öffnete die Dienerschaft die Tore zum Seitentrakt. Zejn beobachtete Mirage, wie sie sich erhob und zurückzog, gerahmt von anderen Herrschaften, die statt Musik und Tanz einen ruhigen Platz für Gespräche suchten.

»Entschuldigen Sie mich«, sagte Zejn zu Rebenglanz und umrundete unauffällig die Tafel, um Mirage zu folgen.

Musik und Geräuschkulisse dämpften ab, als er in die Gesellschaftsräume vordrang. Rohoy stammte aus einem Händler- und Kriegergeschlecht, das sich über die Seeroute in die Heißen Länder einen Namen gemacht hatte. Die Familienbindung zu Phalanx, Tradeas Partnerstadt in Gilebret, zeigte sich in der Einrichtung. Weicher Teppich mit verspielten Mustern dämpfte Zejns Schritte. Es duftete dezent nach Zedernholz und Patschuli. Laternen mit ornamentaler Verschalung und buntem Glas von den Glasinseln vor Phalanx erfreuten ebenso das Auge wie bestickte Kissen und Sitzecken, in denen sich Gäste zum Gespräch sammeln konnten. Die Dienerschaft reichte süßen Winterwein in wertvollen Kristallgläsern. Eine Bardin aus der Musikerkaste Gilebrets unterhielt mit dezentem Spiel auf einer Kitharra. In einer ausladenden Bibliothek brannte Kaminfeuer, davor luden mit Brokat bespannte Stühle zum Sitzen ein.

Der Seitenflügel erweckte im ersten Augenblick den Anschein, als wäre er bewohnt, aber Zejn bezweifelte, dass der Tribun Fremde in seinen Privatbereich einließ. Tatsächlich stieß er wiederholt auf verschlossene Türen, die den Zugang tiefer ins Anwesen blockierten.

Die Räumlichkeiten waren in einem mäanderartigen Muster angelegt, was in Zejn das Gefühl aufkommen ließ, er verliefe sich in einem Labyrinth. Er traf auf bekannte und unbekannte Gesichter, doch eine fand er nicht – Mirage. War er falsch abgebogen?

Zejn drehte sich um und wollte den Weg zurückgehen, als er in jemanden hineinlief. Er prallte gegen eine ausgemergelte Brust, sah scharlachroten Stoff und roch Zimt und Orangen.

»Mon Dieu«, kommentierte eine tiefe Stimme. Zejn wusste, dass es sich um DeElephantine handelte, bevor er den Blick hob. »Und noch immer haben Sie mich nicht auf ein Getränk eingeladen, bevor Sie sich mir an den Hals werfen.« Ein scharfes Lächeln wurde Zejn zuteil, als er dem viel größeren, dafür sehr hageren Mann ins Gesicht blickte.

»Maître«, stieß Zejn aus. »Verzeihen Sie, ich habe Sie nicht bemerkt.«

Sein Ausdruck milderte sich. Mit DeElephantine war es wohl wie mit Mirage – beide schätzten ausführliche Entschuldigungen, auch wenn sie sich selbst damit zurückhielten.

Bhaaltazar hatte die Hände hinter dem Rücken verschränkt und musterte Zejn stumm, dann nickte er voran. »Gehen wir ein Stück.«

»Ich muss ...«

»Ein Stück gehen. Ich weiß.«

Zejn schloss den Mund und saugte die Wangen ein Stück ein. Als der Hofalchemist voranschritt, schaukelte seine Robe und offenbarte die zahlreichen Schichten in Rot- und Orangetönen. An seinen Handgelenken klingelten Schmuckreifen, er trug juwelenbesetzte Ringe. Zejn überlegte, einfach zu gehen, doch sich zusätzlich auch Bhaaltazar zum Feind zu machen, war in seiner Situation keine gute Idee. Er folgte ihm daher zurück in die Bibliothek, wo Bhaal vor dem flackernden Kaminfeuer zu halten kam. Ohne sich umzudrehen, sprach der Hofalchemist: »Was treiben Sie hier, Lieutenant?«

Zejn blinzelte. Hastig sah er sich um, aber zwischen den aufgezogenen Regalen hielt sich niemand verborgen. Durch die beiden Zugänge des Lesezimmers entdeckte Zejn bloß in einiger Entfernung einen Diener, der Gläser austeilte. »I-Ich ...« Er brach ab, sammelte sich. Vor einem DeElephantine sollte man besser keine Schwäche zeigen. »Ich hatte angenommen, Sie kennen den Grund für diese Festivität«, erwiderte er steif – und spitzzüngiger als für ihn üblich.

Bhaaltazar drehte sich um und hob eine Augenbraue. »Natürlich kenne ich ihn. Aber der Grund des Anlasses muss nicht der

Grund des Besuchers sein. Sie? Nun, ich kenne Sie regelvernarrt genug, als dass Sie sich dem Befehl Ihrer Garde beugen, Teil dieser Selbstbeweihräucherung zu sein. Aber Mirage?« Er schnalzte mit der Zungenspitze. Das Licht des Kaminfeuers streichelte seine Robe mit tanzenden Bewegungen. »Keine zehn Pferde würden sie unter üblichen Umständen zu so einer Veranstaltung bringen ... Es sei denn, sie führt etwas im Schilde.«

Zejn spürte, wie sich seine Miene verfinsterte, und mühte sich ab, Neutralität auszustrahlen. »Es wundert mich ja, dass Sie ihren Namen in den Mund nehmen, nachdem Sie sich so abrupt von ihr abgewandt haben.«

»Lenken Sie nicht vom Thema ab, Lieutenant – in diesem Bereich besitzen Sie nicht genügend Geschick.«

Zejn fügte die Lippen zusammen und maß sich mit Bhaaltazar in einem Blickduell. Der Hofalchemist ging ihm gehörig auf die Nerven.

»M-Maître?«

Sie lösten die Blicke voneinander und entdeckten eine junge Frau, die die Bibliothek betrat. Ihr adrettes Aussehen und das Brokatkleid deuteten für Zejn im ersten Augenblick darauf hin, dass es sich um eine Dame der höheren Gesellschaft handelte. Als sie sich jedoch aus den Schatten der Bücherregale schälte, in denen sich Lederbände, Folianten und Papyrusrollen stapelten, bemerkte er, dass ihr ein Unterarm fehlte. Sie trug ein Alchemistensiegel bei sich.

Es war nicht Zejns Aufmerksamkeit, die sie verlangte, sondern Bhaaltazars. Betroffen spitzte sie die Lippen, als sie sich näherte. »I-Ich wollte meine Entschuldigung aussprechen«, sagte sie.

Bhaaltazar ließ offen, ob er wusste, worum es ging, starrte nur unangenehm, bis sie nachgab und die Lider niederschlug. Sie knickste wie unter einem Schlag, hob mit der heilen Hand den Rock an. »Es war keine Absicht.«

Bhaals Nasenflügel zuckte. »Nicht?«

»Ich wusste nicht, dass ich Mirage in eine …« Ihr Blick zitterte kurz zu Zejn in seiner Uniform. »… prekäre Situation schickte.« Sie wiederholte den Kratzfuß. »Ich hoffe, Ihr tragt es mir nicht nach. Und … dass dieser Zwischenfall keine Auswirkung auf Eure Entscheidung hat, mich in die Lehre zu nehmen.«

Bhaaltazar starrte sie dumpf an. »Sprich es aus, Kind«, sagte er brüsk.

»W-Wie?«

»Ignoriere den Lieutenant. Ich will, dass du aussprichst, was du getan hast, Colette.«

Sie biss sich auf die Unterlippe. Sah abwechselnd von Zejn zu Bhaal und wieder zurück. Sie witterte eine Falle, doch der Wunsch nach Bhaaltazars Wohlwollen schien zu überwiegen. »… Danilo der Träumer«, wisperte sie.

»Wie bitte?«

»Mirage wollte einen Bekannten treffen, um an die Alchemika zu gelangen, die sie für ihre Behandlung benötigt. Ich habe sie in die Dampfkammer zu Danilo Arastatas geschickt.«

Zejn zog den Hinterkopf zurück. Danilo Arastatas, einer der drei Köpfe des Vinetum-Verbands? Was bei Hollers sieben Höllen hatte Mirage schon wieder mit der Diebesgilde zu schaffen?

Bevor er sich empören konnte, reagierte Bhaaltazar. Er biss zu wie eine Schlange. »Filbour«, sagte er dunkel. Die Augen des Mädchens weiteten sich erwartungsvoll. Sie tastete nach seinem Arm, und Zejn stellte befremdet fest, wie sie ein Zittern spielte – weil … er es von Fantine kannte. »Maître?«

Mit einem Ruck entzog er sich, der Stoff seiner Ärmel streifte zwischen ihren Fingern hindurch. »In Zukunft achte auf jeden Bissen, den du zu dir nimmst, jeden Pokal, den man dir reicht. Ob Wasser oder Wein, ob Krautpfeife oder Barbierwerkzeug – egal, was sich deinem Mund nähert, es könnte Gift sein.« Er beugte sich zu ihr, dieser großer Mann, dunkler Ernst zeichnete seine Visage, die Narben rund um seine Augen regten sich leicht. »Selbst die Lippen, die du küsst, um in die obersten Riegen zu gelangen, sind eine Gefahr.«

Nun weiteten sich die Augen der jungen Frau wirklich – nicht mehr nur als Werkzeug ihrer Manipulation. Angst wurzelte in ihrem Gesicht. Ein Laut versuchte, sich ihrer Kehle zu entringen, doch bloß ihre Unterlippe zitterte. »I-Ich …«

»Verschwinde, Filbour. Und denke an meine Worte.«

Einen Augenblick starrte sie noch, dann rotierte sie im Halbkreis und eilte davon.

Bhaaltazar richtete sich wieder auf, sein Gesicht straffte sich zu seiner üblichen Maske der Arroganz.

Zejn schluckte. »Sie sind sehr selbstsicher, dass ich nichts davon ausplaudere.«

»Dass Mirage sich andere Wege über den Schwarzmarkt sucht, um an ihre Mittelchen zu gelangen? Erzählen Sie das gern weiter, schaden tun Sie damit nur ihr. Und was meine Anweisung an das Mädchen betrifft …« Er schnalzte mit der Zunge. »Eine freundliche Warnung eines erprobten Alchemisten.«

Zejn sah ihn lange an, die Brauen verknotet. »Warum verteidigen Sie sie?«

»Wen?«

»Mirage. Sie wenden sich aufs Abscheulichste von ihr ab, und nun verteidigen Sie sie.«

Bhaal stieß ein nasales Geräusch aus und winkte ab. »Verwechseln Sie Notwendigkeit nicht mit Großmut. Wenn die Welt glaubt, sie könne mit einem DeElephantine spielen, glauben sie, sie könnte es auch mit einem anderen. Niemand spielt mit einem DeElephantine.« Er spreizte die Lippen zu einem Lächeln. »Niemand als ein anderer DeElephantine.«

Seine Worte erweckten Zejns Wut. Steif deutete er eine Verbeugung an. »Wie Sie meinen. Entschuldigen Sie mich.« Er wandte sich ab und wollte davonmarschieren, doch im letzten Augenblick drehte er sich noch einmal um. »Es war nicht der Myling«, sagte er.

Nun entlockte er Bhaaltazar Verwunderung. »Was meinen Sie?«

»Der Koschtschei dort draußen, der Svonnheim in Angst und Schrecken versetzt hat. Er war nicht der Myling. Das Kind lebt. Die Schwesternschaft Avoruns hat sich um ihn gekümmert, er ist ein gesunder Säugling. Er ist ein Mensch. Genau wie Mirage.«

Bhaal presste die Lippen zusammen.

»Sie haben sich geirrt, Maître.« Damit wandte er sich komplett ab und ließ den Hochalchemisten stehen. Zejn war sich ziemlich sicher, dass es nicht viele Leute gab, die sich getraut hatten, DeElephantine einen Fehler vorzuwerfen – und fragte sich, wie viele damit ungeschoren davongekommen waren.

56

Zejn durchsuchte den restlichen Flügel, doch Mirage war wie ein Geist in alten Gemäuern – sie blieb verschwunden. Möglicherweise mied sie die Begegnung mit ihrem Vater.

Zejn fluchte innerlich und fühlte sich wie ein Getriebener. Ein Stiegenabgang trug ihn in einen Hofgarten hinab. Er schlug die Tür auf und trat hinaus. Die bitterkalte Luft, die mit Kafrits Verschwinden zurück in die Stadt kroch, brannte auf seinen Wangen und Ohren. Die Narben an jenem, von dem er die Hälfte verloren hatte, schmerzten. Hinter seinen Schläfen pochte es, er rieb sich die Nasenwurzel und ließ sich von seinen Beinen zwischen die Büsche tragen.

Farbflecken erschreckten ihn und ließen ihn aufblicken. Er bemerkte, dass er sich in einem Rosengarten befand. Die meisten Pflanzen waren zurückgeschnitten worden – aber an einigen saßen sattrote Knospen wie Hagebutten. Andernorts waren die Knospen aufgeplatzt und maserten den Innenhof wie Blutstropfen. Zejn drehte sich am Absatz im Kreis. Ihr süßlicher Geruch kroch in seine Nase, er hatte das Gefühl, er könnte sie schmecken. Im Gegensatz zum Rosengarten in Clamorents Villa war dieser hier mit äußerster Liebe und Sorgfalt gehegt und gepflegt worden. Die Wege verliefen in einer Spirale ins Zentrum. Zwischen den Hecken, die in der warmen Jahreszeit dicht stehen mussten wie die Wände eines Labyrinths, blinzelte ein Pavillon hervor.

Zejn entfuhr der Atem als Dunstwölkchen, als er sich in die Mitte vorarbeitete. Der Anblick der samtroten Blüten, ihr betörender Duft war wie ein Zauber, den man um ihn webte. Alte Erinnerungen mischten sich mit den Erlebnissen der Gegenwart zu einem verstörenden Brei.

Da ragte er vor ihm auf – ein knochenbleicher Pavillon auf acht Stehern mit einer durchbrochenen Kuppel, durch die man den abendroten Himmel sehen konnte. Der Alabaster strahlte hell wie Schwanenfedern, doch in der Stimmung wirkte er fast rosarot. Über dem Zugang stand ein Spruch geschrieben: Pour ma plus chère.

Für meine Liebste.

Zejn schluckte. Für die verstorbene Gattin des Tribuns? Oder für …

»Erik.«

Er fror vor den drei Stufen fest, die in den Pavillon führten. Ihm war, als verwandle sich sein Atem in einen Eisblock. Sein Herz hämmerte schneller, und es kostete ihn wahnsinnig viel Kraft, sich umzudrehen.

Da stand sie, dic Rotsamtene zwischen samtroten Rosen. Ihre

Haarflechten rahmten in der Dämmerung fast schwarz ihr weißes Gesicht. Die Perlen schimmerten rötlich, reflektierten den sterbenden Kafrit, der hinter den Burgzinnen versank.

Und sie lächelte. Wie konnte sie nur lächeln?

»F-Fantine«, presste er hervor.

Die Hände voreinander geführt, berührten sich ihre Fingerspitzen sacht wie weiße Tauben, die miteinander schnäbelten. Sie hatte die elfenbeinfarbenen Handschuhe abgelegt, doch seinen Ring trug sie nach wie vor – und lächelte ihn an. Wagte es, ihn anzulächeln!

Er brachte kein Wort hervor. Seine Wangen brannten. Vor Hitze. Vor Kälte. Er wusste es nicht.

»Es ist so eigenartig«, sagte sie und setzte einen Schritt in einem erlesenen Pantoffel voran, »dich zu sehen und nicht mir dir zu sprechen, nach all der Zeit.«

»Nach all der Zeit«, wiederholte Zejn plump. Seine Stimme klang selbst in seinen Ohren rau. »Was willst du, Fantine?«

Kurz geriet ihr Lächeln ins Wanken, sie war Abweisung nicht gewohnt – vor allem nicht von ihm. »Es kam mir merkwürdig vor, dich nicht zu begrüßen. Vor allem, nachdem du nun dem Beraterstab meines Mannes angehörst.«

Er schwieg.

Ihre Seidenpantoffeln trugen sie näher. Eine Hand löste sich von der anderen, schwebte einen Augenblick auf ihn zu wie ein schneeweißer Vogel, zog jedoch einen Bogen, um wieder an der Seite der zweiten zu landen. »Ich habe dich gesehen. Bei der Ehrung im Hohen Gericht. Fast hätte ich dich nicht wiedererkannt. Du sahst … so anders aus.«

Er schluckte. »Du hast dich nicht verändert.«

Sie fasste es als Kompliment auf, ihr Lächeln weitete sich. Sie suchte seine Nähe, ihr Duft hüllte ihn ein, verwandt mit dem der Blumen, die hier dem Winter trotzten. Er fühlte sich, als müsse er ersticken. Möglicherweise wäre er geflohen, aber hinter ihm wartete bloß ein von Dornenranken umhüllter Pavillon.

Sie sah zu ihm auf, kleiner als er, und doch besaß sie eine derartige Macht über ihn, dass es ihm die Luft zum Atmen raubte. »Ich wollte damals schon zu dir gehen. Aber dann batest du Deigenhart um die Versetzung nach Svonnheim und verschwandest. Einen Augenblick lang war ich mir gar nicht sicher, ob ich mir dich nur eingebildet hatte.« Sie lachte auf, ihre Hand flatterte vor ihren Mund. Der Löwe. Sein silbernes Haupt an diesem filigranen Finger. Zofen hatten ihre Nägel mit Blattgold geschmückt wie die einer Königin. »Aber du bist zurückgekommen, erneut – erneut als Held. Und so freue ich mich, dass sich uns die Gelegenheit für eine Begegnung ein weiteres Mal bot.«

Er hielt die Luft an.

Sie streckte den Arm aus, berührte ihn am Ärmel. Er spürte ihre Körperwärme durch den Stoff, und dennoch fühlte es sich eigenartig leblos an, als berühre ihn eine Marmorstatue. »Ich weiß, was ist der Dank einer einzelnen Frau, wenn bereits die gesamte Stadt vor dir das Haupt gebeugt hat. Trotzdem möchte ich es sagen: Merci. Merci infiniment für deine Heldentaten.«

Abrupt entwand er sich ihrer Berührung. »Ist das dein Ernst?«, stieß er hervor.

Erschrocken zog sie die Hand zurück.

»Hast du vergessen, wie wir voneinandergegangen sind? Wie du mich verlassen hast? Wie du vor meinen Augen die Verlobung mit einem anderen verkündet hast – nicht irgendeinem anderen, sondern meinem Tribun?«

Ihr Mund öffnete sich wie eine Rose am Morgen, blieb ein rundes, hübsches Ding, doch zu mehr war es in diesem Augenblick nicht zu gebrauchen.

»Du hattest mir die Hand versprochen, Fantine! Hattest mir ewige Liebe geschworen! Ich habe alles getan für dich – hätte alles getan, um dich glücklich zu machen, den Rest meines Lebens lang! Ich kaufte dieses Haus nicht für mich, ich hätte es nicht gebraucht! Ist dir überhaupt klar, in welche Schulden ich mich dadurch stürzte? Und was es bedeutete, als der Tribun mir meinen Titel entzogen, mich aus den wichtigen Rängen gedrängt hat?«

Leicht schwankte sie hin und her. Sie fasste nach ihren eigenen Ellbogen, als wollte sie sich selbst umarmen. »Ich kümmere mich nicht um Geld, Erik«, sagte sie. »Es war mir nie wichtig.«

Er ballte die Hände zu Fäusten. »Es war dir nie wichtig, weil du es stets hattest.«

Kopfschüttelnd wich sie einen Schritt zurück. »Was machst du mir zum Vorwurf? Ich war bereit, dir unter meinem Stand die Hand zu reichen. Aber die Liebe wollte es anders.«

»Liebe?« Bitter lachte er auf. »Jene, die du mir versprachst?«

Sie presste die Lippen aufeinander. Er hatte die Rosenblüte zerquetscht. »Ich möchte nicht darüber sprechen«, sagte sie und wich zurück. »All das weckt nur alte Geister.« Abrupt wandte sie sich ab, ihr Rock schwankte. Sie wollte davoneilen, doch nun war es Zejn, dessen Arm vorschoss. Er packte sie und zog sie zurück. »Du schuldest es mir! Du schuldest mir dieses Gespräch!«

»Lass mich los!« Sie zerrte an seinem Griff. »Oder ich rufe die Wachen!«

Einen Augenblick sah er sie noch fest an, dann schüttelte er enttäuscht das Haupt und ließ die Hand aufschnappen. »Ich wünschte, ich hätte damals gesehen, was ich heute sehe.«

Alarmiert blieb sie stehen. »Was meinst du?«

»Du bist ein verwöhntes Balg, das alles und jedem Zuneigung vorheuchelt, in der Hoffnung, mit Geschenken überhäuft zu werden.«

Ihre Augen verengten sich. »Da hatte ich ja bei dir nicht viel zu erwarten.«

Stille breitete sich zwischen ihnen aus. Er starrte sie an. »Ich hätte dir alles gegeben«, wiederholte er.

»Nun siehst du«, erwiderte sie und hob hochmütig das Kinn, »du bist nicht der Einzige, der willens ist, mir alles zu geben. Aber mancher Mann besitzt nun mal mehr und ein anderer weniger.«

Er zwinkerte.

»Ich war willens, dir in Frieden zu begegnen, ja, habe sogar auf Deigenhart eingeredet, als er dich verstoßen hat. Jetzt sehe ich, dass das ein Fehler war – ich höre ja, was du von mir denkst.« Ein Schritt trug sie so nah an ihn heran, dass er nur hätte vorschnellen müssen, um sie zu küssen. In diesem Augenblick kam ihm nichts auf der Welt widerwärtiger vor. »Aber um dich eines Besseren zu belehren – nämlich dessen, dass ich zu wahrer Liebe nicht fähig bin –, lass mich dir die Geschichte wahrer Liebe erzählen. Dass ich meinen Mann schon liebte, bevor ich überhaupt begriffen habe, dass du durch meine Rue patrouilliertest. Dass sein Vermögen nicht der Grund ist und sein Alter mich nie störte. Ich bewunderte ihn für seine Stärke, verehrte ihn für seine Treue dem Königshaus gegenüber und liebte ihn für die Art, wie er mir bewundernde Blicke zuwarf.«

»Der Tribun war verheiratet«, sagte Zejn heiser. Sein Herz pochte so laut, er war sich sicher, dass Fantine es hören können musste. Sie jedoch versicherte sich, dass er ihr tief in die braunen Augen sah, ihre Hand gehoben, die Finger gekrümmt, bereit dazu, sein Herz zu zerquetschen.

»Das war er«, erwiderte sie spitz. »Und wo wir von Standesunterschieden sprechen – was du zu mir warst, war ich zu ihm! Weit unter seinem Stand, zwar vermögend, aber ohne Adelstitel, mein Vater Tuchhändler, kein angesehener Kriegsveteran. Also wandte ich mich einem anderen zu.«

Mir.

»Endlich merkte er, was er verlor. Und die Liebe, die ich einseitig wähnte, fand flammende Erwiderung ...«

»Seine Frau ...«

»Er wollte sie verlassen!«, rief sie aus. Zejn verstummte. »Er verließ sie für mich. Sie wusste davon. Er hatte sie nie aus Liebe geehelicht, sondern weil sie seinem Stand entsprach. Liebe, die fühlte er erst durch mich!« Sie stach sich mit dem Finger in die eigene Brust.

Zejn spürte, wie er zitterte. »Dann starb sie. Wie bequem.«

Sie schnaubte und wandte sich halb ab. »Ich bitte dich, keine Unterstellungen. Du hättest uns gern so, weil du dir uns so wünschst! Aber die Wahrheit ist, es war ihre eigene Entscheidung zu gehen – sie wollte sich der Wahrheit nicht stellen. Also ging sie, um vermeintlich ihren Ruf zu schützen.«

Er schluckte schwer. »Gehen ...«

Fantine hob ihre Hand, schwang sie wie einen weißen Fächer. Sie warf sich wie eine alte Mähre zum Sterben in den Rosengarten.«

Zejn konnte nicht anders, als zu starren. Sie sprach es kalt aus, emotionslos, als sähe sie sich nicht im Geringsten beteiligt daran, Clamorents Mutter in Nifs Arme getrieben zu haben. Wer war diese Frau? Hätte er die Geister der Vergangenheit tatsächlich besser ruhen lassen? Manchmal war die Vorstellung begrüßenswerter als die Realität.

Er wusste nicht, was er dazu sagen sollte. Plötzlich rückte er aus dem Zentrum, wurde lediglich zum Nebenspieler in dieser riesigen Farce. Seine große, ja gigantische Liebe war echt, so real, so substanziell gewesen. Doch in Realität ... war er bloß ein kleiner Soldat gewesen, der dazu gedient hatte, Deigenhart Rohoy seiner wahren Gefühle für Fantine bewusst zu machen.

Wir leben, um zu fallen.

»Und du ängstigst dich nicht, ich könne anderen davon erzählen?«, brachte er hervor. »Und damit deinen Ruf in Gefahr bringen?«

Abfällig schnaubte sie. »Versuch es ruhig. Wenn du glaubst, Clamorent könne dich ewig protegieren, irrst du dich. Deigenhart respektiert ihn einzig wegen der Tatsache, dass er sein Blut trägt. Aber dieses Alleinstellungsmerkmal …« Sie strich sich über den Bauch. »… wird sich ändern.«

Erst jetzt merkte er die sachte Wölbung ihres Abdomens. Er konnte sich nicht einmal richtig schrecken, starrte nur stumpf, fühlte sich nicht wie Herr seiner Sinne. Sie war mit Kind. Deigenhart Rohoy erwartete trotz seines fortgeschrittenen Alters noch einen Sohn.

»Ich gratuliere«, sagte er nur.

Seine Reaktion überraschte sie. Ihr Mund klappte auf, ohne dass sich ein weiteres Wort entrang.

Zejn verbeugte sich knapp. »Ich danke dir.«

Verwirrung erschütterte ihre gehässige Maskerade. »Wofür?«

»Dafür, dass du mich endlich freigelassen hast.« Damit streifte er an ihr vorbei, ließ ihren Duft zurück, den Duft von Rosen – und er begriff, so wie bisher würde er ihn nie wieder verfolgen.

57

Er marschierte die Treppe empor und fühlte sich, als würde er mit jedem Schritt ein Stück eines Umhangs zurücklassen, in den man Steine eingenäht hatte, bloß um ihn zurückzuhalten. Fantines Geschichte über ihre große Liebe zu dem Tribun saß ihm in den Knochen. Im Prinzip waren ihre in Wut gesprochenen Worte die größte Kränkung von allen gewesen. Zu einem anderen Zeitpunkt hätte er sich darin gesuhlt. Nun dankte er den Göttern für die Wahrheit, die so grausam war wie befreiend: Ihre Liebe war eine Gaukelei gewesen, er ein Mann, den es zu einem falschen Zeitpunkt unter ihr Fenster verschlagen und mit verliebten Augen zu ihr aufgesehen hatte, und weil ihre Liebe eine Gaukelei gewesen war, hatte er sich auch so lange vorgaukeln können, sich nicht von ihr lösen zu können.

Der obere Treppenabsatz rückte in sein Blickfeld, als dort ein Junge mit zwei leeren Kristallkelchen auftauchte. Ruben, erinnerte sich Zejn. Und dieser wusste üblicherweise, wo sich seine Herrin herumtrieb. Am liebsten hätte er ihm von seiner Begegnung mit Fantine erzählt – irgendwem, um die grausame Magie dieses Moments zu teilen, die seine Fesseln gesprengt hatte. Stattdessen beobachtete er, wie der Junge die Lippen schürzte und säuerlich behauptete: »Die Madame hat Sie überall gesucht. Hier fühlt sie die Verbindung zum Schwert schwächer. Sie ist zur anderen Flügelseite gegangen.«

MIRAGE

58

Es war wie ein Hunger, der ihre Sinne umklammert hielt und selbst nicht zu stillen gewesen wäre, hätte man ihr Steine in den Magen genäht. Seitdem sie den Tribunssitz betreten hatte, zupfte eine unsichtbare Macht an ihr und lockte sie heran. Was zuvor einem entfernten Meeresraunen geglichen hatte, wandelte sich zu einem Ruf, der vom Lärm eines Marktplatzes verschluckt wurde. Nun wuchs das Wispern, als hauche ihr ein Geist in den Nacken. Es verfolgte sie zwischen diesen breiten Steinmauern, saugte der Festivität die Farben aus, bleichte die prächtigen Gewänder des Adels, überzog ihren Schmuck mit Patina, hüllte die Kronleuchter in Rost, löschte alle Flammen und ließ nichts zurück als Fäden aus Rauch, die durch Mirages Nase kletterten.

Sie konnte sich durch nichts leiten lassen als ihren Instinkt, denn was sie wahrnahm, war auf weltlicher Ebene unbegreifbar. Ein eigenartiges Grinsen nahm Besitz von ihrem Mund, auf eine gewisse Weise fühlte sie sich allen hier, selbst der Königstafel gegenüber, erhaben. Sie war froh, dass sie Petits Handel abgelehnt hatte. Ihre Behandlung hätte ihre Verbindung zu Nif bloß gemildert. Nun sah sie weniger, doch spürte mehr – eine andere, vielschichtigere Welt.

Mit wildem Blick schlich sie durch die Räume. Wer ihr Aufmerksamkeit widmete, den scheuchte sie davon. Sie folgte dem Wispern, ohne sehen zu müssen, wohin sie ihre Füße trugen.

Das Flüstern lotste sie auf den Gang hinaus. Eine dicke Tür aus dunklem Mahagoni versperrte ihr den Weg. Sie ließ die Finger über die Schnitzereien gleiten, ein sich tausendfach wiederholendes Muster, das sie an Sterne in der Nacht erinnerte. Dahinter ertönte das Wispern, sehnsüchtig, flehend, kratzte an der Rückseite des Tors wie ein unglücklicher Gefangener.

Lauernd sah sich Mirage um. Niemand befand sich in der Nähe, ihre eigene Gestalt verzerrte sich im Licht eines Wandleuchters. Sie packte den Türring und wollte das Tor aufziehen, doch ein Bolzen hielt es verschlossen.

Sie fletschte die Zähne wie ein Tier in der Falle. Abrupt ließ sie los und kehrte zurück in die geheizten Räume, ließ aufmunterndes Lächeln und abwertende Blicke über sich ergehen, mühte sich, der Musik zu lauschen, die unangenehm verzerrt an ihr Ohr drang. Von dem Lärm ließ sie sich zurück zur Haupthalle führen. Irgendjemand musste ihr diese Tür öffnen.

Die Tanzerei war im vollen Gange, und Mirage kam nicht umhin, beim Anblick der vergnügten Menge die Nase zu rümpfen, die im Reigen um den Koschtschei schaukelten. Ihr Blick glitt über die Tänzer und Tafeln, doch erspähte weder Ruben noch Zejn. Dafür entdeckte sie Rebenglanz an seinem Stammplatz, der kräftig dem Wein zusprach und den Hintern eines adretten Magiers beobachtete, der sich, den Schnauzbart zwirbelnd, dem Reihentanz hingab.

Sie eilte zu ihm und beugte sich über seine Schulter. »Rebenglanz!«

Er musste wohl mehr getrunken haben als üblich, denn er erschrak. »Mirage«, merkte er an, »endlich jemand, der mit mir trinkt. Lieutenant Zejn ist dafür zu spießig.« Er langte nach dem Krug, den er wohl einer Bediensteten abgeluchst hatte, und kleckste daneben, als er in einen gebrauchten Becher goss.

Mirage rang ihm das Gefäß aus der Hand. »Dafür ist jetzt keine Zeit«, kommentierte sie. »Können Sie Schlösser knacken?«

Bloß der Elfenabkömmling brachte es zustande, gleichzeitig enttäuscht die Lippen zu schürzen und fragend die Augenbraue zu heben. »Ich bitte Sie, ich bin ein ehrbarer Gardist«, kicherte er und trank ungeniert von seinem Pokal. »Was unterstellen Sie mir da?«

»Keine Zeit für rhetorische Spielereien«, erwiderte sie. »Sie haben als Glyphenläufer gearbeitet, und da muss man an Orte gelangen, die einem oftmals verschlossen bleiben. Können Sie oder können Sie nicht?«

Seine Augenbraue zuckte vergnügt.

Das war Mirage Antwort genug. Sie packte ihn am Handgelenk. »Sie können den Wein mitnehmen. Hauptsache, Sie öffnen mir das Schloss.«

Widerwillig ließ er sich von ihr hochziehen. »Können Sie nicht umgekehrt auf den Lieutenant abfärben?«, beschwerte er sich. »Im Traum-Emporium waren Sie nicht so sterbenslangweilig!«

Sie zerrte ihn mit sich, er mit seinem Pokal, grüßte vorbeigleitende Damen mit einem anzüglichen Lächeln, als zöge er sie damit aus.

Als sie sich der Tür näherten, kam ihnen Bearnard Ahearn entgegen. »Was für ein Anblick!«, dröhnte er und hob die Arme. »Alchemistin DeBois! Wie freue ich mich, Sie zu sehen! Wie geht es meinem Pferd? ... ich meine, Ihrem Pferd!«

Mirage verzog den Mund zu dem Versuch eines Lächelns. Besser nicht verraten, dass es nun einem Panumae-Priester und vermutlichen Diebesgilden-Oberhaupt gehörte. »Lieutenant«, erwiderte sie und beugte den Kopf. »Würden Sie uns ...«

Ahearn streckte ihr die Pranke entgegen, lockte sie mit den Fingern. »Darf ich bitten?«

Verständnislos sah sie ihn an.

»Um einen Tanz?«

»Ähm ...«

Aramis riss die Hand hoch und mit ihr Mirages Handgelenk. »Sie müssen entschuldigen! Ich habe zuerst gefragt!«

Ahearn schien sich ein wenig zu wundern, möglicherweise hatte er von Rebenglanz' Vorlieben gehört, doch nun zog dieser Mirage zur Tanzfläche und knallte nebenher den Pokal auf die Tafel.

»Ich will nicht tanzen!«, zischte sie.

»Zieren Sie sich nicht, ich muss ohnehin ausnüchtern. Ein paar Minuten Bewegung sollten reichen.« Da zwang er sie auch schon zu den ersten Schritten, und während er leichtbeinig einfand, als hätte er den gesamten Abend nichts anderem gefrönt, fühlte sich Mirage wie ein Holzklotz.

»Rebenglanz ...!«, presste sie enerviert hervor. »Sehen Sie mich an! Sehe ich aus, als könnte ich Gesellschaftstänze tanzen?«

Mit einem Ruck zog er sie heran, sodass sie in seine Arme schwankte. Er rückte etwas von den anderen ab und schaukelte sie im Takt der Musik, was anderen Frauen neidische Blicke entlockte. »Sie erscheinen mir mehr wie die moderne Frau, die Wiwarischen Walzer«, er presste sie an sich, als wäre seine Hand ein zweiter Nifenabdruck, »oder eine verruchte Magarrjande tanzt.« Empörte Blicke wurden ihnen zuteil, da sich derart viel Körperkontakt absolut nicht für ein unverheiratetes Paar geziemte.

Das wiederum zupfte an Mirages Mundwinkel. »Wie unmoralisch.«

Er pfiff eine Melodie über das Spiel der Musikanten hinweg, drehte sie am Rand der Bühne, als wären sie allein, und kümmerte sich nicht darum, was andere dachten. Zu einem anderen Zeitpunkt hätte Mirage durchaus Vergnügen daran gefunden, doch die Nähe des Artefakts war wie der Ruf eines Kinds nach seiner Mutter: Sosehr sie auch wollte, sie konnte ihn nicht ignorieren. »Aramis!«, zischte sie daher. »Es ist wichtig!«

Beleidigt zog er die Mundwinkel herab, aber los ließ er nicht. »Sie wollen wohl lieber mit Ihrem Lieutenant die Magarrjande tanzen?«

»Können Sie sich den Lieutenant tanzend vorstellen? Bei den Göttern, der Koschtschei ist da doch weniger steif!«

Sie entlockte ihm ein Lachen. Als er allerdings weiter kreiste, erstickte es in seinem Hals. Nach einer Halbdrehung entdeckte Mirage auch, wieso: Lieutenant Zejn stand mit saurer Miene hinter ihnen, die Hände hinter dem Rücken, und sah dabei drein wie eine Tanzlehrerin, der missfiel, was ihr dargeboten wurde.

»L-Lieutenant!«, stotterte Aramis und kam erstmals aus dem Takt. Sie stolperten, und er löste sich von ihr.

Angespannt betrachtete er sie. Dann streckte er Mirage die Hand entgegen. »Darf ich bitten?«

»Meine Tanzkarte ist bereits gefüllt.«

»Das wage ich genauso in Zweifel zu ziehen wie die Tatsache, dass ein Leichnam ein besserer Tänzer sein soll als ich.«

Aramis, der immer noch Zejns Untergebener war, ließ sie zurück, der feige Hund. Zejn schnappte ihre Hand. Anstatt sie zur Tanzgesellschaft zu führen, wo der Tanzmeister mit seinem Stab auf den Boden klopfte und einen Gassentanz bestimmte, führte er Rebenglanz' unmoralische Unterhaltung fort – zwar weitaus steifer und mit sittsamem Armbreit Abstand, für ihn ungewöhnlich allemal. »Dafür ist keine Zeit!«, zischte Mirage. »Wir haben Wichtigeres zu tun!«

»Das sehe ich«, schnaubte er, »deswegen suche ich Sie die gesamte Zeit und finde Sie mit Rebenglanz auf der Tanzfläche wieder!«

Sie überbrückte die sittsame Distanz und flüsterte ihm ins Ohr. Seine Wange war eiskalt. »Ich spüre etwas. Ich habe eine versperrte Tür gefunden. Sie führt tiefer in den Nebenflügel. Ich muss da durch.«

Einige Zeit verstrich, sie spürte seinen Atem an ihrer Haut. Die Musik drang verzerrt an ihr Ohr, die Tänzer wirkten wie wankende Untote auf sie. Zejns Hand hielt die ihrige fest, seine andere stützte ihre Hüfte. »Erik?«

»Ich helfe dir«, versprach er, doch etwas in seiner Stimme ließ sie den Kopf zurückziehen, damit sie ihm in die Augen sehen konnte. Unkommentiert ließ er den Tanz ausklingen und führte sie von der Tanzfläche.

Aramis hatte sich an die Wand zurückgezogen, wo er vorbeieilenden Dienern Wein abluchste. »Rebenglanz«, grummelte er im Vorbeigehen. »Mitkommen!«

Zejn schien es weitaus mehr zu überraschen als Mirage, dass Aramis die Metallfortsätze seiner Handprothese verwendet, um in dem alten Schloss zu fummeln. Während der Lieutenant an der Ecke den mitternachtsblauen Korridor beobachtete, lauschte Mirage an der Tür, um zu verhindern, dass sie beim plötzlichen Öffnen vor jemandem standen. Glücklicherweise erklang bloß das Kratzen des improvisierten Dietrichs, der nach Widerstand suchte, und gelegentlich Aramis' Fluchen, als ein Öffnungsversuch misslang. »War doch wohl nicht so klug, derart viel zu trinken, was?«, murmelte sie, das geschnitzte Holz am Ohr.

»Nicht der Wein ist das Problem«, murrte Aramis, »ich habe mit meiner Hand Kapazitäten eingebüßt!«

»Sie werden sich daran gewöhnen. Ich habe es auch.«

Er warf ihr einen entnervten Blick zu. »Sollen wir darüber streiten, wer durch seine fehlenden Finger stärker eingeschränkt ist?«

Sie strafte ihn mit einem giftig süßen Lächeln. »Sie würden sich wundern, wozu so mancher Alchemist mit einem Armstumpf imstande ist.«

»Beenden Sie Ihr Plauderstündchen«, maßregelte Zejn aus der Entfernung. »Ich habe Sie nur mitgenommen, weil ich das Schloss unbeschädigt lassen möchte – aufbringen würde ich es auch ohne Ihre Hilfe!«

Aramis setzte fort, im Schloss herumzustochern, bis er die Fallriegel hochgeschoben hatte und so den Riegel mit einem Klicken freischob. »Geschafft«, stieß er aus und wollte nach dem

Türgriff tasten, doch Mirage kam ihm zuvor. Vorsichtig schob sie die Tür einen Spalt auf. Dahinter wartete nichts als Stille und Finsternis.

»Der Weg ist frei!«, teilte Aramis mit.

Zejn verließ seinen Wachposten, nachdem er eine Kerze aus der Wandhalterung gelöst hatte, und marschierte heran. Sein Blick huschte über den dunklen Spalt. »Du hast ein gutes Gefühl?«, hakte er bei Mirage nach.

»Eher ein schlechtes, um ehrlich zu sein«, wisperte sie, zog das Tor ein Stück auf und trat ein. Hinter ihr sog Zejn lautstark die Luft ein, als er die Schwelle zum Seitentrakt überschritt. Stil und Interieur blieb gleich, doch der Geruch veränderte sich.

»Was ist?«

»Nichts.« Er folgte ihr dichtauf. »Es ist nur ... ich hatte zuvor den Gedanken, dass wir uns nicht in Tribun Rohoys privaten Räumlichkeiten befinden. Und das hier ...«

»Es riecht nach ihm.« Ein Blick über die Schulter verriet Mirage, dass er nickte.

Wiederum dahinter trat Aramis ein. Staunend glitt sein Blick umher.

»Verschwinden Sie, Rebenglanz«, befahl Zejn. »Sie bringen sich nur unnötig in Schwierigkeiten.«

Doch Aramis dachte gar nicht daran, sich aus den Schwierigkeiten herauszuhalten. »Darf ich fragen, warum wir hier einbrechen?«

»Dürfen Sie nicht.«

»Zu meinem eigenen Schutz? Oder dem Ihrigen?«

Lautstark stieß Zejn die Luft aus. »Rebenglanz ...!«

Der Elfenabkömmling glitt an ihm vorüber und huschte an Mirages Seite. »Was suchen wir?«

»Das Schwert.«

»Ein Schwert?«

»Das Schwert.«

»Aber … hat Lieutenant Uriarte es nicht …?«

Sie schüttelte den Kopf, die Ohrringe klatschten an ihre Wangen. Rebenglanz formte mit seinen Lippen ein O des Erstaunens und wollte weitersprechen, als sie ihn rüde unterbrach: »Still! Ich muss mich konzentrieren.«

Kurz schloss sie die Augen, ließ die Ruhe auf sich wirken. Jenseits der Tür erklang nach wie vor das Gemurmel der Gesellschaft, doch voraus war es stiller als auf einem eisüberzogenen See – jedes Knacken, jeder Atemzug hätte einen Anwesenden verraten.

Ihre Zunge tastete sich vor, benetzte ihre trockenen Lippen. Da war es, das Locken. Lautlos nahezu. Als wolle es sie so knapp vor dem Ziel noch ein allerletztes Mal auf die Probe stellen.

Ihre Lider flatterten wie Mottenflügel, aber es war gar nicht notwendig, sie zu öffnen. Nicht ihre Augen wiesen ihr den Weg. Sie ließ sich ganz auf das Locken ein, auf das kalte Brennen, das von ihrem Mal über ihren Körper geklettert war und ihn nun von Kopf bis Fuß vereinnahmte, sodass alle anderen Gefühle unfühlbar wurden – als hätte man sie fortgebrannt.

Sie lauschte nur dem Ruf, nicht den Männern, die ihr folgten. Jeder von ihnen hatte eine andere Aufgabe zu erfüllen. Ihre war es, das Schwert zu finden.

Das Wispern führte sie durch ein Arbeitszimmer, auf dessen Tafel Karten der südlichen Königreiche sowie der vorgelagerten Inseln ausgebreitet lagen, bestückt mit bemalten Figuren, die verschiedene Streitmächte symbolisierten. Dahinter befand sich ein Durchgangszimmer, ein Bad mit Zuber und darübergebreitetem Baldachin, das momentan ungenutzt stand. Davon fort zweigte eine Schlafkammer, die wohl als Kemenate einer Magd diente. Mirage wandte sich in die andere Richtung, hin zu einer beschlagenen Tür, die sich unscheinbar und klein in eine Ecke drängte. Davor blieb sie stehen, hielt sich an der Steinwand fest, die mit

Ranken bemalt war. Durch die gedrungenen Fenster fiel sacht Mondlicht, doch sie ahnte – hinter dieser Pforte würden sie nur Dunkelheit vorfinden.

»Mirage?«, raunte Zejn an ihrem Ohr. Vorsichtig berührte er ihre Schulter. »Dort hinein?«

Schwerfällig nickte sie.

»Rebenglanz«, forderte er auf. Der Elfenabkömmling trat an das Spitztor heran, das kleiner war als er selbst. Als er nach dem Türring griff, ließ sich diese jedoch widerstandslos aufziehen.

Ein kalter Luftstoß zog hier empor, trug den modrigen Geruch eines Kellers mit sich. Tief inhalierte sie ihn. Etwas daran brachte sie zum Lächeln.

»Was wartet dort unten auf uns?«, fragte Aramis spürbar unsicher.

»Wir werden es sehen«, bemerkte Zejn diplomatisch. »Bist du bereit?«

Sie nickte. Sein Fingerdruck zwang sie dazu, ihn anzusehen. Seine Augen forschten sie aus. Sie hielt es nicht mehr aus, wie sie diese Männer mitleidig besahen – ob nun Zejn, Frederic oder auch Ruben, die ihren Verfall beobachteten. »Bald ist es vorbei«, wisperte sie Erik zu. »Dann kommt alles zum Alten.« Die Vorstellung verbreiterte ihr Lächeln. Sie fühlte sich ein wenig wie unter dem Einfluss von Rauschmitteln, obwohl sie bis auf harmlose schmerzstillende Mittel nichts genommen hatte.

Alles würde wieder zum Alten finden. Zurück zum Sollzustand. So, wie es sein sollte.

Beruhigend legte sie ihm die Hände auf die Brust. Sie spürte seinen Atem, die Wärme, die durch seine Uniform drang. Er war der Tag, und sie war die Nacht. Ermutigend lächelte sie ihn an. »Wir beenden, was wir begonnen haben.«

Er griff nach ihren Händen, drückte sie kurz. Die Sorge konnte sie ihm nicht aus dem Gesicht kratzen. Er hielt sie so fest, dass sie spürte, wie sich die Prothesen durch seine Magie erwärmten. Dann nickte er und ließ sie los.

Mirage war die Erste, die die Treppe betrat. Die Wände standen so eng, dass sie sie berühren konnte. Hinter ihr stieg Zejn die erste Stufe hinab, seine Kerze scheuchte die Finsternis in die Tiefe und warf ihren Schatten voraus. Der Abstieg erinnerte sie an den Keller der Magierakademie, als sie gedacht hatte, Holler hätte sie in eine Hölle herabgezogen. Nun trat sie ihm freiwillig entgegen.

Der Modergeruch verstärkte sich. Wie Schimmelpilzsporen legte sich ein Geschmack auf ihre Zunge und arbeitete sich ihren Rachen herab. Und was Mirage am meisten wunderte – eine Hitze stieg in ihr auf. Sie spürte, wie ihr der Schweiß auf die Stirn trat, lockerte ihren Kragen, versuchte, sich Luft zu machen. Einen Moment lang glaubte sie, hier unten würde geheizt, doch die Wände fühlten sich kalt und rau an. Wie im Inneren eines Schneckenhauses bog sich die Treppe in die Tiefe. Und an ihrem Ende wartete – ein zweites Tor.

»Was steht da geschrieben?«, flüsterte Aramis, als Zejn die Kerze anhob und deren Schein eine Gravur über dem Tor entblößte. Das Wachs stockte in bleichen Rinnsalen auf seinen Fingern.

»Mors porta vitae aeternae«, las der Lieutenant die Gelehrtenschrift vor. »Der Tod ist die Pforte zum ewigen Leben.«

Mirage dämpfte ein Lachen ab. »Der Tribun beweist Humor.«

Besorgt verzog Zejn die Lippen, während sein Blick über das beschriftete Halbrund glitt. »Diesen Spruch findet man des Öfteren an Nifenschreinen angebracht. Er soll den verstorbenen Seelen helfen, sich in Nifs Obhut zu begeben.«

»Warum bringt man ihn dann hier unten an?«, hakte Rebenglanz nach.

Zejn schob nachdenklich den Unterkiefer vor und zurück. »Ich fürchte«, sagte er, »dass wir uns vor dem Zugang zu einer Gruft befinden.«

59

Zejn strich sich über den Bart. »Dieser verdammte …« Er rang mit einem passenden Schimpfwort.

»Hundsfott? Räudige Emporkömmling?«, half Aramis ihm willig aus.

Mirage ignorierte die beiden, tastete die Tür ab und schmiegte die Wange ans Holz. Die Metallnieten schnitten in ihre Haut, wie im Zwang wollte sie das Tor aufdrücken – denn das Locken war wie ein Rausch, dem sie sich hingab. »Wir müssen dort durch«, sagte sie daher. »Rasch, Erik – brich mit deiner Magie das Schloss auf!«

»Deutlichere Beweise für meine Anwesenheit kann ich wohl kaum hinterlassen!«, widersprach er energisch. »Abgesehen davon werden wir nicht zu dritt eine Familiengruft betreten, in der wir Nifs Rückgrat vermuten! Der hohe Adel beliebt schon mal seine Toten zu konservieren, anstatt sie dem Feuer zu überantworten!«

»Ich höre nichts«, wisperte sie. »Es ist ganz still dort drinnen.« Ihre Nägel, die Metallaufsätze, kratzten über das Holz wie die Krallen einer Katze, die ins Freie wollte. »Wir müssen da durch!«

»Nichts da.« Zejn packte sie am Arm. »Nicht ohne Verstärkung!«

»Warum zauderst du?«, rief sie ihm entgegen. Die Lautstärke ihrer Stimme ließ ihn zusammenzucken. Er wandte sich um, die Kerze in der Linken, die langsam zum Stummel herabbrannte, und warf einen besorgten Blick die Treppe empor. »Als du mich auf den Scheiterhaufen brachtest, hast du keinen Augenblick lang gezögert!«

»Fangen wir wieder davon an?«, schnaubte er und dämpfte rasch die Stimme. »Ich dachte, darüber wären wir hinausgewachsen!«

»Öffne die Tür!« Sein Widerspruch machte sie wütend. »Du hast mir versprochen, das zu beenden! Jetzt beenden wir es!«

»Ich riskiere nicht unser Leben …«

»Dutzende Male haben wir es bereits riskiert! Erinnerst du dich nicht an die Schlacht im Garten der Schwarzen Lilien? Oder als du den Koschtschei erschlugst?« Sie riss sich los. »Sei nicht so verdammt feige, Mann!«

Ihre Unterstellung brachte ihn zum Schlucken. Sie glaubte schon, sie hätte ihn beim Ego gepackt, aber anscheinend kannte sie ihn nicht gut genug. Er verengte die Augen. »Es ruft nach dir, was?«, presste er hervor.

Diesmal war sie es, die schluckte. Der Geschmack von Pech schwamm in ihrem Mund. Sie blinzelte.

Er packte erneut ihren Oberarm, zog sie an sich. Ihre Finger lösten sich vom Tor – es fühlte sich an, als hätte man ihr etwas weggenommen. Der Verlust schien ihr unerträglich. »Lass das!«, wehrte sie sich.

»Denk an deinen Jungen!«, beschwor er sie. »Willst du, dass hier eine Draugar-Seuche ausbricht?«

Seine Worte dienten dazu, sie zur Vernunft zu bringen – doch das, was sie mit der Klinge verband, war stärker. Es war jenseitig. Göttlich. Sie stemmte sich gegen seinen Griff. »Ich gehe hier nicht weg!«

Zornig sah er sie an, dann schien er endlich zu merken, dass es zwecklos war – dass sein Willen den ihren in diesem Fall nicht überwinden konnte. »Rebenglanz, kommen Sie.«

»Was haben Sie vor, Sir?«

»Ich gehe nicht ohne Verstärkung da rein. Und Sie lasse ich sicher nicht mit Mirage hier.« Er reichte Aramis die Kerze, dann schoss er plötzlich vor und packte Mirage an den Hüften.

»Was soll das?«

»Ich vergewissere mich, dass du keine Sprengmittel bei dir

trägst.« Er tastete ihren Gürtel ab, die Manteltaschen, sogar ihre Stiefel. Seine Vorsicht war begründet. Hätte sie nicht alle Alchemika beim Betreten des Gebäudes zurücklassen müssen, sie hätte einen Weg gefunden, sich durch diese Tür zu sprengen.

Er richtete sich wieder auf, ließ ihr einen belehrenden Blick zuteilwerden. »Ich beschwöre dich, mach keinen Unsinn, bevor ich zurückkomme. Ich weiß, wie du dich fühlst.«

»Du weißt gar nichts!«, zischte sie.

Schwer schluckte er. »Es hat auch mich gelockt, vergiss das nicht. Erinnerst du dich daran, wie ich glaubte, Tarim stellen zu können, als er Svetlana am Platz der Asche erhängte? Nifs Rückgrat hat mich gerufen. Und jetzt ruft es nach dir.«

Sie bleckte die Zähne. »Zuerst wolltest du, dass ich das Schwert finde – und nun, da ich dich hinführe, kriegst du Schiss. Woran liegt's? An deiner Verlobten dort oben, die den nächsten Schritt mit einem anderen gegangen ist?«

Aramis wich zurück. »Oje«, brummte er. »Jetzt wird's persönlich.«

Es bereitete ihr ein anderweltliches Vergnügen, dabei zuzusehen, wie sich die Sehnen an Zejns Hals anspannten und er die Hände zu Fäusten ballte. Wenn sie sich nicht durch diese Tür schlagen konnte, warum nicht mit ihm? Stattdessen lockerten sich seine Finger. »Ich lasse mich nicht von dir reizen«, sagte er ruhig. Verdammter Phlegmatiker! »Du bist nicht Herrin deiner Sinne.«

Sie stieß ein unruhiges Zischen aus. »Und wen willst du zu deiner Assistenz holen?«, klagte sie ihn an. »Deinen Tribun?«

Er biss die Zähne zusammen und blinzelte. »Deinen Vater.«

ZEJN

60

Sie spuckte Gift und Galle, doch das entsprach Zejns Erwartung. Wenn es jemanden gab, der die Autorität besaß, dass sie Waffen und Alchemika ins Anwesen schmuggeln konnten, war es DeElephantine.

Während Mirage ihn verwünschte und an der Tür kratzte wie eine Katze, die dahinter Mäuse rascheln hörte, nickte er Aramis, ihm zu folgen. Am besten, sie beeilten sich. Niemand wusste, was Mirage in ihrem Rausch einfallen würde – was Nif ihr einflüsterte, um sich ihrem Willen zu beugen.

Er hatte kurz mit dem Gedanken gespielt, sie einfach die Treppe emporzuzerren, entschied sich aber dagegen. Eine Mirage, die ihn oben anschrie, war weitaus gefährlicher als eine, die sich hier unten die Fingernägel abbrach. Möglicherweise konnte ihr Vater sie zur Vernunft bringen – wenn er es denn wünschte.

Aramis und er beeilten sich, zurück in den Seitenflügel zu gelangen, und hasteten zu der geknackten Tür. Stimmen mäanderten den Korridor entlang, Spaziergänger flanierten vorbei, es kam Zejn wie eine Ewigkeit vor, dass sich die kleine Gruppe entfernte. Die beiden Gardisten flohen durch den nächtlichen Gang und atmeten erleichtert auf, als sie erneut den ihnen zugedachten Flügel betraten.

»Suchen Sie DeElephantine«, befahl Zejn Aramis. »Wir treffen uns in der Haupthalle.«

»Und wenn er nicht mit mir kommen möchte?« Das war durchaus eine Möglichkeit.

»Sagen Sie ihm, ich muss mit ihm sprechen.« Zejn hoffte, dass dieser Hinweis ausreichte, um Bhaaltazars Interesse zu wecken.

Er lief die Räumlichkeiten ab, die die Haupthalle umrankten, wich Bearnard Ahearn aus sowie einigen anderen Hauptmännern, die sich zum Umtrunk im Lesezimmer versammelt hatten. Als er Bhaaltazar im einen Flügel nicht antraf, hastete er zurück in die Haupthalle, um von dort aus die andere Seite nach ihm abzusuchen.

Überraschenderweise stand Maître DeElephantine recht repräsentativ im Tanzsaal herum. Mit einer juwelenbesetzten Hand hielt er einen Kelch vor die Brust, die andere barg er hinter seinem Rücken und hörte sich mit maßlos gelangweilter Visage die Geschichte eines Edelmanns an, den er vermutlich nie um eine Unterhaltung gebeten hatte.

»Maître!« Zejn eilte auf ihn zu und deutete eine Verbeugung an. »Bitte entschuldigen Sie die Störung.«

Bhaaltazars Lider verengten sich. Missgelaunt verschob er die Lippen. *Diese Familie. Sage niemandem von ihnen, sie liegen falsch.* »Ich muss mit Ihnen sprechen.«

Einen Moment lang war sich Zejn unsicher, ob Bhaaltazar sich überhaupt zu einer Erwiderung herablassen würde. »Plötzlich?«, kommentierte er nasal. »Sagen Sie bloß!«

»Ich brauche Ihre Hilfe.«

Dieses Eingeständnis entlockte dem Hofalchemisten ein grausames Lächeln. »Soso …« Er ließ Zejn zappeln wie einen Fisch, der nicht wusste, ob er heute zurück im Teich oder im Suppentopf landen würde. Dann reichte er seinem Nebenmann den Pokal, fischte jovial nach Zejns Schulter und drückte ihn voran. »Ich gebe zu, Ihre Worte haben ein wenig gestochen«, stellte Bhaaltazar fest, als sie sich entfernten. »Sie sind eine lästige Wespe, Lieutenant.«

Zejn hatte keine Ahnung, ob das gut war oder nicht. »Es geht um das Schwert«, brachte er hervor. »Es hat nie die Grabhügel erreicht.«

Bhaaltazar verdrehte die Augen. »Was Sie nicht sagen.«

Zejn hielt an. »Warum haben Sie nicht mit Tvaion darüber gesprochen, wenn Sie es ahnten? Sie sind sein persönlicher Berater!«

»In alchemischen Belangen, gewiss. Aber ich habe mich schon vor langer Zeit damit abgefunden, dass man sich mit manchen Leuten am Hofe arrangieren muss.«

Zejn presste die Lippen zusammen. »Mit dem Tribun.«

Etwas an seiner Tonlage ließ Bhaaltazar aufhorchen. Der schwarze Humor fiel von seinem Gesicht, einen Augenblick trat Ernst zum Vorschein. »Man hat mir Ihren persönlichen Zwist mit dem Tribun zugeflüstert.« Die Aussage kam für Zejn wenig überraschend, es gab vermutlich kaum Tratsch am Hofe, der De-Elephantine unbekannt war. Der Hofalchemist vergewisserte sich eines Abstands zur Tanzgesellschaft und setzte fort: »Sie suchen also das Schwert, und an Mirages Anwesenheit lese ich heraus, Sie suchen es hier.«

Zejn spürte, wie sich seine Kehle zuschnürte.

»In weiterer Folge verknüpfe ich den roten Faden …« Eigentümlich regte Bhaaltazar seine langen Finger, als wollte er eine unsichtbare Kordel verflechten. Die Edelsteine an seinen Ringen reflektierten das Licht der Kerzenleuchter. »… und er führt mich zu dem Paar, das es bewohnt – dem Tribun und seiner Gattin.«

Zejn schwieg verbissen, spürte, wie seine Stirn Falten schlug. Wenn Bhaaltazar es so einfach erraten konnte, wer konnte es noch?

Mirages Vater sah auf, als er ein Paar erkannte, das sich aus der Tanzgesellschaft löste. »Wenn man von Sonne und Mond spricht …!« Sein Lächeln wurde breit, kalt und berechnend. Zejn folgte seinem Blick und erstarrte.

Etwa zwei Dutzend Schritte entfernt hielten Tribun Rohoy und seine Gattin an. Fantine ließ den Blick schweifen. Als er auf Zejn traf, verknoteten sich ihre dunklen Brauen. Sie suchte Körperkontakt zu ihrem Mann, reckte sich auf die Zehenspitzen und flüsterte ihm etwas ins Ohr.

Zejn spürte, wie ihm vor Schreck das Blut in die Ohren stieg – soweit sie noch vorhanden waren. Die wulstigen Narben begannen erneut zu schmerzen. Verstört strich er darüber. Erzählte sie ihm von ihrem Zusammentreffen? Tribun Rohoy schob undeutlich die Unterlippe vor.

Er spürte Bhaaltazars Spinnenfinger, sein säuerlicher Weinatem streifte sein Ohr. »Am Hofe habe ich mir eines angewöhnt: Jene Feinde, die mir unterlegen sind, vernichte ich. Jenen Feinden, die stärker sind als ich, gebe ich keinen Grund, mich zu fürchten.«

»Ich kann mir nicht vorstellen, dass Sie jemanden zu fürchten haben«, presste Zejn hervor.

Bhaaltazars Fingerspitzen tippten über seine Schulter. »Nicht länger. Ich habe sie in der Gewissheit gewiegt, ihnen unterlegen zu sein – so lange, bis ich es nicht mehr war.«

Angestrengt drehte ihm Zejn den Kopf zu. Es war, als risse ihm der Blick des Weißen Löwen die Haut vom Gesicht. »Worauf wollen Sie hinaus?«

»Lernen Sie die höfischen Spiele, wenn Sie nicht vor Ihrer Zeit vernichtet werden wollen, Lieutenant. Momentan ist der Hass für Sie in den Augen des Tribuns nicht zu übersehen. Wieso grollt er Ihnen?«

Zu Zejns Überraschung drückte Bhaaltazar ihn just in die Richtung des Rohoy-Ehepaars. Als Zejn das begriff, konnte er nicht länger ausweichen, ohne einen sozialen Fauxpas zu begehen. Mit aufgerissenen Augen wurde er seinem Untergang entgegengeführt. Wieso hatte er gedacht, Bhaaltazar hätte in irgendeinem Belang eine Hilfe sein können?!

»Warum?«, raunte Bhaaltazar an sein Ohr.

Stocksteif stakste er Deigenhart und Fantine entgegen. Die verzog die Schnute wie eine unzufriedene Katze.

DeElephantine drückte erneut seine Schulter. »Eliminieren Sie den Grund seiner Feindseligkeit.«

Zejn standen die Haare zu Berge. Er träte lieber einer Draugar-Horde mit einem Löffel als Waffe gegenüber, als das zu tun, wozu Bhaaltazar ihn zwang. »Was wollen Sie von mir?«, zischte er. »Es gibt keinen Grund!«

»Natürlich gibt es ihn. Er steht neben Rohoy. Wenn Sie nicht länger die Aufmerksamkeit des Tribuns genießen wollen, sollten Sie aufhören, ihn sich zum Feind zu machen.«

»Er hat mir die Frau entrissen!«, fauchte Zejn.

»Oh, möglicherweise mit Gold, Ansehen und einem Schloss. Aber Sie – Sie haben sich zurückgekämpft, nachdem er Sie zu Fall brachte. Als Held von Svonnheim. Selbst in mir erwüchse die Angst, Sie könnten sich zurückholen, was ich einst raubte.«

Zejn presste die Lippen zusammen. »Ich will sie nicht länger!« Er sprach die Wahrheit.

»Es wird Zeit, dass Sie spielen, Lieutenant. Hier am Hof ist alles Spiel. Jedes Lächeln sitzt, jeder Schritt, egal, ob laut oder lautlos, wird mit Bedacht gesetzt. Wenn Sie wollen, dass der Tribun nicht ständig gegen Sie arbeitet, nehmen Sie ihm den Grund, Sie zu hassen.«

Zu mehr kam er nicht, denn sie hatten den Abstand überbrückt, der ihnen erlaubte, ihr Gespräch hinter dem Musikgeplänkel zu verbergen.

»Maître. Lieutenant«, grüßte der Tribun. Seine gestrenge Augenbraue rückte ein Stück empor, als das ungleiche Paar vor ihm anhielt. Möglicherweise hatte er bis zum Schluss gehofft, dass sie einfach weitergehen würden. Fantine wirkte ebenso überrascht und versicherte sich des Armes ihres Mannes.

»Tribun Rohoy«, sagte Bhaaltazar und nickte ihm zu. Fantine ignorierte er vollkommen. Für ihn besaß diese Frau keinerlei Bewandtnis, da sie bloß durch ihren Gatten Bedeutung gewann. »Ich würde Ihnen Lieutenant Zejn ja vorstellen, aber da er zu Eurem Beraterstab gehört, bin ich mir sicher, die Herren genießen das Vertrauen des jeweils anderen.«

Der Tribun regte sich nicht, während Zejn die Hitze aufstieg und sich Schweißperlen an seinem Haaransatz sammelten. Er merkte Fantines saure Aufmerksamkeit, als wäre eine von Mirages Giftgranaten neben ihm explodiert.

Ein Lakai lief vorbei und bot Bhaal und Rohoy Weinpokale an. Fantine und Zejn wurden nicht gefragt. Der Tribun tippte mit seinem Finger auf das geschmückte Metall, der Weinspiegel zitterte im Gefäß. »Gefallen Ihnen die Festlichkeiten, Maître?«

»Entzückend«, hielt sich Bhaaltazar knapp und fächelte über den Becher, eine Geruchsprobe, bevor er trank. »Der Koschtschei macht sich ganz ausgezeichnet hier.«

Der Tribun schob die Unterlippe vor. Man musste kein Vertrauter sein, um zu erkennen, dass sich diese beiden Männer wenig zu sagen hatten. Diplomatischerweise wies Bhaaltazar daher auf die einzige Gemeinsamkeit hin, die sie teilten. »König Svellin scheint den Abend zu genießen. Selten habe ich Eure Majestät so ausgelassen tanzen sehen. In seinem Alter sucht er sich bereits die schönsten Mädchen aus.«

»Er ist der König. Dumm wäre er, mit Vetteln zu tanzen.«

Zejn fand es absurd, die beiden so sprechen zu hören. Er wollte nur fort von hier, seine Waffen einschleusen und erledigen, wozu er gekommen war.

Der Blick des Tribuns rückte zu ihm und nagelte ihn an Ort und Stelle fest.

»Noch etwas anderes«, sagte Bhaaltazar, seine Hand rückte zurück auf Zejns Schulter. »Bevor es die Runde am Hofe macht, dachte ich, wäre es angemessen, Sie als Ersten zu informieren.« Er wartete, dass Zejn ihn ansah. »Möchten Sie es Ihrem Tribun mitteilen?«

Horror ritzte Falten in Zejns Gesicht. Seine Brauen schmerzten, als er sie zusammenzog. War dieser Mann denn des Wahnsinns?

Bhaaltazar hingegen lächelte nur vertrauensvoll. »Sie sind kein Mann großer Worte, ich weiß. Umso mehr freue ich mich, dass Sie in Belangen meiner Tochter auf mich als ihr Vater zugetreten sind, obwohl sich Mirage den meisten Traditionen verwehrt.«

Zejns Verwirrung wuchs. Worauf, im Namen von Hollers sieben Höllen, wollte diese falsche Zunge hinaus?

Gekünstelt lachte Bhaaltazar auf. »Aber was sage ich? Ginge es nach meiner Tochter, wüsste ich vermutlich gar nichts von der freudigen Botschaft! Mirage ist seit jeher sehr privat, was ihre Romanzen betrifft.« Mit einem schneidenden Lächeln wandte er sich dem Tribun zu. »Ich hoffe, es überrascht Euch nicht minder freudig, dass Lieutenant Zejn um die Hand meiner Tochter angehalten hat.«

61

Zejn erstarrte.

Er war nicht der Einzige. Fantine krallte die Finger in den Arm ihres Gatten. Und der Tribun – das erste Mal, seitdem Zejn ihn kannte, wirkte er ernsthaft überrascht. Sein Mund klappte auf, die zahlreichen Falten regten sich in Erstaunen, die ernste Linie seiner Brauen erweichte. Seine gesamte Maske, die Zejn von ihm kannte – die Maske des Aggressors –, zerfiel, als schlüge jemand mit der Faust gegen sein Spiegelbild.

Das erste Mal sah Zejn den Menschen dahinter. Das war Deigenhart Rohoy. Nicht der Tribun.

Und plötzlich lächelte er.

Zejn hatte das Gefühl, in einem absurden Traum gefangen zu sein. Das war es? Hatte Bhaaltazar recht? Der gesamte Hass des Tribuns fußte einzig auf der Tatsache, dass sich Zejn auf keine andere Frau eingelassen hatte? Auf der vollkommen unbegründeten Angst, Fantine könne ihn wiederum für den einstigen Liebhaber verlassen? Wusste er, dass Zejn nur ein Köder gewesen war – für ihn, Fantines große Liebe? Hatte sie sie alle derb getäuscht?

Der Augenblick der Erleichterung währte kurz. Rasch fasste der Tribun all seine Scherben und setzte sie zu dem üblichen Porträt seiner Überlegenheit zusammen. »Das kommt … unerwartet.«

Bhaaltazar drückte seinen vermeintlichen Schwiegersohn. »Nicht so überraschend, wenn man bedenkt, was die beiden auf ihrem Weg zum Heldentum gemeinsam durchgestanden haben.«

»Lieutenant Zejn? Möchten Sie etwas dazu anmerken?«

Er musste mehrmals schlucken, bevor er auch nur irgendein Wort hervorbrachte. »Sie haben recht, Maître DeElephantine«, sagte er heiser. »Es wäre Mirage wohl sehr unrecht, wenn wir derlei Dinge ohne ihre Anwesenheit bereden.«

DeElephantine lachte auf. Ob ihn Zejns Reaktion amüsierte oder er weiterspielte, blieb Zejn unklar. »Bei wem könnte ein Geheimnis sicherer aufbewahrt werden als bei Ihrem Tribun. Machen Sie sich keine Sorgen. Falls Mirage ihr Temperament zeigt, schieben Sie alle Schuld auf mich und heimsen selbst die Lorbeeren ein. Wo steckt sie überhaupt?« Auffällig sah er sich um. »Mich hat ohnedies gewundert, dass Sie sie dazu gebracht haben, hierherzukommen. Meine Tochter meidet Menschenansammlungen im Allgemeinen.«

Taktisch nickte der Tribun. Fantine hingegen war wie zu Eis erstarrt. Sie mied es, Zejn anzusehen.

»Sie sagten doch, Sie schuldeten ihr einen Tanz? Lassen Sie sie uns suchen gehen.« Er beugte vor Rohoy das Haupt. »Tribun, würdet Ihr uns entschuldigen?«

»Gewiss.«

»Einen angenehmen Abend empfehle ich.« Damit führte er Zejn von dannen, und er, der vermutlich um einiges stärker war als der dürre Alchemist, ließ es widerstandslos mit sich geschehen.

Zejn konnte sich erst zu Worten durchringen, als sie die Halle verlassen hatten. Er wand sich aus Bhaaltazars Spinnengriff. »Sie sind unmöglich!«

Der Hofalchemist lachte vergnügt auf. »Ich weiß das höfische Spiel bloß besser zu spielen als Sie, Lieutenant.«

»Eine Verlobung mit Ihrer verstoßenen Tochter zu erfinden? Bereitet Ihnen das Vergnügen, mich und sie bloßzustellen?«

Die Brauen seines Gegenübers fügten sich zusammen. »Bloßzustellen? Ich bitte Sie. Ich habe die naheliegendsten Komponenten zusammengeführt wie bei einer alchemischen Rezeptur.«

»Ich habe keine Ahnung, wovon Sie sprechen!«

»Mirage ist die einzige Frau, von der bekannt ist, dass Sie mit ihr Zeit verbringen. Auch wenn Ihr persönlicher Frauengeschmack möglicherweise eher am Hofe beheimatet ist, so lässt Ihre Zusammenarbeit genügend Raum für Imagination.«

Zejn fletschte die Zähne. »Es reicht mir, dass uns ständig alle eine Liebschaft andichten! Kommt Ihnen nicht in den Sinn, dass hierbei jemand verletzt werden könnte?«

Bhaaltazar lachte nur. »Es amüsiert mich, dass Sie plötzlich so emotional werden, Lieutenant – und ganz auf anderer Leute Gefühle bedacht. Aber haben Sie nichts Wichtigeres zu tun? Der Tribun schwelgt nun in der Vorstellung, Sie endgültig als Konkurrenten um die Gunst seiner Holden aus dem Weg geräumt zu haben.

Er wird sich sicherlich vergnügt noch einige Becher Wein leisten ...« Er schnippte nach einem Dienstmädchen mit Weinballon und sandte sie just zum Tribun. »... und diesen Abend genauso entspannt ausklingen lassen wie so manch besoffener Aristokrat. Sie hingegen wollten etwas anderes von mir, habe ich recht?«

Zejn presste die Lippen zusammen. »Ich muss an meine Waffen gelangen«, sagte er. »Und alchemistische Unterstützung wäre ebenfalls erstrebenswert.«

Fragend hob der Hofalchemist die Augenbrauen. »Ich musste meinen Golem beim Eingang zurücklassen. Ist damit gedient, wenn ich ihn hole?«

Zejn wusste nicht, ob der Lehmgolem die Treppe zur Gruft hinunterpassen würde. Er wollte das soeben anmerken, wurde jedoch unterbrochen. Glocken schallten lautstark durch die Nacht, läuteten irgendwo in den Kasernenhöfen und brachten sogar Bhaaltazar dazu, ein Fenster zu suchen.

»Alarm«, stellte er dunkel fest. Ernst wandte er sich zu Zejn um. »Lieutenant, was haben Sie getan?«

MIRAGE

62

Sie rieb ihre Wange an dem Tor, das ihren Weg abschirmte. Dahinter erklang das Wispern und Kratzen. Der Kerzenstumpen, den Zejn zurückgelassen hatte, zerfloss auf der letzten Treppenstufe. Seine Flamme starb am sich krümmenden Docht. Mirage war es gleich – sie brauchte das Licht nicht, genauso wenig wie ihre Augen. Also senkte sie die Lider und verließ sich ganz auf ihr Gehör.

Ihr war es, als lausche sie einem dunklen Herzschlag jenseits dieser Tür, als stünde dort, durch nichts als eine Holzwand mit Nieten getrennt, ein zweiter Mensch – ihr Seelenpartner, ihre zweite Hälfte, der ebenso verzweifelt die Hände gegen den Widerstand presste und nach ihrem Atem lauschte.

Und je länger sie so wartete, als das Wachs von der Stufe gerutscht und die Flamme ertrunken war, desto sicherer wurde sie, dass ihr Herzschlag mit jenem zweiten im Einklang schlug. Fast war es ihr, als berührte sie der andere, die Hände warm und weich. Und wie ihre Herzen so im Gleichklang pochten, breitete sich ein Lächeln auf ihre Lippen aus. *Nicht länger allein.*

Ein Geräusch riss sie aus der Lethargie. Ein Schlag ertönte, der als Echo die Treppe herabwanderte. »Allô?«

Mirage riss den Kopf hoch, doch fand sich inmitten von kohleschwarzer Dunkelheit wieder.

»Ist da jemand?«

Mirage hielt den Atem an. Sie lauschte. Eine Weile passierte nichts, dann erklang ein Schritt, gefolgt von einem nächsten. Schleppend setzte sich dort oben jemand in Bewegung.

Sie presste sich gegen die Tür. Diese war gleich im doppelten Sinne ein Hindernis – sie unterband ihr Fortkommen und ihre Flucht! Wie ein Tier in der Falle harrte Mirage still. Die Schrittgeräusche wurden lauter. Licht blinzelte um die Treppenkurve.

Was sollte sie tun? Handelte es sich um einen Knecht oder eine Dienstmagd, könnte sie diese vermutlich niederringen. Doch was dann?

Du bist so knapp vor dem Ziel, wen interessiert ein Toter mehr oder weniger? Sie leckte sich die zersprungenen Lippen, tastete nach Waffen, hatte jedoch sowohl Messer als auch Alchemika am Eingang des Anwesens zurücklassen müssen. Also schüttelte sie ihren Mantel von den Schultern und schlüpfte aus den Ärmeln. Einen davon spannte sie zwischen den Händen. Er würde als Würgestrick herhalten müssen. Die Schritte wurden lauter, die Schatten tanzten an den Wänden, verzerrten sich zu etwas Groteskem, das mit Sicherheit nicht dahinter lauerte. Mirage blieb angriffsbereit und zog sich so weit in die Biegung zurück, dass man sie erst im letzten Augenblick zu Gesicht bekam. Das Licht blendete, sie kniff die Lider zusammen wie ein nachtaktives Tier und schmiegte sich neben die Tür. *Komm nur.* Sie knetete die improvisierte Waffe. *Trau dich her …*

Ein unscheinbares Klicken erklang, und doch übertönte es die Schritte des Herannahenden. Der Laut zog Mirages Blick zur Seite. Sie musste schlucken, als sie bemerkte, dass die Tür einen Spalt offen stand.

Das Licht bog um die Ecke, eine Laterne schaukelte in einer vorgestreckten Hand. Mirage fletschte die Zähne, unterdrückte ein Fauchen, packte die Tür und drehte sich durch den Spalt.

Sie stand in samtener Finsternis, spürte nur die Tür an ihrem Rücken, lauschte ihrem eigenen Atem und wartete.

Unvermittelt rüttelte jemand an der Tür. Mirage zuckte zusammen, jederzeit bereit, sich dem Gegner zu stellen, doch das Klopfen ließ bloß einige Male das Türblatt an ihrem Rücken erschauern, dann wurde es still. Schritte verklangen in die entgegengesetzte Richtung.

Etwas hatte Mirage hier eingelassen.

Sie hinterfragte es nicht.

Als die Stille zurückgekehrt war, versuchte Mirage, sich zu orientieren. Die Finsternis raubte ihr die Sicht, weswegen sie die Augen schloss. Sie fokussierte sich auf ihre restlichen Sinne. Ihre Lippen schmiegten sich aneinander, trocken, als hätte man sie mit Wachs überzogen, Fetzen standen ab. Sie lauschte ihrem eigenen Atem und stellte fest, dass er hohl zurückgeworfen wurde. Es roch modrig, wenn auch nicht feucht. Wo immer sie die Tür hingeschickt hatte – dieser Ort war frei von Wasser gehalten worden.

Zögerlich setzte sie sich in Bewegung. Ihre Stiefel tasteten sich über steinerne Bodenplatten. Als sich auch ihre Hände von der Tür lösten, überwältigte sie kurz das Gefühl, sie stürze in die Finsternis.

Orientierungslos stakste sie voran, lauschte dem Ruf, dem Wispern, von dem sie sich nicht sicher sein konnte – hörte sie es tatsächlich? Oder war es Nifs Magie?

Sie stieß gegen etwas Hartes. Eine Kante grub sich in ihren Magen. Ihr Mantel rutschte aus ihren Händen. Sie spürte einen Steinblock, auf dessen Oberfläche sich Staub gesammelt hatte, fuhr eine Fräsung nach – Nase, Augen, Mund: eine steinerne Totenmaske.

Zejn hatte recht behalten. Mirage hatte eine Familiengruft betreten – oder, wie in diesem Fall wahrscheinlicher, ein Gewölbe, in dem die Familien der Tribune abgelegt wurden.

Einen Augenblick stand sie still. Beugte sich nieder, zu dem steinernen Sarkophag, legte ihr Ohr dran. Lauschte atemlos, ob sie etwas hörte – erklang da tatsächlich ein Kratzen?

Unwohl löste sie sich davon.

Keine Angst, Mirage. Sie können dir nichts mehr tun. Sie wollen dir nichts tun.

Das Flüstern lockte sie fort. Ihre Schritte pochten im Takt ihres Herzschlags. Sie berührte weitere Steinsärge, Wände, in welche Nifenschreine eingelassen waren, an denen Sträuße aus Lavendel unter ihrer Berührung zerkrümelten. Der dezente Geruch vor langer Zeit verbranntem Weihrauchs harrte in der Luft. In Mirages Vorstellung zogen Nifenpriester in schwarzen Kutten und mit schwingenden Rauchfässern an ihr vorüber, ihre dumpfen Choräle einten sich mit Nifs Wispern.

Schlagartig hielt sie an. Rational hätte sie nicht sagen können, warum. Einen Augenblick lang glaubte sie, ein Flackern zu bemerken, wie damals, als sie den Grabhügel betreten und die Laterne der Glyphenjägerin gefunden hatte, doch ihre Sinne spielten ihr einen Streich.

Komm. Du bist so nah. Es war schon immer deine Aufgabe, es zu finden. In Svonnheim hast du versagt, im Garten der Schwarzen Lilien ebenfalls. Du hast die Verantwortung in Hände gelegt, in die sie nicht gehörte. Es liegt an dir, es zurückzubringen. In die Wälder. In die Grabhügel. Dorfesruh. Das Land wartet auf sein Rückgrat. Und es wartet auf deine Rückkehr.

Ihr Herzschlag verschnellerte sich, als witterte ihr Herz die Bedeutung des Moments. Eingeschüchtert trat Mirage vor, ihre Finger trafen auf kühlen Stein, fuhren ihn entlang und fassten in getrocknete Blumengestecke. Blüten zerfielen unter ihrer Berührung. Ihr Geruch war bloß eine Ahnung – schwacher Rosenduft erzählte von deren einstiger Pracht. Mirage tastete sich an dem Sarkophag entlang, berührte die Gestecke, ertastete Stoff. Ihr Händedruck brach durch das versteifte Gewebe. Darunter befand sich eine eigenartig eingetrocknete Oberfläche, die Mirage an Rinde erinnerte.

Ihre Hand lag auf einer mumifizierten Leiche, die hier unten ohne Kontakt zur Erde nicht verwesen konnte. Mirage stand vor einem offenen Sarkophag.

In Südaurora überwog die Totenverbrennung als Bestattungsart, doch hohe Familien besaßen manchmal Familiengrüfte, in denen sie den letzten Verstorbenen aufbahrten. Wer lag hier, eingebettet zwischen Rosen, genauso verdorrt wie er selbst?

Vorsichtig schritt Mirage weiter, ihre Hände hinterließen Spuren der Zerstörung auf Blüten und Gewand, ohne dass sie diese sah. Sie erfühlte den eingesunkenen Magen, einen prächtigen Gürtel mit ornamentaler Schnalle, übereinandergekreuzte Arme, Finger dürr wie Zweige. An einem von ihnen saß ein Ring, voluminös ausgearbeitet, möglicherweise ein Siegelwappen. Als sie weiter hochfuhr, ertastete sie den Brustkorb, über den sich die getrocknete Haut spannte, Lappen, die wohl Brüste gewesen waren, und dazwischen – den Griff eines Schwerts.

63

Unvermittelt begann sie zu zittern.

Sie berührte den umwickelten Griff bloß mit den Fingerspitzen, und dennoch war es ihr, als wandere ein Blitzschlag durch ihre Elle. Ihre Umgebung erblühte in dunklen Blumen. Sie gewann nicht an Farbe, dafür an Gesicht. Es war, als schöbe sich ein Licht vor ihre Augen, das von selbst die Finsternis erhellte.

Die Mumie schälte sich aus der Schwärze, ihr Haupt mit einem Kranz aus Rosen gekrönt, unter dem noch letzte helle Strähnen auf einem vertrockneten Skalp hervorspähten. Das Gesicht eingefallen, stachen einzig die Züge ihres Schädels hervor. Die zurückgezogenen Lippen entblößten ein nahezu vollständiges Gebiss, das den Anschein erweckte, als zöge die Tote eine horrende Grimasse. Die Lider eingesunken, waren ihre Augen Löcher. Trotzdem sah die Frau Mirage an. Sie wusste es. Es war die Schwärze in diesen Höhlen, aus denen Nif die Tote blicken ließ. Sie lächelte vor Erleichterung.

Knisternd regten sich die Mumienfinger, an den Handgelenken breite Armreifen, besetzt mit Rosenquarz. Der Finger, an dem ein Ring in Form eines Löwenkopfs saß, brach und verschwand irgendwo in den Löchern der Kleidung, die Mirage gerissen hatte. Zitternd glitten sie eine mattschwarze Klinge entlang, die sich als Einzige nicht aus der Schwärze löste und ein gezackter Schatten blieb. Mirage hätte gedacht, dass sie bei diesem Anblick das Verlangen überwältigen würde, doch es gelang ihr mühelos, die Hand zurückzuziehen.

Es knackte, als die Frauenmumie den Kopf zur Seite drehte. Ein Keuchen drang aus der vertrockneten Brust, und Mirage überwältigte das Gefühl, diese Frau – oder ihre Reste – flehte sie um Hilfe an.

Sie legte ihre Hand auf die der Toten. Es schien wirklich, als würde sie sich beruhigen – als würde sie zur Ruhe kommen. »Ich werde das beenden«, versprach Mirage. Sie packte den Schwertgriff und zog die dunkle Klinge unter den vertrockneten Armen hervor.

Ein Zischen erklang.

Mirage glaubte zunächst, es stamme von der Toten, doch plötzlich war es ihr, als hielte sie ein glühendes Stück Eisen. Ihre Haut verschmorte! Mit einem dumpfen Laut des Entsetzens wollte sie loslassen, aber der Schwertgriff klebte an ihren Fingern fest.

Sie riss die Arme an sich, das Schwert folgte der Bewegung, ein Mumienarm bog sich mit einem Knacken und brach. Die Pergamenthaut riss, als die Untote den Unterkiefer ausrenkte und einen röchelnden Laut entließ. Ihr gesamter Körper setzte sich in Bewegung, schälte sich aus der Kleidung, die wie Staub von ihr abfiel, aus den Rosengestecken, die sich knisternd auflösten.

Mirage wich zurück, die Schmerzen schossen ihre Ellen empor, ihr Fleisch verschmorte, ohne dass sie die Hände von Nifs Rückgrat reißen konnte. Mit jedem Schritt scharrte die Klinge über den Boden. Mit einem hellen Geräusch sprang die Spitze der gezackten Schneide ab. *Plink!* Der Fluchtinstinkt überwog einen Augenblick lang das Sehnen mit Nifs Vereinigung, Mirage stolperte, doch mit jedem Schritt löste sich das Rückgrat weiter auf. *Plink-plink-plink!* Etwas schien seine Einzelteile dennoch beieinanderzuhalten – sie wanden sich aneinander, regten sich eigenartig und setzten in Mirage Erinnerungen an Tarims Peitsche frei, die sich um ihr Bein geschlungen hatte. Wie hatte sie das vergessen können? Kaum hatte sie das Bild vor Augen, da zogen sich die kantigen Splitter zusammen wie eine Schlange, die sich zum Angriff sammelte – und schnalzten ihr entgegen.

Das lose Rückgrat biss durch ihre Kleidung, grub sich in alte Narben, die erneut aufschrien, gepaart mit Mirages Röcheln, als ihr die Schmerzen die Luft zum Atmen raubten. Das Metall bohrte sich wie Reißzähne in ihr Bein und begann, sie erneut zu erklimmen. Es schnürte ihr Bein ab wie eine Würgeschlange, sodass sie mit einem dumpfen Schmerzenslaut aufs Knie sackte, das unter dem Druck ihres Gewichts ächzte. Im Hintergrund wurde Rascheln, Ächzen und Grunzen laut, als sich nicht nur die letzte Tote dieses Familiengrabes von ihrer Ruhestätte erhob, sondern sich auch andere Überreste bemühten, ihre Sarkophagdeckel zu verschieben. Mirage kam gar nicht dazu, dem Draugar-Treiben Aufmerksamkeit zu widmen, denn unsägliche Pein trieb ihr Tränen in die Augen und Quallaute aus der Kehle, die zu einem Hecheln verstummten, als keine Luft mehr blieb, sie auszustoßen.

Nifs Rückgrat krallte sich ihre Hüfte entlang, zog seine blutigen Spuren, ihr Blut lief warm aus klaffenden Wunden und ließ ihr zweites Bein am Boden rutschen, bis sie gänzlich auf die Knie krachte. Wie eine Betende, die Hände um den Griff geschlungen, schwankte sie im Schmerzensdelirium. Wie hatte sie diese Kammer bloß allein betreten können? Warum hatte sie geglaubt, besser zu sein als all die anderen? Wie hatte sie vergessen können, was der erste Kontakt zu Nifs Rückgrat ausgelöst hatte? Sie war sich so sicher gewesen! Keine zweite Stimme hatte ihr etwas eingeflüstert wie Zejn! Ihre eigene Überzeugung hatte sie getrieben – ihre eigene Stimme!

... es sei denn, es ist nicht die deine gewesen ...

Die Erkenntnis war bitter, doch noch bitterer war der Fall, als sie das Artefakt zu Boden rang. Wie ein Parasit erklomm es ihren Rücken, schnürte sie dabei fest, sodass sie sich nur noch winden konnte wie ein Blutegel und entsetzlich wimmerte.

Sie hätte sich ihre Alchemika von Frederic holen sollen. Hätte sich behandeln müssen. Nifs Rückgrat hatte ihr beständig ins Ohr geflüstert, und sie war so dumm gewesen, seine Stimme für ihre eigene zu halten – denn sie selbst war die Einzige, auf die sie hörte.

Als Mirage schon glaubte, der Schmerz könne nicht mehr schlimmer werden, gelangte Nifs Rückgrat bei ihrem eigenen an. Blut platzte mit einem Grunzen aus Mund und Nase, sprühte vor ihr auf den Stein. Mumifizierte Füße kratzten vor ihr über den Boden, Spitze und Samt bröckelten von ihnen ab, als sie zu einem Sarkophag traten und dem Toten darin halfen, ihm zu entfliehen. Ein anderer Toter hockte sich vor ihr auf den Boden, starrte sie an aus dunklen Augenlöchern. Er wartete. Wartete auf sie.

»H-Hilfe ...!«, flehte sie, spürte, wie ihr Blut über das Kinn rann. Mit ihm floss die Wärme aus ihrem Körper.

Zacke für Zacke spießte sich in ihren Rücken, Zacke für Zacke legte sich auf ihre Wirbel, schmolz zischend in ihr Fleisch. Sie sah es nicht, doch sie spürte es. Fühlte, wie sich ihr ein zweites Rückgrat aufsetzte – jenes, das schon immer für sie bestimmt gewesen war. Sie erschauderte, als das Artefakt zu einem Teil von ihr wurde. Endlich löste sich der Griff aus dem schwelenden Fleisch. Ihre Hände klatschten klebrig zu Boden, neben ihre Wange, die unkontrolliert durch ihre eigenen Körpersäfte wischte. Von jedem ihrer Wirbel ging ein eigenartiges Pochen aus, kühl breitete es sich aus, arbeitete sich unaufhaltsam wie Tinte durch ihre Adern. Ihre Muskeln und Sehnen arbeiteten, ohne dass Mirage dazu den Auftrag gab. Ihr Körper krümmte und bäumte sich auf eine Art, von der sie nicht einmal gedacht hätte, dass er dazu fähig war. Dann schmolz der Griff in ihren Nacken, etwas sickerte in ihren Kopf, und Rauch vernebelte ihre Sinne, bis dort nichts mehr war als Nebel, der vor ihren Augen wirbelte – und da er die unsäglichen Schmerzen dämpfte, gab sie sich hin, und mit einem Schlag war –

ZEJN

64

Zejn eilte zu einem der schmalen Spitzbogenfenster und warf einen Blick in den Innenhof. Schatten eilten über das Pflaster, manche waren bewaffnet. Ratternd senkten sich die Torgitter und versperrten den Zugang zum nächsten Kasernenhof. Was sperrten sie aus? Oder schlimmer – hier ein?

»Was ist los?« Ein Adliger hetzte an ihm vorbei. »Wer wagt es, Tradea anzugreifen?«

Mit einem Ruck wandte sich Zejn um. Bhaaltazar starrte ihn an. Unruhe spiegelte sich in seinen Augen.

»Mirage«, entkam Zejn der Name mit dem nächsten Atemzug.

Bhaaltazar reckte das Haupt. Seine Schlupflider hoben sich, sodass das Augenweiß seine Iris umschloss. »Was ist mit Mirage?«, lauerte er.

Zejn antwortete nicht, sondern lief los.

Leute hasteten ihm entgegen. »Was passiert hier?«, rief jemand. Edeldamen und Magier rafften Röcke und Roben, sodass sie nicht über ihre Säume stolperten. In einer Ecke hockten zwei rotwangige Aristokraten, deren Bäuche ihren Brokatwams sprengten, und schenkten der Aufregung lediglich etwas Verwunderung. »Was'n los?«, lallte der eine.

Eine Kinderstimme rief seinen Namen: »Monsieur Zejn!«

Zejn riss den Kopf herum. Aus der Bibliothek stürzte Ruben hervor. »Monsieur, die haben die Türen verrammelt!« Er warf sich

Zejn in die Arme. Ein Schluchzen brach aus seiner Kehle. »Die Madame ist doch dort hinten!«

Zejn packte den Jungen an der Schulter. »Bleib bei mir!«, herrschte er ihn an. »Egal, was geschieht, verlass nicht meine Seite, hörst du?«

Es war das erste Mal, dass Ruben einfach nur nickte. Rotz sammelte sich unter seiner Nase.

»Was genau ist passiert? Hast du gesehen, wer die Kaserne attackiert?«

»I-Ich weiß nicht …«, schluchzte Ruben. »E-Es sind wir selbst!«

DeElephantine stolzierte herbei, seine Robe rauschte mit jedem Schritt. Kurzerhand packte er Ruben am Schlafittchen. Er beutelte den Jungen. »Was ist passiert?«, fuhr er ihn an. »Wo ist meine Tochter?«

Verstört zappelte der Junge an seinem Griff wie ein Gehenkter in der Schlinge. »Lassen Sie mich los!«, schrillte seine Stimme.

»Lassen Sie ihn los, DeElephantine!«, verlangte Zejn. Widerwillig gehorchte Bhaaltazar. Ein heller Schrei ließ beide Männer aufhorchen. Im Labyrinth des Seitenflügels wusste Zejn unmöglich zu sagen, woher das Kreischen stammte. Irgendwo klirrte Glas. Auch der Hofalchemist spannte sich an. Seine Hände zuckten zu seinem Gürtel, an dem Ringe für Sprengkörper klingelten – doch momentan trug er keine Sprengwaffen daran.

Zejn spürte, wie etwas an seinem Kragen tapste. Ruben zog ihn zu sich herab. »Eine Bedienstete hat einen Gast gebissen!«, flüsterte er mit aufgerissenen Augen. »Mitten ins Gesicht!«

Rufe schrillten durch die Nacht.

»Wir brauchen Unterstützung«, grunzte Bhaaltazar. »Und Waffen.« Abrupt drehte er sich im Halbkreis und bemaß seine Umgebung mit einem scharfen Blick. »Die Königsfamilie muss geschützt werden. Lieutenant, formieren Sie Ihre Leute.«

»Aber Mirage …!«

»Sie sind ein Diener der Königsfamilie! Diese geht vor!«

Zejn sah Bhaaltazar starr an. Er wusste, dass er recht hatte. Zejn war Gardist. Nein, er war Lieutenant. Er war ein Diener der Krone, und die Krone stand über allem. Er musste König Svellin und seinen Onkel sowie die angeheiratete Tante in Sicherheit bringen. Das Königshaus besaß oberste Priorität. Er trug ihr Wappen, schwang ihre Waffe, nutzte das Talent, das ihr Gold – L'Or – gefördert hatte. Lieutenant Zejn existierte nur ihretwegen.

Schwer schluckte er. »Sie wären tatsächlich bereit, Ihre Tochter zu opfern?«, fragte er heiser. »Ich dachte, sie zu verstoßen, wäre bloß ein besonders grausamer Ausdruck Ihrer Kränkung gewesen. Aber wenn Sie nun wählen müssen – wählten Sie tatsächlich den König über Ihr eigenes Kind?«

Bhaaltazar biss die Zähne zusammen, die Wangenknochen traten aus seiner Haut. »Wagen Sie es nicht, mir den Moralprediger zu spielen! Muss ich Sie tatsächlich an Ihre Pflichten erinnern?«

Zitternd hielten sich ihre Blicke, umklammerten einander, und für einen winzigen Augenblick schwankte Bhaaltazars, und Zejn erkannte die Hoffnung dahinter – die Hoffnung, die sich dieser Vater selbst nie eingestehen würde: dass Zejn just dieser Narr sein würde, die Tochter dem Königshaus vorzuziehen; denn es war etwas, das Bhaaltazar selbst nicht konnte.

Vor einem Jahr, so stellte sich Zejn keine Frage, hätte er es ebenfalls nicht vermocht. Selbst als Ruben die Hände vor sich faltete, noch immer von Bhaaltazar am Kragen festgehalten, wenn auch schon wieder zu Boden gelassen, und ihn mit seinem Blick anflehte.

Gern hätte sich Zejn eingeredet, dass er einzig einem Vater einen Gefallen tat, der selbst zu feige war, seinen eigenen Regelkodex zu brechen. Doch die Wahrheit war, er war nicht mehr der

Mann von früher. Seine Jagd nach Nifs Rückgrat hatte schon lange nichts mehr mit dem Königshaus zu tun. Er diente den Menschen, die durch die Nachlässigkeit der tradeadischen Obrigkeit gefallen waren und noch fallen würden. Und seinen Freunden, die ihm vertrauten, die ihr Leben geben würden für das seine – oder es bereits getan hatten. Er hatte den Titel Lieutenant ein zweites Mal verliehen bekommen, doch sich kein zweites Mal geholt. Sein Interesse daran, an die Spitze des Militärs zu gelangen, war im Angesicht der Bedrohung verblichen.

»Um den König müssen Sie sich kümmern«, sagte er daher.

Bhaaltazar wirkte zeitgleich enttäuscht und erleichtert. Wie von einem Gewicht befreit, hoben sich seine knöchernen Schultern an.

»Komm, Ruben!«

Der Junge wollte zu ihm eilen, schnellte jedoch an seinem Kragen zurück wie ein Hund an der Kette. »Lassen Sie mich los!«

Bhaaltazar besah ihn wie einen ungehorsamen Köter. »Dort, wo der Lieutenant hingeht, kannst du nicht helfen, Lehrling.«

Ruben hörte auf zu strampeln.

»Lassen Sie Mirages Lehrjungen bei mir, Lieutenant. Ich bürge für seine Sicherheit.«

Schwer schluckte Zejn. Unschlüssig schweifte sein Blick zwischen den beiden hin und her.

»D-Die Madame …«, presste Ruben flehentlich hervor.

»Ich kümmere mich um die Madame«, versprach er. »Ich verspreche im Namen Clamors, ich bringe sie zurück.«

Ruben sah zu Boden, das Gesicht bleich wie Linnen, aus seinen roten Backen war jegliche Farbe gelaufen.

»Gehen Sie schon!«, herrschte Bhaaltazar.

Widerstrebend wandte sich Zejn ab.

»Junge, suche etwas, um dieses Fenster einzuschlagen!«

Ruben protestierte: »A-Aber es ist viel zu hoch, als dass wir rausspringen könnten! Und die Streben sind zu eng gesetzt, als dass wir hindurchpassen würden!«

»Ich habe eine Anweisung gegeben, nicht nach deiner Meinung gefragt!«

Als Zejn bei der Tür ankam, wurde er von vorbeilaufenden Dienern angerempelt.

Zejn warf noch einen Blick zurück zu Bhaaltazar. Fensterglas brach lautstark, als Ruben eine Marmorbüste hindurchschleuderte. Bhaaltazar beugte sich zu dem Gitter, das die Scheiben hielt. Ein Windstoß ließ seine Robe flattern. Beeindruckend laut schallte seine Stimme durch die Nacht; Zejn hätte sich nicht gewundert, wenn sie auch noch in weiten Teilen Tradeas zu hören gewesen wäre. »TLN!«, rief er nach seinem Golem.

Zejn ließ die beiden endgültig zurück und rannte durch den Flügel dorthin, wo er Mirage nachlässigerweise zurückgelassen hatte.

65

Die Menschen stoben wild durcheinander. »Sie laufen in die falsche Richtung!«, versuchte Zejn, ihnen zu signalisieren, doch die Hektik machte sie taub für Anweisungen.

Auf seinem Weg stieß er auf eine verbarrikadierte Tür. Ein vorgeschobenes Bücherregal schnitt den weiteren Weg ab. Mit Gewalt kippte er es zur Seite, seine hölzernen Wände brachen, Lederbände polterten über den Boden. Er riss die Tür auf, verfolgt von einem panischen Aufschrei: »Nicht!« Ein Aristokrat tauchte hinter einem Diwan auf, hinter dem er sich versteckt gehalten hatte. »Sonst kommen die hier durch!«

Auf dem Flur hetzten Menschen an Zejn vorüber. Eine Frau stolperte über ihren Rocksaum und klatschte zu Boden. Niemanden scherte es.

Ein gutturales Röcheln zog Zejns Haupt herum. Am Korridorende entdeckte er eine besudelte Gestalt, die auf allen vieren über den Grund kroch. Die Diensthaube war abgerutscht und hatte sich in den gelösten Haaren der jungen Frau verfangen, die wie rote Schnüre um ihr blutiges Gesicht baumelten. Sie fokussierte ihre Opfer mit bleichen Augen, ihre Nasenflügel blähten sich, als wittere sie nach Beute. Mit unnatürlichen Bewegungen stakste sie auf die am Boden Zappelnden zu.

Zejn hastete zu der Gestürzten, packte sie am Ellbogen und zog sie in die Höhe. »Rasch!« Die Edeldame taumelte, ihre Füße trugen sie unsicher voran. Hinter ihnen stob ein Kampfmagier aus der Tür, die Zejn soeben verlassen hatte.

»Laufen Sie!«, brüllte ihm Zejn zu, doch der Mann in Kampfmagier-Festuniform blieb bloß wie festgenagelt stehen, als er die Draugr entdeckte.

»Qu'est-ce que c'est?«, stammelte er. *Was ist das?*

Die Frau an Zejns Arm brabbelte ein Gebet, ihr Gewicht zerrte an ihm. Auf ihren Trippen stolperte sie immer wieder.

»Ziehen Sie die Schuhe aus, verdammt!«, befahl Zejn.

»... im Namen Gägas und der heiligen Laudine, schütze mich und meine Kinder ...«

Als sie erneut umknickte, hielt Zejn mit einem Fluch an, rupfte ihr die Überschuhe von den Füßen und warf sie hinter sich. Dort polterten sie an dem Magier vorbei und landeten neben der Wiedergängerin, welche die verschmierten Lippen zurückschlug und mit einem wölfischen Knurren nach dessen Kehle griff.

Erst im Augenblick ihres Zusammentreffens riss der Magus Pugnax die Hände in die Höhe. Die Draugr prallte gegen ihn, rammte ihn zu Boden, grüne Flammen loderten aus seinen Armen – er musste zum Trupp gehört haben, der den Wagen der Königinnenmuhme begleitet hatte.

Die blutigen Flechten seiner Angreiferin fingen Feuer, doch hielten sie nicht davon ab, mit ihren Zähnen in seinem ungeschützten Nacken zu wühlen.

Der Anblick trieb die Madame an Zejns Seite zur Eile an. Die Gebetszeilen liefen in ein Schrillen aus, das in Zejns Ohren klingelte.

Als er einen Blick zurückwarf, schwankte am Korridorende eine weitere Gestalt heran. Dunkel spannte sich Haut um einen knöchernen Schädel, die Lider verklebt. Mit jedem Schritt verlor die balsamierte Leiche Teile ihrer Robe. Blumen bröckelten von ihrem Haupt wie ein vergänglicher Brautschmuck.

»Lieutenant!«

Zejn riss die Nase nach vorn. Mehrere Gardisten flankierten den Durchgang zur Treppe und scheuchten Leute hindurch. Einer von ihnen trug einen Speer, er musste dem Wachpersonal während der Festivitäten angehören. Ein Sergent hielt einen Stehleuchter als improvisierte Waffe in der Hand wie eine Hellebarde. »Rasch, durch mit Ihnen!«

Zejn trieb ihnen seine Dame in die Arme. »Ich muss zurück!«, rief er.

»Es ist zu gefährlich!«, behauptete der Sergent.

Zejn streckte die Hand aus. »Reichen Sie mir den Speer!«

»A-Aber Sir …«

»Das ist ein Befehl!«

Der Unterkiefer des Soldaten bibberte noch, als er widersprechen wollte. Mit angstgeweiteten Augen reckte er ihm den Waffengriff entgegen.

Zejn packte ihn und drehte sich um. Die Draugr am Gangende war wie ein Geist, nahezu lautlos tastete sie sich über den Boden. Hinter ihr tauchten weitere Gäste auf, die im Lauf kehrtmachten, als sie die Untote entdeckten.

Aus einer Tür stürzte blutbesudelt einer der Fettwänste, die Zejn zuerst betrunken in der Ecke lümmeln hatte sehen, und hirschte mit ungeahnter Geschwindigkeit in das Grüppchen. Gleich zwei riss er nieder und machte sich grollend über sie her.

Zejn wog den Speer in seiner Handfläche. Er war kein Speerkämpfer. Heute musste er reichen.

Die mumifizierte Leiche hob die vertrockneten Hände, die bereits einige Finger hatten lassen müssen, und sah aus, als würde sie ihn mit einer Umarmung begrüßen.

Zejn katapultierte sich mit einem Anstrengungslaut voran und hechtete den Toten entgegen.

Ein Speer erwies sich als ineffizientere Waffe, um einen Schädel zu zerschmettern, als sein gewohntes Schwert. Es kostete ungleich größeren Aufwand, ihn gezielt durch Augen und Nase zu stoßen oder das empfindliche Jochbein zu knacken.

Der erste Stich raspelte durch die Visage der Draugr-Mumie und riss eine Scharte in das zähe Leder, das einst Haut gewesen war. Als das Vieh mit einem Rascheln näher trat, schlug Zejn es mit einem Hieb zur Seite. Der dürre Hals knackte, also holte er ein zweites und drittes Mal aus, bis die Wucht seines Schlags den Kopf abriss und diesen über den Boden kullern ließ.

Er setzte über das staubige Etwas hinweg, fegte hin zu der Draugr-Dienerin, deren Haar verkohlt war und deren Kopfhaut schwarze Blasen geworfen hatte. Rot schimmerte ihr Skalp hindurch. Als sie Zejns Schritte vernahm, hielt sie inne, dem Magier Brocken aus dem Hals zu reißen. Sie glotzte ihn an, Hautlappen zwischen den Zähnen. Dann riss sie das Maul auf und fauchte.

Sie sank in die Knie wie ein Frosch, der zum Sprung ansetzte. Aus den Armen ihres Opfers kringelten einzelne Flammen, die seine Uniformärmel schwärzten. Sein gebrochener Blick jedoch verriet Zejn, dass seine Seele längst zu Nif weitergezogen war.

Da ruckten seine Augen herum. Er bog den Hals zurück und bäumte sich auf. Fixierte Zejn, ein neuer Draugr – ein neues Opfer.

Wie ein Lanzenreiter stieß Zejn mit dem Speer voraus durch den aufgerissenen Rachen der Dienerin, als der Magus Pugnax zu untotem Leben zurückfand. Sogleich grapschte er nach Zejns Knie und bekam ihn an seinem Beinkleid zu fassen. Er krallte die flammenden Finger hinein, die Löcher in den Stoff brannten und Zejn einen Schrei abrangen. Ausgerechnet sein schon malträtiertes Bein!

Der Speer rammte durch den Rachen der Frau, die gurgelnd zurückgeworfen wurde. Als sie am Boden aufprallte, brach etwas in ihrem Schädel, denn ihre Augen verdrehten sich, und ihre morbiden Bewegungen erstarben mit einem letzten Zittern.

Der Kampfmagier klammerte sich an Zejns Bein und riss das Maul so weit auf, dass es aussah, als müsste er dazu den Unterkiefer aushaken. Da Zejn die Zeit fehlte, den Speer herumzudrehen, stieß er den Mann mit der Rückseite davon, die Spitze löste sich schmatzend aus dem Schädel der Dienerin. Drei Schläge bedurfte es, bis der Magier locker ließ und Zejn sich ihm entreißen konnte. Seine Fingernägel hinterließen Striemen, und Zejn wurde irritierend klar, dass er kein Kettenhemd trug, sondern bloß die Stoffuniform.

Endlich brachte er eine Speerlänge Distanz zwischen sich und den anderen. Der Magus kroch ihm auf allen vieren hinterher. Die Robe löste sich an den Ärmeln und hinterließ schmierige Rußspuren. Zackig setzte Zejn einen Schritt nach dem anderen retour, um den Abstand aufzuholen, und zielte mit dem nächsten Stich auf das rechte Auge. Der Augenball platzte, doch der Schlag besaß zu wenig Kraft, als dass er das Bein durchstach. Die nächsten Stiche schrammten nutzlos über das Gesicht und zeichneten groteske Muster wie Blutrunen.

Zejn holte erneut aus. Das Speerende prallte hinter ihm gegen Widerstand – er war zu nah an die Mauer herangelangt. Der Draugr nutzte die Gunst des Augenblicks und warf sich vor wie eine Schlange.

Mit einem Tritt schleuderte ihn Zejn zur Seite, sprang über ihn hinweg, katapultierte dabei den Speer im Halbkreis und stach dem Mann durchs Ohr. Der Magus erschauderte und fiel zu Boden.

Mit einem Ruck zog Zejn die Waffe aus dem Hirn und hetzte weiter. Vorne labte sich der Fettwanst an einem Toten, ein Zweiter war auferstanden und jagte seiner Familie hinterher, die am Ende des Korridors verschwand. Keine Müdigkeit vorschützen. Immer weiter voran. Schritt für Schritt, Toter für Toter. Mirage und das Schwert waren zu einem Ziel geworden.

66

Seine Finger stießen durch das Schloss, flüssiges Metall quoll hervor und lief glimmend das Holz herab. Ächzend löste sich der Bolzen so weit, dass die Tür unter Zejns Händedruck nachgab. Mit der Schulter voran, schob er sich durch den Spalt und gelangte in den verdunkelten Raum, in dem der Geruch von Pergament und Eisengallustinte dominierte. Mit einem Handschütteln streifte er das flüssige Eisen ab. Zischend gruben sich die Tropfen in die Holzplanken des Fußbodens.

Seine Berechnungen sollten ihm einen Fußweg und zahlreiche mögliche Gegner ersparen. Statt den Flügel zu umrunden und den ersten Weg zu nehmen, den er in Begleitung gegangen war, brach er rückwärtig ein und suchte sich einen neuen. Die Dunkelheit hüllte ihn ein, Geräusche erstickten, als die Tür hinter ihm zufiel. Durch die Spitzbogenfenster gleißte Licht. Um herauszufinden, worum es sich handelte, hastete Zejn heran und warf einen Blick in den Innenhof. Entsetzt stellte er fest, dass Flammen aus den Ställen leckten.

Sein Herz zog sich zusammen, als er Knechte beobachtete, die Wasser aus einer Tränke schöpften und versuchten, damit den Brand einzudämmen. Aus den Toren stürzten Clamorsjünger, die versuchten, die Pferde aus den Koppeln zu befreien. Zejn machte mehrere Hauptmänner aus, die Leute im Hof formierten. Menschen sammelten sich an den herabgelassenen Torgittern. Wer hätte schon ahnen können, dass die Gefahr nicht außen lauerte, sondern innerhalb der Festung, die für Tradeas ultimativen Schutz stand?

Zejn riss den Blick los und eilte weiter, tastete sich durch die Finsternis. Er gab sich Mühe, das Läuten der Alarmglocken, die verzerrten Schreie, das Feuerknistern, Hufklappern und die gebrüllten Befehle auszublenden. Fest hielt er den Speer umklammert, die Spitze von sich gereckt. Ein Geräusch in seiner Nähe ließ ihn herumfahren. Aus den Schatten schälte sich eine Gestalt. Als er sich in Bewegung setzte, erklang das wohlbekannte Scheppern eines Kettenhemds.

Die eingefallenen Schultern vermochten das Gewicht des Harnischs kaum zu halten. Der Tote wirkte schmächtig, als er ein ausgemergeltes Bein vor das andere schob. Spärliche weiße Haarsträhnen verrieten, dass er im hohen Alter verstorben war. Die Farben seiner Kleidungsfetzen huldigten dem Königshaus.

Mors porta vitae aeternae. Der Tod ist die Pforte zum ewigen Leben. Rohoy hatte diesen nifenheiligen Spruch ad absurdum geführt.

Zejn wog den Speer in seinen Händen und setzte vor. Er verfluchte die Waffe, als er wiederholt zustach. Die Speerspitze traf gegen die Wand, schrammte am Haupt entlang, durchspießte das Schlüsselbein und blieb in der vertrockneten Haut stecken. Währenddessen warf sich der Skelettierte auf Zejn, versuchte, ihn in eine schnarrende Umarmung zu ziehen, und drückte ihn mit seinem Gewicht gegen einen Tisch. Die Kante stieß in Zejns Wunden, er unterdrückte ein Japsen, zog dem Toten den Speer über die Rübe und schlug ihm einige Zähne aus. Den einstigen Gardisten der L'Ors interessierte es wenig. Schnaufend stellte Zejn fest, dass er immer weiter in die Enge getrieben wurde. Er stieß eine Hand vor, presste sie gegen das Kettenhemd und suchte Zugang zu seiner Magie.

Die Kettenhemdglieder glühten unter seiner Berührung auf, aber der Tote drückte sich weiter gegen ihn, sodass er rückwärts über die Tischkante kippte. Flüssiges Eisen kochte zwischen Zejns Fingern, tropfte auf seine eigene Kleidung und brannte Löcher hindurch. Es stank erbärmlich. Er schmolz die letzten Ringe, traf auf knöchernes Brustbein, krümmte die Hand zur Klaue und stach sie durch zähe Haut. Knochen knackten, doch der alte Mann öffnete zitternd das Maul und hielt klappernd auf ihn zu. Die von Zejn angesetzten Hiebe verpufften ohne Wirkung. Der Draugr grapschte nach seiner Brust, die Ärmel seines Kettenhemds schwer und kühl, die vertrockneten Finger krümmten sich wie Spinnenbeine. Seine Nägel bohrten sich durch Zejns Kleidung und zogen brennende Furchen in seine Brust. Zejn schrie auf.

Ein Trippeln erklang, das Zejn beinahe unter seinem eigenen Greinen entgangen wäre. Ein Schatten tauchte aus Zejns Augenwinkel hervor. Im nächsten Augenblick packte jemand den Draugr am dürren Nacken und rammte ihm ein Messer durchs Auge.

Lautstark krachte der Wiedergänger zu Boden. Das Fensterlicht streifte seine Schulter.

Vier Schwalben auf verblichenem Blau. Bei dem Untoten handelte es sich um einen wiederauferstandenen Tribun. Bei Clamor …!

Keuchend tastete Zejn nach seiner Brust. Vor ihm stand Aramis Rebenglanz. Der Elfenabkömmling widmete ihm ein knappes Lächeln. Er hielt ein Messer, weitere reihten sich an seinem Gürtel.

»A-Aramis?«, presste Zejn hervor. »Woher haben Sie die Waffen?«

»Vom Festmahl, woher denn sonst?« Der Elfenabkömmling hob die Hand mit der Prothese. Daraus, blutbefleckt, ragte ein zweizinkiger Bratenspieß.

»Gut gemacht«, brachte er hervor und wischte sich den kalten Schweiß vom Gesicht. Sein Speer schrammte über den Boden, während er sich vom Tribun-Wiedergänger entfernte. »Wir müssen Mirage finden. Ich fürchte, sie hat dieses Chaos zu verantworten.«

»Lieutenant Rohoy schickte mich hierher«, behauptete Aramis. »Er ist einer der wenigen, der im Chaos einen klaren Kopf behalten hat. Er sammelt die Leute in der Haupthalle. Sie versuchen, zur Waffenkammer zu gelangen, aber es werden immer mehr Tote. Draußen brennen die Ställe. Vielleicht hat es ein Draugr hineingeschafft und einen Knecht mit einer Laterne angefallen.«

»Halten wir uns nicht mit Vermutungen auf. Wir müssen Mirage finden.«

»Ja, Sir.«

Sie untersuchten den Toten nach Nützlichem. Falls er mit Waffe bestattet worden war, hatte er sie in seinem Grab zurückgelassen. Für das Anlegen des Kettenhemds blieb keine Zeit, außerdem hatte Zejn ihm ein Loch zugefügt, daher machten sie sich auf den Weg.

Durch die Scharten flammten wiederholt Ausschnitte des

Grauens. Auf der anderen Hofseite stürzte sich jemand aus einem Fenster. Brennende Pferde galoppierten über das Pflaster und wieherten im Todeskampf. Menschen versuchten, über die Mauern auf die Zinnen zu gelangen. Von oben herab stachen Soldaten mit Speeren zu. Im ersten Augenblick verstand Zejn ihr Tun nicht, bis es ihm dämmerte – jemand hatte den Befehl dazu gegeben. Sie versuchten, die Untoten drinnen zu halten – und so zu verhindern, dass die Toten die Stadt überrannten.

Die Bilder brannten sich in Zejns Hirn und waren für ihn kaum zu ertragen.

»Dorthin!«, wies ihn Aramis an, als hinter einer geöffneten Tür ein bekanntes Zimmer auftauchte.

Ein dumpfer Aufschrei brachte Zejn dazu, im Schleichen innezuhalten. Die Stimme ließ sein Herz stolpern.

Fantine.

Sie hatte ihm heute Abend ihr wahres Gesicht gezeigt. *Kümmre dich nicht um sie,* zischte der verletzte Mann in ihm. *Sie hat es nicht anders verdient!*

Die Wahrheit war, egal, wie gehässig sie sich auch erwiesen hatte, ließ er sie aus Groll krepieren, würde er es sich den Rest seines Lebens nicht verzeihen. Von Verbrechern unterschied ihn nichts als seine Taten.

»Aramis!«, flüsterte er.

Der schlanke Schatten des Elfenabkömmlings hielt am Türbogen an. Zejn winkte ihm in die Richtung, aus der er die Stimme vernommen hatte, und tastete sich durch die nächsten Räume vor.

Ein Wimmern erklang dumpf durch geschlossene Türen. Der Laut stellte Zejns Nackenhärchen auf. Sein Magen fühlte sich an, als hätte sich darin ein Bienenschwarm verirrt. Er hatte Fantine zu lange geliebt, als dass sein Körper nicht auf ihren Hilferuf reagierte. Für sie zu leben, war zu seiner Gewohnheit geworden.

Seine Schritte gewannen an Geschwindigkeit. Er schämte sich, dass sie nach wie vor Macht über ihn besaß – in welcher Form auch immer. Doch sich endgültig von ihr zu lösen, ganz und gar, selbst aus reinem Instinkt, würde mehr Zeit benötigen.

Sie gelangten an eine Tür. Zejn wollte schon das Schloss aufbrechen, als er merkte, dass sie bloß angelehnt stand. Einen Spalt weit zog er sie auf.

Vor ihm erstreckte sich ein Schlafgemach. Wände und Holzdecke zierten illustre Rankenmuster, deren Farben in der nächtlichen Atmosphäre verblassten. Neben einer Sitznische, die in der Mauer zum größten Spitzbogenfenster eingelassen war, das Zejn bisher in der Festung entdeckt hatte, stach vor allem ein Himmelbett hervor. Stufen führten zu einem Plateau empor, auf dem es thronte, sein Dach erstreckte sich bis an die Decke. Seidige Felle schützten bloße Füße beim Verlassen der Schlafstätte vor der Kälte. Auf einem von ihnen, halb über die Treppe gegossen, lag jemand.

Zejn erkannte auf den ersten Blick, um wen es sich handelte. Es war nicht Fantine.

Da lag der Tribun.

67

Deigenhart Rohoy stieß ein Röcheln durch die Nase. Einen Augenblick lang stand Zejn nur da und hielt den Atem an. Rohoys Blick war ohne besonderen Fokus auf die Decke gerichtet. Dicht neben seiner Hand lag ein Schwert auf der Treppe, die Klinge entblößt, der Mond reflektierte sich im makellosen Metall. Die Schneide warf einen gezackten Schatten quer über die Stufen, die Zejn an Nifs Rückgrat erinnerte. Zu seinem Bedauern musste er allerdings feststellen, dass es sich nicht um das Artefakt handelte.

Er spürte Aramis' Nähe. »Decken Sie mich«, flüsterte er, zog vorsichtig die Tür ein Stück auf und betrat das Schlafgemach.

Für den Tribun blieb der Neuankömmling unbemerkt. Sein sonst ordentlich zurückgekämmtes Haar war zerzaust und entblößte schüttere Stellen. Blut sprenkelte sein Kinn, mehr davon rann träge aus Wunden, die ihm Klauen in seine Brust gerissen hatten.

Zejn gab Aramis ein Zeichen, den Raum zu inspizieren. Schwer schluckte er, als er selbst an seinen obersten Befehlshaber herangelangte. Seine Umgebung schwankte. Da lag er nun, der Tribun, von den Toten gestellt, die er selbst erschaffen hatte. Bereute er es? Bereute er irgendeiner seiner Taten? Bittere Genugtuung erfüllte Zejn, dass Deigenhart Rohoy genauso wenig dazu fähig gewesen war, die Toten zu kontrollieren, wie er selbst.

Ein Schritt ließ eine Bodenplanke aufächzen. Der Blick des Tribuns zitterte in Zejns Richtung. Seine Augen weiteten sich. Erkannte er, dass sein Spiel zu einem Ende gelangt war – dass er versagt hatte?

Jetzt, da Zejn so über ihm stand, empfand er beißenden Ärger. Rohoy hatte es nicht verdient, einfach zu sterben. Öffentlich vor den Pranger gestellt werden sollte er. Von König Svellin geächtet. Der Name Deigenhart Rohoy sollte von diesem Augenblick an nur noch mit voller Verachtung ausgesprochen werden.

Zejn schämte sich für diese rachedürstenden Gedanken, doch aufhalten wollte er sie nicht. Neben dem Tribun ging er in die Hocke, streckte die Hand aus und zog die Stoffstreifen zur Seite, um die Wunde zu begutachten. Löcher klafften zwischen seinen Rippen. Jemand hatte ihm die Finger hindurchgerammt und wohl einen Lungenflügel getroffen. Der Tribun ersoff an seinem eigenen Blut. Selbst wenn Beinwell in der Nähe gewesen wäre, Zejn würde ihn niemals rasch genug hierherbringen, um diesen Gesetzlosen zu heilen.

Der Blick des Tribuns folgte ihm, hatte Schwierigkeiten, den Fokus zu behalten. Er versuchte, etwas zu sagen, aber er benötige mehrere Anläufe, um ein Wort hervorzupressen. »S-Sergent …«

»Lieutenant«, verbesserte ihn Zejn, die Arme auf den Oberschenkeln abgestützt. »Sind Sie stolz auf das, was Sie erschaffen haben?«

Der helle Blick des Sterbenden irrte über sein Gesicht. Schäumendes Blut lief sein Kinn entlang. Plötzlich wirkte er nicht mehr wie der unbeugsame Herrscher, die eiserne rechte Hand des Königshauses, sondern wie ein simpler Greis, der seinen Leiden erlag.

Da hob der Tribun die Hand. Er mühte sich ab, das Leben verließ ihn mit dem Lebenssaft, der seine Lunge füllte.

»Wozu?«, flüsterte Zejn. »Um das Königshaus zu stürzen, wie der Tribun aus den alten Legenden?«

Seine Finger zitterten vor Zejns, genau wie sein Blick. Grauen verzerrte jede Falte in seiner Mimik, als würde ihm jetzt erst bewusst, was er getan hatte.

»Ihr werdet nicht lange genug leben, um zu beobachten, wie Euer Plan aufgeht. Eure Aufgabe wäre es gewesen, den Feind aus Tradea zu halten. Ihr wart es, der ihn hinter seine sicheren Mauern geholt hat. Ihr habt ihn vom Vorland in die Stadt geschleust, in die Kaserne, direkt vor Euren König. Ihr seid verachtenswert. Schuld am Tod Tausender Menschen, und Weitere werden hinzukommen. Ihr habt alle enttäuscht, die auf Euch zählten. Ich durfte Euren miserablen Charakter als Erster betrachten, und es tut mir leid, dass es nun auch der Rest Tradeas muss.« Er beugte sich ein Stück herab: »Für all das habt Ihr ewige Verdammnis in Hollers

Höllen verdient. Ich hoffe, Holler holt Uriarte aus Nifs Reich und lässt sie an seiner statt die Richtpeitsche gegen Euch schwingen, damit sie Vergeltung für ihre Ermordung findet.«

»U-Uriarte?«, platzte der Name heiser hervor, Blutströpfchen sprenkelten Zejns angespanntes Gesicht. Er hielt die Augenbrauen so fest zusammengezogen, dass sein Kopf schmerzte.

Einen Moment lang irrte der Blick des Tribuns davon, schien keinen Zusammenhang hinter Zejns Worten zu erkennen. Der nahende Tod raubte ihm wohl den Verstand und lockte ihn ins Delirium. Sein Atem rasselte schwer.

Zejn fühlte Bedauern. Bedauern, dass Deigenhart Rohoy den Bedeutungsgehalt von Zejns Worten nicht einmal richtig begriff. »Sie kommen zu leicht davon ...«, flüsterte er.

»Lieutenant!« Aramis' Stimme ließ ihn herumfahren. Er wich von einer verdunkelten Ecke zurück, trat am Fenster vorbei, das einen großzügigen Ausblick auf die Gärten und das Anwesen des Königs erlaubte.

Ein Hecheln erklang. Aus den Falten der Vorhänge schälte sich eine weitere Gestalt, roter Samt vor rotem Brokat, das beides im nächtlichen Ambiente violett wirkte wie das Blut am Kinn des Tribuns. Hinter Aramis tappte sie ins Licht, die Augen bleich wie der Mond am Himmel. Teile ihrer Frisur hatten sich gelöst, wie eine Schlange rollte sich der Zopf über ihre Schultern, gespickt mit Perlen wie von Sternen. Die weißen Handschuhe an ihren Händen waren blutgetränkt.

Ihr Rosenmund stand ein Stückchen offen, entließ ein Wimmern, doch nichts in ihrem Gesicht sprach von Leid – sie befand sich jenseitig davon.

Zejn erhob sich, während Aramis an ihm vorbei zurückwich, und stand nur einen Augenblick lang da, in der Beobachtung gefangen, wie sie auf ihn zuschwankte. Sie streckte die schwanengleichen Hände aus, doch die Finger in den Handschuhen bogen sich grotesk. Erst jetzt merkte er, dass ihr Kleid an manchen Stellen verdunkelt war: schwer und nass. Ein Stich in ihren Magen hatte sie getötet. Der Tribun …?

Zejn würgte das bittere Gefühl herunter.

»Lieutenant!«, flüsterte Aramis von hinten. »Soll ich?«

Zejn schüttelte den Kopf.

Sie kam langsam, arglos im Vergleich zu anderen Wiedergängern. Als erwarte sie noch im Tod, dass sich die Männer ihren Grausamkeiten einfach hingaben. Ihre Finger nestelten bereits an seiner Uniform, als sie sich näher schob, ihre bleichen Augen irrten über sein Gesicht, ohne ihn zu erkennen. Nur noch Fleisch war sie für ihn, aber wenn es Zejn ernst nahm, so war er auch nie viel anderes für sie gewesen. Ihr Mund öffnete sich zitternd, entblößte ihr makelloses Gebiss, eine bibbernde Zunge, während sie heftiger in seiner Kleidung wühlte. Ihre Fingerspitzen fuhren in alte Wunden und bohrten tiefer.

Mit einem Ruck zog Zejn sie an sich. Augenblicklich tastete sie nach seinem Hals, zögerlich wie ein Neugeborenes, das Nahrung suchte.

»Adieu«, flüsterte er. »Adieu, ma rose.« Er küsste sie auf die Schläfe, um der alten Zeiten willen. Er spürte ihre Lippen an seinem Nacken und ahnte, dass er zu weit ging, daher drehte er sie mit einem Ruck herum. In seinen Armen wand sie sich, wimmernde Geräusche ausstoßend, wandte den Kopf so weit zur Seite, als könne sie ihn dadurch erreichen.

Mit der einen Hand fuhr er so weit den Speer empor, bis er an der Spitze anhielt. »Leb wohl.«

Mit einem Ruck rammte er ihr die Speerspitze durchs Ohr.

68

Seufzend sank sie in seinen Armen zu Boden. Selbst im Tod war sie noch unvergleichlich schön. Der dunkelrote Samt breitete sich um ihre Beine aus wie ein Blutfächer, ihre Arme klappten vor ihrem Bauch zusammen, als versuchte sie noch, das Kind in ihrem Inneren zu schützen.

Das nächste Wimmern stammte nicht von ihr. Zejn sah hinüber zum Tribun, der die Augen verdrehte und mit letzter Kraft darum kämpfte, sich von den Stufen zu erheben. Sehnsüchtig reckte er die Hand. Tränen liefen über seine Wangen. Mit ihrem Namen platzte Blutschaum aus seinem Mund.

»Sie haben das doch selbst verursacht«, sagte Zejn heiser. »Von mir bekommen Sie kein Mitleid!«

Das Hinterhaupt des Alten sackte zurück und schlug hart gegen die Stufenkante.

Zejn erhob sich, stieg über Fantine hinweg und sah auf den Tribun hinab. Das Leben wich aus dessen Adern. Seine Augen fanden nicht länger etwas, auf das sie sich zu fokussieren vermochten. Das Zittern seiner Glieder ebbte ab. Einzig Husten erschütterte ihn, mehr und mehr Blut quoll hervor.

Aramis stand neben dem Bettpfosten und schwieg.

Zejn wartete.

Die schwammigen Lider des Tribuns senkten sich zitternd. Sein röchelnder Atem wurde so schwer, dass man kaum noch an einen weiteren Atemzug glaubte. Seine Lippen zitterten, während das Blut seine Wange entlang zäh auf die Stufen wanderte. Ein letztes Flüstern entrang sich ihm. Zejn glaubte, er würde noch einmal nach seiner Frau rufen, doch dem war nicht so. »Clamor …«

Mit dem Anruf auf seinen obersten Gott erschlaffte er.

Eine Weile stand er nur so da, zwischen diesen beiden Toten, die sein Leben in den letzten Jahren bestimmt hatten. Es dauerte nicht lange, bis in den Tribun grummelnd Leben zurückkehrte. Seine Finger zuckten, seine Knie bebten, und flatternd hoben sich seine Lider, wo bleiche Iriden die Decke abtasteten.

Zejn setzte ihm den Speer unters Kinn und rammte ihm ihn hindurch, sodass er von unten den Gaumen knackte.

»Sir«, flüsterte Aramis aus der Finsternis. »Wir sollten uns beeilen. Die Toten laufen nicht weg, aber Mirage ... – ich meine ... Sie wissen schon, was ich meine.«

Es kostete Zejn Mühe, das Kinn zu heben. Schließlich nickte er nur. Bevor sie das Schlafgemach verließen, warf er Rebenglanz den Speer zu und bückte sich selbst nach dem Schwert auf der Treppe. Es war makellos, kein Blutfleck trübte seine Klinge. Die Balance zwischen Griff und Schneide perfekt ausgewogen, musste es aus der Schmiede eines Meisters stammen.

Er warf einen letzten Blick zu den beiden Liebenden, dann folgte er Aramis. Zu sehr mit sich selbst und seinen eigenen Gefühlen beschäftigt, merkte er erst später, dass der Gardist bleich wie Linnen war. »Alles in Ordnung, Mann?«, fragte er leise.

»Wenn nicht einmal dem mächtigsten Mann der Garde zu trauen ist, was unterscheidet uns dann vom Abschaum der Diebesgilde?«

Zejn wusste keine Antwort. Er konnte Aramis' Frust verstehen.

Wie sich herausstellte, befanden sie sich tatsächlich nur wenige Räume vom Gruftabgang entfernt. Auf den Stufen lag eine Dienerin mit zerschmettertem Hinterhaupt. Zejn vermutete, dass sie sich den Schädel zerschlagen hatte, als die Wiedergänger sie emporgejagt hatten. Er hob die umgestürzte Laterne neben ihr auf, deren Fenster von der Flamme verrußt war, und zerbrach es mit dem Schwertknauf, damit das Licht hervordrang.

Unten erwartete sie nichts Überraschendes, und doch schnürte es Zejn den Magen zusammen. Das Tor zur Krypta stand offen. Dahinter erstreckte sich eine Gruft, die Steinsärge umgestürzt oder die Verschlussplatten aufgeschoben. Dreckspuren zogen sich nur dort über den Boden, wo seine Ruhegäste ihre letzten Lager verlassen hatten.

Zejn hob die Laterne an und leuchtete auf eine Bahre im Hintergrund. Ein Schmuckstein aus Rosenquarz war aufgestellt worden, um zu markieren, wer zuletzt hier gelegen hatte. »Claire Lunaire«, las er leise. Die erste Gattin Tribun Rohoys, die sich mit einem Sturz in den Rosengarten das Leben genommen hatte, als der Tribun sich eine andere Rose suchte. Mit hoher Wahrscheinlichkeit war sie unter den Wiedergängern, die das Anwesen unsicher machten. In gewisser Weise bekam sie nun ihre Revanche.

»Glauben Sie, dass Mirage ...?« Aramis ließ den Satz auslaufen.

Zejn schwenkte herum, das Laternenlicht traf auf den Elfenabkömmling, der ihn beklommen ansah. »Folgen wir den Dreckspuren. Wo sie hingegangen sind, muss auch Mirage sein.«

»Und wenn sie eine von ihnen ist? Wenn sie sie ... getötet haben?«

Zejn presste die Lippen zusammen. »Wo auch immer sie ist, ich werde sie finden.«

Sie liefen zurück die Treppe empor, leuchteten den Boden aus. Krümel, Staub und Kleidungsreste zeigten an, wohin die Toten verschwunden waren. Die Fenster an der Hofseite schienen in orangeroten Flammen zu stehen, so hell brannte der Stall im Vierkanthof. »Sir!«, rief Aramis aus und winkte ihn zu einem Fenster.

Zejns Augen wurden groß. »Sie haben die Tore zum zweiten Hof geöffnet«, stellte er taub fest.

»Sie versuchen, das Feuer zu löschen.« Eine Menschenkette reichte Wassereimer weiter, doch der Hitzeradius musste derart gewaltig sein, dass sich die Männer und Frauen, die zu löschen versuchten, die Gesichter verbrühten.

Zejn schluckte schwer. Wer auch immer den Befehl dazu gegeben hatte, Zejn hatte darüber nicht zu urteilen. Wie hätte er reagiert? Er konnte bloß seiner eigenen Aufgabe folgen: »Weiter«, sagte er und wandte sich ruckartig ab. Die Laterne verzerrte die Schatten hinter den Einrichtungsgegenständen, zackig lief er voran. Ein Röcheln erklang, gefolgt von Fußgetrappel. Durch einen Zugang schob sich ein Wiedergänger.

»Dort drüben«, zischte Aramis an seiner Seite und wies auf eine andere Tür, hinter der Schatten schwankten.

Die Tribunsklinge erhitzte in Zejns Hand. Die Klinge glomm von innen auf, ihr Leuchten war eine zweite Lichtquelle, die ihm erlaubte, die Laterne abzustellen. Sie fällten einen Knecht mit dumpfen Schlägen, als durch den rückwärtigen Eingang mumifizierte Leichen über Holzscheite stolperten, die Ersterer wohl bei sich getragen haben musste. Die meisten Spuren führten in den Raum, aus dem sie kamen, also schlug Zejn einem von ihnen den Schädel ab. Die Klinge setzte seine pergamentartige Haut in Flammen, die jedoch kokelnd vergingen, als sie sich durch sein Gesicht fraßen.

Zejn setzte über die Holzscheite hinweg und sprintete in den nächsten Raum, bloß um mit weiteren Wiedergängern konfrontiert zu werden.

Je weiter sie vorstießen, desto mehr Draugar begegneten sie. Manche verhielten sich träge und langsam, als schienen sie gerade erst aus einem Winterschlaf erwacht zu sein – sie wehrten sich kaum. Andere verbargen sich listig hinter Kommoden und unter Tischen, um aus der Finsternis zu greifen und nach ihren Beinen zu schnappen wie Tiere. Die dritte Art hielt wie ein Berserker auf alles zu, das sich regte – und warf sich mit voller, untoter Kraft auf ihre Gegner, ohne Rücksicht auf Verluste. Rebenglanz und Zejn stachen und schmetterten, Gliedmaßen flogen, Häupter kullerten, das Brechen von Schädelknochen wurde zu einem eigenwilligen Takt, der ihr Vorankommmen begleitete. Die Kampfgeräusche lockten weitere Wiedergänger an, unter ihnen waren nun auch Gäste des Abends, die reichen Gewänder zerschlissen, Gesichter verunstaltet, mit angefressenen Armen und Beinen, die nach ihnen grapschten. Ihr Raunen, Grollen und Fauchen mehrte sich zu einem grausigen Chor, der bloß von Zejns und Aramis' zackigen Rufen durchbrochen wurden, wenn sie einander auf Angreifer aufmerksam machten.

Die Masse an Gegnern drängte sie tiefer in den Flügel hinab, an der Mauer zum Innenhof entlang, und irgendwann kamen sie nicht mehr dazu, den Spuren zu folgen, die sie eigentlich hier entlanggeführt hatten. Ihre Suche nach Mirage wandelte sich zu einem Ringen ums nackte Überleben.

»Sie kommen von allen Seiten!«, brüllte Aramis, der mit seiner als Waffe improvisierten Prothese auf das Gesicht einer Magierin einprügelte, bis der Bratenspieß den Schädel knackte. »Wir sitzen in der Falle!«

Zejn fehlte die Zeit zum Antworten, sein Atem ätzte mit jedem Zug in der Lunge. Seine glühende Klinge schnitt Schneisen in die Untoten, verkokelte ihre Kleidung und setzte aufwendige Frisuren in Brand. Kaum noch Mumien waren unter ihnen. Die Festgesellschaft hatte den privaten Flügel überrannt.

Mit dem Rücken wurden sie gegen die Fenster gedrängt. Zejn riss das Schwert zur Seite und gelangte so in Sicht des Innenhofs. Die Schlange aus Menschen, die einander Eimer weiterreichten, war nicht mehr auszumachen. Die Leute rannten um ihr Leben. Wiedergänger taumelten über das Pflaster, und einige von ihnen hielten auf das offene Tor zu.

Und unter ihnen war Mirage.

Zejn riss die Augen auf, als er sie erkannte. Wäre Aramis nicht in diesem Augenblick an ihm vorbeigetaucht, um einen Wiedergänger abzuwehren, mit diesem Anblick wäre er zugrunde gegangen.

Seine Hexe saß auf einem versengten Ross. Rauch kringelte sich aus dem geschwärzten Fell, die Haut hatte sich an vielerlei Stellen gelöst, Gebein blitzte hindurch. Mit fremdartigen Bewegungen stakste es Richtung Tor, die an jene der Wiedergänger erinnerten, die Mirage begleiteten.

Von den Zinnen ging ein Pfeilhagel nieder. Mirage riss das Haupt herum, die Augen weiß, sodass sie im Angesicht des Feuers orangefarben glühten. Ein Ruck ging durch den Schwarm, der an ihrer Seite schritt. Der Adel, der mit Sicherheit nie einen Deut um sie gegeben hatte, warf sich den Pfeilen entgegen und ließ sich spicken wie Nadelkissen. Jene, deren Köpfe heil blieben, trotteten weiter, gelangten nur in Rage, um Mirage zu schützen, die wie eine finstre Königin zwischen ihnen ritt.

Zejn dachte, ihre Kleidung wäre von den Händen der Draugar zerrissen worden, doch als sie sich wieder dem Tor zudrehte, prangte ein gezackter Schatten auf ihrem Rücken. Wie ein zweites Rückgrat klebte es auf Mirages, nicht steif und unbeweglich wie die Schwertklinge, sondern folgte jeder ihrer Bewegungen wie damals, als Tarim es als Peitsche geführt hatte. Es hatte Mirage – den Myling – endgültig erklommen und war zu einem Teil von ihr geworden.

Zejn standen die Haare zu Berge. »M-Mirage!«, rief er, umringt vom Raunen des Todes. »Mirage!« Sie schien ihn nicht zu hören, aber er schrie weiter. An ihrer Seite schritten andere Tote, streunten nur aus, wenn sie angegriffen wurden.

»Zejn!«, bellte Aramis. »Wir krepieren hier!« Er wütete unter den Toten, doch die Flut überwältigte sie. Es war Wahnsinn, der Zejn das Fenster einschlagen ließ.

»Wir müssen springen!«, rief er aus. »Los!«

Aramis warf ihm einen entsetzten Blick zu, ohne im Gemetzel innezuhalten. Die Toten stolperten über die endgültigen Gefallenen, grapschten nach seinem Gewand und versuchten, ihn zu sich zu ziehen.

»Kommen Sie! Das ist unsere einzige Chance!« Zejn erklomm das Fenstersims. Sie befanden sich im dritten Stock. Der Wind riss an seiner Kleidung, sodass es ihn gegen die Mauer drückte. Die Klinge rutschte aus seiner Hand, verlor sich in der Nacht, glühend wie unter Drachenatem gewärmt. »En route, mauvaise troupe!«

Zweifel hielt Aramis' Miene umklammert, doch er zog sich von dem Berg an Toten zurück und erklomm neben Zejn das Fenster. Das Gitter, in dem Glassplitter steckten, verhinderte den Ausstieg. Zejn packte das Eisen, presste die Augen zusammen und drückte. Es korrodierte unter seiner Berührung, Rost rieselte davon. Mit einem Druck bog sich das Eisen nach außen.

»Auf drei!«, rief Zejn und trat einen Toten fort, der in die anderen taumelte. »Un, deux, trois!« Er sprang.

Aramis folgte ihm. »Ugh!«

Im Sprung riss Zejn das Haupt herum. Ein Draugr packte Aramis an der Wade und zog ihn zurück. Aramis versuchte, den Sprung abzufangen, und ruderte mit den Armen, aber es gelang ihm nicht. Kopfüber kippte er in die Tiefe. Sein Schrei schrillte über die Szenerie hinweg.

Zejn prallte auf den Beinen auf. Unfassliche Schmerzen schossen seine Knie empor. Er glaubte, etwas brechen zu hören – nicht einmal, sondern mehrmals –, dann tauchte alles in Schwärze.

69

Das Raunen von Flammen war das Erste, was an sein Ohr drang – vor den Schmerzensschreien, dem Kampfeslärm und dem Wiehern verendender Rösser. Über allem dröhnte dieses Knistern, das in der Gewalt der brennenden Ställe zur Stimme eines Gotts kumulierte.

Pferdehufe klapperten an ihn heran, begleitet vom panischen Schnauben, das aus einer Pferdekehle rasselte. Als Zejn mühsam die Lider aufschlug, raste ein Tier über ihn hinweg und verfehlte dabei haarscharf seinen Schädel.

Ein heller Ton klingelte in seinen Ohren. Als er sich zu regen versuchte, fuhren unsagbare Schmerzen von seinen Beinen bis in seine Hüfte empor und legten ihn lahm. In seiner Nähe liefen Menschen, doch sein Sichtfeld flackerte, sodass er nicht erkennen konnte, ob sie untot waren oder noch lebten. Als er den Kopf herumschob, entdeckte er Aramis. Mit aufgerissenem Mund starrte er ins Nichts, der Schädel zerschmettert, schimmernd trat sein gräuliches Hirn hervor. Aus Zejns Mund arbeitete sich ein Schluchzen hervor. Er rappelte sich auf die Ellbogen und merkte, dass seine unteren Extremitäten unmögliche Winkel aufwiesen. Er hatte sich beim Aufprall beide Beine gebrochen.

»A-Aramis!«, ächzte er und krallte die Finger zwischen die Pflastersteine, um sich näher zu schleppen. Lang gezogene Schmerzenslaute entkamen ihm, als sich seine Beine bewegten, also gab er auf. Sein Schwert fand er nirgendwo in Reichweite. Er war vollkommen schutzlos. Und dort hinten, von seinem Lärm angezogen, schleppte sich ein Gardist in seine Richtung, dessen schlaffe Bewegungen auf sein vorzeitiges Ende hinwiesen.

Zejn behielt beides im Blick – Aramis' gebrochenen Schädel und den Untoten, der dahinter herannahte, doch er konnte nichts tun, als den Kopf aufs Pflaster zurückzulegen. Er hatte versagt. Er, der Diener Tradeas, hatte seine Stadt im Stich gelassen – seine Leute, seine Freunde. In nichts war er besser als der Tribun.

Etwas klirrte. Feuer züngelte. Der Wiedergänger wurde von den Beinen gerissen und raspelte über den Grund. Zejn drehte den Hals durch und sah verkehrt Gestalten nahen. Eine davon trug eine Robe aus zahlreichen Rottönen, als hätte sie diese zum Fest von Blut und Feuer angelegt. Dahinter, ein einarmiger Lehmklotz, stapfte der Golem herbei. Auf seinen kopflosen Schultern saßen zwei kleine Gestalten und ließen die Beine über die eingeritzten Zeichen seiner Brust baumeln. Erst als sie herangekommen waren, erkannte Zejn die Kinder: Es waren Ruben und König Svellin höchstpersönlich.

Die beiden Jungen hielten einander an den Händen, beide bleich und zitternd, Svellin mit einer Platzwunde auf dem Kopf, das goldene Haar blutig. Er lebte und hielt die Hand eines Bettlerkinds. Zejns Mund stand offen.

Bhaaltazar bliebt über ihm stehen. Sein Blick galt nicht dem Lieutenant, sondern dem Tor auf der gegenüberliegenden Hofseite. Zejn folgte ihm und sah, wie Mirage durch das Halbrund ritt.

»E-Es hat sie geholt«, stieß Zejn aus.

Bhaaltazar nickte.

»W-Wir müssen sie aufhalten!« Er zog sich über den Boden, seiner Lunge entrang sich ein Wimmern.

»Ich weiß, wohin sie geht, Lieutenant. Und sie nimmt sie mit sich.«

»Was meinen Sie?«

»Sie bringt das Artefakt nach Hause.«

»Sind Sie wahnsinnig geworden?! Sie geht mit ihnen – die Untoten folgen ihr!«

»Das ist nun ihre Familie. Sie bringt sie nach Hause. Für uns ist es besser so.« Endlich verschob er den Blick und sah Zejn an. Eine Spur Trauer glomm im Schwarz seiner Augen. »Wir müssen sie ziehen lassen, Zejn. Sonst bleibt sie hier. Und legt mit ihrer Armee Tradea in Schutt und Asche.«

Bhaaltazar befahl dem Golem mit einem Schnippen, ihn aufzuheben. Zejn hatte sich selbst noch nie so schreien gehört. Er war ein Idiot, der aus einem Fenster gesprungen war und sich dabei beide Beine gebrochen hatte. Aus dem Augenwinkel sah er noch den Schatten des toten Pferds, das mit Mirage durch das Tor schwankte. Fehlte nur noch das Geweih. Sie hatten einen Koschtschei besiegt und einen anderen erschaffen.

»Ich suche dich!«, schrie er, ohne dass ihm jemand Aufmerksamkeit schenkte. »Ich suche dich und werde dich finden! Und dann bringe ich dich zurück! Ich verspreche es! Bei allen Göttern, ich verspreche es! Ich bringe dich zurück …!«

70

Bhaaltazar brachte sie an den einzigen Ort, an dem er sich sicher fühlte – in seine Villa. Der Golem schloss das Tor und sicherte sie so vor den Wiedergängern, die Mirages Armee verlassen hatten und durch die Gassen streunten. Von den nächsten Tagen bekam Zejn kaum etwas mit, was ihn nahezu den Verstand kostete. Mehrmals überlegte er, ob es sich auszahlte, seinen nutzlosen Körper mit einem Strick an dem Baldachin von Mirages Bett zu erhängen. Stattdessen ließ er sich von Bhaaltazar die Beine schienen, und Ruben und König Svellin, der sich als äußerst ruhiger, höflicher Junge erwies und keinem von ihnen das Gefühl gab, ungenügend zu sein, leisteten ihm Gesellschaft. Während

Zejn verstand, wen er dort vor sich hatte, behandelte Ruben den jüngeren Bub wie einen ebenbürtigen Spielpartner. Zu Zejns Überraschung ließ der es mit sich machen. Eine besondere Freude, die ihm manchmal ein stilles Lächeln entlockte, machte Svellin eine von Bhaaltazar ausgestopfte Tiersammlung, die Ruben und er im Palast verteilten und damit spielten, als wären es Puppen.

Bhaaltazar stellte TLN zu ihrer Wache ab, rüstete sich mit Alchemika – im Schloss hatte hochprozentiger Alkohol als improvisierte Feuergranaten herhalten müssen – und zog erneut aus. Die Stadt brannte vielerorts, Kafrits Raunen dröhnte durch die Nächte und Tage. Mit jeder Rückkehr brachte Bhaaltazar Nachrichten mit sich. Svellins Oheim war bei dem Versuch, seine Frau zu schützen, auf dem Feld der Ehre zurückgeblieben; doch die Muhme selbst konnte von Clamorent aus dem Anwesen gerettet werden. Ein Großteil der Garde der Königskaserne fiel Feuer und Draugar zum Opfer. Es dauerte drei Wochen, bis die restliche Garde, die verbliebene Magierschaft und die Gilde der freien Alchemisten die Königskaserne zurückeroberten und zumindest Teile der Stadt gesichert hatten.

Die neue Koschtschei hingegen war geradewegs gen Nordwesten gezogen und hatte Tradea mit einer Armee im Schlepptau verlassen. Die Straßen, auf denen sie gewandelt war, galten als nifenverflucht. Nahe Gebäude wurden geräumt, die Jagd nach Wiedergängern begann. Unverhoffte Unterstützung bekamen sie von der Diebesgilde, die ihre eigenen Leute ansetzte, Viertel zu sichern. Der Platz der Asche füllte sich mit Feuern, bis es nicht länger zu ertragen war. Nifenpriester karrten die Toten auf Wagen an den Stadtrand, um sie dort auf freiem Feld dem Feuer zu übergeben, und bekamen Unterstützung von anderen Priesterschaften – manche von ihnen trugen sogar purpurne Roben der Panumae.

Der Gestank nach verbrannten Toten legte sich über die gesamte Hafenstadt wie ein schmieriger Film. Schiffe weigerten sich anzulegen und zogen weiter die Küste entlang. König Svellin wurde nach einiger Zeit von mehreren Lieutenants abgeholt und zu seiner Tante an einen unbekannten Ort gebracht, wo die verbliebene Königsfamilie ausharren sollte. Zejn, der sich auf Krücken in den Vorraum bemühte, wurde Zeuge eines herzzerreißenden Abschieds zwischen den beiden Jungen, mitsamt heißer Tränen, der den Hauptmännern beinahe die Augen hervorquellen ließ. »Davon erzählt Ihr besser nichts Eurer Tante, Majestät«, murmelte einer der ältesten militärischen Berater und führte Svellin außer Haus.

Die Viertel teilten sich in jene, die von der Garde überwacht wurden, und jene, welche die Diebesgilde kontrollierte. Tarims Platz schien von anderen zwielichtigen Gestalten gefüllt worden zu sein. Und Zejn, dessen Beine ihn an Bett und Stuhl fesselten, blieb nichts anderes übrig, als stiller Beobachter zu bleiben. Er bunkerte sich in Bhaaltazars Lesezimmer ein, breitete Stadtkarten aus, verfolgte die Situation, soweit es ihm möglich war. Er hatte Mirages Vater angebettelt, nach Beinwell oder einem anderen Heilmagier Ausschau zu halten, doch die befanden sich im ständigen Einsatz, um Leben zu retten. Zejn mochte ein Krüppel sein, aber er lebte.

DeElephantine braute waffenfähige Alchemika, und durch Mirages fehlende Unterstützung setzte er Ruben als Assistenten ein, der sich als gelehrig erwies und weitgehend immun gegen Bhaaltazars rüden Charakter. An ruhigen Abenden verkroch sich der Junge zu Zejn ins Lesezimmer und schwärmte davon, seine Ma'am retten zu wollen. So spann er Geschichten, in denen er als Held auftrat, fantasievoller als so manche Legenden, die zwischen ledernen Buchdeckeln warteten.

Zejn ließ sich von Ruben in den Garten helfen, hin zu der Laube, wo sie einen Schrein errichteten, um Clamor und Gäga zu huldigen. Sie opferten heimlich Bhaaltazars besten Branntwein und gedachten der Toten. Ruben schloss Mirage und Svellin in seine Gebete ein, während vor Zejns geistigem Auge die Gesichter jener vorbeizogen, die er verloren hatte oder deren Schicksal ungewiss blieb.

Sein säuberlich geführter Kalender verriet ihm, dass Kafrit siebenundzwanzig Male hinter dem Horizont verschwunden war seit dem Ausbruch der Draugar-Plage in der Königskaserne. An diesem Tag klopfte eine berittene Einheit an Bhaaltazars Tore. Ruben lief, um nachzusehen, und kehrte mit heiserem Atem retour. »Magister Beinwell hat sich gemeldet«, rief er aus. »Die Reiterei will Sie zu ihm bringen. Er wird im Krankenhaus benötigt und kann nicht zu Ihnen kommen!«

Zejn kam sich vor wie ein Kind, der Bhaaltazars Genehmigung holen musste, sein Heim zu verlassen. Der befahl TLN, das Tor zu heben.

Auf einem Karren ratterten sie durch die Straßen. Die meisten Gebäude waren im Erdgeschoss verriegelt worden, Barrikaden zwangen die Einheit, außergewöhnliche Routen einzuschlagen. Nicht bloß Gardisten patrouillierten. Zejn entdeckte an einer Straßensperre, die aus mehreren umgestürzten Wagen bestand, Bastarde der Diebesgilde. Diese trugen ihre Waffen offen zur Schau, widmeten der Garde jedoch nur misstrauische Blicke. »Dort hinten ins Diebesgildengebiet«, erklärte Zejn ein Sergent in seiner Begleitung. »Wir kümmern uns um unsere Zonen, sie um ihre.«

Das Krankenhaus lag am Fuße des Monticule Royale, den die Draugar-Plage am schlimmsten erwischt hatte. Irgendwo zeterten Bettler von einem Hausdach, dass die Wiedergänger eine göttliche Strafe für die Gier der tradeadischen Oberschicht wären.

Beim Lazarett handelte es sich um die Zejn bekannte Gäga-Seelstatt. Sie war einerseits wegen ihrer Lage als Schutzort auserwählt worden, andererseits wegen ihres Aufbaus, der den Vierkanthöfen der Kasernen ähnelte. Ein dickes Eichenholztor schützte den einzigen Zugang durch die Betkammer. Zejn glaubte schon, dass er demütig darum bitten musste, zu Beinwell getragen zu werden, doch eine der Gäga-Schwestern rollte ein Wägelchen herbei, auf dem ein Sitz montiert war. Wie sich herausstellte, hatte die Seelstatt sogar einen eigenen Schreiner kommen lassen, der sich um Hilfsmittel für die Kranken und Krüppel bemühte. Sie schob ihn durch die Betkammer am Altar der Gäga vorbei in den Innenhof und brachte ihn in den ausschweifenden Saal, den Zejn von Rougeoyers Behandlung kannte. Zwischen den Betten waren improvisierte Liegestätten errichtet worden, auf denen sich Verletzte drängten. Zejn war nicht der einzige Krüppel – vielen waren durch Draugar-Angriffe Gliedmaßen amputiert worden. Zejn ließ den schmerzlichen Anblick auf sich wirken, lauschte dem Weinen der Kinder und bemerkte zwei Bewaffnete an der Tür, die Gesichter bar von Mitleid. Als Zejn nach ihnen fragte, beugte sich die Gäga-Schwester zu ihm. »Falls jemand stirbt und zurückkehrt«, erklärte sie leise.

Er schluckte.

Zu einer der Seitentüren, die in andere Bereiche des Hofs führten, marschierte Beinwell herein. Er sah zerrüttet aus, Erschöpfung grub unregelmäßige Ringe unter seine Augen, und seine vergnügte Gehässigkeit hatte er abgelegt, weil ihm schlicht die Energie dazu fehlte. Er wischte sich die Finger, aber die Haut hatte eine eigenartige Farbe angenommen – vermutlich bekam er sie nicht länger richtig sauber. Als sich der Magus jedoch näherte, merkte Zejn, dass nicht nur der Hautton merkwürdig wirkte, sondern zahlreiche Knötchen seine Finger spickten.

Der Magister registrierte Zejns Aufmerksamkeit. Ein schmerzliches Lächeln bog seine Lippen. »Magie hat stets zwei Seiten«, erklärte er. »Um zu heilen, muss ich Fleisch wachsen lassen. Die letzten Wochen haben mich gefordert. Ich habe zu rasch gearbeitet, zu ungenau, und muss nun mit den Auswirkungen leben.« Er betrachtete seine bebenden Finger, die Papeln, die sich daran gebildet hatten. »Wie ein Alchemist, der bei liederlichem Handwerk droht sich selbst in die Luft zu sprengen, hat mein eigenes Fleisch zu wuchern begonnen.«

»Es tut mir leid«, sagte Zejn heiser.

Beinwell zuckte mit den Achseln. »Es ist der Lauf der Dinge. Ich kenne andere Heilmagier, denen dasselbe Schicksal während des Kriegs gegen die Freien Inseln beschieden war.« Sein Blick wanderte zu Zejns geschienten Beinen. »Man hat mir zugetragen, was Ihnen passiert ist. Um ehrlich zu sein, wähnte ich Sie tot oder zwischen den Wiedergängern. Ich kann hier nicht weg, also habe ich Sie holen lassen.«

Zejn sah sich um. »Andere brauchen Ihre Hilfe mehr als ich. Schonen Sie sich lieber.«

»Aber wir brauchen möglicherweise Sie auf Ihren Beinen dringender.« Er winkte der Schwester, ihm zu folgen. »Hier ist kein Platz mehr. Ich bringe Sie in meine Kammer.«

Selbst wenn Zejn sich geweigert hätte, die Priesterin schob ihn einfach weiter.

Bei der Kammer handelte es sich um eine schmale Zelle, die wohl normalerweise von den Priestern und Priesterinnen selbst bewohnt wurde. Außer einer Liegestatt in Form eines Holzbretts, das an Ketten von der Mauer gelassen werden konnte, sowie einem Tischchen, auf dem Beinwell medizinische Geräte sammelte, gab es kaum Platz für Habseligkeiten. An der Wand unter einem winzigen Fenster hing traurig ein kleines Gäga-Symbol, gebunden aus einfachen Winden.

Beinwells Assistent löste vorsichtig die Schienen und schälte ihn aus der Hose. Beinwell schüttelte den Kopf, als er die Beine unter Zejns Greinen abtastete. »Ich kann versuchen, die Knochen durch die Haut zu heilen, aber ich riskiere damit, sie falsch zusammenzusetzen«, erklärte der Magus. »Daher werde ich direkt über den Brüchen Schnitte anbringen. Möglicherweise müssen wir Brüche erneut hervorführen, falls die falsch verheilt sind. Das wird dauern, Lieutenant. Von den Schmerzen ganz zu schweigen. An einem Bein zähle ich drei Brüche, am anderen einen. Aber mehr werden wir sehen, wenn ich Sie aufgeschnitten habe.« Sein wässriger Blick suchte nach seinem. »Falls Sie glauben, Sie haben Hollers Höllen bereits durchgestanden, irren Sie sich.« Er brachte sogar ein zähnebleckendes Lächeln zustande.

Beinwell begann mit einem Schnitt dort, wo er die oberste Bruchstelle vermutete. Zejn erinnerte sich im Nachhinein nicht an viel außer die Tatsache, dass er die Augen so fest zusammenpresste und seine Mimik unter Jaulen verzog, dass er glaubte, sie würde sich nie wieder lockern. Seine Schreie lockten jedoch einen überraschenden Besucher an.

»Lieutenant«, sprach eine Männerstimme und ließ Beinwell und seinen Lehrling darin innehalten, an seinem Bein herumzuwerken. Zejn musste sich mühen, die Augen zu öffnen. Überall tanzten Sterne. Und dazwischen, wie hinter dichtem Schneefall, stand Clamorent in der Zellentür.

Der junge Hauptmann wirkte abgekämpft – doch wer tat das momentan nicht? Ansonsten trug er keine offensichtlichen Verletzungen. Er fuhr sich durchs Haar, eine Geste, die Zejn bei ihm des Öfteren erlebt hatte, wenn er nervös war.

»Lieutenant«, presste Zejn hervor, der sich an die Liege klammerte.

»Ich bin erleichtert, Sie zu sehen. Zunächst dachte ich, Sie wären gefallen wie so viele andere.« Clamorent sah ihm in die Augen, doch als hätte er sich verbrannt, wandte er sich ab. Hatte er Schuldgefühle, dass er nicht nach ihm gesucht hatte? »Später erfuhr ich, dass Sie sich bei DeElephantine aufhielten. Ich wollte Sie besuchen, aber …« Diffus wies er um sich. »Sie wissen ja. Die Schichten liegen so dicht, dass jedem Mann nur noch ein Minimum an Schlaf zusteht. Ich bin nur hier, weil ich Verletzte bringe. Als Nächstes müssen wir die Toten aus der Stadt karren.«

Zejn nickte.

Clamorent betrachtete seine verkrüppelten Beine. Zejn widerstand dem Drang, sich abzuwenden. Ein Krüppel zu sein, war die größte Schande in der Garde. Narben waren wie Orden, doch sobald man nicht mehr dazu fähig war, seinen Nebenmann zu decken, hatte man ausgespielt.

»Werden Sie wieder …?«

Beinwell, der auf einem Schemel hockte und die Unterarme auf den Oberschenkeln abstützte, antwortete an seiner statt: »Wir arbeiten daran. Mit Schmerzen hat unser Lieutenant Erfahrung, da können Sie Ihrem Clamor danken.«

»Es tut mir leid«, presste Zejn hervor. Er versuchte, sich die Falten von der Stirn zu reiben. »Alles. Ich wünschte, unsere Vermutungen hätten sich als unwahr herausgestellt.«

Beinwell schien zu verstehen, was Zejn andeutete, bloß sein Eleve nestelte etwas verloren an einem blutigen Tuch herum. Clamorent biss die Zähne so fest zusammen, dass die Sehnen an seinem Hals hervortraten. Die bleiche Narbe in seiner Augenbraue zuckte. Er heftete den Blick auf den Boden und rang mit Worten. »Es ist, wie es ist«, sagte er heiser. »Der Name Rohoy wird nie wieder das bedeuten wie zuvor. Daher habe ich überlegt, den Mädchennamen meiner Mutter anzunehmen. Manche glauben, ich scheue mich vor der Verantwortung, aber …« Er schüttelte den Kopf. »Ich trage schon sein Gesicht, ein Schandmal, das ich nie werde ablegen können.«

Auf seinem Schemel verlagerte Beinwell das Gleichgewicht.

»Man spricht über Sie«, mischte er sich überraschenderweise in das Gespräch ein. »Darüber, wie Sie in der Königskaserne einen klaren Kopf bewahrt haben. Tatsächlich hätte es mich nicht gewundert, wenn man Sie aufgeknüpft hätte, einfach nur, weil Sie sein Sohn sind.«

Clamorent schluckte, die Augen glasig.

»Wie es scheint, sind Namen nicht alles«, stellte der Magier in seiner Unverblümtheit fest. »Unsere Taten wiegen stärker als unsere Herkunft.« Er lachte leise. »Wer hätte gedacht, dass Untote eine Stadt überrennen müssen, um das zu zeigen? Die Königslilie hätte ihre reine Freude damit.«

»Wie dem auch sei«, lenkte Clamorent ab, »ich wollte Sie nur kurz sehen. Ich muss weiter zum Einsatz.«

Er wandte sich bereits ab, als Zejn ihn zurückhielt: »Haben Sie etwas von Mirage gehört?« Seine Worte fesselten den jungen Lieutenant an die Türschwelle. »Ich sah sie gehen. Mit dem Artefakt. Mit den Untoten.«

»Sie verließen die Stadt Richtung Nordwesten. Unsere Späher sprachen davon, dass sie die Route nach Svonnheim nahm. Der Pulk blieb weitgehend unter sich, nur einige streunten davon. Aber aus Svonnheim … von dort haben wir nichts mehr gehört.«

Tränen stachen in Zejns Augen. Er dachte an die Cellérière, Henri, Sandel … an all die Bewohner, die monatelang ausgeharrt hatten, um jetzt doch zu krepieren.

Er wandte sich ab, seine Hand schrammte die Wand von Beinwells Klause entlang, schürfte seine Knöchel auf.

»Momentan brauchen wir alle Leute, um unsere Stadt zu sichern. Ich kann niemanden erübrigen, der nach Svonnheim reitet, nur um dort von den Toten verschlungen zu werden. Jeden, den wir verlieren, verlieren wir an den Feind.«

Zejn sprach nicht.

»Es tut mir leid«, entschuldigte sich diesmal Clamorent. »Ich werde Sie wieder besuchen. Vielleicht gibt es bis dahin Neuigkeiten. Leben Sie wohl.«

Leben Sie wohl.

Zejn war zum Krüppel geworden und somit nutzlos für Clamorent. Er biss sich in die Faust, um einen Wutschrei zu unterdrücken.

Beinwell tastete nach ihm. »Grämen Sie sich nicht. Weinen werden Sie heute noch genug. Lassen Sie uns die Behandlung fortsetzen, Lieutenant. Dann können Sie selbst nach Svonnheim laufen, um nach der DeBois zu sehen. Mit der Jagd auf einen Koschtschei haben Sie ja bereits Erfahrung.«

71

Beinwell arbeitete noch eine Weile an dem Bruch, bis ihn die Erschöpfung einholte. Er wies seinen Eleven an, die Wunde zu verbinden. Als jener Zejn auf sein Rollwägelchen hievte, schob sich Beinwell schon auf das Lager und wartete nicht einmal ab, dass das Laken gewechselt wurde, bevor er sich darauf zusammenkrümmte.

Zejn wurde von Beinwells Assistenten in den Hauptkrankentrakt gekarrt, wo ihn eine Gäga-Priesterin zwischen weitere Leute zwängte, die noch des Sitzens fähig waren. Ein älterer Mann versuchte, ein Gespräch zu beginnen, stieß bei Zejn jedoch auf schweigende Ablehnung. Stattdessen beobachtete er das emsige Treiben der Priester, Priesterinnen und Helfer, und weigerte sich selbst, der Müdigkeit nachzugeben, bis ihn Arastatas Somniculosis ins Reich der Träume entführte.

Ein Rütteln weckte ihn. Als er die Augen aufschlug, beugte sich ein Gäga-Eleve mit typischer Tonsur über ihn. »Monsieur«, sprach er ihn an. »Einer der Verletzten ist erwacht. Ich erinnere mich, dass Sie mit ihm kamen.«

Verwirrt griff Zejn an die Seiten seines Wägelchens und stemmte sich ein Stück in die Höhe. Sein Rücken schmerzte, ganz zu schweigen von seinem Bein. »Wie meinen?«

»Nun, eigentlich brachten ihn die Straßenkinder. Aber Sie haben ihn gesucht und holten Magister Beinwell ... ohne ihn wären wir hier verloren. Gägas Dank ist Ihnen gewiss!«

Zejn riss die Augen auf. Rougeoyer. Der Priester sprach von Sergent Rougeoyer!

Fahrig tastete er nach den Händen des jungen Mannes, der dem Schnitt seiner Kleidung nach auf seine Priesterweihe zusteuerte. Er musste seinen Mund benetzen, damit sich ihm verständliche Worte entrangen. »B-Bringen Sie mich zu ihm!«

Der Priester-Anwärter zog ihn aus der Nische, vorbei an dem dösenden Alten, aus dessen Mundwinkel Speichel tropfte.

Rougeoyer lag nach wie vor in der hintersten Ecke des lang gezogenen Saals. Unspektakulär gliederte er sich zwischen den Verletzten ein. Zejn erwartete, dass bei seinem Anblick Hass aufkeimte, doch er war vielmehr schockiert. Wenige Wochen hatten ausgereicht, dass dem Sergent Fett und Muskeln entschwunden waren. Wie bei den Untoten aus der Gruft spannte sich seine Haut gelblich über seinen Schädel, ein Bart wucherte an Kinn und Backen, das Haupthaar reichten ihm bis über die Ohren. Auch sein Blick war nicht mehr scharf und klar, sondern irrte umher, als wäre er unfähig, die Schwelle zwischen Traum und Hier und Jetzt zu überwinden. Er brabbelte, ohne dass sich seiner Kehle Laute entrangen. Die Wunde an seinem Hals war zu einer wulstigen, wächsernen Narbe verwachsen.

»Rougeoyer«, wisperte Zejn. Dass er auf einem Rollwägelchen saß, störte ihn nun noch mehr. Er wollte auf den Sergent herabblicken, wie er es beim Tribun getan hatte. Stattdessen hockte er am

Fußende und musste sich von einem Gäga-Bruder helfen lassen, die anschließende Liegestatt so weit zu entfernen, dass er an Rougeoyers Seite passte. Zwei alte Männer, die einander im Krankenlager begegneten. Ihre guten und schlechten Taten zählten nichts mehr im Angesicht ihrer Unfähigkeit, sich von selbst auf zwei Beinen zu halten. Clamorents Heldentaten mochten ihn von der Schuld seines Vaters freisprechen. Doch Rougeoyer und Zejn? Wer interessierte sich noch für sie?

Eine Krankenschwester brachte einen Becher und reichte sie dem Bruder. Vermutlich glaubte er, hier träfen sich alte Freunde, treue Kumpane, die einander nach der Schlacht im Lazarett wiederbegegneten. Er beugte sich zu Rougeoyer, hob vorsichtig seinen Nacken an und setzte ihm das Gefäß an die Lippen. »Trinken Sie«, raunte er zärtlich wie bei einem Kind. »Das hilft.«

Rougeoyer schluckte, die Flüssigkeit lief aus seinen Mundwinkeln und versickerte in seinem Bart. Er hustete so heftig, dass der Bruder absetzte und ihn zurück aufs Kissen bettete.

Sein Blick gewann etwas an Fokus. Er wollte etwas sagen, doch bloß ein tonloses Keuchen entwand sich seiner Kehle. Irritation flackerte über sein Gesicht.

Ein Gluthauch von Befriedigung ballte sich in Zejns Magen, als er Rougeoyer dabei beobachtete, wie er wie ein Fisch am Trockenen nach Luft schnappte. Dessen Augen traten ein Stück aus seinen eingefallenen Lidern hervor.

Das ist für Svonnheim. Das ist für das Mädchen, das du auf dem Dachboden hieltest.

»Attentäter haben Sie in der Nähe der Couronne angegriffen«, sagte Zejn, und riss somit Rougeoyers Aufmerksamkeit an sich. »Man versuchte, Sie zu exterminieren. Mich ebenfalls, aber das tut jetzt nichts zur Sache. Wie es aussieht, war der Tribun nicht länger gewillt, Sie zu protegieren.«

Rougeoyers Lippen bibberten. Zejn konnte die zahlreichen

Äderchen sehen, die in seinem Augenweiß geplatzt waren. Er versuchte, erneut zu sprechen, doch bloß dieses hohle Pfeifen entrang sich seinen Stimmbändern.

»Warten Sie einen Augenblick«, wandte der Gäga-Bruder ein. Er eilte davon. Mit einer Schiefertafel und einem Stück Kreide, welche Priester-Eleven üblicherweise verwendeten, um ihre Schriften zu üben, kehrte der Anwärter zurück. »Schreiben Sie«, sagte er sanft, stellte die anthrazitfarbene Platte auf das Tuchende ab, wo es sich unter Rougeoyers Atemzügen hob und senkte. Die Kreide drückte er zwischen die hageren Finger, deren Nägel lang und vergilbt abstanden.

Der Bruder lächelte unwissend, hielt den Sergent bei der Hand, damit das Kreidestück nicht aus seinem Griff rutschte. »Ich helfe Ihnen. Was wollen Sie Ihrem Lieutenant sagen?«

Rougeoyers Augen schienen eigenartig rot, die nervliche Belastung machte ihm zu schaffen. Sein Blick heftete sich bebend an die Tafel, während der Bruder seinen Arm an die Schieferplatte heranführte. Währenddessen versuchte er immer wieder, zum Sprechen anzusetzen, doch bloß Speichelbläschen sammelten sich an seiner Unterlippe.

Mit gemeinsamer Mühe begann er, Buchstaben zu krakeln, mühsam wie bei seinen ersten Schreibversuchen. Angespannt verfolgte Zejn sein Tun. Jeder Strich war für Rougeoyer eine kleine Qual. Sein Arm zitterte mehr und mehr.

R – O – H – O …

Als er am Y ansetzte, riss es seinen Arm zur Seite. Die Kreide rutschte aus den gemeinsamen Händen, kullerte zu Boden und rollte unter das Nebenbett. Der Gäga-Bruder ging auf die Knie und suchte danach.

Währenddessen bog Rougeoyer den Kopf zurück. Seine Augen drehten sich durch. Die Blutgefäße darin platzten vor Zejns Augen, blutige Tränen sammelten sich am unteren Lidrand.

Zejn begriff, dass etwas nicht mit rechten Dingen zuging. »Hier stimmt etwas nicht!«, rief er aus, krallte sich an den Bettrand und versuchte, sich daran emporzustemmen. »Bruder! Schwester!«

Unvermittelt begann es, Rougeoyer durchzuschütteln. Das Keuchen mutierte zu einem Gurgeln, als dem Sergent Schaum aus dem Mund trat. Das Bett ächzte unter seinen Bewegungen. Zejn wollte ihn packen, um ihn ruhig zu halten, doch es war, als wäre er von einem Geist besessen, der seinem verkümmerten Leib zusätzlich Kraft verlieh. Zejn wurde zurück auf seine Sitzgelegenheit gestoßen und knallte mit seinem Rollwägelchen gegen das Nebenbett.

Der Gäga-Bruder reckte den Kopf mit der Tonsur unter dem Bett hervor und mühte sich auf die Beine. Seine Stimme überschlug sich, als er um Unterstützung schrie. Krankenschwestern rannten herbei, ihre Kopfbedeckungen flatterten im Lauf. Als sie ankamen, erschlaffte Rougeoyer.

Einen Augenblick lang dachte Zejn, er hätte den Anfall erfolgreich überstanden. Seine Augen, hellblau, gerahmt von Rot, erstarrten. Sein Haupt kippte zur Seite. Schaum floss die Wange herab und tropfte auf das strohgestopfte Kissen. Es stank eigenartig – nicht einfach nur nach dem faulen Atem eines kranken Mannes. Eine scharfe Note rief in Zejn eine Erinnerung wach, als er am Svonnheimer Markttag dem Dieb mit dem verätzten Arm begegnet war.

Schritte wurden laut, ein schlaftrunkener Beinwell mit zerzaustem Haar eilte heran. »Weichen Sie zurück!«, bellte er, schob Zejn brüsk zur Seite, sodass sein Bein gegen den Bettpfosten stieß. »Nicht anfassen!«, befahl er dem Bruder, der nach Rougeoyers Haupt tastete. Er beugte sich über ihn, fächelte sich Luft zu. Seine Nasenflügel blähten sich. »Gift. Sie!« Mit einem Ruck wandte er sich an den Bruder. »Was haben Sie ihm gegeben?«

Die Wachen von der Zugangstür marschierten heran, packten den jungen Mann grob an den Armen. »A-Aber ich habe doch gar nichts getan!«, quietschte er. »Schwester Adelheid hat mir die Medizin gebracht!«

Es dauerte nicht lange, da wurde die Priesterin herbeigeschleift, die wimmernd beteuerte, dass sie doch nur gebracht hätte, was der Maître verschrieben hatte. Mehrere Hiebe vonseiten der Söldner trieben eine weitere Beteuerung aus ihrem Mund: »... ich habe doch nur gebracht, was mir der Lehrling gegeben hat!«

Als einer der Männer zu einem nächsten Hieb ansetzte, ging Beinwell dazwischen. »Was sagst du, Mädchen?«

»Euer Eleve, Maître!«, schluchzte sie, der Kittel zerrissen. »Er gab mir die Medizin und sagte, ich solle sie dem Mann mit dem Kehlenschnitt bringen!«

Beinwell schluckte. Einen Augenblick lang wog die Stille schwerer als die Geräusche der Verletzten. Wenig später zerrte Beinwell seinen Assistenten aus der Klause. Seine Schreie hallten durch den Krankensaal, als Beinwell ihn an den Haaren über den Bogen schleifte. Er schleppte ihn in den Hof, löste seinen Gürtel von der Robe und verdrosch ihn mit dem Riemen, sodass er wimmernd in die Kohlbeete rollte.

Zejn gelang es, an die Tür heranzurollen, und beobachtete starr die Bestrafung, unter der sich der junge Mann jaulend wand. Die Härchen in seinem Nacken stellten sich auf, als er dem Flehen des Eleven lauschte. »... man sagte mir, man würde Euch töten, Maître! Man hätte Euch getötet, hätte ich ihm das Mittel nicht gebracht ...!«

Mehr bekam Beinwell trotz aller Gewalt nicht aus ihm heraus. Irgendwann fiel der Junge in Ohnmacht, die Schulter, die aus den Löchern seiner Kleidung glotzte, voller Striemen. Erst dann hielt der Magister in seinem Wüten ein. Als er das Kohlbeet verließ, merkte Zejn, dass er weinte. Wie ein gebrochener Mann dackelte er zur Tür. »Sperrt ihn weg«, befahl er den Söldnern, die wortlos gewartet haben. »Und schickt nach einem Alchemisten. Wir müssen das Gift identifizieren und ein alchemieunterstütztes Verhör bei meinem Eleven anwenden.«

»Maître ...«, sprach Zejn ihn an, doch Beinwell warf bloß den Gürtel von sich. Damit lief er davon, in Richtung seiner Kammer.

Die Schwester, die der Vergiftung verdächtigt worden war, tauchte neben Zejn auf. In den Händen hielt sie die Schiefertafel. Zejn streckte die Hand aus, nahm sie ihr aus den Armen. Die Menschen in den Krankenbetten verhielten sich ganz still, abgesehen von dem Greinen einiger Schlafender, die ihre nächtlichen Dämonen bekämpften.

ROHO

Mehr blieb von Rougeoyer nicht übrig.

72

Sie holten einen Alchemisten – besser gesagt, eine Alchemistin. Die identifizierte das Gift, doch Zejn war es einerlei. Wieso Rougeoyer töten? Ein zweites Mal?

Er wartete darauf, dass Beinwells Assistent darüber Aufschluss gab, aber als sie die Klause öffneten, um das alchemieunterstützte Verhör zu improvisieren, fanden sie ihn an seiner eigenen Robe an der Fensterluke aufgeknüpft und baumelnd direkt unter Gägas Symbol.

Mit dem verrußten Docht einer Kerze hatte er seinem Maître eine Nachricht hinterlassen. *Pardonnez moi. Je vous protège.*

Verzeiht mir. Ich beschütze Euch.

Beinwell weinte. Was Zejn für unmöglich gehalten hatte, wurde selbstverständlich, als der alte Mann sein Gesicht in die Hände grub.

Es gab keine Reservekräfte, um sich um den Fall zu bemühen. Er wurde abgeschlossen, ohne schriftliche Dokumente zu hinterlassen. Beinwell arbeitete stumpf weiter, auch an Zejns Brüchen, doch er war nicht mehr derselbe. Zejn selbst versank zusehends in Schwermut. Selbst in den Innenhof bemühte er sich kaum noch, denn beim Anblick der fettigen schwarzen Schwaden, die von den Totenfeuern über den Himmel trieben, schmerzte sein Herz noch mehr.

Als Beinwell die letzte Bruchstelle bearbeitete, startete Zejn erst durch die Ermunterung einer Gäga-Schwester mit Gehversuchen. Was andere Elevinnen mit aufmunternden Worten versucht hatten, erreichte die Dame mittleren Alters mit rüdem Befehlston. »Stellen Sie sich nicht so an!«, blökte sie Zejn an. »Da haben Sie einen persönlichen Heilmagier, der sich um Ihre Knochen kümmert, und Sie blasen nur Trübsal! Ihr Clamor wäre vielleicht enttäuscht von so viel Faulheit!«

Sie zwang ihn auch in den Hof zurück, stützte ihn, während er sich mit der anderen Hand auf einen Stock lehnte und zwischen den Beeten hindurchmarschierte. Als sie eines Tages durch den Nieselregen marschierten, geschah ein kleines Wunder. Knospen brachen aus dem sattschwarzen Boden. Erste Frühjahrsboten streckten ihre Köpfe hervor. Und der Rauch am Himmel – möglicherweise bildete es sich Zejn ein, doch er nahm ab.

»Das ist Fuchslauch«, erklärte die Priesterin. »Wir werden alle stinken wie die Piraten, aber gesund ist er. Nachdem die Rationen kaum noch reichen, um unseren Tagesablauf zu bestreiten, können wir ihn gut brauchen.«

Fleisch hatte man seit Wochen nicht mehr gesehen, und wenn, stammte es von Streunern, die man auf der Straße fing. Zejn wollte gar nicht wissen, was in der wässrigen Grütze, die täglich ausgeschenkt wurde, drin war. Den Hunger stillte sie nicht. Tradea zehrte von den eigenen Vorräten und Hilfslieferungen, die von den südöstlichen Königreichen herbeigeschafft wurden. Ihr Gutwillen war ein Relikt des gemeinsamen Kriegs gegen die Inseln, der vor etwa zwei Dekaden stattgefunden hatte.

Der Tag kam, als Zejn ohne fremde Hilfe gehen konnte – nun, zumindest ohne menschliche Hilfe. Beinwell trat an ihn heran. »Sie müssen gehen«, sagte er. »Jedes Maul, das wir nicht stopfen müssen, ist uns eine Erleichterung.«

Zejn nickte nur. Zu einer Belastung war er geworden, das wusste er. Wenn er über die Beine fuhr, spürte er die Brüche als Wulste an seinen Knochen. Wortlos ließ er sich davontreiben. Eine Eskorte erwartete ihn, erwies dem ehemaligen Helden noch einen kleinen Tribut.

Er verstand nun, was Rebenglanz gemeint hatte, als er während des Fests davon gesprochen hatte, er müsse seinen Ruhm auskosten, solange es ginge.

Einer der Gardisten hielt eine Überraschung für ihn bereit. Mit einem Pferd am Zügel hielt er auf Zejn zu. »Wir haben sie gefunden und konnten in Ahearns Aufzeichnungen nachweisen, dass sie Ihnen gehört. Sie konnte rechtzeitig aus den Ställen befreit werden, und niemand weiß, wie es ihr gelungen ist – aber sie ist von den Untoten verschont worden.«

Essi trottete bereitwillig auf Zejn zu. Er spürte, wie Tränen in seinen Augen stachen. Zitternd streckte er die Hand aus, berührte die weichen, warmen Nüstern, die nach seiner Berührung suchten. Sie trug Narben in ihrem Fell, blinzelte jedoch ruhig, während er ihren gescheckten Schädel streichelte. Sie lehnte den Kopf heran und er seine Stirn an sie. Eine Weile standen sie nur da.

»Richten Sie Ahearn meinen Dank aus«, sagte er heiser.

Sein Haus war geplündert worden. Während seine Einrichtung größtenteils intakt war, hatte man seine Vorratskammer aufgebrochen und die Vorräte gestohlen. Das Haus von Madame O'reille war vernagelt und die Witwe nirgends zu finden. Zejn hoffte, dass sie in Sicherheit untergekommen war. Nahrung wurde in vorgegebenen Mengen auf gewissen Kreuzungen und Märkten ausgegeben, unter strenger Bewachung der Garde oder den Söldnern der Diebesgilde, je nachdem, ob es sich um offizielle Hilfslieferungen oder teuer erkaufte Schwarzmarktwaren handelte. Die Menschen tummelten sich mit ihren Schalen und nahmen eine Handvoll Mehl, Bohnen, Linsen oder anderes entgegen, was aufzutreiben war. Zejn reihte sich auf seinem Stock zwischen den anderen ein und unterschied sich wenig vom gemeinen Bettler. Ein schlanker Mann mit Tätowierungen auf dem Kopf erinnerte ihn an Rebenglanz und wie er sein Leben gegeben hatte. Niemand dankte es ihm. Niemand außer Zejn dachte an ihn, mit Ausnahme von einer Frau möglicherweise, die er während seiner Zeit als Spion kennengelernt hatte.

Zejn beschloss, dass er zumindest den Versuch unternehmen musste, Amoret aufzuspüren und ihr von Rebenglanz' Ableben zu berichten. Zumindest eine andere Person außer ihm sollte dieses tapferen Mannes gedenken.

Essi in die Zone der Diebesgilde zu reiten, glich blankem Wahnsinn. Sie war Nahrung auf vier Beinen für jeden hungrigen Mann. Stattdessen ließ er sie in seinem Innenhof zurück, wo sie an den im Frühling sprießenden Gräsern und Kräutern zupfte. Besonnen kaute sie an Brennnesselspitzen, als Zejn sie zurückließ.

Der Fußweg kostete ihn einiges – sowohl an Kraft als auch an Bestechungsgeld, um durch die Barrikaden zu kommen. Barthells geheime Schnapsvorräte, die er im Damenzimmer versteckt hatte, erwiesen sich dabei als effektivstes Zahlungsmittel.

Wie sich herausstellte, wurden in der Not nicht alle Toten aus der Stadt geschafft. Immer wieder traf er auf Haufen von verkohlten Leichen, die sich auf Kreuzungen oder in Sackgassen türmten, befeuert durch Material, das Menschen so fanden – Spinnräder, Stühle, Schweinetröge, Truhen oder anderes brennbares Mobiliar.

Als Zejn sich dem Hafenviertel näherte, wuchs das Misstrauen ihm gegenüber. Es besserte sich nicht, als er Amorets Namen nannte. Argwöhnisch kniff ein Söldner mit prächtiger Rotzbremse die Augen zusammen. »Nie gehört, nie gesehen«, kommentierte er.

»Sie arbeitete im La Mirabelle. Sie war eines der Mirabelle-Mädchen.«

»Keiner braucht Huren in dieser Zeit.«

»Einer ihrer besten Freunde ist gestorben ...«

»Kann niemandem etwas ausrichten, den ich nicht kenne.«

»Ich bitte ja auch nicht darum, es auszurichten.«

»Die Schlampe wird tot sein wie alle anderen.«

Zejn blinzelte. Das Hafenviertel befand sich weit entfernt vom Monticule Royale, daher mussten hier die Auswirkungen des Totenaufstands nur gering zu spüren gewesen sein. »Dann lassen Sie mich selbst nach ihr suchen. Es kostet Sie doch nichts.«

Der Mann spreizte die Lippen zu einem Grinsen und entblößte fleckige Zähne. »Mich nichts. Aber alle, die hier durchwollen.«

Es kostete Zejns letzten Schnapsvorrat, hindurchzugelangen. Als der Mann ein gewaltiges Wagenrad vorbeirollte, um ihn in die nächste Gasse vorzulassen, rief er ihm noch hinterher: »Jeder sieht, dass Sie unter dem Mantel ein Schwert tragen, Hinkebein! Und wenn Sie sich etwas Gutes tun wollen – fragen Sie nicht mehr nach diesem Namen!«

Das Haus in der Ruelle de Raisins war geplündert worden wie viele andere. Die blaue Tür war aus den Angeln gebrochen, die

Farbe verschwand unter dem Straßendreck. Der Wind pustete durch die Zimmer und ließ lautstark die rückwärtigen Fensterläden klappern, durch die Zejn in den Fluss gestiegen war. Er fand Kratzspuren auf den Böden, zerschmettertes Geschirr, es war schwer zu sagen, ob hier ein Kampf stattgefunden hatte oder es von den Plünderungen stammte. Noch mehr Sorge machte Zejn jedoch die Aussage des Mannes. *Jetzt braucht keiner Huren.*

In Ausnahmezeiten nahmen sich Männer üblicherweise einfach, was sie wollten. War Amoret Plünderern zum Opfer gefallen?

Daher wandte sich Zejn an den einzigen Ort, an dem er sie noch vermuten durfte – das La Mirabelle.

Als er sich dem Fachwerkgebäude mit dem Zwiebelturm näherte, schmerzten seine Beine wie bei Gicht. Schwer stützte er sich auf den Stock, er merkte sogleich, dass in einigen Fenstern Licht brannte. In den Gassen, die zu dem einstigen Bordell führten, lungerten einige armselige Gestalten herum, doch so wie der Wächter Zejns Waffe erkannt hatte, merkte er, dass einige von ihnen ebenfalls welche verdeckt bei sich trugen. Er spürte ihre Blicke im Rücken, während er sich dem Gebäude näherte, und wurde prompt von einem Mann und einer Frau angesprochen, die an einem Fass herumlungerten.

»Ich suche eines der ehemaligen Mirabelle-Mädchen«, gab er bereitwillig Auskunft. »Ihr Name ist Amoret.«

Die beiden schüttelten so abrupt die Köpfe, dass es einstudiert wirkte. »Gibt's hier nicht.«

»Bitte lassen Sie mich im Mirabelle nachfragen. Möglicherweise hat dort jemand etwas gehört. Oder andere Mirabelle-Mädchen …«

»Keine Mirabelle-Mädchen mehr übrig. Alle fort, alle tot.«

Zejn schluckte. Er senkte den Kopf. Es sollte ihn nicht so treffen – nicht nach allem, was er erlebt hatte –, doch er hatte es sich zur Aufgabe gemacht, Rebenglanz' Erinnerung zumindest mit einer Person zu teilen, der er etwas bedeutet hatte. Erneut hatte er versagt.

»Ich weiß, es ist viel verlangt«, sagte er und nestelte in seinem Mantel nach Münzen, »aber vielleicht können Sie die Ohren offen halten. Sie hat weißes Haar. Ihr bürgerlicher Name ist Sybil. Möglicherweise ...« Er brach ab, als er merkte, wie die beiden die Augenbrauen hoben. Die Frau reckte den Kopf und schob etwas verwundert die Lippen vor. Abrupt nickte sie. »Kommen Sie.« Ohne ein weiteres Wort führte sie ihn zum La Mirabelle.

Bis auf die Trinker hatte sich das Mirabelle kaum verändert. Unten sammelten sich Leute, an der Treppe hielt jemand Wache, hinter der Schank wurde Brei ausgeschenkt statt Bier. Zahlreiche Köpfe drehten sich zu ihm um, als er als Fremder eintrat.

Erst als er die zweite Tätowierung sah, merkte er einen Zusammenhang. Tätowierte Schlangen kringelten sich an Hälsen, Armen, bei einem sogar übers Kinn. Rötliche Narben füllten ihre Leiber wie ein Schuppenteppich aus. Dieses Bandenzeichen war Zejn unbekannt. Und er wunderte sich über viel zu schöne Mädchen und Frauen, die unter den Anwesenden waren, die Stiefel rot wie in Blut getaucht trugen.

Als man ihn die Treppe empor bis zum Zwiebelturm führte, erwuchs in ihm die Gewissheit, dass er soeben ans Tor eines neuen Diebesgildenmitglieds klopfte.

73

Er hatte dieses Tor einst eingebrochen, um an Tarim heranzukommen. Stattdessen hatte ihm Mirage eine Schlafgranate gegen die Birne geworfen, weil ihr Vater eigene Ermittlungen gegen seinen Schwarzmarkthändler anstellte. Er hätte nicht gedacht, dass er diesen Augenblick vermissen würde.

Stattdessen klopfte der Mann vor ihm an eine frisch blau gestrichene Tür. »Ma'am?«

»Entrez«, forderte eine Zejn bekannte Stimme. Seine Begleitung drückte gegen das scheinbar schlosslose Tor, an dem sich gewundene Beschläge reihten. Geräuschlos schwang es auf.

Zejn betrat das Turmzimmer. Es überraschte ihn nicht mehr, Amoret zu erblicken, die auf einem Diwan, gebettet auf eine Hasenfelldecke, saß, ein Bein über das andere geschoben. Sie schien züchtig gekleidet, mehr wie eine Kaufmannsfrau als wie eine Dirne, das kaffeebraune Kleid mit Klöppelspitze bis unter das Kinn geschlossen. Ein Kronleuchter erhellte alle Ecken und Enden der Kammer. Einige Möbelstücke hatte sie von Tarim übernommen, andere waren neu hinzugekommen. Den Tisch kannte Zejn noch von der Durchsuchung. Aus der Ferne war es schwierig auszumachen, doch er glaubte, Aufzeichnungen in Glyphenschrift zu entdecken. Eine Schwanenfeder ragte aus einem Tintenfass. Der Verschluss eines Folianten war in Form einer Silberschlange gelegt.

»Ma'am.« Einer seiner Begleiter verbeugte sich. »Der da kannte Euren bürgerlichen Namen.«

Euren. Die Ehrenanrede. So weit waren sie gekommen.

Das winzige Lächeln auf ihren Lippen entging ihm nicht. Sie trug das Haar offen, es schimmerte wie Perlmutt. Sie legte einen Stickrahmen beiseite, mit dem sie sich beschäftigt hatte, und tippte mit der anderen Hand neben sich. »Merkt euch sein Gesicht«, sagte sie, »er hat Passierfreiheit, und niemand hier tut ihm etwas zuleide.«

Die beiden nickten nur und zogen sich zurück. Die einzige stickende Frau, vor der Zejn jemals Menschen ehrfürchtig hatte buckeln sehen, war die Second Maman gewesen. Nun gab es zumindest eine Zweite in Tradea.

Schleppend näherte er sich, sein Stock klopfte lautstark auf den Boden. Sie fasste nach seinem Arm, als er sich neben ihr niederließ. Angst hatte er zu seiner Überraschung keine. Nicht, weil sie eine zierliche Frau war – im Gegenteil: Sie war jener Typ Frau wie Fantine: schauspielend, berechnend, opportunistisch, und somit lag die größte Gefahr darin, dass er sich in ihre ätherische Schönheit und in ihren verwobenen Charakter verliebte.

Zärtlich legte sie ihre kühle Hand auf die seine.

»Schlangen also, ha?«, fragte er irgendwann.

Sie lächelte nur still. »Weiße Schlangen«, antwortete sie.

Er hakte nicht weiter nach, würde es auch in Zukunft nicht tun. Was sie tat. Ob sie es bis in die Gilde geschafft hatte und Teil der Politeia zu werden. Oder ob die Leute dort unten nur eine Bande von vielen waren, oder womit sie sich genau verdingten.

Stattdessen berichtete er ihr vom Angriff auf die Königskaserne. Sie lauschte geduldig, wie sie vermutlich vielen ihrer Kunden gelauscht hatte. Wenig schien sie zu überraschen.

Als er zu Rebenglanz' Ableben kam, weinte sie nicht, doch Trauer drückte auf ihre silbrigen Brauen. »Das dachte ich mir schon«, sagte sie. »Gewiss hätte er sonst nach mir gesehen oder eine Nachricht im Glyphenpfad hinterlassen.«

Ihre Antwort verriet ihm, dass das Schatteninformationsnetz in Tradea sehr wohl noch aktiv war.

»Es ist meine Schuld, dass er so unglücklich stürzte. Möglicherweise hätte ich nicht aus dem Fenster springen sollen. Oder den Draugar folgen, um Mirage zu finden. Oder …«

»Hätte, hätte, Brückenkette …«, sprach sie zart. Ihre Worte trafen ihn direkt ins Herz. Barthell hatte sie einst zu ihm gesagt.

Sie schien es zu merken, drückte seine Hand. »Das Artefakt hat Tod und Chaos über die Stadt gebracht. Ich ertappe mich immer wieder, dieselbe Frage zu stellen: Warum? Dann sehe ich mich um und erinnere mich an einen meiner Kunden, ein Schreiber, wenn man es so mag, Literat und Philosoph. Er war meist ans Bett gefesselt, doch wenn er konnte, besuchte er mich. An einen seiner Sätze erinnere ich mich, wenn ich über Tradeas Dächer hinwegblicke: Manchmal gebiert Chaos einen tanzenden Stern.

Es hat mich zumindest in dieses Turmzimmer geführt.«

Das war sie tatsächlich, das Licht in einem Leuchtturm.

»Aber meine Gedanken schweifen immer wieder zur Frage zurück: Wieso?«

»Wieso? Das Artefakt hat keine Motive.«

»Das Artefakt nicht, aber jene, die danach suchten. In meinem Beruf war es mir wichtig, Menschen zu verstehen. Im Prinzip suchen sie nur drei Dinge: Macht, Reichtum und Liebe. Verstand ich ihr Streben, konnte ich ihnen geben, was sie wollten. Svetlana Kuzorra wollte mit dem Artefakt die Hochmagierschaft stürzen. Der Skorpion seine Geschäfte mehren. Aber der Tribun? Was hatte er davon?«

Zejn sah sie etwas ratlos an. »Die Legende von Nifs Rückgrat besagt, dass der Tribun das Königshaus stürzen wollte, als er sich das Artefakt aneignete.«

»Wozu?«

Verwirrt schüttelte er den Kopf. »Was meinst du?«

»Der Tribun hatte doch alles. Er war die rechte Hand des Königs, sein engster Berater, sein Freund, hört man sogar. Treu ergeben war er ihm – und umgekehrt, so hätte Tvaion doch auf jedes seiner Worte gehört. Er hatte ein prächtiges Anwesen, eine junge, schöne Frau, die ihn hingebungsvoll liebte, einen Sohn, der sein Nachfolger war, und möglicherweise noch einen zweiten auf seinem Weg. Er hat alles, was sich ein sterblicher Mann wünschen könnte. Warum, bei den Göttern, suchte er nach diesem Schwert?«

Zejn schluckte. Zäh arbeitete sich der Speichel seine Kehle herab. Die wichtigste aller Fragen zur Lösung des Rätsels hatte er just übersehen. Er hatte ein Spiegelbild jener Erzählung vermutet, die Mirage ihm über den Marsch des Tribuns gegen Tradea erzählt hatte. Aber die bessere Frage war … wozu? Was hätte der Tribun davon gehabt, seinen König erfolgreich auszumerzen? Den Stadtstaat in eine bittere Revolution zu stürzen?

»Warum?«, flüsterte er nun auch. Sein Blick verlor sich.

Und wozu war Beinwells Eleve unter Druck gesetzt worden, Rougeoyer zu töten, nachdem nun alles offen und blank lag?

Es sei denn, er wusste mehr.

Mit einem Ruck drehte er den Kopf zu Amoret. Eine kalte Angst kroch über ihn hinweg. »… er hat keinen Grund.«

Diesmal wirkte sie sogar etwas unsicher und hob die Schultern an. »Zumindest keinen, den wir erfahren werden.«

Er blinzelte heftig. Er spürte, wie der Gedanke in seinem Kopf kratzte, als wäre er ein Wiedergänger, der nach draußen wollte. Hitze sammelte sich in seinem Nacken, er lockerte den Kragen seiner Kleidung.

»Erik?«, klingelte Amorets Stimme. »Was ist los?«

Er hatte gewollt, dass es der Tribun war. Denn für Zejn, auch wenn er es sich nie eingestanden hatte, war dieser Mann das stellvertretende Böse gewesen. Jemand ohne Moral, der ihm einfach die Verlobte genommen hatte und ihm den Dienstgrad entzogen, ihn der Stadt verwiesen hatte in dieses Holzfällerdorf Svonnheim. Als der Verdacht auf ihn gefallen war, war er schockiert gewesen, wie weit die Intrige rund um das Artefakt reichte. Gleichzeitig aber hatte sich ein kleiner Teil in ihm nicht gewundert, denn … es handelte sich bei dem vermeintlichen Untäter um jenen Mann, den er am meisten hasste.

Lass dich nicht verwirren, Zejn, sprach er sich selbst zu. *Moreau und Rougeoyer haben es doch gesagt! Nein, angedeutet!* Er beugte sich vor, rieb sich die Schläfen, versuchte, sich an den genauen Wortlaut zu erinnern. Rougeoyer hatte durchblitzen lassen, dass er protegiert wurde. Von jemandem, der einen höheren Titel einnahm als Uriarte und Zejn. Ja, er hatte sogar seinen Namen geschrieben. ROHOY. Er hatte gestanden. Er hatte ...

ROHOY.

Zejn hielt darin inne, sich die Finger in die Schläfen zu rammen. Amoret hatte ihm die Hand auf die Schulter gelegt, doch ihm war, als spürte er es nicht.

ROHOY. Noch jemand anders trug diesen Namen.

Vorsichtig richtete er sich auf. Er schluckte, den Blick ins Nichts gerichtet. *Können wir ihm trauen?,* hatte Mirage gefragt. *Wem, wenn nicht ihm?*

»Erik?«

»Das kann es nicht sein«, wisperte er. »Woher hätte er von dem Artefakt überhaupt wissen sollen?«

»Wer?«

»Er. Rohoy. Ich meine ...« Er wandte sich zu ihr um. »Lieutenant Clamorent Rohoy.«

Ihre Augenbrauen kauerten sich zusammen. »Ich kann Ihrem Gedankengang nicht folgen«, sagte sie, »aber von dem Artefakt wusste er gewiss.«

Perplex blinzelte er. »Wie?«

»Der junge Lieutenant. Er kam doch nach Ihnen, um das Glyphenversteck zu betreuen. Aramis erzählte ihm mit Sicherheit davon, dass Tarim es gesucht hat.«

74

Dumpf hörte er seinem eigenen Atem zu, wie er aus und ein fuhr.

Amoret beugte sich vor, ihr Haar glitt über die Schulter. »Irgendetwas stimmt doch nicht? Sprechen Sie mit mir!«

»E-Er hat das Glyphenversteck nach mir überwacht?«

Sie lächelte schwach. »Ja. Er war ein hübscher Anblick.« Sie legte den Kopf schief. »Auch wenn ich etwas reifere Männer bevorzuge.«

Er ging nicht auf ihr Kokettieren ein. »Er wusste es ...«, wiederholte er.

»Ich dachte, das ist Ihnen bekannt? Sie arbeiten doch gemeinsam.«

Im Geiste ging er zu dem Augenblick zurück, als er im verdunkelten Schlafzimmer über dem sterbenden Tribun gestanden hatte, tödlich verletzt von seiner eigenen Frau. Und Fantine ... jemand hatte Fantine verletzt. Doch die Wunde an ihrem Bauch hatte mehr wie eine Stichwunde ausgesehen denn wie von Klauen oder Zähnen geschlagen. Zejn hatte vermutet, dass der Tribun sie möglicherweise im Nachhinein hatte ermorden wollen. Doch erstens wusste der Kopf der Garde, wie Draugar zu töten waren, und zweitens war seine Klinge blank wie Mondlicht gewesen.

Er hatte es nicht geschafft. Fantine war bereits wiedergekehrt, und er war unfähig gewesen, sie endgültig dem Tod zu überantworten, weil er sie genauso liebte, wie Madame Roux ihre Tochter geliebt hatte. Lieber hatte er sich von ihr töten lassen.

Sind Sie stolz auf das, was Sie erschaffen haben?, hatte Zejn ihn gefragt. Er hatte natürlich die Draugar gemeint. Doch der Tribun ...

»Clamor ...« Sein letztes Wort.

»Clamor…ent.«

Mittendrin war er krepiert wie Rougeoyer. Clamorent war nicht gekommen, um Verletzte zu bringen. Auch Zejn hatte er nicht in der Gäga-Seelstatt besucht. Jemand hatte ihm davon berichtet, dass Rougeoyer wieder das Bewusstsein erlangen würde.

Clamorent ROHOY der Jüngere.

Seine Augen brannten. Seine Hände zitterten. Er hörte, wie Amoret seinen Namen flüsterte und seinen Arm knetete, doch ihm war es, als wäre er nicht in Besitz seines Körpers. Alles drehte sich, sein Sichtbild flackerte.

Warum?

Da war sie wieder, die Frage.

Warum sollte er das Artefakt rauben?

Bloß diesmal gab es jemanden, der ihm diese Frage noch beantworten konnte.

75

Die Treppe vor der Rosenvilla war verbarrikadiert. Wächter hatten sich dahinter verschanzt, schrien Drohungen, sich von hier fernzuhalten. Clamorent hatte ihn erwartet.

Zejn stand eine Weile in der Ferne, das Gesicht starr. Dann machte er sich auf den Weg zu Lieutenant Ahearn und kehrte mit ihm, zwei Einheiten und einer Kampfmagierin mit der Fähigkeit, Holz zu manipulieren, zurück. Die Soldaten entflammten Brandpfeile in den Steinvasen, die die Treppe zur Lunaire-Villa säumten, als sie sie kommen sahen. Sie folgten nur ihrem Befehl. Und ihre eigenen Männer folgten Ahearns Befehl, als er zum Angriff winkte. Er hatte einen Großteil seiner Haarpracht beim Brand eingebüßt, als er versucht hatte, seine Pferde zu retten. Von Armen und Gesicht hatte sich die verbrühte Haut gelöst, sodass sie eigenartig fleckig wirkte.

Der Ansturm geschah rasch und gewaltvoll. Die Kampfmagierin brach zuerst die Barrikade, wurde jedoch später von einem Pfeil aus der Festung ausgeschaltet. Es brachte den Zug nur kurz ins Stocken.

Sie räumten die Treppe, Schilde gehoben gegen die vereinzelten Geschosse, die herabsegelten. Durch die steile Treppe erwies sich der Einsatz eines Rammbocks als nutzlos, doch sie schickten einen jungen Mann als Fassadenkletterer durch ein Fenster. Die Lunaire-Villa war nicht als Festung erbaut worden, sondern als Lustschlösschen, daher gab es in höheren Stockwerken keine Fenstergitter.

Kaum hatten sie die Villa infiltriert, ergab sich Clamorents Dienerschaft auf Befehl seiner Kammerdienerin. Die Frau mit dem fuchsroten Haar ließ den Balken vom Tor entfernen. Als Zejn auf einen Gehstock gestützt eintrat, erwartete ihn die oberste Dienerin bereits mit straffer Haltung. Es wunderte Zejn, dass sie die Familie verriet, der sie diente.

Die Leibdienerin schien sein Gesicht zu lesen. »Lieutenant Rohoy hat angewiesen, Sie einzulassen. Ich soll Sie zu ihm führen.« Ihr Blick glitt zu Ahearn und den restlichen Gardisten, die ins Gebäude schwärmten. »Nur Sie.«

Ahearn biss die Zähne zusammen. »Das könnte ein Hinterhalt sein.«

Zejn schluckte schwer. »Mag sein. Dann wissen Sie, was zu tun ist.« Er nickte der Kammerdienerin, ihn zu führen. Sie verbeugte sich und tat ihren Dienst. Anstatt ihn wie bei seinem letzten Besuch in die oberen Geschosse zu bringen, schritt sie an der Treppe vorbei. Durch Glasfenster schimmerte Licht. Und wenig später, als sie das Tor aufzog und ihm mit einer knappen Verbeugung deutete, vor ihr auszutreten, merkte Zejn, dass sie ihn in den verwilderten Rosengarten geführt hatte.

Seine Stiefel wirbelten Laub auf, das die Wege in Schichten bedeckte. Die Rosenbüsche waren bloß ein Gewirr aus Dornen, ihre Schönheit verkümmert. Bei näherem Hinsehen hatte sich jemand absichtlich darum bemüht, die Knospen von den Sträuchern zu reißen. Sie spickten den Grund mit den verwelkenden Blättern.

Clamorent saß auf einer Steinbank am Hofrand, lehnte den Rücken an die Mauer, den Blick auf das Dornengewirr und gleichzeitig auf nichts gerichtet. Neben ihm lag seine Gardistenklinge, der Griff in seine Richtung gedreht, sodass der die Hände jederzeit aus dem Schoß nehmen und danach greifen konnte.

Bei seinem Anblick zog sich Zejns Magen zusammen. Obwohl er sich keinerlei Mühe machte, leise zu sein, sah Clamorent nicht auf, als er herantrat.

»Lieutenant«, sagte Zejn, die Stimme rau.

»Lieutenant«, erwiderte der Jüngere. Erst nach einer Weile fügte er an: »Ich dachte mir schon, dass Sie früher oder später kommen.«

Irritiert zwinkerte Zejn. Er beschloss, das Schwert zu ignorieren, und ließ sich mithilfe seines Gehstocks auf Clamorents anderer Seite nieder. Gemeinsam sahen sie in den Garten. Schweigen hüllte sie ein. Obwohl sich der jüngere Rohoy redlich Mühe gegeben hatte, die Rosen vom Blühen abzuhalten, zankten sich Spatzen im Laub und erfüllten den Hof mit tschirpendem Leben.

Aus dem Augenwinkel sah er, wie Clamorents Unterlippe zitterte bei dem Versuch, etwas zu sagen. »Als ich Sie im Krankenhaus traf, wusste ich, ich müsste Sie ebenfalls mundtot machen. Ich wusste es auch schon vorher. Deswegen habe ich Sie nicht besucht. Weil ich erkannt habe … dass ich es nicht schaffe.«

Zejn schluckte.

»Mit Ihnen hätte ich allen Fragen ein Ende bereitet. So viele andere mussten daran glauben. Aber an Ihnen scheiterte ich.« Er hob das Kinn, sah in den Himmel, vor dem die Spatzen in die Höhe stiegen. »Wie dumm, ausgerechnet bei Ihnen der Sentimentalität nachzugeben.«

Es dauerte, bis Zejn seine Zunge genügend benetzt hatte, um ein Wort hervorzubringen. »Warum?« Es klang so kläglich aus seinem Mund. Traurig. Gebrochen.

Lange erwiderte Clamorent nichts, betrachtete nur den Himmel. »Alles begann mit der Geschichte«, sagte er leise. »Mit der Legende eines Artefakts, das Tote zurückholen konnte. Hauptfrau Uriarte hielt mit Aramis Oddrafn über das Glyphennetz Kontakt, spielte uns Informationen über Tarim und seine Schmuggelwege zu. Nachdem Sie aus Ihrem Rang enthoben worden waren, war es meine Aufgabe, das Haus in der Ruelle de Raisins zu besuchen. Es war … kurz nach dem Tod meiner Mutter.«

Erst jetzt erkannte Zejn, dass Clamorent nicht den Himmel betrachtete, sondern eines der Fenster im obersten Stock, das sich dem Innenhof zuwandte. Seine Läden waren zugenagelt.

»Nachdem mein Vater ihr mitgeteilt hatte, dass er sie für seine neue Frau verlassen und somit der öffentlichen Schande aussetzen würde, entschied sie, ihrem Leben ein frühzeitiges Ende zu setzen. Meine Kammerdienerin fand sie hier unten, zerschlagen zwischen gepflastertem Weg und Rosenhecken. Es war der Tag, an dem ich beschloss, dass in der Rosenvilla nichts mehr blühen sollte.«

Zejn ließ ihn frei sprechen.

»Mein Vater inszenierte ihren Tod als verheimlichte Krankheit, die sie dahingerafft hatte. Er bestach Heiler, die ihm nach dem Mund sprachen. Tatsächlich war es ihm recht, dass sie sich selbst aus seinem Leben entfernt hatte. So konnte er Fantine ohne öffentlichen Eklat in die Gesellschaft einführen. Natürlich gab es einige, die fanden, er hätte sich zu rasch neu vermählt. Aber das Aufsehen deckte sich nicht im Mindesten mit dem, wäre ihre vorzeitige Affäre publik geworden.

Es war bloß ein Märchen, von dem mir Oddrafn berichtete. Uriarte selbst lachte darüber. Als Einwanderin war sie mit derlei Legenden nie in Kontakt gekommen, als dass sie diese hinterfragt hätte. Ich dachte zunächst, es würde nichts kosten, nachzuforschen. Aber dann schien Tarim tatsächlich eine Spur in die Vorlande gefunden zu haben, und das Märchen wurde real. Ich hoffte, ich könne das Artefakt vor ihm finden. Meine Mutter zurückholen. Und meinen Vater vor aller Augen demütigen. Das wäre nicht recht, aber Gerechtigkeit.« Der junge Mann schluckte. »Ich schickte also Leute dort hinaus. Es war ein Leichtes, meine Befehle als jene meines Vaters zu maskieren, was sie unabdingbar loyal machte. Dann ging alles schief, und ich ahnte …«, er musste kurz unterbrechen, »… dass das Artefakt die Toten nicht auf jene Art zurückholte, wie ich es mir vorgestellt hatte.

Ich war froh, als ich die Nachricht bekam, Sie hätten es geborgen, Lieutenant. Und ich schwöre bei den Göttern, zu diesem Zeitpunkt galt all mein Streben tatsächlich dem, das Artefakt zurück in die Grabhügel zu bringen und dem Spuk ein Ende zu bereiten.« Erstmals sah er Zejn an. Seine Augen weiteten sich ängstlich, er duckte den Kopf zwischen den Schultern. Unvermittelt erinnerte er Zejn mehr an einen Jungen, nicht den Mann, den alle – auch er selbst – in ihm sehen wollten. Der jüngste Lieutenant Tradeas. Es war keine Belohnung gewesen. Man hatte ihm eine Bürde auferlegt.

Clamorent flüsterte, sein Blick huschte hin und her, als ängstigte er sich, jemand würde ihn belauschen. »Dann brachte Uriarte das Schwert, nachdem wir es im Garten der Schwarzen Lilien geborgen hatten. Und ich schwöre Ihnen … das war, als ich erstmals ihre Stimme hörte.«

Zejn versuchte, seine Mimik glatt zu halten. »Ihre?«

»Meine Mutter. Sie wisperte mir zu! Dass sie Nifs Rückgrat bräuchte, um wiederkehren zu können – und dass es bei ihr anders sein würde, genau wie bei Mirage DeBois!«

Zejn erschrak, als der junge Mann plötzlich nach seiner Hand fasste. Clamorent quetschte sie so fest, dass es schmerzte, die Haut kalt wie Marmor. Er starrte ihm in die Augen, und doch wirkte sein Blick verloren. »Ich dachte, sie alle hätten es falsch gemacht! Tarim! Sie! Ich konnte Mamans Stimme nicht länger ignorieren! Sie verfolgte mich, Tag und Nacht, ich hörte ihr Weinen, Klagen, ihre Beschuldigungen, ich hätte sie nie genug geliebt, würde mich ungenügend bemühen! Ich wäre nicht anders als mein Vater, den ihr Freitod kaum mehr rührte als ein geschossenes Reh! Sie war in meinem Kopf …« Er schloss die Augen, rieb sich über die Stirn, die Narben in seinem Gesicht. »… ich fand keinen Schlaf, sie stieg in Arastatas' Träume, bis ich sie auch des Tages über sah, immerzu, an jeder Straßenecke, im Antlitz jeder Frau …« Mit einem Keuchen stieß er die Luft aus, schwieg, barg das Gesicht in der Hand.

Zeit verstrich, bis Zejn merkte, dass er weinte. »Also schickten Sie jemanden Uriarte hinterher, um das Schwert zurückzuholen«, resümierte er. Seine Stimme drohte zu reißen.

Es dauerte lange, bis Clamorent ein Nicken zustande brachte. Noch länger dauerte es, bis er die Hand davonzog und sich sein rot umrandeter Blick wieder im Garten verlor. »Maman ließ mich wählen – zwischen ihr und Uriarte. Es war keine Wahl. War es nicht wirklich …«

Zejn schlug die Lider nieder. Spatzen hüpften vor ihnen über den Weg, pickten Käfer und Insekten aus dem toten Laub.

»Ich wollte zuerst Moreau schicken. Aber der hatte nicht den Mumm – ihm fehlten der Ehrgeiz und die höheren Ziele, sich bestechen zu lassen. Also wandte ich mich an Rougeoyer. Er war aus

Tradea verbannt worden, nachdem er sich an der Tochter eines Militärmanns vergangen hatte. Er hatte wenig zu verlieren und viel zu gewinnen.« Er strich sich über den Mund, immer und immer wieder, zupfte sich Fetzen von den aufgesprungenen Lippen. »Es ist eine Sache, den Mord eines Menschen in Auftrag zu geben, den man verehrt. Eine andere ist es, den zerrissenen Leichnam aus Tüchern zu schlagen, den Sie von Svonnheim bis nach Tradea geschleppt hatten. Aber da war es zu spät.«

Es war schon viel früher zu spät gewesen.

»Rougeoyer ließ mir das Artefakt zurückbringen. Einen Augenblick lang war ich glücklich, so richtig glücklich. Ich dachte, alle meine Probleme gehörten von nun an der Vergangenheit an. Dass ich besser wäre als die Männer vor mir, die das Schwert nicht gemeistert hätten. Aber nachdem ich es selbst probierte, merkte ich bald … dass ich einer von ihnen war. Ein Versager.«

»Niemand kann das Schwert so meistern, dass es die Toten ins Leben zurückholt, wie wir sie einst kannten. Nicht wir sind es, die wir uns das aussuchen. Nif ist es. Sie hat Mirage bloß so gemacht, weil sie eine wahrhafte Trägerin für das Artefakt suchte.«

Clamorent schwieg und zupfte sich an der Lippe, bis sie blutete. Er brütete über seinen Erinnerungen.

»Ich hatte all das verbrochen. Keines meiner Ziele war erreicht. Weder konnte ich meine Mutter von den Toten zurückholen noch meinen Vater umgekehrt demütigen für das, was er ihr angetan hatte. Aber Ihre Vermutung, die Sie ganz nach oben geführt hatte – zu Rohoy –, die brachte mich auf die Idee.«

»Den Schuldigen zu finden, der Ihnen beliebte.«

»Ich kannte Ihren Plan. Also brachte ich Nifs Rückgrat in die Familiengruft und hoffte, Sie würden es dort finden. Ich bettete es auf den Leichnam meiner Mutter. Sie sprach noch immer zu mir. Manchmal glaubte ich, sie atmen zu hören, aber sonst verhielten sich die Toten ruhig. Ich nahm es als gutes Zeichen. Ich dachte,

Nif und meine Mutter würden mir zeigen, dass ich mich richtig entschieden habe. Heute glaube ich bloß, sie haben auf jemand anderen gewartet.«

Mirage.

»Aber es gab noch einen, der die Wahrheit kannte. Und Tvaion vertraute meinem Vater wie keinem anderen. Hätten Sie ihn erst angesprochen ... wäre es zu einer öffentlichen Befragung gekommen, Sie hätten dem Tribun möglicherweise geglaubt. Also musste ich ihn mundtot machen ... aber es so aussehen lassen, als ...«

Zejn zwinkerte. Clamorent kämpfte mit Worten.

»Du«, stieß er zart aus. Mit einem Ruck zog sich sein Herz zusammen. »Du hast Fantine getötet und aus ihr eine Draugr gemacht. Du wusstest, er würde es nicht zustande bringen, ihr den Kopf zu zerschlagen.«

Es war das erste Mal, dass Clamorent die Furcht abstreifte. Er stieß einen verächtlichen Laut aus. »Haben Sie plötzlich Mitleid mit ihr? Nach allem, was sie Ihnen angetan hat? Meiner Mutter? Meiner Familie?«

»Sie trug ein Kind in sich.«

Kurz schob Clamorent seinen braunen Blick zu ihm. Doch von allen Menschen, deren Tod er zu verantworten hatte, kannte er mit ihr kein Erbarmen. Bitter lachte er auf, löste die Hand vom Mund und richtete sich gerade auf. »Welch Ironie!«

Er lehnte sich gegen die Mauer, und mit einem Mal wirkte er locker, ja gelöst. Sogar ein Lächeln umspielte seine Lippen. Möglicherweise war er nun frei. Aber wer kannte es denn nicht, den Nifs Rückgrat mit fremder Stimme verführt hatte? Vielleicht war es auch die Erleichterung, all die Schrecklichkeiten loszuwerden, die auf seinem Herzen und auf seinen Schultern gelastet hatten.

»Es sind nicht nur die Menschen, die Sie ermordet haben oder haben lassen«, sagte Zejn ernst. »Ihnen ist klar, was Sie zu verschulden haben? Die Toten des Vorlandes? Der Totenaufstand in der Festung? Tradea unter Isolation?«

Clamorent schwieg.

»Was haben Sie dazu zu sagen?«, fügte Zejn nun ärgerlicher an.

Clamorent mied seinen Blick. »Wir sind Soldaten«, sagte er. »Wir leben, um zu fallen.«

»Diese Menschen sind keine Soldaten!«, rief er aus. »Sie haben sich all das nicht ausgesucht!«

Schleppend wandte sich Clamorent ihm zu. Seine Härte schmolz. »Das habe ich auch nicht.«

Zejn schürzte das Gesicht in der Hand. Er erschrak, als Clamorent ihn berührte, den Griff locker an seinem Arm. Tränen spiegelten sich in seinen Augen, doch er hielt sie zurück. »Ich wünschte«, sagte er leise, »ich wünschte, ich hätte einen Vater gehabt wie Sie.«

76

EINIGE TAGE SPÄTER

Körperlich war er ihr schon näher gewesen, doch nie hatte er sich so sehr ins Vertrauen gezogen gefühlt.

Obwohl sie einander gegenübersaßen, als wäre er ein typischer Gast und sie eine typische Gastgeberin, strahlte die Second Maman erhabene Ruhe aus. Angeheiratet aus Magarrjan, besaß sie Haut hell wie Milch und Haar goldgelb wie Kafrit, der im Zenit stand. Ihr fortgeschrittenes Alter zeichnete erste Fältchen, doch kein Vergleich zu den Mägden, mit denen Zejn zeitlebens in Kontakt gestanden hatte. Sie trug ihre Krone eingeflochten in ihr

Haar, und das Fell eines Schneeluchses wärmte ihren Schoß. Aufmerksam sah sie Zejn an, der ihr gegenübersaß, seitlich von Kaminfeuer beschienen. Im Schatten der Kammer warteten Diener und Wächter. Trotzdem fühlte er sich, als wäre er mit der Maman allein.

»Ich bin unendlich traurig«, sagte sie irgendwann. »Wie weit es gekommen ist. Wie weit es kommen musste. Dass Väter ihre Kinder betrügen und Kinder ihre Väter. Clamor hat bei ihnen klein angefangen und sich dann unser Königreich einverleibt.« Ihr Blick wanderte davon, die prächtigen Ohrringe schaukelten und streiften ihre Kieferknochen.

»Mein Mann hat es versäumt, die Gefahr zu erkennen, die vor seinen Stadtmauern lauerte. Er hätte eine Armee nach Svonnheim schicken sollen. Doch er verkannte Clamors Absicht. Weigerte sich, von den südöstlichen Königreichen die Gefallen einzufordern, die uns durch Tradeas tragende Rolle während des Kriegs gegen die Freien Inseln zustanden. Er sagte, er wolle sich die Unterstützung für richtige Kriegszeiten aufheben. Er hat nicht verstanden, dass der Krieg schon längst da ist. Tvaion gehört nun zu seinen Opfern.«

Zejn schwieg.

Mit einem Seufzen suchte die Madame Blickkontakt. Zejn musste den Instinkt unterdrücken, wegzusehen, erwiderte ihren goldschimmernden Blick. »Sie haben so viel für unser Königreich getan, Lieutenant Zejn. Orden können Ihnen dafür keinen Dank aussprechen. Aber ich muss Sie noch einmal um etwas bitten. Die Toten werden auferstehen, solange Nifs Rückgrat nicht zur Ruhe gefunden hat. Daher bitte ich Sie, der neuen Koschtschei zu folgen – und sie zu erjagen, wie Sie es mit dem ersten getan haben.

Ich weiß nicht, in welchem Zustand Sie Svonnheim auffinden werden. Aber ich werde tun, was Tvaion verabsäumt hat, und

Grünstadt und Terra Talioni um Hilfe bitten. Sie bekommen von mir alles, was Sie dort draußen benötigen, um gegen die Wiedergänger anzustreiten – und ihre Anführerin zu erlegen. Meine Frage ist: Werden Sie das für mich tun? Für mich, König Svellin und Tradea?«

Zejn schluckte. Eine Zeit lang ertönte bloß das Knistern des Feuers. »Ich werde Nifs Rückgrat bergen«, sagte er, »aber ich bitte Euch, mir zu vertrauen, dass ich es auf meine Weise versuchen muss.«

Lange sah ihn die Second Maman an. »Es sei Ihnen gestattet.«

Er beugte den Kopf. »Ich danke Euch, Eure Hochwohlgeboren.«

77

Zejn wappnete sich gegen das Schlimmste, als er in der Begleitung von fünfzig Mann Richtung Svonnheim ritt. Es überraschte ihn, dass sich die Straße beinahe problemlos passieren ließ. Hin und wieder stießen sie auf untote Streuner, doch die meisten hielten sich zwischen den Sträuchern verborgen und tauchten wie Wildgetier davon, als sie die Hufschläge kommen hörten. Nicht nur das Land hatte sich verändert, auch das Verhalten der Draugar schien unter der neuen Koschtschei anders geworden zu sein.

Als sie kurz vor Svonnheim waren, ließ Zejn seine Leute noch einmal anhalten. Er bereitete sich darauf vor, dass sein ohnehin vernarbtes Herz noch einmal tiefe Risse erfahren würde. Dann verließen sie den Wald und betraten die Felder, und zu Zejns eigener Überraschung stellte er fest, dass die Palisade von Svonnheim nach wie vor stand. Nicht nur das – dahinter kringelte Rauch aus den Schornsteinen der Dächer, und davor, vergleichsweise winzig, scheuchte jemand klapprige Kühe mit Pflügen über Äcker, auf denen sie die Erde lockerten.

Einen Augenblick saß Zejn auf Essi und rührte sich nicht. Hinter ihm scharrten die restlichen Reittiere mit den Hufen, die Fußsoldaten warteten in Reih und Glied. Einer trug ein Banner, das sich sacht im Wind regte.

Zejn starrte, da wurden sie umgekehrt entdeckt. Er verstand den Ruf über die Distanz nicht, den ein Späher hinter der Palisade ausstieß, doch sah ein Winken, das er als Einladung verstand. Also gab er den anderen ein Zeichen, und sie hielten auf Svonnheim zu.

Die Bauern mit den Kühen grüßten, als sie vorüberritten, aus den aufgebrochenen Ackerstreifen blinzelten frühlingshafte Grashalme.

»Support!«, rief irgendein Gardist hinter den Zinnen. »Sie haben uns Unterstützung geschickt!«

Schwankend öffnete sich das Palisadentor, und die Reiterei wurde eingelassen. Die meisten Menschen freuten sich, andere wetterten etwas von noch mehr Mäulern, die zu stopfen waren. Und zu Zejns unglaublicher Überraschung trat ihm die Cellérière entgegen, gefolgt von einigen ihrer Mädchen. Sie trug wieder ihre Kopfbedeckung. Manche kleinen Dinge besaßen die größte Bedeutung.

Sie streckte die Hände aus, als Zejn sich von Essis Rücken mühte, und schloss ihn in eine kurze Umarmung, bei der sie ihm einen Segen aufdrückte. »Ich bin so glücklich, Sie wohlauf zu sehen, Lieutenant«, sagte sie. »Und so unglaublich erleichtert!«

»In Tradea gab es einen Totenaufstand«, erklärte er und löste den Gehstock vom Pferdegeschirr, um sich abzustützen. »Das Artefakt hat Gewalt über Mirage erlangt. Man sah sie mit zahlreichen Toten die Stadt gen Norden verlassen. Ich erwartete, hier nichts als Tote vorzufinden. Kam sie nie hier an?«

Die Cellérière presste die Lippen zusammen. »Sie kam hierher. Und sie ging durch die Stadt.«

»Wir sahen sie schon von Weitem kommen. Es war ein Pulk, wie bei dem alten Koschtschei, der die Toten um sich versammelte. Wir dachten, sie würden angreifen, wie er es getan hatte – um an Henri zu kommen, an all die Lebenden. Doch sie rannten nicht bloß stumpf gegen die Palisaden. Ganz ruhig traten sie heran. Manche fielen unter den Pfeilen, aber viele hatten wir davon nicht mehr. Und dann … dann kletterten sie die Palisade hinauf.

Ich verstand es erst, als ich sie sah. Mirage. Der Koschtschei, den sie erschlugen, war mehr als die anderen Draugar, aber er war immer noch ein Toter, ein Geflecht aus Leichenteilen. Er folgte seinem tierischen Instinkt. Sie aber … sie ist ein Mensch, mit menschlichen Erfahrungen, Träumen und Gefühlen. Ich dachte, das wäre das Ende. Aber sie gingen ganz still durch das Dorf. An den Gardisten, den Überlebenden vorbei, als wären sie gar nicht da. Und dann kam sie. Mirage. Ich dachte zuerst, sie wolle mich holen, doch sie kam wegen des Kinds in meinem Arm.

Ich flehte sie an, mich an seiner statt zu nehmen, aber sie sah ihn nur an, Augen bleich wie Milch. Sie berührte ihn, dort wo unter der Kleidung das Nifenmal liegt.

Dann zog sie weiter, zur anderen Dorfseite, und wir öffneten das Tor und ließen sie passieren. Sie zogen in den Wald. Seitdem sind sie dort. Sie haben ihr eigenes Gebiet – die Grabhügel, Dorfesruh, die verbrannten Ruinen unserer Seelstatt und der Nadelwald bei Mirages Kate. Betreten wir den, jagen sie uns nieder. Aber hier raus, auf die Felder, verirrt sich kaum noch einer von ihnen. Sie bleiben unter sich. Und wir haben sogar einige Waldstücke gefunden, in denen wir Schlingen auslegen und Frühlingskräuter sammeln können.

Seitdem koexistieren wir.«

Verblüfft sah Zejn sie an. »Und Henri? Hat sie den Myling mitgenommen?«

Die Cellérière schüttelte den Kopf, ihre aufwendig gebundene Haube schaukelte. Sie drehte sich um und winkte aus dem Haus des Dorfbüttels einige ihrer Schwestern, darunter Clementine. Sie hatte sich ein Kind an den Rücken gebunden. Seine Händchen guckten über ihre Schultern, als es mit ihren Haarsträhnen spielte, dunkle Löckchen krausten sich auf seinem Haupt.

»Henri«, flüsterte Zejn fassungslos. »Und ich dachte, wir kämen, um gegen ein totes Dorf zu kämpfen.«

»Gardisten brauchen wir momentan weniger«, sagte die Mutter Oberin. »Aber starke Hände, die anpacken. Holzschläger, Ackerbauern, Jäger, Schreiner. Das können Sie Tradea sagen.«

Eine Weile starrte Zejn bloß auf die Hütten, die Menschen, die aufgrund der Gardeansammlung herauskamen und sie in neugieriger Erwartung beobachteten. Er riss sich aus seiner Starre und begann, die Handschuhe abzustreifen. »Na dann«, sagte er, »wie schwer kann es denn sein, ein Feld zu beackern?«

EPILOG

78

SOMMERZEIT

Zejn stemmte die Garnisonstür auf und trat ins Freie. Prüfend sog er die Landluft ein. Der Geruch nach Baumharz, feuchter Erde und Ziegendung drang vertraut in seine Nase. Aus dem Hügelgewirr der Vorlande war das Meer bloß ein Strich am Horizont. Der Tann umringte die ausgetrampelten Felder vor Svonnheim dicht und dunkel und verströmte einen würzigen Geruch, während die Laubbäume im Osten zart grünten. Es roch nach Sommer. Und etwas modrig, nach dem Morast, der sich die Vorlande einverleibt hatte. Aber so, wie sich die Menschen damit abgefunden hatten, so gehörte dieser Duft zum neuen Svonnheim, das er als Lieutenant behütete. Die Note versetzte ihm einen Stich. Es war ein bittersüßer Schmerz.

Er wollte ihn nicht missen.

Ein Clamorsjünger, der Wassereimer an einem Stab quer über dem Nacken an ihm vorbeischleppte, buckelte bei seinem Anblick. »Lieutenant!«, nuschelte er. Zejn winkte ihn nur voran. Über den schlammgetränkten Boden lief der Junge Schlangenlinien zu den Ställen und kippte die Eimer in die Tränke.

Wfir-Priester hatten im letzten Jahr einen neuen Brunnen gegraben. Zejn wusste nicht, ob es an ihren Gebeten oder ihren technischen Fähigkeiten lag, doch das Wasser aus den Tiefen war rein und blieb vom Moor verschont.

Der Schmied grüßte unter seinem Dach hervor, er war dabei, Kohle in der Esse zu erhitzen, aus der speckig Rauch quoll. Obwohl die Wälder der Koschtschei und ihrer Armee gehörten, blieben die Straßen verhältnismäßig sicher, was half, Güter nach Svonnheim zu bringen. Des Schmieds Lehrling hockte auf einem Schemel im Freien und übte sich im Messerschleifen.

»Lieutenant!« Gardisten marschierten im Gleichschritt zu ihrer Patrouille vorbei. Eine alte Vettel, die den letzten Winter mit Ach und Krach überstanden hatte, kehrte vor ihrer Tür und nickte ihm freundlich zu. Zejn beschritt seinen Weg und lief die Straße hinunter, wo ihn Leute grüßten, egal ob sie nun den Teppich abklopften, die Wäsche aus den Fenstern schüttelten oder die Dachschindeln festhämmerten. Mit Avoruns Rückkehr und dem Rückzug des Winters hatte auch die Bevölkerung Hoffnung geschöpft. Weil Zejn dafür gesorgt hatte, dass sie diese nicht verloren. Hier waren sie beschützt. Durch ihn. Die Garde. Die Priesterinnen Avoruns. Und durch das Kind, das die Svonnheimer heiligsprachen.

Die Cellérière wartete wie abgesprochen an der Kreuzung, an der das Heim der Vogelbotin stand, sowie jenes des Büttels, der letzten Winter wie viele andere den Tod gefunden hatte. Beide Häuser wurden nun von den Priesterinnen der zweigesichtigen Gottheit Avorun und Nurova bewohnt, die sich um die Gesundheit der ansässigen Bevölkerung bemühten.

Die Mutter Oberin trug das Kind bei sich – Henri, auf dessen Haupt sich Löckchen kringelten. Er war gewachsen, klammerte sich mit einer Hand an ihren Kittel und spielte mit der anderen interessiert mit den Falten der Kopfbedeckung, die die Mutter Oberin nun wieder als Oberste ihrer Seelstatt auszeichnete.

Sergent Sandel führte zwei Pferde am Zügel herbei. Seine Aufmerksamkeit galt Clementine, die mit einem Korb mit einer toten Gans unterm Arm aus dem Gebäude eilte. Die beiden teilten ein Lächeln, das ihre gemeinsame Zeit im Wehrturm hervorgebracht hatte. Zejn war sich sicher, dass es sich nur noch um eine Frage der Zeit handelte, bis sie ihre Verbindung vor der Gemeinde und den Göttern öffentlich machen würden.

Das einstige Avorunsmädchen stellte den Korb ab, trat zu Mutter Oberin und Kind und sprach leise auf es ein. Das Kind brabbelte und haschte nach den Zöpfen der jungen Frau.

»Lieutenant«, grüßte die Cellérière. »Beinahe habe ich gehofft, dass Sie es sich anders überlegen.«

Zejn blieb in taktvollem Abstand stehen. Respektvoll beugte er das Haupt. »Der Hofalchemist ist eingetroffen.«

»Seine Ankunft war kaum zu übersehen, mit dem Ding, das er da mitgebracht hat.« Sie nickte hinüber zu einem Haus, vor dem der Lehmgolem wie ein Wachposten stand. Ein Spatz hatte sich auf seinen Rumpf gesetzt und hüpfte darauf auf und ab. Die Krähen waren den Frühlingsvögeln gewichen, die trotz der Toten in den Wäldern jubilierten. Bloß Sergej der Rabe saß nach wie vor auf dem Dach des Vogelbotenhauses, wo sich die Priesterinnen um Navis kümmerten. Mit ihrer Unterstützung konnte das gebrochene Mädchen weiterhin ihrer Tätigkeit nachgehen.

»Wenn Sie mich fragen«, schnarrte die Cellérière und schaukelte Henri, der eigentlich runterwollte, »ist mir dieser Kerl suspekt. Eigenartiger Rauch kommt aus dem Schornstein. Gestern war er rot, heute ist er gelb.«

»Eigenartig trifft es gut«, erwiderte Zejn. »Aber wir benötigen seine Hilfe. Und er ist Mirages Vater.«

Kinder trappelten vorüber, trugen Enteneier in Körben bei sich, gefolgt vom Jäger, der mit einem jungen Hund bei Fuß mit ihnen zwischen den Binsen suchen gegangen war. Die Kleinen streckten im Vorbeilaufen Henri die Arme entgegen und berührten ihn flüchtig. Das Kind lachte, für ihn war es ein Spaß – das gesamte Dorf schien ihm wohlgesinnt. Erst später würde er begreifen, dass sie ihn als ihren Schutzpatron sahen, der die Koschtschei und ihre Gefolgschaft davon abhielt, das gezüchtigte Land um Svonnheim zu betreten.

»Muss es sein?«, fragte Clementine wehmütig. »Kann es nicht noch warten?«

Die sonst so gestrenge Mimik der Mutter Oberin erweichte, ihre faltige Oberlippe zitterte, während sie das Kind betrachtete, das sich nun frei strampelte und an ihrem Gewand herabrutschte. Einen Augenblick lang hielt er sich noch an ihrem Zeigefinger fest, dann löste er sich und wackelte einer zerzausten Katze hinterher. »Maumau!«

»Bitte«, presste die Oberste der Seelstatt hervor. »Was, wenn Ihr Plan fehlschlägt?«

Zejn schluckte. »Deswegen gehe ich nicht allein«, erwiderte er. »Sandel begleitet mich. Er wird sich um Henri kümmern und ihn zurückbringen, sollte etwas nicht nach Plan verlaufen. Ich werde mich den Wiedergängern stellen. Bevor sie ihn kriegen, kriegen sie mich. Versprochen.«

Hin- und hergerissen sahen die Frauen von Sandel zu Zejn und wieder zurück. Sandel lächelte seinem Mädchen beruhigend zu, doch allein die Aussicht auf ihre Mission konnte den traurigen Schleier nicht verbergen, der seine Augen umwölkte.

»Nein«, sagte die Cellérière heiser. Sie ergriff Zejn an der Ellenbeuge und führte ihn einige Schritte davon. Im Hintergrund fauchte die Katze, als Henri sie am Schwanz packte. »Nicht Sandel wird Sie begleiten. Ich werde es.«

»Mutter Oberin …«

»Sehen Sie sich die beiden an, ihn und Clementine. Das Grauen hat eine junge Liebe hervorgebracht. Die beiden werden den Bund eingehen, sich um Henri kümmern, weitere Kinder in die Welt setzen. Ich möchte nicht dafür verantwortlich sein, diese Zukunft zu zerstören.«

Zejn erfasste ihre Hände. Sie zitterten. Seine Daumen fuhren über die faltige Haut ihres Handrückens. »Diese Gemeinde braucht Sie, Mutter. Sandel und ich sind Soldaten. Wir leben, um zu fallen, wenn nötig.«

Sie drehte die Hände um, drückte nun die seinen. »Svonnheim hat mehr bekommen, als wir uns je erhoffen durften. Mirage hat Henri damals in meine Obhut übergeben. Sie hat Svonnheim seinetwegen verschont. Wenn Sie ihn mitnehmen zu ihr in den Wald, dann werde ich an seiner Seite bleiben.«

Zejn senkte das Kinn. Er wusste, dass er dieses Gespräch weiterführen konnte, doch es zum Schluss genau wieder an diesem Punkt enden würde. »Wie Sie wünschen, Mutter.«

Sie ließ los, wandte sich ab. »Sandel, ich werde an Ihrer statt reiten! Passen Sie die Steigbügelriemen an …!« Sowohl der Sergent als auch Clementine wirkten verwirrt, scharten sich um die Cellérière und sprachen auf sie ein. Währenddessen überquerte Zejn die Kreuzung zu dem Haus, in dem sich DeElephantine aufhielt. Der Golem rückte natürlich keinen Schritt zur Seite, als Zejn herannahte.

»DeElephantine!«, rief er zu den Fenstern hinauf, von denen zwei offen standen. »Wir reiten los!«

Die Läden eines geschlossenen Fensters wurden nach außen geschlagen, gelber Rauch quoll hervor. Ein Jungengesicht mit Schutzbrille erschien. »Der Herr ist bereit!«, rief Ruben herab. Wo einst Zahnlöcher geprangt hatten, glänzten nun Goldzähne. »Kümmern Sie sich darum, dass Ihr Kram klappt!«

Zejn fand es etwas verwunderlich, dass sich noch niemand die Mühe gemacht hatte, dem Jungen die Zähne auszuschlagen, doch der grinste nur frech. Ein Klaps auf seinen Hinterkopf warf ihn vor. An seiner Seite tauchte DeElephantine auf, die Narben um seine Augen passten exakt um den Rand seiner Brille. Er zog sie ein Stück in die Stirn, während an ihm vorbei schwefelgelbe Wolken trieben. Ernst sah er herab, Augen dunkel wie Pech. Mit seinen langen Fingern zeichnete er ein Schutzsymbol zwischen Zejn und ihm in die Luft. »Wir werden bei der Festung auf Sie warten.«

»Ahearn hat die Reiterei auf dem hinteren Feld formiert. Er wird für Ihre Sicherheit sorgen.«

DeElephantine nickte nur und zog sich in sein Alchemielabor zurück.

Als Zejn zu den anderen zurücklief, schnürten Sandel und Clementine der Mutter Oberin Henri mit einem Tuch an den Rücken, der sich durchbog und lauthals quengelte. Das Mädchen weinte, und auch Sandel standen die Tränen in den Augen.

Clementine fasste seinen Oberarm, bevor er aufs Pferd stieg. »Bitte«, flehte sie, »bringen Sie alle wohlbehalten zurück!«

Zejn nickte nur.

Hintenan bot Sandel eine Steighilfe, um der Mutter Oberin aufs Pferd zu helfen. Etwas unsicher zog sie an den Zügeln, während Henri jammerte, weil sich die Katze in Sicherheit auf ein Binsendach verzogen hatte. Das Pferd trottete an Essis Seite. »Nun denn«, sagte sie leise, »lassen Sie uns zurückholen, was der Erde gehört.«

79

Auch wenn Zejn nicht sagen konnte, woran es lag, so glaubte er es zu spüren, als sie die unsichtbare Grenze zweier Reiche überschritten. Dieser Bereich gehörte den Draugar, der Koschtschei, der Herrscherin des Waldes. Anfangs hatte er sie noch zu jagen versucht, um dem Auftrag des Königshauses gerecht zu werden, doch Mirage zeigte sich ihm nicht. Als sie begannen, Draugar in ihren Bereichen zu erjagen, mehrten sich die Überfälle auf das vom Menschen urbar gemachte Land, weswegen sie sich aus dem dunklen Königreich zurückzogen. Ein unausgesprochener Frieden herrschte, wenn der Mensch blieb, wo er war – und die Wiedergänger in den Wäldern.

Der Morast schmatzte unter den Pferdeschritten, Heidekraut wucherte dort, wo Wald größeren Moorflächen wich, dicht und rosarot, als hätte man es mit Blut besprenkelt. Sumpfforst verströmte seinen typischen, würzigen Geruch, wenn sie ihn mit den Hufen streiften, seine Blüten weiße Punkte wie Schneeflecken. Wollgras reckte seine Schöpfe neben spiegelnden Lacken empor, Moorbirken stemmten sich gegen den unsicheren Boden. Zejn wusste genau, wohin er gehen wollte. Mirage DeBois – die aus dem Walde. Er kannte ihre Heimat, und genau dorthin führte er Henri nun hin.

Es begann mit einem Plätschern. Wie Bulken erhoben sich aus der Entfernung erste Tote aus dem Morast, der Schlamm bröckelte von ihren Leibern. Insekten summten, Vögel sangen, doch die Draugar blieben lautlos. Anstatt sie anzugreifen wie die Spähtrupps, die Zejn zunächst in die verbotenen Gebiete entsandt hatte, folgten sie mit leeren Augenhöhlen den beiden Reitern – und dem Kind, das sie mit sich trugen.

Zejn winkte die Mutter Oberin dicht hinter sich, doch sie drängte ohnehin schon von allein näher. Erst als sie sich weiter entfernten, begannen die Toten, ihnen zu folgen, angezogen wie Motten vom Licht. Es begann mit einigen wenigen, aber sie mehrten sich, je tiefer sie in den Wald ritten, zwischen im Morast kränkelnden und umgestürzten Bäumen hindurch, die im Herz von Mirages Reich nicht bestehen konnten. Wie einen Schwarm zogen sie die Draugar hinter sich her, die sich in allen Stadien der Verwesung befanden, von kalkweißen Gebeinen bis Moorleichen. Die Pferde scheuten, doch Zejn zwang Essi zur Ruhe, drückte ihr fest die Beine gegen den Leib und trieb sie an. Dann, endlich, blitzte Mirages Hütte zwischen umgestürzten Tannen und Kiefern hervor.

Zejn zwang die Stute zum Stehen. Ohne den Blick von der Kate zu nehmen, tastete er nach der Oberin. »Geben Sie mir Henri«, flüsterte er.

Er ahnte, dass ihr Gesicht voll Gram war, doch sie gehorchte widerstandslos. Er hatte sich ihr vor langer Zeit bewiesen. Als sie ihm Henri entgegenstreckte, stieß das Kind ein Nörgeln aus, und als Zejn es in die Arme nahm, protestierte es und schob sich von ihm fort, vom kalten Kettenhemd unter seiner Uniform, von dem Mann, zu dem es nicht wollte. Mit einem Arm hielt er das Kind fest, mit dem anderen umklammerte er den Zügel und trieb Essi voran. Henris Greinen lockte noch mehr Untote hervor, die sich knackend hinter Baumgerippen vorzogen oder glucksend aus den tiefsten Stellen des Morasts tauchten. Die grausigen Gestalten zogen einen Kreis um sie, und in Zejns Herz wuchs die Angst, dass sein Bemühen unsinnig war. Er hielt dicht vor der Kate, die halb in den Sumpf gestürzt war, und wartete.

Henri weinte. Tränen kullerten über seine Wangen, er hielt die Lider zusammengezwickt, stemmte sich sinnlos gegen Zejns Umarmung. Dem Sergent lief ein Schauer über den Rücken. Wie eine untote Armee harrten die Wiedergänger um sie und schienen auf etwas zu warten.

Beunruhigt tastete die Cellérière nach Zejn. »Etwas stimmt hier nicht«, flüsterte sie, »bitte, lassen Sie uns gehen und ein anderes Mal zurückkehren.«

Ein Glucksen erklang. Aus einem wasserreichen Moraststück lösten sich Bläschen und platzten an der Oberfläche. Bewegung kam in die braune Suppe, als rührte jemand heftig darin um.

Aus der Oberfläche brach ein Haupt, Sumpfwasser strömte von einem Scheitel, von dem Haar wie Schnüre hingen, in denen sich Flechten, Gräser und Tiere verfangen hatten. Sie flossen über ein Gesicht und verbargen die Augen dahinter, nur ein Mund mit pechschwarzen Lippen klaffte kurz auf, als müsse er Luft holen. Eine Wasserschlange wand sich um den Nacken und kroch Schultern herab, die sich aus den Tiefen erhoben. Eine nackte Frau stakste auf dem Leib eines verwesenden Pferds aus dem Morast. Zejn erkannte sie an den Narben an ihrer Seite, von ihren eigenen Alchemika verbrannt, an den Wulsten an ihrem Bein, an das sich

Nifs Rückgrat geklammert hatte wie die Schlange, die an ihrem Leib zurück ins Wasser glitt.

Hinter ihm stammelte die Mutter Oberin Schutzgebete, die Pferde scheuten, Henri kreischte, und Zejn war sich nun nicht mehr sicher, ob aus genereller Unzufriedenheit oder wegen der imminenten Gefahr.

»Mirage«, flüsterte er, doch seine Stimme war so trocken, dass er sich selbst fast nicht verstand. Er räusperte sich. »Mirage!«

Sie reagierte nicht. Er wusste nicht, was dort noch in ihr war. Ob ihre Seele diesen Leib längst verlassen hatte. Napfmuscheln hatten sich an ihre Haut gesetzt, Schnecken krochen entlang, Moose wuchsen an ihren Schultern. Sie war eins geworden mit dem Wald. LeBois.

Sein Atem ging ruckartig, als sie nur so stand. Selbst das Totenpferd bewegte sich nicht, zu unnatürlicher Reglosigkeit erstarrt. Rippen schälten sich aus seinem Fell, Getier krabbelte aus dem Loch und flüchtete zurück in sein Habitat. Seine Mähne hing in denselben Schnüren herab wie Mirages. Die Augen längst verloren, starrte es dennoch. Und hinter den Flechten ihrer Haare, so spürte Zejn, starrte die Koschtschei genauso.

»Mirage«, flüsterte er, sagte ihren Namen aber nur noch, um sich selbst zu beruhigen. Es kostete ihn alles, Essi näher zu zwingen, und Essi kostete es ebenfalls, denn sie verdrehte die Augen und warf das Haupt nach links und rechts. Erstmals kam ihm der Gedanke, was mit Svonnheim passierte, wenn er hier Henris Leben riskierte. Möglicherweise war es nicht der Rest von Zivilisiertheit, die er Mirage als Koschtschei zugeschrieben hatte, sondern einzig Henri, der sie davon abhielt, über sie herzufallen.

Doch es war zu spät. Mit Essis nächstem Huftritt wurde es ihm klar. Essi bog den Schädel so weit wie möglich fort, um ihrem untoten Spiegelbild nicht begegnen zu müssen. Und die reglose Koschtschei hob plötzlich die Hand.

Die Nägel an ihren Fingerspitzen waren kohleschwarz, genau wie die Lippen, die zuckten. Wie mit flüssigem Pech bemalt, schillerten sie hinter dem Vorhang aus Haar. Und Henri hörte auf zu schreien und drehte in tränennasser Verwirrung das Haupt.

Sie starrten einander an. Zejn wusste es. Sie erkannten sich, zwei verwandte Seelen, Geschwister in ihrer Art. Und Henri streckte nun ebenfalls die kleine Hand aus.

Sie berührten sich sacht. Einen Augenblick lang hatte Zejn das Gefühl, die Zeit stünde still.

Zejn biss die Zähne zusammen und musste sich mit Gewalt in Erinnerung rufen, was zu tun er gekommen war. Mit einem Ruck trieb er Essi vor, die ihr Haupt zurückwarf und panisch wieherte. Er packte die Hand des Kindes, das erschrocken aufquietschte, und griff gemeinsam durch den Vorhang aus verfilztem Haar. Zejn erreichte den Nacken und erfühlte den kalten Griff von Nifs Rückgrat, das mit dem ihren verschmolzen war. Henri keuchte, als seine Finger den Stahl berührten. Mirage und er erstarrten.

Zejn packte zu und riss den Schwertgriff mit einem Anstrengungslaut heraus.

80

Der schwarze Mund brach entzwei und entließ einen grauenerregenden Schrei. Zejn glaubte, am eigenen Leib zu spüren, wie sich die einzelnen Teile von Nifs Rückgrat aus dem Fleisch lösten. Dabei ließ er Henris Hand los und drehte das Kind zur Seite, um es vor einem Angriff schützen zu können.

Doch die Koschtschei biss nicht zu. Als sich das letzte Stück scheppernd aus ihrem Leib rupfte, erschlaffte sie und rutschte von dem Draugr-Pferd zu Boden, rollte als lebloser Körper ins Heidemoos.

Einen Augenblick lang stand Zejn verdattert da, während sich das Artefakt zusammensetzte. Das Geräusch jeder Scherbe, die mit ihren umliegenden verschmolz, bis es eine gezackte Schneide bildete, trieb ihm Schauer über den Rücken. Seine Haut zog sich zusammen.

Und dann, ein Schwert in der Hand – das Schwert, das aus den Grabhügeln gestohlen worden war –, bäumte sich das Pferd vor ihm plötzlich auf. Aus seiner Kehle drang ein Zetern, das keinem Wiehern glich. Es schmetterte die Hufe, die mit Fleisch- und Sehnenresten an seinen dicken Knochen hingen. Essi reagierte instinktiv und ließ ihren Fluchtinstinkt nicht länger von ihrem Reiter unterdrücken. Sie drehte den stämmigen kleinen Körper und folgte ihrer Natur als Fluchttier. Auch das Tier der Cellérière bockte, hob sich auf die Hinterbeine und rotierte im Halbkreis.

Der Schrei des Pferds hallte als Echo in den Kehlen des untoten Schwarms wider. Und plötzlich setzten sie sich in Bewegung.

Zejn und die Mutter Oberin türmten. Die Cellérière preschte vor ihm durch Morast und Gebüsch, ihre graue Kleidung flatterte. Essi folgte dem anderen Tier instinktiv, während Zejn sich an den Sattel und das kreischende Kind an sich klammerte. Sie waren überall, tauchten aus dem Moor, brachen durch Geäst, zogen unvollständige Leiber über Moosdecken. Sie alle wollten ihnen hinterher, keuchend, ächzend, knurrend. Das Reittier der Mutter Oberin taumelte, als es vom Weg abkam und im Schlamm stecken blieb, mit Gewalt zerrte sie an seinen Zügeln, um es zurück auf den Pfad zu treiben.

Sie verließen den Wald Richtung Nordwesten. Das Blau-Silber der Reiterei flankierte die Reste der Festung auf dem ansteigenden Hügel. Als sie den Waldrand einige Dutzend Schritte hinter sich gelassen hatten, die Pferdelungen rasselnd, tauchten hinter ihnen die Toten aus dem Wald auf wie Schimmel, der die Felder befiel. Irgendwo ertönte ein Hornstoß. Die Reiterei setzte sich in Bewegung, floss den Hügel herab, ihr Galopp ein dunkler, multiplizierter Herzschlag.

Aus dem Fell ihrer Reittiere flockte Schaum, als Zejn mit der Mutter bei den Ruinen angelangte. Lieutenant Ahearn rief ihnen etwas entgegen und gab Zejn ein Zeichen, ihm zu folgen. Er trieb das Pferd an die Mutter Oberin heran, um die sich Gardisten mit Speeren formierten, und lehnte das weinende Kind zu ihr, damit sie es entgegennahm. »Viel Glück!«, atmete sie noch aus, da wandte Zejn bereits die Stute und trappelte davon, Grasbüschel wurden unter ihren Hufen davongeschleudert.

Ahearn kreiste ihn mit einer Einheit ein und führte ihn durch die bewachte Festung. Dahinter erklang Kampfeslärm, der sich mit jenem mengte, als zwischen Wald und Hügel die Heere von Tod und Leben zusammentrafen. Als sie die Mauerbruchstücke hinter sich ließen, entblätterte sich Zejn der Anblick des Rests von Ahearns mitgebrachter Legion. Fußsoldaten schlugen sich mit Wiedergängern, die den nifenheiligen Grund bevölkerten, die aus den Grabhügeln krochen oder dazwischen hervorwankten. Zejn verweigerte sich des Anblicks, ganz auf seine eine Aufgabe konzentriert, während ihm das Rückgrat mit Mirages Stimme alles einflüsterte, um ihn von seinem Tun abzuhalten.

Du hast mir mein Leben genommen, wisperte es mit ihrer vertrauten Stimme, *nur das Artefakt kann mich wieder ins Leben zurückholen. Es und ich sind eins. Wenn du mich respektierst, respektierst du unsere Verbindung. Mach rückgängig, was du mir angetan hast! Sühne deinen Mord! Bring mir das Artefakt …!*

Er ignorierte das Beißen hinter seinen Schläfen, die Zweifel, die Verführung, konzentrierte sich stattdessen auf Essis Hufschlag. Die Gardisten, die nicht in eine unmittelbare Kampfhandlung verwickelt waren, bildeten ein Spalier, Schulter an Schulter, Schwerter und Schilde, Speere und Beile gezückt. Durch die Reihen schmetterte Zejn hindurch, direkt zu dem Grabhügel, den DeElephantine als Ort des Raubs identifiziert hatte. Eine kleine Armee behütete den Erdwall, Kampfmagier stießen die Arme vor, Kraftstöße und Feuerlohen warfen die herannahenden Wiedergänger zurück. Auf dem Grashügel selbst schleppten Nifenpriester ihre Rauchfässer im Kreis, Berge an Wacholder und Lavendel brannten, ihre Gesänge hallten über den Nifengrund. Am Ende des Spaliers bedeckte frische Erde den Grund, wo ein Loch in den Erdhügel geschlagen worden war. Zejn brachte Essi brutal zum Halten, wo sie einen Halbkreis taumelte, rutschte aus dem Sattel und klemmte das Artefakt unter den Arm. Als er auf die Spalte im Erdwall zuhielt, trat DeElephantine hervor, rot wie Blut, das aus einer Wunde trat, seine Kleidungsschichten peitschten im Wind. »Alles ist bereit«, rief er über den Schlachtenlärm hinweg und winkte ihm, ihm zu folgen.

Zejn eilte hinter ihm in den Tunnel. Wände mit leeren Grabnischen erwarteten sie, von Spinnweben bedeckt, die sie tiefer ins Erdinnere führten. Obwohl Zejn vor Anstrengung kochte, überwältigte ihn das Gefühl, dass es wärmer wurde. Er wischte sich den Schweiß von der Stirn, während er DeElephantine folgte, der sich unter der niedrigen Erddecke bücken musste. Wurzelwerk streifte ihre Häupter, Sand rieselte herab, Staub juckte in Augen und Nase. DeElephantine unterdrückte ein Husten, als er endlich den Gang verließ, der für den Besuch von Menschen gar nicht gemacht schien. Zejn wollte DeElephantine gerade folgen, als das Schwert unter seinem Arm erhitzte – doch es war nicht seine Kraft, die es dazu brachte.

Er schrie auf. Instinktiv wollte er es fallen lassen, konnte aber nicht. Nichts wies darauf hin, dass der Schwertgriff heiß wurde, und doch dampfte seine Haut und verschmurgelte, ohne dass er dazu fähig war, loszulassen. Überrascht holte Zejn Luft und hatte das Gefühl, seinen Kopf in einen Schornstein zu halten – Rauch rauschte in seine Atemwege. Er hustete, sein Sichtfeld tanzte, seine Hand glühte. Alles drehte sich, er knallte mit der Schulter gegen eine Wand und stürzte auf den Boden.

»Ruben!«, bellte DeElephantine. »Es wehrt sich! Hilf mir, den Lieutenant auf den Altar zu betten! Berühre dabei nicht das Schwert!«

Bevor Zejn etwas hervorbringen konnte, war es, als gösse jemand flüssiges Pech durch seine Augen – und alles wurde schwarz.

Er erwachte und sah in dunkle Augen. Einen Augenblick lang glaubte er, Mirage über sich zu sehen, und wollte lächeln. Seinen Irrtum bemerkte er, als DeElephantines Zinken in sein Sichtfeld rückte. »Es ist vorbei, Lieutenant.«

Mit einem Ruck setzte sich Zejn auf. Als er seine Hand an sich riss, bemerkte er, dass sie das Schwert nicht mehr hielt. Er saß neben dem Altarblock auf dem nackten Boden, Käfer krabbelten unter seinem Bein hervor, wo sie Schutz vor dem flackernden Licht gesucht hatten, das Bhaaltazars Laternen von sich gaben. Ruben kniete auf der anderen Seite, die Hände auf den Knien. Er war älter geworden, ein Bursche, der bald zu einem jungen Mann würde. Nachdenklich lutschte er an seinen Goldzähnen. »Geht es Ihnen gut?«

»D-Das Schwert«, stammelte Zejn und rappelte sich auf. Es lag auf dem Altarblock, auf der Brust einer Leiche. Kerzen brannten darum, Lavendelsträußchen lagen auf der Kleidung. »Wer ist das?«

»Einer der Toten«, entgegnete DeElephantine. »Nif kennt zwischen ihnen keinen Unterschied. Er wird es bewachen.«

Irritiert rieb sich Zejn über die Stirn. »Ist es ... wirklich vorbei?«

DeElephantine wies dorthin, woher sie gekommen waren. »Sehen Sie nach.«

Hintereinander stiegen sie aus dem Grabhügel. Die Stimmen vernahmen sie schon viel früher. Als Zejn zurück ins Licht trat, traf er auf eine Armee aus Siegern, die ein Feld voller Toter bejubelte – nicht weil sie ihren Feind erschlagen hatten, sondern weil die Toten nicht länger zurückkehrten.

Die Nifenpriester weinten, fielen einander in die Arme. Das Schmettern der Hörner hallte als Triumphruf durch die Vorlande. Die Berittenen galoppierten ausgelassen wie Jungen über das Feld und schwangen Flaggen und Standarten.

Unzählige Hände drückten ihn, schlugen ihm auf den Rücken, Soldaten lachten ihn an, sagten seinen Namen, verbeugten sich. Doch Zejn fühlte sich eigenartig steif, als er zu Essi marschierte und sie am Zügel packte.

Hauptmann Ahearn ritt heran und hielt sein Schlachtross neben Zejn. »Sie haben es geschafft!«, rief er. »Sie haben es wirklich geschafft! Wir werden Sie nach Svonnheim tragen!« Jubel stimmte ihm zu, aber Zejn schüttelte den Kopf.

»Ich muss noch wohin.«

Im ersten Augenblick hörte ihn Ahearn gar nicht, mit glänzenden Augen sah er in die Runde und schmetterte die geballte Faust in die Luft. Erst als Zejn abbog, riss er den Blick herum. »Wohin reiten Sie?«

»Ich muss in den Wald.«

»Wozu? Wir haben triumphiert! Nun herrschen wir wieder über Feld und Forst!«

»Ich habe dort etwas zurückgelassen.«

Mirages Leichnam lag noch immer so im Torfmoos, wie sie von dem untoten Pferd gerutscht war. Die Wunden klafften wie schwarzer Schorf an ihrem Rückgrat, ihr Haar lag quer über die Erde gestreut, das Gesicht in die feuchten Gewächse gedrückt, die Haut mit Muscheln, Schnecken und Flechten überzogen. Kummer drückte auf Zejns Herz, als er abstieg. Sie war nicht die einzige Leiche, die er auf dem Weg entdeckt hatte, doch die einzige, von der er bis zum Schluss gehofft hatte, sie würde doch noch einmal auferstehen.

Neben ihr ging er in die Knie, packte sie vorsichtig, drehte sie um und zog sie auf seinen Schoß. Die Haare rutschten von ihrem Gesicht. Er hatte Löcher erwartet, doch ihre Lider waren geschlossen und schienen nicht eingefallen zu sein. Der schwarze Mund stand ein Stück offen. Er bettete ihre Arme vor der nackten Brust, ganz kalt und wächsern fühlte sie sich an. Sanft strich er über die schimmernde Narbe an ihrer Wange.

»Verzeih mir. Ich versprach, dich zu suchen, zu finden und zurückzubringen. Wie hätte ich ahnen können, wie grausam die Götter meinen Wunsch erfüllen. Ich habe euch alle enttäuscht, Mirage – Mathys, Aramis, dich. Und am meisten habe ich mich selbst enttäuscht. Ich vertraute Clamorent, weil er mir ähnlich war. Dabei hätte ich selbst am besten meine und seine Fehlbarkeiten erkennen müssen.« Er benetzte die trockenen Lippen mit Speichel. Eine winzige Spinne kroch über ihr Gesicht, er scheuchte sie davon. »Es tut mir leid, alles. Dass ich nicht auf dich gehört habe. Du hast mir stets die entscheidenden Fragen gestellt, doch ich wollte nicht hören.« Traurig lachte er auf, warf den Kopf in den Nacken, sah in den hellblauen Himmel. Merkte, wie seine Nase verstopfte und Tränen in seinen Augen drückten. »Jetzt würdest du lachen! Dass ich dich ausgerechnet im Tod auf ein Podest stelle, nicht wahr? Dir sage, dass du meine beste Freundin bist? Weil du mir nicht blind vertrautest, weil ich dein Lieutenant war, sondern weil du sahst, dass in mir ein vertrauenswerter Mann steckt? Weil du meine Fehler irgendwann als Teil von mir akzeptiertest? Und verzeih mir meine Ehrlichkeit – du hattest diese ebenfalls zur Genüge … wir alle haben unsere Fehler. Ich wünschte einfach nur, ich hätte weniger begangen. Und dir für deine Freundschaft und Zuneigung gedankt, als es noch möglich war.« Er wiegte sie in den Armen wie ein Kind, hin und her, hin und her, die Herrscherin des Waldes. Er lauschte dem Forst, der endlich zur Ruhe gekommen war. Flüchtig fragte er sich, ob es besser war, dass er nun wieder den Menschen gehörte.

Ein Kuckuck rief nach einem Genossen, das Moor gluckste, ein laubloser Baum knarrte. Der Wind erinnerte Zejn einen Augenblick lang an ein Seufzen, als Luft seine Wange streifte. Er zuckte zurück, starrte auf Mirages Gesicht herab, deren Lippen sich regten, ein Röcheln drang hervor. Ihre Lider flatterten.

Automatisch griff Zejn an seinen Gürtel und suchte nach dem Messergriff, da schlug sie die Lider auf.

Das Messer zitterte in seiner Hand, doch er hielt im Stich inne.

Ihre Augen waren nicht weiß wie Milch, sondern dunkel wie glänzende Kastanien. Sie lächelte.

NACHWORT

Als ich Black Alchemy zu schreiben begann, war es als Spaßprojekt gedacht, um mich aus einer Schreibblockade zu lösen. Damals war die Geschichte als Einzelband von dreihundert Seiten geplant gewesen. Zwei Jahre und diverse Erkenntnisse später liegt vor mir eine Reihe mit ungefähr 1300 Buchseiten, die mich schlaflose Nächte und ganz schön viele Nerven gekostet hat, aber auch zu einem der erfüllendsten Schreiberlebnisse gehört, die ich in meinem AutorInnendasein erleben durfte.

Von der Grundidee zum ersten Satz sind Jahre vergangen – ich hatte davor öfter versucht, der Geschichte einen Beginn zu geben, aber irgendetwas ließ mich jedes Mal abbrechen. Der heutige erste Satz: *Etwas fehlte,* ist auch jener, den ich zum ersten Mal aufs Papier brachte. In allen anderen Büchern habe ich den Beginn mehrmals umgeschrieben. Hier stand er einfach fest. Und mit ihm flossen die ersten zweihundert Seiten nur so aus meinem Kopf durch die Finger auf die Tastatur.

In der Black-Alchemy-Reihe finden sich zahlreiche Einflüsse von Dingen wieder, die mir Spaß machen: PC-Games, Bücher, Filme, Serien, Musik, Rollenspiel. Gleichzeitig habe ich versucht, dieser Reihe meinen eigenen Stempel aufzudrücken. Ich liebe das Spiel zwischen den Fronten, die Grauzonen zwischen Gut und Böse – tatsächlich macht es mir wahnsinnig Spaß, unbeliebte Figuren zu schreiben –, Intrigen, und die Überraschungsmomente, die den/die LeserInnen innehalten lassen: *Also damit habe ich nicht gerechnet!* Mit dem Einbringen starker Frauenfiguren, verschiedenen Ethnien und Sexualitäten versuche ich, mich selbst zu fordern, und bin mir bewusst, dass ich daran noch mehr arbeiten muss. Die Fantasy soll tiefschichtiger, bunter, weniger heteronorm, weniger eurozentrisch werden, sondern Platz für alles bieten, aber dabei ihren lustvollen Aspekt bewahren, denn beides ist kein Gegensatz.

An diesem Punkt möchte ich einigen Personen ganz besonders danken. So meiner Schwester Anni, der ich immer schleunigst die neuen Seiten auf den Kindle schicke und mit einem WEITER! als Textnachricht belohnt werde. Natürlich sind wie stets alle wichtigen Figuren ihr nachempfunden, sollte sie fragen. Auch Daniel Prieschl möchte ich danken, dem ich vor allem bei dieser Reihe zahlreiche Löcher in den Bauch gefragt habe. Ob es nun um passende Schimpfwörter geht, um ein Festmahl mit Anwesenheit des Königshauses oder den möglichen Aufbau des Militärs, Daniel hat mir mit Rat und Tat beiseitegestanden. Ihm habt ihr zum Beispiel in diesem Buch das Wort Hundsfott zu verdanken.

Zuletzt möchte ich auch meiner Social-Media-Community danken, die fleißig kommentiert und unterstützt. Euer Feedback, eure lieben Worte spornen mich an. Schreiben fühlt sich oft sehr einsam an. Hunderte Bücher gehen über den Ladentisch, von denen man nie wieder etwas hört. Danke für euer positives Feedback, eure Rezensionen auf Amazon, Thalia, Lovelybooks & Co. und eure mühevoll erstellten Fotos! Auch in diesem Buch habe ich wieder ein Easteregg eingebaut – so finden einige von euch vorgeschlagene Gegenstände auf dem Tisch während einer Runde *Poule aux œufs d'or* wieder.

Danke!